STILTE VOOR DE STORM

Judith Lennox

Stilte voor
de storm

VAN HOLKEMA & WARENDORF
Unieboek BV, Houten/Antwerpen

Oorspronkelijke titel: *Before the Storm*
Vertaling: Titia Ram
Omslagontwerp: Wil Immink
Omslagfoto: Getty Images
Opmaak: ZetSpiegel, Best

www.unieboek.nl

ISBN 978 90 475 0656 0 / NUR 302

Voor Ewen en Amanda
met al mijn liefde

Deel I

De rode koningin

1909-1928

1

Richard Finborough reed in de herfst van 1909 door Devon toen zijn automobiel begon te sputteren. Het was gaan stormen toen hij eerder die middag bij zijn vrienden, het echtpaar Colville, was vertrokken en hij begon sterk te vermoeden dat hij een verkeerde weg naar Exmoor was ingeslagen.

Hij zette de auto aan de kant van de weg. Regen sloeg in zijn gezicht en de wind, die aan zijn jas rukte, dreigde zijn hoed mee te nemen. Het begon donker te worden en de wind trok dode bladeren uit de beukenbomen. Hij inspecteerde de carrosserie van de De Dion en zag dat de auto een beschadigde bladveer had. Hij liet met tegenzin zijn plan de nacht in Bristol door te brengen varen en ging op zoek naar onderdak. Een paar kilometer verderop stond een wegwijzer naar het stadje Lynton. De auto maakte een plotselinge slingerbeweging terwijl hij de bocht nam.

Hij boekte in Lynton een hotelkamer. De volgende ochtend stond hij op en ontbeet. Nadat hij een smid had geregeld om de auto te repareren besloot Richard te gaan wandelen. Lynton prijkte hoog op een klif en keek uit over Bristol Channel. Het zusterdorp Lynmouth lag aan de voet: Richard kon vanaf zijn uitkijkpost zien dat de storm witte schuimkoppen op een ruige zee sloeg. Dit deel van het noorden van Devon werd ook wel 'Klein Zwitserland' genoemd. Richard begreep wel waarom: de helling van de heuvels en paden was indrukwekkend; de huizen leken er gevaarlijk aan te hangen, alsof het moeite kostte aan het klif bevestigd te blijven.

Hij daalde af richting Lynmouth. Hij moest vanwege de harde wind en de steile daling goed opletten waar hij liep. Twee rivieren, die kolkten in de zware regenval en vol lagen met takken die waren losgerukt van de bomen in de smalle, beboste valleien, kwamen samen in het dorpje Lynmouth voordat ze de zee in stroomden. Rond de haven stonden huisjes. Het was hoogwater en de vissersboten lagen aan de kade gemeerd. Richard nam aan dat het weer te ruig was om de zee op te gaan om te vissen. De zware windstoten volgden elkaar in rap tempo op en het landschap nam als een spons water van de zee en de regen in zich op. Richard vervloekte in stilte zijn De Dion dat die hem in dit niemandsland, en dan ook nog onder deze omstandigheden, in de steek had gelaten.

Zijn blik werd gevangen door een flits rood aan het eind van de havenarm. Door het waas van het door de storm getergde grijsbruine water, de hemel en het klif, zag hij een jonge vrouw. Ze stond onder een stenen muur op de zeewering, die beschermend om één kant van de haven reikte. Richard hield een hand boven zijn ogen tegen de regen en ving een glimp op van een blauw-witte rok onder een rood jasje, en van een veeg lang zwart haar. De wind teisterde haar en het water stoof hoog boven haar uit. Vlak bij haar kolkten de golven. Hij bedacht dat ze te dicht bij de rand stond... één torenhoge golf en ze zou mee worden gesleurd. Hij vond het maar niets dat ze zo'n gevaarlijke positie had gekozen om naar de storm te kijken en was opgelucht toen hij zag dat ze zich omdraaide en terugliep naar de kade.

Richard bleef nieuwsgierig in de beschutting van een portiek naar haar staan kijken. Toen ze dichterbij kwam, zag hij dat ze doorweekt was. Hij vermoedde dat ze al een tijd buiten in de regen liep. Toen ze hem passeerde, nam hij zijn hoed voor haar af. Ze merkte hem voor het eerst op en draaide zich om. Toen schudde ze haar natte zwarte haar over haar schouder, keek weg en liep de weg terug naar Lynton op.

Hij dacht de daaropvolgende dagen regelmatig terug aan hoe ze met dat zwarte haar en haar trotse houding, in die wijde rok en het doorweekte jasje, langs hem heen was gelopen. Haar hooghartigheid, haar koninklijke houding... een rode koningin, vond hij.

De storm ging liggen en de vissersboten gingen de zee weer op.

Gerafelde wolken bewogen door een hemel van verwassen groenblauw. Vuil verstopte de goten en er lag een lijn van wrakhout en rotzooi langs de rotsachtige kust.

Aangezien het laagseizoen was, waren er verder weinig gasten in het hotel. In de eetzaal zaten her en der wat oudere heren van wie Richard aannam dat ze er woonden, en een jong stel, misschien op huwelijksreis, dat giechelend hand in hand aan een hoektafeltje zat. Toen de serveerster zijn bestelling kwam brengen, vroeg Richard haar naar de vrouw in de haven.

Ze staarde hem uitdrukkingsloos aan; Richard spoorde haar aan: 'Ze was jong... begin twintig, denk ik. Zwart haar... en ze had een rood jasje aan.'

Er werd een bord schol met botersaus voor hem neergezet. 'O, dan denk ik dat u juffrouw Zeale bedoelt, meneer.'

'Juffrouw Zeale?'

'Zeale is een naam uit Bridport, maar ze komt hier niet uit de buurt. Misschien komt ze uit Bristol, maar dat weet ik niet zeker.'

'Maar ze woont hier?'

De serveerster knikte vaag in de richting van het binnenland. 'In Orchard House. Juffrouw Zeale was de huishoudster van meneer Hawkins. Hij is drie weken geleden overleden, God hebbe zijn ziel.'

Richard vroeg de volgende ochtend de weg naar Orchard House en liep de steile heuvel achter het stadje op. Aan beide zijden van de weg was bos, doorboord door diepe rotsachtige kloven. Uiteindelijk liep een smal pad, vol plassen en ingesloten door hoge heggen en beukenbomen, van de hoofdweg af. De lucht rook naar natte aarde en gevallen bladeren.

Het huis was gemakkelijk te vinden, met de naam in krullende smeedijzeren letters aan het hek. Het wit gestuukte pand stond een stuk van de weg achter een tuin die was geteisterd door de storm. Een veranda van glas en ijzer, overwoekerd door klimplanten, liep langs de hele voorkant van het huis. Richard vond het er gesloten uitzien, met de gordijnen dicht en de hekken stevig gesloten.

Hij wilde net rechtsomkeert maken en de weg verder op lopen toen de voordeur openging en juffrouw Zeale naar buiten kwam.

Ze had dat rode jasje weer aan, deze keer boven een donkere rok. Richard maakte het hek open. 'Juffrouw Zeale!' riep hij. Ze kwam met gefronste wenkbrauwen op hem af lopen. 'Ja?' 'Hebt u misschien een glas water voor me?'

Een korte stilte, alsof ze overwoog het hem te weigeren, en toen zei ze: 'Wacht hier maar even,' en liep terug het huis in. Een paar minuten later kwam ze met een glas in haar hand naar buiten.

'Dank u.'

'Hoe weet u mijn naam?'

'Die heeft de serveerster in het hotel me verteld. Ik heet trouwens Richard Finborough.'

Ze had haar armen over elkaar geslagen en wendde zich af alsof ze zijn uitgestrekte hand niet opmerkte. Hij keek terwijl hij het glas leegdronk steels naar haar profiel en merkte op dat ze een rechte, een beetje Griekse neus had, volle lippen en een bijna transparante huid, die sterk contrasteerde met haar zwarte haar.

Hij bemerkte dat de stilte gespannen was en vroeg om iets te zeggen te hebben: 'Woont u hier al lang?'

'Tweeënhalf jaar.'

'Het is nogal een geïsoleerde plaats.'

'Ja. Ik vind het hier prettig.' Ze keek hem aan. Haar ogen, heel bleek groenblauw met een donkerder randje rond de iris, stonden vijandig. 'Als u me nu wilt excuseren, ik heb het druk.'

'Ja, natuurlijk.' Hij gaf haar het glas terug. 'Dank u voor het water, juffrouw Zeale.'

Ze intrigeerde hem. Die ogen natuurlijk, en haar ongewone en verbijsterende schoonheid, zo onverwacht hier in de wildernis, alsof je een exotische bloem op een composthoop aantreft.

Richard zag zichzelf als een objectieve kenner van schoonheid. Hij kende onder de vele verwende prinsessen met wie hij in Londen omging niet één meisje dat juffrouw Zeale overtrof. En haar stille afstandelijkheid daagde hem uit. Aantrekkelijk, rijk en zelfverzekerd als hij was, was hij er niet aan gewend afgewezen te worden, en al helemaal niet door een bediende.

Die middag werd in het hotel doorgegeven dat zijn De Dion klaar was. Toen hij in de zitkamer van de smid zat te wachten, knoopte hij een gesprekje aan met diens vrouw, dat hij al snel naar juffrouw Zeale stuurde.

Hij vroeg: 'Ze komt niet uit Lynton, hè?'

De vrouw van de smid maakte een snuivend geluid. 'Absoluut niet.'

'Waar komt ze dan vandaan?'

'Ik heb geen idee, meneer. Ze is nogal op zichzelf. Je hebt al geluk als ze antwoord geeft als je haar vraagt hoe laat het is.' Een stoffer bewoog onnodig hard over de schoorsteenmantel. 'Ik neem aan dat ze binnenkort wel zal vertrekken.' De toon suggereerde dat juffrouw Zeale als het aan de vrouw van de smid lag niet snel genoeg uit Lynton weg kon gaan.

'Vanwege het overlijden van haar werkgever, bedoelt u?' vulde hij in. 'Dan zal ze wel naar een andere aanstelling op zoek zijn.'

Nog een snuivend geluid. 'Nou, ik zou me om haar maar geen zorgen maken. Haar soort komt altijd wel weer terecht.' Een klop op het raam liet hem weten dat de smid was gearriveerd; Richard liep naar buiten om zijn auto op te halen.

Toen hij de volgende ochtend ontwaakte, viel het hem op dat de hemel glanzend blauw was en dat de straten en huizen goud straalden in de zonsopgang. Hij was van plan geweest zo vroeg mogelijk naar Londen op weg te gaan, maar in plaats daarvan had hij zich aangekleed en was het hotel uit gelopen. Op straat aangekomen ademde hij een paar flinke teugen koude, zilte lucht in en liep door het stadje. Zijn route voerde hem langs de kerk, waar hij tussen de taxusbomen en graven iets zag bewegen. Hij bleef staan en keek toe hoe juffrouw Zeale het kerkhof af kwam lopen. Ze was deze keer in het zwart gekleed, en haar gezicht was gesluierd. Hij zag dat een van de graven, waar nog geen steen bij stond, vol lag met rozen.

'Goedemorgen, juffrouw Zeale,' zei hij.

'Meneer Finborough.'

Hij betrapte zichzelf erop dat hij zich gevleid voelde dat ze zijn naam nog wist. 'Ik was van plan de heuvel op te wandelen. Mag ik u vergezellen?'

Ze zei met een vlakke stem: 'Als u dat wenst.'

Zijn opmerkingen tijdens hun wandeling over de mooie dag en de hevigheid van de voorgaande storm vingen bot. Elke vraag werd met een minimum aan woorden beantwoord.

Ze bereikten Orchard House. Hij keek naar het mooie oude pand en zei zonder erover na te denken: 'U zult wel met tegenzin vertrekken. Ik zou zo'n mooi huis vreselijk missen.'

Haar gezicht was nog bedekt door de sluier. Toen ze sprak, klonk haar stem hard en koud als ijs: 'Ik weet wat ze in de stad over me zeggen, meneer Finborough.'

Hij staarde haar geschrokken aan. 'Pardon...'

'Wat u ook voor verhalen hebt gehoord, ze zijn niet waar. Wat voor roddels uw oren ook hebben bereikt, ik stel voor dat u die vergeet. En als u nu zo vriendelijk wilt zijn aan de kant te gaan...'

Het drong tot hem door dat hij voor de ingang van het hek stond. Hij deed het voor haar open en ze liep de tuin in.

Ze zei nog iets: 'Probeer alstublieft geen contact meer met me te zoeken. Het enige wat ik vraag is dat ik met rust word gelaten. Wees alstublieft zo beleefd uit mijn buurt te blijven.'

Toen liep ze naar het huis. Hij keek toe hoe ze de voordeur achter zich dichtsloeg en liep weg.

Op weg terug naar Londen dreef Richard zijn De Dion tot het uiterste; zijn woede bleef hem een groot deel van de reis verteren. De toon van juffrouw Zeale was ronduit beledigend geweest, en dan haar woorden... ze had hem met een minachting aangesproken die hij alleen zou gebruiken tegen zijn sloomste bediende of een oneerlijke zakenrelatie. Toen hij in de stad arriveerde, reed hij meteen naar zijn kantoor, waar hij zijn woede afreageerde op zijn assistent, John Temple.

Richard Finborough woonde sinds zeven jaar in Londen. Hij

14

was op zijn achttiende uit het graafschap Down in Ierland vertrokken, waar hij wist dat hij geen toekomst had. Het familielandgoed, Raheen, was door de Irish Land Wars en de daaropvolgende Land Purchase Acts verpauperd en in omvang geslonken tot enkel het huis en twaalf hectare open grasland over waren. Toen Richard zestien was, was zijn vader overleden, die de Britse regering haar verraad van de Anglo-Ierse families zeer had aangerekend. Richard deelde die verbittering niet met zijn vader, en hij had hoe dan ook geen behoefte aan een leven als boer of landheer. Hij was al jong getuige geweest van de destructieve kracht van teleurstelling, van hoe die aan je vreet en je verandert.

Dus had hij opluchting gevoeld toen hij het landgoed in beheer van zijn moeder had achtergelaten en naar Londen was vertrokken. Hij was al snel van de hoofdstad gaan houden: het bruiste er van energie en activiteit en je kon het geld er bijna ruiken. Kopen en verkopen, dat was wat je in Londen deed; de straten en gebouwen waren ervan doordrenkt. De hartslag van Londen klopte het hardst in het zakencentrum en de haven, waar de enorme schepen hun vracht uit het Rijk losten en de opslagruimtes vulden met de producten uit de katoenfabrieken en ijzersmederijen voordat ze weer op weg over de wereld gingen.

Richard had in eerste instantie voor een importeur gewerkt, in het kantoor van een vriend. Drie jaar later was hij voor zichzelf begonnen. Hij had ontdekt dat hij aanleg voor zaken had, dat hij zowel koelbloedig als meedogenloos kon zijn, en dat hij een neus had voor welke industrieën nog zouden gaan floreren en welke hun top al hadden bereikt en alleen nog zouden aftakelen. Zodra hij meerderjarig was had hij de resterende investeringen van zijn vader verkocht. De meeste aandelen en obligaties leverden maar weinig op, maar een stukje land in het beste deel van Londen, het laatste stukje van wat ooit een aanzienlijk stuk grond was geweest, leverde een flink bedrag op.

Hij had met de winst van de landverkoop de meest acute schulden van het Ierse landgoed afbetaald. Er was genoeg geld over om twee fabriekjes in het East End van Londen te kopen: een waar thee werd verpakt en een waar knopen werden gemaakt. Een begin, dacht hij: het begin van het imperium dat hij, Richard Finborough, zou gaan opzetten. De familie Finborough was ooit bemiddeld en invloedrijk geweest, met imposante bezittingen en hectaren land aan beide zijden van de Ierse Zee. De tijd, de loop van de geschiedenis en zijn vaders slechte investeringen hadden hun alles afgenomen. Richards drijfveer was aangevuurd door verlies en gevoed door zijn vroege confrontatie met de mogelijkheid alles te verliezen. Hij zou niet rusten tot al hun bezittingen waren veiliggesteld en zijn familie als moderne dynastie uit de as was herrezen.

Toen hij terug was in Londen werkte hij tot laat en arriveerde pas na negen uur die avond in zijn appartement in Piccadilly. Tegen die tijd was zijn woede tegenover juffrouw Zeale weliswaar geluwd, maar was hij bevangen door complexere emoties. Hij weigerde het aanbod van zijn knecht om een maaltijd voor hem te maken, kleedde zich om en vertrok weer. Nadat hij in zijn club had gedineerd ging hij op weg naar een receptie in een huis aan Charles Street, waar hij wist dat Violet Sullivan zou zijn.

Violet was de jongere dochter van een voortvarende industrieel, Lambert Sullivan. Richard en Violet hadden sinds een paar maanden een flirterige, redetwistende verstandhouding opgebouwd. Violet was aantrekkelijk en zelfverzekerd; Richard overwoog wel eens met haar te trouwen. Haar kleine, keurige, ronde figuurtje was aanlokkelijk, en een band met de machtige familie Sullivan kon alleen maar in zijn voordeel werken.

Vanavond charmeerde ze hem echter niet. Het kokette tikken met haar waaier en haar meisjesachtige gegiechel kwamen over als berekend en schalks. Haar gezicht, met de ivoorkleurige huid die glad als een gepelde amandel was, leek leeg, haar gespreksstof onnozel. De gelaatstrekken van juffrouw Zeale, mysterieus en niet van deze wereld, drongen zich aan Richards geestesoog op terwijl hij met Violet sprak.

Hij verliet de receptie vroeg. De hemel was helder en sterren doorboorden de duisternis. Hij liep een tijdje doelloos rond en genoot van de koele lucht op straat, na de oververhitte kamer. Hij ging in een pub in een rustig hoekje zitten, bestelde een cognac met spuitwater en dacht nogmaals terug aan wat ze die ochtend had gezegd: *Ik weet wat ze in de stad over me zeggen, meneer Finborough.*

De vrouw van de smid had haar afkeuring voor juffrouw Zeale niet onder stoelen of banken geschoven. Je had niet veel verbeelding nodig om te bedenken waarom men kritiek op haar had. Juffrouw Zeale was trots, gereserveerd, op zichzelf, en natuurlijk beeldschoon; allemaal redenen voor roddel en achterklap. Hij vermoedde dat ze een onconventioneel type was, en kleine, afgelegen gemeenschappen bejegenen een gebrek aan conventie vaak met achterdocht.

Richard dronk zijn eerste glas cognac leeg en bestelde er nog een. De kritiek van de omwonenden op juffrouw Zeale zou zich waarschijnlijk op één eigenschap concentreren: haar moraal, of haar veronderstelde gebrek aan moraal. Mannen zouden wel naar haar verlangen, en vrouwen zouden jaloers zijn. Zijn eigen interesse in haar – zijn vragen aan de serveerster en de vrouw van de smid – hadden vast hoofdschudden en betweterig commentaar uitgelokt. Hij zou onbedoeld misschien hebben bijgedragen aan de problemen van juffrouw Zeale. Hij bedacht dat het zelfs nog erger was: dat zíj dacht dat zijn interesse in haar was aangespoord door roddel. Dat ze dacht dat hij haar had aangesproken omdat hij dacht dat ze gemakkelijk was, beschikbaar.

Richard leunde met zijn hoofd op zijn handen. Dat was het enige wat hij kon doen om niet hardop te kreunen om zijn eigen onhandigheid. Vergeet die vrouw, zei hij tegen zichzelf. Er waren honderden mooie vrouwen in Londen en honderden kilometers tussen Lynton en Londen. Hij hoefde haar nooit meer onder ogen te komen.

Zijn gedachten begonnen aangenaam te vervagen en Richard liep de stad door op weg naar het huis van zijn minnares, Sally Peach.

Richard dwong zichzelf de daaropvolgende dagen zich op zijn werk te concentreren en zich op de toekomst te richten. Het theeverpakkingsbedrijf was veelbelovend, maar het huidige pand was te klein om te kunnen uitbreiden, en de knopenfabriek was niet meer dan een werkplaats in een schuur waar rijen vrouwen met samengeknepen ogen in slecht licht zaten te werken. Beide bedrijven moesten groeien om te kunnen floreren. Arbeiders begonnen hoger loon te eisen: als het grote publiek eenmaal meer geld ging verdienen, konden mensen ook meer gaan uitgeven, en Richard was van plan daar munt uit te slaan. Hij wist dat de dagen dat een zakenman alleen in de behoeften van de rijken voorzag voorbij waren, en hij was niet van plan achter te blijven in veranderingen waarvan hij was overtuigd dat ze onafwendbaar waren. Hij zou zijn fortuin niet gaan maken door exclusieve theesoorten aan welgestelden te verkopen, hij zou geld gaan verdienen met goedkopere, maar goed verpakte theesoorten voor mensen met een lager inkomen.

De knopen van parelmoer, schild en glas die in de werkplaats werden gemaakt waren prima, maar het was een langzaam en kostbaar productieproces. Richard was al een tijdje op zoek naar een goedkoper en gemakkelijker bewerkbaar materiaal. Hij had eerder dat jaar Sidney Colville leren kennen, een polytechnisch scheikundige die geïnteresseerd was in de samenstelling en het gebruik van kunsthoorn. Colville was een vreemde, verlegen, sociaal onhandige man die de neiging had zichzelf weken achtereen op te sluiten met zijn werk en dan met niemand te praten, en hij bracht een groot deel van zijn tijd door in het zuidwesten van Engeland bij zijn invalide zuster, Christina. Richard vond dat het hoog tijd was dat hij weer eens een bezoekje aan Colville ging brengen.

Hij maakte een afspraak en gaf John Temple instructies voor als hij er niet was. Hij hield zichzelf niet zó voor de gek dat hij ontkende dat hij alleen maar naar Devon ging voor de laatste ontwikkelingen op het gebied van caseïneplastic. Hij zou het deze keer voorzichtig aanpakken. Sidney Colville en juffrouw Zeale hadden iets gemeen: ze waren allebei lastig in de omgang.

Richard bereikte halverwege de middag Lynton en het begon al een beetje donker te worden. Hij kon niet wachten juffrouw Zeale te zien en boekte niet zoals hij van plan pas geweest eerst een hotel, maar nam meteen de steile, smalle weg naar Orchard House.

Hij parkeerde de auto, tuurde over het hek en zag dat juffrouw Zeale in de tuin was. Het leek wel of er iets in zijn hart kneep en hij was zich bewust van een vreemde mengeling van emoties: genot, angst, en – wat was het? – gespannen afwachting, alsof hij op het punt stond aan een lange en moeilijke reis te beginnen. En herkenning. Hoewel ze maar een handjevol zinnen hadden uitgewisseld, voelde het bekend haar te zien, alsof hij haar al lang kende.

Hij stond een paar minuten onopgemerkt naar haar te kijken. De wind blies in de open tuin op de heuvel en trok aan haar onbedekte haar, deed haar rokken bollen. Hij kreeg de indruk dat ze met een gedreven, bijna kwade energie werkte. Ze haalde uit met haar zeis en velde een wirwar van bramenstruiken. Een zwaai met de hark en de bruin geworden bladeren van de paardenkastanje die over het gras verspreid lagen waren op een berg geveegd. Maar de wind trok aan, en een deel van de bladeren waaide terwijl juffrouw Zeale aan het werk was alweer van de berg. Haar schouders begonnen te hangen, alsof ze moe was.

Toen ze zijn voetstappen op het sintelpad hoorde draaide ze zich om.

'Zal ik even helpen?' bood hij aan.

Hij trok zijn jas uit, gooide hem over een tak van de boom en greep de hark.

Ze zei razend: 'Wat denkt u dat u aan het doen bent?'

'De bladeren opvegen voordat ze worden weggeblazen.'

'Ik wil dat u vertrekt, meneer Finborough.' Haar stem beefde van woede.

Hij ging verder met het maken van kleine bergjes bladeren op het stukje braakliggend terrein naast de tuin. 'Het is een grote tuin om zonder hulp te onderhouden.'

Een stilte, en toen zei ze stijfjes: 'Er kwam altijd een jongen uit

Lynmouth om het zware werk te doen, maar die is al een maand niet geweest.'

'Waarom niet?'

Ze trok de twee helften van haar jas beschermend om zich heen. Haar blik concentreerde zich koel op hem. 'Waarom denkt u, meneer Finborough?'

'Ik zou het niet weten.'

'Hij komt niet – of zijn moeder staat hem niet toe te komen – omdat ik hier nu alleen woon. Omdat ik hem zou kunnen besmetten met mijn verdorvenheid.' Ze spuugde het laatste woord uit.

Woede en fysieke inspanning hadden haar bleke huid kleur gegeven, die haar schoonheid intensiveerde.

'Is dat een reëel gevaar?'

Hij was even bang dat ze hem zou gaan slaan, maar toen leken haar schouders weer een stukje te zakken. 'Waarom gaan mensen altijd uit van het slechtste?' vroeg ze verbitterd. 'Is het leven niet moeilijk genoeg zonder zondigheid te zien waar die niet bestaat?'

'Ik denk dat mensen zich vervelen. Het is in dit soort kleine stadjes vast behoorlijk saai, vooral in de winter. Iemand die hoe dan ook een beetje anders is, is voer voor geroddel.'

Ze staarde met een gefronst voorhoofd naar de grond. 'Ik probeer helemaal niet anders te zijn. Het enige wat ik probeer is niet op te vallen.'

'Van roddel moet u zich niets aantrekken.'

'Dat doe ik ook niet. Niet persoonlijk. Maar dat ze kritiek op hém hadden...'

'Bedoelt u uw werkgever?'

'Ja.' Haar frons werd dieper. 'Charles was enorm verzwakt tijdens de laatste maanden van zijn leven. Ik bood hem inderdaad een arm aan als we in de stad wandelden. En ik hielp hem met zijn veters als zijn reuma zo erg was dat hij niet voorover kon buigen om ze los te maken, en een bemoeial heeft dat door het hek heen gezien. Dat mensen zoiets op een dergelijke manier verkeerd interpreteren, is walgelijk.' Ze keek naar hem op. 'Waarom bent u hier, meneer Finborough?'

Alle bladeren lagen ondertussen op een grote hoop. 'Omdat ik zo van het vuur houd dat je van dode bladeren kunt stoken,' zei hij met een glimlach. Hij viste een aansteker uit zijn jaszak en deed hem aan. De droge bladeren begonnen meteen te smeulen. 'Ik kwam u eerlijk gezegd mijn excuses aanbieden, juffrouw Zeale. Het drong toen ik weer thuis in Londen was tot me door dat ik u in verlegenheid moest hebben gebracht. Ik wilde u vertellen dat ik nergens op uit was toen ik u laatst aansprak.'

'Komt u uit Londen gereden?'

'Ja.'

'En u denkt dat ik geloof dat u dat hele eind hebt gereden om dat te kunnen zeggen?'

'Helemaal niet. Ik heb een bedrijf bij Woolacombe.'

'O.' Ze begon te blozen.

Het smeulen was nu een echt vuur geworden en bladeren dwarrelden omhoog uit de knetterende berg.

'De vorige keer dat ik u zag,' vervolgde Richard, 'was ik ver van huis gestrand. Onder dergelijke omstandigheden begin je een babbeltje met iedereen die je op straat tegenkomt. Ik had u de eerste keer dat ik in Lynton was al opgemerkt. Het stormde, en aangezien ik het heerlijk vind om naar een ruwe zee te kijken ben ik naar de kade van Lynmouth gewandeld. Ik zag u bij de zeewering. Ik maakte me zorgen om u.'

'Zorgen?'

'U stond in de schaduw van de oude toren. Ik vond dat u veel te dicht bij de golven stond.'

Ze lachte kort en afwijzend. 'Ik ga altijd naar de Rhenish Tower om na te denken. Het is een gewoonte. Ik voel me er prettig.'

'Waarover moest u dan nadenken?' Hij greep snel in. 'Pardon, dat is vreselijk onbeschoft van me...'

Er viel een stilte, en toen keek ze over haar schouder naar het huis en zei: 'Het is geen geheim. Ik dacht aan mijn toekomst. Ik moet hier binnenkort weg.'

Hij dacht terug aan hoe dicht ze langs de rand van de stenen borstwering had gestaan. 'Het zag er... gevaarlijk uit.'

'Ik was niet in gevaar. Wat zou u hebben gedaan, meneer Finborough, als ik in de zee was gevallen? Zou u achter me aan zijn gedoken om me te redden?' Haar toon klonk uitdagend.

Hij zei emotieloos: 'Ja, dat denk ik wel.'

'Wat galant, dat u zo bezorgd bent om iemand die u helemaal niet kent.'

'Hebt u nog nooit zo'n dringende behoefte aan gezelschap gehad dat u een vreemdeling op straat aanspreekt?'

Haar gezichtsuitdrukking werd weer behoedzaam. 'Eén keer,' mompelde ze. 'Lang geleden. Nu niet meer.' Het vuur begon uit te doven; de korte opgewektheid sijpelde van haar gezicht en ze rilde. 'Ik moet gaan. Ik heb nog van alles te doen. Goedenavond, meneer Finborough.'

Richard zorgde dat hij niet te snel weer naar Orchard House ging. Hij bracht een paar dagen door bij broer en zus Colville in de cottage die ze hadden gehuurd in de buurt van Woolacombe, waar Sidney Colville, in een communicatieve bui, van alles op stukjes papier krabbelde en Richard probeerde uit te leggen hoe je kunsthoorn maakt. Ze gingen af en toe even een luchtje scheppen. Sidney, fanatiek ornitholoog, wees hem allerlei zeevogels aan, en Richard dacht aan juffrouw Zeale en luisterde beleefd.

Toen hij aan het eind van de week weer in Lynton was, deed hij zijn best om wat meer over juffrouw Zeale te weten te komen. Hij hoorde dat haar voornaam Isabel was en dat ze in de zomer van 1907, meer dan twee jaar geleden, in Orchard House was komen werken. Charles Hawkins, haar werkgever, was hoofd van een jongensschool geweest tot het overlijden van zijn vrouw, zeven jaar daarvoor. Hoewel zijn excentriciteiten in het stadje werden getolereerd, werden die van haar dat niet. De manier waarop juffrouw Zeale zich kleedde, hoe ze sprak, zonder Devon-accent, hoe ze weigerde in te gaan op vragen over haar verleden: het had allemaal wrevel opgewekt. Zelfs haar liefde voor lezen had argwaan aangewakkerd. Richard kwam tot de conclusie dat juffrouw Zeale in de ogen van de omwonenden de gruwelijkst misdaad had begaan: ze was omhooggevallen. Maar naar die duistere zonde werd alleen omslachtig verwezen. Niemand durfde hem rechtstreeks te vertellen dat Isabel Zeale misbruik van haar positie als huishoudster had gemaakt door de minnares van Charles Hawkins te worden, hoewel de insinuaties niet mis te verstaan waren.

De daaropvolgende keer dat Richard haar zag was in de stad. Hij was na het ontbijt naar de haven gewandeld; toen hij op weg terug was naar Lynton, zag hij haar een stukje verderop. Ze had haar rode jasje aan en droeg een boodschappenmand. Hij zag hoe een groepje mannen dat de pub uit kwam wankelen haar een duw gaf en haar mand uit haar handen trok. Hij hoorde lachende stemmen terwijl er een brood in de goot terechtkwam en een zak bloem openspleet en de kinderkopjes wit maakte.

Juffrouw Zeale boog zich voorover om haar spullen op te rapen. Een kool was naar Richards voeten gerold: hij pakte hem op en haastte zich naar haar toe.

'Alstublieft,' zei hij terwijl hij hem in haar mand legde. 'Ik zal u zo even met de rest helpen.'

Ze greep zijn mouw vast. 'Nee. Laat hen met rust.'

'Ze gaven u opzettelijk een duw. Ik heb het gezien. Daar zouden ze niet mee mogen wegkomen.'

Ze zei zacht en nadrukkelijk: 'Als u er iets van zegt, gaan ze me alleen nog maar meer dwarszitten. U vertrekt over een paar dagen weer, meneer Finborough, maar ik moet hier blijven. Ik kan nergens anders naartoe.'

Hij knikte met tegenzin. Hij raapte de andere spullen voor haar op. Het brood lag in de modder en haar krant was doorweekt, de pagina's verworden tot papier-maché.

Hij zei: 'Laat me dan in ieder geval die boodschappen vergoeden.'

'Nee, dank u.' Ze was lijkbleek. 'Maar als u zo vriendelijk zou willen zijn om een stukje met me mee te lopen... zodat ik zeker weet...'

Hij nam de mand van haar over en ze liepen samen de stoep op. Toen ze vlak bij de hoek van de straat waren, riep een stem: 'Je houdt wel van rijke mannen, hè, liefje van me? Rijke oude mannen, daar hou je het meest van!' Er werd gelachen. Richard zag juffrouw Zeale wit wegtrekken en haar lippen op elkaar persen.

Hij gaf haar een paar minuten om tot zichzelf te komen en toen ze op weg de heuvel op waren vroeg hij haar: 'Wie waren dat?'

'De broertjes Salter. Het zijn vissers... ze wonen in Lynmouth.'

'Zijn het kennissen van u?'

'Er was een tijd dat...' Ze hield op met praten en beet op haar onderlip. Toen mompelde ze: 'Toen ik hier net woonde, was ik vreselijk eenzaam. Ik heb wel eens wat tijd doorgebracht met Mark Salter. Dat was dom van me, want hij begreep mijn bedoelingen helemaal verkeerd.'

'Wordt u vaak zo lastiggevallen?'

'Ze zijn dapperder nu meneer Hawkins me niet meer kan beschermen.'

'Dapperder?' Hij keek haar van opzij aan. 'Is dat hoe u het noemt?'

Ze gooide haar haren naar achteren. 'Ik ben niet bang voor hen. Mark Salter denkt dat hij met me wil trouwen. Ze vinden dat ik hen heb beledigd omdat ik hem heb geweigerd. Alsof ik ooit met zo'n valse, onwetende vent zou trouwen!'

Ze waren bij het smalle pad met bomen erlangs aangekomen dat naar Orchard House leidde. Ze stak haar hand uit naar de mand. 'Ik red het verder wel, meneer Finborough.'

'Onzin. Ik breng u even naar huis.'

Ze liepen over het smalle pad. De takken van de beukenbomen wierpen een traliewerk aan schaduwen over de weg; achter de beuken blokkeerde een bosje hazelaars het zicht naar de heuvel en het stadje.

Dat hij naast haar liep door het flikkerende, afnemende licht gaf hem een scherp en intens gevoel van genot. Dus een van die boerenpummels uit het dorp wilde met haar trouwen, bedacht hij zich; wat wilde hij, Richard Finborough, dan van haar? Hij verlangde natuurlijk naar haar, maar het was niet alleen fysiek. Hij wilde ook iets anders: haar aandacht, misschien, of haar waardering. Hij ergerde zich mateloos aan haar onverschilligheid jegens zijn aanwezigheid, die ze overduidelijk liet blijken. Hij wilde een rol in haar leven spelen.

Ze bereikten het huis. Hij zag een flits van besluiteloosheid op haar gezicht terwijl ze het hek opende, en toen flapte ze eruit: 'Kan ik u een kop thee aanbieden, meneer Finborough?'

Hij nam haar aanbod aan. Terwijl ze over het tuinpad liepen vertelde ze hem dat het huis geërfd zou worden door het neefje van haar voormalige werkgever, ene meneer Poole, die in India woonde. 'Er is vanochtend een brief van meneer Poole bezorgd,' legde ze uit. 'Hij is van plan zo snel mogelijk naar Engeland te komen. Ik had gehoopt...'

'Wat?'

'Dat meneer Poole zou beslissen in India te blijven. Dat hij mij misschien zou aanhouden om voor het huis te zorgen. Dom, ik weet het.'

'Misschien wil hij u wel als huishoudster.'

Ze deed de voordeur open. 'Meneer Poole heeft een vrouw en kinderen. Ik twijfel er niet aan dat een of andere bemoeial mevrouw Poole meteen over mij zou inlichten, en dan zou ik gegarandeerd worden ontslagen.' Ze liep het huis binnen; Richard volgde haar. 'Hoe dan ook, ik denk niet dat ik hier bij vreemden zou kunnen wonen.' Ze keek hem, met die pure, bleekblauwe ogen, even aan terwijl ze eraan toevoegde: 'Ik hield namelijk van Charles. Niet op de manier waarvan ik word beschuldigd... maar ik hield wel van hem.'

Hij voelde terwijl hij het huis betrad een mengeling van interesse, nieuwsgierigheid en een flikkering van triomf: hij wist dat hij de buitenste ring van een citadel had bedwongen. Naast de tweedjassen en oliejassen, die aan haken in de hal hingen, stond een paraplubak van een olifantenpoot. Op de vensterplank stonden drie globes, die waren gearrangeerd als planeten in de ruimte. In de gang hingen van vloer tot plafond planken vol boeken. Sommige waren nieuw, maar veel waren oud, en sommige banden hingen aan nog maar een paar draden aan de ruggen. Richard zag door de open deuren naar de kamers aan de gang nog meer planken en nog meer boeken.

De houten vloeren glansden; de kamers roken naar bijenwas en lavendel. 'Wat een fijn huis,' zei hij. 'Ik kan me voorstellen dat u hier niet weg wilt.'

Haar hand streelde over het oude eikenhout van een leuning. 'Het is mijn toevluchtsoord.'

'Wat was uw werkgever voor iemand?'

Het was de eerste keer dat hij haar zag glimlachen. 'Hij was uniek. Charles wist... alles. Hij was zo goed voor me. Hij heeft me zoveel geleerd. Ik mocht zelf kiezen welke boeken van hem ik wilde lezen, alles.' Er klonk verwondering in haar stem. 'Hij deed me aan mijn vader denken, hoewel die niet dezelfde kansen heeft gehad in zijn leven.'

'Wat is er met uw vader gebeurd?'

'Hij is aan tuberculose gestorven.'

'En uw moeder?'

'Die is kort na mijn geboorte overleden.'

Ze liep verder het huis in en opende een deur aan het eind van een gang. Richard stond in een grote keuken. Steelpannen, hun koperen, bruinroze onderkanten glimmend gepoetst, hingen van groot naar klein aan de achtermuur. Aardewerk stond keurig op planken; de gootsteen en vloer glansden.

Hij zette de mand op tafel. 'Wat gaat u doen als u hier weg moet?'

'Dan ga ik een andere aanstelling zoeken.'

'In Devon?'

'Dat denk ik niet. Meneer Hawkins heeft een goede referentie voor me geschreven, maar roddels reizen ver. Ik denk dat ik naar een ander deel van het land zal moeten. Maar ik zou het wel jammer vinden om hier weg te gaan. Ik ben hier gelukkig.'

Ze liep naar de gootsteen om een ketel met water te vullen. Hij maakte gebruik van de gelegenheid die ze hem aanbood door met haar rug naar hem toe te gaan staan en bewonderde haar figuur, zag haar smalle schouders en de welving van haar heupen.

Ze vroeg hem: 'Is uw bedrijf in Devon succesvol, meneer Finborough?'

'Ja, dat denk ik wel.' Hij vertelde haar over Sidney Colville en zijn interesse in kunsthoorn. 'Dat is het materiaal van de toekomst. Het is uitzonderlijk spul... je kunt het in een vorm gieten en het in elke kleur verven.' Hij grijnsde. 'Hebt u enig idee waarvan het wordt gemaakt, juffrouw Zeale?'

'Ik vrees van niet.'

'Koeienmelk.' Hij lachte. 'Is dat niet uitzonderlijk? Ik ga knopen van koeienmelk verkopen. Maar ik wil wel het productieproces begrijpen voordat ik erin ga investeren.'

'Meneer Hawkins heeft eens een bloem doormidden gesneden zodat hij me de onderdelen kon laten zien. Hij zei dat je iets niet volledig kunt begrijpen tot je weet hoe het is gemaakt.'

'Dat is een heel goed advies. Hoewel sommige dingen natuurlijk moeilijker te vatten zijn dan andere, heb ik ontdekt dat ik het als ik doorzet uiteindelijk altijd begrijp.'

Ze was naar de andere kant van de ruimte gelopen, nog steeds op haar hoede. 'Dat verbaast me niets, meneer Finborough. Dat verbaast me niets.'

Richard stond de volgende dag vroeg op en verliet vóór het ontbijt het hotel. Hij liep de stad en de weg met bomen door alsof hij werd gedreven door een fysieke kracht. De zon was nog niet helemaal op en er hingen flarden mist tussen de varens en braamstruiken: het leek wel of de bomen er wortelloos boven de grond zweefden. Zijn gedachten gingen alle kanten op en hij voelde zich gespannen en ongemakkelijk, vol van een rusteloze energie.

Toen hij bij Orchard House aankwam zag hij dat het hek openstond. De keurige tuin lag nu vol met rommel. Rottende aardappelschillen en vissenkoppen lagen op het sintelpad en er krulden oude kranten om de rozenstruiken. Ook de veranda lag vol afval.

De voordeur ging open en Isabel kwam naar buiten met een bezem. Ze schrok toen ze hem zag. 'Vossen,' zei ze snel. 'Wat kunnen die er toch een bende van maken.'

Hij wist dat ze loog. De vossen die dit huis vannacht hadden bezocht hadden menselijke gezichten. Maar haar gezichtsuitdrukking was uitdagend en hij wist dat hij haar nu niet moest tarten.

'Ik help wel even met opruimen,' zei hij.

'Dat hoeft niet.'

Hij negeerde haar. 'Een schep zou wel handig zijn. Staat er een in de schuur?'

Toen alle rotzooi in de vuilnisbakken zat nodigde ze hem in huis uit om zich te wassen. Toen hij uit het toilet kwam zei hij: 'Een goed ontbijt, dat is wat wij nodig hebben, juffrouw Zeale. In het hotel laten ze de bacon altijd aanbranden.'

Hij praatte tegen haar terwijl ze in de keuken stond te koken. Hij vertelde haar over zijn jeugd in Ierland, over vissen in de rivier en spelen op het strand. Hij vertelde haar hoe hij had gehuild toen hij op zijn achtste van huis had gemoeten om in Engeland naar kostschool te gaan en hoe hij de dagen tot de vakantie had afgeteld. Zijn zintuigen registreerden alles uitermate scherp terwijl hij sprak: de geur van de bakkende bacon, de pittigheid van de marmelade, het geluid van spetterend vet en het zachte tikken van haar voetstappen terwijl ze over de tegelvloer liep. Boven alles registreerde hij háár: die zwarte krul die aan een jukbeen kleefde, dat losse knoopje aan haar manchet – ze had zich vanochtend vast overhaast aangekleed – waardoor een stukje van haar pols zichtbaar was. Hij zou een jaar van zijn leven hebben gegeven om met zijn vingertop over die slanke witte pols te mogen strelen, om zijn lippen tegen die kleine V van huid te mogen drukken, haar te kunnen ruiken, proeven. Hij voelde zich duizelig van verlangen naar haar, was er bijna misselijk van.

Ze zette een bord voor hem neer. 'Gaat het wel, meneer Finborough?' hoorde hij haar vragen, en het drong tot hem door dat zijn handen boven zijn mes en vork zweefden, dat hij letterlijk zijn grip verloor.

'Uitstekend,' zei hij, en hij begon te eten, hoewel hij geen honger meer had, en de bacon en eieren die juffrouw Zeale zo fantastisch had gebakken nergens naar smaakten.

Hij liep die middag langs de kliffen naar het westen van Lynmouth. Toen hij op de kaap naar de golven keek die onder hem tegen de rotsen sloegen, dacht hij aan Isabel Zeale. Hij zag haar trotse, kaarsrechte houding voor zich, haar dikke, glanzende zwarte haar en haar gladde huid, met die bleekblauwe ogen. Wat was het aan haar dat hem zo betoverde, dat hem dwong hier te blijven, terwijl elke rationele gedachte, al zijn gezonde verstand, tegen hem zei dat hij terug moest gaan naar Londen en haar nooit meer moest zien?

Het zou wel betekenen dat hij verliefd op haar was. Er ontsnapte een rauwe klank uit zijn keel, iets tussen een kreun en een lach. De wind draaide en smeet een vlaag regen in zijn gezicht. Hij was de eerste vijfentwintig jaar van zijn leven doorgekomen zonder verliefd te worden... dus waarom gebeurde dat nu wel, en dan op deze plek, en op deze vrouw? De positie van Isabel Zeale was overduidelijk ver beneden die van hem. Ze was een bediende, een huishoudster. Haar reputatie was op zijn minst gezegd twijfelachtig, en wat betreft haar karakter... ze was trots en gereserveerd, had een scherpe tong en was soms zelfs een beetje op het boosaardige af. Misschien, bedacht hij wrang geamuseerd, was dit precies wat hij verdiende na al die keren dat hij voor de vorm had gedaan alsof hij van iemand hield terwijl hij in werkelijkheid helemaal niets voelde. Van de debutantes met wie hij had gedanst, van de gewiekste jongedames met wie hij had geflirt, en van de getrouwde vrouwen die, verveeld bij hun rijke oude echtgenoten, maar al te graag iets met een jonge en enthousiaste minnaar waren begonnen.

Het ging harder regenen en hij ging op weg terug naar de stad. De zee had een sombere leikleurige tint en het begon snel donker te worden. Hij wist dat het goed zou zijn om uit Lynton te vertrekken; zijn gezonde verstand zei hem dat hij moest weggaan en nooit meer moest terugkomen. Wat had hij hier te zoeken behalve de aandacht van een vrouw als Isabel Zeale? Hij wist dat het niet genoeg voor hem zou zijn om die aardige vriend te zijn die haar boodschappen voor haar droeg en haar hielp de rotzooi op te ruimen die door vandalen op haar veranda was achtergelaten. Dat zou nooit genoeg zijn. Waarom bleef hij dan bij haar op bezoek gaan? Zou hij volhouden, haar uitputten tot hij een of andere emotionele band had afgedwongen en ze zou gaan denken dat ze hem iets schuldig was? Dat zou gemeen zijn, een uitbuiting van zijn grotere rijkdom, kracht en hogere afkomst. Dat zou van hem een nog slechtere man maken dan de broertjes Salter waren.

Isabel Zeale had geen cent, ze had geen vrienden en zou binnenkort ook nog dakloos zijn. Al haar onafhankelijkheid en hautaine gedrag veranderden niets aan het feit dat ze weerloos was, een vrouw alleen. Haar verbijsterende schoonheid maakte haar alleen nog maar kwetsbaarder. Het beste wat hij voor haar zou kunnen doen was haar de naam doorgeven van een weduwe of oud echtpaar dat op zoek was naar een huishoudster.

Maar zelfs dat kon hij niet voor haar doen. De gebrekkige band die ze hadden bestond alleen omdat er niet werd verwezen naar het feit dat ze inferieur aan hem was. Als hij de aandacht op haar lage status zou vestigen zou hij haar daarmee vernederen. Hij vermoedde dat haar trots essentieel voor haar was, dat die op de een of andere manier was wat haar overeind hield en dat hij haar een plezier zou doen door gewoon terug te gaan naar Londen.

Wat ook was wat hij moest doen, en zo snel mogelijk. Hij moest een einde aan deze gevoelens maken, aan deze obsessie. Hoewel de gedachte Isabel Zeale nooit meer te zien hem meer pijn deed dan hij voor mogelijk hield wist hij dat het de enige verstandige keuze was.

Zodra hij het hotel binnenliep gaf de klerk hem een telegram. Het was van John Temple, en er stond in dat er brand was uitgebroken in de theefabriek en dat hij zo snel mogelijk terug moest komen naar Londen. Richard pakte snel zijn spullen, betaalde de rekening en verliet het hotel. Hij reed de stad uit en kwam bij de splitsing in de weg. De weg naar Londen lag voor hem.

Hij remde hard. Zijn vingers tikten op het stuur en zijn blik fixeerde zich op de natte, mistige duisternis voor zich. Hij dacht aan de brand, de fabriek en alles wat hij moest doen. Hij was zich ervan bewust dat er tijd verstreek en dat de klok doortikte, en hij voelde een mengeling van ongeduld en woede.

Hij sloeg hard met zijn vuist op het stuur, draaide de auto en reed de andere weg op. Toen hij bij het laantje naar Orchard House aankwam dook hij de duisternis onder de bomen in. Laaghangende takken zwiepten tegen de motorkap en de koplampen van de De Dion leken de duisternis nauwelijks minder te maken. Regen sloeg tegen de voorruit en hij reed bijna het huis voorbij, zag het met moeite in de nacht. Toen hij uit de auto stapte, kwam hij tot zijn enkels in een plas water terecht.

Het hek was dicht en op de veranda brandde geen licht. Maar hij wist ondertussen de weg, dus hij beende over het pad tussen de bloembedden door en klopte hard op de voordeur. Achter één raam was een streepje licht te zien en hij moest een tweede keer aankloppen voordat hij binnen voetstappen hoorde.

De deur ging een heel klein stukje open. Hij sprak tegen het streepje licht dat de duisternis doorboorde. 'Ik ben het, Richard Finborough,' zei hij. 'Het spijt me dat ik u op dit uur lastigval, juffrouw Zeale, maar ik moet acuut vertrekken wegens dringende zaken. Er is brand uitgebroken in een van mijn fabrieken en ik moet onmiddellijk terug naar Londen. Maar ik kon niet weg zonder u nog even te spreken.'

'Het is laat, meneer Finborough.'

'Alstublieft.'

Een korte stilte en toen opende ze de deur. Hij liep achter haar aan de zitkamer in. Naast een leunstoel stond een naaimand en op een bijzettafeltje lag een open boek.

'Ik stoor u. Het spijt me.' Hij ging niet zitten, maar liep rusteloos door de kamer. 'U hebt me verteld dat u hier zodra de neef van uw werkgever uit India arriveert, vertrekt. En dat is over... ongeveer een maand?'

'Als ik het goed begrepen heb, ja.'

'En dan gaat u op zoek naar een andere positie?'

'Dat ben ik al. Dat moet wel... Ik heb wat spaargeld, maar...' Ze hield op met praten en werd een beetje rood.

'Het probleem is dat ik er niet aan moet denken u nooit meer te zien.'

Ze zei droogjes: 'Dat overleeft u heus wel, meneer Finborough.'

'Nee. Dat denk ik niet.'

'Meneer Finborough...'

'Luister alstublieft naar me.' Hij fronste zijn wenkbrauwen. 'Ik was heel tevreden voor ik u leerde kennen. Ik had mijn werk en mijn vrienden in Londen, en dat was genoeg. Die dag dat ik autopech had was ik van plan zo snel ik kon dit mistroostige stadje weer te verlaten en nooit meer terug te komen.'

'Ik heb nooit contact met u gezocht,' zei ze kil.

'Nee,' zei hij, en hij lachte kort. 'Daarvan kan ik u beslist niet beschuldigen. Maar als ik niet bij u ben, moet ik steeds aan u denken. En als ik bij u ben...'

'Alstublieft, zeg!' riep ze, en hij hield geschrokken zijn mond. 'Juffrouw Zeale?'

'Weet u niet dat ik precies weet wat u gaat zeggen?' Haar stem beefde – van woede, drong het geschokt tot hem door – en ze vervolgde: 'Ik heb het al vaker gehoord, die onvoorwaardelijke liefdesverklaring, de onmogelijkheid zonder mij te leven... en de rest!'

'Het spijt me als ik u verveel,' ze hij stijfjes, 'maar laat me tenminste uitspreken.'

'Nee. Nee, dat doe ik niet.' Ze was van hem vandaan gestapt en sloeg haar armen strak om zichzelf heen. 'Ik laat me niet beledigen. Er is niets wat u kunt zeggen dat me mijn plannen kan doen wijzigen.'

Hij fronste zijn wenkbrauwen. 'Niets?'

'Helemaal niets.'

Een of andere koppige eigenschap maakte dat hij doorzette. 'Toen we elkaar ontmoetten hebt u uw aversie voor mij heel duidelijk gemaakt. Maar ik begon me de laatste tijd af vragen of u me minder onaardig begon te vinden. Juffrouw Zeale... Isabel...'

Ze onderbrak hem. 'Denkt u dat u de eerste bent? Als dat zo is, vergist u zich. Ik word al door mannen als u lastiggevallen sinds ik in Lynton woon!'

Haar woorden schokten hem zo dat hij stil werd. Ze had hem in haar hoofd op één berg gegooid met die lomperiken die haar op straat hadden aangevallen, die ruwe vissers uit de krotten van Lynmouth. Hij zei langzaam: 'Mannen als ik... Vertel me eens, juffrouw Zeale, wat een man als ik nu zou doen?'

Ze liep naar de voordeur en deed hem open. 'Ik wens niet langer door u beledigd te worden. Ik wil dat u gaat.'

'Ik wil dat u het zegt.'

Hij hoorde haar razend uitademen. Ze had haar vuisten gebald, de knokkels waren wit. 'Goed dan. De volgende stap zou zijn dat u me geld zou aanbieden. Tactvol of anderszins. Ik neem aan dat u tactvol zou zijn, meneer Finborough. En dan zou u een kamer voor me huren in Barnstaple of Exeter. En dan...'

'Dus dat denkt u over me,' zei hij razend. 'U dacht dat ik hier was om u tot mijn maîtresse te maken. U dacht dat ik hier was om u te kopen!'

'Is dat dan niet zo?'

Hij durfde nauwelijks iets te zeggen. Hij keek weg, naar het raam waar de wind de takken van een klimroos tegen blies, die het geluid van tikkende vingers maakten. Zijn woede werd minder en maakte plaats voor teleurstelling en ontgoocheling.

'De waarheid is,' zei hij, 'dat ik hier was om u te vertellen dat ik van u hou.'

Ze maakte een minachtend geluid. 'Dat is onmogelijk!'

'Hoe weet u dat zo zeker?'

Ze deed een stap naar hem toe; hij dacht weer even dat ze hem ging slaan. 'Ik woon dan misschien in een mistroostig stadje, meneer Finborough – en ik ben dan misschien een armzalige huishoudster – maar ik ben niet op mijn achterhoofd gevallen!'

'Dat heb ik ook nooit gedacht.' Zijn woede welde weer in hem op. 'Dat u koud bent, dat wel... terughoudend, absoluut... grof en onaardig, zeker. Maar dat u op uw achterhoofd bent gevallen, dat nooit.'

'Het spijt me als ik de verkeerde indruk heb gewekt. Het spijt me als u denkt dat ik u heb aangemoedigd...'

'O, dat hebt u niet gedaan, juffrouw Zeale, daar kunt u gerust op zijn!'

'In dat geval is er geen enkel excuus, echt geen enkel, dat u hiernaartoe bent gekomen. Meneer Finborough, ik dacht dat u te veel heer was om u onder die mannen te scharen die hier komen om me te kwellen!'

Het was even stil, en haar woorden leken door de hal te weerklinken, en toen pakte Richard zijn hoed en handschoenen. 'Dank u wel dat u uw gevoelens zo duidelijk uitdrukt, juffrouw Zeale,' zei hij. 'Dank u dat u zo... expliciet bent. Aangezien mijn aanwezigheid zo overduidelijk ongewenst is, zal ik u niet langer lastigvallen.'

Hij liep het huis uit. Een paar minuten later reed hij het laantje uit. Laat ze maar in haar sop gaarkoken, dacht hij. Hij was beter af zonder haar. Hij moest dankbaar zijn dat hij aan haar was ontsnapt. Toch voelde hij zich niet opgelucht, maar ellendig toen hij met piepende banden het laantje uitreed en de weg naar Londen op scheurde.

Hij reed snel, te snel voor de smalle weggetjes en het slechte weer. De wielen van de De Dion wierpen grote golven water op; hij voelde een paar keer dat hij zijn grip op de weg verloor en moest hard zijn best doen om de controle terug te krijgen. Toen hij een dorpje in reed parkeerde hij de auto en liep een pub in, waar hij een glas whisky bestelde. Hij zag zichzelf terwijl hij zat te drinken in de spiegel boven de schoorsteenmantel, zag zijn bleke gezicht, zijn wilde rode haar dat donker was van de regen, en de mengeling van razernij, wraakzucht en vijandigheid in zijn ogen. Geen wonder dat de barman zich zo had gehaast zijn drankje in te schenken, bedacht hij grimmig geamuseerd; geen wonder dat de andere gasten afstand van hem hielden.

Toen hij zijn borrel op had, liep hij terug naar zijn De Dion. Hij startte de motor nog niet, maar zat even naar buiten te staren, naar waar de vage zwarte vormen van de huizen samensmolten met de regen. Hij kon haar kwalijk nemen dat ze bevooroordeeld was, dacht hij, of hij kon zichzelf kwalijk nemen dat hij het verkeerd had aangepakt. Maar de waarheid lag dieper, en dat was een waarheid die hij nog niet aan zichzelf kon toegeven. Hij kon zich geen toekomst zonder Isabel Zeale meer voorstellen. Zichzelf herinneren aan haar eenvoudige afkomst of de kortstondigheid van hun kennismaking had geen enkele zin; zichzelf eraan herinneren dat het verstandig zou zijn verliefd te worden op een vrouw uit zijn eigen klasse, een vrouw die geld in het huwelijk kon meebrengen, was ook al niet effectief. Hij was al, op een manier die hij zelf niet begreep, aan haar verbonden.

Hij had tot dusverre in zijn leven altijd gekregen wat hij wilde. Hij verlangde naar al het goede wat de wereld had te bieden: macht, rijkdom en succes. Sinds hij eenmaal had besloten het fortuin van de familie Finborough in ere te herstellen had hij zijn weg al gevonden en had hij veel van wat zijn vader had verloren teruggewonnen. En wat vrouwen betreft: hij kon in alle oprechtheid zeggen dat hij er nog nooit door een was afgewezen.

Richard sloot zijn ogen en dutte even in. Toen hij wakker werd, was de pub dicht. Er brandden geen lichten meer achter de ramen van de huisjes. Hij keerde de auto en reed terug naar Lynton. Het was opgeklaard en de hemel was helder. Toen hij over het laantje met bomen naar Orchard House reed, zag hij tussen de takken boven zijn hoofd door dat het volle maan was. Toen hij het huis bereikte, parkeerde hij de auto en wachtte.

Enige uren later, bij zonsopgang, stapte hij uit de auto en strekte zijn benen. De temperatuur was aanzienlijk gedaald en er lag een laagje ijs, zo dun als zilverfiligrein, op de plassen. Toen hij over het sintelpad liep dacht hij dat hij in huis een olielamp zag branden. Toen ging de voordeur open. Isabel Zeale, met een sjaal over haar nachtpon heen geslagen en haar haren los over haar schouders, kwam naar buiten.

Ze liep over het pad op hem af. Toen ze dichterbij kwam, zag hij dat ze er moe uitzag, haar gezicht bleek en met donkere schaduwen onder haar ogen.

'Het spijt me als ik u wakker heb gemaakt,' zei hij. 'Ik heb geprobeerd stil te zijn.'

Ze fluisterde: 'Wat wilt u van me, meneer Finborough?'

'Ik wil mijn excuses aanbieden dat ik u gisteravond heb gekwetst. Maar het spijt me niet dat ik heb gezegd dat ik van u hou.'

Ze sloot even haar ogen. 'Meneer Finborough, als u ook maar enige vriendelijkheid in u hebt, als u me ook maar enigszins respecteert, vertrekt u.'

Hij schudde zijn hoofd. 'Nog niet. Je vroeg wat ik van je wil. Ik wil dat je met me trouwt, Isabel. Dat is wat ik wil. Hij stak een hand op en snoerde haar daarmee de mond. 'Zeg maar niets. Ik moet naar Londen. Denk erover na. Denk er alsjeblieft over na. Ik kom over een week terug. Dan kun je me je antwoord geven.'

Hij liep weg. Hij ving een laatste glimp van haar op toen hij de laan in reed. Ze stond in de tuin als een witte, bewegingloze pilaar, als aan de grond genageld.

Richard vermaakte zich in Londen na de opluchting dat er niemand gewond was geraakt tijdens de brand in de fabriek en als afwisseling van het overzien van de verwoesting die was aangericht met het sturen van cadeautjes naar Isabel Zeale.

Bloemen uit de kas op de eerste dag, een enorme, uitbundige bos, die een bloemist uit Londen met de trein helemaal naar Lynton bracht. Hij kocht in een boekwinkel in Charing Cross een dichtbundel van Christina Rossetti, gebonden in rood leer, de bladzijden met een randje bladgoud. Op het schutblad schreef hij: VOOR ISABEL, LIEFS, RICHARD. Hij genoot van de gedachte aan hoe vaak hij die woorden de komende jaren nog zou gaan schrijven.

De volgende dag stuurde hij haar een camelia in een pot en de dag daarna een stapel modetijdschriften. Daarna een paraplu met een handvat van parelmoer omdat het zoveel regende in Isabels deel van de wereld.

Hij dacht aan haar, alleen in haar citadel, voordat hij zijn laatste cadeau koos. Hij stuurde de loopjongen met de rieten mand met de King Charles-spaniëlpuppy persoonlijk naar Lynton. Op het briefje in de mand stond: HIJ HEET TOLLY. ALLE HONDEN VAN DE FAMILIE FINBOROUGH HETEN TOLLY. GEEN IDEE WAAROM. R.

Geen parfum, geen zijden kousen, geen sieraden, niets wat een intimiteit impliceerde die er nog niet was. Hij wilde haar het hof maken, niet haar verjagen.

Na een week reed hij weer naar Devon. Toen hij het schiereiland in het zuidwesten op reed, voelde hij zich energiek en vol leven. Die ochtend ging hij naar Orchard House.

'Trouw met me, Isabel,' zei hij.

'Nee.' Het woord kwam er samengeknepen uit. Ze zag er doodsbang uit.

Richard knikte, onverschrokken. 'Ga dan tenminste mee wandelen. Ik moet mijn benen even strekken na die lange rit. Dan nemen we de hond mee.'

Hij koos een route die langs de velden boven het stadje liep. Hij vertelde haar tijdens het wandelen over zijn week: de brand, het geleden verlies, de zoektocht naar een nieuwe locatie. Het was een koude, mistige dag en ze keken op het hoogste punt, waar het graslandschap overging in doornstruiken, neer op de wolken die de vallei onder hen vervaagden. Voor hen bewogen flarden van wolken zich snel langs de kromme lijnen van de berg. Een winterzonnetje begon de mist weg te branden.

Ze gingen op weg de heuvel af, naar de Valley of Rocks, waar wind, water en vorst vreemde vormen in het zandsteen en kalksteen hadden getekend. De stenen zuilen en neergevallen verzamelingen van stenen en keien torenden hoog boven de steile met gras begroeide kustvalleien uit. Daarachter lag de zee.

'Ik begrijp wel waarom je het hier zo fijn vindt,' zei hij. 'Op een dag koop ik hier een huis voor je.'

Ze zei met een lage, maar gehaaste stem: 'Je begrijpt toch wel dat een huwelijk onmogelijk is? Ik hoef je toch niet uit te leggen waarom?'

'Niets is onmogelijk als je het echt wilt.'

'Onzin,' zei ze fel. 'Dat zeg je omdat je nog nooit iets tekort bent gekomen. Ontzettend veel dingen zijn onmogelijk.'

'Dat is niet mijn ervaring.'

'Meneer Finborough...'

'Richard, alsjeblieft.'

'Richard dan. Ik kan absoluut niet met je trouwen. Je... je zit alleen zo achter me aan omdat ik je heb afgewezen. Ik neem aan dat je gewend bent je zin te krijgen.'

Hij gooide zijn hoofd in zijn nek en begon te lachen. 'Daar heb je gelijk in. Maar dat is niet waarom ik wil dat je met me trouwt.'

Ze fluisterde: 'Waarom dan wel?'

'Dat heb ik al gezegd. Omdat ik van je hou.'

'Ik neem aan dat je wel eens eerder van iemand hebt gehouden.'

'Nee. Volgens mij niet. Ik dacht van wel, maar ik heb me vergist.'

Ze staarde hem woedend aan. 'Heb je medelijden met me? Is dat waarom je dit allemaal zegt? Als dat zo is, bespaar je dan de moeite. Ik kan heel goed voor mezelf zorgen. Dat doe ik al jaren.'

'Denk je dat ik je ten huwelijk vraag omdat ik met je te doen heb?' Hij schudde zijn hoofd. 'Kom nou, Isabel... Dat kun je toch niet menen? Er zijn heel wat jonge vrouwen die er heel veel erger aan toe zijn dan jij. Moet ik die allemaal ten huwelijk vragen?'

'Dan begrijp ik het niet,' zei ze zwakjes.

Ver onder hen, aan de voet van de steile kliffen van rode zandsteen, bulderden de golven. Richard stond vlak bij de rand van de afgrond, stelde zichzelf op de proef, voelde de leegte onder zich.

'Ik zou nu eigenlijk in Londen moeten zijn,' zei hij, 'op zoek naar een nieuwe locatie voor mijn fabriek. Maar ik ben hier, omdat ik het gevoel heb dat het allerbelangrijkste in mijn leven is dat jij ermee instemt met me te trouwen. Ik wil voor je zorgen. Ik wil je beschermen. Ik wil met je naar Londen en ik wil je Raheen laten zien. Ik wil dat jouw gezicht het eerste is wat ik zie als ik 's ochtends wakker word. Ik wil oud met je worden. Verder niets.'

Ze wendde zich met samengeperste lippen af. Ze liepen verder, de vallei in naar de kust. Hij liet haar één voor één al haar bezwaren tegen een huwelijk opsommen. Hij wist dat hij ze van tafel kon vegen, ze kon ontkrachten, en dan zou ze geen reden meer hebben te weigeren.

'We hebben elkaar pas een paar weken geleden ontmoet,' wees ze hem erop. 'Ik kén je helemaal niet, Richard.'

'Dat is eenvoudig te verhelpen. We kunnen zo lang je wilt ver-loofd blijven, hoewel ik had gedacht dat een korte verloving pret-tiger voor je zou zijn. En als je me nog steeds weerzinwekkend vindt als je me eenmaal kent, nou, dan zal ik moeten opgeven.'

'Ik vind je niet weerzinwekkend.'

Hij voelde hoeveel moeite het haar kostte dat toe te geven. 'Dat is een mooi begin,' zei hij luchtigjes.

Aan de voet van de heuvel liep een stroompje een kleine baai in. De baai lag vol gekartelde, grijze rotsen; Richard bood haar zijn hand aan en ze klauterden eroverheen. De hond rende voor hen uit en blafte naar de zee. Het was eb, en de golven hadden grijs zand en glanzende gekleurde kiezels achtergelaten. In een rotspoeltje wapperde een kastanjebruine pruimvormige anemoon met zijn tentakels en een piepklein bleekgroen krabbetje haastte zich onder een steentje toen het de vibratie van hun voetstappen voelde.

'Ons verschil in afkomst maakt een huwelijk onmogelijk,' zei ze beslist. 'Je zult toch moeten toegeven dat dát een onoverkomelijk obstakel is.'

'Onzin. Daar zit ik helemaal niet mee.'

'Richard!'

Hij genoot van de manier waarop ze zijn naam uitsprak, ook al klonk haar stem gespannen wrevelig. 'Wat zou dan het probleem moeten zijn?'

'Dat is heel eenvoudig... jij bent rijk en ik ben arm!'

'Als je met me trouwt, word jij ook rijk. Niet direct, Isabel, maar ik ben wel van plan op een dag rijk te zijn. Bovendien heb ik ook armoede gekend. Mijn familie is nog niet zo lang geleden alles kwijtgeraakt.'

'Waar jij het over hebt is geen armoede,' zei ze verbitterd. 'Armoede is dat je je afvraagt hoe je aan je volgende maaltijd moet komen en of je over een week nog een dak boven je hoofd zult hebben. Richard, luister naar me! Mijn vader was klerk van de rentmeester op een groot landgoed in Hampshire. Toen hij ziek werd, verloor hij zijn baan en moesten we ons huis uit. Toen hij stierf ben ik gaan werken. Voordat ik de huishoudster van meneer Hawkins werd, was ik kindermeisje in Kent. Mannen als jij, Richard, trouwen niet met vrouwen als ik! Ze maken ons tot maîtresse, maar ze trouwen niet met ons!'

'Ik wil wel met je trouwen. Dat is het enige wat telt.' Toen er vlakbij een golf tegen de rotsen sloeg veegde hij met zijn vingertoppen de druppeltjes van haar gezicht. Hij zag haar huiveren. 'Word mijn vrouw, Isabel,' zei hij zacht, 'en dan kun je al die tegenspoed en ontbering achter je laten. Dan zul je het comfort en geluk hebben dat je verdient. Trouw met me en je zult nooit iets tekortkomen. Trouw met me en je zult nooit meer eenzaam zijn.'

Hij had het gevoel dat ze aarzelde, dat ze de verlokking voelde. 'Maar je familie...' mompelde ze.

'Mijn moeder gaat je geweldig vinden. En verder heb ik niemand.'

'Als we zouden trouwen zou je binnen je eigen kringen worden bespot. Je vrienden zouden je verlaten en je werknemers zouden je niet meer respecteren.'

Als we zouden trouwen... Hij voelde dat haar verweer afbrokkelde, als een zandbank die door de golven wordt verslonden. Hij voelde een golf van opwinding en genot door zich heen gaan. 'Misschien zou er in eerste instantie wat worden geroddeld,' gaf hij toe. 'Maar zoiets is zodra zich een nieuw schandaal voordoet niet meer interessant. Londen is heel anders dan Lynton. Mensen van allerlei pluimage maken hun fortuin in Londen, mensen van diverse achtergronden, religies en rassen. En hoe dan ook, als ze je eenmaal leren kennen, gaan ze toch wel van je houden, net als ik.'

'Je hebt sociale verplichtingen. Ik zou je gaan teleurstellen.'

'Het is helemaal niet zo ingewikkeld,' zei hij opgewekt, 'om een dineetje te organiseren of je te kleden voor de opera.'

'Nee, Richard.' Ze schudde haar hoofd. 'Ik heb genoeg van de wereld gezien om te weten dat die dingen wél moeilijk zijn en dat je duizend fouten kunt maken, en dat er duizend manieren zijn waarop ik je zou kunnen teleurstellen!'

'Denk je dat het me zou kunnen schelen als je met de verkeerde vork zou eten?'

'Als je vrienden zich tijdens een belangrijke gebeurtenis voor je zouden schamen zou het je wel kunnen schelen,' zei ze zacht. 'Als ze medelijden met je kregen, zou het je wel kunnen schelen. En dan zou je spijt krijgen dat je met me bent getrouwd. Dan zou je je voor me gaan schamen.'

'Nooit.' Hij greep haar handen. 'Ik zou nooit spijt krijgen dat ik met jou zou zijn getrouwd. Nooit.'

'Richard...' Ze slaakte een zucht. 'Ik ben niet het soort vrouw met wie je zou moeten trouwen.'

'Jawel, Isabel, ik weet dat je dat wel bent.' Hij voelde zich nu kalmer, zekerder van zichzelf, zekerder dan hij zich ooit over iets had gevoeld. 'Ik zou gek worden als ik getrouwd zou zijn met een of andere aanstellerige meid die hysterisch wordt als ik een lelijk woord gebruik, of die gaat klagen als ik niet naar haar pijpen zou dansen. Dat is het soort vrouw dat niet bij me zou passen, omdat ik zo iemand onder de voet zou lopen. Jij hebt een uitgesproken mening, je bent dapper en onafhankelijk, en dat heb ik nodig. Dat heb ik heel hard nodig.'

Ze perste haar lippen op elkaar en keek weg terwijl ze terug-keerden naar Lynmouth. 'Ik ben niet geschoold zoals jij,' zei ze. 'Ik ben op mijn twaalfde van school gegaan.'

Hij veegde haar bezwaar van tafel met een handgebaar. 'Nie-mand verwacht dat meisjes hun tijd verdoen met een jarenlange opleiding.'

'Maar waar zouden we dan over praten, wat zouden we tegen el-kaar moeten zeggen?'

'We zouden het hebben over dingen waar we nu nog geen tijd voor hebben gehad. En misschien dat het soms niet nodig zou zijn om iets te zeggen. Misschien zou het genoeg zijn om bij elkaar te zijn.'

'Zo'n huwelijk... bestaat dat?'

'Wij zouden het in het leven kunnen roepen.'

Ze fronste haar wenkbrauwen. 'Je bent wel een idealist.'

'Nee hoor, ik ben praktisch, Isabel. Ik ben geen dommerik of verliefde idioot die je in een opwelling vraagt met hem te trouwen. We zouden vast wel eens ruzie krijgen. Ik geef toe dat ik niet altijd zo lief en rustig ben. Maar als er liefde is – als er zulke sterke liefde is – geloof ik dat er verder niets uitmaakt.'

'O, Richard! Je denkt op dit moment dat je stapelverliefd op me bent, maar dergelijke liefde houdt geen stand! Hoe voel je je over een maand, of over zes maanden, of over een jaar? Vroeg of laat zou je genoeg van me krijgen en zou je gaan wensen dat je met iemand anders was getrouwd, met iemand van je eigen stand. Dan zou je me gaan haten en wensen dat je van me bevrijd was!'

'Nee.'

'Dat kun je niet weten.'

'Ik weet het net zo zeker als wat dan ook.'

'Maar ik...' Haar stem ebde weg.

'Je houdt niet van mij... Is dat wat je ging zeggen? Heb je een hekel aan me?'

'Nee, helemaal niet. Maar je tot iemand aangetrokken voelen is geen liefde. Dat houdt geen stand, is onzeker, kan weer voorbijgaan.'

'Maar je aangetrokken voelen is een begin, denk je niet? En liefde kan toch groeien?'

'En als dat nou niet gebeurt?' zei ze ronduit. 'Wat dan?'

'Het groeit wel. Daar zorg ik wel voor. Dat is een risico dat ik wel durf te nemen. En trouwens,' zei hij, en hij voelde dat hij ongeduldig begon te worden, 'we hebben nu wel genoeg gewikt en gewogen. Als dit een zakelijke overeenkomst was zou ik je wijzen op wat ik je kan bieden: een eigen huis, veiligheid en sociale status. Als we het praktisch in plaats van sentimenteel bekijken, wat heb je dan te verliezen?'

'Vraag je nu wat mijn alternatieven zijn?' Haar stem klonk verbitterd. 'Denk je dat ik dat niet weet? Werken als kokkin of huishoudster. Een zolderkamer die is ingericht met afdankertjes en een haard die nooit brandt. Een werkgever die van me verwacht dat ik revérences maak en mijn plaats ken. Mijn enige vorm van vermaak het bediendenfeest met kerst of een boek uit de volksbibliotheek. Denk je dat ik niet bang ben voor dat alles, dat ik mijn bestemming al veel te lang uitstel?'

Ze waren bij de haven van Lynmouth aangekomen. Richard zei zacht: 'Zo hoeft het niet te gaan. Kom met me mee naar Londen en je hoeft nooit meer dergelijke vernederingen te ondergaan.'

Ze had tranen in haar ogen. 'Je kent me niet. Je denkt misschien van wel, maar dat is niet waar. Je weet niet hoe ik heb geleefd of wat ik heb gedaan.'

'Hoe oud ben je, Isabel?'

'Twintig. Maar ik zie niet...'

'Dan ben je vijf jaar jonger dan ik. Ik vind het moeilijk te geloven dat je iets vreselijks zou hebben gedaan. En als dat zo is... als je een boze stiefmoeder hebt neergestoken en haar in een greppel hebt begraven, nou, dan is dat het verleden en gaat het mij niets aan. Als je met mij trouwt kun je opnieuw beginnen. Dan heb je een nieuwe naam en een nieuw huis in een nieuwe stad. Dan kun je alle ellende die je hebt doorgemaakt achter je laten. Dus trouw met me, Isabel. Er is echt geen enkele reden om niet met me te trouwen.'

Ze slaakte een zucht en drukte haar knokkels tegen haar mond. Uiteindelijk zei ze: 'Wacht hier even, alsjeblieft. Ik moet nadenken.'

Richard keek haar na, een flits rood en zwart die over de haven-arm liep tot ze in de schaduw van de Rhenish Tower bleef staan. Het begon snel vloed te worden en de scheepjes in de haven, die bij eb lagen gestrand, dobberden alweer. De instromende zee werd in de haven in een trechter de rivier in geduwd met een snelheid die zichtbaar was op het stenen bed. Richard kon het punt onderscheiden waar de zee overging in de rivier, waar de twee samensmolten, één werden, vochten, onafscheidbaar.

Het was laat in de ochtend en de baai baadde in een goudkleurig licht. Richard ging op een bankje zitten, met de hond aan zijn voeten. Toen hij uiteindelijk opkeek, zag hij dat Isabel op hem af kwam lopen. Toen ze vlak bij hem was stond hij op. Hij wist dat hij niet in staat was de mengeling van hoop en angst die in zijn gelaat stond gegrift te verbergen.

Ze kwam bij hem staan. 'Wat je over mijn verleden zei, meende je dat? Meende je dat echt?'

'Natuurlijk. Je verleden gaat me niets aan. Trouw met me, Isabel.'

'Ja.'

Hij hoorde het gefluisterde woord nauwelijks. Een gevoel van verrukking ging door hem heen. Hij nam haar in zijn armen; een siddering van emotie schoot over haar gezicht. 'Isabel. Mijn Isabel. Zeg het nog eens. Zeg dat je met me zult trouwen.'

'Ja, Richard,' fluisterde ze. 'Ik trouw met je.'

Ze reisden de volgende dag naar Londen. Richard huurde een suite voor Isabel in een klein, exclusief hotel in een rustig straatje achter The Strand. De tijd tussen haar vertrek uit Devon en hun huwelijk bracht ze door bij kleermakers, schoenmakers, hoedenmakers, handschoenenmakers en korsettenmaaksters.

Tijdens hun diner op de avond voor hun huwelijk droeg Isabel een gladde, bleekgroene japon, afgewerkt met kant en smalle zwarte lintjes rond de boezem. Richard bedacht hoe goed maatkleding haar stond, een passend omhulsel van haar vreemde en strenge schoonheid.

Ze zat vanavond stil met haar eten te spelen. Hij nam aan dat ze zenuwachtig was voor de huwelijksdag en probeerde haar af te leiden met verhalen over Parijs en Ierland, waar ze hun huwelijksreis zouden doorbrengen. Tijdens de eerste gang excuseerde ze zich en liep de eetzaal uit. Toen ze terugkwam, zag hij dat ze wit was weggetrokken.

'Ik heb *crêpes au citron* voor ons besteld,' zei hij. 'Ik hoop dat je daarvan houdt.'

Haar handen lagen ineengestrengeld op haar schoot. 'Richard, ik kan niet met je trouwen.' Haar stem beefde. 'Het spijt me vreselijk, maar het kan echt niet.'

Hij zei geruststellend: 'Je bent gewoon nerveus, lieveling. Na morgen voel je je vast een stuk beter.'

'Nee.' Ze schudde wild haar hoofd. 'Het zijn geen zenuwen. De bruiloft... hij kan echt niet doorgaan. Ik had het nooit zover moeten laten komen.'

'Isabel, je doet gek.'

Ze beet op haar onderlip. 'Toen je me in Lynton ten huwelijk vroeg, geloofde ik dat je oprecht was. Maar toen ik in Londen kwam en zag hoe je woonde, dacht ik...'

'Dacht je wat?'

Haar blik, wild en onrustig, ontmoette de zijne. 'Dat ik me moest hebben vergist. Dat je onmogelijk met me kunt trouwen. Dat je me toch alleen als maîtresse wilde.'

De hoofdkelner kwam naar hun tafeltje, met een bediende die een karretje duwde achter zich aan, waardoor Richards boze antwoord geen uitweg vond. Een langdurig ritueel met branders en pannen volgde. Toen ze eindelijk weer alleen waren, zei hij: 'Mijn god, Isabel, hoe kun je dat nou zeggen?'

Ze begon te blozen. 'Ik zie nu... ik zie nu dat ik je verkeerd heb beoordeeld.'

'En nu je weet dat ik geen leugenaar ben,' zei hij razend, 'nu je weet dat ik je niet heb misleid, zeg je dat je niet met me wilt trouwen?'

'Ik kán niet met je trouwen.'

'Wat probeer je me nu te vertellen? Dat je liever mijn minnares bent? Dat je geen blijvende band wilt... dat je liever je carrière vervolgt zonder te worden beperkt door wettelijkheden?'

Woede flitste in haar ogen. 'Richard, zo ben je niet!'

'Wat moet ik anders geloven?'

'Dit is mijn schuld,' zei ze verbitterd. 'Ik kan je niet kwalijk nemen dat je boos op me bent. Ik kan je niet kwalijk nemen dat je het ergste denkt. Maar ik kan niet met je trouwen, Richard. Het zou verkeerd zijn, en ik weet dat het...'

Ze zag er moe en gekweld uit; hij reikte over de tafel heen naar haar uit. 'Geef me je handen,' zei hij, en even later deed ze dat. 'Ik ben niet boos op je,' zei hij zacht. 'Maar je maakt me wel bang. Zeg alsjeblieft niet zulke enge dingen, lieverd.'

Ze sloeg haar ogen neer; hij hoorde dat ze zuchtte. 'Richard, er is iets wat ik je niet heb verteld...'

Een stem onderbrak haar: 'Mijn hemel, Finborough, ben jij dat?' Een lange man met krulhaar baande zich tussen de tafeltjes door een weg naar hen toe. 'Dat ik jou hier tegenkom, kerel!'

Richard vloekte inwendig. Toen stond hij op. 'Isabel, mag ik je voorstellen aan een oude vriend van me, Frederick McCrory. Freddie, dit is mijn verloofde, juffrouw Zeale.'

'Je had me wel eens mogen laten weten dat je gaat trouwen, Richard.' McCrory's starende blik richtte zich bewonderend op Isabel. 'Aangenaam kennis te maken, juffrouw Zeale.'

'Freddie en ik hebben samen op school gezeten,' legde Richard uit.

De mannen praatten, de tijd verstreek en obers namen de on-aangeroerde crêpes mee. Toen nam Freddie afscheid. Kort daarna, nadat ze koffie en cognac hadden afgeslagen, verlieten Richard en Isabel het restaurant.

Sneeuwvlokken dwarrelden in de duisternis naar beneden. Richard vroeg: 'Zullen we een stukje wandelen? Of is het te koud voor je?'

Isabel schudde haar hoofd. Ze liepen naar de Embankment. Het water van de Theems leek wel geel, stroperig, alsof het oppervlak net begon te bevriezen. Richard nam haar in de schaduw van een plataan in zijn armen en kuste haar. Het was de eerste keer dat hij haar echt zoende, zonder terughoudendheid. Hij had zijn afstand tot haar bewaard tijdens die vreemde, onwerkelijke weken voor hun huwelijk, in de wetenschap dat het essentieel was haar repu-tatie te bewaren. Maar nu liet hij zijn handen onder de bontrand van haar lange mantel glijden, voelde de botten en het vlees onder de zijde van haar lijfje en trok haar strak tegen zich aan, alsof hij haar zo tot een deel van zichzelf kon maken. Het wonder ge-schiedde en hij voelde de passie die hij altijd in haar had aange-voeld ontwaken, hij voelde de ijzige koude waarmee ze zichzelf omringde smelten en vloeibaar worden, als de rivier, hoorde haar zijn naam mompelen, zag hoe ze haar hoofd naar achteren gooide en haar ogen sloot terwijl ze zich aan elkaar vastklemden.

Toen ze zich uiteindelijk van elkaar losmaakten zei hij zacht: 'Ik voelde me op de dag dat je zei dat je met me wilde trouwen de gelukkigste man op aarde.' Zijn kussen veranderden, werden zacht en teder; hij nam haar gezicht in zijn handen. 'Ik heb je losgerukt uit alles wat bekend voor je was, hè? Ik heb je uit je huis gehaald, weg van de plaats waar je zo dol op bent. Vergeef me... dat was een egoïstische actie van me.'

Ze mompelde: 'Er is niets te vergeven, Richard.'

'Wees niet bang, Isabel, mijn liefste. Ik beloof je dat ik voor je zal zorgen. Ik beloof je dat ik de gelukkigste vrouw op aarde van je maak. Laat me dat voor je doen, alsjeblieft.'

Ze had tranen in haar ogen; hij trok haar naar zich toe en duwde haar hoofd tegen zijn schouder. 'Als je me nu zou verlaten, zou mijn hart breken.' Zijn stem was onvast. 'Ik denk niet dat ik het zou overleven. Dat mag je niet doen. Ik zou het niet aankunnen.'

2

Ze dacht die nacht dat ze van hem begon te houden. Ze keek door zijn daadkracht en vurigheid heen en zag voor het eerst een glimp van de tederheid en kwetsbaarheid die eronder lag.

Was dat waarom de moed haar in de schoenen zonk en ze hem niet over Alfie Broughton vertelde? Omdat ze van Richard begon te houden?

Dat hoopte ze maar. Dat was een betere reden dan elke andere.

Vierentwintig uur later waren ze getrouwd.

Richard Finborough was een lange, breedgeschouderde en gespierde man. Zijn ogen waren groenbruin, zijn gelaatstrekken scherp afgetekend en zijn mond sensueel gerond. Zijn dikke, volle bos haar was koperrood.

Isabel had nooit van rood haar gehouden. Het ging te vaak gepaard met een grillig karakter, met trots en arrogantie. Toen ze voor het eerst had gemerkt dat ze hem aantrekkelijk vond had dat haar van haar stuk gebracht. Ze vond hem verwend, gewend altijd zijn zin te krijgen. Ze had zijn hofmakerij niet serieus genomen, had niet geloofd dat iemand als hij van haar kon houden. Ze had hem genegeerd en beledigd, en ze had de deur in zijn gezicht dichtgegooid. Pas toen het haar echt niet lukte hem weg te krijgen was ze zich gaan afvragen of hij het serieus meende. Maar ze had nog steeds niet geloofd dat hij met haar wilde trouwen.

Op de dag dat hij haar voor het eerst had gezien, onder de Rhenish Tower in die storm, was ze door verdriet gekweld en bang. Zij, die op haar twintigste al zo vaak opnieuw was begonnen in haar leven, was bijna niet in staat geweest de veranderingen onder ogen te komen die de dood van Charles Hawkins haar opdrong. Waar moest ze naartoe, wat moest ze doen? Ze had vermoeidheid en ongerustheid gevoeld, en een verlammende angst, en het was door haar heen gegaan, toen ze die stormachtige ochtend in de havenarm stond, doorweekt door regen en opspattend zeewater, dat ze maar een paar stappen hoefde te zetten om van alle beslissingen verlost te zijn, van alle nieuwe starts, van al het verlies dat ze anders nog zou moeten ondergaan. Iets – gewoonte en een christelijk verwerpen van zelfdestructie, bedacht ze later – had gemaakt dat ze de bulderende zee de rug had toegekeerd en was teruggelopen naar het dorp. Dat Richard Finborough haar die ochtend had gezien baarde haar zorgen. Ze gruwelde bij de gedachte dat een vreemde iets van haar donkere kant zou zien: het gaf haar het gevoel dat ze een stukje van zichzelf had weggegeven.

Die eerste nacht van hun huwelijksreis, in hun slaapkamer in hotel Crillon in Parijs, trok Richard haar kledingstukken één voor één uit. Een parelketting rolde, koel en glad, door zijn vingers. Een avondjurk van roze zijden chiffon zweefde als een bergje bloemblaadjes over de vloer. Sterke, bedreven vingers knoopten petticoats van tafzijde en chantillykant en strikken van lint los. Hij knoopte haar roze korset los, boog voorover en kuste haar borsten. Hij bewaarde haar zijden kousen en haar lange witte handschoenen tot het laatst. Zijn mond streelde het kuiltje in haar hals; zijn handen raakten haar aan en maakten verlangen in haar los. Haar lichaam bewoog in hetzelfde ritme als dat van hem, haar genot was hetzelfde als dat van hem.

Nadien voelde ze behalve de ontlading, weer, dat verraad. Wat als ze nu te veel van hem zou gaan houden, van deze arrogante, roodharige man die zich ongevraagd aan haar leven had opgedrongen? Kon je niet zelf kiezen van wie je hield, konden je emoties nooit op één lijn liggen met je intellect, met je zelfbeheersing?

Na twee weken in Parijs vertrokken ze naar Raheen, de geboorteplaats van Richard in het graafschap Down in Ierland. Richards moeder was wonderlijk genoeg niet de afkeurende draak die Isabel had verwacht. Ze was gastvrij en babbelde wat af, en toonde maar een paar keer iets van de koppigheid die ze aan haar zoon had doorgegeven. Raheen House was groots en imposant en stond een kleine kilometer van Dundrum Bay. Toen Isabel over het strand liep, dat nat was van de terugtrekkende golven, met het paarsgrijze silhouet van de Mourne Mountains als een luchtweerspiegeling aan de andere kant van de baai, ervoer ze momenten van kalmte en tevredenheid.

Toch verontrustte Raheen haar; het was alsof de spinnenwebben en het verval dat als een sluier over de buitenste kamers van het huis lag haar 's nachts omhulden en haar weerstand afbraken. Ze vroeg zich af of het de nabijheid van de zee was waardoor ze over Broadstairs droomde en of ze in haar slaap het gemompel van de golven kon horen of het zout in de lucht kon ruiken.

Ze liep in haar droom over het strand met de kinderen van de familie Clarewood. Ze droeg haar kindermeisjesuniform, maar ze had blote voeten en voelde het vochtige zand tussen haar tenen duwen. De wielen van de wandelwagen gleden soepel over het glinsterende, compacte oppervlak; schelpen en kiezelstenen lagen langs de kustlijn als grijze en witte parels. Adele en Elsie renden spetterend door het glinsterende water voor haar uit. Het moest laat op de dag zijn, want de poppenkasten en badkoetsen waren al opgeruimd. De zon zakte achter de horizon en schilderde de zee goud, legde een schitterend laagje over de golven.

Toen draaide ze zich om en zag dat de duwstang van de wandelwagen op de een of andere manier aan haar vingers was ontglipt, en dat de wagen, met de kleine Edward erin, was verdwenen, evenals de meisjes, en dat ze alleen op het brede, lege strand stond.

Isabel werd wakker, haar gezicht nat van de tranen. Richard lag naast haar diep te slapen. Ze lag wakker in de duisternis en gedachten aan Broadstairs, de familie Clarewood en Alfie raasden door haar hoofd.

Ze was zeventien toen ze Alfie Broughton leerde kennen, en ze was er al een tijdje aan gewend dat mannen in haar waren geïnteresseerd. Ze was ondertussen heel bedreven hen koel te behandelen, hen met een paar woorden af te wijzen. Alfie had daar verandering in gebracht. Het was voor het eerst dat ze naar een man verlangde. En ze had tot dan toe ook niet geweten hoe intens je kunt genieten van de twinkeling in iemands ogen of het horen van een stem. Op welk moment, vroeg ze zich af, had ze de ramp die zo geniepig bezit van haar had genomen kunnen voorkomen? Als ze elkaar niet hadden leren kennen, die middag op het strand? Als ze hem niet uit de golven had zien komen, omhuld door zee en zon? Welke magie, opgeroepen door de liedjes van de zangers en de warme lucht, had gemaakt dat ze voor Alfie Broughton was gevallen?

Isabel Zeale was op haar veertiende voor de familie Clarewood gaan werken, na het overlijden van haar vader. Haar moeder was overleden toen Isabel zes maanden was; ze had geen broers en zussen. Ze had gesolliciteerd naar de betrekking van kindermeisje bij een gezin in Broadstairs omdat ze altijd dol op kinderen was geweest en omdat ze, aangezien ze zelf uit een omgeving met bossen en grasvlakten kwam, de zee zo graag wilde zien. Toen ze die voor het eerst zag, donkerblauw, zijdeachtig en constant veranderend, was ze stil blijven staan, als betoverd, haar bundeltje kleding en de boeken van haar vader in haar handen geklemd terwijl de zomergasten druk om haar heen bewogen.

De baan bij de familie Clarewood beviel haar uitstekend en ze raakte gehecht aan de driejarige Adele. Elsie werd kort nadat Isabel bij het gezin was gaan werken geboren en Edward twee jaar daarna. Mevrouw Clarewood bemoeide zich nauwelijks met de kinderkamer en Isabel was dol op de kust, vooral in de zomer, als de regels minder streng waren en de bedienden – mevrouw George, de kokkin, en Liddy, het dienstmeisje – het ervan namen en kliekjes opwarmden en het afstoffen oversloegen.

Ze leerde Alfie kennen op een warme pinkstermiddag. Ze hadden een halve dag vrij en ze was met Liddy naar het strand. Badkoetsen, getrokken door paarden of sterke mannen, brachten de zwemmers naar het water. De mannen baadden op het ene deel van het strand en de vrouwen op een ander. Het strand was druk: de rijken in hun zwempak en de mensen met minder geld in hun gewone kleding, met knalrode gezichten in de zon. Isabel droeg de nieuwe jurk die ze voor zichzelf had gemaakt, van blauw-wit gestreepte katoen. Liddy, nogal een kletskous, praatte aan één stuk door en Isabel voelde de hitte van het zand door de zolen van haar laarsjes terwijl ze naar de zangers keken.

Tijdens het applaus na een liedje kwam er een jongeman naar hen toe. 'Hebben jullie het naar je zin, dames?' vroeg hij.

'Wat gaat jou dat aan?' zei Liddy, maar ze glimlachte, want hij was aantrekkelijk.

'Ik was gewoon benieuwd,' zei hij.

De ogen van Alfie Broughton waren stroopkleurig bruinzwart en zijn haar, met frisse zwarte krullen, maakte bij Isabel het verlangen los het te strelen en het tegen haar huid te voelen. Een zware snor krulde opgewekt boven zijn ronde rode mond.

Hij haalde een zakje fruitpastilles uit zijn zak en bood het hun aan. Hij vertelde dat hij handelsreiziger was. Hij verkocht sigaretten en snoep aan stalletjes en winkels aan de kuststeden in Kent. Hij logeerde in een pension in Broadstairs en reisde elke dag van stad naar stad, waar hij de bestellingen voor pepermuntballetjes, lolly's, marshmallows en Turks fruit opnam.

Ze liepen naar de pier, baanden zich een weg tussen de badgasten door, liepen langs de stalletjes en gemberbierverkopers. Alfie kocht ijsjes van drie penny. Toen hij het laatste ijs met zijn wijsvinger uit het glazen schaaltje veegde, zei hij tegen Isabel: 'Voor jou,' en stak zijn vinger in haar mond. Ze likte het ijs eraf en bloosde van de warme, zilte zoetheid van zijn huid.

Alfie trapte op het strand zijn schoenen uit, trok zijn jasje uit, rolde zijn broek op en waadde de zee in. Hij keek over zijn schouder en riep: 'Kom je ook, Isabel?'

Liddy stond afkeurend te sputteren, maar Isabel dacht terug aan de keren dat ze in dromerige rivieren in Hampshire had ge-

zwommen, toen het donkergroene wier aan haar enkels had gekleefd. Haar rok, petticoat en korset trokken aan haar als een har-
nas. Ze knoopte haar laarsjes los en trok haar kousen uit. Na de
eerste ijskoude aanraking met het water trok ze haar rok en petticoat omhoog en waadde dieper het water in. De zee bewoog om
haar enkels en het zand onder haar voeten bewoog, vormde hol-
tes, deed de stevige ondergrond bewegen. Alfie was in de verte
een zwarte vorm tegen de blauwe zee geworden. Toen dook hij
onder, en er verstreek een lang moment voordat zijn hoofd door
de golven omhoogkwam.

Isabel zag terwijl hij terug kwam lopen naar de waterkant hoe
zijn krullen plat waren geworden door het water, en hoe zijn witte
overhemd aan de brede driehoek van zijn borstkas kleefde. De zon
schitterde fel op de golven en ze moest een hand boven haar ogen
houden.

In de daaropvolgende weken maakte hij haar het hof met ijs en
lolly's, met zoet poeder en dropveters. Alfies vriend, Jim Cottle,
ging met het drietal vissen op zijn bootje. Liddy zat met Jim in de
kleine hut terwijl Isabel en Alfie in het achterschip zaten. Ze picknickten met roze en witte marshmallows in Pegwell Bay. Alfie liet
Isabel in de schaduw van de kliffen haar ogen sluiten terwijl hij
een chocolaatje in haar mond legde. Ze lachte terwijl het op haar
tong smolt, maar haar lachen ging over in huiveren toen hij zijn
lippen tegen die van haar duwde en zijn smaak zich vermengde
met die van de chocolade.

Hij vertelde haar zijn dromen. Hij ging reizen. Hij ging naar
Amerika; hij wilde een ander land zien, een nieuw land. Hij werd
eigenaar van een winkel. 'Ik blijf niet de rest van mijn leven in
dienst van een ander,' zei hij.

'Je beau' noemde mevrouw George, de kokkin van de familie
Clarewood, hem, en Isabel voelde een rilling van trots door zich
heen gaan. Alfie was de knapste man in Broadstairs; alle meisjes
keken naar hem als hij over de promenade liep.

De zon scheen dag na dag heet op het strand terwijl de zomer
langer werd. Vissersbootjes dobberden op de vlakke zee; het

strand stond vol met parasols, in clusters als zeepokken. Een luie, zwoele hitte strekte zich als een deken over het keurige stadje uit. Alfie liet 's avonds, als hij haar in het donkere souterrain van de familie Clarewood omhelsde, zijn vingertoppen over haar rug glijden. Boven op het klif, vol doornstruiken en grasklokjes, maakte hij de piepkleine knoopjes van haar blouse los.

Alfie Broughton bleek een vastberadenheid te hebben die zijn achteloze manieren en zorgeloze charme niet direct deden vermoeden. Isabel keek terug op die maanden als een serie schermutselingen, die Alfie uiteindelijk allemaal had gewonnen. Het een had tot het ander geleid, nam ze aan, het vasthouden van haar hand tot een kus, een kus tot een omhelzing. Zoals de dominostenen waarmee de meisjes zo graag speelden in de kinderkamer: als er één viel, vielen ze allemaal. Hij vocht steentje voor steentje voor elk deel van haar.

Toch zou het een leugen zijn om te zeggen dat hij haar had gedwongen. Ze had naar hem verlangd, naar alles van hem. Als ze 's nachts klaarwakker in de kinderkamer lag die ze deelde met Adele, Elsie en Edward, had haar verbeelding mooiere meisjes tevoorschijn getoverd, meisjes die eerder ingingen op zijn wensen. De jaloezie, donker en bitter, was net zo sterk geweest als het verlangen.

Waarschijnlijk kwam het door de augustuszon, die de kleur uit de zee had lijken te bleken en hem parelgrijs en verblindend licht had gemaakt. Of misschien was het de aanraking van zijn hand, die haar in vuur en vlam had gezet, die haar had betoverd. Of was het zijn stem geweest, die in haar oor fluisterde: 'Maar ik hou van je, Isabel, ik hou zoveel van je. Hou je dan helemaal niet van mij? En als het misgaat, kunnen we toch trouwen? Toch, lieverd?'

Die woorden waren zijn enige misleiding geweest, achteloos uitgesproken, drong het later tot haar door, als onderhandeling. Maar uiteindelijk had ze Alfie Broughton met haar laten vrijen omdat ze dat wilde. Omdat ze naar hem had verlangd. Omdat ze zo naar hem had verlangd dat het pijn deed.

Ze voelde de hevigheid van haar droom de volgende ochtend nog steeds. Na het ontbijt ging Isabel, terwijl Richard landgoedzaken afhandelde en zijn moeder de paarden trainde, op onderzoek in het huis.

De twee vleugels aan het hoofdgebouw waren in opdracht van zijn vader gebouwd, had Richard haar verteld, maar ze waren weinig gebruikt en al vrijwel vanaf de dag dat ze waren gebouwd een kostbaar, maar lastig bezit. Er hing een melancholische sfeer in de kamers, die roken naar dromen die in duigen waren gevallen en ambities die op niets waren uitgelopen.

Ze ontdekte in een glazen kabinet een benen rammelaar en een paar babyschoentjes. Ze pakte ze eruit en streelde met haar vingers over het vergeelde kant terwijl haar gedachten weer naar Broadstairs gingen. Toen de zomer zijn einde was genaderd en de dagjesmensen en vakantiegangers vertrokken drong het tot Isabel door dat ze zwanger was. Ze had bij mevrouw Clarewood tijdens haar zwangerschappen dezelfde symptomen gezien: constant doodmoe en elke ochtend misselijk.

Ze had Alfie over de baby verteld. Het was laat en de kinderen lagen in bed. Alfie en zij waren in het souterrain aan de achterkant van het huis. Isabel zag door het raam van het washok de vorm van een pak soda en een stuk huishoudzeep.

'Een baby...' herhaalde hij. Hij blies zijn adem uit. 'Allemachtig, Isabel, jij weet wel hoe je een vent moet bedotten, hè?'

'We gaan toch trouwen, Alfie?' Ze greep zijn handen.

'Ja, ja.' Hij streek de irritatie uit zijn stem en glimlachte. 'Natuurlijk.'

Ze leunde opgelucht tegen hem aan en greep hem vast. 'In de kerk?'

'Wat je maar wilt, liefje.'

Dagen verstreken. Alfie hield van haar en zou met haar trouwen. Ze gingen in een huisje aan zee wonen: Isabel zag voor zich hoe haar kind in het zand zou spelen.

Maar als ze 's avonds uit het raam van de kinderkamer keek, zag ze zijn donkere, aantrekkelijke vorm niet tussen de vuilnisbakken en fietsen. Ze schreef hem een briefje: toen hij niet reageerde hield ze zichzelf voor dat hij weg was voor zijn werk, dat hij de winkels van Kent bevoorraadde met zuurstokken en lolly's.

Toen ze onrustig werd, ging ze naar zijn pension. Zijn hospita vertelde haar dat Alfie was vertrokken. 'Hij is me nog een week huur schuldig,' voegde ze er geïrriteerd aan toe. 'En hij heeft niet eens een adres achtergelaten.' Haar blik ging naar Isabels buik terwijl ze sprak.

De volgende dag, haar vrije middag, ging ze al Alfies vaste stekjes af. De paniek golfde door haar heen terwijl ze zich van winkel naar café haastte. Ze rende over het strand en het zand kleefde angstig aan haar voeten. Niemand wist waar Alfie Broughton was; niemand had hem de afgelopen week gezien.

Isabel zette de babyschoentjes terug in het kabinet. Het had haar veel tijd gekost om te accepteren dat Alfie voorgoed was vertrokken en dat zijn liefdesverklaringen leugens waren geweest. Het was zo'n bekend verhaal: het verraad van de minnaar en het afgewezen meisje. Wat een cliché. Had ze het, met alle vreselijke compromissen en gevolgen van dien, aan Richard moeten vertellen? Natuurlijk.

Toch had ze dat niet gedaan. Ze had haar redenen gehad; voor sommige schaamde ze zich, voor andere niet. Richard Finborough had zich onuitgenodigd met haar leven bemoeid. Had ze hem niet keer op keer proberen af te schrikken? En toen – *jouw verleden gaat me niets aan,* had hij tegen haar gezegd, en nu moest zij het ook uit haar hoofd zetten: ze moest Alfie Broughton en haar kind vergeten, ze moest hen uit haar hoofd bannen alsof ze nooit hadden bestaan.

En had ze trouwens niet genoeg geleden? Had ze niet het recht verdiend het verleden achter zich te laten, om opnieuw te beginnen? Moest ze ongehuwd en kinderloos blijven, de rest van haar leven onbemind, en dat allemaal omdat ze één vreselijke fout had gemaakt, toen ze pas zeventien was?

Isabel trok haar jas aan, zette haar hoed op en liep het huis uit. Ze stak het grasveld over en ging op weg naar de zee, onzichtbaar in de mist die Raheen omhulde. Zwarte, druipende takken kruisten elkaar op haar pad; boven haar zag ze de bleke schotel van de zon achter de wolken. De bebossing hield op en ze liep over een veld, de zoom van haar rok doorweekt door het lange gras. Boven op de heuvel keek ze uit over de baai. De mist was er dunner en er speelde een zilverachtig licht over het water. Een stuk of zes koeien, ontsnapt van hun veld, stonden tegen elkaar aan op het zand.

Alfie Broughton moest voor altijd haar geheim blijven. Niemand mocht ooit iets over hem te weten komen. Ze had zich als met een scherpe messnede losgemaakt van haar verleden door met Richard Finborough te trouwen. 'Isabel Zeale bestaat niet meer,' mompelde ze hardop. 'Ik ben nu de vrouw van Richard Finborough.'

Een stem riep haar naam. Ze draaide zich om en zag Richard over het gras aan komen lopen. De winterzon, dacht ze, dit groene en dromerige landschap, die man. Haar hart maakte een sprongetje en ze rende de heuvel af naar hem toe.

Ze woonden in eerste instantie in een huurhuis in Kensington. Nu ze getrouwd was met Richard Finborough kon ze haar geest voeden, was ze in staat de knagende honger te stillen. Het eerste jaar van haar huwelijk werd gemarkeerd door een serie primeurs: de eerste keer dat ze naar het ballet ging, de eerste keer naar het concertgebouw, de eerste keer naar een galerie.

Richard nam haar mee naar de knopenwerkplaats en de nieuwe theefabriek in het zakendistrict van Londen. Op een middag gingen ze naar de haven, waar de schuitenvoerders de theekisten van de schepen laadden. Ze zag hoe Richard ervan genoot in gezelschap te zijn, hoe hij zich erin wentelde, wat een talent hij had zich bij elke klasse op zijn gemak te voelen, van de vrouwen die in zijn fabrieken werkten tot de magnaten met wie ze dineerden.

Ze leerde zich te bewegen onder mensen die luxe en comfort als hun geboorterecht zagen. Ze ging naar feesten en bals, deelde de tafel met dames van adel, financiers en ondernemers. Ze ging naar de paardenraces op Ascot en keek naar de boten bij Henley. In het theater, in een loge hoog boven het podium, afgezet met donkerrode fluwelen gordijnen en vergulde kwasten, had ze het gevoel dat ze werd tentoongesteld.

Ze vond het vreselijk. Ze wist dat ze opviel doordat ze anders was. De gewoontes van de nieuwe wereld waarin ze zich bevond verwarden haar en sloten haar buiten. Hoewel ze altijd trots was geweest op haar taalgebruik sprak ze haar klinkers anders uit dan de aristocratie. Als ze bij de een of andere rijke dame aan tafel zat moest ze kiezen uit de enorme hoeveelheid bestek, porselein en kristal, mocht ze niet aarzelen en zichzelf verraden. Ze moest opstaan als haar gastvrouw opstond en de kamer verlaten in dezelfde volgorde waarin iedereen was binnengekomen. Ze had het gevoel dat haar medegasten al haar vergissingen zagen, dat ze door haar mooie kleren en sieraden heen zagen wie ze echt was. Ze had het idee dat ze hen over haar hoorde fluisteren: *Waar heeft Richard in vredesnaam dat vreemde wezen opgeduikeld? Aantrekkelijk, maar niet van goede komaf, dat is wel duidelijk.*

Ze stak in het licht op terrassen en in zitkamers haar glas roze Oeil de Perdrix-champagne omhoog en zag hoe hij de kleur van robijnen kreeg. Tijdens feesten bij mensen thuis stonden de tafels vol met ontbijtgerechten, opgewarmd op branders, met ronde, roze niertjes en goudkleurige rijst met vis. Bij de diners liepen bedienden met damasten servetten over hun arm terwijl ze oesters, tarbot, wild, pasteitjes, nagerechten, fruit en champagne serveerden. Alles wat ze at was vermomd, onherkenbaar gemaakt, had een Franse naam gekregen, was versierd met kruiden, verdronken in poelen saus of bedekt met slagroom. Een ananas werd een boot met een zeil van gelatine; schuimzwanen werden gereflecteerd op spiegelglas. Ook zij presenteerde aan de buitenwereld een vals zelf, even gekunsteld als de overvloedige en opzichtige diners. Haar mond voelde droog, viel stil tijdens de gesprekken over mensen die ze niet kende, plaatsen waar ze nooit was geweest. Ze miste de jaren opvoeding en gewenning die de anderen hadden; haar verdiensten – zuinig leven, uithoudingsvermogen en onafhankelijkheid – waren hier nutteloos.

Het duurde een tijdje voor het tot haar doordrong dat ze behalve zenuwen ook minachting voelde voor de mensen met wie ze moest optrekken. Ze walgde van hun frivole gesprekken, hun onwetendheid over de echte wereld, hun belachelijke, verspillende gewoontes. De idiotie dat ze drie of vier keer per dag iets anders moest aantrekken! De stompzinnigheid dat ze een perzik met mes en vork moest eten in plaats van hem met de hand op te pakken! Ze was geschokt door de verspilling tijdens de feesten, door de volle borden die werden afgeruimd, door de bergen korhoenders na een dag jagen.

Andere ontdekkingen schokten haar nog meer. Ze hoorde 's avonds, nadat de gasten naar hun kamers waren gegaan, het getrippel van voetstappen over de gang en de echo van iemand die lachte als er een slaapkamerdeur werd geopend en gesloten.

'Die zijn al jaren minnaars,' vertelde Richard toen ze haar vermoeden uitsprak. 'Dat weet iedereen.'

'Maar ze zijn niet getrouwd.' Behalve dat ze geschokt was, bemerkte Isabel dat ze afkeer voelde. 'Hun echtgenoten... hun vrouwen...'

'O, die weten exact hoe de vork in de steel zit. Het komt hun ongetwijfeld goed uit.' Zijn vingers streelden over haar wang. 'Kijk nou maar niet zo geschokt, schat. Zo zit de wereld in elkaar.'

'Míjn wereld niet.'

'Dit is jouw wereld, Isabel. Dit is jouw wereld geworden.'

Zijn stem klonk luchtig, maar ze zag iets onverzettelijks in zijn ogen. Ze dacht aan hoe hij in de loop van de avond soms van haar wegdreef en hoe zijn hand, altijd rusteloos, op zijn bovenbeen tikte terwijl zijn blik een ruimte door ging. Ze had gezien hoe vrouwen met hem flirtten en hoe hun blikken hem volgden. Ze wist dat hij zich snel verveelde, dat hij dol was op nieuwe ervaringen. Ze stikte soms bijna in haar angst en jaloezie: zou hij haar verlaten, zoals Alfie Broughton had gedaan? Zou hij spijt krijgen van dit roekeloze huwelijk, zou hij haar vergeten, haar verlaten?

'Dat zou ik nooit doen. Nooit, Richard,' zei ze.

'Een minnaar nemen? Dat hoop ik van harte.' Hij klonk geamuseerd.

In maart gaven ze hun eerste diner. Hij zei tegen haar dat er mensen waren die hij moest uitnodigen, en anderen die hij beter moest leren kennen. Op de avond van het diner zwermden er bedienden door het huis die glazen en bestek poetsten en kolen in de haarden schudden. De heerlijkste geuren dreven uit de keuken het huis in.

Drie kwartier voordat de gasten werden verwacht liep Richard naar de slaapkamer om zich om te kleden. Toen hij de deur opendeed, trof hij Isabel in haar petticoats van chiffon op het bed aan.

'Mijn hemel,' zei hij, 'ben je nog niet klaar? Waar is de meid?'

'Die heb ik weggestuurd.'

'Waarom? Je moet opschieten, schat, ze kunnen elk moment komen.'

Ze schudde haar hoofd. 'Richard, ik denk niet dat ik dit kan.'

Hij keek haar aan. 'Hoe bedoel je?'

'Ik kan hier niet mee doorgaan.'

Hij zei opgewekt: 'Het is maar een dineetje, schat.'

'Al die mensen...'

'De meesten ken je al.'

Ze was misselijk. Haar korset prikte ongemakkelijk in haar maag en ze werd al naar bij de gedachte aan een diner van vijf gangen.

'Kunnen we het niet afzeggen?'

'Nu? Doe niet zo gek.'

'We kunnen zeggen dat ik ziek ben.'

'Waarom zouden we dat in vredesnaam doen?'

'Omdat...' Waarom was ze zo nerveus: om hem te vertellen wat ze vermoedde, haar zekerheid die elke dag groter werd, of om deze vreselijke avond die ze moest doorkomen?

Ze zei ontwijkend: 'Ik laat vast iets vallen... of ik zeg precies het verkeerde.'

Terwijl hij zijn overhemd losknoopte viel er een manchetknoop onder de kaptafel, en hij slaakte een vloek. 'Ik snap niet waarom je zo moeilijk doet. Ik wist niet dat je zo laf was.'

'Weet je niet dat ik elke dag het gevoel heb dat ik op eieren loop?' Haar stem werd harder. 'Weet je niet hoe vaak ik mezelf moet tegenhouden, hoe vaak ik de neiging heb een revérence te maken voor mensen die vroeger ver boven me zouden hebben gestaan? Of vergeet je dat voor het gemak liever? Vertel eens, Richard, hoeveel van je kennissen weten wie ik was voordat ik jou ontmoette?'

'Dat hoeven ze niet te weten.'

'Hoeveel?'

'Een paar. Mijn moeder, natuurlijk... en de familie Colville...'

'Zie je wel,' zei ze verbitterd, 'het is zoals ik al zei: je schaamt je voor me!'

Hij keek kwaad. 'Onzin.'

'O ja? Kun je oprecht zeggen dat ons huwelijk je niet heeft geschaad? Dat mensen er niet minder door over je denken?'

Een afwijzend handgebaar. 'Denk je dat ik ermee zit dat ik wat minder uitnodigingen van bekrompen gastvrouwen krijg? Isabel, waarom doe je dit? Waarom kwel je jezelf zo?'

Ze ging op het bed zitten. Ze fluisterde: 'Omdat ik bang ben om je kwijt te raken.'

'Me kwijtraken?' riep hij verbijsterd. 'Waarom zou je me kwijtraken?'

'Omdat je misschien iemand leert kennen die mooier of slimmer is.' Ze klonk gekweld. 'Iemand uit je eigen klasse.'

'Niemand is mooier of slimmer dan jij. Dus vraag ik je nog eens: waarom zou je jezelf kwellen met iets wat nooit gaat gebeuren?'

Ze keek weg. Toen mompelde ze: 'Omdat ik van je hou.'

'Dat zeg je op een toon alsof het vreselijk is.'

'Misschien is het dat ook wel.'

Zijn vingertoppen streelden over haar wang. 'Lieverd, hoe kan het iets anders zijn dan een wonder dat we elkaar hebben gevonden en van elkaar houden?'

Toen liep hij de garderobe in. Isabel zag hem haar japonnen opzijschuiven: blauw, groen, mokka; ze werd duizelig van de opeenvolging van alle kleuren.

'Welke trek je aan?'

'Richard. Dat heb ik net gezegd: ik ga niet.'

Hij trok een zwarte fluwelen jurk uit de kast. 'Deze.'

Hij pakte haar hand en trok haar overeind. Ze stond er stijfjes bij, als een paspop in een etalage terwijl hij de japon voorzichtig over haar hoofd trok, de haakjes sloot en de vouwen stof op hun plaats trok.

Hij draaide haar om zodat ze in de spiegel kon kijken. 'Je bent mijn vrouw,' zei hij. 'Dat is wie je bent. Dat is alles wat telt. Je bent mijn vrouw.'

Isabel staarde naar haar weerspiegeling. Zwarte jurk, zwart haar, witte huid, de enige kleur haar rode lippen en bleke ogen, die sloten toen hij haar in haar hals begon te kussen. Zijn arm gleed om haar taille, zijn handpalmen lagen even plat op haar buik en bewogen toen naar beneden over de rondingen van haar heup en dij.

'Mijn liefste, mooie Isabel,' fluisterde hij... en toen trok hij de haakjes van haar japon los, die in een zwarte fluwelen poel op de grond viel, nam haar in zijn armen en droeg haar naar het bed. Er klonk geruis van zijde en kant terwijl hij haar petticoats opzij duwde en bij haar naar binnen ging.

Het was allemaal voorbij in een opwindend, bedwelmend moment en toen lagen ze op bed, in elkaar verstrengeld, naar adem snakkend. Ze bedacht dat als dit liefde was, het heel vreemd was, die wilde opwinding die af en toe bijna strijdlustig voelde.

Nadien kleedde hij haar aan, rolde teder haar kousen over haar benen omhoog, en zijn mond raakte haar schouder terwijl hij haar korset dichttrok.

Terwijl hij de haakjes van haar zwarte fluwelen japon dichtmaakte vond ze de moed te zeggen: 'Richard, ik denk dat ik een baby verwacht.'

Zijn handen stopten met bewegen. 'Wanneer?'

'December, denk ik. Een paar weken voor Kerstmis.'

'Een zoon om het bedrijf voort te zetten.' Zijn stem klonk vol verwondering.

'Of een dochter,' mompelde ze.

'Eerst een zoon,' zei hij vastberaden, en hij kuste haar.

Terwijl hij haar parelcollier sloot, zei hij: 'Ik ben eens naar een dineetje geweest waar een deftige oude dame haar valse haarstukje in de soep liet vallen. Ze viste het eruit, depte het droog en stopte geen moment met haar jachtverhaal. Je moet het gewoon durven. Je komt met alles weg, als je maar durft.'

Philip werd begin december geboren. Hij was een gezonde baby van ruim acht pond met rood haar, en een energiek geschreeuw. Toen haar zoon eenmaal veilig was geboren gaf dat Isabel het gevoel dat ze haar verleden eindelijk voorgoed achter zich had gelaten. Ze huurde een kindermeisje in om te helpen met de zorg voor Philip, een aardig meisje uit Cornwall dat Millie heette.

Twee maanden na de geboorte verhuisden ze naar Hampstead. Hun nieuwe huis stond vlak bij de heide, het was groot en ruim, met een ommuurde tuin. Aan de voet van de tuin was een boomgaard, waar het geluid van het verkeer op de weg bijna niet te horen was. Isabel zag al helemaal voor zich hoe het zou zijn om er in de zomer met Philip te spelen.

Ze nam vijf bedienden aan: een kokkin, mevrouw Finch, twee meiden, een tuinman, en Dunning, de klusjesman, die tevens als chauffeur fungeerde als Richard er niet was. Voordat ze in het huis trokken liet Richard er telefoon en elektriciteit aanleggen, en de oude stal werd omgebouwd tot garage. Hij liet de inrichting van het huis aan Isabel over. Ze liet de kamers behangen in zachte tinten roze, crème en goud en ging naar antiekwinkels en meubelzaken, koos hier een houtgesneden elizabethaanse dekenkist en een moderne lampenkap daar. Laat in de middag zag ze hoe de zon door het gekleurde glas in de ramen scheen en poelen schitterend licht op de vloer wierp.

In de hete zomer van 1911 kreeg de hemel een ondoordringbare, dreigende uitstraling, alsof hij gevangenzat achter glas. Het verkeer op straat bewoog langzaam, alsof het tegen een onzichtbare barrière duwde. Om een uur of twaalf rolden de loopjongens en winkelmeisjes hun mouwen op terwijl ze hun meegenomen lunch in het park opaten op grasvelden waar de zon het gras tot stro had gebleekt. In de haven – hartje Londen – werd de norse, geagiteerde sfeer van het zakencentrum nog intenser. Vanuit Southampton verspreidde zich onrust, waar de havenarbeiders hun gereedschap hadden neergelegd nadat de bemanning van het lijnschip Olympic was gaan staken. Het conflict leek na tussenkomst van Winston Churchill geslecht, maar na een snikhete junimaand vlamde de onvrede weer op. Begin augustus was het dertig graden en lag de meeste activiteit in de Londense haven stil. Schepen lagen vol goederen aan de kade. Bergen fruit – exotische perziken, bananen en ananassen – lagen op de werven te rotten. De grote markten in de hoofdstad, Smithfield en Covent Garden, waren zo leeg als de voorraadkast van een armoedzaaier.

Richards humeur werd steeds grimmiger toen Finborough's Quality Teas stil kwam te liggen, de arbeiders moesten worden ontslagen en de kisten ceylonthee in de windstille haven achterbleven op de schepen. De knopenwerkplaats ploeterde voort met een voorraad die met het uur slonk. Nog vijf dagen, maximaal een week, zei hij tegen Isabel, en dan zou hij de vrouwen die daar werkten ook moeten ontslaan.

Maar in september was het aanzienlijk koeler geworden en waren de arbeiders weer aan het werk, nadat de leden van het Hogerhuis het hadden opgegeven en de Finance Bill door het parlement hadden laten goedkeuren. Isabel wist tegen die tijd dat ze weer in verwachting was. Ze hoopte dat het deze keer een dochter zou zijn. Een dochter om mooi aan te kleden en mee naar het ballet te gaan. Een dochter die de dochter kon vervangen die ze had verloren.

In maart 1912 ging Richard naar een fabriek in het zuiden van Duitsland die galalith produceerde, een plasticsoort. Toen hij terug was in Londen, nam hij een taxi naar de knopenfabriek.

Toen hij over de binnenplaats liep kwam zijn assistent, John Temple, op hem af rennen. 'Godzijdank dat u er bent, meneer. Mevrouw Finborough is helaas onwel geworden. Ze is naar de kraamkliniek.'

Richard zei geschokt: 'Het kan de baby niet zijn, die komt pas over een maand of twee.'

'Ze komen wel eens eerder dan verwacht.' John Temple was vader van een heleboel kinderen. 'Ik zorg wel voor de zaak. Maakt u zich maar geen zorgen om de fabriek.' Zijn hand rustte kort op Richards schouder.

Richard kreeg in de kraamkliniek te horen dat zijn vrouw lag te bevallen en dat hij niet bij haar mocht. Twaalf uur later werd hun tweede zoon, vijf weken te vroeg, geboren. Een arts nam Richard apart en vertelde hem dat de levens van zowel zijn zoon als zijn vrouw in gevaar waren, en Richard had het gevoel dat er iets in hem bevroor. Het was onmogelijk, absoluut onmogelijk, dat hij Isabel zou verliezen. Dat zou te vreselijk zijn, te oneerlijk.

De dokter mompelde iets over gecompliceerde bevallingen en hopen en bidden, en Richard bulderde: 'Wat staat u hier dan met mij te praten? Waarom bent u niet bij haar, waarom maakt u haar niet beter?'

Richard werd alleen in de wachtkamer achtergelaten. Een verpleegster kwam een kop thee brengen. Hij dronk de thee en rookte, evenzeer om iets te doen hebben als omdat hij behoefte voelde om te roken en iets te drinken. Het ergste van alles was zijn onmacht. Ergens in dit afschuwelijke oord lag Isabel te lijden en hij kon niets doen om haar te helpen. Hij mocht haar niet eens zien... Toen hij nogmaals uit zijn slof dreigde te schieten, zei de verpleegster vriendelijk: 'Maar als u even met me meeloopt, mag u uw zoon zien, meneer Finborough.' En dus liep hij achter haar aan een gang door naar een wit kamertje.

Het gevoel dat hem het meest overweldigde toen hij het paarse hoopje in het wiegje zag liggen was haat. En afkeer. Als God hem op dat moment had gevraagd te kiezen tussen zijn vrouw en zijn zoon zou hij zonder aarzelen voor zijn vrouw hebben gekozen.

Een verpleegster in een van het stijfsel krakend uniform kwam de kinderkamer binnenlopen. 'De dominee is er, meneer Finborough, als u er klaar voor bent.'

Richard staarde haar uitdrukkingsloos aan. Toen drong het tot hem door dat ze tegen hem zeiden dat het kind moest worden gedoopt. De onuitgesproken woorden hingen in de lucht: *voor het geval hij sterft.*

'We hebben nog geen naam. Isabel...'

De vriendelijke verpleegster die hem thee had gebracht zei: 'Ik heb Theodore altijd een mooie naam gevonden. Het betekent geschenk van God.'

Niet bepaald een geschenk, bedacht Richard korzelig, en zijn blik ging terug naar het nauwelijks volgroeide wezen in de wieg. Waarom zou je een naam geven aan iets wat waarschijnlijk de volgende ochtend niet zou halen?

Maar hij zei bruusk: 'Dan noemen we hem Theodore. Theodore Thomas Finborough.' De vader van Isabel heette Thomas.

Na de korte doopceremonie mocht hij eindelijk naar haar toe. Isabel lag te slapen. Alle kleur was uit haar gezicht verdwenen en ze was grijswit, als been. Ze zag er oud en uitgeput uit; toen hij haar zo zag leek het maar al te goed mogelijk dat ze zou sterven. Toen Richard aan haar bed zat, met haar hand in die van hem, dacht hij aan alle keren dat hij een betere echtgenoot voor haar had kunnen zijn: als hij met anderen flirtte (onschuldig, natuurlijk, maar hij wist hoe vreselijk ze het vond als hij ook maar naar een ander keek); als hij erop stond dat ze meeging naar een sociale verplichting die ze haatte; en als hij uit zijn slof schoot, wat maar al te vaak gebeurde, waardoor hij dingen zei waarvan hij later spijt kreeg.

Hij hield alleen maar van Isabel; ze was de enige met wie hij de rest van zijn leven wilde doorbrengen. Ze had hem de eerste keer dat hij haar had gezien meteen geïntrigeerd, toen ze in de havenarm in Lynmouth had gestaan, en was hem sindsdien onafgebroken blijven intrigeren, boeien en opwinden. Als hij haar niet had leren kennen, dat wist hij zeker, dan zou hij van affaire naar affaire zijn blijven gaan, snakkend naar fysiek genot, zijn emoties er niet bij betrokken, en dan zouden zijn hart en ziel uiteindelijk zijn versleten. Isabel had hem een thuis en een gezin gegeven, een anker en een toekomst. Hij wist dat hij een betere man was geworden door van haar te houden. *Laat me haar alstublieft houden,* bad hij woordeloos, *dan zal ik nooit meer egoïstisch zijn.*

Richards schrikbeeld dat hij en zijn gezin kwetsbaar waren bleef echter hangen, hoewel hij dat nooit aan iemand toegaf. Isabel en de baby waren al meer dan een maand thuis voordat hij ook maar iets van een band met zijn jongste zoon begon te voelen. Theo ging er langzaam steeds minder uitzien als een gevild konijn, maar hij bleef klein, mager en donker.

De tijd verstreek, en als Richard de twee jongens, Philip en Theo, samen zag, viel hem altijd op hoe Philip, met zijn vurige haar en stevige gestalte, zijn broertje in alles overtrof. Toch begon hij een bijzondere tederheid voor Theo te voelen, alsof die er was om zijn gebrek aan liefde na de geboorte goed te maken. Hij fantaseerde over de dag dat zijn twee zoons bij hem in het familiebedrijf zouden komen werken. Hij zag voor zich hoe zijn dynastie zou uitbreiden, sterker en sterker zou worden.

Ze brachten jaarlijks hun kerst in Ierland door en hun zomervakantie in Cornwall. De voetstappen van Philip en Theo weerklonken in de stoffige kamers in Raheen; in de vakantie in het zuidwesten van Engeland hing het zout in de lucht en stond het Engelse gras langs een grillige, rotsachtige kustlijn met vissersdorpjes en verborgen baaien. Richard en Isabel kenden dagen vol vrolijkheid en gelach, en dagen vol ruzie en verheven stemmen die door het huis raasden als onweersbuien. En ze hadden de avonden: als ze weer vrede sloten, als hun lichamen een liefde uitten waarvoor ze niet altijd woorden hadden, als huid tegen huid sprak, bot tegen bot.

Isabel leerde het huishouden te regelen met een soepele, niet bemoeizuchtige bekwaamheid. Ze organiseerde formele dineetjes voor Richards vrienden en collega's en ontspannen, intieme soireetjes voor de vrienden die ze onder de kunstenaars en schrijvers die in Hampstead woonden had leren kennen. Op mooie zomermiddagen kwamen ze samen in de tuin, waar iemand dan gitaar speelde of zijn laatste gedicht voorlas. Richard noemde haar vrienden graag plagend 'Isabels bohemiens'.

De jongens, de roodharige, onbesuisde Philip en de donkere, gevoelige Theo, speelden in de tuin en renden door de kamers. Als Philip een driftbui kreeg, wanneer hij werd tegengewerkt, leken de muren te zwellen en kreunen terwijl hij gilde en met zijn voeten op de vloer stampte. Theo's gezichtsuitdrukking als Philip zo'n aanval had, verwonderde Isabel: 'Hij ziet er zo ongelovig uit,' zei ze tegen Richard, 'alsof hij maar niet kan vatten waarom iemand ervoor zou kiezen zo'n kabaal en nodeloze drukte te maken.' Af en toe, als ze Philip en Theo samen bezig zag, voelde Isabel een golf van trots door zich heen gaan, die ze dan probeerde vast te houden. Maar dat was alsof je probeerde distelpluis te vangen, die je ook niet kon bewaren.

Toen de oorlog uitbrak waren ze daar allebei absoluut niet op voorbereid. Richard was al een paar jaar steeds bezorgder over de situatie in Ierland, zeker nu de Unionisten lieten zien hoe sterk ze waren en praktisch met een burgeroorlog dreigden, en Sinn Fein problemen in het zuiden veroorzaakte. De Ierse politiek had de neiging veel te gemakkelijk uit te monden in geweld en rebellie, en Alice Finborough woonde daar alleen in dat grote, afgelegen huis met enkel haar bedienden om haar gezelschap te houden. Particuliere legers – de Ulster Vrijwilligers in het noorden en de Ierse Vrijwilligers in het zuiden – werden in het leven geroepen en opgeleid. Britse soldaten pleegden muiterij en weigerden hun wapens op hun eigen mensen te richten. Richards moeder veegde zijn voorstel dat ze een tijdje naar Engeland zou komen resoluut van tafel. Toen Richard haar brief las, vervloekte hij haar onverzettelijkheid.

Ierland leidde hem af, wat de reden was, nam Isabel aan, dat het conflict in Europa hem volledig overviel. De aanslag in Sarajevo op Frans Ferdinand, de erfgenaam van het Oostenrijks-Hongaarse rijk, door een jonge Servische separatist, had gevolgen die ze allebei niet hadden kunnen voorzien. De oude afgunst en vijandigheid in Europa was een kruitvat; de moordenaar, Gavrilo Princip, de ontsteker. Angst, nationalisme, trots en opportunisme stookten de vlammen op en getrokken zwaarden weerklonken op het vasteland.

Toch geloofde Richard niet dat er oorlog zou uitbreken. Een oorlog was niet nodig, zei hij tegen Isabel, er was geen echt motief om oorlog te voeren. Elke staat was met een andere verbonden door banden van handel en bloed. Koning George V van het Verenigd Koninkrijk, keizer Wilhelm II van Duitsland en tsaar Nicolaas II van Rusland waren neven, aan elkaar verbonden door hun gezamenlijke voorouder koningin Victoria. In hun correspondentie verwezen ze toegenegen naar elkaar met 'Beste Georgie', 'Beste Willie' en 'Beste Nickie'. Waarom zouden ze ervoor kiezen zichzelf te gronde te richten?

Toch werden er in de hete, rusteloze zomer van 1914 legers op de trein naar het front gezet. In de heetste dagen van die zomer werden de eerste schoten gelost.

Waarom nam hij dienst? Omdat, dacht Richard, zijn hele leven hem hierop had voorbereid: de loyaliteit van de Anglo-Ieren aan de Britse kroon, zijn jaren van officierstraining op school, en zelfs de konijnen die hij in de duinen aan de kust van het graafschap Down had geschoten. De vochtige muren van Raheen hingen vol roestige zwaarden en portretten van militairen in rode uniformen. Je vroeg het je niet af, je deed het gewoon.

Maar Isabel vroeg het zich wel af. Op de avond dat Richard haar vertelde dat hij zich had aangemeld hadden ze de grootste ruzie ooit. De jongens verstopten zich in de kinderkamer en de bedienden verschuilden zich in de keuken.

'Je had ook bij mij kunnen blijven!' schreeuwde ze terwijl ze met haar vuisten op zijn borst hamerde. 'Je hoeft helemaal niet te gaan!'

Jawel, dat moet ik wel, dacht hij terwijl hij haar in zijn armen nam en haar kuste tot hij haar lichaam voelde ontspannen. Dit was waarom hij en zijn klasse bestonden.

Isabel dacht nadien altijd dat hun dochter die nacht werd verwekt. De ontdekking dat ze zwanger was compenseerde enigszins Richards vertrek, begin november, naar een trainingskamp in het noorden van Engeland.

Sara werd eind mei 1915 geboren, in de slaapkamer van het huis in Hampstead. De avondhemel, die ze door het slaapkamerraam kon zien, was een gemengd palet van abrikoos en violet. Het zachte, veranderlijke licht flikkerde op het gezichtje van de pasgeborene. Isabel streelde Sara's bolle, perzikzachte wangetje met haar vingertop. Wat een mooie baby, dacht ze, en ze voelde een diepe en aanhoudende vreugde.

3

Richard werd aan het einde van de zomer van 1915 naar Frankrijk gezonden. De oorlog aan het westelijk front was ondertussen in een impasse geraakt waarbij de twee grote legers elkaar te lijf gingen vanuit loopgravenstelsels die helemaal van het Kanaal naar Zwitserland liepen. Aangezien de Duitsers aan het begin van de oorlog de heuvels en saillanten hadden ingenomen, hielden de Britse en Franse troepen zich noodgedwongen in lagergelegen grondgebieden op, die soms maar net boven de zeespiegel lagen.

Richard werd al snel bevorderd tot kapitein en zijn bestaan speelde zich geheel af in de smalle ondergrondse greppels, waar zijn routine dagelijks dezelfde was. Paraat staan bij zonsopgang, en dan een halfuur later weer inrukken als er geen vijandelijke activiteit was. Als het licht was werden de geweren van de mannen schoongemaakt en geïnspecteerd en na het ontbijt werden de taken verdeeld. Onderhoud van de loopgraven kon geen dag worden overgeslagen: nieuwe zijpaden en ondersteunende loopgraven moesten worden gegraven, bestaande wallen moesten dagelijks worden gestut, versterkt en gerepareerd. De rantsoenen moesten worden opgehaald en de vijandige linie, een meter of tweehonderd verderop, moest worden geobserveerd met een periscoop of spiegel die aan de punt van een bajonet was vastgemaakt. Aanvallen werden uit een loopgraaf ingezet om een stukje grond of een schuur; 's nachts werden mannen op weg gestuurd om de barrières van prikkeldraad te repareren of informatie over de vijandelijke verdediging te verzamelen. Alles moest gebeuren terwijl hun levens continu in gevaar waren. Het viel Richard op dat de mannen hadden leren slapen op elk moment dat ze even geen taak hadden uit te voeren.

Richards sergeant heette Nicholas Chance. Chance was lang, langer dan een meter tachtig, en hij was breedgebouwd en sterk. Hij had felle blauwe ogen, donkerbruin haar en een opmerkelijk hoekig gezicht. Hij liep rond met de zandzakken die ze gebruikten om de loopgraven te verstevigen alsof het zakjes suiker waren. Richard kwam er al snel achter dat hij op Nicholas Chance kon vertrouwen. Als hij hem een order gaf voerde Chance die uit met een opgewekte en een tikje nonchalante efficiëntie. Als er vrijwilligers nodig waren voor een nachtelijke patrouille bood Chance zich altijd aan. Hij was snel, grondig, intelligent en dapper.

In september werd er aan het westelijk front een geallieerd offensief georganiseerd om de druk voor Rusland in het oosten wat te verlichten. De Fransen vielen de Duitse linies in Champagne aan terwijl het Britse offensief bij Loos werd ingezet. De aanval werd voorafgegaan door een bombardement langs tien kilometer van het front. Daarna werd er gifgas in het niemandsland losgelaten.

De slachtpartij begon. Richards regiment bevond zich in de reserveloopgraven. Ze zagen de gewonden al snel door de linies terugkomen. Als eerste waren er de mannen die waren vergast doordat er een blik kapotging of er een plotselinge windvlaag de verkeerde kant op blies. Daarna kwamen de gewonden die konden lopen, strompelend of met een hand op een stuk pluksel tegen hun hoofd gedrukt, en daarna de mannen die op brancards werden gedragen. Ambulances reden voorbij: sommige gewonden riepen en zwaaiden vanuit de achterbak. Richard hoorde een keer iemand zingen in een andere loopgraaf, bekende ragtime- en variétéliedjes.

Je dacht dat iets op een bepaalde manier ging gebeuren en dan kwam je er al snel achter, van het ene op het andere moment, dat je er helemaal naast zat. Terwijl ze allang het optimisme hadden verloren dat ze aan het begin van de oorlog hadden gevoeld, hielden ze zich nog wel vast aan de overtuiging dat Groot-Brittannië, uiteindelijk, zou overwinnen. De slag bij Loos leerde hun dat ze zich, in ieder geval voor het moment, vergisten. De Duitse troepen waren beter voorbereid, hadden een betere verdediging en waren beter bewapend. De Britse soldaten kwamen uit de loopgraven en werden neergemaaid door Duitse machinegeweren.

Richard zocht dekking in een granaattrechter in niemandsland, keek om zich heen om zijn mannen te verzamelen en ontdekte dat ze bijna allemaal dood waren. De meeste overlevenden waren gewond. Alleen hij, Nicholas Chance en een stuk of twintig soldaten waren de slag bij Loos ongedeerd doorgekomen.

Wat hem nadien bijbleef was een diepe en blijvende woede en verlies van vertrouwen in de mannen die de oorlog organiseerden en outilleerden. Richard had altijd een instinctief vertrouwen in de wijsheid en vakkundigheid van zijn meerderen gehad, maar dat geloof werd onderuitgehaald door wat hij in Loos had gezien. Hij was erdoor aan alles gaan twijfelen... soms zelfs aan het bestaan van God.

Toen hij met de kerst met verlof thuis was hield hij zijn ontgoocheling voor zichzelf. Hij maakte in zijn brieven aan Isabel gebruik van een code om aan te geven of hij in actieve dienst was of achter de linies en naar welk deel van het oorlogstheater hij was uitgezonden. Maar die leegte, die razernij, was moeilijker te communiceren. Hij vertelde haar sommige dingen wel, andere dingen niet. Hij vertelde haar over de ratten en luizen, maar niet over de katten die nestelden op de lijken. Hij vertelde haar over de uitputting en de angst, maar niet over het afgerukte been dat uit de borstwering stak en waar een van zijn mannen zijn helm graag aan ophing. Hij had ontdekt hoe beelden, geluiden en zelfs geuren je konden bijblijven, hoe ze definitief je wereldbeeld kapot konden snijden. Hij zag niet in wat het zou opleveren om zijn kennis van al het lijden en de wreedheid met Isabel te delen. Dat zou zijn alsof hij haar opzettelijk met een pijnlijke en schadelijke ziekte zou besmetten.

Hij bracht het grootste deel van zijn verlof thuis door en vermeed de feesten en bals die werden georganiseerd in het koortsachtige Londen tijdens de oorlog. Hij ging met de jongens spelen op de hei, en het verlichtte zijn hart om Sara te zien, een goudroze baby, betoverd door de glazen ballen aan de kerstboom. Hij ging alleen de stad in om te kijken hoe het in de werkplaats en de fabriek ging, die hij had overgelaten aan de capabele John Temple. De oorlog had zowel problemen als kansen gecreëerd. Kisten thee die bedoeld waren voor de fabriek van Finborough werden frustrerend vaak naar de zeebodem gejaagd door Duitse kanonneerboten en onderzeeërs. De knopenwerkplaats deed ondertussen geweldige zaken met het maken van militaire knopen en insignes.

Richard ging begin januari terug naar Frankrijk. Het was een koude en natte winter en de loopgraven en schuilholen lagen vol slijmerige modder. De thee van de soldaten werd verdund door regen en de modder kwam in hun eten terecht. Ze hadden het koud en waren nat terwijl ze aten, werkten en sliepen. Ze vergaten hoe het was om het niet koud te hebben en nat te zijn.

Er werd versterking gestuurd om de mannen te vervangen die waren omgekomen bij Loos. Sergeant Chance treiterde en schold hen in vorm. Toen Richard op een dag de hoek van een dwarsstuk in de loopgraaf om kwam, trof hij Chance aan die een van de nieuwe mannen met zijn gezicht in de modder duwde. Toen hij Richard zag, liet Chance de soldaat los. Toch duurde het een seconde of twee, merkte Richard op, voordat zijn stevige greep losser werd.

'Saunders is een luie drommel, meneer,' zei Chance nadien toen hij en Richard alleen waren en Richard hem naar het incident vroeg. 'Hij moest een zijstuk stutten. Hij zei dat hij het had gedaan, maar er kwam een halve muur naar beneden. Mensen als hij hebben de dood van goede mannen op hun geweten.'

'In ieder regiment lopen mannen als Saunders,' zei Richard. 'Het idee is dat we het beste in hen naar boven halen.'

'Het beste?' Nicholas keek minachtend. 'Er is geen beste om naar boven te halen, meneer. Een draai om hun oren is het enige wat dergelijk gajes begrijpt.'

'Misschien,' zei Richard. 'Maar moord gaat een beetje te ver.'

Een paar dagen later ging Richard 's nachts met een paar mannen op patrouille in niemandsland. Ze moesten erachter zien te komen of een van de vijandelijke afluistergraven bemand was. Ze hadden hun gezichten zwart gemaakt met gebrande kurk en tijgerden op hun buik met hun geweren en bajonetten naar de vijandelijke linie. Als ze laag bleven en stil waren was het moeilijk voor de Duitse scherpschutters hen op te merken. Elke keer dat de hemel werd verlicht door een mortier bleven ze voor dood liggen. Nicholas Chance bewoog naast Richard als een slang over de modder, onzichtbaar in de duisternis.

Ze waren een paar meter van de greppel en knipten zich een weg door het laatste prikkeldraad toen ze stemmen hoorden. Ze waren allemaal doodstil. Gehelmde hoofden staken kort boven de verschansing uit en Richard ving een paar woorden Duits op. Richard lag stil en ademde oppervlakkig. De soldaten in de Duitse loopgraaf zeiden nu en dan iets tegen elkaar. Richard keek voorzichtig omhoog naar het prikkeldraad. Nog een paar stukjes en dan waren ze erdoorheen, dan konden ze de vijand met gemak overmannen. Sergeant Chance leek hetzelfde te denken: Richard zag hem zijn draadschaar pakken.

Zonder enige waarschuwing klonk ineens het geratel van Maxim-geweren, meteen gevolgd door vuurflitsen uit hun eigen geweren. De aanvallende partij rende al snel door het niemandsland terug en klauterde de borstwering over de Britse loopgraaf in.

'Hoeveel zijn er terug?' vroeg Richard aan Chance.

'Tien, meneer. Geen doden, twee gewonden. Niet slecht. Ze vuurden over ons heen... zo dichtbij waren we.' Chance begon ineens te lachen. 'Ik vraag me af waar Fritz over stond te leuteren.'

'Ze klaagden over buikpijn. Ze waren symptomen aan het vergelijken.'

'Spreekt u Duits, meneer?'

'Een beetje,' zei Richard. 'Ik heb vlak voor de oorlog zaken gedaan in Duitsland.'

Nadat de gewonden terug waren gestuurd naar de reserveloopgraaf, Richard een rapport naar het hoofdkwartier had gestuurd en hij de mannen had laten inrukken, bood hij Nicholas Chance een glas cognac in het schuilhol aan.

'Ik heb zelf ook wat gereisd, meneer,' zei Chance tegen hem. 'Maar alleen in Engeland, nooit naar het buitenland.'

75

'Wat deed jij voor de oorlog, Chance?'

'Ik ben in Buckland geboren, in de Vale of White Horse. Maar ik zag mezelf niet als boerenjongen, dus ik ben op mijn vijftiende naar Londen vertrokken. Ik ben gaan werken voor een firma die landbouwgereedschap en voer verkoopt omdat ik dan een beetje kon reizen.' Hij viste een foto uit zijn portemonnee en gaf die aan Richard. 'Zo heb ik mijn vrouw leren kennen. Toen ik door East Anglia reisde. Dat is ze, meneer, dat is Etta. En dat is onze baby, Ruby.'

Richard keek naar de foto. Etta Chance had een rond, mooi gezicht, met kuiltjes in haar wangen. Een pony met krullen viel over haar voorhoofd en ze glimlachte lief, hoewel een beetje nerveus, naar de camera. Ze had haar mooiste jurk voor de studiofotograaf aangetrokken, nam Richard aan, versierd met sierstroken en strikjes. Het enige wat hij van de baby zag was een mopperig gezichtje in een zee van kant.

'Wat een kanjer, hè?' zei Chance trots.

'Beeldschoon. En de baby...' Richard dacht even na en besloot, om het op veilig te spelen, 'blaakt van gezondheid. Is ze je eerste?'

Chance knikte. 'Hebt u kinderen, meneer?'

Richard opende zijn sigarettenhouder en liet Chance de foto zien die erin zat. 'Dat is mijn oudste, Philip, en dat is Theo. En dat is mijn kleine meid, Sara. En dat is mijn vrouw, Isabel.'

'Het zijn stuk voor stuk plaatjes, meneer.'

'Ja, hè?'

Toen de sergeant aanstalten maakte het schuilhol te verlaten, zei Richard: 'Je hebt het goed gedaan vanavond, Chance.'

'Dank u, meneer.' Hij begon weer te grijnzen. 'Ik dacht even dat ik de sigaar was. Arme Nick Chance, dacht ik. Verdwaald in niemandsland en nooit meer naar huis teruggekeerd.'

In maart werd de compagnie langs de linie naar Serre, bij de Somme, teruggetrokken. Op een nacht ging Richard met een patrouille op stap om het prikkeldraad te repareren. Dat was geen populaire klus... je stond daar open en bloot, een stuk van de verschansing vandaan, en ze moesten met houten hamers de stalen palen op hun plaats krijgen, in het pad van een verdwaalde kogel of granaat, terwijl ze het gevaar liepen verlicht te worden door de baan van een loopgraafmortier.

Het was een stille nacht; de maan was maar af en toe zichtbaar tussen de snel bewegende wolken en de reparatie verliep zonder incidenten. Toen hij de order gaf naar de loopgraaf terug te keren zag Richard het lichaam van een Britse soldaat, even verlicht door de maan. Hij besloot het lijk mee tot achter de linie te slepen zodat de man een fatsoenlijke begrafenis kon krijgen. Maar toen hij probeerde het op te tillen kwam het hoofd, dat in verdergaande staat van ontbinding was dan hij had gedacht, los in zijn handen. Hij stond daar even, als verlamd, staarde naar dat afgrijselijke ding dat hij in zijn handen had, ging over zijn nek en liet het vallen.

Hij moest zijn mannen hebben verzameld en teruggestuurd naar de loopgraaf, want het volgende waarvan hij zich bewust was, was sergeant Chance, die zei: 'Wilt u wat van de mijne proberen, meneer?' en hem een heupflesje aanbood.

Richard nam een slok en verslikte zich. 'Wat is dit is godsnaam?'

'Ik heb het met kaarten gewonnen,' zei Chance.

Richard vond het beangstigend dat hij zich niets herinnerde tussen dat hoofd in zijn handen en weer terug te zijn in de loopgraaf. Hij keek naar zijn handen. Hij waste ze met water uit een jerrycan en hoorde Chance vragen: 'Gaat het wel, meneer?'

'Ja, natuurlijk.' Het lukte hem een glimlachje om zijn lippen te toveren. 'Ik krijg altijd de zenuwen van het repareren van dat prikkeldraad.'

Chance knikte. Toen vroeg hij: 'Denkt u wel eens dat we hier misschien voor altijd vastzitten, meneer?'

Richard keek hem fel aan. 'Hoe bedoel je?'

'Nou, we gaan nooit ergens naartoe, toch, meneer? We nemen een boerderij of een stukje van een berg in en als we het eenmaal hebben, verdedigen we het met man en macht. Maar waarom? Het is niets anders dan een kapotgeschoten boerderij of een berg. En dan rennen we rond en proberen hun loopgraven op te blazen en zij doen precies hetzelfde bij die van ons, en wat winnen we ermee? Wat?'

'Ik neem aan dat de Duitsers Parijs binnen zouden marcheren als wij er niet waren.'

'Ja, dat zal wel.'

Er viel een stilte. Ze staken allebei een sigaret op. Chance zei: 'Als je de loopgraven van de moffen ziet, compleet met echte kamers en gangen, veel mooier dan die van ons, vraag ik me wel eens af of wij hetzelfde gaan doen. Of we grotere en betere loopgraven gaan maken en of er dan op een dag hele steden onder de grond zullen zijn. En of we dan,' – hij maakte een snuivend geluid – 'als mollen gaan leven.'

Richard onderdrukte een huivering. Hij keek nogmaals naar zijn handen en wreef ze over elkaar alsof hij iets wilde wegwassen. Hij begon snel over iets anders: 'Vertel eens hoe je je vrouw hebt leren kennen, Chance. Dat was toch in East Anglia?'

'Ja, meneer. Ik reisde door de Fens. Bent u daar wel eens geweest, meneer? Prachtige landbouwgrond, dus ik kon er heel wat gereedschap en machines kwijt.' Hij schudde zijn hoofd. 'Maar wat is het daar troosteloos! Ik hou van heuvels en valleien en kleine bossen. Dat is echt platteland. Het is daar zo plat als een pannenkoek, nog platter dan hier, geen heuvel te bekennen. En de omgeploegde velden zijn gitzwart en de wind snijdt dwars door je heen en komt er aan de andere kant weer uit. Het is daar behoorlijk deprimerend, dat kan ik u wel vertellen, meneer. Geen wonder dat ze daar bijna allemaal zo gek als een deur zijn.' Hij nam een trekje van zijn sigaret. 'Maar goed, ik was bij een zaadhandelaar in een piepklein dorpje toen ik door het raam naar buiten keek en een prachtige meid zag lopen. Ik had al dagen geen mooi meisje gezien, dus ik heb snel een eind aan mijn zaken gemaakt en ben de winkel uit gelopen. Ik heb haar aangeboden haar tassen te dragen. Ze leek wel een pakezel... Maude liet Etta altijd al de boodschappen doen.'

'Maude?'

'Etta's heks van een zus, meneer. Maude Quinn denkt dat ze te goed is om te gaan winkelen. Etta wilde me eerst niet laten helpen, maar ik heb even met haar gepraat en ze zal wel hebben gemerkt dat ik geen kwaad in de zin had, want ik mocht met haar naar huis lopen.' Hij legde uit: 'De ouders van Etta zijn gestorven toen ze klein was. Haar zus, Maude, was toen al getrouwd, met boer Quinn, dus ging Etta bij hen wonen. De boerderij heet Nineveh. Ergens in Verweggistan. Ik mocht van Etta niet helemaal meelopen omdat ze bang was dat haar zus ons zou zien.' Hij fronste zijn wenkbrauwen. 'Gek hè, hoe verschillend twee zussen kunnen zijn. Etta heeft het gezicht van een engeltje en Maude is net een heks. Maude wilde niet dat Etta lol maakte. Ze was heel gelovig, begrijpt u,' voegde Chance er vaag aan toe.

'Maar ik neem aan dat je haar het hof hebt gemaakt.'

Chance glimlachte. 'Waar een wil is, is een weg, meneer, waar een wil is, is een weg. Het was niet eenvoudig om elkaar te ontmoeten, en Etta was altijd als de dood dat Maude erachter zou komen, maar het lukte. Toen Etta ermee instemde met me te trouwen heb ik de koe bij de hoorns gevat en ben naar Nineveh gegaan.' Hij kneep zijn blauwe ogen tot spleetjes. 'Het was een vreemde plek... van buiten heel grimmig, met allemaal losse gebouwen die wel bij elkaar leken gegooid. Maar binnen stonden best aardige spullen, mooie oude meubels en porselein. Ik heb een tijdje voor een antiekhandelaar gewerkt, dus ik zag dat ze wel wat waard waren.' Hij begon ineens te lachen. 'En daar zat Maude Quinn, te midden van al haar mooie spulletjes, en ze keek me aan alsof ik iets was wat aan haar schoenzool was blijven kleven.'

'Mocht je met haar zus trouwen?'

'Nee. Ze liet me in niet mis te verstane woorden weten dat ik kon oprotten.' Chance fronste zijn wenkbrauwen. 'Het gekke was... ik zeg niet dat ik bang was voor het ouwe mens, maar ze had iets over zich. Ik begreep wel waarom Etta alles deed wat ze wilde. Maude is een...' Hij was even stil, zocht naar het juiste woord.

'Persoonlijkheid?'

'Ja, meneer, dat is het, ze is een persoonlijkheid. Die Maude Quinn was eraan gewend over iedereen de baas te zijn. Hoe dan ook, ze stuurde me zonder pardon de deur uit... het was eerlijk gezegd ronduit beledigend.' Zijn gezicht vertrok. 'Toen ik eenmaal weg was, heeft Maude Etta in haar gezicht geslagen. Daar was ik razend over.'

Richard bedacht dat het geen pretje zou zijn om bij Nicholas Chance in een verkeerd blaadje te komen. Chance was, net als Maude Quinn, een persoonlijkheid.

Hij vroeg: 'Dus wat heb je gedaan?'

'We zijn er samen vandoor gegaan. Etta was ondertussen eenentwintig, dus we hadden geen toestemming nodig om te trouwen. Ze is op een nacht de boerderij uitgeglipt, we zijn naar Londen gegaan en zijn getrouwd. Ze heeft Maude een keer geschreven dat we waren getrouwd. Ze hoopte dat Maude zou bijdraaien, maar dat is niet gebeurd. Maude weigerde ook maar een cent bij te dragen om ons te helpen, hoewel ze volgens de verhalen steenrijk is. Ik zou er niet rouwig om zijn als die ellendige ouwe heks erin blijft.' Chance klonk koel en zakelijk. 'Van mij mag ze in een van die sloten van haar vallen en verzuipen.'

Hij keek op zijn horloge. 'Laat ik maar eens gaan controleren of er geen wachtposten in slaap zijn gevallen.' Net voordat hij het schuilhol verliet zei hij: 'Ze noemen het een uitputtingsslag, hè, meneer? Ik denk dat ik liever een ander soort oorlog had gehad. Etta zegt dat ze me zich helemaal kan voorstellen in een rode jas, in het heetst van de strijd. Ik hou van actie. Ik vind het prettig als er wat gebéúrt.'

De spanning uitte zich bij iedereen op verschillende manieren. Richards commandant, majoor Woods, werd steeds stiller en afstandelijker, sprak hoogstzelden woorden van aanmoediging of kritiek en bemoeide zich zo weinig als de benauwde omstandigheden in de loopgraven toestonden met zijn medeofficieren. Hij liet de dagelijkse gang van zaken in de loopgraven aan zijn ondergeschikten over en kwam alleen uit zijn geïsoleerde positie tevoorschijn om met zijn superieuren langs de linie te communiceren of om orders van boven door te geven.

Nicholas Chance vond er zijn eigen manier op om de gevaarlijke stagnatie in de loopgraven uit te houden. Chance gaf zich nacht na nacht op als vrijwilliger voor de patrouilles. Richard vond dat Chance bijna roekeloos begon te worden. Hij had zichzelf nooit als een nerveus type gezien, maar vergeleken bij Chance was hij voorzichtig. Wat, vroeg hij zich af, deed onverschrokkenheid met een man? Het zorgde uiteraard dat je risico's ging nemen, en het stompte je inzicht af. Richard kreeg steeds meer het gevoel dat Chance het gevaar opzocht... of misschien was het dat hij alleen daar, als de dood hem letterlijk op de hielen zat, echt voelde dat hij leefde.

En zijn eigen symptomen? Uitputting, gebrek aan concentratie en een serie verwondingen aan zijn handen die maar langzaam genazen omdat hij er in zijn slaap aan peuterde. Het was net alsof hij zich sinds dat incident met het hoofd niet meer schoon voelde. Hij dacht soms dat hij het rook, dat de stank van verrotting zijn huid in was gesijpeld en er niet af kon worden gewassen.

Denkt u wel eens dat we hier misschien voor altijd vastzitten, meneer? De slag bij Loos had, angstaanjagend duidelijk, aangetoond dat machinegeweren en loopgraafmortieren van een aanval van de infanterie een zelfmoordpoging maakten. De brede barrières van prikkeldraad, op sommige plekken langs de linie meters diep, waren onneembare vestingen. Zelfs als de Britten morgen een succesvolle aanval zouden uitvoeren en, laten we zeggen, een kilometer land zouden veroveren, wat dan? Eerst had je de rest van het front, de hele, lange linie, van de kust aan het Kanaal tot het hart van Europa, verdedigd door een even groot leger als dat van hen. Hoeveel meer mannen zou de oorlog gaan opslokken?

De voorbereidingen voor het komende offensief betekenden ook frequente verrassingsaanvallen over het niemandsland. Majoor Woods vroeg Richard op een nacht met een patrouille op pad te gaan om de toestand van de vijandelijke loopgraven te bekijken. De patrouille ging toen het donker was op weg. Richard controleerde de wapens van de mannen en zijn eigen revolver. Centimeter voor centimeter op zijn buik tijgerend over niemandsland rook hij de scherpe geur van de aarde en hij voelde een of twee keer de frisse koelte van bladeren onder zijn handpalmen op een plekje waar een piepklein eilandje van gras had overleefd in de zee van verbrande aarde. De geweren waren die nacht stil en een mist dreef laag over de grond. Hoewel die hen omhulde en beschermde, waren de herkenningspunten minder goed zichtbaar, waardoor het moeilijker werd om hun route te volgen, en bovendien leek het wel of ieder geluid veel harder klonk. Het geruis van piepkleine pootjes toen een rat beschutting zocht klonk angstaanjagend hard. Je hoorde het geklik van de draadscharen terwijl er een pad werd gebaand door de eerste prikkeldraadversperring en toen lagen ze weer op hun buik, gezichten in de aarde, kruipend over de grond... *Als mollen*, herinnerde Richard zich de woorden van Nicholas Chance.

Toen hoorde hij een voetstap. Het drong te laat tot hem door dat hij niet de enige patrouille leidde die nacht. Een plotselinge beweging in de duisternis en iemand loste een schot, dat kort daarna werd gevolgd door een gil. Richard zag in een lichtflits dat ze in de mist van hun route waren afgedwaald en dat ze een meter of dertig van hun doel verwijderd waren. Toen maakte een explosie dat hij zijn gezicht hard tegen de grond duwde en met zijn nagels in de modder klauwde. Hij hoorde het onverbiddelijke tak-tak-tak van de Maxim-geweren en schreeuwde de order dat ze zich moesten terugtrekken.

Hij moest een paar stappen hebben gerend toen het leek of hij tegen een onzichtbare muur knalde en zijn linkerarm zonder dat hij daar iets over had in te brengen omhoogvloog. Toen werd hij door de explosie van de loopgraafmortier opgetild en hard weer op de grond gekwakt. Hij had vergeten hoe hij moest ademen; hij snakte naar adem en voelde alleen dik, warm, stof, en het kostte een gruwelijke, verstikkende poging om zijn longen te vullen.

Verderop verlichtte een andere loopgraafmortier de nachtelijke hemel. Granaatscherven vlogen hoog over hem heen: hij merkte op hoe mooi ze waren, als woeste zwarte vogels tegen het onnatuurlijke licht. Toen sloot hij zijn ogen en raakte buiten bewustzijn.

Toen hij bijkwam, was het nog steeds donker, maar de mist was minder geworden. Een halvemaan verlichtte de plek waar hij lag. Hij zag dat hij het geluk had gehad dat hij op de hellende zijkant van een granaatkrater was gegooid, die enige bescherming bood. Hij keek naar zijn lichaam. Hoewel hij niet echt pijn had, wist hij dat er iets goed mis was. Hij probeerde zichzelf methodisch te inspecteren, zoals hij ooit, in een ander leven, defecte producten in de fabriek had geïnspecteerd. Zijn linkerarm deed niets en hing als een stuk dood vlees aan zijn schouder. Toen hij zijn rechterhand optilde zag hij dat er een gat in zijn handpalm zat. Hij probeerde op te staan. Toen voelde hij ineens de pijn, en zijn kreet van ellende spoorde een nieuw salvo vijandelijke kogels aan.

Hij besloot naar de rand van de krater te kruipen zodat hij kon zien of iemand hem kon helpen naar de Britse linies terug te keren. Het kostte hem een eeuwigheid om zich met zijn rechterelleboog en zijn linkerbeen de helling op te duwen. Toen hij de rand bereikte zag hij de mannen her en der hun posities in de modder verlaten. Hij herkende Cummings, Forbes en Hall, allemaal goede soldaten, en luitenant Buxton. Buxtons blonde krullen waren donker van modder en bloed. Buxton was nog niet eens een week aan het front; hij was nog geen twintig. Richard voelde tranen in zijn ogen prikken.

Verdwaald in niemandsland en nooit meer naar huis teruggekeerd, dacht hij. Toen de angst iets minder werd voelde hij alleen nog de tomeloze vastberadenheid in leven te blijven. Hij was hier zijn vertrouwen in alles behalve zijn gezin kwijtgeraakt: zij waren wat hij wilde behouden. Hij vocht zodat zijn zoons in vrijheid konden leven en zodat zijn vrouw en dochter nooit de dingen zouden hoeven zien waar hij getuige van was.

Dus hij kon niet sterven. Niet nu. Maar hij verloor bloed; hij voelde dat hij zwakker werd. Hij besloot even te gaan slapen, en als hij dan weer wakker werd zou hij de tocht terug naar de Britse loopgraven wel aankunnen.

Richard sloot zijn ogen en droomde over een huis op een klif. Golven sloegen tegen de rotsen waarop het huis was gebouwd, en Isabel, die haar rode jasje aanhad, stond voor het huis en keek uit over de zee. Richard liep langs de kustlijn en voelde de kiezels onder zijn voeten en het ploppen van de glanzend bruine kopjes blaaswier. Hij vroeg zich in een toestand tussen waken en slapen af hoeveel knopen hij zou moeten maken om dat huis aan de zee te kunnen kopen. Hij dacht aan de miljoenen soldaten aan het front en de miljoenen knopen aan hun uniformjassen. Knopen om huizen te kopen, knopen van dode mannen.

Een stem maakte hem wakker. 'Kapitein Finborough, denkt u dat u kunt lopen?'

Richard opende zijn ogen. Het was nog steeds nacht en sergeant Chance zat gehurkt naast hem. Hij voelde een diepe, overweldigende opluchting: Chance was als een slang over het niemandsland gekropen en zou hem mee naar huis nemen.

'Ik denk het niet,' zei hij. 'Sorry.'

Dus tilde Nicholas Chance hem op en rende over niemandsland, met Richard als een zak aardappels over zijn brede schouders. Ze hadden bijna de Britse verdediging bereikt toen de geweren begonnen te vuren. Het laatste wat Richard hoorde toen ze naar de verschansing doken was de brul die uit de keel van Chance klonk; een brul, dacht hij, van woede en triomf.

Richard werd eerst naar een noodpost achter de linies gebracht en daarna naar het Britse militair hospitaal in Étaples. Hij vond het ziekenhuis een grotere hel dan de loopgraven. De gewonde mannen lagen 's nachts te kreunen en riepen om hun moeders. De man in het bed naast dat van Richard lag, opgekruld als een balletje, te huilen. 'Shellshock,' zei de verpleegster tegen Richard voordat ze het gordijn rond het bed dichttrok.

Hij was door zijn hand geschoten en zijn linkerschouder en rechterbeen zaten vol granaatscherven. De dag nadat hij in Étaples arriveerde werden de scherven operatief verwijderd. Toen hij op de afdeling bijkwam van de narcose moest hij op zijn onderlip bijten om niet van pijn te gaan schreeuwen. De verpleegster gaf hem een injectie met morfine en hij viel weer in slaap.

Ach, de verpleegsters. Mooie meisjes, sommigen, en lief ook, maar hij maakte zich om de een of andere reden zorgen om hen. Hun opgewekte efficiëntie had een hard randje, alsof er niets was wat ze nog niet hadden gezien. Hij bedacht dat hij zijn kleine Sara nooit het leven zou laten leiden dat deze meisjes hadden. De routine op de afdeling, even rigide en meedogenloos, vond Richard, als die in het leger, ging door. Richard gruwde ervan. Hij gruwde van de geluiden en geuren; en nog het meeste gruwde hij van zijn afhankelijkheid.

Toen, op een ochtend, drie dagen nadat hij in Étaples was aangekomen, stond er een verpleegster met sproeten en rood haar naast zijn bed. 'Er is bezoek voor u, kapitein Finborough,' zei ze.

Richard keek op en zag Isabel. Toen hij haar armen om zich heen voelde, haar huid en haar rook, voelde hij zich alsof er eindelijk iets weer op zijn plaats was gevallen.

'Neem me mee naar huis,' fluisterde hij. 'Alsjeblieft, Isabel, neem me mee naar huis.'

Hij mocht niet naar huis, maar na twee weken werd hij wel van Étaples naar een verpleeghuis in Kent gestuurd, waar hij twee maanden verbleef. Hij hoorde op het terrein van het centrum het massieve artilleriebombardement dat de voorloper van de slag bij de Somme zou zijn. Tegen de tijd dat hij genoeg was hersteld om terug naar huis in Hampstead te mogen had de slag tienduizenden levens opgeëist, onder wie dat van majoor Woods en velen uit Richards oude regiment. Maar Nicholas Chance leefde nog, en daar was Richard dankbaar om.

Hij leerde zichzelf lopen zonder met zijn been te slepen en leerde zichzelf opnieuw schrijven. Maar zijn hand herstelde nooit volledig, en als hij moe was sprong zijn handschrift in hanenpoten over het papier. Toen het na zes maanden duidelijk werd dat hij nooit meer goed een geweer zou kunnen afschieten, werd hij ongeschikt verklaard voor dienst.

Hij had zijn leven aan de heldendaad van Nicholas Chance te danken. Richard Finborough vertelde jaren na de oorlog nog graag hoe Chance zijn leven had gered.

De oorlog liet hem met littekens achter. Die op zijn lichaam waren zichtbaar: de paarsige strepen op zijn zij vervaagden uiteindelijk tot wit, en hij zou altijd het onbeholpen handschrift van een tienjarige houden. Hij wist dat hij geluk had dat hij er nog zo goed vanaf was gekomen. Toen in november 1918 de vrede werd verklaard waren drie rijken tot een ruïne gereduceerd en smeulde het vuur van revolutie. Een vreemde overwinning, dacht Richard. Voormalig soldaten bedelden in de straten van Londen, sommigen zonder ledematen, anderen mompelend en met een verwilderde blik in hun ogen, velen ziek en zonder werk. Richard gaf hun altijd geld.

Zijn andere littekens waren onzichtbaar. Beelden van de oorlog maakten zijn nachten aardedonker en wierpen een schaduw over de dag. Als het slecht ging werd hij midden in de nacht wakker en voelde zich alleen op de wereld. Dan leken zijn ambities niet het najagen waard en werd hij achtervolgd door de angst dat dát de realiteit was: dat Golgotha vol ratten, rottende lijken en gewelddadige moorden. Dat dit alles – zijn werk, zijn huis, zijn gezin – enkel een intermezzo was. Dat niets veilig was, en dat hij op een dag alles zou verliezen waaraan hij was gehecht.

Hij hield zijn demonen op afstand door bezig te blijven en afleiding te zoeken in alcohol en, af en toe, vrouwen. Hij zocht Sally Peach weer op, die zijn minnares was geweest voordat hij met Isabel was getrouwd: haar eenvoudige, belangeloze affectie gaf hem rust. Elke kans op genot moet je met beide handen aangrijpen, dacht hij. Hij wist nu hoe eenvoudig het leven ineens voorbij kon zijn. Je kon zitten kletsen of kaarten en dan kon een kogel of granaatscherf je uit het leven rukken alsof je nooit had bestaan. Een zwartheid, een leegheid, bleef bij hem, het grootste deel van de tijd bedekt, maar af en toe aan de oppervlakte. Hij leerde zijn gevoel maskeren met een zakelijk succes, een nieuwe overwinning. De eerste keer dat hij Isabel ontrouw was, voelde hij zich vreselijk schuldig; de tweede keer was het al minder.

De jaren gingen voorbij en hij stelde zijn financiën veilig en verstevigde zijn imperium. Dat was hoe hij zijn gezin beschermde, door de familie Finborough zo rijk te maken dat niets hen kon schenden. In tegenstelling tot vele anderen kon hij de economische malaise van het decennium uitzitten omdat hij zo slim was geweest te investeren in groeiende bedrijfstakken. Een concurrent kreeg het moeilijk: Richard wachtte tot de eigenaar geen ander alternatief had dan verkopen en kocht voor een bodemprijs een grote fabriek aan de rand van Londen. De plasticfabriek had al snel vele malen zijn vooroorlogse afmetingen. Midden jaren twintig was Finborough producent van vulpennen, mesheften en een heel assortiment aan luxeproducten, knopen en gespen. In 1927 begon hij een nieuwe lijn met elektrische apparaten.

De jaren twintig waren een goed decennium voor de familie Finborough, een tijd van voorspoed en zekerheid. Richard had vaak het gevoel dat alles wat hij aanraakte in goud veranderde. Hij gebruikte zijn macht om het heden naar zijn hand te zetten en zijn wensen voor de toekomst te verzekeren.

Hij hield zich aan de belofte die hij had gedaan op de dag dat Isabel ermee had ingestemd met hem te trouwen. Het huis in Cornwall was van haar, zijn cadeau aan haar, de eigendomsakte op haar naam, te gebruiken zoals haar goeddunkte. Het was zijn manier om haar te vertellen dat hij, hoe druk hij ook was, wat hij ook deed, van haar hield. Porthglas Cottage stond op de top van een klif aan de kust van het noorden van Cornwall, niet ver van St.-Ives. Ze konden uit het zolderraam de golven tegen de rotsen zien slaan. Isabel ging er elke zomer met de kinderen naartoe en Richard was er ook als hij even niet hoefde te werken. Philip, Theo en Sara werden bruin en gezond, speelden op het strand en baadden in de zee.

Richard had sinds het eind van de oorlog contact gehouden met Nicholas Chance. Ze zagen elkaar jaarlijks tijdens het regimentsdiner dat Richard in het Savoy organiseerde, een aangename, roekeloze avond waarvoor hij altijd een tiental legerkameraden uitnodigde. Richard vermoedde dat het Chance niet voor de wind ging sinds de oorlog was afgelopen. Chance ging gedurende de jaren twintig steeds meer drinken en als hij lachte kregen zijn mondhoeken een verbitterde trek. Het was moeilijk in te schatten hoe zwaar hij het had, en nog moeilijker om te bedenken hoe hij hem kon helpen. Chance veegde Richards tactvolle aanbiedingen bij hem te komen werken van tafel en begon over een vakantie aan de kust en een baan die hij aangeboden had gekregen. Toch werd de legerjas die Chance elk jaar over zijn pak aantrok als hij aan het eind van de avond afscheid nam steeds sleetser en had Richard de indruk dat er te veel nieuwe banen waren, te veel geweldige kansen die nooit ergens op uitdraaiden. Hij begon zich zorgen te maken dat Chance' karakter er een was dat zich niet gemakkelijk aanpaste aan de eisen van vredestijd.

Toen, met kerst 1927, kwam Nicholas Chance niet op het regimentsdiner opdagen. Richard vond het gek dat hij er niet was: Chance had er nog nooit een gemist. Richard stuurde hem in het nieuwe jaar een brief, waarin hij schreef dat hij hoopte dat het goed ging met hem en zijn gezin.

Een paar dagen later kwam er antwoord. Niet van Nicholas, maar van zijn dochter, Ruby. Ze schreef met een keurig handschrift:

Geachte meneer Finborough,

Ik hoop dat u me vergeeft dat ik u lastigval, maar ik probeer mijn vader te vinden. Hij is al vier maanden niet thuis geweest en mijn moeder is ziek en ik moet hem spreken. Als u enig idee hebt waar hij zou kunnen zijn, of als u hem hebt gezien sinds u ons hebt geschreven, wilt u hem dan alstublieft vragen naar huis te komen?

Hoogachtend,
Ruby Henrietta Chance.

Toen Richard aan de ontbijttafel de brief van Ruby Chance las, maakte die hem bezorgd en onrustig. De familie Chance woonde in Reading. Toen hij naar kantoor reed, herinnerde Richard zich dat hij een leverancier in Reading had die hij wel weer eens een bezoekje kon brengen. Hij besloot twee vliegen in één klap te slaan door eerst naar de leverancier te gaan en daarna naar mevrouw Chance en haar dochter om te zien wat hij kon doen om te helpen.

Richard ging nadat hij een bezoekje aan zijn leverancier had gebracht op zoek naar het adres van de familie Chance, een huis van rode baksteen in een buitenwijk van de stad. Easton Road 50 was een kleine, halfvrijstaande villa met een hoog puntdak. Het huis werd gescheiden van de buren door smalle paadjes aan beide zijden van het pand. Een wirwar van bladerloze struiken vulde de bloembedden en voor de erker hingen kanten gordijnen.

De trekbel leek niet te werken, dus Richard klopte hard op de voordeur. Na een paar minuten werd er opengedaan. Hij zag door de smalle kier, een stukje onder het niveau van zijn eigen starende blik, een haviksneus en een achterdochtig blauw oog.

'Ik neem aan dat jij Ruby bent,' zei hij met een glimlach. 'Ik ben Richard Finborough, een vriend van je vader.'

De deur ging een paar voorzichtige centimeters verder open. 'Is mijn vader met u meegekomen?'

'Ik vrees van niet. Mag ik binnenkomen om even met je moeder te praten? Is ze thuis, Ruby?'

Haar snelle blik de gang in was bezorgd, maar ze zei: 'Ja, meneer Finborough, komt u binnen.' Ze ging hem voor de gang in.

Het eerste wat Richard opviel was dat het ijskoud in huis was. Het was een koude januaridag en het voelde binnen weinig warmer dan op de ijzige straat buiten. Hij zou niet verbaasd zijn geweest als hij ijsbloemen op het glazen deel van de voordeur had gezien.

Ruby liet hem de zitkamer binnen. 'Moeder, dit is een vriend van papa,' zei ze. 'Meneer Finborough, dit is mijn moeder.'

Toen hij Etta Chance zag, moest Richard zijn geschoktheid verbergen. Hij had de foto die Nick hem had laten zien nog in zijn hoofd, al die jaren geleden, in het schuilhol, van zijn vrouw en dochter. Je kon je met heel veel moeite voorstellen, als je mevrouw Chance zo zag, dat ze ooit mooi was geweest, maar daar waren nu nauwelijks nog sporen van te zien; er was nog maar weinig over van het meisje dat Nicholas Chance was opgevallen toen hij uit een winkelraam keek. Etta Chance was weggekwijnd en broodmager, de gezonde blos van haar bleke, holle wangen verdwenen. En nog erger: haar lichtblauwe ogen stonden flets en wanhopig, wat Richard enorm verontrustte.

Maar ze leek moeite te doen zichzelf op te peppen, want ze gaf hem een hand en zei: 'Meneer Finborough, wat vriendelijk dat u langskomt. Nicholas heeft het vaak over u. Gaat u zitten.'

Iets maakte dat hij steels naar de dochter keek en hij zag dat Ruby hem smekend aan zat te staren. Er drong ineens iets tot hem door en hij zei: 'Ik was toevallig in de buurt, mevrouw Chance. Ik hoop dat ik niet ongelegen kom.'

Een stilte, tijdens welke hij de kale ruimte in zich opnam. Er lagen geen kleden, er stonden geen snuisterijen, geen piano, alleen een paar boeken en een paar foto's in goedkope lijstjes. Een ervan, dacht Richard, was de foto die Chance hem in de loopgraven had laten zien, met Etta in haar mooie jurk en de boze baby. Er brandden wat kooltjes in de haard en er stond een glas water op het tafeltje naast de vrouw.

Etta zei: 'Nicholas is er niet, vrees ik, meneer Finborough. Hij is... hij is weg voor zaken.'

Toen begon ze te snikken. Tranen stroomden over haar wangen en ze probeerde ze niet weg te vegen. Richard staarde haar even geschokt aan en keek toen weg, omdat hij het gevoel had dat het om de een of andere reden onfatsoenlijk was haar zo te zien.

'Mevrouw Chance... mijn oprechte excuses... ik maak u toch niet van streek?'

Ruby liep naar haar moeder en duwde een zakdoek in haar bevende vingers. 'Zal ik even thee gaan zetten, moeder?'

Ze knikte; Ruby liep de kamer uit. Richard dacht snel na, stond toen op en mompelde: 'Een ogenblikje, mevrouw Chance.'

Het geluid van aardewerk en een lopende kraan wees hem naar de keuken. Ruby was kopjes en schoteltjes op een dienblad aan het zetten. Richard vond haar gewoontjes en mager, heel anders dan zijn mooie Sara. Ruby Chance had de sterke gelaatstrekken van haar vader geërfd – onaantrekkelijk in een meisje, vond Richard – en haar teint was iets ondefinieerbaars tussen het lichte van Etta en het aantrekkelijke donkere van haar vader. Ze droeg een donkerblauwe overgooier over een smoezelige witte blouse, en haar benen, in donkere wollen kousen, leken wel vormeloze, dunne pijpenragers. Op haar rug hing een muisbruine vlecht die was samengebonden met een rafelig donkerblauw lint. Haar ogen waren haar enige opmerkelijke gelaatstrek. Ze waren groot, blauw en welgevormd, en hadden een bijzondere, doordringende blik.

Toen Richard de keuken in kwam lopen, keek Ruby op. Hij draaide er niet omheen: 'Hoe lang is je moeder al zo?'

'Jaren,' zei ze.

Hij was nogmaals geschokt. 'Is ze bij een dokter geweest?'

'Nee, meneer Finborough.'

Richards blik werd getrokken door de open deur van de voorraadkast. Hij zag dat de planken op een paar blikjes en pakjes na leeg waren. Hij nam aan dat de familie Chance geen dokter kon betalen. Zo te zien konden ze zich niet eens eten veroorloven.

'Je vader is al vier maanden weg,' zei hij. 'Vier maanden zonder dat er geld binnenkomt. Hoe hebben jullie dat gedaan?'

'Ik heb wat spullen verpand.'

Wat verklaarde waarom het huis zo leeg was. 'Heel verstandig,' zei hij. 'Hebben jullie een meid?'

'Mevrouw Slattery kwam vroeger de vloeren boenen, maar die is al heel lang niet geweest.'

De keuken had een uitgewoonde, groezelige uitstraling. 'Dus het koken en het huishoudelijke werk...' – hij kon zich dat arme, verwarde wezen niet met een bezem in haar handen voorstellen – 'dat doe jij allemaal in je eentje, neem ik aan, Ruby?'

'Ja, meneer Finborough.'

Hij keek haar nogmaals aan, deze keer bewonderend. Ruby Chance was een maand of zes jonger dan Sara – een jaar of twaalf dus – en toch was het haar gelukt in haar eentje het huishouden op poten te houden sinds het vertrek van haar vader, vier maanden geleden.

'Dat heb je geweldig gedaan, Ruby,' zei hij. 'Maar hoe zit het met school? Ga je naar school?'

Ze staarde naar de vloer. 'De laatste tijd niet.'

'Ik begrijp het. En je hebt je moeder niet verteld dat je mij die brief hebt geschreven, hè?'

'Nee, meneer Finborough.' Ze legde twee theelepeltjes op het dienblad. Ze keken elkaar aan; die doordringende blik was verontrustend bij een kind. 'Ik wist niet wat ik anders moest. Er was niets meer wat ik kon verpanden. De kruidenier bezorgt niet meer tot de rekening is betaald, en we kunnen de huur niet betalen. We hebben een brief van de huisbaas gekregen...'

Ze trok een lade open en viste onder een berg theedoeken een getypte brief vandaan, die ze aan hem gaf. Het was een aankondiging tot ontruiming.

'Er moet toch wel iemand zijn die jullie kan helpen tot Nick terugkomt?' probeerde Richard. 'Een familielid?'

'De enige familie is de zus van mijn moeder, mijn tante Maude.'

Richard herinnerde zich vaag het verhaal van Chance over een deprimerende boerderij in de Fens. 'Misschien kunnen jij en moeder bij haar gaan logeren.'

'Nee.'

'Nee?' Geen misschien of mogelijk, alleen nee. Hij keek het meisje vragend aan.

'Mijn moeder is bang voor tante Maude,' zei Ruby. 'En ik denk niet dat tante Maude ons zou helpen. Kijk maar.'

Er kwam een tweede envelop uit de verstopplek onder de theedoeken vandaan. Deze was van bijna zes maanden daarvoor en geadresseerd aan Etta Chance. Richard las hem vluchtig door. De laatste zin sprong eruit: 'Aangezien je financiële problemen helemaal je eigen schuld zijn, begrijp ik niet waarom je zou denken dat ik genegen zou zijn je te helpen.' Niet echt zusterlijk, dacht Richard terwijl hij de brief aan Ruby teruggaf en bedacht dat hij noch Etta, met haar overspannen zenuwen, noch dit aparte kleine meisje aan zo iemand kon overdragen.

Hij probeerde tot op de bodem van de zaak te komen. 'Je moeder zei dat je vader weg is voor zaken. Voor wie werkt hij?'

'Voor de firma Lampton, in Finlay Street. Ze verkopen kwasten en poetsmiddel.'

'En je vader is verkoper?'

'Ja, meneer Finborough.'

Godvergeten demotiverend werk, bedacht Richard, aankloppen bij huisvrouwen die, over het algemeen, niets wilden kopen. Arme Nicholas.

Hardop zei hij: 'Heb je de firma Lampton gevraagd of hij de laatste tijd op zijn werk komt?'

Ze knikte en hij bedacht: natuurlijk heb je dat gedaan. Je bent misschien geen mooi meisje, Ruby Chance, maar je bent wel slim.

'En ik ben naar de politie geweest,' voegde ze toe, 'maar daar wisten ze ook niets. Ik wilde een advertentie in de krant zetten, maar dat was te duur.'

'Maar het is wel een goed idee van je. Vertel eens hoe het is gegaan. Heeft je vader gezegd dat hij wegging?' Richard bedacht ineens iets. 'Had hij misschien ruzie gehad met iemand? Of waren er andere...' het was moeilijk dit tactisch te vragen, 'eh, problemen?'

'Hij zei dat hij een paar dagen wegging. Mijn moeder was overstuur. Ze vond het naar als mijn vader er niet was.' Het water kookte, dus Ruby vouwde een doek om het handvat en schonk het hete water in de theepot. 'Papa moest wel vaker weg voor zijn werk, dus ik maakte me eerst geen zorgen, maar mama wel.'

'Hoe lang is hij normaal gesproken weg?'

'Een week. Soms twee.'

'Waar ging hij naartoe? Verschillende plaatsen? Of altijd naar dezelfde?'

'Dat weet ik niet, meneer Finborough.'

'En hij heeft geen adres achtergelaten waar jullie hem konden bereiken?'

'Nee.'

'En hij is nog nooit eerder zo lang weg geweest?'

Ze schudde haar hoofd. Toen pinde ze hem vast met haar blauwe, indringende blik en zei plotseling: 'Papa heeft zijn medaille voor betoonde moed niet meegenomen.'

'Zijn *Distinguished Conduct Medal*?' Hij klopte haar op haar schouder en zei geruststellend: 'Ik weet zeker dat hij terugkomt. Probeer je geen zorgen te maken.'

Ruby maakte aanstalten het dienblad op te pakken. Richard zei: 'Laat mij maar. Kun jij het adres van de dokter van je moeder voor me opzoeken?'

'Ja, meneer Finborough.'

Hij vond het prettig om te bemerken hoe snel ze alles oppikte... Ruby Chance liet er geen gras over groeien. Ze liep de keuken uit en kwam even later terug met een papiertje met het adres van ene dokter Simpson erop.

'Fijn, dank je. Ik geef dit aan je moeder en jij houdt haar gezelschap terwijl ik naar de dokter ga. Ik ben zo terug.'

Toen Richard het huis verliet werd hij een gevoel van opluchting gewaar, alsof het verdriet van Etta Chance om het feit dat ze was verlaten zich in de bakstenen en de metselspecie had genesteld en een schaduw over het huis wierp. Hij vroeg een voorbijganger naar de weg en ging op pad. Toen hij door de smalle straatjes reed vroeg hij zich af of Nicholas hem gewoon was gesmeerd. Het leek de meest logische verklaring. Nick had een gruwelijke baan, een zieke vrouw en geldzorgen. Richard reed een chiquere wijk met duurdere villa's in en bedacht dat hij misschien wel begreep dat Nicholas weg wilde van dat gespannen, huilende wezen.

Dokter Simpson was een blaaskaak, vond Richard, maar na wat intimiderende woorden en het aanbieden van een geldsom stemde hij ermee in een verpleeghuis voor Etta Chance te regelen en erop toe te zien dat ze daar daadwerkelijk naartoe ging. Tegen de tijd dat Richard terug was in het huis van de familie Chance, met de dokter in zijn kielzog, begon het donker te worden. Het drong tot hem door dat hij moest bedenken wat hij met dat meisje moest. Hij kon haar niet in dat koude, troosteloze huis achterlaten, dat was wel duidelijk, en ze leek geen familie te hebben behalve die vrekkige tante, dus dan kon ze maar beter met hem mee naar huis komen. Nicholas Chance had zijn leven gered. Als Nicholas in de problemen zat – en Richard vermoedde dat dat het geval was – dan was het minste wat hij kon doen zorgen dat zijn vrouw en dochter goed verzorgd werden tot hij terugkwam.

Isabel zou het prima vinden als de dochter van Nicholas Chance een tijdje kwam logeren, dat wist hij zeker. Ze hadden er per slot van rekening de ruimte voor, en Isabel was gek op kinderen en zou haar direct in haar hart sluiten. Zo'n stille muis als Ruby zou nauwelijks opvallen. En ze kon leuk met Sara spelen.

Het was al laat in de avond toen Ruby voor zichzelf en haar moeder koffers had ingepakt en een huilende, rillende Etta onder toeziend oog van dokter Simpson naar een verpleeghuis werd gebracht. Richard bedacht pas op weg terug naar Londen dat hij Isabel had moeten bellen om haar zowel te vertellen dat hij zo laat zou zijn, als dat hij Ruby bij zich had. Hij herinnerde zich vaag dat Isabel iets had gezegd over gasten die kwamen eten vanavond...

Maar dat was nu te laat: Richard trapte het gas in en de auto kwam op snelheid.

Deel II

De pleegdochter

1928-1936

4

Het eerste wat Ruby opviel was het lawaai. Het overviel haar direct toen de meid de voordeur opendeed en er een muur van geluid het huis uitkwam waardoor ze bijna een stap achteruit deed. Ze hoorde ergens een piano, waarop met harde, dreunende akkoorden een mars werd gespeeld; ergens anders klonk een populair liedje op een grammofoon, en er waren rennende voetstappen en stemmen die elkaar riepen.

En er werd gelachen. Op weg van Reading naar Londen had meneer Finborough op een bepaald moment ergens aan gedacht en was hij in de lach geschoten. Zijn bulderende lach had Ruby aan een leeuw doen denken die ze een keer in het circus had gezien. Die had sterk en machtig zijn kop vol manen omhooggestoken en had een brul van bulderend genot uitgestoten.

Na de stilte aan Euston Road, maanden van stilte, die in acht moest worden genomen vanwege de zenuwen van haar moeder, schokte het geluid dat in het huis van de familie Finborough klonk haar, en ze stond als aan de grond genageld tot meneer Finborough haar een tikje op haar schouder gaf en haar naar binnen duwde. Eenmaal binnengekomen nam de meid hun jassen en Ruby's koffertje aan.

Meneer Finborough riep: 'Isabel! Ik heb iets voor je meegenomen! Isabel!' Toen er niet direct werd geantwoord, zei hij: 'Wacht hier maar even, Ruby.' Daarop verdween hij een gang in en deed allerlei deuren open. Hij bleef in een van de deuropeningen staan en zei: 'Lieverd, ik ben thuis!' en sloot de deur toen achter zich.

Toen ze eenmaal alleen was, keek Ruby om zich heen. Ze stond

in een hal. De hal van de familie Finborough was, gokte ze, ongeveer twee keer zo groot als de zitkamer aan Euston Road. Licht
van de lamp in de portiek scheen naar binnen door enorme ramen
van gekleurd glas aan beide zijden van de voordeur, waardoor de
gepoetste houten vloer een rozegouden glans kreeg. Objecten in
de ruimte – aardewerk en schilderijen – vingen het licht op, waardoor haar eerste indruk van het interieur van het huis van de
familie Finborough een schitterende veeg levendige, glanzende
kleuren was. Ruby knipperde met haar ogen en liep naar de radia-
tor. Ze had het al heel lang niet echt warm gehad; ze maakte voorzichtig de knopen van haar jas los.

Een glazen vaas met hulst en andere groenblijvende takken
stond op het ronde tafeltje midden in de hal. Op het dressoir stonden foto's in zilveren lijstjes, en er lagen een verzameling schelpen, een tennisbal, een stapel boeken, brieven en wat potloden. Er-
boven hing een groot schilderij van een vrouw in een lange blauwe
rok en een rood jasje. Ruby kneep haar ogen tot spleetjes om het
goed te bekijken. Het zwarte haar van de vrouw wapperde in de
wind. Ze stond op een rots en achter haar kolkte de zee. Ruby
dacht aan een gedicht dat ze op school had geleerd: 'Rol, rol, rol,
over uw koude grijze stenen, o zee!'

Ruby hoorde van achter de gesloten deur de stem van meneer
Finborough, die nu wat harder klonk, maar ze kon hem niet verstaan. Achter een andere deur was de marsmuziek overgegaan in
iets langzamers, melancholisch. Door weer een andere deur, die
op een kier stond, zag ze een man op een bank liggen. Er lag een
hoed over zijn gezicht; ze nam aan dat hij sliep. Er waren anderen
in die kamer, die een vreemde taal spraken. Een van hen zag haar
en riep haar: er werd gelachen en ze keek snel weg.

De grammofoonmuziek kwam zo te horen van boven. Ruby
hoorde het zachte bonken van ritmische voetstappen. Ze keek omhoog de trap op en zag een paar voeten over de overloop rennen.
Ze hoorde de stem van meneer Finborough weer, nu hard en boos
en afgewisseld door een vrouwenstem. Ze vroeg zich af waar de
ruzie over ging. Ze nam aan over haar.

Een blonde jongen met een donkerblauwe trui aan kwam de kamer met de buitenlanders uit lopen met een appel in zijn hand. Hij zag Ruby en vroeg: 'Heb jij Theo gezien?'

Theo zou Theo Finborough wel zijn. Meneer Finborough had haar in de auto verteld dat hij drie kinderen had: Philip, Sara en Theo.

Toen ze haar hoofd schudde verdween de jongen in de kamer met de piano. Meneer Finboroughs stem klonk nu duidelijk boven het rumoer in het huis uit: 'Ik zei toch dat het me spijt, mens!'

Een meid haastte zich door de gang met een berg linnengoed in haar armen; een zwart-witte kat liep door de gang en scherpte lui zijn nagels aan de lambrisering, en een bruine spaniël met witte oren kwam de hal in geslenterd. Ergens in de verte zong een kanarie. De Russen – Ruby stelde zich voor dat het Russen waren, misschien wel Witrussen, verbannen vrienden van de vermoorde tsaar – waren uit hun kamer vertrokken; alleen de slapende man lag nog op de bank.

Ruby inspecteerde de objecten op het dressoir en liet haar hoofd opzij hangen zodat ze de titels op de ruggen van de boeken kon lezen. Boven op de stapel lag *De mijnen van koning Salomo*; ze sloeg het open. Ze had het al gelezen; haar blik ging snel over de pagina. Ergens een bekend boek aantreffen was alsof je een oude vriend tegenkwam. Ze aarzelde even, ging toen op een stoel bij het raam zitten en begon te lezen.

Een paar minuten later ging de deur van de pianokamer open en de jongen met de donkerblauwe trui kwam naar buiten, op de hielen gevolgd door een jongen met donker haar. De eerste jongen zei: 'Lydgate zal nu wel gezinshoofd zijn. Mijn god, kun jij je dat voorstellen?' Daarop antwoordde de donkere jongen – Theo, nam ze aan: 'Die zal zoals gebruikelijk zijn macht wel doen gelden.' Toen zei de eerste jongen: 'Mijn boeken, waar zijn mijn boeken?' waarop Theo antwoordde: 'Volgens mij liggen ze op het dressoir.' Ruby zei: 'O' en stond snel op met *De mijnen van koning Salomon* in haar hand. Ze keken haar licht neerbuigend aan en de jongen met de blauwe trui zei: 'Bedankt.' Hij nam het boek aan en toen liepen ze weg. Ze ving voordat ze de hoek om gingen nog wel een stukje van hun gesprek op.

'Wie was dat?'

'Geen idee. Vast een dochtertje van een vriendin van mijn moeder. Het wemelt hier altijd van de mensen.'

Ruby's gezicht voelde heet. Waarom had ze haar excuses niet aangeboden dat ze dat boek had gepakt? Waarom had ze niet geglimlacht of zichzelf voorgesteld of íéts gezegd? Het kleinerende 'dochtertje' galmde door haar hoofd.

Haar aanvankelijke opluchting dat meneer Finborough was gekomen – en haar nog veel grotere opluchting dat hij had geweten wat hij met haar moeder moest doen (ze was zich de laatste tijd gaan afvragen of ze zouden doodhongeren) – ebde weg en werd vervangen door andere, verontrustende gedachten. Ze vroeg zich, weer, af wanneer haar vader zou thuiskomen. En wat zou hij doen als hij het huis leeg zou aantreffen? Dat probleem was in de auto in haar opgekomen, toen ze met meneer Finborough op weg was naar Londen. Wat als ze elkaar nou nooit meer zouden vinden? Meneer Finborough had haar verteld dat hij een brief voor haar vader op tafel had gelegd, en ook een bij de buren. En hij had zijn adres op het postkantoor en het politiebureau achtergelaten.

Maar wat zou er met haar gebeuren nu allebei haar ouders weg waren? Ze begon zich eenzaam en overbodig te voelen en maakte zich zorgen dat ze hier, in dit prachtige, drukke huis, niet aan de eisen zou voldoen. Hoe lang zou de familie Finborough haar laten blijven? Waar moest ze naartoe als ze haar, over een paar dagen of weken, niet meer wilden? Wat als mevrouw Finborough hoe dan ook niet wilde dat ze bleef? Het was eerlijk gezegd nauwelijks voor te stellen waarom die wél zou willen dat ze bleef.

Wat als meneer Finborough besloot haar naar Nineveh te sturen, naar haar tante Maude en Hannah? Het vooruitzicht vervulde haar met afschuw. Ruby en haar moeder gingen er al zo lang Ruby zich kon herinneren twee keer per jaar op bezoek. De gebiedende uitnodigingen van tante Maude hadden Etta Chance altijd de stuipen op het lijf gejaagd; ze gingen altijd veel te vroeg van huis en moesten dan een eeuwigheid op de trein naar Londen wachten. Tijdens de reis werd de angst van haar moeder alleen maar erger. Ruby's vader ging nooit mee. Ruby had zich vaak afgevraagd waarom haar moeder maar op bezoek bleef gaan bij tante Maude als ze zo overduidelijk bang voor haar was en tante Maude altijd zo meedogenloos gemeen tegen haar deed? Ruby nam aan dat haar moeder het gevoel had dat ze wel moest, omdat tante Maude haar enige zus was.

Ze probeerde zichzelf gerust te stellen. Haar vader zou thuis-komen en dan konden ze terug naar Euston Road. Ze keek nog een keer de gang in naar de gesloten deur. Ze vroeg zich af of het de bedoeling van meneer Finborough was dat ze zichzelf aan de rest van de huishouding zou voorstellen. Of misschien, dat leek eigen-lijk logischer, was hij haar gewoon vergeten.

De voordeur ging weer open en een jongeman kwam de hal bin-nenlopen. Hij was lang, breedgebouwd en opvallend aantrekkelijk. Het kon niet anders dan dat hij met zijn koperkleurige haar een lid van de familie Finborough was. Hij droeg een leren jas en zijn haar zat door de war; zijn schoenen en de onderkanten van zijn broeks-pijpen zaten vol modder. Hij bracht een vlaag frisse lucht en een aura van energie en avontuur met zich mee naar binnen.

Toen hij zijn jas stond uit te trekken, merkte hij Ruby op. 'Gaat het wel?'

'Ja, dank je. Hoewel ik niet weet waar iedereen is. Of waar ik hoor te zijn.'

'Ik vond je er al een beetje verloren uitzien.' Hij glimlachte en gaf haar een hand. 'Ik ben Philip Finborough.'

'Ruby Chance.'

'Chance? Je bent toch geen familie van de man die mijn vaders leven heeft gered?'

'Ik ben zijn dochter.'

De glimlach werd breder. 'Dan vind ik het heel aangenaam je te ontmoeten, Ruby. Heb je honger?'

'Een beetje.'

'Ik ben uitgehongerd. Ik heb het avondeten gemist. Ik zal eens even kijken of ik iets voor ons kan vinden.'

Het vertrek van Philip Finborough voelde alsof de zon plotseling onderging. Nu ze weer alleen was, vroeg Ruby zich af of hij haar ook zou vergeten. Maar Philip kwam een paar minuten later terug met een bord, en Ruby liep achter hem aan naar de zitkamer.

'Kom je logeren?' vroeg hij.

'Ik denk het wel.'

'Wat leuk. Heb je Sara en Theo al ontmoet?'

Ruby schudde haar hoofd. Ze nam aan dat door iemand gesnapt worden terwijl je zijn boek zit te lezen niet gold als ontmoeting.

'Ze zullen wel naar de vijver zijn,' zei Philip. 'Alsjeblieft.' Hij bood haar het bord aan. 'Neem een plak cake.'

Ze koos een plak met roze glazuur erop. Philip vroeg: 'Heeft mijn vader je meegenomen? Is hij thuis? Ik moet hem even spreken over de tweetaktmotor.'

Ze had geen idee wat een tweetaktmotor was, maar ze zei: 'Hij heeft me hiernaartoe gereden.' Ze was even stil en toen zei ze, omdat hij zo aardig leek en ze voor het eerst in heel lang het gevoel had dat ze met iemand sprak die ze in vertrouwen kon nemen: 'Ik denk dat hij een beetje boos is.'

'Hebben mijn ouders ruzie?' Hij keek haar geamuseerd aan. 'Maak je daar maar geen zorgen om. Ze hebben altijd ruzie; het stelt nooit wat voor.' Hij bood haar het bord nogmaals aan. 'Hier, meid, neem de laatste plak.'

Ze schudde haar hoofd. 'Nee, ga je gang.'

'Mijn moeder zou zeggen dat je wat moet aankomen.'

'Maar jij bent veel groter dan ik, dus je hebt meer nodig.'

Philips bulderende lach klonk net als die van meneer Finborough. Hij zei: 'Weet je wat, dan nemen we allebei de helft.' Hij brak de plak in tweeën en het viel Ruby op dat hij haar de helft met het meeste glazuur gaf.

Isabel bestudeerde Richards rode, kwade gezicht. Heb je dan geen idee, dacht ze, heb je dan geen idee hoe diep je onnadenkendheid me kwetst? Nee, natuurlijk niet. Dat heb je nooit en dat zul je ook nooit hebben.

Ze wist dat ze op weg waren naar een kruispunt waarop hun ruzie twee kanten op kon gaan. Hij kon nog erger worden, gevoed door haar angst en zijn temperament, en een eigen leven gaan leiden tot een van hen ervandoor ging, hij om te drinken en razen, zij om te huilen of naar Cornwall te vluchten. Of een van hen kon een stap terug doen, en dan zouden ze erom lachen, elkaar om vergiffenis smeken en die nacht in bed alles weer goedmaken. Ze wist nog niet hoe het deze keer zou gaan lopen.

Ze zei: 'Je wist dat de familie Horsley zou komen. En het is altijd zo hard werken als ze er zijn. Een telefoontje, Richard, dat is het enige wat ik vraag. Zodat ik het weet.' Ze wist dat ze het niet moest vragen, wist diep vanbinnen dat het nooit werkte om haar wantrouwen te voeden, maar ze kon zichzelf er nooit van weerhouden. 'Waar was je?'

Richard stond nog een borrel voor zichzelf in te schenken. 'Moet ik over elke seconde die ik niet bij je ben verantwoording afleggen? Wat denk je in vredesnaam dat ik doe?' Zijn stem klonk beangstigend.

Ik ben bang dat je me vergeet, dacht ze. Ik ben bang dat je een mooier gezicht ziet, een jonger gezicht. Ik ben bang dat het eindelijk tot je doordringt dat je een fout hebt gemaakt, al die jaren geleden in Lynton, en dat je spijt hebt dat je met me bent getrouwd. Ik ben bang om je te verliezen.

Maar ze zei: 'Ik was bang dat je autopech had... of dat je een ongeluk had gehad.'

Hij liep de kamer door naar haar toe. Eenmaal in zijn armen voelde ze zich weer veilig en er ontspande iets in haar. Haar bezorgdheid die avond – Richard die zo laat was en Philip die zo van zijn motorfiets hield – kreeg een realistischere plaats in haar hoofd.

Ze hoorde hem mompelen: 'Je haar ruikt naar de zee. Waarom ruikt je haar toch altijd naar de zee?'

Ze fluisterde: 'Ik heb je gemist, Richard.'

'Ik jou ook.' Hij streelde met de binnenkant van zijn duim over de welving in haar hals. 'Ik mis je altijd.'

Ze keek bezorgd naar de klok. 'Philip had allang thuis moeten zijn.'

'Maak je maar geen zorgen,' zei Richard. 'Hij is zeventien. Hij kan uitstekend voor zichzelf zorgen.'

Zijn zorgeloze vertrouwen wakkerde haar irritatie weer aan. Nee, dat kan hij niet, wilde ze zeggen. Kon ik voor mezelf zorgen toen ik zeventien was? Nee. Ik wist helemaal niets. Vandaar dat ik bang ben voor verminkte lichamen in greppels en de politie op de stoep.

Richard stak de stop terug in de decanteerfles. 'Ik ben naar Reading geweest, naar de familie Chance,' zei hij. 'Ik wilde weten wat er aan de hand was, dus ik ben er vanochtend naartoe gegaan. Ik ben blij toe, want het was niet best. Hun dochter probeerde alles bij elkaar te houden, maar haar moeder was een zielig hoopje mens. Ze kon niet meer stoppen met huilen en ik kreeg geen woord uit haar. Het was ijskoud in huis en er was geen eten. De dochter van Nicholas heeft thee gezet. Ik weet zeker dat de blaadjes al waren gebruikt.'

'En Nicholas? Waar was die?'

'Dat weet ik niet. Ik ben bang dat hij het misschien niet meer aankon. Ik ben bang dat hij er misschien gewoon... vandoor is.'

'Hij zou zijn vrouw en kind toch niet zomaar achterlaten?'

Richard zag er gekweld uit. 'Dat huis was zo deprimerend, Isabel, ik wilde er alleen maar weg. Nicholas heeft schulden. Ik heb even naar de papieren in zijn bureau gekeken terwijl het meisje een koffer voor haar moeder aan het inpakken was. Niet uit nieuwsgierigheid, maar ik hoopte een aanwijzing te vinden. Maar er lag niets, alleen heel veel rekeningen, een heleboel onbetaalde rekeningen.'

'Arme sergeant Chance.' Isabel had Nicholas Chance maar één keer ontmoet, jaren geleden in Oxford Street, rond Kerstmis. Ze herinnerde zich een lange, sterk gebouwde man met een bos donker haar, dansende ogen en een glimlach die zijn gezicht in tweeën sneed.

Ze vroeg: 'Wat heb je gedaan?'

'Ik ben een dokter gaan halen. Een luie, vervelende vent, maar hij heeft uiteindelijk een verpleeghuis voor mevrouw Chance geregeld. Ik hoop maar dat dat genoeg is.'

'Wat denken ze dat er met haar is?'

'Een ernstige zenuwinzinking, volgens die arts. En ze schijnt een zwak hart te hebben.' Toen herinnerde hij zich iets en zijn gezicht klaarde op. 'Maar goed, ik heb een cadeautje voor je meegenomen.'

Isabels nare voorgevoel kwam weer terug. Richard was vrijgevig, maar zijn cadeaus waren soms zoenoffers, pleisters om misstappen te verdoezelen waarvan hij dacht dat ze haar niet waren opgevallen.

'Een cadeautje?'

'Een juweeltje.'

Ze verwachtte dat hij een doosje of pakje uit zijn zak zou vissen. Maar hij had die bekende gezichtsuitdrukking van ondeugende verwachting en ze wachtte op een van de woordgrapjes waar hij zo dol op was.

'Ik heb een robijn voor je meegenomen,' zei hij, overduidelijk erg in zijn nopjes met zichzelf. 'Je kunt hem alleen niet om je vinger dragen. Nicks dochter heet Ruby, robijn. Ik heb gezegd dat ze hier mag logeren tot Nick terug is.'

'Natuurlijk mag dat.'

'Zie haar maar als een pleegdochter.' Hij kuste haar. 'Een tijdelijke pleegdochter.'

'Ik zal de meid even vragen een kamer voor haar klaar te maken. Hoe lang blijft ze, Richard?'

'Geen idee. We moeten afwachten hoe het met haar moeder gaat.'

'Waar is Ruby nu?'

'Ik heb tegen haar gezegd dat ze in de hal moest wachten.'

'Richard, dat arme kind...'

Isabel liep de kamer uit. Toen ze op een stoel in de hal de leren jas zag die Philip altijd droeg als hij ging motorrijden, loste haar laatste angst op, en ze zag hen door de open deur van de zitkamer, een vermoeid meisje en Philip, haar oudste kind.

Ruby had bijna haar cake op toen een stem, die helemaal niet boos klonk, zei: 'Philip, lieverd, je weet heel goed dat je hier niet hoort te eten. En dan ben jij zeker Ruby. Ik ben mevrouw Finborough. Wat leuk dat je komt logeren. Maar wat vervelend dat het voor jou onder zulke nare omstandigheden gebeurt.'

Ruby sprong op uit haar stoel. Mevrouw Finborough droeg een crèmekleurige rok van een of ander zacht, soepel vallend materiaal in plaats van het rode jasje en de blauwe rok, maar het was absoluut de vrouw van het portret. Toen mevrouw Finborough zich vooroverboog om haar een kusje op haar wang te geven, ving Ruby een zweem van haar geur op.

'Ik zie dat Philip je onder zijn hoede heeft genomen.' Mevrouw Finborough streelde liefkozend over het gezicht van haar zoon. 'Heb je een fijne dag gehad, schat?'

'Heerlijk, mama. We zijn helemaal naar Swanscombe gereden, en toen kreeg Blackie een lekke band, en hij eindigde in een greppel. We waren kletsnat toen we hem eruit hadden gesleept.'

'Ga je dan maar snel omkleden, anders vat je kou. En breng dat bord even naar de keuken. En maak daarna die arme Basil wakker, anders blijft hij de hele nacht. En laat mevrouw Finch wat eten voor hem regelen.' Mevrouw Finborough wendde zich tot Ruby. 'Zal ik jou je kamer even laten zien?'

Ruby liep achter mevrouw Finborough aan naar boven. Mevrouw Finborough deed aan het eind van de gang een deur open.

'Sara heeft de kamer hiernaast. Ik dacht dat je dat wel leuk zou vinden.'

De kamer was saffierblauw geschilderd en de blauwe gordijnen en beddensprei hadden een patroon met witte madeliefjes. Er stonden een witte ladekast, een kaptafel en een boekenkast vol boeken, en er hingen schilderijen van de zee aan de muren. Op de vloer lag een blauw-wit gestreept kleed.

Ruby had het gevoel dat haar hart uit elkaar klapte, dus toen mevrouw Finborough vroeg of ze het wat vond, kon ze niets uitbrengen. In plaats daarvan knikte ze hevig met haar hoofd.

Mevrouw Finborough liet Ruby zien waar ze haar kleren kon ophangen en waar de badkamer was. Toen zei ze: 'Je moet proberen je geen zorgen om je moeder te maken, Ruby. Zodra de dokter zegt dat het mag, ga ik met je bij haar op bezoek. En je mag haar natuurlijk zo vaak je wilt schrijven. Als je je nu gaat opfrissen, dan gaan we daarna Sara even zoeken.'

Ruby waste haar gezicht en deed een poging haar haar netjes te krijgen, en toen liep mevrouw Finborough met haar terug naar beneden en de tuin in. Het was donker en vreselijk koud, en de terrassen, paden, bloembedden en knokige oude bomen doemden op uit het zwart.

Een lichtpuntje en gillend lachen bracht hen helemaal achter in de tuin. Ruby vond het vreselijk spannend om Sara Finborough te ontmoeten. Haar ervaringen op de verschillende scholen waarop ze had gezeten, als haar vader ze kon betalen, hadden haar het idee gegeven dat Sara een bepaald soort meisje zou zijn... ongetwijfeld beeldschoon, met prachtige kleren en de overtuiging dat het leven bestond uit ponyrijden en met de kerst naar het theater gaan; een meisje met een eigen vriendinnenkring waar Ruby nu en dan van een afstand naar zou mogen kijken.

De vijver achter in de tuin van de familie Finborough was groot en rond en de rand was geplaveid. Het water was bevroren en het licht van de fakkel onthulde drie figuren op het ijs. Ze herkende Theo Finborough en zijn vriend; de derde was een meisje.

Sara Finboroughs golvende haar was roodgoud en in een boblijn tot haar kin geknipt. Haar gelaatstrekken waren regelmatig, haar bewegingen vanzelfsprekend en gracieus. Nu ze Sara voor het eerst zag, ervoer Ruby een intens gevoel van verlangen naar een dergelijke vanzelfsprekende, onweerlegbare schoonheid.

Mevrouw Finborough zei: 'Sara, dit is Ruby. Ruby komt een tijdje bij ons logeren.'

Sara gleed naar de rand van de vijver en zei gedag. Mevrouw Finborough zei: 'Tijd om binnen te komen, jongens, het is ijskoud.'

Op weg terug naar het huis zei Sara: 'Als je dat wilt mag je me morgen helpen mijn konijn te begraven, Ruby.'

Ruby was geraakt door het aanbod. 'Dat is goed. Waaraan is hij gestorven?'

'Ouderdom, denk ik. Ik ga een rouwkrans maken, van klimop. Donkergroene bladeren zijn een goede rouwkleur, vind je niet?' Toen Sara haar aankeek, viel het Ruby op dat ze dezelfde kleur ogen als haar moeder had, iets bleeks tussen groen en blauw.

Ze hadden het een tijdje over huisdieren en begrafenissen en toen zei Sara ineens: 'Wat leuk dat je komt logeren. Wat een opluchting dat ik dan niet meer het enige meisje ben. Ik word gek van mijn broers.'

Sara leek Ruby leuk te vinden, ze had een zwak voor alle daklozen en zwervers, en Ruby zat tenminste niet vol vlooien, zoals sommige van Sara's zwerfkatten. Ze was wel een beetje onverzorgd: haar kousen en truien waren knobbelig van het vele verstelwerk en de manchetten van haar blouses gerafeld.

Isabel ging met Ruby en Sara de stad in voor nieuwe rokken en een uniform voor Ruby, zodat ze naar Sara's school kon tot haar vader terugkwam. Ze gingen lunchen bij Selfridges en daarna gingen ze naar Isabels kapper in Bond Street, waar Lucien Ruby's vlassige vlecht afknipte. Nu haar haar was gedaan en ze een nieuwe rok aanhad, zag Ruby er een stuk minder opgejaagd en smoezelig uit.

Isabel genoot ervan om nog een kind in huis te hebben. De wieg en wandelwagen stonden al een hele tijd op zolder en al de piepkleine witte kleertjes lagen ingepakt in tissuepapier in een lade in de logeerkamer. De kinderkamer was omgetoverd tot slaapkamer voor Sara; over de geschilderde stroken met dieren en speelgoed aan de muren was behangen. Maar als je goed keek, kon je onder het patroon van sleutelbloemen de grotere vormen van een teddybeer, een stoomlocomotief en een olifant met geheven slurf nog zien.

Het grootbrengen van kinderen, zo dacht Isabel wel eens, ging gepaard met verlies en afstand nemen: eerst toen ze naar school gingen en daarna naar kostschool, daarna toen ze hun eigen hobby's en interesses kregen en haar steeds minder als het centrum van hun wereld waren gaan zien. Haar drie kinderen waren totaal verschillend. Philip en Sara hadden de passie die bij het rode haar van de familie Finborough hoorde; Theo was rustiger, afstandelijker. Philip en Richard hadden vaak ruzie: ze leken te veel op elkaar, dacht Isabel vaak, om moeiteloos met elkaar om te kunnen gaan. Ze waren allebei dapper, sterk en overtuigd van hun eigen kracht, en ze zagen de wereld allebei als zwart-wit, niet in de enorme hoeveelheid grijstinten waaruit Isabel wist dat hij bestond.

Philip had Richards liefde voor snelheid geërfd, voor uitdaging en gevaar. Zijn energie had een uitlaatklep nodig en hij veegde met een charmante glimlach haar waarschuwingen van tafel voorzichtig te zijn, niet te snel te rijden, zich warm aan te kleden en voor tien uur thuis te zijn. Isabel had altijd een bijzondere band met Philip gevoeld, de zoon die ze zelf borstvoeding had gegeven en had getroost na valpartijen en woedeaanvallen. Hij was warm, liefdevol en loyaal, hoewel hij een onverzoenlijke kant had, de neiging te piekeren en wrok te koesteren, eigenschappen waarvan ze dacht dat hij ze van haar had.

Theo was moeilijker te kennen. Hij was altijd klein en mager geweest, tot hij een jaar geleden ineens een groeispurt had gekregen en hij ondertussen bijna net zo lang was als Philip. Zijn dikke zwarte haar omlijstte een gezicht dat onlangs het jongensachtige ronde had verloren en scherper en sterker was geworden, waardoor hij, dacht Isabel wel eens, eruitzag als een adelaar op de uitkijk, die zijn koninkrijk met zijn gouden en afstandelijke blik overziet. Theo was scherpzinnig en intelligent, was dol op muziek en kunst en was nogal een eenling. In Cornwall ging hij er de hele dag in zijn eentje op uit om te wandelen, zeilen of tekenen. Isabel kon niet altijd goed raden wat er gebeurde achter die bruine ogen. Ze vroeg zich vaak af of hun vroege scheiding, toen ze na zijn geboorte zo ziek was geweest dat ze hem niet kon vasthouden of voeden, littekens had achtergelaten. Ze had haar tweede net zo instinctief niet begrepen als ze haar eerste had aangevoeld: Theo had iets onpeilbaars, en ze hield van hem zoals ze van iets anders zou houden wat mysterieus en prachtig was... een niet onverdeeld prettige emotie, die gepaard ging met een deel ontzag en een deel frustratie.

Voor Sara had ze absoluut geen gemengde gevoelens. Sara was de dochter naar wie ze zo had verlangd: mooi, levendig, vriendelijk en gezegend met een lieve, zonnige aard. Isabel ging met Sara winkelen en naar het ballet, en ze hadden lange gesprekken over niets in het bijzonder. Sara's Ierse grootmoeder had haar leren paardrijden en Richard had haar leren zwemmen en zeilen met het bootje dat ze in Cornwall hadden. Isabel had Sara leren naaien en koken, omdat ze vond dat dat vaardigheden waren die elke vrouw behoorde te hebben, wat haar positie in de maatschappij ook was.

Sara was Richards lieveling, zijn oogappel, de dochter die hij adoreerde, verwende en haar zin gaf. Sara had met haar twaalf jaar de trekjes die enorme schoonheid voorspelden, met haar fijne gelaatstrekken en ongebruikelijke teint. Isabel wist dat Sara's mengeling van schoonheid en vrijgevigheid gevaarlijk voor haar kon zijn. Schoonheid behoefde nuchterheid, zelfs meedogenloosheid, als je niet wilde dat het een handicap werd.

En hoe zou Ruby Chance, vroeg ze zich af, in dit huishouden gaan passen? Zou ze een eigen plekje vinden, of zou ze zich overschaduwd voelen, nooit helemaal op haar gemak? Na de eerste paar weken raakte Isabel ervan overtuigd dat Ruby het wel ging redden. Ze had iets onverzettelijks, was eraan gewend voor zichzelf op te komen.

Het nieuws uit het verpleeghuis was niet goed – de artsen betwijfelden of mevrouw Chance ooit echt zou aansterken – en al Richards pogingen Nicholas op te sporen hadden tot dusverre tot niets geleid. Er waren natuurlijk de nicht en tante in de Fens, maar toen Isabel voorstelde dat mevrouw Quinn de volgende keer dat ze in de stad was op de thee zou komen, keek Ruby haar ongelovig aan en vertelde haar dat tante Maude nooit naar Londen ging en dat ze niet van reizen hield. Isabel besloot mevrouw Quinn een brief te schrijven, waarin ze haar informeerde over de ziekte van mevrouw Chance en het verblijfadres van Ruby. Het antwoord van mevrouw Quinn informeerde haar over haar eigen zwakke gezondheid, wat betekende dat het onmogelijk was dat haar nichtje bij haar zou logeren. Mevrouw Quinn hoopte maar dat haar nichtje mevrouw Finborough niet te veel tot last was en vertrouwde erop dat Ruby, zoals altijd, in de zomer bij haar op bezoek zou komen.

Isabel raakte gehecht aan Ruby. Ruby en zij hadden dingen gemeen. Ze zag haar eigen bedachtzaamheid in haar terug, een herkenbaar gevoel, dat zij ook nooit helemaal was kwijtgeraakt, dat de goede tijden niet konden aanhouden. En ze voelde een diepe affiniteit met Ruby omdat die, net als zij, wist hoe het was om te worden verlaten.

Ruby ging het nooit vanzelfsprekend vinden dat ze deel was gaan uitmaken van het dagelijkse leven van de familie Finborough. Het voelde altijd als een wonder, een verlossing. Ze ging met Sara naar school, ze ging winkelen met Isabel en ze rende mee met degene die met de huidige Tolly op de hei ging wandelen. Ze had Sara geholpen haar konijn te begraven, in een schoenendoos en met 'alle begrafenisplechtigheden', zoals Sara het had gesteld, en ze zat naast Philip terwijl hij in de garage de verbrandingsmotor van zijn motorfiets ontkoolde. Ze wende aan het ritme van het gezin, aan Richards zakenreizen naar het continent en aan de lange afwezigheid van Theo en Philip als die naar kostschool waren.

Ruby's sterke kanten waren haar snelle geest en haar scherpe tong. Ze had al lang geleden geleerd haar aparte eigenschappen te verbergen, sinds ze wist dat er aparte eigenschappen waren die aantrokken, en die afstootten. De excentriciteiten van de familie Finborough – hun vreemde vrienden, de herrie, de vele ruzies, vaak tijdens het toetje (ze hadden de neiging tijdens het toetje ruzie te gaan maken, waardoor de knapperige bruine korst van de taart onaangesneden bleef staan en de pudding onaangeroerd stond te trillen) – maakten hen alleen maar aantrekkelijker. De excentriciteiten van Ruby's familie hadden niets aantrekkelijks. De afwezigheid van haar vader en de tranen van haar moeder, de onverwachte periodes van ontbering, en natuurlijk tante Maude, waren allemaal potentiële bronnen van vernedering. Dit waren aparte eigenschappen die je maar beter kon verbergen: ze waren allerminst charmant.

Isabel ging eens per maand op zondag met Ruby op bezoek bij haar moeder in het verpleeghuis in Sussex. Haar moeder zag er nu anders uit, haar kleren waren netter en haar gezicht was minder uitgemergeld. Ze stelde Ruby vragen en leek naar haar antwoorden te luisteren, maar Ruby voelde aan dat het haar heel veel moeite kostte, en ze stelde zich voor dat een goedbedoelende verpleegster haar moeder het een en ander had voorgezegd, haar had opgedirkt en in haar stoel had gezet, en zelfs die voorzichtige glimlach op haar gezicht had getoverd.

Altijd als ze op bezoek gingen, zei haar moeder: 'En Nicholas... ik wacht al zo lang... jullie hebben ondertussen toch wel iets van Nicholas gehoord?' Waarop Isabel ingreep en uitlegde dat het haar echtgenoot nog niet was gelukt zijn oude vriend op te sporen, maar dat er nog heel veel mogelijkheden te onderzoeken waren, en dan zei Ruby's moeder: 'O,' en dan zakte ze een beetje in elkaar, alsof iemand haar met een speld lek had geprikt. Op weg in de trein naar huis deed Ruby of ze in haar boek zat te lezen, en ze sloeg zelfs nu en dan een bladzijde om, terwijl ze vanbinnen zat te koken van woede en wanhoop dat zij zelf enkel aan de buitenlijn van haar moeders hart bestond; dat die wel om haar gaf, maar dat ze niet essentieel voor haar bestaan was, en dat die ene persoon van wie ze altijd had gedacht dat hij het meest van haar hield was vertrokken zonder ook maar om te kijken.

Mijlpalen passeerden de revue: haar eigen verjaardag, die van haar moeder, en nog steeds was haar vader er niet. Ruby ging in augustus met de familie Finborough mee naar Cornwall. Een hele reeks vrienden van Isabel, een allegaartje aan dichters, kunstenaars en vertellers uit Hampstead, die allemaal, zo vertrouwde Sara haar toe, verliefd waren op haar moeder, reisden eveneens af naar Cornwall, om te luieren op het strand en de rotspartijen te schilderen. Ruby zag hoe de familie Finborough de nabijgelegen baai als hun eigendom beschouwde: wandelaars op het strand werden begroet met ijzige blikken en onwillige begroetingen.

Ze ruilden in Porthglas allemaal hun Londense kleding in voor sandalen met katoenen jurken of blouses met korte broek. Het huis, dat het gezin klein vond, stond alleen op een kaap. Het houtwerk was verweerd tot zilverachtig grijs en de constructie van de muren – stenen met hout die op hun plaats werden gehouden door een mengsel van leem, grind en stro – leek zo uit de grond omhoog te komen. De muren in het huis waren gestuukt met bleke kleuren en de eenvoudige meubels waren van blank hout of wit geschilderd. Op de vensterbanken en schoorsteenmantels lagen schelpen, drijfhout en kiezelstenen, gearrangeerd in concentrische spiraalvormen. Voor de ramen stonden planten, waarvan de bladeren op de houten en stenen vloeren hingen. Ruby begreep dat dit serene, strenge huis van Isabel was, en dat het huis in Londen, met de felle, warme kleuren en al het geluid, van Richard was.

Van sommige dingen in Cornwall hield Ruby meer dan van andere. Ze hield niet van de boot waarmee Philip, Theo en Sara uit varen gingen, omdat ze daar misselijk van werd. Ze genoot niet echt, in tegenstelling tot de andere kinderen, van zwemmen in zee, omdat zij, in tegenstelling tot de anderen, last had van de kou. Ze zat liever op een rots aan de rand van de baai, met een boek bij de hand te luisteren naar de golven die tegen de rotsen sloegen.

Eind augustus, niet lang nadat ze terug waren in Londen, werd er een brief van tante Maude bezorgd.

Isabel keek op van de ontbijttafel. 'Ruby,' zei ze, 'deze is van je tante, mevrouw Quinn. Ze vraagt of je volgende week dinsdag op bezoek komt.'

Ruby zei geschokt: 'O, nee, liever niet.'

'Ik vrees dat je wel zult moeten, aangezien mevrouw Quinn naaste familie van je is. En je hebt toch een nichtje?'

'Ja, tante Isabel,' zei Ruby nukkig.

'Wat leuk,' zei Isabel afwezig, en Ruby dacht: ja, dat zou je wel denken, hè?

Toen liet Isabel haar tweede bom vallen. 'Theo kan met je meegaan,' zei ze. Ze pakte haar post en keek snel om zich heen om te zien of iedereen klaar was.

Theo keek haar kwaad aan. 'Mam, moet dat?'

'Philip is er niet en ik heb die dag Mother's Circle, dus ja, Theo, dat moet.'

Van alle leden van het gezin vertrouwde Ruby Theo het minst. Hij vond de raarste dingen gek en had de neiging vreselijk lange woorden te gebruiken of juist helemaal niets te zeggen, en ze vermoedde dat hij dat deed om mensen in verwarring te brengen. Als Theo zijn hand door haar haar zou halen en haar 'meid' zou noemen, zoals Philip dat deed, zou ze hem kleinerend hebben gevonden.

'Dat hoeft niet hoor,' zei Ruby snel, 'ik kan ook alleen gaan. Dat maakt me niets uit. Ik ben al vaker alleen met de trein geweest.'

'Ik vrees dat dat niet gaat gebeuren.' De toon van Isabel duldde geen tegenspraak. 'Mevrouw Quinn stelt voor dat je de trein neemt naar...' ze keek terloops naar de brief, 'Manea. En dan is het drie kilometer lopen naar, eh...' Isabel keek nogmaals in de brief.

'Nineveh,' zei Ruby chagrijnig, en Theo begon te grinniken.

Ruby en Theo stapten op station Liverpool Street op de trein. Theo zat in de coupé tegenover haar en viel in slaap. Ze waren ruim een uur op weg toen hij zijn ogen opende en uit het raam keek.

'Waar zijn we?'

'Cambridge. Bijna.' Toen zei ze ineens, wanhopig: 'Ik wou dat we niet hoefden te gaan. Kunnen we niet gewoon zéggen dat we zijn geweest?'

Theo keek haar aan. Ruby zuchtte en zei: 'Nee, dat zal wel niet.'

'Waarom wil je niet gaan? Haat je ze?'

'Mijn tante Maude wel, ja. Absoluut. Maar Hannah niet.' Nicht Hannah had niets wat je onaardig kon vinden; Ruby vond eerlijk gezegd dat het wel leek of ze niet bestond. Bijna alsof je recht door haar heen zou prikken als je zou proberen haar aan te raken.

116

Maar dat was niet zozeer wat haar dwarszat; waar het om ging was dat ze haar familie, met alle vreemdheid en onaantrekkelijkheid, aan een lid van de familie Finborough moest laten zien. Toen ze zich voorstelde dat Theo aan Philip en Sara zou vertellen hoe tante Maude en Nineveh waren, begon ze te huiveren.

Theo bevestigde haar grootste angst door zich uit te strekken, te gapen, en zelfgenoegzaam te zeggen: 'Nineveh. Als het er niet vreselijk somber en van God verlaten is, ben ik teleurgesteld. Er zijn daar vast honden, kwijlende honden met rode ogen.'

Ruby bedacht chagrijnig dat hij deze hele expeditie als één grote grap leek te beschouwen. Ze negeerde hem en keek uit het raam. Het was op station Cambridge een drukte van belang met allerlei mensen die in- en uitstapten. Ten noorden van Cambridge werd het landschap vlakker, en ze reden de Fens binnen. De door slootjes onderbroken velden stonden vol maïsstoppels, of waren zwarte vlaktes waar de grond al was omgeploegd. Even later zag Ruby de twee torens van de kathedraal van Ely, die als een enorm stenen schip over het lager liggende land leek te drijven.

Ze moesten op station Ely twintig minuten wachten op hun overstap, die hen wegvoerde van het Isle of Ely, naar nog vlakker land. Langs de rivieren en velden stonden wilgen en elzen; langs een weggetje in de verte bewoog een rij populieren in de wind, hun zilveren blaadjes glinsterend als pas geslagen munten.

Theo keek uit het raam en zei: 'Wat is het hier vlak. Hoe is het hier in vredesnaam in de winter?'

'Koud,' zei Ruby.

De trein kwam op station Manea tot stilstand. Ruby wees de weg naar het dorp. Ze liepen langs de winkeltjes, een kerkje en een rij cottages en huizen en Manea weer uit, een smal pad door de velden in. Parallel aan het pad liep een sloot, met andere slootjes er loodrecht op, een enorme serie lijntjes die aan de horizon samensmolten tot een blauwgrijs punt.

'Saai, hè?' zei Ruby.

'Ik vind het wel interessant,' zei Theo tot haar verbijstering. 'Atmosferisch. Het voelt bijna onderaards.'

'Tante Maude heeft me verteld dat Nineveh een keer is onder-gelopen. De dijk is tijdens een storm een keer gebroken. Op de zij-kant van een van de schuren staat aangegeven tot hoe hoog het water stond.'

Ruim een kilometer verder liep een nog smaller paadje onaan-gekondigd tussen de kreupelbosjes in. Karrenwielen hadden er twee diepe groeven in achtergelaten, en in de verhoging in het midden groeiden gras en netels. In de vochtige, beboste grond stonden vlierbomen, en paddenstoelen met vochtige paarsbruine hoedjes staken uit de grond omhoog.

Toen ze de bosjes uit kwamen, konden ze achter de velden de boerderij zien liggen.

Ruby zei: 'Daar is het. Dat is Nineveh.'

Het begon harder te waaien, en de wind sneed door hen heen terwijl ze over het veld liepen.

Theo vroeg: 'Wat is je nichtje voor iemand?'

'Hannah? O, ze is wel aardig. Ze is niet erg spraakzaam.'

'Hoe oud is ze?'

'Tien.'

'En je oom?'

'Oom Josiah is al jaren dood, hij is in de oorlog omgekomen. Ik herinner me hem niet.'

Toen ze de honden hoorde blaffen, pantserde Ruby zichzelf. De honden van tante Maude hadden dan misschien geen rode ogen, maar het waren wel rotbeesten. Op de binnenplaats hing de zoete, sterke geur van dieren en mest. Er kwam een gans op hen af ren-nen, blazend en met uitgestrekte nek, en Ruby jaagde hem weg.

Honden kwamen in een gladde, zwarte veeg over de kinderkop-jes aan rennen; een stem riep hard: 'Tom! Malachi!' en Ruby keek op.

Maude Quinn was een breedgebouwde, imposante vrouw, lang als een man. Haar bruine haar was met spelden in strakke krullen op haar hoofd vastgeprikt. Ze droeg, zoals altijd, een zwarte jurk. Het stijve, glanzende materiaal van de jurken van tante Maude deed Ruby altijd aan de pantsers van kevers denken.

Ze hoorde Theo naast zich naar adem snakken, en zag toen dat tante Maude een geweer in haar handen had. Het werd op hen gericht; de loop een rond, zwart gat.

Toen liet ze het zakken. Tante Maude zei: 'Ik dacht dat het die lui van Waspe waren.'

'Nee, tante Maude.' Ruby liep de binnenplaats over en tante Maude bood haar wang aan, dus Ruby gaf haar een kus.

'Tante Maude, dit is Theo Finborough.'

Tante Maude leek Theo tot Ruby's enorme opluchting wel te mogen. 'Wat attent, dat je familie voor Ruby wil zorgen,' koerde ze.

Het woongedeelte van Nineveh was groot en had drie verdiepingen, opgetrokken uit gele Cambridgeshire-bakstenen. Binnen lag er een doolhof aan slecht verlichte gangetjes tussen de kamers. Een stoel of ladekast, in een donkere hoek in de gang, deed de onoplettende bezoeker struikelen. De vervaagde foto's aan de muren zaten zo vol vochtvlekken dat de figuren erop je door een zandstorm heen aan leken te staren.

'We krijgen maar zelden bezoek op Nineveh,' zei Maude tegen Theo. 'Alleen de dominee. En vroeger dokter Piper, maar die is vorig jaar overleden en de nieuwe arts is jammer genoeg methodist.'

Ze liepen een zitkamer in. In hoge kasten stonden grote aardewerken mokken en geschilderde borden. Delicaat porselein, met gouden randjes en beschilderd met piepkleine bloemetjes, stond in kasten met glazen deurtjes.

Toen ze de kamer in kwamen lopen, stond Hannah op. Maude viel uit: 'Nou, sta het bezoek niet zo aan te gapen, zeg. Denk aan je manieren.' Hannah stamelde een begroeting.

Etta Chance had na een bezoekje aan Nineveh eens verzucht: 'Arme Hannah, ze ziet er altijd zo uitgeblust uit.' Die zin was Ruby altijd bijgebleven. Alles aan Hannah zag er letterlijk uitgeblust uit: haar bleke huid vol sproeten, haar fijne, steile lichtbruine haar, zelfs het motief op haar bloemetjesjurk. Hannah was tenger en een flink stuk kleiner dan Ruby, en ze sprak gehaast, vlak en

119

kleurloos. Haar blik schoot voortdurend heen en weer, en Ruby vond haar saai en vermoeiend.

Tijdens de lunch van ham, aardappels en bonen klaagde tante Maude over de moeilijke oogst, de lage melkprijzen en het koude weer. Toen vroeg ze: 'En hoe is het met je moeder, Ruby?'

'Beter,' zei Ruby.

'Echt?' Tante Maudes bovenlip krulde op. 'Etta is altijd zwak geweest. Ze heeft nooit ondernemingszin gehad.' Een korte stilte, waarin Maude nog een dikke plak ham pakte, en toen vroeg ze: 'En je vader?'

'We hebben nog niets van hem gehoord.'

Een snuivend geluid. 'Nicholas Chance is altijd een rotte appel geweest.'

Ruby keek Maude woedend aan. 'Hij komt binnenkort terug. Dat weet ik zeker.'

'Dat betwijfel ik.' De ham werd gevolgd door een stuk of zes aardappelen en een paar flinke lepels pronkbonen. 'Etta had nooit met hem moeten trouwen. Ik wist meteen wat voor vlees we in de kuip hadden. Hij dacht dat hun huwelijk hem rijk zou maken, maar ik heb hem nooit een cent gegeven.' Maudes starende blik rustte op Ruby. 'Heeft je moeder geen idee waar hij is?'

'Nee,' zei Ruby kortaf.

'Hij heeft toch wel een brief gestuurd, of een kaart... een adres...'

'Niets.'

'Ach jee. Wat naar voor Etta. Maar ja, ieder huisje heeft zijn kruisje.'

'Gebruikt u een tractor op de boerderij, mevrouw Quinn? Ik ben erg geïnteresseerd in tractoren,' zei Theo, en daarmee ging het gesprek over op de superioriteit van ploegpaarden boven tractoren.

De meid ruimde de eerste gang af en kwam met een appeltaart en een kan room binnen. 'De suiker,' mompelde tante Maude. 'Dat domme wicht heeft de suiker vergeten. Ga de suiker halen, Hannah.'

Hannah haastte zich naar de keuken. De suiker werd neergezet en Maude serveerde de taart. Theo merkte op dat hij van piano-spelen hield en tante Maude zei: 'Dan moet je de piano van wij-len mijn schoonmoeder even proberen. Er is me verteld dat het een prachtig instrument is.'

Ze gingen terug naar de zitkamer en Theo speelde piano, en tante Maude neuriede de melodie mee terwijl ze met een enorme hand als een ham de maat meesloeg op de armleuning van haar stoel. Ruby keek naar de klok aan de muur. Het was niet al te vreselijk verlopen, en ze konden bijna zeggen dat ze weg moes-ten om de trein te halen.

Theo's stuk eindigde. 'Leuk, erg leuk,' zei Maude. 'Wat een genot om goede muziek te horen. Ik heb verstand van goede muziek.'

Ruby zei dat ze nu echt moesten vertrekken. Maude zei: 'Je moet een cadeautje voor je moeder van me meenemen, Theo. Loop maar even mee.'

Maude hees zichzelf uit haar stoel en iedereen volgde haar een donkere, tochtige gang in. In de kamers aan de gang stonden grote, ouderwetse meubels, volgepakt met een vreemde verzame-ling snuisterijen, gebarsten borden, oude medicijnflesjes en klok-ken met wijzerplaten vol extravagante, vergulde krullen.

Maude leidde hen een voorraadkamer in. Ruby zag door het raam dat de meid de was aan het ophangen was.

'Eens even kijken.' Maude opende een kast en inspecteerde de inhoud. 'Houdt je moeder van aardbeienjam, Theo?'

'Ja, mevrouw Quinn.'

Een vel bruin papier, gladgestreken, opgevouwen en vol oude labels en stempels, werd tevoorschijn getoverd. 'Het touw, Han-nah,' snauwde Maude Quinn. 'Schiet eens op en ga het touw halen.'

Hannah snelde de kamer uit. Toen ze een paar seconden later terug kwam rennen met een glazen pot in haar hand, struikelde ze over een hoekje van het kleed in de gang en viel, waardoor de pot op de tegelvloer in de voorraadruimte zeilde. Er klonk een knal, en stukjes glas en touw vielen op de vloer.

'Onhandig kind!' snauwde Maude. 'Stom, onhandig kind!' Ze trok Hannah op haar voeten en sloeg haar hard in haar gezicht. Ruby rende naar de stoffer en blik om de scherven op te vegen. Hannah trok zich huilend terug in een hoekje in de ruimte. Toen alle stukjes touw waren verzameld, koos Maude er een en bond het pakje ermee dicht. Toen ze het touwtje had vastgeknoopt, knipte ze de eindjes af en deed de twee stukjes, die, dacht Ruby, niet meer dan een paar centimeter waren, in een nieuw potje.

Ruby en Theo vertrokken kort daarna. Theo droeg het pakje terwijl ze het veld overstaken naar het kreupelbosje. Toen Ruby achterom keek, zag ze dat Maude Quinn bij de ingang naar de boerderij stond, een hand geheven in afscheid, haar imposante vorm nog groter en donkerder door de schaduw die ze op de bakstenen muur wierp.

Hannah keek toe hoe Theo en Ruby over het veld liepen. Toen slokte het bosje hen op en waren ze verdwenen.

Ze wreef over haar knie, die beurs was van de val. Haar gezicht deed pijn van de klap die haar moeder haar had gegeven. Ze hoorde haar moeder het huis binnenkomen, in zichzelf zingend terwijl ze van kamer naar kamer liep. Hannah herkende het deuntje dat ze zong:

Wat is Jezus toch een vriend
Dat hij al onze zonden en pijn draagt!

Hannah huiverde. Ze voelde zich tot op het bot koud. Ze keek op en zag haar moeder in de deuropening staan. Ze had een deegroller in haar hand.

Het gezicht van haar moeder was verwrongen van woede. 'Na alles wat ik voor je heb gedaan zet je me zo voor schut voor mijn gasten. Nou, je weet wel wat er met slordige meisjes gebeurt, hè?'

De deegroller raakte Hanna hard op haar schouder en ze viel op de vloer. Toen werd ze het huis uit en over de binnenplaats naar een klein schuurtje van bakstenen achter de boerderij gesleept. De deur werd opengemaakt en ze werd naar binnen geduwd. Toen draaide de sleutel in het slot. Het geluid van haar geneurie vervaagde terwijl haar moeder wegliep.

Er waren geen ramen in het schuurtje. Het enige licht was dat van het speldenpuntje dat door het sleutelgat scheen. Hannah wist dat er als het eenmaal donker was helemaal geen licht meer zou zijn. Hannahs ogen waren nog niet aan de duisternis gewend en behalve de bekende boerderijgeluiden, die werden gedempt door de bakstenen muren, had ze alleen haar tastzin om haar te vertellen waar ze was en wat zich om haar heen bevond. Ze ging in elkaar gedoken tegen een muur zitten met haar rok om haar knieën getrokken.

Wat was het een fijne dag geweest tot ze die pot met touw had laten vallen! Ruby en Theo waren op bezoek gekomen en moeder was niet kwaad geweest, en die muziek was heerlijk. Toen had ze het verpest. Stomme, stomme Hannah die altijd alles fout deed. Ze kneep zichzelf hard. Het was haar schuld dat de dag was verpest, en haar schuld dat haar moeder haar had geslagen en in het schuurtje had opgesloten.

Als enig kind waren de enige mensen die Hannah goed kende de bedienden en arbeiders op Nineveh. Ze had maar heel kort op school gezeten: ze had zich er vreemd, ongemakkelijk, bekeken en ánders gevoeld, zich er maar al te goed van bewust dat ze gewoontjes en niet al te slim was, en ze was opgelucht geweest toen haar moeder haar vertelde dat ze niet meer hoefde te gaan. Ze had vanaf haar geboorte haar moeders wantrouwen ten aanzien van vreemdelingen meegekregen; als ze, af en toe, naar de winkel in Manea moest voor een boodschap, voelde ze de starende blikken in haar branden als ze in de rij stond en haar lijstje voorlas, met droge mond en een struikelende tong. Hoewel er binnen de grenzen van Nineveh heel veel was wat haar angst aanjoeg, was de boerderij verlaten net zo eng.

Het enige wat ze echt goed kende was de boerderij en het land eromheen. Er was een constant risico op overstroming en het land werd beschermd door een ingewikkeld systeem van pompen en afwateringskanalen. Hannah kende de rechte, hoge waterweg van de Old Bedford River die aan een kant Nineveh begrensde, en de Hundred Foot Drain die er dertig kilometer lang parallel aan liep, en ze zag elke winter het water over het grasland lopen en de watervogels die op de glasachtige binnenzee zwommen.

Hannah kende met haar tien jaar het ritme van de dagen en dat van de seizoenen. Haar moeder verliet zelden de boerderij. Maude Quinn ging niet bij mensen op bezoek; de dominee, haar notaris en de weinige buren die ze sociaal als haar gelijken beschouwde kwamen bij haar. Haar uitstapjes naar de buitenwereld waren gedenkwaardige gebeurtenissen die werden ingegeven door crises: een onbetaalde rekening of een grove belediging. Dan werd de hondenkar uit de schuur gehaald en reed Maude weg in haar jas van zwarte gabardine, met een clochehoed op die was gedecoreerd met groenzwarte veren. Als haar moeder weg was, voelde Hannah een mengeling van angst en opluchting. De bijna zichtbare spanning die om Nineveh heen hing verdween met de hondenkar. Dan kon Hannah over de binnenplaats lopen zonder angst dat ze slaag zou krijgen omdat ze sjokte; dan kon ze, als ze dat zou durven, in haar moeders rieten stoel achter het huis gaan zitten en de zon achter de boomgaard onder zien gaan. Als moeder terugkwam, kon dat in een stemming van triomf zijn omdat ze een vijand had verslagen, of ze was razend omdat ze was beledigd of weerstand had ontmoet.

Een zachte, kleverige draad raakte Hannahs gezicht in de duisternis. Ze snakte naar adem. Een spinnenweb, zei ze tegen zichzelf, het is maar een spinnenweb. Het rook verrot, schimmelig in het schuurtje. Bang voor elke stap, doodsbang een of ander naamloos monster tegen te komen, kroop Hannah naar het licht van het sleutelgat. Morgen ben ik braaf, mompelde ze tegen zichzelf. Morgen doe ik alles goed. Ze ging overeind zitten op de aarden vloer, haar knieën tegen elkaar tegen haar borst en haar handen over haar oren om het geluid buiten te sluiten terwijl ze door het sleutelgat tuurde.

Ze begon tegen zichzelf te zingen:

Wat is Jezus toch een vriend
Dat hij al onze zonden en pijn draagt!
Wat een zegen om God
Alles in gebed te mogen vertellen!

Wachten tot Theo iets zou gaan zeggen was als wachten tot er een onweersbui zou losbarsten. Hij was stil tot ze in de bosjes liepen en zei toen: 'Hemel, Ruby, jij hebt wel heel aparte familieleden.'

'Je zult het wel grappig vinden...'

'Helemaal niet, eerlijk gezegd. Dat arme kind...'

Ruby dacht terug aan tante Maude die Hannah had geslagen, en aan hoe ze die piepkleine stukjes touw in dat potje had gedaan. Waarom zou iemand in godsnaam zulke kleine stukjes touw bewaren?

Toen zei Theo tot haar verbazing: 'Maak je geen zorgen, ik zal het aan niemand vertellen.'

Ruby staarde hem aan. 'Meen je dat?'

'Ik beloof het.'

'Ook niet aan Philip?'

'Geen woord.' En Theo voegde er met een tante-Maude-stem aan toe: 'Ieder huisje heeft zijn kruisje.' Ruby maakte een snuivend geluid. 'En ik vrees dat een gekke tante jouw kruisje is, Ruby. Despotisch... Ik denk dat ik dat als woord van de dag kies.'

'Heb je een woord van de dag?'

'Steevast. Jij niet?'

Ze schudde haar hoofd. 'Maar daar zou ik wel mee kunnen beginnen.'

'Zou jij je tante Maude despotisch noemen?'

'Wat betekent dat?'

'Tiranniek... hardvochtig...'

'Dan is tante Maude vreselijk despotisch.'

'Toen ik dat geweer zag...'

'Je was bang, hè, Theo?'

'Het was een afgrijselijk moment.'

Nu de spanning een beetje uit haar wegebde voelde Ruby dat ze in de lach schoot. 'Was je bang dat we voor ons leven moesten rennen?'

'Wespen... waarom schiet ze in vredesnaam op wespen?'

'Niet op wéspen, Theo. Op de familie Waspe.' Ze legde het uit. 'Ze hebben vlak bij een boerderij. Tante Maude en de familie Waspe hebben al jaren een vete.' Ze begon weer te giechelen.

'Tractoren... Toen je zei dat je geïnteresseerd bent in tractoren...'

'Misschien ben ik dat wel.'

Ze begon nogmaals te lachen. Ze voelde zich lichter nu ze van Nineveh wegliepen, alsof ze een zwaar stuk bagage had achtergelaten. En wat verrassend dat Theo, van iedereen die ze kende, het begreep.

Theo haalde in de trein zijn schetsboek uit zijn canvas pukkel en Ruby keek naar de beweging van zijn potlood. De uitgestrekte, zwarte velden raasden voorbij en het Isle of Ely werd een grijze luchtweerspiegeling in de verte.

Ze waren bijna in Cambridge toen hij zei: 'Is het je opgevallen dat je nichtje helemaal geen geluid maakte toen ze moest huilen?' en het drong tot Ruby door dat ze dat niet had opgemerkt, en dat Theo gelijk had, en ze bedacht hoe blij ze was dat ze niet op Nineveh woonde bij tante Maude, en hoe vreselijk opgelucht ze zich voelde dat ze naar huis, in het huis van de familie Finborough, ging.

Alle pogingen van Richard om Nicholas Chance te vinden waren op niets uitgelopen. Hij had zijn laatste werkgever gesproken en had begrepen dat hoewel zijn oude vriend een hardwerkende en competente werknemer was, hij er een handje van had onaangekondigd weg te blijven. Als hij niet zelf zou zijn gegaan, zou hij zijn ontslagen. Richard had annonces in kranten in Londen en de Home Counties laten zetten, met daarin de vraag of Nicholas Chance contact met hem wilde opnemen. Er reageerden alleen grappenmakers en gekken op; hij wimpelde hen af.

Toen hij het huis van de familie Chance doorzocht voelde hij zich een voorbijganger die naar een ongeluk staat te staren. Alles

wat hij tegenkwam – de oude en verstelde kleding, de scheer-
borstel met nauwelijks nog haar – toonde pijnlijke armoede, welopgevoede armoede, de ergste soort, omdat die verborgen moest
blijven. Richard trof achter in een lade wedbriefjes en schuldbe-
kentenissen aan. Hij dacht terug aan Nick, die in de loopgraven
had zitten kaarten... misschien was het gokken dwangmatig geworden. Misschien hadden zijn financiële zaken dat punt bereikt
waarop je niet meer kunt inlopen. Misschien was het tot hem
doorgedrongen wat de armoede zijn vrouw en kind aandeed en
kon hij het niet meer aanzien. Hoe meer maanden er verstreken,
hoe meer Richard ging denken dat Nicholas niet gevonden wilde
worden.

Mevrouw Chance verliet in november het verpleeghuis. Haar
artsen vonden het geen goed idee dat ze terug naar haar huis in
Reading zou gaan en adviseerden zeelucht. Richard vond een
pension in Eastbourne voor haar, dat werd geleid door mevrouw
Sykes, een vriendelijke, rustige vrouw.

Toen Richard aan Etta Chance vertelde dat het hem niet was gelukt haar echtgenoot te vinden wist hij dat hij haar met een mes in
haar hart stak. Hij veroordeelde haar tot een grimmige toekomst,
een onmogelijk wrede situatie: wel getrouwd, maar zonder man.
Er werd besloten dat Ruby als er school was bij de familie Finborough zou blijven, zodat ze naar dezelfde school kon blijven gaan
als Sara. Ze zou haar vakanties bij haar moeder in Eastbourne
doorbrengen.

Richard pakte de bezittingen van Nicholas Chance in een koffer
en gaf de sleutels van het huis in Reading terug aan de huisbaas.
Toen hij Ruby even alleen liet om de spulletjes van haar vader te
bekijken en iets uit te kiezen als aandenken, klopte hij haar op
haar schouder en herinnerde haar eraan dat haar vader een goede
man was, een held.

Toen hij wegliep, dacht hij terug aan iets wat Nicholas eens
tegen hem had gezegd. Arme Nicholas Chance, verdwaald in niemandsland en nooit meer naar huis teruggekeerd.

Waar ben je? vroeg hij zich af. Wat is er met je gebeurd, waar ben je naartoe gegaan? Hij dacht terug aan Chance' brul van woede en triomf toen hij de Britse loopgraaf had bereikt, en bedacht hoe ellendig het was dat Nicholas Chance de oorlogstijd had overleefd en werd verslagen door de vredestijd.

Geuren kleefden aan het tweed en de wol: tabak, scheerzeep, schoenpoets en pepermunt; geuren die Ruby altijd met haar vader had geassocieerd.

Ze trof tussen de kleren en papieren een agenda aan. Ze bladerde er zorgvuldig doorheen, probeerde aanwijzingen te vinden van waar haar vader naartoe was gegaan.

Maar hij vertelde haar niets, en ze legde hem weg. Ze vouwde een zijden sjaaltje open en vond de medaille. Hij voelde koud en zwaar in haar handpalm. Ze raakte het paarsblauwe lint aan en liet haar vinger over het zilveren oppervlak van de medaille glijden. Ze herhaalde de woorden die ze het afgelopen jaar keer op keer voor zichzelf had opgezegd: 'Papa zou ons niet verlaten zonder zijn medaille mee te nemen. Hij was trots op zijn medaille. Als hij ons willens en wetens zou hebben verlaten, zou hij hem hebben meegenomen.'

Ze dacht terug aan hoe haar vader haar graag had meegenomen naar het park toen ze klein was, hoe hij een houten bootje voor haar had getimmerd waarmee ze op de vijver kon varen en haar op zijn schouders had getild als ze door de drukte liepen, zodat ze vanaf haar hoge positie verder kon kijken dan wie dan ook. Hij had ijsjes voor hen gekocht, alle drie in één grote hand: een voor mij en een voor Etta en een voor onze Ruby.

Ze miste zijn kracht en vitaliteit, en de manier waarop het altijd net leek of hij met zijn aanwezigheid een kamer verlichtte. Ze miste de liedjes die hij zong, de grapjes die hij maakte, de verhalen die hij vertelde. Zij en haar moeder waren doffer zonder hem. Ze miste de man die hij was geweest voordat hij ongelukkig was geworden. Ze dacht terug aan de laatste keer dat ze hem had gezien: ze had op het hek zitten schommelen en had gezwaaid toen hij van haar wegliep. Het was een koude, heldere dag en de koperen knopen aan zijn legerjas hadden geglinsterd in het zonlicht toen hij zich had omgedraaid en een laatste keer naar haar had gezwaaid.

Ruby ademde diep in en veegde haar tranen weg. Toen stak ze de foto's en de medaille in haar zak en sloot het deksel van de koffer.

5

Philip deed in de zomer van 1929 eindexamen en ging voor zijn vader werken. Ruby zat na school graag in de vensterbank van de overloop te wachten tot hij thuiskwam.

Philip was altijd druk, altijd op weg ergens naartoe, altijd in beweging, met grote passen door het huis benend en nog even bezig zijn manchetknopen dicht te doen of zijn jas aan te trekken voordat hij naar een feest, bal of cocktail ging. Dan sloeg de voordeur dicht en leek het huis achterover te leunen, alsof het schrok dat hij er niet meer was. Philips vrienden kwamen langs: vluchtige, betoverend mooie wezens die het huis in en weer uit waaiden voordat ze de oprit afstormden op weg naar hun auto's, een zweem van Arpège en Turkse tabak achterlatend.

Voordat hij 's avonds de deur uit ging zette Philip wel eens een grammofoonplaat op en deed dan een quickstep met Ruby en Sara. In het weekend nam hij Ruby af en toe mee voor een ritje op de duozitting van zijn motorfiets, en dan sloeg ze haar armen om zijn middel en duwde de zijkant van haar gezicht tegen zijn brede, in leer gehulde rug terwijl haar handen tintelden van de kou.

Een jaar later ging Theo ook bij de firma Finborough werken. Hij werkte er een halfjaar toen hij op een middag in februari thuiskwam. Het was vijf uur en Ruby zat op de vensterbank te lezen. Theo kwam naar boven en deed zijn sjaal af.

'Hallo, Ruby. Waar is iedereen?'

'Tandarts. Je bent vroeg.' Ze vond hem er verward uitzien. De schouders van zijn regenjas en zijn haar waren vochtig. Ruby vroeg: 'Waar is Philip?'

'Op het bouwterrein van Hounslow. Hij komt pas laat terug. Zat je op hem te wachten?'

'Niet echt.'

Theo gooide zijn sjaal over de trapleuning. 'Philip heeft vreselijk veel slechte gewoontes, wist je dat? Alle meisjes op het werk zijn verliefd op hem.'

'Hou je mond, Theo.'

'Ze maken ruzie om wie hem zijn thee mag brengen... ze zijn vreselijk toegewijd met hun aandacht.'

'Ik zei: hou je mond.'

Theo keek haar geamuseerd aan. 'Je bent toch niet verliefd op hem, hè, Ruby? Toch niet op Philip?'

Ruby pakte haar Agatha Christie op en begon te lezen, met het boek heel dicht bij haar neus, zoals ze dat altijd deed.

'Je zou een bril moeten dragen,' zei Theo.

'Heb je enig idee,' zei ze terwijl ze hem een ijzig kille blik toewierp, 'hoe het is om er gewoontjes uit te zien én een bril te dragen? Nee, dat zal wel niet.'

Ze dacht dat ze onder zijn plagerige gezichtsuitdrukking een zweem van bezorgdheid zag. Ze legde met een zucht haar boek weg. 'Wat wil je, Theo?'

'Wandelen, denk ik. Jij?'

Het was bijna donker en het miezerde, maar ze zei: 'Oké.' Ze trok haar regenjas aan en ze liepen het huis uit.

Straatverlichting doemde op door de motregen; de bomen op de hei staken zwart af tegen de donkere hemel. Ze liepen over een laan met beuken en eiken erlangs, en Tolly rende voor hen uit, toen Theo zei: 'Ik probeer te verzinnen hoe ik iets moet aanpakken.'

'Wat dan?'

'Hoe ik tegen mijn vader moet zeggen dat ik niet meer voor de firma Finborough wil werken.'

Ze wierp hem een steelse, geschokte blik toe. Zijn gezicht stond star; hij haalde zijn schouders op. 'Ik heb altijd geweten dat ik het vreselijk zou vinden. Maar het leek me verstandig om het in ieder geval te proberen. Nou, dat heb ik gedaan. Ik heb het zes maanden gegeven en het heeft geen zin. Ik vind het afgrijselijk.'

'O, Theo.'

'Precies. Ik vrees alleen dat mijn vader er iets meer over te zeggen zal hebben dan: o, Theo.'

Het idee dat Philip en Theo allebei voor de firma Finborough zouden werken was net zo vanzelfsprekend voor het gezin als de zomers doorbrengen in Cornwall en de kerst in Ierland.

Ruby zei voorzichtig: 'Misschien wordt het beter. Misschien zul je het leuker vinden als je nog wat langer blijft.'

'Nee, ik weet dat het niets wordt. En dan kan ik het net zo goed nu onder ogen zien. Ik probeer een manier te verzinnen om het aan pa te vertellen zonder dat hij razend wordt.' Theo trok een scheve grijns. 'Maar het is heel goed mogelijk dat die er niet is.'

Tolly kwam aanrennen met een stok in zijn bek; Ruby pakte de stok aan en gooide hem weg. 'Wat ga je dan doen?'

'Ik wil naar het buitenland; ik wil tekenen. Ik wil erachter komen of ik goed genoeg ben om professioneel kunstenaar te worden.'

'Maar hoe zit het dan met...'

'Geld?' zei hij, en ze liet het gaan, hoewel ze had willen zeggen: 'Ons.'

'Ik heb wat eigen geld. Mijn salaris, natuurlijk... ik ben aan het sparen. En we krijgen met kerst altijd wat van oma. En als dat op is, kan ik gaan werken.'

'Waar ga je dan naartoe?'

'Eerst naar Parijs.' Zijn ogen lichtten op. 'En dan naar Zuid-Frankrijk. Ik wil naar de Provence.'

Ze bedacht hoe gemakkelijk hij het allemaal deed klinken. Op weg naar Parijs met je spaargeld in je zak. 'Misschien vindt oom Richard het niet al te vreselijk. Hij heeft Philip per slot van rekening ook nog. Wat vind je er zo vreselijk aan?'

'O, alles.' Theo zuchtte. 'Ik vind niet dezelfde dingen spannend die Philip en vader zo opwinden. En ik vind het niet prettig om de zoon van de baas te zijn. Ik werk daar niet omdat ik die baan verdiend heb of er talent voor heb. Ik ben daar vanwege mijn vader. Dat wil ik niet. Ik wil mijn eigen boontjes doppen.'

Ze stak haar hand door zijn arm en ze liepen de heuvel weer af. Toen ze bij de weg waren, vroeg hij: 'Hoe oud ben je nu, Ruby?'

'Vijftien.'

'Jammer. Als je wat ouder was, nam ik je mee naar de pub. Ik heb behoefte me moed in te drinken. Ik heb het gevoel dat ik op weg ben naar een executie.'

De ruzie van Theo en Richard duurde de rest van de avond. Theo kwam uiteindelijk lijkbleek uit de werkkamer van zijn vader en vertrok naar boven zonder te eten of iets tegen iemand te zeggen. Ruby zag Isabel later die avond op zijn deur kloppen, met een bord sandwiches in haar andere hand.

De dagen daarop liep de hele huishouding op eieren. Richard was kil sarcastisch tegen Theo en kortaf tegen de anderen. Het hele huis vibreerde van de spanning. Op een avond hoorde Ruby toen ze naar de badkamer liep Isabel gekweld roepen: 'Zie je niet wat je doet, Richard? Je jaagt hem weg!'

Ruby werd de volgende ochtend vroeg wakker. Het was nog donker. Ze liep in haar pyjama zacht de trap af toen ze Theo in de hal zijn rugzak zag dichtmaken.

Hij drukte een vinger tegen zijn lippen. 'Ik knijp ertussenuit,' fluisterde hij. 'Dat scheelt een hoop ellende. Ik neem de vroege trein, dan zou ik vanmiddag aan de andere kant van het Kanaal moeten zijn. Ik heb een briefje voor mama neergelegd.'

'Wacht even. Ga nog niet weg.'

Ruby rende naar boven en pakte een reep chocolade uit haar lade. Ze haastte zich zacht terug naar beneden en gaf hem aan Theo. 'Alsjeblieft.'

'Dank je, Ruby.' Hij omhelsde haar.

Toen hij de voordeur opendeed, zag Ruby dat er mist in de tuin hing. Theo liep weg en werd opgeslokt door de nevel. Ruby dacht terug aan dat andere afscheid: de glinstering van koperen knopen in het winterzonlicht, een glimlach en een hand opgestoken in afscheid. Maar Theo keek niet om.

Het huis leek stiller nu Theo er niet meer was, wat gek was, bedacht Ruby, omdat hij de stilste van het hele huishouden was. Sara zei dat er een Theo-vormig gat in het gezin was geslagen, en Ruby wist precies wat ze bedoelde.

Richard was er volledig van overtuigd geweest, tot op de ochtend dat Isabel en hij wakker werden en hij was verdwenen, dat Theo zijn vergissing zou inzien en zou bijdraaien. Maar twee dagen nadat hij was vertrokken kwam er een ansichtkaart uit Parijs.

Theo had hen zonder scrupules verlaten, en hoewel Richard zag dat Philip aanleg voor zaken had, zag hij zijn tekortkomingen ook. Philip werkte hard en was ambitieus; hij was ook opvliegend en impulsief. Hij deed zijn best en speelde het hard. Philip kwam vaak pas midden in de nacht thuis en zag er 's ochtends aan het ontbijt bleek en vermoeid uit.

Richard had voor de oorlog al besloten om de firma Finborough te herstructureren tot een naamloze vennootschap. Richard had tachtig procent van de aandelen gehouden en Sidney Colville, zijn oude zakenpartner, had de rest. Philip en Theo hadden bij hun geboorte allebei een deel van de aandelen gekregen, in afwachting van de dag dat ze voor het familiebedrijf zouden komen werken.

Het was nu nodig geld vrij te maken. De firma Finborough produceerde sinds twee jaar bakelieten kasten voor radiotoestellen. De lijn was enorm succesvol en moest uitbreiden, een kostbare onderneming waar Richard meer kapitaal voor nodig had. Er moesten grote machines worden aangeschaft; er moesten nieuwe productielijnen worden opgezet.

Zijn boekhouder adviseerde aandelen te verkopen, maar Richard, altijd bang zijn controle over het bedrijf te verliezen, weigerde dat in overweging te nemen.

Toen ze op een avond naar huis reden stelde Philip een andere manier voor om aan geld te komen. 'Verkoop de theefabriek,' zei hij. 'U hebt hem niet meer nodig en iemand als Lyons zou er een goede prijs voor geven. En die fabriek is een blok aan ons been.' Het was Philips onhandige woordkeuze – een blok aan het been, alsof

Finborough's Quality Teas een molensteen om hun nek was – die Richard irriteerde. De theefabriek was Richards troetelkindje, de allereerste investering die hij ooit had gedaan. Hij weigerde Philips suggestie in beraad te nemen en ze kregen ruzie. Ze schoten allebei uit hun slof en tegen de tijd dat ze thuiskwamen spraken ze niet meer tegen elkaar, en Richard had net zijn jas uitgetrokken en een borrel ingeschonken toen hij Philip op zijn motorfiets hoorde weggaan.

Ruby bracht de schoolvakanties bij haar moeder in Eastbourne door. Etta Chance woonde in twee kamers in een pension aan Elms Avenue, vlak bij de zee. Ruby sliep op een stretcher bij haar moeder op de kamer. De avonden waren het ergst; ze onderging ze óf in de salon van mevrouw Sykes bij de radio, óf in de zitkamer van haar moeder, wanneer haar moeder breide en Ruby een boek las of patience speelde. Het voorbijgaan van de tijd werd gemarkeerd door het tikken van de breinaalden, het omdraaien van een kaart. De truien en vesten die haar moeder voor haar maakte veroorzaakten bij Ruby gepaard een mengeling van frustratie en schuldgevoel: frustratie dat haar leven tijdens de weken in Eastbourne leek vast te lopen, verstoken van iets nieuws, iets leuks; schuldgevoel dat ze altijd zo opgelucht was als ze uit Eastbourne wegging en terug mocht naar Londen en de familie Finborough.

Toch raakte haar rusteloosheid zelfs haar leven in Londen. Sara's hobby's – paardrijden, zwemmen en tennis – waren niet die van Ruby. Sara's toekomst: vol feesten en bals, gevolgd door een huwelijk met iemand uit de hoogste kringen, zou niet die van haar zijn. Tijdens de jaren dat ze bij de familie Finborough woonde vergeleek Ruby de huishouding vaak met een middeleeuws hof: glorieus, glinsterend en kleurrijk, met Richard als de roodharige, sterke koning en Isabel zijn beeldschone en gebiedende gemalin. In juli vertrok het hof naar de zomerresidentie, het ontving degenen die het bescherming gaf en verstootte degenen die het afkeurde. Ze waren een zelfverzekerde clan, en het had een zekere allure om in de periferie bij de glamour te mogen horen die aan de dagelijkse gang van zaken kleefde.

Ruby wist dat ze was veranderd sinds ze bij de familie Finborough woonde. Ze had een deel van hun gepolijste zelfvertrouwen overgenomen. Ze voelde zich op haar gemak als ze naar de opera ging of in een restaurant lunchte. Ze wist welke schoenen ze bij welke rok moest dragen, hoe ze een bedankje moest schrijven en hoe lang ze moest blijven zitten bij een middagbezoekje. Richard had haar leren zwemmen, Philip had haar laten zien hoe je een motor start, en ze had van Isabel een bepaalde stijl, een bewustzijn van hoe je je moet kleden en hoe je een huis moet inrichten overgenomen. Sara had haar vriendschap gegeven, en dat had ze vrijelijk, vrijgevig en liefdevol gedaan. En die kinderlijke passie die ze voor Philip had gevoeld op de dag dat ze in huize Finborough was gearriveerd, dat bewustzijn dat ze een betoverend, schitterend wezen had ontmoet, was nooit afgenomen. Ze hield van Sara, ze was op Theo gesteld – hoewel niet zonder bedenkingen – maar ze adoreerde Philip. Als Sara en zij fantaseerden over de man met wie ze zouden trouwen, leek die van Ruby altijd op Philip.

Maar Isabels chaperonneren was, hoewel vriendelijk, zeer streng, en werd alleen maar erger naarmate zij en Sara ouder werden... alsof, dacht Ruby zuur, er op elke straathoek mannen met een slechte naam rondhingen die hen wilden verleiden. Isabel vond bioscopen en dansgelegenheden geen geschikte omgeving voor welopgevoede meisjes, en het kostte zo extreem veel voorbereiding en een zo ingewikkeld web van leugens om een middagje naar Woolworth's te kunnen om nagellak en lippenstift te kopen, die moest worden verstopt omdat Isabel cosmetica vulgair vond, dat het soms nauwelijks de moeite waard leek.

De gevaren die Isabel probeerde op afstand te houden waren vaag, niet gespecificeerd. Het weinige wat Ruby en Sara over seks wisten was gebrekkig, stukjes en beetjes die ze opvingen tijdens gesprekken met schoolvriendinnen, en afleidden uit de boeken die Ruby las. *De bloemen van het kwaad*, waar ze zich moeizaam doorheen ploegde met haar schoolfrans, was frustrerend weinig specifiek. *De trouwe nimf*, met tranen besmeurd en vol ezelsoren door het veelvuldige lezen, was veel bevredigender. Maar wat hadden Tessa en haar minnaar nou precíes gedaan in die kamer in dat koude pension in België voordat die arme Tessa had geprobeerd het raam open te maken en tijdens die poging aan hartklachten was overleden?

'Zodra je het weet,' zei Sara, 'als je het écht weet bedoel ik, moet je het me vertellen, Ruby. Zodra je het hebt gedaan.'

'Misschien kom ik er wel nooit achter. Misschien sterf ik wel als maagd, onbevlekt en puur.' Ruby dacht vol verlangen aan Philip.

Sara ging in de zomer van 1933 van school. Isabel ging in augustus met haar naar de kleermaker en liet haar zes nieuwe jurken aanmeten. Lucien knipte haar haar en haar grootmoeder stuurde een collier van parels en smaragden, met bijpassende oorbellen, erfstukken van de familie Finborough, uit Ierland op. Sara begon, gekleed in schuin geknipte, abrikooskleurige, crèmekleurige of paarsblauwe satijn, met de smaragden om haar hals en in haar oren, haar haar een vlammenkleurige wolk, aan haar leven van bals en partijen. Als ze in de kleine uurtjes thuiskwam, kroop Ruby haar kamer in. Dan lag het collier achteloos op de kaptafel en was haar satijnen juk omgeruild voor een flanellen pyjama. Dan vroeg Ruby haar naar het feest en zei Sara gapend: 'Saai, schat, het was zó saai. Maar daar wil ik niet over praten; laten we het over iets anders hebben.'

Op een zaterdagmiddag vroeg in januari was Sara naar een feestje en hielp Ruby met het inpakken van de kerstversiering toen Isabel vroeg: 'Weet je al wat je wilt gaan doen als je klaar bent met school, Ruby?'

Ruby hield geschrokken op met inpakken, een zilveren bal in haar hand. 'Niet echt, tante Isabel.'

'Wat denk je van lesgeven? Je hebt altijd van die schitterende rapporten.'

'Misschien. Of misschien kan ik verpleegster worden.' Ze plukte het idee spontaan uit de lucht, aangezien ze net een biografie over Edith Cavell had gelezen.

'Of je zou secretaressewerk kunnen overwegen. Richard kan zo een baantje voor je regelen bij de firma.'

De voordeurbel ging en de meid kwam vertellen dat er bezoek voor Isabel was. Ruby zat op de vloer in een zee van engelenhaar en kerstballen. Toen propte ze alles pardoes in de doos, deed Tolly zijn riem om en riep naar Isabel dat ze naar de hei ging.

Het was een koude, ijzige dag en de hemel was hardblauw. Haar adem vormde wolkjes in de lucht terwijl ze het oostelijke deel van de hei op liep. Ze riep Tolly, rende de heuvel op en door het gras naar de rand van de vijver. Grasprieten kraakten onder haar voeten en ze dacht terug aan toen ze hier was geweest met Theo, en dat hij haar had verteld dat hij naar Frankrijk wilde. Was het maar zo eenvoudig, dacht ze: met wat geld op zak op de boottrein. Ze miste Theo en wenste dat hij terug was, dat hij haar zijn woord van de dag vertelde en haar irriteerde met zijn plagende opmerkingen. Ze begreep niet waarom die opmerking van Isabel – weet je al wat je wilt gaan doen als je klaar bent met school, Ruby? – haar een gevoel van buitensluiting, bijna van vernedering, had gegeven, maar zo voelde het wel.

Ze was bij de oever van de vijver aangekomen. Om het riet heen begon zich ondoorzichtig ijs te vormen; ze zette er voorzichtig een voet op om het te testen. Het idee schoot onaangekondigd door haar hoofd, verfrissend en stimulerend als de koude lucht die ze inademde en even spannend als het idee met haar volle gewicht op het dunne laagje ijs te gaan staan. Ze stond bewegingloos en vroeg zich af waarom ze het niet eerder had bedacht.

Ze werd over een week achttien. Achttien was volwassen. Ze kon zelf beslissen wat – of wie – ze wilde zijn. Bezeten door een vaag, ongevormd verlangen zichzelf opnieuw te vormen was het haar niet gelukt een beeld te zien van wat ze dan zou worden. Haar eigen familieleden waren afwezig, ziek, of ronduit gênant. Hoewel ze van de familie Finborough hield, hoorde ze er niet helemaal bij.

De familie Chance was totaal niet inspirerend; de familie Finborough was overweldigend. Ze moest beide achter zich laten. Het drong tot haar door dat ze gewoon moest vertrekken. Ze moest niet gaan zitten wachten, aangezien er niets was waarop ze kon wachten. Ze moest gewoon doen wat Theo had gedaan: wat geld in haar zak steken en op weg gaan. Aangezien ze geen geld had, moest ze een baan zien te vinden. Niet in de verpleging – ze was geen Florence Nightingale of Edith Cavell – en ook niet als leerkracht, want ze kon geen klaslokaal meer zien. En ze zou nooit voor de familie Finborough gaan werken, zoals Isabel had voorgesteld. Richard en Isabel hadden ieder hun eigen manier om hun autoriteit aan anderen op te leggen, maar beiden waren sterke, invloedrijke mensen. Haar dankbaarheid aan de familie Finborough was grenzeloos, maar ze was gaan inzien dat dankbaarheid kon omslaan in afhankelijkheid, en dat afhankelijkheid op een dag tot onderdanigheid kon leiden.

Sara haatte de feesten. Het moest aangeboren zijn, want haar moeder haatte ze ook. De eerste paar keer dat Sara naar feesten voor volwassenen meeging, viel het haar op hoe stijfjes haar moeder was, zo ongemakkelijk en niet zichzelf terwijl ze met de andere moeders stond te praten, en ze zag ook hoe vermoeid ze eruitzag als de chauffeur, Dunning, hen midden in de nacht naar huis reed. Ze begreep soms niet waarom dat nodig was, dat ze allebei iets deden wat ze vreselijk vonden.

Veel van Sara's ontgoocheling kwam voort uit het feit dat die avonden niet meeslepend waren, niet transformeerden. Ze kwam in chique panden in Londen of vervallen landgoederen waar het stof en de spinnenwebben voor de gelegenheid waren weggehaald en de lichter gekleurde vlekken aan de muren verrieden waar er schilderijen waren verkocht om de introductie van een dochter te kunnen bekostigen. Sara kwam uit ijskoude slaapkamers naar beneden om bals bij te wonen, waar de meisjes die ze al jaren kende rondschuifelden in de armen van hun broers en neven, en in die van de vrienden van hun broers en neven. De sterkste emotie die ze voelde was teleurstelling, als ze in de armen van jongens met flaporen en puisten die op haar tenen gingen staan en tegen haar zeiden dat het kamerorkest angstaanjagend goed was, door een kamer danste. Ze was lang, en veel van haar partners waren kleiner dan zij, en hoewel sommigen zo verlegen waren dat ze nauwelijks een woord konden uitbrengen, waren anderen verwaande zeurkousen. Als ze in de rij stond voor een maaltijd van slappe sandwiches en zacht geworden vol-au-vents wilde ze het uitgillen, of wenste ze dat een aardbeving haar samen met de hapjestafel en het kamerorkest zou opslokken.

De aanzoeken die ze kreeg waren belachelijk, onmogelijk, een farce. In de bibliotheek van een huis in Shropshire liet een heer met titel die veertig jaar ouder was dan zij zich krakend op een knie zakken en vroeg haar om haar hand terwijl Sara op haar onderlip beet, verscheurd tussen gêne en een lachbui. Een jongen die bij Theo in de klas had gezeten probeerde haar na een tenniswedstrijd te zoenen. 'Zeg, meid, denk je niet dat het een dondersgoed idee zou zijn als we zouden trouwen?' Alsof, bedacht ze, ze een picknick of een dagje naar het strand aan het plannen waren. Aandoenlijke, verliefde jongens vroegen om haar hand; gecharmeerd door hun overduidelijke smart zag ze zichzelf heel even voor zich in een met chintz-meubels aangekleed huis in de Home Counties, waar ze dan etentjes voor haar echtgenoot zou organiseren en liefdadigheidswerk zou doen.

Andere huwelijkskandidaten beloofden haar kastelen in Schotland of villa's in Zuid-Frankrijk, wat wel leuk had kunnen zijn, bedacht Sara, als ze die niet zou hoeven delen met een onuitsprekelijk saaie echtgenoot. Niet één van hen, vertelde ze Ruby in vertrouwen, had ook maar een grammetje, wat was het? – zwier? flair? – of wat het ook was dat haar hart moest stelen. Als een van haar minnaars ook maar de minste overweging waard zou zijn geweest, zou ze geen grapjes over hem hebben gemaakt tegen Ruby; dan zou ze hun stamelende woorden, hun tics niet hebben geïmiteerd.

Ruby was eerder dat jaar verhuisd. Ze deed kantoorwerk bij het ministerie van Arbeid en woonde in een pension aan Fulham Road. Ze droeg zwarte truitjes en felgekleurde blouses en veegde haar kortgeknipte bruine haar in gladde golven over haar oren. Ze gebruikte lippenstift en gezichtspoeder, ze rookte, ze ging in haar eentje naar de bioscoop en reisde alleen heel Londen af. Ruby had een gaspit op haar kamer in het pension, waarop ze bonen opwarmde en koffie zette. Voor de ramen hingen gordijnen van jute en op de vloer stonden stapels tweedehands boeken; een berg vrolijk gekleurde kussens maakte een bank van het bed. De andere kamers in het pension werden bewoond door louche mannen die in de deuropening van hun kamers stonden te roken terwijl hun blik Sara de drie trappen op volgde. Ze riepen wel eens wat naar haar, vroegen haar mee uit eten of naar de film.

'Dat is heel aardig van je, maar ik vrees dat dat niet kan,' zei ze altijd beleefd.

Als Sara kwam was het vaak stampvol in Ruby's kamer. Ruby's vrienden waren net zo'n veelsoortig allegaartje als de kussens op haar bed, dacht Sara. Sara vroeg zich af of Ruby ze op hun variëteit had geselecteerd, om hun mengelmoes aan karakters. Chemiestudenten zaten naast boekhoudklerken; een Italiaanse ijsverkoper nam op de vloer plaats tussen een fluitist en een meisje dat als mannequin in een kledingwinkel werkte. Sommigen van de mannen droegen pakken, anderen corduroybroeken met overhemden waarvan het knoopje bij de boord openstond. Enkele van Ruby's vriendinnen waren conventioneel gekleed in keurige rokken met jasjes, goedkope versies van de tweedpakjes die Sara droeg als ze op het platteland verbleef, maar andere droegen werkbroeken of flodderige jurken met bloemmotief, waar blote benen met vieze voeten in sandalen onder vandaan staken. Sara zat naast Ruby op het bed terwijl ze zwarte koffie dronken, sigaretten rookten en praatten over politiek, romans en gedichten.

Gedichten en romans waren prima – de familie Finborough kende genoeg dichters en schrijvers – maar Sara wist werkelijk helemaal niets over politiek. Sommige van de gesprekken, waaraan Ruby even geestdriftig meedeed als de anderen, reduceerden Sara tot enkel een toeschouwster. Dan stond ze koffie te zetten terwijl de anderen doorratelden over het communisme of Mussolini – niet dat ze het vervelend vond om koffie te zetten, maar het begon haar op te vallen dat ze niets van haar verwachtten, dat ze

141

haar in een ander, misschien minder, licht zagen dan zichzelf. Wat haar schokte, want ze was er niet aan gewend als tweederangs te worden beschouwd.

In Ruby's kamer: een man met wilde zwarte krullen zegt: 'Het probleem met elke vorm van absolutisme is dat het per definitie onnadenkend is. Het maakt niet uit of het religieus of politiek is, absolutisme staat hoe dan ook geen vrijheid van meningsuiting toe.'

Een oudere man, die een pijp zat te roken, zei: 'Denk je dat vrijheid van meningsuiting altijd goed is?'

'Uiteraard,' zei een meisje met donker haar verontwaardigd. 'Je probeert ons gewoon te provoceren, Brian.'

'Mensen hebben richting nodig. Misschien moeten we zorgvuldiger nadenken over wie we keuzevrijheid geven.'

'Ha! Alleen de elite, neem ik aan.'

'Er moeten grenzen zijn.'

'Als je grenzen gaat stellen, ligt het hele principe in duigen.'

'Dan wordt het ontstaan van haat misschien wat minder gestimuleerd.'

Brian draaide zijn pijp om en tikte de as slordig in een koffiekop. 'Waar zou de Sovjet-Unie zijn als Stalin niet aan het roer stond?'

Ruby zei: 'Denk je dat een utopie alleen kan bestaan als die wordt opgelegd?'

'Misschien.'

'Maar wat als niet iedereen hetzelfde wil als wij? Brian vindt bijvoorbeeld dat iedereen min of meer gelijk zou moeten zijn, dat we allemaal in een ongeveer even groot huis zouden moeten wonen met hetzelfde soort meubels en linoleum en dergelijke, toch?'

'Ik denk dat het een boel problemen zou oplossen... armoede, om te beginnen.'

'Maar heel veel mensen zouden dat vreselijk vinden. Volgens mij zouden wij het er niet eens over eens worden wat voor stoel we zouden willen. Diana zou leunstoelen willen, Oliver riet, en Susanne zou iets modernistisch kiezen wat ongemakkelijk zit.'

Een nieuwe stem vroeg: 'En jij? Wat denk jij?' Sara keek op en zag dat ze werd aangesproken door een blonde man, die bij het raam stond.

Hij stond in de schaduw, in een hoekje van de kamer geperst. Hij had zijn hoofd gebogen omdat de kamer een schuin plafond had en hij lang was. Sara's blik bleef even op zijn gezicht rusten, op de lijnen en hoeken, en ze vond hem aantrekkelijk.

Ze zei: 'O, ik hou het meest van ligstoelen, want die doen me aan de zee denken.'

Iemand begon te lachen. Brian mompelde nuffig: 'Ik dacht dat we het over absolutisme hadden.'

Maar de blonde man zei: 'Ligstoelen zijn een uitmuntende keuze. Een voorbeeld van een geweldig ontwerp, zowel eenvoudig als praktisch.' Het viel Sara op dat hij met een accent sprak.

Toen ze een uur later vertrok was de discussie nog in volle gang. Zachte, maar aanhoudende regen viel van de blaadjes van de rozen en verzamelde zich in glinsterende zwarte kraaltjes op de metalen hekken. Sara bleef even staan om haar paraplu open te klappen en hoorde voetstappen achter zich. Ze keek om en zag de blonde man.

'Waar ga je naartoe?' vroeg hij. 'Mag ik met je meelopen?'

'Mijn broer komt me ophalen.' Sara keek de straat in, maar zag Philips motorfiets nog niet.

'Aha, een broer. Heb je veel broers?'

Zijn haar was donkerblond, de kleur van rijpe maïs, en zijn grijze ogen stonden geamuseerd. Hij was een stuk groter dan zij en zo te zien een paar jaar ouder.

'Ik heb twee broers,' zei ze. 'Maar Theo is in het buitenland.'

'En Ruby, de o zo amusante Ruby, is je zus?'

Sara schudde haar hoofd. 'Ruby en ik zijn eigenlijk geen familie. We zijn gewoon vriendinnen. Hoewel ik haar soms wel als zus beschouw. Ze heeft jaren bij ons gewoond.'

'Mijn oprechte excuses, ik heb me helemaal niet voorgesteld. Ik ben Anton Wolff.'

'Sara Finborough.'

Hij boog en pakte haar hand, die hij naar zijn lippen bracht. Het gebaar was niet overdreven of ongemakkelijk, zoals het kon zijn als een Engelsman dat deed.

'Ik vind het erg leuk je te ontmoeten, Fräulein Finborough.'

'Waar kom je vandaan, meneer Wolff?'

'Wenen,' zei hij. 'Ik kom uit Wenen.'

'En hoe lang ben je al in Engeland?

'Drie maanden. Ik ben hier voor mijn studie. Ik studeer architectuur. Ik wil grootse gebouwen leren ontwerpen... geen grote, maar huizen waar mensen graag in willen wonen.' Hij keek haar aan. 'En jij, Fräulein Finborough, wat doe jij?'

'Ik rijd paard, ik tennis, en ik ga naar gruwelijke feesten.' Ze vond het nogal armzalig klinken.

'Hou je niet van feesten?'

'Niet echt? Jij?'

'Dat hangt ervan af wie er zijn. Als je met de juiste persoon bent, kan een feest magisch zijn. Vind je niet?'

Ze hoorde een motor brullen, en Philip stopte bij de stoep. Sara zei: 'Dat neem ik aan. Leuk je te ontmoeten, meneer Wolff. Tot ziens.'

Sara zat op Ruby's bed terwijl ze hun vingernagels groen lakten. Ze zei: 'Theo is weer thuis. We herkenden hem eerst helemaal niet. Hij leek wel een piraat. Mama heeft hem gedwongen zijn haar te laten knippen en zich te laten scheren voordat papa thuiskwam. Hij heeft Picasso en Max Jacob samen zien dineren in *Le boeuf sur le toît*. Hij spreekt duizend keer zo goed Frans als voor zijn vertrek en rookt vreselijk smerige sigaretten.'

Theo ging met Ruby uit eten. Hij was bruin en vrij mager, waardoor zijn slanke, wolfachtige uiterlijk werd benadrukt. Ruby vroeg hem in een Italiaans café in Greek Street het hemd van het lijf.

'Hoe is Parijs?'

'Geweldig. Je zou ook eens moeten gaan.'

'Dat ga ik zeker doen, op een dag. Heb je honger geleden in een zolderkamertje?'

'Niet in een zolderkamertje. Op een strand in Bretagne. Ik ben twee weken dakloos geweest. Heel oncomfortabel, slapen op zand.'

'Heb je een vriendin?'

'Ja.'

'Hoe heet ze?'

'Céline.'

'Hoe ziet ze eruit?'

'Donker... heel klein... Ze danst in de Parijse opera. Ze is Parijs nog nooit uit geweest, wil nergens naartoe.'

'Ze klinkt niet goed voor je, Theo. Ben je met haar naar bed geweest?'

Theo draaide spaghetti om zijn vork. 'Dat gaat je niets aan, Ruby Chance.'

Ze leunde over de tafel heen naar hem toe. 'Ik wil alleen weten hoe het is. Niemand wil het me vertellen... nou ja, alleen mannen die met me naar bed willen, en die vertrouw ik niet.'

'Je komt er snel genoeg achter.'

'Wat gemeen. Ben je al een beroemd kunstenaar, Theo?'

'Ik ben bang van niet.'

'Ga je dat worden?'

'Nee, dat denk ik niet.' Hoewel hij luchtig sprak viel haar een zekere kilheid aan hem op. 'Ik ben erachter gekomen dat ik goed kan schetsen, maar dat is wel zo'n beetje het enige.'

'Kom je dan terug naar huis?'

Hij schudde zijn hoofd. 'Ik ga komende herfst zeilen op de Middellandse Zee.'

'Alleen?'

'Misschien. Ik kijk wel wie er mee wil.'

Theo schonk hun wijnglazen bij. 'Hoe is je werk?'

'Prima. Ik archiveer, neem de telefoon aan en typ brieven, en af en toe spit ik een dik boek door op zoek naar het antwoord op een ingewikkelde procedurevraag. Ik vind het eerlijk gezegd hartstikke leuk. Het zal mijn georganiseerde aard wel zijn.'

'Hoe is het met je moeder?'

'Uitstekend.'

'En je lieve tante Maude?'

Ruby trok een gezicht. 'Hetzelfde als altijd, neem ik aan. Ik heb haar al een tijdje niet gezien.'

'En Hannah?'

'Ach... treurig. Zo zie ik Hannah altijd voor me: treurig.'

Hij trok zijn rechte zwarte wenkbrauwen op. 'Je zou vriendelijk voor haar moeten zijn.'

'Waarom, Theo?' Ze staarde hem woedend aan. 'Omdat ze mijn nichtje is? Omdat bloed kruipt waar het niet gaan kan? Niet in mijn familie. Wij laten elkaar in de steek, weet je nog? We gaan ervandoor zonder een adres achter te laten.'

Hij keek haar koel aan. 'Je moet aardig zijn voor Hannah omdat ze dat nodig heeft.'

'Het komt heus wel goed met Hannah. Ze zal wel trouwen met een boer met stro in zijn haar.'

Ze hoorde haar eigen stem, cynisch en spottend, en voelde zich onbehaaglijk. Ze nam geïrriteerd een paar slokken wijn. Toen zei ze: 'Ik probeer mijn vader te vinden. Ik wil weten wat er is gebeurd. Mensen verdwijnen toch niet zomaar? Hij moet érgens naartoe zijn. Ik heb het met oom Richard over pa gehad. Ik heb hem gedwongen de waarheid te vertellen.' Ruby dacht terug aan hun gesprek: Richard Finboroughs pogingen haar niet te kwetsen hadden uiteindelijk het veld moeten ruimen voor haar vastberadenheid ieder detail te weten te komen.

'Wat heeft hij je verteld?'

'Oom Richard zei dat mijn vader schulden had. Dat wist ik al... mijn moeder heeft geprobeerd geld te lenen van tante Maude. Pa was achter met de huur en er lagen rekeningen. Oom Richard denkt – dat zei hij niet, maar ik weet het zeker – hij denkt dat pa zichzelf zo in de nesten had gewerkt dat hij is weggelopen.'

'Heb je je moeder verteld waarmee je bezig bent?'

'Nog niet.'

'Ruby...' Theo fronste zijn wenkbrauwen. Toen zei hij aarzelend, wat ze niet van hem kende: 'En wat als je nou iets ontdekt wat je helemaal niet wilt weten?'

'Het is hoe dan ook beter om het te weten, toch? Ik weet dat er van alles kan zijn gebeurd sinds ik pa voor het laatst heb gezien. Hij kan een ongeluk hebben gehad of ziek zijn geworden. Hij zou zelfs dood kunnen zijn.' Ruby had zich zelfs afgevraagd of haar vader, overweldigd door zijn problemen, zelfmoord had gepleegd. Ze dacht van niet. Hij leek in al haar herinneringen zo vitaal, zo levendig.

Het was een koude, donkere zaterdagmiddag in november. Toen Sara op de stoep bij het huis van Ruby stond te wachten begonnen er piepkleine sneeuwvlokjes uit de mosterdgrijze hemel te vallen. Ze stak de kraag van de bontjas die ze van haar moeder had geleend omhoog en hoorde achter zich de voordeur opengaan. Ze keek om en zag Anton Wolff.

'Sta je op je trouwe broer te wachten?'

'Ja.' Sara keek op haar kleine gouden horloge. 'Maar hij is erg laat. Misschien moet ik maar weer naar binnen gaan en bij Ruby wachten.'

'Ruby gaat met haar vrienden naar de bioscoop.'

'O.'

'Misschien moet je een taxi nemen, Fräulein Finborough. Maar we kunnen eerst ergens koffie gaan drinken, als je dat wilt. Je ziet er verkleumd uit.'

Sara keek nog een keer de straat in, maar er was geen teken van Philip. Ze nam het aanbod van Anton Wolff niet aan omdat ze het koud had – de bontjas hield haar warm – maar omdat ze het spannend vond om koffie met hem te gaan drinken.

'De enige goede koffie in Londen wordt in Soho geschonken,' zei hij terwijl hij een taxi aanhield. 'Volgens mij is het zelfs de enige goede koffie in Engeland.'

Ze plaagde hem. 'Vind je de koffie die ik zet niet lekker?'

'Je zet vreselijke koffie. Maar ik vind hem natuurlijk geweldig.'

Ze was zich in de taxi erg bewust van hem, van hoe hij naast haar zat, en ze was zich ook maar al te bewust van hoe ze door alleen met een man in een auto te zitten de belangrijkste van haar moeders regels overtrad. Ze zei: 'Ik snap niet waarom Philip niet is komen opdagen. Misschien is hij het vergeten.'

'Ik kan me niet voorstellen dat iemand jou zou vergeten, Fräulein Finborough. Maar ik ben geen broer. Ik heb geen idee hoe broers denken.'

Sneeuwvlokjes gleden over de voorruit terwijl ze door de straten reden. *Ik kan me niet voorstellen dat iemand jou zou vergeten, Fräulein Finborough.* Hij had het op zakelijke toon gezegd, niet flirterig. De straten en gebouwen hadden, als je er door het autoraam naar keek, een magische, sprookjesachtige sfeer gekregen, als het geschilderde decor in een theater. Sneeuw danste in de duisternis, dwarrelde in de aura van het lantaarnlicht. Sara voelde zich vrij en volwassen, en beide, drong het tot haar door, waren gevoelens die ze nog niet vaak had ervaren.

De taxi kwam in een smalle straat tot stilstand. Ze liepen een klein café binnen, waar Anton de ober in het Duits aansprak. Hij glimlachte naar Sara. 'Nu ik hier met jou in je bontjas zit, heb ik bijna het gevoel dat ik in Café Landtmann in Wenen ben. Alle voorname dames gaan ernaartoe voor koffie en taart. Als we daar nu waren, zou ik *Marmorguglhupf* voor je bestellen, met een kop goede Oostenrijkse koffie.'

'Hemel,' zei ze. 'Dat klinkt geweldig, schat, maar wat is het in vredesnaam?'

'Gemarmerde tulbandcake. Heerlijk.'

'Je zult Wenen wel enorm missen, meneer Wolff. Het klinkt vreselijk mooi en romantisch.'

De koffie, rijk en aromatisch, werd geserveerd. Hij zei: 'Het is er inderdaad mooi en romantisch. Maar de laatste tijd lijkt de lucht er helaas vergiftigd.' Zijn gezicht betrok.

'Hoe bedoel je?' vroeg ze. 'Wat is er dan gebeurd?'

'Lees je geen kranten, Fräulein Finborough?'

'Niet vaak, vrees ik.'

'Er is in februari een burgeroorlog uitgebroken in Wenen. En in juli is Herr Dolfuss, de kanselier van Oostenrijk, omgebracht.'

'Wat afschuwelijk. Is dat de reden dat je hier bent?'

'Deels. Wenen werd te gevaarlijk voor me. Maar ik ben hier ook, zoals ik al zei, om architectuur te studeren.'

Anton vertelde haar waar in Groot-Brittannië hij allemaal was geweest, over zijn reis naar Glasgow om het werk van Charles Rennie Mackintosh, dat hij bewonderde, te bestuderen, en zijn bezoekjes aan Saltaire en Letchworth Garden City, om de ideële gemeenschappen die daar waren gecreëerd te bekijken.

Sara vroeg hem of hij familie in Wenen had en Anton vertelde dat zijn moeder een paar jaar geleden was overleden en dat zijn vader er nog woonde. 'Ik heb geprobeerd mijn vader over te halen mee naar Engeland te gaan,' zei hij, 'maar dat weigert hij.' Hij zag er even heel verdrietig uit. 'Mijn vader is bejaard... hij was bijna vijftig toen ik werd geboren. Als je ouder bent, is het moeilijker om te verhuizen. En als je de dingen hebt gezien die mijn vader heeft gezien, als je oorlog, revolutie en hongersnood hebt overleefd, ziet het heden er niet zo heel bedreigend uit.'

'Ik zou echt de krant moeten lezen, hè? Maar ik lijk er nooit tijd voor te hebben.'

'Waarom zou je willen weten wat voor gruwelijks er in de wereld gebeurt?'

'Omdat ik dan een gesprek met de vrienden van Ruby zou kunnen voeren.'

'Ruby's vrienden kramen een heleboel onzin uit,' zei hij afwijzend. 'Ze theoretiseren, maar ze weten niet hoe het echt is. Leef jij maar fijn in je eigen wereld, Fräulein Finborough. Met je lieve familie, je prachtige huis en je trouwe broers.'

'Zo trouw zijn ze nou ook weer niet,' zei ze met een glimlach. 'De ene is jaren weggeweest en de andere is me vergeten.'

Maar toen ze thuiskwam, met een taxi die haar van Soho naar Hampstead had gereden, zat Philip in de keuken met zijn been uitgestrekt voor zich op een andere stoel en was haar moeder bezig de diepe schaafwonden in zijn been schoon te maken. Hij was met zijn motorfiets geslipt op een stuk ijs, waarbij hij van de motor was gevallen. Toen ze haar opmerkten zagen ze er allebei opgelucht uit en haar moeder gaf haar een complimentje dat ze zo slim was geweest een taxi te nemen. Niemand vroeg waarom ze er anderhalf uur over had gedaan om van Fulham Road naar Hampstead te reizen.

Sara trok in de slaapkamer van haar ouders de geleende bontjas uit en hing hem op zijn gewatteerde hanger. Ze streelde met de rug van haar hand over het zachte, donkere bont, en in plaats van aan al die lieve dieren te denken die waren omgebracht om die mooie jas voor haar moeder te maken, zoals ze gewoonlijk deed, dacht ze aan Anton... Anton in de taxi, met het licht van de straat dat op zijn aantrekkelijke gezicht scheen, aan Anton in het café, aan hoe hij had gekeken toen hij over zijn vader vertelde, en aan Anton toen ze afscheid hadden genomen en hij zijn lippen nogmaals tegen de rug van haar hand had gedrukt.

Sara ontdekte dat Anton bij geen enkele universiteit stond ingeschreven. Hij ging wel eens naar colleges aan London University... hij zei dat dat heel eenvoudig was: hij viel niet op en niemand vroeg hem ooit wat. Hij werkte af en toe voor een vriend, Peter Curthoys, die architect was en een kantoor had aan Golden Square. Hij had Peter twee jaar daarvoor ontmoet, in Parijs, en Peter, die afwist van de situatie van Anton, gaf hem zo vaak hij kon werk.

Hij beschreef aan Sara hoe de Karl-Marx-Hof eruitzag, een gigantisch appartementencomplex dat in Wenen door de sociaaldemocraten was gerealiseerd. Het gebouw voorzag niet alleen in degelijke woonruimte voor tienduizenden arbeiders, maar huisvestte ook kleuterscholen, klinieken, bibliotheken, wasserijen en speeltuinen. Hij vertelde haar hoe een nazimilitieleger tijdens de burgeroorlog het vuur op de Karl-Marx-Hof had geopend in de hoop de gelijke kansen die het symboliseerde tegelijk met het pand zelf met de bodem gelijk te maken.

Hij probeerde haar nooit te zoenen of haar hand vast te houden, en ze hadden nooit meer gelegenheid koffie te gaan drinken in Soho. Als ze niet bij hem was, verdween haar zekerheid dat hij op haar was gesteld, dat hij iets voor haar voelde. Anton was vriendelijk en beleefd tegen iedereen... misschien, dacht ze, had ze zich vergist door te denken dat hij haar speciaal vond.

Ruby organiseerde in januari een feestje om haar negentiende verjaardag te vieren. Isabel zei dat Sara Ruby mocht helpen met de voorbereidingen en het eerste deel van de avond mocht blijven. Een bevriende kunstenaar had Ruby zijn kamer op de eerste verdieping aangeboden, die groter was dan die van haar. De enige meubels in zijn appartementje waren een schragentafel, een ezel en een oud en vies matras. Ze gooiden een kleurige plaid die Ruby speciaal voor de gelegenheid had geleend over het matras en sleepten Ruby's eigen matras de twee trappen naar beneden zodat er meer zitplaatsen waren. Stukken blauw en paars crêpepapier werden over de verfvlekken op de muren geplakt en ze zetten de hapjes op de tafel: worst, kaas, chocolade en een gelatinepudding met stukjes mandarijn, die eraan hingen, bedacht Sara, als vreemde zeedieren. Iemand bood zijn piano te leen aan, en vier mannen, met rode hoofden van het zware werk, zeulden hem de trap op.

Sara had drie paar zijden kousen voor Ruby gekocht, en een prachtige dieprode lippenstift. Isabel en Richard hadden haar een paar bruinleren handschoenen en een broche gegeven, en haar moeder had een vest voor haar gebreid. Sara bedacht, niet voor het eerst, hoe vreselijk het voor Ruby moest zijn dat ze niet eens een kaart van haar vader kreeg voor haar verjaardag.

De gasten begonnen om acht uur binnen te druppelen. Op de grammofoon speelde Cole Porter; elke keer als er een grammofoonplaat was afgelopen, ging een kleine, kale man achter de piano zitten en speelde hard en gepassioneerd stukken van Liszt. Het midden van de kamer was vrijgelaten en er dansten stellen. Een teckel rende blaffend tussen de benen van de dansers door.

Een stem zei: 'Ik wist niet zeker of je zou komen. Ik dacht dat je een hekel had aan feestjes.'

Sara's hart sloeg over. 'Dag, Anton,' zei ze.

Ze praatten en dansten, en toen Sara haar jas aantrok verlieten ze samen het pand. Ze liepen naar Putney Bridge. Op het midden van de brug kon je goed zien hoe de oevers van de Theems terugweken; onder de brug stroomde de donkere rivier, de slagader die door het hart van Londen liep. Een bootje verdween onder de brug en lamplicht reflecteerde in het water.

Toen hij met zijn vingertoppen haar gezicht aanraakte voelde het alsof er iets in haar smolt. Sara sloot haar ogen toen hij haar naar zich toetrok en kuste. Het geluid van het verkeer en het licht van de straatlantaarns verdwenen en haar hele bestaan was hier geconcentreerd, in zijn omhelzing.

Toen ze zich uiteindelijk van elkaar losmaakten drong zich plotseling een afgrijselijke gedachte aan haar op en ze zei in een poging er een grapje van te maken: 'Je kust zeker veel vaker meisjes op Putney Bridge.'

'Constant. Of op London Bridge of Battersea Bridge, dat is me om het even.' Hij kuste haar nogmaals. Zijn kus was diep en aanhoudend. Uiteindelijk zei hij: 'Dat wil ik al doen sinds de eerste keer dat ik je zag.'

'Waarom heb je dan zo lang gewacht?'

'Ik wist niet zeker of jij hetzelfde voelde. Je bent net een droom, Sara... een heel aangename, maar toch een droom. De ene dag ben je er en de andere niet... als ik even niet naar je kijk, ben je verdwenen. En je lijkt altijd zo gelukkig, ongeacht wat zich op de wereld afspeelt.'

'Denk je dat ik niet serieus ben?'

'Nee, helemaal niet,' zei hij met een glimlach.

Sara hoorde een kerkklok slaan. Ze keek ongelovig op haar horloge. 'Het is tien uur,' zei ze geschokt. 'Mijn vader komt me halen.'

Ze liepen terug naar Ruby's huis. Sara zag de gestroomlijnde vorm van de Rolls-Royce van haar vader, die in de straat geparkeerd stond. Ze zette het op een rennen, haastte zich de hal in en keek snel in de spiegel, bang dat Antons kus haar op de een of andere manier zichtbaar had veranderd.

Ze hoorde voetstappen de trap af komen: zodra ze haar vader zag zei ze gehaast: 'Papa, je bent er al. Ik was net even een luchtje scheppen. Het was zó heet in die kamer.'

Ze liepen naar buiten. Ze zag Anton iets verderop tegen een lantaarnpaal geleund staan, zijn kraag omhoog, zijn gezicht bleek tegen de donkere nacht.

Haar vader zei: 'Vreemde vogels, die vrienden van Ruby. Communisten en buitenlanders, zo te zien, en ze zullen allemaal wel straatarm zijn.'

Richard Finborough had de koffer met spullen van Ruby's vader aan haar gegeven. Ruby had iedereen die achter in de agenda van Nicholas Chance stond vermeld een brief geschreven met de vraag of iemand hem had gezien of iets over hem wist. Niemand wist iets wat suggereerde dat hij na de winter van 1927 nog was gezien.

Ze praatte met haar moeder en probeerde haar informatie te ontfutselen zonder te verraden dat ze op zoek was naar haar vader, en het lukte haar wat stukjes van de puzzel te vinden met daarop de bewegingen van de familie Chance tussen het eind van de Grote Oorlog en het verdwijnen van haar vader. Ze waren vaak verhuisd, hun odyssee aangespoord door de zoektocht naar werk van haar vader. Nicholas Chance was op zijn veertiende zonder specifieke vaardigheden van school gegaan, maar hij was een intelligente, daadkrachtige man die het meeste had weten te maken van de weinige kansen die hij had gekregen.

Ruby stelde een bezoek aan Nineveh zo lang mogelijk uit. Hoewel Isabel er altijd op aandrong dat ze contact bleef onderhouden met haar familie was Ruby sinds ze niet meer bij de familie Finborough woonde tot de conclusie gekomen dat ze het liefst nooit meer iets met hen te maken wilde hebben en dat ze hun niets schuldig was. Ze vond Nineveh afschuwelijk: het was zo afgelegen, absurd, gevangen in het verleden. Als Maude Quinn het over haar zusje had klonk er minachting in plaats van affectie in haar stem; dat ze ten opzichte van Ruby gastvrij en redelijk vriendelijk was, was alleen, zo vermoedde Ruby, vanwege haar band met de rijke en gerenommeerde familie Finborough... Tante Maude was altijd al een onverbeterlijke snob geweest. Maude had geweigerd te helpen toen de financiële situatie van de familie Chance wanhopig was en had helemaal niets gedaan om een zusje te helpen dat niet haar eigen grenzeloze kracht had en dat op het punt stond in te storten toen ze Maude om financiële steun had benaderd. Wat had het er allemaal anders uit kunnen zien als Maude op Etta's smeekbede in was gegaan in plaats van haar bruusk af te wijzen! Als hij bevrijd was geweest van zijn grootste zorg had Nicholas Chance misschien een ander pad gekozen.

Maar Ruby zag naarmate de maanden verstreken haar aanwijzingen minder worden en de enige mogelijkheid die openbleef was dat ze met tante Maude zou gaan praten, met de ijdele hoop dat die misschien licht op de verdwijning van haar vader kon werpen. Het ergerde haar dat Theo's woorden maar in haar achterhoofd bleven prikken: *je moet aardig zijn voor Hannah omdat ze dat nodig heeft.*

Ruby nam op een koude ochtend in maart de trein naar Ely en Manea en liep van het treinstation naar Nineveh. De wolken hadden een donkerder kleur grijs dan het taupe van de wilgentakken en het pad door het kreupelbos naar de boerderij lag vol diepe plassen. De slootjes stonden vol smeltwater van de recent gevallen sneeuw en het landschap zag er zwaar en gezwollen uit, als een spons.

Hannah kwam naar het hek en Ruby gaf haar het presentje dat ze had meegenomen, een vroeg verjaarscadeautje. Hannahs ogen lichtten op toen ze het roodleren portemonneetje zag. Toen haar moeder haar riep stak Hannah het snel in de zak van haar jurk. Het viel Ruby op dat ze het cadeautje niet aan haar moeder liet zien.

Ruby hielp Hannah na de lunch afruimen terwijl tante Maude in de salon zat en Turks fruit at. Maude Quinn was zwaarder geworden sinds Ruby's laatste bezoek meer dan anderhalf jaar geleden. Kwabben vlees maakten het moeilijk te onderscheiden waar haar kin ophield en haar hals begon; haar enkels, omhuld door dikke, bruine kousen van fil d'écosse, waren breed en dik als kachelpijpen.

Ruby zei: 'Ik wil graag met u praten over mijn vader, tante

Maude.' Het geneurie stopte en Maudes ogen draaiden in Ruby's richting. 'Ik probeer hem te vinden. Ik vroeg me af of u zich kunt herinneren wanneer u hem voor het laatst hebt gezien.'

'Ik heb Nicholas Chance maar één keer ontmoet.' Het tikken met de vingers was weer doorgegaan, het ritme als een snel kloppend hart.

'Wanneer was dat?'

'Op de dag dat hij het lef had me om Etta's hand te vragen.'

'Weet u nog waarover u het met hem hebt gehad?'

Maudes half samengeknepen oogleden waren als donkere spleetjes. 'We hebben het niet over koetjes en kalfjes gehad. Ik heb hem weggestuurd.'

'Heeft hij u verteld waar hij toen woonde? Of wat hij deed? Of voor wie hij werkte?'

'Zoals ik al zei hebben we het niet over koetjes en kalfjes gehad.' Maude stak een stukje gesuikerd fruit in haar mond en zei: 'Maar hij moet hier natuurlijk die andere keer ook zijn geweest.'

'Wanneer bedoelt u?'

'Toen ze hem samen zijn gesmeerd. Dat zou Etta nooit alleen hebben gedurfd. Hij moet haar handje hebben vastgehouden.' Maudes bovenlip krulde omhoog.

Een boze reactie vormde zich op Ruby's lippen, maar het lukte haar de woorden in te slikken. In discussie gaan met tante Maude zou zijn alsof ze met haar hoofd tegen de robuuste bakstenen muren van Nineveh zou beuken. Het was onmogelijk je voor te stellen dat een ander mens ooit in staat zou zijn Maudes mening ook maar enigszins bij te stellen.

Ruby nam niet lang daarna afscheid. Hannah was tijdens hun gesprek weggeglipt, dus Ruby ging haar zoeken. Theo had gemakkelijk praten, bedacht ze, om haar eraan te herinneren dat ze vriendelijk voor Hannah moest zijn. Theo hoefde niet naar tante Maude.

Hannah was niet in haar slaapkamer of de keuken. Ruby deed haar jas aan, zette haar hoed op en liep naar buiten. Op de velden staken de eerste blauwgroene stekeltjes van nieuwe bladeren door de natte zwarte grond omhoog. Het was weer gaan regenen en water glinsterde in de greppels. De boerderij stond omringd door schuurtjes en stallen, sommige van baksteen, met roestige zinken daken, andere van hout en met een aarden vloer, of verhoogd op palen. In een van de schuren stonden bizarre en alledaagse voorwerpen in het gedimde licht: een stuk of zes zinken emmers met doorgeroeste bodems; een stapel tijdschriften, samengebonden door spinnenwebben; een opgezette wulp met een gebogen snavel als een kromzwaard, en een oude kar, met een laag stof erop die de verf, zwart en goud, dof maakte.

Ruby hoorde een geluid. Ze liep de schuur in. Ze zag Hannahs geschrokken ogen in het halfduister, en toen een snelle beweging.

'Wat is dat?' vroeg ze, en ze voegde snel toe: 'Als het een geheim is, hoef ik het niet te weten, hoor. Ik kwam alleen even gedag zeggen, ik moet naar de trein.'

Hannah beet op haar onderlip. Haar blik ging onrustig naar de deur. Toen fluisterde ze: 'Jíj mag het wel weten, nicht Ruby.' Ze haalde onder een stapel stoffige zakken een blik tevoorschijn waar Oxo-bouillonblokjes in hadden gezeten. Toen ze het optilde en haar mouwen over haar armen zakten, zag Ruby de donkere vlekken op haar pols.

'Wat is er met je arm gebeurd, Hannah? Heb je je pijn gedaan?'

Hannah fronste haar wenkbrauwen en trok de mouw naar beneden. 'Ik ben met mijn hand in de wringer blijven steken,' mompelde ze. 'Ik lette niet op. Het geeft niet.'

Ze maakte het blik open. Ruby tuurde erin en zag een pijlpunt van vuursteen, een koperen knoop en een leeggeblazen blauw gespikkeld ei van een roodborstje. Hannah deed het rode portemonneetje in het blik, deed het deksel er weer op en zette het blik terug onder de zakken.

Ruby dacht die avond in de trein terug naar Londen aan de vingers van tante Maude, die wit van de poedersuiker in het doosje snoep wroetten. En ze dacht aan Hannahs blikje met meelijwekkende schatten. De donkere vlekken hadden wel een paarse armband om haar pols geleken. *Ik ben met mijn hand in de wringer blijven steken*. Ruby probeerde zich voor te stellen wat voor ongeluk dergelijke plekken zou achterlaten, maar het enige wat ze voor zich zag was de dikke witte hand van Maude Quinn die Hannahs smalle pols greep.

Ze vroeg zich af of Maude meer deed dan snauwen en nu en dan een tik uitdelen. Had Maude haar zusje ook zo behandeld? Dat moest wel. Misschien had de sterke Maude de zwakkere Etta voor haar laten sloven; misschien had ze haar geslagen en pijn gedaan als Etta iets had laten vallen of te laat van de winkels was teruggekomen. Misschien had Maude Quinn met haar dominante persoonlijkheid en grotere fysieke kracht haar zusje wel gemaakt tot de vrouw die ze nu was: fragiel, bang en onzeker.

Wat moest Etta haar kennismaking met de knappe en vrijgevige Nicholas Chance als een godsgeschenk hebben beschouwd! Geen wonder dat ze verliefd op hem was geworden. Geen wonder dat ze hem als haar redder beschouwde, als haar kans te ontsnappen. Maar misschien was de intensiteit van haar liefde wel als keurslijf voor hem gaan voelen en niet meer als genoegen. Ruby herinnerde zich maar al te goed de ruzies, stiltes en tranen die aan het vertrek van haar vader waren voorafgegaan.

'En wat als je nou iets ontdekt wat je helemaal niet wilt weten?' had Theo haar gevraagd. Er was een mogelijkheid die ze beiden niet hadden willen uitspreken. Wat, dacht ze, als haar vader niet was weggelopen? Wat als hij naar iets tóé was gegaan... of naar iemand?

6

Anton gaf Sara een bos van bloesemtakken van een toverhazelaar en takken met wilgenkatjes: de bloemen van de toverhazelaar leken wel piepkleine zonnetjes. Sara zei tegen haar moeder dat ze ze had geplukt in de overwoekerde tuin achter Ruby's huis. Ze parfumeerden haar slaapkamer met de geur van vrieskoude winternachten.

Toen ze op een middag bij Ruby's huis op Philip stond te wachten zong hij voor haar. Zijn warme bariton – zo te horen zong hij Strauss – weerklonk door de straat. Voorbijgangers keken op naar het open raam boven in het pand en glimlachten.

Ze kusten elkaar in de hal op de benedenverdieping van Ruby's huis. Ongeopende brieven aan voormalige bewoners lagen vergeeld en stoffig op het haltafeltje en de vloer was besmeurd met modderige voetstappen. In een kamer in de buurt speelde iemand saxofoon. Het geluid van blues vermengde zich met Antons nabijheid en de aanraking van zijn huid. Zijn handen rustten om haar taille en haar wang wreef langs zijn ruwe kaak. Buiten sloeg hij in het donker zijn jas om haar heen, omhulde haar met de losse, zwarte vouwen. Ze liet haar hoofd in de holte in zijn schouder rusten en sloot haar ogen, ademde zijn nabijheid in.

Een grillig, gevaarlijk voorjaar. Toen ze terugkwamen bij Ruby's huis zagen ze de Wolseley op straat geparkeerd staan, en Isabel ernaast op de stoep, die ongericht om zich heen keek. Had ze Antons arm losgelaten voordat haar moeder haar had gezien? Toen ze zich naar haar moeder toe haastte, dacht Sara van wel, maar ze was er niet zeker van.

'Mama, wat ben je vroeg.'

'Ik wilde even bij mevrouw Saville in het verpleeghuis langs.' Mevrouw Saville was een vriendin van Isabel. 'Ik vroeg me af of je misschien mee wilde, liever. Ruby, liever... hoe is het met jou... kom zondag lunchen... we hebben je al zo lang niet gezien.' Isabel kuste Ruby op haar wang, maar haar starende blik, nu helemaal niet meer ongericht, rustte op Anton.

'Natuurlijk wil ik met je mee, mama.' Sara stelde iedereen haastig aan elkaar voor.

'Volgens mij kent mijn man een familie Wolff.' Isabel schudde Anton de hand. 'Ze wonen in Finchley. Bent u daar familie van?'

'Dat denk ik niet, mevrouw Finborough. Mijn familie komt uit Wenen.'

Een korte, beleefde glimlach. Toen: 'Meneer Wolff, Ruby, als jullie ons willen excuseren. Ik vrees dat Sara en ik moeten gaan.'

Toen ze achter in de auto zaten, vroeg haar moeder: 'Kent Ruby meneer Wolff al lang?'

'Een maand of zes, geloof ik.'

'Wat doet hij?'

'Hij wil architect worden. Hij studeert.'

'Heeft hij geen werk? Waar woont hij? Zijn Ruby en hij goed bevriend?' Toen zei ze zacht, zodat Dunning, die de Wolseley reed, het niet zou horen: 'Ik ben Ruby's moeder niet. Als Ruby ervoor kiest zich in te laten met een dergelijk heerschap kan ik daar weinig aan doen, behalve wellicht advies geven. Maar jij bent mijn verantwoordelijkheid, Sara, en ik zie je liever niet door Londen dwalen met een ongetrouwde man, of hij nu een vriend van Ruby is of niet.'

'Ja, mama.' Sara wendde zich af naar het raam en dacht aan Antons vingers, verstrengeld met die van haar, aan Antons glimlach terwijl hij haar een kus op haar handpalm gaf.

Er gingen drie weken voorbij: Anton kwam niet naar Ruby's huis. 'Ik heb hem al een eeuwigheid niet gezien,' zei Ruby. 'Hij komt ook niet naar zijn gebruikelijke plekken.'

Sara kreeg ineens een vreselijke gedachte. 'Je denkt toch niet dat hij terug is naar Wenen, hè?'

'Dat lijkt me niet. Ik neem aan dat hij het niet wil riskeren om weer in de gevangenis terecht te komen.'

'De gevangenis?' Sara staarde Ruby geschokt aan.

'Ja. Wist je dat niet? Na de burgeroorlog zijn Anton en zijn vader allebei in de gevangenis gezet.'

'Waarom? Wat hadden ze dan gedaan?'

'Niets, natuurlijk. Het zijn socialisten, dus ze zijn niet al te populair bij het huidige regime. Ik wil wel naar hem uitkijken, als je dat fijn vindt.'

Een paar dagen later kreeg Sara een brief van Ruby. Ruby schreef dat ze Anton had gezien. 'Hij deed een beetje vreemd, niet zoals gebruikelijk. Hij wilde niets zeggen, alleen dat hij het druk had gehad. Ik heb hem gevraagd of hij zondag langskomt, maar hij zei dat hij niet kan. Sorry, Sara.'

Sara voelde een enorme leegte, vermengd met woede... niet jegens Anton, maar om de begrenzingen die haar ervan weerhielden hem te gaan zoeken en met hem te praten. Ruby kon op zoek naar hem de pubs en nachtclubs van Londen af, maar zij, Sara Finborough, niet. Geen wonder dat hij bedenkingen leek te hebben over hun vriendschap. Wat zou een man die door Europa had gereisd, die een burgeroorlog had overleefd en onschuldig in de gevangenis had gezeten, in een meisje zien dat nauwelijks, tot voor kort, had geweten dat dergelijke gruwelen bestonden? Hij had tegen haar gezegd dat hij haar niet serieus vond. Had hij zich, alleen in een vreemd land, alleen een beetje met haar geamuseerd, had hij haar alleen als afleiding gezien, niets meer? Had hij gekregen wat hij wilde, kussen en lieve woordjes, en was hij zich nu zijn doel was bereikt gaan vervelen? Ruby kende Anton beter dan zij. Ruby wist dat Anton in de gevangenis had gezeten; zij niet. Ruby had haar verteld dat ze op zijn vaste plekken had gekeken. Wat waren zijn vaste plekjes eigenlijk? Sara had geen idee.

Haar moeder merkte op dat ze ongelukkig was en stelde een vakantie voor. Ze kon een paar weken bij haar grootmoeder in Ierland gaan logeren. Sara, die het nergens heerlijker vond dan op Raheen, zei dat ze erover zou nadenken, maar in plaats daarvan schreef ze Ruby een brief waarin ze om het adres van Anton vroeg. Ruby vertelde haar dat Anton in Scarborough Street, Whitechapel, woonde, dat een wijk van Londen was die Sara helemaal niet kende.

Naar Anton toegaan vergde uitgebreide voorbereidingen. Sara bood aan een middag naar een vriendin te gaan om haar te helpen met het kiezen van materiaal voor haar trouwjurk. Ze zei tegen de moeder van de vriendin dat haar vader haar zou komen ophalen en tegen haar moeder dat mevrouw Forrest haar zou thuisbrengen.

Op de afgesproken middag ging Sara naar de kleermaker. Na een saai uur van het bekijken van vrijwel identieke stukken wit satijn en chiffon wachtte Sara tot de toekomstige bruid was ingepakt in een *toile* en niet kon bewegen van alle spelden en toen zei ze: 'Ik moet helaas gaan, mevrouw Forrest. Mijn vader komt me ophalen.'

Het was koud en mistig op straat. Sara hield een taxi aan en gaf de chauffeur het adres in Scarborough Street. Haar twijfels en angsten namen af terwijl ze in de taxi zat en haar innerlijke overtuiging dat zij en Anton elkaar moesten ontmoeten, kwam weer terug. De mist werd dichter toen de auto in de buurt van de rivier kwam. Eenmaal in het East End aangekomen werden ze opgehouden door de menigten arbeiders die uit de fabrieken en het havenkwartier kwamen. Sara staarde uit het raam naar de rijtjes van roet zwart geworden huisjes langs de straat. Wasgoed, versteld en verwassen, hing in de smalle steegjes, slap in de mistige lucht. In de steegjes speelden kinderen, en hun gillen, lachen en zingen overstemde de vrouwen die in hun deuropening met een baby op hun heup stonden te kletsen. Het rook er naar paardenmest, vis en patat en ze zag in de verte de kranen en kabeltouwen boven de daken van de pakhuizen door de mist heen opdoemen.

Scarborough Street was een smalle straat met kleine huisjes die tegen elkaar aan gepropt stonden als boeken op een plank. De taxi minderde vaart. 'We zijn er, juffrouw,' zei de chauffeur. 'Wilt u dat ik wacht?'

'Nee, dank je.'

Sara betaalde en de taxi verdween de hoek om. Een klein meisje, van een jaar of zes, zeven, in een vieze, te grote plooirok en een wollen trui met gaten erin, stond op een afstandje naar haar te staren. Een stukje verder op de weg stond een kolenboer met zijn wagen. De ribben van het paard waren zichtbaar door zijn fletse vacht. Sara aaide hem over zijn neus en ontving een zachte hinnik als dank.

Ze klopte aan. Er werd niet gereageerd en ze klopte nogmaals. Na een tijdje hoorde ze voetstappen en een magere, donkere man deed open.

'Goedemiddag,' zei ze. 'Zou ik meneer Wolff even kunnen spreken?'

De man verdween de duisternis in. Hij kwam even later terug en zei dat Anton er niet was.

Sara's moed zonk haar in de schoenen. 'Weet u waar hij is?'

'Nee, nee. Sorry, mevrouw.'

De deur ging dicht. Sara was zich ervan bewust dat ze heel ver van huis was. Misschien had ze de taxi toch moeten laten wachten. Ze keek de straat in en vermoedde dat er in dit deel van de stad niet veel taxi's rondreden. Het meisje was weggerend en de kolenboer kwam een steeg uit lopen met een berg lege zakken over zijn schouder, waarmee hij op zijn kar klom. Toen het paard niet reageerde op het trekken aan de teugels pakte hij een stok en gaf het paard een harde klap. Sara zag het geschokt aan en rende naar de kar.

'Dat mag je niet doen! Zie je niet dat je paard moe is?'

De kolenman, verrast, was even stil en zei toen: 'U moet u met uw eigen zaken bemoeien, dame,' en toen sloeg hij het paard nog een keer.

'Niet doen! Je doet hem pijn!'

De kolenboer begon te vloeken; het paard kwam op gang, zijn passen wanhopig, had Sara het gevoel. Ze hoorde achter zich een stem, die haar naam riep. Ze draaide zich om en zag Anton.

'Die afschuwelijke man... hij sloeg dat arme paard...'

Anton pakte haar bij haar arm en trok haar weg bij het paard en de wagen. 'Sara, waarom ben je hier?'

'Ik kom voor jou.'

'Je had niet moeten komen. Je moet gaan. Ben je met de taxi? Waar is die?'

'Ik heb hem weggestuurd.'

'Dan ga ik een andere voor je zoeken.'

Ze begon te huilen; die vreselijke man die zijn paard sloeg, en Antons boosheid, zijn afstandelijkheid.

Anton kreunde. 'O god, Sara, hou alsjeblieft op met huilen.' Hij mompelde iets in het Duits. Toen zei hij: 'Kom dan maar even binnen. Kom.'

Vreemde geuren – kool, kruiden en kleding die niet werd gelucht – overweldigden haar terwijl ze de trap op liepen. Hij deed op de tweede overloop een deur open. Ze liepen de kamer in.

Hij zei: 'Ik wil niet dat je het hier ziet.'

'Ik vind het niet erg.'

'Ik wel.' Hij klonk boos.

De weinige meubels stonden tegen elkaar aan gepropt. Verf bladderde van een muur met zwarte vochtvlekken erop. Het kleine kastje en de koffer die ze onder het bed zag liggen moesten al Antons bezittingen bevatten. Ze vroeg zich af hoe je hier ooit iets kon doen, hoe iets in een dergelijke kamer aangenaam kon zijn.

'Ik zal even koffie zetten,' zei Anton. Hij zette een metalen kan op een gaspit. 'Het heeft hier wel zijn charme,' zei hij luchtig. 'Kijk, ik heb uitzicht op de haven. 's Avonds in het donker is het met de lichten op de hijskranen en schepen een magisch tafereel.'

Ze fluisterde: 'Waarom ga je niet meer naar Ruby?'

Hij zuchtte. 'Het leek me beter als we elkaar niet meer zouden zien.'

'Lieverd, hoe kan dat nou beter zijn?'

Hij schonk de koffie in en gaf haar een beker. Toen ging hij op het bed zitten en zei: 'Luister, Sara. Twintig jaar geleden, voor de Grote Oorlog, genoot de familie Wolff enorm veel aanzien in Wenen. Aanzien...' Hij keek haar vragend aan. '... is dat het juiste woord? Ik bedoel niet dat we van adel waren, of steenrijk, maar we waren een goede, gewaardeerde familie, een familie van artsen, architecten en hoogleraren. Een familie met veel vrienden en een fijn huis.'

'Gerespecteerd,' mompelde ze.

'Ja. De familie Wolff was een gerespecteerde familie. We hadden een appartement in Favoriten, een mooie wijk in Wenen. Toen brak de oorlog uit, en alles veranderde. Mijn twee ooms sneuvelden in de gevechten en mijn moeder stierf tijdens de hongersnood die na de oorlog uitbrak. Heel veel families zijn in die periode alles kwijtgeraakt. Maar mijn vader... mijn vader is een idealist. Hij zag in de oorlog en de nasleep ervan een kans om een betere wereld te creëren. Hij bleef als architect werken, maar in plaats van paleizen ontwierp hij huizen voor gewone mensen. Ik heb je over de Karl-Marx-Hof verteld... er zijn in die periode heel veel dergelijke projecten gerealiseerd, en mijn vader heeft er enkele ontworpen. Het was moeilijk in Wenen, maar hoewel onze omstandigheden niet vergelijkbaar waren met die van voor de oorlog, kwamen we rond. Mijn vader gaf al het geld dat hij kon missen uit aan mijn scholing. Ik kon na school zelfs naar de universiteit.'

'Wat is er gebeurd?'

'Mijn vader heeft geld verloren tijdens de krach van '29. Toen de Kredit-Anstalt Bank in 1931 failliet ging, was het beetje wat we nog overhadden ook weg. We moesten verhuizen. Ik ben gaan werken... ik heb zoveel mogelijk geld verdiend. En toen brak de burgeroorlog uit.'

'Ben je toen in de gevangenis beland?'

'Heeft Ruby je dat verteld? Ja. De aanklacht was natuurlijk een farce... er zijn heel wat mensen onterecht opgesloten.'

'Dat moet afschuwelijk zijn geweest.'

Hij haalde zijn schouders op. 'Ik heb het niet zo op kleine ruimtes. Ik weet niet waarom, dat is altijd al zo geweest.' Hij keek om zich heen en glimlachte verdrietig. 'Deze kamer is piepklein. De muren komen op me af. Misschien is dat waarom ik zo graag gebouwen wil ontwerpen met grote ramen en ruime kamers, zonder donkere hoekjes. En ja, het was heel onaangenaam om opgesloten te zitten. Mijn vader en ik zijn na een paar weken weer vrijgelaten. Ze hadden geen bewijs tegen ons.'

'En toen ben je hiernaartoe gekomen?'

'Ja. Zoals ik je heb verteld, heb ik geprobeerd mijn vader over te halen met me mee te gaan naar Engeland, maar dat weigerde hij.'

'En toen heb je mij leren kennen.'

Zijn starende blik rustte op haar. 'Sinds ik jou ken heb ik geen heimwee meer.'

'En toch wil je me niet meer zien. Ik snap het niet.'

'Ik heb geprobeerd het uit te leggen.'

'Dat je familie een moeilijke tijd doormaakt... dat vind ik heel naar voor je, Anton, en het moet heel moeilijk zijn, maar dat verklaart helemaal niets!'

Hij stond op en liep naar het raam. Met zijn rug naar haar toe, zei hij vlak: 'Ik heb Ruby naar je familie gevraagd. Ze heeft me over je vader verteld, de rijke industrieel. En over je moeder, die ik heb gezien, de weergaloze schoonheid. En je broer, die voor het familiebedrijf werkt. En dan heb je ons, jij en ik... Het zijn moeilijke tijden, zowel in Londen als in Wenen. Er is weinig werk, vooral als je uit het buitenland komt. Ik hoop dat het anders wordt... ik hoop dat het beter wordt. Maar op dit moment kan ik me geen nieuwe jas veroorloven, geen nieuwe schoenen. Dus moeten wij ons in hoekjes verstoppen. We praten bij mensen in de hal. Ik verstop mezelf als je broer je komt ophalen. Ik stel me niet aan hem voor... en waarom niet? Dat weten we allebei maar al te goed. Omdat hij me zonder pardon zou wegsturen.'

Hij haalde een hand door zijn haar. 'Ik dacht dat het kon. Ik dacht dat ik geld kon sparen als ik 's avonds Duits zou geven en de goedkoopste kamer zou huren die ik kon vinden, en dat ik dan...' Hij maakte een wanhopig geluid. 'Maar toen drong het tot me door hoe naïef ik was. En hoe verkeerd het was om met jou om te gaan. Het is verkeerd, Sara. Wat wij hebben gedaan is verkeerd.'

'Hoe kan het verkeerd zijn dat ik van je hou?' huilde ze, en toen,

toen het tot haar doordrong wat ze net had gezegd, keek ze plotseling gegeneerd weg.

Ze hoorde hem zacht zeggen: 'O, Sara.'

'Nou, het is nu eenmaal zo.'

'Dan ben ik de gelukkigste man op aarde.' Hij pakte haar handen vast. 'Want ik hou ook van jou.'

Ze voelde enorme vreugde in zich opborrelen. 'Echt waar?'

'Echt waar. Maar het is onmogelijk... We kunnen niet samen zijn, Sara, dat moet je begrijpen. Ik heb gezien hoe je moeder naar me keek. Ik heb gezien hoe ze is... beeldschoon, zoals haar dochter, en rijk, en zo... zo Engels. Ik heb gezien dat we uit verschillende werelden komen.'

'Dat maakt niet uit!'

'Nee? Sara, je liegt tegen je moeder om mij. Ik wil niet tussen jou en je ouders in komen. Ik wil jullie geen pijn berokkenen.'

'Dan stel ik je aan mijn ouders voor. Dat had ik veel eerder moeten doen.'

'En dan?' Zijn ogen stonden wanhopig.

'Dan kun je op de thee komen... of zoiets...'

'Nee. Je ouders zouden me niet op de thee vragen.' Sara wilde iets zeggen, maar Anton stak zijn hand op om haar tot stilte te manen. 'Je ouders zouden me niet in hun huis uitnodigen... echt niet, als ze zouden weten wat ik voor je voel. Ik had hier nooit aan moeten beginnen. Ik had je nooit moeten aanspreken, ik had je nooit moeten aanraken. Sara, als je vader over ons zou weten zou hij je verbieden me te zien. Hij zou niet willen dat je zou omgaan met een man als ik. Dat weet ik. En ik denk jij ook.'

Sara dacht aan de jongens die aan de eettafel van de familie Finborough zaten, die tennisten op de tennisbaan van de familie Finborough, en wier namen op Isabels lijstje stonden als ze een feest of bal organiseerde. Het doel van alle feesten die haar moeder organiseerde was het vinden van een echtgenoot, een zoon van een zakenman, bankier of landeigenaar. Anton zou wel gelijk hebben: als ze erachter kwamen dat ze met hem omging, zouden ze haar verbieden hem verder nog te zien.

En toch voelde ze behalve angst diep vanbinnen ook de zekerheid dat de saaiheid en verveling van al die feesten iets waren wat ze had moeten doorstaan voordat ze Anton kon ontmoeten. 'Dan wachten we,' zei ze rustig. 'We blijven discreet. We wachten tot ik eenentwintig ben en dan vertel ik mijn ouders over je. Ze willen dat ik gelukkig ben. Ik zal ze doen inzien dat ik alleen gelukkig kan zijn met jou, liefste. Ik weet zeker dat ik hen kan overtuigen. Het komt wel goed, dat weet ik zeker.' Ze keek naar hem op. 'Een jaar wachten... dat is toch wel te overzien, Anton?'

Tot haar enorme verbijstering ging Ruby's loon bijna geheel op aan dagelijkse kosten. Eten, kleding en de huur, en het grootste deel van haar wekelijkse loon was verdwenen. Hoewel ze goed was in haar werk – dat wist ze zeker – en op promotie hoopte, was het haar niet ontgaan dat het merendeel van iedereen die boven haar stond man was. Ze zag de overheidskantoren waar ze werkte als een piramide, aan de basis gevuld met drukke meisjes zoals zij, en wat oudere alleenstaande vrouwen; naarmate je hoger in de piramide kwam, liepen er steeds meer mannen in donkere pakken, tot je helemaal boven een groot kantoor met tapijt aantrof met daarin een luisterrijke en afschrikwekkende potentaat, een heer met snor en monocle die blijkbaar zo belangrijk was dat hij Ruby niet eens opmerkte als ze elkaar in de gang passeerden.

Op een avond zat Kit, een beeldhouwer die beneden in het pand bij Ruby woonde en nu en dan een halfslachtige poging deed haar in bed te krijgen, in haar kamer koffie te drinken en over zichzelf te praten. Ruby had de koffer van haar vader onder haar bed vandaan getrokken en zat de kleding en papieren te bekijken: ontslagpapieren uit het leger, loonstrookjes en een menu van een regimentsdiner.

Kit vroeg: 'Wat zit je te doen?'

'Misschien heb ik iets over het hoofd gezien. Ik luister wel, hoor, ga verder.'

'Als ik uit mijn kamer word gegooid, weet ik niet wat ik moet.'

'Waarom zou je uit je kamer worden gegooid?'

167

'Dat zeg ik net: omdat ik de huur niet kan betalen. Kan ik een paar pond van jou lenen, Ruby?'

'Nee,' zei ze stellig. Ze legde de papieren weg en pakte de brieven, die met een touwtje waren samengebonden. 'Je kunt ook gaan werken, Kit.'

'God, nee zeg. Ik had iets anders bedacht. Ik kan mijn atelier overdag verhuren. Aan een andere kunstenaar die de ruimte kan gebruiken. Ik werk toch liever 's avonds.'

'En waar moet jij dan naartoe?'

'Naar Daisy Mae. We staan toch nooit voor de middag op. Wat denk jij?'

'Goed idee.'

Kit tuurde naar de enveloppen en vroeg nieuwsgierig: 'Van wie zijn die?'

'Vrienden. Mijn vader had volgens mij geen familie.' Ze was naar Buckland geweest, waar haar vader was geboren. Ze had een smid gevonden die zich haar vader herinnerde, en die had bevestigd wat ze al wist: dat de ouders van haar vader waren overleden. Er woonde niemand van de familie in de omgeving.

Kit zei vol zelfmedelijden: 'Ik heb ook niemand die om me geeft.'

'Onzin, Kit, je hebt tientallen familieleden, je hebt het alleen nooit over ze.'

Ruby liet de agenda liggen, die had ze al gedetailleerd bestudeerd, en pakte de jasjes, overhemden en vestjes. Ze voelde weerzin toen ze het eerste kledingstuk pakte. Kleding was zo persoonlijk, er kleefden zoveel herinneringen aan. Als haar hand in een zak gleed of wanneer ze een label in een kraagje bestudeerde was ze zich ervan bewust dat ze zijn privacy schond.

Er was niet veel kleding, maar wat er was, was van goede kwaliteit. Nicholas Chance was altijd goed verzorgd geweest; net als zijn dochter had hij kleding belangrijk gevonden. Als hij van plan was geweest weg te blijven, dacht ze, zou hij zijn zijden vestje hebben meegenomen.

'Je zou het allemaal moeten verkopen,' zei Kit. 'Daarom ben

je zo terughoudend, Ruby, omdat je te veel vasthoudt aan het verleden.'

Ze trok een stukje karton tevoorschijn uit een zakje in het vestje. 'Ik ben niet preuts,' zei ze afwezig. Ze zag dat ze een treinkaartje naar Salisbury in haar hand had.

'Ga dan met me naar bed,' zei Kit triomfantelijk, terwijl Ruby door de agenda bladerde waarin werd bevestigd wat ze al wist: dat er geen adressen in Salisbury in stonden.

Kit streelde haar knie; ze duwde zijn hand weg en zei opgewekt: 'Tijd om te gaan, Kit, het is laat.' Toen vouwde ze de kleren op en deed ze terug in de koffer.

Ze moest de daaropvolgende dagen steeds aan dat treinkaartje denken. Waarom zou haar vader naar Salisbury zijn geweest? Hij ging als verkoper alleen naar Reading en omgeving. Wat als je nou iets ontdekt wat je helemaal niet wilt weten? Wat Theo echt had bedoeld was natuurlijk: wat als ze erachter kwam dat haar vader een ander had. Wat als hij van een andere vrouw had gehouden?

Twee weken later nam Ruby een dag vrij en reisde naar Salisbury. Toen ze op het station uit de trein was gestapt en de stad in liep, keek ze naar de voorbijgangers, zoals ze dat altijd deed, op zoek naar zijn gezicht.

Er was markt en ze kocht een appel, die ze opat terwijl ze naar de openbare bibliotheek liep. Als haar vader een minnares had gehad – als hij haar moeder voor een andere vrouw had verlaten – dan had die misschien voor de vorm zijn naam aangenomen en dan zouden ze onder de naam Chance leven. Chance was geen veelvoorkomende naam; Ruby vond twee adressen onder de naam in het telefoonboek van Salisbury, een weledele heer Harry Chance en een mevrouw C. Chance. Er stond geen Nicholas Chance in. Ze voelde zich teleurgesteld, een emotie die haar maar al te vaak overviel sinds ze naar haar vader op zoek was.

Toen ze op de plattegrond zag dat Harry Chance in een dorpje ten noorden van de stad woonde, besloot ze eerst naar het andere adres te lopen. Mevrouw Chance woonde in Moberly Road. Ruby liep weinig hoopvol Castle Street in, een brede weg die heuvelopwaarts het centrum uit liep. Die mevrouw C. Chance was natuurlijk een respectabele weduwe van in de zeventig. En als ze al thuis was, wat moest ze dan in vredesnaam tegen haar zeggen?

Moberly Road was bebouwd met saaie huizen van rode baksteen. Toen ze het huis van mevrouw Chance bereikte, zag ze dat er een vrouw in de tuin aan het werk was. Ze zat geknield op het gras bloembollen uit te steken, die ze op een krant legde. De vrouw droeg een bruine rok met een saffierblauwe blouse, en haar donkere haar was samengebonden met een rood-witte zijden sjaal. Ze was zo te zien midden dertig.

Toen ze Ruby opmerkte, zei ze: 'Wat een rotklus, die narcisbollen eruit halen, maar ik erger me mateloos aan die dode bladeren. Kan ik iets voor je doen?'

'Bent u mevrouw Chance?'

'Ja.' De vrouw stond op.

'Ik ben op zoek naar meneer Nicholas Chance.'

De naam van haar vader had een uitzonderlijk effect op mevrouw Chance. Ze werd lijkbleek en bleef doodstil staan. Toen fronste ze haar wenkbrauwen. 'Nou, ik ook, meid.' Ze lachte cynisch. 'En ik zoek hem al een hele tijd. Ik zou zeggen: laat het me weten als je hem vindt, maar ik geloof eerlijk gezegd dat het me niet meer kan schelen.'

Er was een zin die Ruby regelmatig in boeken las, die beschreef hoe het haar van de heldin recht overeind stond, wat ze altijd heel onwaarschijnlijk had gevonden en waarvan ze had aangenomen dat het een stijlfiguur was om angst of schrik te omschrijven, en niet een heuse fysieke toestand. Maar ze werd nu een vreemde sensatie gewaar, alsof ze in ijswater werd gedompeld, een koude pijn die over haar huid trok.

Ze fluisterde: 'Kent u hem?'

'Natuurlijk ken ik... kende ik Nicky.' Haar mondhoeken zakten naar beneden. 'Dat dacht ik tenminste.'

Nicky, dacht Ruby. Niemand had haar vader ooit Nicky genoemd.

'Wie ben jij?' Mevrouw Chance zag er ook geschokt uit. 'Wat kom je hier doen?'

'Mijn vader is een vriend van meneer Chance,' zei Ruby, die ter plekke stond te improviseren. 'Hij heeft hem in de oorlog gekend. Hij zoekt contact met hem. Ik dacht...'
Ze kon niets meer verzinnen en hield haar mond. Mevrouw Chance zei niets en liep naar de portiek om een pakje sigaretten en een aansteker te pakken. Ze stak er een op en vroeg: 'Zeg je nu dat je vader Nicky kent en dat hij na al die jaren heeft besloten contact met hem op te nemen?'
'Ja.'
'Waarom nu?'
'Eh... Hij is ziek...'
'Wat naar, juffrouw...?'
Een korte stilte. 'Finborough.'
De vragende, donkerbruine ogen van mevrouw Chance rustten op Ruby's gezicht. 'Hoe oud ben je, juffrouw Finborough?'
'Negentien.'
'En waar kom je vandaan?'
'Londen.'
'Hoe heb je mij gevonden?'
'In het telefoonboek.'
'Hoe wist je dat ik in Salisbury woon?'
'Ik heb een treinkaartje gevonden.' Ruby voelde zich verward en misselijk en viel stil.
Mevrouw Chance begon onverwacht te lachen. 'Nou, je bent me er ieder geval eentje.' Toen veranderde haar toon en zei ze uitdrukkingsloos: 'Je liegt. Je bent zijn dochter, hè?'
Ruby kon niets uitbrengen. Er was iets veranderd in de gezichtsuitdrukking van mevrouw Chance, pijn vermengde zich met woede en opstandigheid. 'Je hebt zijn ogen,' mompelde mevrouw Chance. 'Ik heb jaren gedacht... ik heb altijd geweten dat er iets niet in de haak was... zelfs toen...' De onafgemaakte zinnen ebden weg.
De voordeur van het huis ging open en een klein meisje riep: 'Mama, waar is de schaar?'
Mevrouw Chance antwoordde mechanisch: 'In mijn naaidoos,

Anne. Leg je hem wel terug?' Toen liet ze haar peuk op het grind-pad vallen en maakte hem met de punt van haar schoen uit. Ze zei abrupt tegen Ruby: 'Kom maar binnen. Volgens mij kunnen we allebei wel een borrel gebruiken.'

Mevrouw Chance trok terwijl ze naar binnen liepen haar sjaal af en schudde haar golvende donkere haar los. Ze zaten in de voor-kamer, waar mevrouw Chance twee glazen sherry inschonk. Het meisje rende in en uit.

Mevrouw Chance legde uit: 'Anne moet thuisblijven vanwege de mazelen. Ik zal blij zijn als ze weer naar school kan.'

Toen liep ze naar een lade en pakte er een foto uit. 'Is dat hem? Is dat je vader?'

Ruby keek naar de foto. Haar hart kneep samen. Het lange, aan-trekkelijke lichaam van Nicholas Chance paste perfect bij de jonge, mooie vrouw die naast hem stond met een baby in haar armen.

'Ja.'

'Hij is een paar maanden na de geboorte van Archie genomen. Ik heb – wij hebben – een zoon, Archie, en een dochter, Anne. Archie is op kostschool.' Een snelle blik naar Ruby. 'Archie is der-tien en jij zegt dat je negentien bent. Nicky en ik kenden elkaar zes maanden toen ik zwanger raakte van Archie. Dus moet Nicky je moeder hebben gekend voor hij mij leerde kennen.'

'Mijn ouders zijn in 1913 getrouwd.'

'Getrouwd...' Mevrouw Chance ging zitten. 'Dus hij was ge-trouwd...' Ze keek Ruby een beetje verwilderd aan. 'Je moeder... wanneer is ze overleden?'

Ruby staarde haar aan. 'Mijn moeder leeft nog.'

'Dus dan zijn ze gescheiden?'

Ruby schudde haar hoofd. 'Nee.'

'O, mijn god.' Mevrouw Chance sloot haar ogen.

Anne kwam binnenhuppelen en zei: 'Mama, ik heb honger.' Mevrouw Chance haalde diep adem, riep zichzelf tot de orde en wendde zich tot haar dochter.

'Pak maar een koekje, lieverd.'

'Mag ik er twee?'

'Ja, ja, je mag er zoveel je wilt.'

Toen ze weer alleen waren nam mevrouw Chance een grote slok sherry.

Ruby vroeg: 'Heeft mijn vader u nooit over mijn moeder verteld?'

'Nee. Nee, natuurlijk niet.' Mevrouw Chance keek haar getergd aan. 'Als ik had geweten dat hij al een vrouw had, zou ik niet met hem zijn getrouwd, toch?'

Nu was het Ruby's beurt om te verstijven en haar glas sherry vast te grijpen alsof het haar leven moest redden. 'Is pa met u getrouwd?'

'Ja.' Een cynische lach. 'Inderdaad. En het ziet ernaar uit dat het niet bij één keer is gebleven, hè? De klootzak. De gore, leugenach- tige klootzak.' Claire Chance zocht naar haar sigaretten en bood Ruby er deze keer ook een aan. 'Neem nog een borrel, meid.' De sherry klotste in de glazen.

Ruby fluisterde: 'Maar hij woont hier niet?'

'Nee. Ik heb hem al jaren niet gezien.'

'Hoeveel jaar, mevrouw Chance?'

'Claire. Noem me maar Claire. God – als we niet getrouwd zijn – ik heet helemaal geen Claire Chance, hè? Ik heet nog steeds Claire Wyndham. Ik heb al die jaren niet eens geweten hoe ik heette. Of – o, god – mijn kinderen.' Haar woorden klonken ver- doofd, zuur, bitter. 'Maar jij bent wel een Chance, hè? Die naam die je net zei is verzonnen.'

'Ik heet Ruby Chance.'

Claire knikte en nam een trekje van haar sigaret. 'Wat een schok.' De hand die de sigaret vasthield, beefde. 'Maar ik zou niet geschokt hoeven zijn. Ik heb altijd geweten dat er iets was. Zelfs toen we samen waren. Hij vertelde me nooit iets over zijn verle- den. Als je verliefd op iemand bent, wil je alles over hem weten, toch? Nicky was altijd zo vaag. Maar nu weet ik het, hè?' Ze staarde Ruby plotseling achterdochtig aan. 'Weet je moeder dat je hier bent? Heeft zij je gestuurd?'

'Nee, ik heb haar niet verteld dat ik pa aan het zoeken ben. Ze is ziek.'

'Zoek je hem al lang, Ruby?'

'Jaren,' zei ze. Haar stem klonk hol.

'En je had geen idee van ons? Je wist niet dat Nicky... Nee, natuurlijk, hoe zou je dat moeten weten?' Claire Chance duwde haar vuist tegen haar mond. 'Dit is voor jou net zo'n schok als voor mij. Arm kind.'

Er viel een stilte, die Ruby doorbrak door te vragen: 'U zei net dat u altijd hebt gedacht dat er iets mis was. Wat bedoelde u daarmee?'

Een afwijzend gebaar. 'Ik zal niet doen alsof dit allemaal niet vreselijk moeilijk is, maar ik denk dat ik jaren geleden al iets vermoedde, voordat Nicky me verliet. Al die weekenden weg, al die keren dat hij zei dat hij het hele land af moest, terwijl hij niet meer dan een verkoper was. En hij had nooit een cent te makken. Ik durf wel toe te geven dat ik dacht dat hij het goed voor elkaar had toen ik hem leerde kennen... hij had zo'n houding, gedroeg zich als een echte heer, en hij was altijd gul. Maar toen we eenmaal waren getrouwd moesten we constant beknibbelen en bezuinigen.' Ze voegde er zuur aan toe: 'Ik heb sinds hij weg is niets anders gedaan dan beknibbelen en bezuinigen, dus misschien is het maar goed dat ik al wist hoe dat moest. In je eentje twee kinderen grootbrengen is godvergeten zwaar. Mijn ouders helpen gelukkig met het huis en het schoolgeld, hoewel god weet dat ik daar de prijs voor betaal met al die neerbuigende blikken en keren dat ze herhalen: "Ik heb het je toch gezegd".'

Ze leunde rokend achterover in haar stoel. Claire Chance had een gezicht, merkte Ruby op, dat er gewoontjes, bijna lelijk uit kon zien als ze boos of ontevreden was, maar in rust was het levendig en mooi.

Claire vervolgde: 'Maar toen ik in verwachting bleek van Archie had ik geen keuze, hè? Niet dat ik niet met hem wilde trouwen. Ik adoreerde hem. Dat is het vreselijke, ik adoreerde hem echt.' Ze zag er overstuur uit. 'Hij is de enige man van wie ik ooit heb gehouden. En hij hield ook van mij, dat weet ik zeker.' Ze staarde Ruby even aan en keek toen weg. 'Misschien dat ik daardoor nooit echt heb aangedrongen. Misschien wilde ik het niet weten. Misschien was ik een lafaard. Ik wilde niet dat mijn droom in duigen viel.'

'Wanneer is mijn vader bij u weggegaan?'

'Toen Anne twee was.' Claire fronste haar wenkbrauwen. 'In 1927, dus. Ja, dat klopt, in de herfst van 1927. Ik weet nog dat het herfst was omdat ik al die rotbladeren zelf moest opvegen.' De donkere blik richtte zich weer op Ruby. 'En jullie?'

'Wij hebben hem toen ook voor het laatst gezien.'

Ze snakte naar adem. 'Het ziet ernaar uit dat hij het niet meer aankon, hè? Twee vrouwen, twee gezinnen... Het moet een flinke uitputtingsslag zijn geweest voor die arme ziel, als je erover nadenkt.' Claire zag er razend uit. 'Tenzij hij ergens een derde gezin had verstopt en daar naartoe is. Dat zou me niet eens verbazen.'

'Waar hebt u hem leren kennen?'

'In Londen, in de bar van een hotel in Charing Cross. Ik zat op een vriendin te wachten. Die kwam niet opdagen en Nicky bood me een drankje aan. We raakten aan de praat en...'

Ze vertelde verder, over snelle ontmoetingen in stationsrestauraties en 's avonds dansen in rokerige nachtclubs, een verkeringstijd die nog steeds, na lange tijd en verlating, maakte dat Claire Chance' ogen begonnen te sprankelen bij de herinnering. Haar woorden creëerden een beeld van een aantrekkelijke, zorgeloze man, iemand die Ruby maar zelden had gezien.

Uiteindelijk zei Claire: 'Wil je met ons mee lunchen? Ik heb genoeg in huis en dan kun je Anne een beetje leren kennen. Ze is per slot van rekening je halfzusje.'

'Nee, dank u. Ik moet naar huis.'

Ze wisselden nog wat woorden en toen namen ze afscheid, clichématige formules mompelend die niet in staat waren het schokkende gevoel van verraad dat ze beiden moesten voelen, vermoedde Ruby, uit te drukken. Het drong in de trein op weg terug naar Londen tot haar door dat ze de hele dag nog niets had gegeten behalve die appel van de markt, dus ze liep naar de restauratiewagon. Ze bestelde thee en een stuk fruitcake, dat ze met grote precisie in acht gelijke vierkantjes sneed, die ze met haar vingers tot een berg kruimels en bessen scheurde. *Het is hoe dan ook beter om het te weten, toch?* had ze tegen Theo gezegd. Maar ze had het mis gehad, ze had het helemaal mis gehad.

Ze zat na te denken over de aard van verraad. Was er iets wat meer pijn kon doen dan ontdekken dat je voor de gek was gehouden, dat je vertrouwen als vanzelfsprekend was beschouwd en was misbruikt? Toch pleegde zij zelf ook verraad. Wat zou Isabel Finborough, die haar had opgenomen toen ze wanhopig was en die haar met niets dan vriendelijkheid en affectie had bejegend, zeggen als ze zou ontdekken dat Sara verliefd was op een Oostenrijkse student die Anton Wolff heette, en dat zij, Ruby, brieven van hen uitwisselde en hun ontmoetingen geheimhield?

Eén vraag ging door haar hoofd, achtervolgde haar terwijl de trein ratelend naar Londen reed met de groene veeg van het platteland door het raam zichtbaar op de achtergrond. Van welke van zijn twee gezinnen had Nicholas Chance het meest gehouden?

Isabels huis in Cornwall stond ruim een kilometer van het dichtstbijzijnde dorpje, dat je kon bereiken via een smal weggetje waarlangs de crèmekleurige schermbloemen de bermen elke zomer vulden. Het land liep vanaf Porthglas Cottage naar beneden, eerst in een glooiend veld en daarna via stenen en rotsen naar het strand. Het eerste wat Isabel altijd deed als ze naar Porthglas ging, nadat ze haar bagage in huis had gezet, was de tuin in lopen en via het pad tussen de uitstekende kliffen door naar het strand. Ze moest de zee begroeten, haar 'hallo' ertegen fluisteren.

Toen Richard Porthglas Cottage voor haar had gekocht wilde hij er een huishoudster voor aanstellen, iemand die erin kon wonen en ervoor kon zorgen als de familie Finborough er niet was. Dat had Isabel geweigerd. Ze zou het vreselijk hebben gevonden om er nooit alleen te zijn. Richard zou misschien kunnen vergeten dat er een bediende rondliep, maar zij, die zelf huishoudster was geweest, kon dat niet. Dit was het eerste huis, het enige huis, waarvan ze ooit het gevoel had gehad dat het echt van haar was.

Iemand uit het dorp, mevrouw Spry, kwam drie keer per week schoonmaken. Mevrouw Spry was degene die haar schreef over het probleem met het dak. Een storm had wat dakpannen losgerukt, en regenwater liep naar binnen in het deel van het huis dat maar één verdieping had. Mevrouw Spry had emmers neergezet om de druppels op te vangen en meneer Spry had zijn best gedaan de dakpannen goed terug te leggen, maar wilde mevrouw Finborough dat er verder nog iets werd gedaan? Richard was op zakenreis, dus Isabel had het excuus aangegrepen en had de trein naar St.-Ives genomen. Ze zag in de trein door het raam hoe de huizen en fabrieken van Londen en Reading plaatsmaakten voor weilanden en dorpen van goudkleurig steen. Bij Devon reed de trein een paar kilometer langs de kust.

Ze nam in St.-Ives een taxi voor het laatste stuk van de reis. Aangekomen in het huis inspecteerde ze snel de schade. Er lagen gelukkig plavuizen in dat deel van het huis. Er stond nog een zinken emmer midden in de kamer; regendruppels van de bui van die ochtend vielen er met tussenpozen met een 'ping' in. Isabel besloot het echtpaar Spry te vragen of zij iemand kenden die de reparatie kon uitvoeren.

Ze trok haar laarzen aan en liep naar de baai. De hemel begon op te klaren en toen de zon doorbrak glinsterde de zee blauw. Golfjes met schuim langs de randen likten aan haar laarzen. Zoals altijd wanneer ze naar Porthglas kwam voelde ze ook nu weer opluchting en ontspanning.

Porthglas was haar toevluchtsoord. Het was dankzij Porthglas dat ze overleefde in een stad die ze, diep in haar hart, haatte. Het had haar geholpen overeind te blijven in een huwelijk dat vaak turbulent en soms ronduit moeilijk was. Ze was nadat de kinderen de mazelen hadden gehad of razend na een ruzie met Richard uitgeput naar Porthglas gekomen, en ze was er altijd opgeknapt. Ze genoot van hoe geïsoleerd het huis was; zelfs in de zomer was ze regelmatig de enige op het strand en kon ze kilometers wandelen over het pad langs de kliffen zonder iemand tegen te komen. Er was geen telefoon en ze hadden er geen buren. Je communiceerde er via brieven of helemaal niet. Als ze behoefte had aan gezelschap liep ze naar het dorp en maakte een praatje met de eigenaresse van de winkel, of de vrouw van de dominee, die een vriendelijke en rustige aard had. Of ze nodigde haar vrienden uit Hampstead uit, de kunstenaars, schrijvers en musici met wie ze zo vreselijk veel beter kon opschieten dan met Richards kennissen, en die vulden dan het huis, schetsten uit een bovenraam het uitzicht op de zee, of creëerden in de keuken heerlijke maar rommelige gerechten.

Waarom voelde ze zo'n drang te ontsnappen? Misschien, dacht ze, omdat ze al haar hele leven voor anderen zorgde. Ze had er geen moment spijt van, maar soms, nu, had ze er behoefte aan een stapje terug te doen.

Het was lekker weer; de dagen waren lang en het waaide nauwelijks. Het dak werd gerepareerd en Isabel werkte in de tuin. Ze groef greppeltjes en plantte lange, lage heggetjes van lavendel en rozemarijn om de kwetsbaardere planten mee tegen de wind te beschermen. Toen mevrouw Spry er was haalden ze alle gordijnen af, die ze wasten en buiten ophingen, waar ze heerlijk in de wind wapperden tot ze droog genoeg waren om te strijken en opnieuw op te hangen. 's Middags zat Isabel met een schetsboek en haar aquarelverf op een rots of het strand te schetsen. Ze genoot van het veranderlijke uitzicht; hoe vaak ze het ook tekende, het zag er geen twee keer hetzelfde uit.

Ze was een week in Porthglas Cottage toen er een brief van Daphne Mountjoy werd bezorgd. Sara logeerde bij de familie Mountjoy terwijl Isabel in Cornwall was. Ione Mountjoy, Daphnes dochter, was een schoolvriendin van Sara. Mevrouw Mountjoy schreef:

Het spijt me dat ik je iets zorgelijks moet mededelen. Sara zei dat ze hoofdpijn had en daarom niet meeging naar de picknick bij de familie Everett. Maar Dorothy Bryant heeft me verteld dat ze Sara heeft gezien toen ze met haar kleinkinderen in Green Park wandelde. Dorothy weet zeker dat Sara met een man was.

Ik heb Sara er natuurlijk op aangesproken en ze zei dat ze die middag wel was gaan wandelen, maar niet met een man. Ik wil je niet bezorgd maken, maar Dorothy wist het heel zeker en ik zou het vreselijk vinden als Sara zich in een compromitterende positie bevindt.

Toen ze de brief las, dacht Isabel in eerste instantie dat Dorothy Bryant zich moest vergissen. Waarom zou Sara met een man in Green Park zijn? Tenzij het Philip was geweest, of Theo, als die onverwacht terug was van het continent. Maar dan zou Sara mevrouw Mountjoy verteld hebben dat ze er met een van haar broers had gelopen.

Isabel dacht terug aan het strand bij Broadstairs en die man die uit de zee op haar af kwam lopen... haar verlangen, haar naïviteit, haar onwetendheid. Ze pakte die middag haar koffer en belde in de dorpswinkel een taxi voor de volgende ochtend, toen ze de trein terug naar Londen nam. Toen ze laat in de middag in Hampstead arriveerde, belde ze Daphne Mountjoy, die zei dat Sara naar Ruby was.

Dunning had een vrije dag, dus Isabel nam een taxi. De warmte die in Cornwall zo aangenaam was geweest voelde benauwd nu ze door Londen werd gereden en ze voelde hoofdpijn opkomen. Ze vroeg zich af of het zou gaan onweren: grijze en dikke wolken begonnen zich aan de horizon te vormen. Ze vroeg zich af wanneer Richard zou thuiskomen; hij onderhield altijd slecht contact als hij op het continent was. Misschien dat Philip het wist, of ze kon Richards secretaresse bellen, hoewel het een beetje vernederend voelde om een andere vrouw te moeten vragen waar haar echtgenoot was.

Toen de taxi Fulham Road inreed, zag ze hen: Sara en die blonde man, de man van wie ze had aangenomen dat hij het vriendje van Ruby was. Ruby was deze keer nergens te zien; de arm van die man lag om de taille van haar dochter en Sara keek glimlachend naar hem op.

Sara zei: 'Mama...' en toen, angstig en geschokt: 'Mama, het spijt me.'

'Frau Finborough...' begon Anton.

'Nee, met jou wens ik niet te praten,' onderbrak Isabel hem. 'Je zorgt dat je niet meer in de buurt komt van mijn dochter. Je laat haar met rust. Je neemt nooit meer contact met haar op. Begrepen?'

Sara werd in een taxi geduwd. Haar moeder snauwde hun adres in Hampstead tegen de chauffeur. Sara ving een glimp van Antons gezicht op terwijl ze de straat uit reden.

Isabel sprak zacht zodat de taxichauffeur haar niet zou horen. 'Mevrouw Mountjoy heeft me geschreven dat mevrouw Bryant je in Green Park heeft gezien met een man. Is dat waar, Sara? Was je daar met die man?'

Sara fluisterde: 'Ja, mama.'

Er klonk een donderslag en de regen kwam in dikke grijze slierten naar beneden. Frisse zomerjurkjes kleefden aan de lichamen van meisjes, en mannen hielden hun hoeden vast terwijl ze het op een lopen zetten. Isabel en Sara keken elkaar niet aan en spraken de rest van de rit geen woord.

Thuisgekomen zei Sara toen de meid de kamer uit was: 'Het spijt me dat ik zo vaak heb gejokt, mama. Het spijt me echt vreselijk.'

'Die man...'

'Anton. Hij heet Anton Wolff.'

'Hoe lang ken je hem al?'

'Sinds eind vorige zomer.'

Vorige zomer. De hand van haar moeder, die op weg was naar de theepot, bleef in de lucht hangen. 'Wie heeft je aan hem voorgesteld?' Isabel beantwoordde met gefronste wenkbrauwen haar eigen vraag. 'Ruby, neem ik aan.'

'Ik heb hem bij Ruby thuis leren kennen, ja.'

'Wie kent hem verder nog? Ken Ione hem?'

'Nee, mama, natuurlijk niet.'

'En Susan Everett? De familie Mitchell?' Isabel noemde nog wat van Sara's vriendinnen op.

'Nee, niemand.'

'Godzijdank.' Isabel sloot haar ogen. 'Ik zeg tegen Daphne dat Dorothy zich heeft vergist. En dan hoop ik maar dat het met een sisser afloopt. Sara, hoe heb je dit kunnen doen? Hoe kon je?'

De pijn in haar moeders ogen was ondraaglijk. Sara zei: 'Het spijt me, ik weet dat het verkeerd was, maar ik was bang dat je me zou verbieden hem te zien. Mama, ik hou van Anton!'

'Doe niet zo belachelijk, Sara.'

Sara kromp ineen. 'Het is waar. Ik doe niet belachelijk. Ik hou van hem. Het spijt me dat ik tegen u heb gelogen, mama, maar ik moest hem zien.'

'De reputatie van een meisje is vreselijk belangrijk.' Isabels stem beefde en ze zag er getergd uit. 'Als je je reputatie verliest, krijg je zelden de kans die te herstellen. Mensen geven je geen tweede kans... ze onthouden alles.' Haar blik ging onrustig naar de deur, controleerde of die dicht was. 'Vertel me alsjeblieft dat je niet te ver bent gegaan, Sara. Vertel me alsjeblieft dat je niets onbetamelijks hebt gedaan.'

Sara begon te blozen. 'Natuurlijk niet, mama.'

De vragen, gesnauwd en afgebeten, werden als kogels gevuurd. 'Dus je hebt hem bij Ruby leren kennen?'

'Ja, mama.'

'Waar woont hij?'

'In Whitechapel. In Scarborough Street.'

'Sara, ben je bij hem thuis geweest?'

Sara staarde naar haar handen. Ze had het gevoel dat alles in duigen viel: haar moeder interpreteerde alles wat ze zei helemaal verkeerd.

Isabel zei fel: 'Je moet het me vertellen, Sara.'

Sara keek haar moeder aan en zei opstandig: 'Maar één keer.'

'Mijn god...' Isabels hand vloog naar haar mond. 'Was er iemand anders bij?'

'Nee, mama.'

'Maar je bent alleen geweest met die man. Heeft hij je gedwongen met hem naar bed te gaan?'

'Nëé, mama!' riep Sara boos. 'Ik ben er alleen maar naartoe gegaan omdat hij niet meer naar Ruby kwam... hij wilde ons contact verbreken, maar dat heb ik niet toegestaan... en hij heeft me nergens toe gedwongen! Wat vreselijk dat je dat zegt!'

'Vertel je me de waarheid, Sara?' Haar moeder, die een lijkbleek gezicht had, keek haar streng aan.

'Natuurlijk!'

'Er is niets natuurlijks aan, toch? Zo te horen lieg je al een hele tijd heel consequent tegen me.'

Sara snakte naar adem. Ze hoorde in de stilte het onweer en de geluiden van het huis – het tikken van de klok en in de verte het gekletter in de keuken – en de bekende geluiden irriteerden haar overspannen zenuwen.

Haar moeder zei zacht: 'Het spijt me, lieverd, dat had ik niet moeten zeggen.'

'Ik ben maar één keer naar Antons huis geweest, en daarna nooit meer. Hij wilde niet dat ik er kwam en we hebben niets verkeerds gedaan.' Toch wist ze dat dat, in haar moeders ogen, niet waar was, en dat Anton en zij ver voorbij wat haar moeder een acceptabele grens zou noemen, waren gegaan.

Ze zei op smekende toon: 'Als je hem zou kennen, zou je hem aardig vinden, mama.'

'Dat betwijfel ik ten zeerste.' Haar moeder perste haar lippen op elkaar.

'Jawel, dat weet ik zeker!' Sara had het gevoel dat ze tegen een muur praatte, een barrière die ze moest nemen omdat haar geluk ervan afhing. 'Hij is echt geweldig... Hij heeft zo'n gruwelijke tijd in Wenen gehad... zijn hele familie is haar geld kwijtgeraakt... Anton en zijn vader zijn zelfs naar de gevangenis gestuurd.'

'Naar de gevangenis...' zei Isabel met een blik van walging in haar ogen. 'Dat is nou niet echt een aanbeveling. Lieverd, zo te horen weet je helemaal niets over zijn achtergrond. Je kent zijn familie niet en je weet niet waar hij vandaan komt. Je hebt alleen zijn woord voor alles wat hij je heeft verteld.'

'Anton zou nooit tegen me liegen.'

'Dat weet je niet.'

'Waarom zou hij liegen? Ik vertrouw hem. Ik ken hem.'

'Je dénkt dat je hem kent, Sara,' zei Isabel gedecideerd. 'Mannen kunnen heel slinks en overtuigend zijn. Ze kunnen zorgen dat een meisje alleen ziet wat zij willen dat ze ziet. En soms liegen ze om hun zin te krijgen. Ik weet dat je me hardvochtig vindt, en ik twijfel er niet aan dat die man – die Anton – heel overtuigend is, en hij zal vast heel charmant zijn. Maar vertel me eens, als hij een eerbaar man was, zou hij deze clandestiene verhouding dan zijn aangegaan?'

'Mama... alsjeblieft...' Sara brak in tranen uit.

'Lieverd, probeer niet overstuur te raken. Je leert heus wel iemand anders kennen, iemand die goed voor je is, dat beloof ik je.'

'Niet waar... ik weet zeker dat ik nooit...'

Haar moeder schonk thee in. Sara's blik fixeerde zich op de vaste rituelen: het theezeefje dat boven de kopjes werd gehouden om de blaadjes op te vangen, het wolkje melk, het roeren van de suiker.

Haar moeder zette een kopje op het tafeltje naast zich neer. Ze streelde Sara over haar haar. 'Luister alsjeblieft naar me, lieverd. Papa en ik willen alleen het beste voor je. Het enige wat we willen is dat je gelukkig bent.'

Ze schreeuwde wanhopig: 'Anton maakt me gelukkig!'

'Is dat zo?' Haar moeder keek haar verdrietig aan. 'Dat betwijfel ik, Sara.'

Sinds de Grote Oorlog hadden extreem linkse en extreem rechtse partijen om de macht gestreden – en die nu en dan gegrepen – in Frankrijk, Duitsland, Italië en Spanje. Het hernieuwde militarisme, gecombineerd met een fascistische regering, gaf aanleiding tot ernstige bezorgdheid. Hoewel degenen die in Groot-Brittannië riepen dat de vrede ten koste van alles moest worden bewaard, hun landgenoten eraan herinnerden wat de Grote Oorlog had gekost – gruwelen die Richard nog steeds achtervolgden in zijn dromen – en erop bleven aandringen dat iedereen redelijk bleef, had Richard sterk de indruk dat redelijkheid nu precies was wat er ontbrak.

Mensen werden gedreven door een verlangen naar zekerheid, en zekerheid moest worden veiliggesteld door macht. Een verlangen naar macht ten koste van de redelijkheid gaf de vrije hand aan alle demagogen, sadisten en tirannen die niet terugdeinsden geweld te gebruiken om hun eigen doel te bereiken.

Richard dacht al heel lang dat er weer een oorlog zou gaan uitbreken. Er waren bij de vorige te veel losse eindjes achtergelaten, er was nog te veel verontwaardiging, haat en obsessie die niet waren opgelost. Dat besef deprimeerde hem. Hij was de laatste tijd altijd opgelucht als hij weer veilig thuis was na een zakenreis naar Europa.

Maar deze keer was de thuiskomst moeilijk. Isabel zag er gespannen uit en Sara had rode ogen. Hij omhelsde haar en vroeg wat er was, maar ze zei alleen: 'Papa, ik ben zo blij dat je thuis bent.'

Toen Isabel naar de keuken was om te kijken hoe het ervoor stond met het avondeten, slenterde Philip, aangekleed om uit te gaan, langs hen heen. 'Ze is gewoon verliefd op een totaal ongeschikte man, dat is alles,' zei hij.

'Hou je mond, Philip, ik haat je!' riep Sara, en ze rende naar boven.

Er werd met deuren geslagen. Buiten klonk het lage gegrom van Philips motor terwijl hij wegreed. Isabel trok Richard de salon in en vertelde hem dat Sara, met medeweten van Ruby, geheime ontmoetingen had gehad met een straatarme buitenlandse student die Anton Wolff heette en dat Wolff de dag daarvoor op de stoep had gestaan en had gesmeekt haar of Sara te mogen spreken, en dat Isabel had moeten dreigen de politie te bellen voordat hij was vertrokken.

Toen zei ze: 'Het is mijn schuld. Ik had haar beter in de gaten moeten houden. Ik neem het mezelf kwalijk.'

Richard stelde vragen. Hoe kon dit zijn gebeurd? Hoe kon Sara ten prooi zijn gevallen aan een dergelijke figuur? Hoe oud was die Wolff? Waar woonde hij? Welke nationaliteit had hij? Wat was zijn achtergrond en wat deed hij in Londen?

Nadat Isabel al zijn vragen had beantwoord, brulde Richard om

Sara, die alles bevestigde wat Isabel had verteld, maar tot zijn razernij nergens spijt van leek te hebben.

Hij stond tegen middernacht bij het open raam van hun slaapkamer een sigaar te roken. Isabel zat aan haar kaptafel en zei plotseling: 'We hebben toch gelijk, Richard? We moeten die man toch bij Sara uit de buurt houden?'

'Natuurlijk. Waarom vraag je dat?'

Isabel deed haar oorbellen uit. 'Als jij iemand toestemming had moeten vragen om met mij te mogen trouwen, zou je te horen hebben gekregen dat ik een totaal ongeschikte kandidate was.'

Richard tikte as van zijn sigaar op het balkon. Hij voelde niets dan minachting voor die man die had geprobeerd misbruik te maken van de onschuld van zijn dochter, die man die een bedreiging was voor zijn dochter.

'Een man kan met een straatarme vrouw trouwen,' zei hij gespannen, 'maar alleen een schoft jaagt een meisje na dat rijker is dan hij. Die kerel is op het geld uit.'

'Ze lijkt zo op die ellendige man gesteld. Ze is zo ongelukkig.'

'Stuur haar dan naar Ierland,' zei Richard fel. 'Dat zou je moeten doen, Isabel. Daar kan ze hem niet zien. Dan vergeet ze hem wel.'

Ruby stond haar kousen te wassen toen er werd aangeklopt. Ze deed open en zag Richard Finborough.

Hij kwam de kamer binnen en vertelde haar in een paar welgekozen zinnen hoe hij over haar dacht. Dat ze door Sara te helpen Anton Wolff te ontmoeten de familie had verraden die haar had opgenomen toen ze dakloos en verlaten was. Dat ze degenen die haar hadden gevoed, gekleed en geschoold had verraden. Dat ze leek te denken dat ze hem, Richard Finborough, die nog steeds de huur en de medische kosten van haar moeder betaalde, niets schuldig was.

Ruby was bang dat ze ging overgeven. Toen hij klaar was, zei Richard koel: 'Je bent niet langer welkom in ons huis. Je neemt nooit meer contact op met Sara. Je schrijft haar niet. Begrepen?'

Ze overwoog te weigeren, maar dat zou geen enkele zin hebben, dus stemde ze toe. De deur viel achter Richard Finborough in het slot. Ze hoorde zijn voetstappen de trap af lopen. De berg kousen dreef nog in de afwasteil, een octopus met slappe tentakels, en Ruby, die over haar hele lijf beefde, ging op bed zitten en brak in tranen uit.

Richard reed de volgende dag na zijn werk naar Scarborough Street. Een slonzige vrouw deed de voordeur open en stuurde hem een paar trappen op naar de kamer die werd gehuurd door Anton Wolff. De zomerse hitte leek gevangen in het smalle, benauwde pandje. Vliegen tikten tegen de stoffige ruiten op zoek naar een uitweg. Wat Richard nog het meest voelde toen hij om zich heen keek, was woede dat die man zijn dochter naar een dergelijke plaats had gelokt.

Anton Wolff deed open toen hij aanklopte. Richard stelde zich voor. Wolff nodigde hem uit binnen te komen en te gaan zitten.

'Ik blijf liever staan,' zei Richard.

Toen hij om zich heen keek in het kleine, armoedige kamertje werd zijn afkeer alleen maar groter. Hij haatte op dat moment alles aan Anton Wolff, van zijn tot op de draad versleten kleding tot zijn accent, dat vele slechte herinneringen bij Richard opriep: de oorlog, en de geschreeuwde radio-uitzendingen van Hitler die hij in de cafés had gehoord tijdens zijn laatste bezoek aan Duitsland.

Wolff vroeg: 'Hoe gaat het met juffrouw Finborough?'

'Hoe het met mijn dochter gaat is jouw zaak niet. Ik ben hier om je iets te vragen.' Richard haalde zijn portemonnee tevoorschijn. 'Hoeveel wil je?'

Anton Wolff kreeg een rood gezicht. 'Ik wil uw geld niet, meneer Finborough.'

'Ik ben bereid tot tweehonderd te gaan. Op voorwaarde dat je het land onmiddellijk verlaat.'

Wolff deinsde terug, maar hij zei rustig: 'Zoals ik al zei, wil ik uw geld niet. Ik hou van Sara. Ik wil met haar trouwen.'

'Is dat zo, meneer Wolff? Maar ik neem aan dat je weet dat dat onmogelijk is.'

'Nu, misschien, maar later, als ik in de positie ben om met haar te kunnen trouwen. Ik wil hetzelfde als u... wat goed is voor Sara.'

'Jij bent niet goed voor Sara.' Richard stak zijn portemonnee terug in zijn zak. 'Goed dan. Je zegt dat je mijn geld niet wilt, maar wil je wel in dit land blijven?'

Een zwerm duiven landde op het dak naast het open raam. Wolffs ogen stonden achterdochtig. 'Ja, ik wil hier blijven.'

'Hou je van Engeland?'

'Erg veel. Dit land is een toevluchtsoord voor me.'

'Je komt toch uit Oostenrijk? Ben je communist?'

'Nee, ik ben socialist.'

'Ik heb het verschil nooit zo begrepen, maar ik ben geen politicus. Hoe dan ook: beide zijn onacceptabel als Oostenrijk onder een naziregering valt.'

'Ik geloof en hoop dat dat nooit zal gebeuren.'

'Hopen is niet hetzelfde als geloven, meneer Wolff. Woont je familie in Oostenrijk?'

Hij trok verbaasd zijn wenkbrauwen op. 'Ja, mijn vader woont in Wenen.'

'Help je hem? Stuur je hem geld?'

Anton balde zijn vuisten. 'Geld... altijd maar geld! Ik wil uw geld niet, geloof me toch. Niet voor mijn vader en niet voor mezelf... echt niet!'

'Stel dat ik dat geloof. Ik vraag alleen: help je je vader?'

Anton zuchtte geïrriteerd. 'Ja, ik help mijn vader. Veel kan ik niet doen, maar, ja.'

'En hoe moet het met je vader als jij wordt gedwongen het land te verlaten? Als je hier geen inkomen meer zou hebben?'

Een korte stilte, en toen zei Anton Wolff: 'Daar zou hij onder lijden, maar ik begrijp niet...'

'Als je mijn dochter blijft lastigvallen, zorg ik ervoor dat je het land wordt uitgezet.' Wolff wilde iets zeggen, maar Richard snoerde hem de mond. 'Die macht heb ik, daar kun je van op aan. Ik weet precies wie ik moet spreken en ik ken de argumenten waar jij mee komt. Je wordt uitgezet als ongewenste illegaal en je mag nooit meer voet op Engelse grond zetten. Wie zorgt er dan voor je vader?'

'Ik begrijp dat u me haat, meneer Finborough,' zei Anton Wolff rustig. 'Misschien zou ik in uw plaats ook haat voelen.'

'Zweer je dat je mijn dochter met rust laat?'

Wolff liet zijn hoofd zakken. 'Als dat is wat u wilt. Dan beloof ik dat ik geen contact met Sara zal opnemen tot ze oud genoeg is om zelf te beslissen met wie ze wil trouwen.'

'Nee, dat is niet genoeg.' Richard trok de deur open. 'Je zegt dat je wilt wat goed is voor Sara. Kom dan maar met me mee. Dan laat ik je iets zien.'

Anton Wolff pakte zijn jasje en liep achter Richard aan naar beneden. Buitengekomen opende Richard het passagiersportier van de Rolls en Anton stapte in. Richard reed naar het zuiden, naar de havens. Hoge pakhuizen stonden langs de weg; scheepsbellen klonken, schoenen met spijkers kletterden en voormannen schreeuwden orders.

Richard parkeerde vlak bij Kathsrine's Dock. Ze stapten uit en liepen naar de rand van de werf. Het olieachtige, grijsbruine water van de Theems klotste tegen het rottende hout; aan een kant van hen was Tower Bridge gehesen om een hoog schip door te laten.

Richard wees naar het andere eind van de rivier, naar Butler's Wharf. 'Kijk, daar worden de theekisten uit Ceylon en India uitgeladen. En daar...' hij wees stroomopwaarts, in de richting van het centrum van de stad, 'daar staat mijn fabriek, waar de thee wordt ingepakt. Ik heb mijn eerste zaak gekocht toen ik begin twintig was. Ik heb ook nog een fabriek in Hounslow, die tien keer zo groot is als de eerste die ik ooit heb gekocht. Mijn zoon vindt dat ik de theefabriek van de hand moet doen, maar daar ben ik het niet mee eens. Je raakt gehecht aan zo'n fabriek.'

'Ik zal niet altijd arm zijn, meneer Finborough.' Anton Wolffs stem klonk vastberaden. 'Ik zal succes hebben, ik werk hard.'

Richards starende blik zwenkte weg van de rivier en concentreerde zich minachtend op het gezicht van de jongere man. 'Vertel eens, hoe lang woon je hier al?'

'Vijftien, bijna zestien maanden.'

'En heb je tijdens die periode succes gehad?' Richards stem droop van sarcasme. 'Woon je in een mooi huis, meneer Wolff? Heb je een baan?'

Wolff staarde naar zijn voeten, maar hij zei opstandig: 'Ik help mijn vriend, Peter Curthoys, en 's avonds geef ik Duitse les.'

'Ik bedoel echt werk, een vaste aanstelling.'

'Nee.' Het woord was een erkenning van mislukking. 'Ik heb geen vaste aanstelling. Ik ben op zoek, maar nee.'

'Alles wat ik ooit heb gedaan is voor mijn gezin. Ik laat niets – of niemand – mijn gezin pijn doen.'

'Ik wil uw gezin geen pijn berokkenen, meneer Finborough,' zei Wolff zacht. 'Ik wil Sara geen pijn doen. Dat is het laatste wat ik wil.'

'Dan moet je een eind maken aan die verhouding, begrepen?'

'Ik geloof dat Sara van me houdt...'

Richard onderbrak hem: 'Sara is twintig. Ze is nog een kind. Wij – mijn vrouw en ik – hebben haar beschermd tegen de harde realiteit. Als Sara vriendelijk tegen u is geweest, meneer Wolff, is dat omdat ze een vriendelijke aard heeft.'

'Ik bedoel niet dat ze vriendelijk tegen me is,' zei Anton Wolff. Richard hoorde de pijn – en misschien beginnende twijfel – in zijn stem. 'Ik geloof dat ze meer voelt dan dat.'

'Nee. Je vergist je. Ik heb Sara om een kreupel paard en een zieke puppy zien huilen. Ik heb haar haar hele portemonnee zien legen voor een bloemenverkoopster op straat. Ze heeft een groot hart. Ze is jong en heeft romantische ideeën. Ze had met je te doen, Wolff, dat is alles.'

Richard hoorde in de stilte de schreeuw van een meeuw en de scheepsbel van een lijnschip dat de rivier opvoer. Hij voelde dat zijn woorden raak waren; om munt te slaan uit zijn succes vervolgde hij: 'Zou je haar van haar familie willen scheiden? Als je Sara zo goed kent als je zegt dat je haar kent, dan moet je weten dat ze van haar familie houdt. Als je haar zou overhalen tegen onze wensen in te gaan, breek je haar hart.'

Wolff zei wanhopig: 'Ons huwelijk hoeft Sara niet van haar familie te scheiden.'

'Jawel. Want ik zou niets meer met Sara te maken willen hebben als jij met haar zou trouwen.'

'Zou u dat doen?'

'Ja,' zei Richard ijskoud. 'Dus begrijp me goed: als je met Sara trouwt, krijg je geen cent. Sara is gewend aan een bepaalde levensstandaard... een bepaalde luxe zelfs. Ze heeft nooit anders gekend. Hoe stel je je voor dat jullie zouden gaan leven? Waar zouden jullie gaan wonen? In dat krot dat je nu huurt? Of zou je haar meenemen naar Oostenrijk?'

'Nu niet, maar misschien in de toekomst...'

'O ja, de toekomst. Dat is nou net het probleem. Ik zie niet bepaald een rustige toekomst voor Europa. We hebben net twee decennia oorlog en revolutie achter de rug en het wordt er niet bepaald beter op, toch, meneer Wolff?'

'Nee.' De lettergreep klonk kortaf, kwaad.

'Ik ben zelfs bang dat het nog heel veel erger gaat worden. Dus waarom zou je mijn dochter, van wie je zegt te houden, daaraan blootstellen?'

'Als er oorlog uitbreekt vrees ik dat Engeland zich niet afzijdig zal kunnen houden.'

'Daar denken onze huidige politici wellicht anders over, maar ja, misschien heb je daar gelijk in. Maar rijkdom en status kunnen altijd een bepaalde hoeveelheid bescherming garanderen. Die kan ik Sara aanbieden... en jij niet.'

Er viel een stilte, en toen zei Anton Wolff wanhopig: 'Liefde... Ik kan haar liefde bieden.'

'Ik denk dat we allebei oud genoeg zijn om te weten dat je van liefde niet kunt leven.' Richards toon klonk minachtend.

Anton Wolff duwde zijn handen in de zakken van zijn jasje en liep weg, naar de rand van de werf, en staarde de rivier in. Richard liep terug naar de auto en wachtte.

Het duurde wel tien hele minuten voordat Wolff eindelijk terugkwam. 'Ik zal doen wat u wilt, meneer Finborough,' zei hij.

'Ik beloof u dat ik geen contact met Sara zal zoeken.' Hij zag er ellendig uit.

'Dank je.' Richard voelde zich triomfantelijk. Hij hield het passagiersportier van de auto open.

Anton Wolff schudde zijn hoofd. 'Ik loop liever.'

'Zoals je wilt.' Richard startte de auto. Toen trok hij zijn wenkbrauwen op. 'O,' zei hij. 'Nog één ding. Ik wil dat je Sara een brief schrijft, waarin je zegt dat je haar niet meer wilt zien. Waarin je haar vertelt dat je intenties nooit serieus zijn geweest en dat je niet in de positie bent wat voor vrouw dan ook het hof te maken, en dat je, hoewel je haar het beste wenst, jullie verhouding als beëindigd ziet. En je vermeldt vanzelfsprekend niet dat wij elkaar hebben gesproken.'

Anton Wolff trok wit weg. 'Dat kan ik niet, meneer Finborough.'

'Dat kun je wel. Je zult wel moeten. Je moet hier nu een eind aan maken, en duidelijk. Je mag Sara niet laten wachten en hopen. Dat zou ze niet aankunnen. Dat zie je toch wel in?' Toen er niet direct een antwoord kwam, zei Richard: 'Je zult hoe dan ook nooit met mijn dochter trouwen, dus waarom zou je zowel Sara's vooruitzichten als die van jezelf voor niets verpesten?'

7

Sara begreep wel waarom Alice Finborough Ierland zelden verliet: haar grootmoeder paste zo perfect in het huis en het wilde landschap eromheen dat ze nergens anders op haar plaats zou zijn. Sara was altijd al dol geweest op het grote, niet symmetrisch gebouwde huis en het grasland eromheen, en ze was al even dol op de wetteloosheid van de Ieren, op hun minachting voor regels en voorschriften en hun gemakkelijke en open manier van contact maken. Sara voelde zich vrij in Ierland. De omgangsvormen waren er minder streng dan in Londen; sociale bijeenkomsten waren minder formeel en ze mocht er zonder chaperonne paardrijden en wandelen.

In de stallen van Raheen stonden zes paarden; Sara's grootmoeder had haar jaren geleden, toen ze klein was, leren paardrijden. Ze had Philip en Theo ook lesgegeven, maar die waren zich al snel meer gaan interesseren voor motorfietsen en zeilboten. Maar Sara's passie voor paardrijden was nooit minder geworden. Die hele periode tijdens het eind van de zomer en de herfst, toen ze zich zo vreemd losgeslagen voelde van alles wat bekend was, reed ze kilometers en kilometers over de paden van Raheen en de brede zandvlakten van Dundrum Bay.

De brief van Anton had haar uiteindelijk doen besluiten naar Ierland te gaan. De schok en pijn die ze had gevoeld toen ze hem las was niet minder geworden, maar was deel van haar gaan uitmaken. Hoewel ze hem had verbrand, kon ze de inhoud niet uit haar hart branden. '... Ik zal onze vriendschap altijd blijven waarderen... als onze paden elkaar in de toekomst niet meer kruisen wens ik je alle geluk in je toekomstige leven.' Ze had al de vriendelijke, stijve zinnen nagezocht op een bewijs van liefde en had het nergens gevonden. Haar overtuiging dat er iets mis moest zijn gegaan ebde in de daaropvolgende weken langzaam weg. De enige fout die was gemaakt was die van haarzelf, dat ze de situatie verkeerd had geïnterpreteerd. Als hij van haar had gehouden zou hij op haar hebben gewacht. Zij zou op hem hebben gewacht. Ze zou jaren hebben gewacht; ze zou oceanen hebben overgestoken.

Probleempjes waar ze in het verleden tegenaan was gelopen – een vervelende klasgenoot, bijvoorbeeld, of een bezoekje aan de tandarts – had ze overwonnen door er niet aan te denken. *We hebben het er niet over, ik wil het over iets anders hebben.* Maar dit verlies, deze pijn, was te diep, te overweldigend, en liet zich niet naar de achtergrond drukken. Als ze op ijzige herfstochtenden ging jagen of lunchte met buren wier landgoed aan Raheen grensde, spookten steeds dezelfde vragen door haar hoofd. Waarom houdt hij niet meer van me? Heeft hij ooit van me gehouden? Als ze 's nachts wakker werd drong de schok bij de herinnering aan wat er was gebeurd opnieuw en hard tot haar door. Elk kort moment van afleiding betekende dat ze de pijn het zich te herinneren opnieuw moest ondergaan.

Ze speelde hun ontmoetingen en gesprekken opnieuw in haar hoofd af. Als ze ze emotieloos bestudeerde leken ze zo oppervlakkig... bijna triviaal. Een halfuurtje in een café, een wandelingetje in het park. Een kus, een bootje onder Putney Bridge. Ze telde de ontmoetingen bij elkaar op en kwam tot de conclusie dat zij en Anton nauwelijks een dag samen hadden doorgebracht. Kon je iemand in zo weinig tijd echt leren kennen? Ze had hem niet gekend, ging ze denken naarmate er maanden verstreken, ze had hem helemaal niet gekend. Het beste scenario was dat ze vriendelijkheid en aardig vinden had vertaald in liefde. Het ergste scenario was dat ze zichzelf voor gek had gezet, dat ze zich aan de voeten had geworpen van een man die haar aantrekkelijk had gevonden en met haar had geflirt, maar wiens gevoelens heel anders waren dan die van haar.

Of misschien had haar vader gelijk en was Anton niet in haar, maar in haar geld geïnteresseerd. Nee. Nee, dat kon ze niet geloven. Dergelijke gedachten overvielen haar 's nachts, als haar maag ineenkromp en zich eenzamer voelde dan ze zich ooit had gevoeld. Als jongste van drie was ze er niet aan gewend alleen te zijn. Ze was gewend aan gezelschap, ze was eraan gewend aardig gevonden te worden, geliefd te zijn. Ze wist niet wat ze moest doen, waar ze naartoe moest; ze voelde zich roerloos, als verdwaald op zee.

Er was te veel veranderd en het was te snel gegaan. Ze zag haar ouders niet meer in hetzelfde licht. Ze had altijd een goede band met haar moeder gehad, en toch had haar moeder niet begrepen hoe belangrijk Anton voor haar was. De bescherming van haar vader was een barrière geworden die haar van die ene persoon had gescheiden van wie ze hield. Ze zag er vreselijk tegen op om terug te moeten naar het bestaan dat ze had gehad voordat ze Anton had leren kennen. De conventies binnen haar klasse, de beperkingen die er aan haar sekse werden opgelegd, die ze zo lang zonder zich er iets over af te vragen had geaccepteerd, voelden nu onredelijk en achterhaald. Haar liefde voor Anton had haar veranderd, en ze voelde nu iets in zich wat rebelleerde tegen de afhankelijkheid en kinderachtigheid die haar werden opgelegd.

Ze trok een strak gezicht. Toen ze eenmaal over de eerste schok heen was weerde ze de vragen en bezorgdheid van haar grootmoeder af door oppervlakkig gezien weer zichzelf te zijn. Ze ging paardrijden, ze lunchte en dineerde met de excentrieke vrienden van Alice Finborough. Ze zorgde ervoor dat niemand raadde dat ze vanbinnen kapotging. Haar weken in Ierland werden maanden en toen de winter aanbrak, was Sara nog steeds op Raheen.

Freddie McCrory, Richards oude schoolvriend, was al meer dan twintig jaar zijn effectenhandelaar. Freddies uiterlijk was veranderd in de decennia dat ze elkaar kenden. Hij had een arm verloren bij de slag om de Somme en droeg een mouw van zijn dure op maat gemaakte overhemd naar binnen gespeld. Zijn voorheen blonde haar was geweken en hing nu in een smalle grijze band om zijn achterhoofd, en zijn buikomvang was toegenomen. Maar dat licht in zijn ogen was er bij tijd en wijle nog steeds, evenals dat enthousiasme dat Richard zich nog van jaren geleden herinnerde.

Dat zag hij weer een keer toen ze samen zaten te lunchen in Richards club in St.-James. 'Ik heb laatst een interessant gerucht gehoord.' Freddie ging zachter praten. 'Provost heeft het moeilijk.'

'De machinefabriek? Dat zou toch een solide bedrijf moeten zijn.'

'Ze hebben de depressie niet al te best doorstaan... te veel schulden, en de oude Provost heeft de teugels te lang in handen willen houden.' Freddie draaide de whisky in zijn glas rond. 'Denk er maar eens over na, Finborough. Er zal genoeg vraag naar machineonderdelen zijn als er weer een oorlog uitbreekt.'

'Hoe staan de aandelen?'

'Die zakken al een tijdje. Ik neem aan dat de aandeelhouders zenuwachtig beginnen te worden. Ik kan wel eens voor je kijken of er iets in de aanbieding is.'

Nadat ze het hotel hadden verlaten stelde Freddie voor dat ze een taxi deelden naar hun kantoren, maar dat sloeg Richard af met het excuus dat hij nog een zakenafspraak had. Ze namen afscheid en Richard ging op weg naar Piccadilly. Hij was blij even buiten te zijn na die rokerige bar, en voelde zich opgewonden tijdens de wandeling. Hij overwoog al een tijdje zijn imperium uit te breiden en was op zoek naar een nieuwe gelegenheid, een uitdaging. Machineonderdelen zouden winstgevend worden... zoals Freddie al zei zou er als er weer een oorlog uitbrak veel vraag naar zuigerstangen en andere machineonderdelen zijn. Er hoefden zelfs maar genoeg mensen te dénken dat er weer een oorlog zou uitbreken, mijmerde Richard... En de fabriek van Provost was kwetsbaar. Hoewel Cecil Provost zijn bedrijf met zijn leven zou willen beschermen, zouden de aandeelhouders best genegen zijn te verkopen, als het verhaal de ronde zou doen dat het bedrijf niet levensvatbaar meer was.

Toen hij door Jermyn Street liep begon het te regenen; Richard stak zijn paraplu op. De laatste keer dat hij in Piccadilly was, een paar dagen geleden, regende het ook al. Toen was de regen overgegaan in een stortbui en had Richard geschuild in de portiek van een winkel terwijl iedereen om hem heen beschutting had gezocht en het water de goten in stroomde.

De portiek waar hij had geschuild was van een hoedenmakerij. De naam van de winkel, Elaine's, stond in zwart met zilver op de glazen deur. Richard had aan zijn ene kant de solide bruinmarmeren muren van een kantorenblok gezien en aan de andere, door het winkelraam, hoeden, op standaards van verschillende hoogte, waardoor het door het met regen besmeurde glas net leek of ze op zee dobberden. Bleekgrijze ogen hadden de blik van Richard gekruist; ze had hem een seconde of twee aangekeken en was toen doorgelopen. Richard had zijn paraplu uitgeschud en was de winkel ingelopen.

Zij – Richard nam aan dat het Elaine was – had iets opgemerkt over het vreselijke weer. Hij had zijn excuses gemaakt dat hij haar portiek had gebruikt en ze had hem onderdak voor zo lang de regen duurde aangeboden. Ze was eind twintig, misschien net dertig. Haar gezicht was mooi en opmerkelijk, haar platinablonde haar hing in een glad gebeeldhouwde golf over haar schouders. Ze had een zwarte jurk met een crèmekleurig kraagje gedragen; eenvoudige pareloorbellen en een trouwring waren haar enige sieraden. Ze hadden een paar woorden gewisseld en Richard was snel daarna vertrokken.

Maar hij betrapte zichzelf er de daaropvolgende dagen steeds op dat hij aan haar dacht. Vandaar dat hij terugging naar de winkel.

Ze hoorde de bel klingelen toen hij de deur openduwde, en keek op.

'Regent het weer?'

'Ik wil een hoed voor mijn vrouw kopen.'

'Natuurlijk, meneer. Hebt u iets speciaals in gedachten?'

'Nee. Misschien kunt u me adviseren.'

'Graag. Is uw vrouw donker of blond?'

'Donker.'

'Lang of klein?'

'Lang... Net zo groot als u, ongeveer.'

'Dan moet ze zo'n hoed dragen. Deze.' Ze pakte een roze hoed met een brede rand van een standaard. 'Zal ik hem opzetten?'

'Graag,' mompelde Richard.

Ze draaide zich naar de spiegel om en zette de hoed op. De brede rand wierp een schaduw over haar gezicht, waardoor haar bijzondere ogen donkerder leken.

'Charmant, heel charmant,' zei Richard. 'Maar Isabel draagt nooit roze.'

'Donkerblauw dan. Met donkerblauw kun je niets verkeerd doen.' Ze toonde een tweede hoed. Dezelfde routine: met haar rug naar hem toe om in de spiegel te kijken, het schikken en opsmukken en dan de onthulling: de glimlach en naar beneden gerichte blik terwijl ze zichzelf presenteerde voor een oordeel. Hij vroeg zich af of ze met hem flirtte.

Er werden zes hoeden geprobeerd; hij koos uiteindelijk de donkerblauwe. Richard telde de gienjes, terwijl zijn aankoop in tissuepapier werd ingepakt, in een doos verdween en er een rekening werd uitgeschreven.

'Als uw vrouw niet tevreden is over de kleur of maat, meneer Finborough,' zei ze terwijl ze hem de hoedendoos overhandigde, 'mag u hem ruilen.'

Richard keek uit het raam en zag dat de zon weer was doorgebroken en op de van regen nat geworden straat scheen. 'Hartelijk dank voor uw hulp, mevrouw...?'

'Davenport,' zei ze tegen hem. 'Mevrouw Davenport.'

Toen ze erop terugkeek dacht Ruby niet dat er een specifiek moment was geweest dat het tot haar was doorgedrongen dat ze verliefd was op Philip Finborough. Het was een geleidelijk maar schokkend proces van ontdekken dat haar kalverliefde was veranderd in iets wat zowel pijn deed als genot verschafte. Niets gaf haar het gevoel dat Philip om haar gaf. Hoe hij eruitzag, zijn aanraking: alles aan hem zette haar in vuur en vlam. Hij had geen enkele gewoonte en deed geen uitspraak die ze niet aantrekkelijk of tenminste vertederend vond. Zijn aanwezigheid veranderde alles, van een natte herfstavond tot de kern van haar eigen natuur. Bij Philip in de buurt was ze een aardiger mens. Ze wilde het hem naar de zin maken, ze wilde hem vermaken, amuseren. Ze wilde dat hij haar zag staan in een menigte.

Toch was het moeilijk te zien waarom hij dat ooit zou doen. Hoewel ze ondertussen wist dat ze niet mooi hoefde te zijn om de aandacht van mannen te vangen en dat een goed figuur, een zelfverzekerde houding en vermakelijk zijn een heleboel goedmaakten, had de ervaring haar geleerd dat er in alles een hiërarchie was. Philip had de achtergrond die hem toestond zich in exclusieve sociale kringen te bewegen. Hij kon altijd kiezen uit meisjes die mooier en rijker waren dan zij, en die uit betere families kwamen dan zij. Hij was aantrekkelijk en charmant, atletisch, snel en intelligent, op zijn gemak in elke situatie. En hij had nog iets, iets waarvan ze zich bewust was geworden nu ze wat ouder was: een onderdrukte energie, een magnetisme dat starende blikken afdwong, waardoor ze zich als ze bij hem in de buurt was vreselijk moest concentreren om een houding van onverschillige nonchalance aan te nemen zodat ze zichzelf niet zou verraden.

Philip nodigde haar op een avond uit mee uit eten te gaan na het werk. Ze gingen naar Wheeler's in Old Compton Street, waar ze oesters aten.

'Jij hebt tenminste geen hekel aan me,' zei Ruby bedroefd.

'Een hekel aan je?' Philip keek geamuseerd. 'Waarom zou ik een hekel aan je hebben?'

'Vanwege Sara en Anton.' Ruby sprenkelde citroensap op een oester.

'O, dat.' Philip begon te grijnzen. 'Maak je daar maar geen zorgen om, je wordt heus binnenkort wel weer met open armen ontvangen.' Hij schonk nog een glas champagne voor Ruby in. 'Kijk niet zo bezorgd. Sara wordt vroeg of laat verliefd op een rijke Ier en dan is alles vergeten en vergeven.'

Ruby dacht terug aan hoe Sara sprankelender, levendiger was

geweest toen ze met Anton was. 'En als ze nou niemand ontmoet in Ierland? Wat als ze nooit meer van een ander gaat houden?'

Er ging een flikkering van afkeer over Philips gezicht. 'Hij klonk niet bepaald als ons soort mens.'

'Philip, volgens mij hield ze echt van hem.'

'Waarom is ze dan niet met hem getrouwd?'

'Dat kon niet. Dat weet je.'

Hij keek ongelovig. 'Als ze het echt had gewild, had het gekund. Pa was misschien razend op haar, maar hij heeft haar niet opgesloten of zo. Sara had zo de deur uit kunnen lopen. Ze had niet als een braaf meisje naar Raheen hoeven gaan. Ze hadden in Gretna Green kunnen trouwen, en dan zouden mijn ouders weinig andere keuze hebben gehad dan het te accepteren. Ze wilde hem gewoon niet graag genoeg.'

Er waren een heleboel dingen waarop Ruby hem had kunnen wijzen: dat Anton en Sara niets zouden hebben gehad om van te leven als ze zouden zijn weggelopen, en dat dochters werden opgevoed met het idee dat ze gehoorzaam moeten zijn, en zoons misschien veel minder. Bovendien was Sara van alle leden van de familie Finborough degene die het meest haar best deed iedereen te plezieren.

In plaats daarvan zei ze: 'Ik ben benieuwd wanneer ze thuiskomt.'

'Die pruilbui duurt wel ongelooflijk lang, hè?' Philip zag er ook nu weer geamuseerd uit.

Nadat Philip haar had thuisgebracht streek Ruby een blouse en maakte haar lunch klaar voor de volgende dag, en toen pakte ze pen en papier. Het was door Richard Finboroughs razernij tot haar doorgedrongen hoe afhankelijk ze nog van de familie was. Hoewel ze heel zuinig leefde verdiende ze als ambtenaar niet genoeg om zowel zichzelf als haar moeder te kunnen onderhouden, en Richard Finborough betaalde nog steeds de huur en rekeningen van Etta Chance. Ruby was gaan inzien hoe vreselijk ze die situatie vond. Ze was verbannen door de familie Finborough, maar nog steeds van hen afhankelijk. Het was een vernederende situatie.

Ze zei tegen zichzelf dat het een enorme opluchting was dat er tenminste één familielid was dat niet kwaad op haar was. Ware het niet dat ze zich nooit opgelucht voelde als ze bij Philip in de buurt was... zijn nabijheid was spannend, irritant, zenuwslopend en opwindend. Ze had natuurlijk aan niemand verteld wat ze voor Philip voelde, net zoals ze voor iedereen geheim had gehouden dat ze naar Salisbury was geweest. Haar familie had geheimen... Donkere, gruwelijke geheimen. Ze zou het vreselijk vinden als Philip van het bestaan van Claire Chance zou weten. Hij had een trotse, kritische kant, en ze kromp al ineen bij de gedachte dat zijn bovenlip op dezelfde manier zou opkrullen wanneer zij over het tweede huwelijk van haar vader zou vertellen als hij had gedaan toen hij het over Anton Wolff had.

Maar de last van haar kennis drukte zwaar op haar. De ontdekking van Claire Chance en haar kinderen had gemaakt dat ze haar vader in een heel ander en verachtelijker licht was gaan zien: niet als held, maar als bigamist, niet bewonderenswaardig of betrouwbaar, maar ordinair, bedrieglijk en minderwaardig. Ze bedacht dat ze niet het karakter van haar vader had, en evenmin zijn veranderlijke gevoel van loyaliteit. Zo was het bijvoorbeeld mogelijk dat ze niet wist wanneer ze precies van Philip was gaan houden, omdat ze altijd van hem had gehouden. Ze had van hem gehouden vanaf de eerste keer dat ze hem had gezien, in de hal van huize Finborough, met het gekleurde licht dat door de ramen naar binnen scheen.

Ze duwde zowel Philip als haar vader uit haar hoofd, zette haar bril op en pakte haar pen. De oplossing voor haar afhankelijkheid was in ieder geval duidelijk: ze moest meer geld verdienen. Ze had de afgelopen maanden zes korte verhalen geschreven. Een paar dagen geleden had ze een brief van de redacteur van *Woman's Weekly* ontvangen dat een van haar verhalen zou worden gepubliceerd. De brief stond op haar boekenkast: ze keek er af en toe glimlachend naar.

Richard belde om vijf uur Freddie McCrory om zijn voortgang met de acquisitie van de firma Provost, de machineonderdelenfabriek, te bespreken. Freddie vertelde hem dat hij al een aanzienlijke hoeveelheid aandelen had weten te bemachtigen. Hij had ze anoniem gekocht, aangezien hij nog niet wilde dat bekend werd hoe het zat, en hij vertelde Richard dat hij Bernard Provost, de jongere zoon, het een en ander had aangeboden, dat niet direct was afgewezen. Het gerucht ging dat Bernard niet was geïnteresseerd in het familiebedrijf, inclusief de schulden. Als hij kon worden overgehaald afstand te doen van zijn aandelen was Richard de eigenaar van de firma Provost.

Allebei de fabrieken van Richard floreerden, hij had al de rijkdom en het materiële bezit dat een man kon wensen, maar toch voelde hij zich al een tijdje rusteloos en ontevreden. Er was geen uitdaging meer, niemand om zijn krachten mee te meten. Hij was vorig jaar vijftig geworden en er knaagde in zijn hoofd een stemmetje dat zei dat hij zijn beste jaren had gehad, dat zijn zaken zouden doorgaan zoals ze gingen en dat het enige wat hij nog kon doen was te zorgen dat hij behield wat hij had.

Twee dingen hadden zijn humeur verbeterd, twee dingen hadden hem zijn oude honger teruggegeven. Het eerste was het vooruitzicht Provost te krijgen, het tweede was Elaine Davenport.

Richard betrapte zichzelf er gedurende de dag – als hij in de auto zat, of tussen twee besprekingen in – meermalen op dat hij aan mevrouw Davenport dacht. Hij was teruggegaan naar de hoedenwinkel. Er was een probleem met de hoed die hij voor Isabel had gekocht: hij was te groot, dus hij moest worden geruild. Mevrouw Davenport was met een klant bezig toen hij kwam, dus had Richard gewacht. Hij had gemerkt dat zijn blik constant naar Elaine Davenport werd getrokken. Het was moeilijk geweest naar iets anders te kijken dan haar wespentaille, die hij met twee handen had kunnen omspannen, haar haar van gesponnen zilver en haar gladde huid, die zo licht was dat hij blauwe adertjes zag lopen bij haar polsen. Hij had bemerkt dat hij jaloers was op haar klant, een kleine, stevige vrouw... jaloers dat mevrouw Davenport haar aanraakte terwijl ze haar hoed goed zette, naar haar glimlachte terwijl ze in de spiegel keken.

Zijn beslissing Provost te kopen was controleerbaar en rationeel, zijn verlangen naar mevrouw Davenport was dat niet. Hoewel hij door de jaren heen met vrouwen geflirt had – en met één of twee van hen naar bed was geweest – kon hij zich niet herinneren dat hij zich ooit had gevoeld zoals nu, en kon hij zich deze verrukking, deze honger niet heugen. Hij wist niet wat ze voor hem voelde. Ze was veel jonger dan hij, en was ze gescheiden, weduwe of gelukkig getrouwd? Was er een saaie, vervelende echtgenoot? Had ze kinderen? Hij had tijdens hun korte gesprekjes het gevoel gehad dat ze hem ook aantrekkelijk vond. Hun beleefdheden hadden een bepaalde onderstroom gehad. Hij dacht terug aan hoe hij had toegekeken hoe ze hoed na hoed voor hem had opgezet, aan hoe ze zich naar hem had omgedraaid met de uitstraling van een magiër die iemand betovert.

Richard zei zijn secretaresse gedag en verliet zijn kantoor. Hij reed Hounslow uit en dacht na over hoe hij Provost nadat het eenmaal van hem was weer tot leven zou brengen, hoe hij het weer aan de praat zou krijgen. De firma's Provost en Finborough zouden elkaar omhelzen en samen groeien. Het efficiënte distributiesysteem van Finborough zou enkele van de problemen van Provost oplossen, en de technische expertise van Provost zou een heel nieuw marktsegment voor hem toegankelijk maken.

Richard reed in plaats van noordelijk naar Hampstead te gaan Holland Park Avenue op. Hij parkeerde in een zijstraatje van Park Lane en keek op zijn horloge. Het was zes uur. Typistes en winkelmeisjes haastten zich naar bus- en metrostations; op een straathoek stond een krantenjongen de hoofdpunten van het nieuws te schreeuwen. Richard voelde de spanning in zijn buik terwijl hij naar Piccadilly liep. Hij wist dat hij door nu naar mevrouw Davenport te gaan iets onomkeerbaars deed. Hij dacht aan Isabel, zag haar ineens helder voor zich in haar tuin in Porthglas, en bleef even staan. Voorbijgangers ontweken hem en passeerden hem aan twee kanten van de stoep.

Hij hield van Isabel, de vrouw met wie hij al meer dan vijfentwintig jaar was getrouwd. Hij had van haar gehouden vanaf de eerste keer dat hij haar had gezien en hij hield nog steeds van haar. Dus waarom ging hij naar een andere vrouw? Waarom zette hij zijn huwelijk op het spel, waarom riskeerde hij wat hem het dierbaarst was?

Hij keek op en zag door de winkelruit iets bewegen, een flits zilverblond haar. Zijn huwelijk op het spel zetten, dacht hij... Wat een onzin. Wat belachelijk om zo te overdrijven. Een glimlach, een paar woorden tegen een aantrekkelijke vrouw... wat was daar verkeerd aan?

Het GESLOTEN-bordje hing aan de glazen deur; hij tuurde naar binnen en zag de assistente van mevrouw Davenport, een stevig meisje met muizig haar, de kassa afsluiten. Richard klopte op de deur. Het meisje deed open en hij vroeg naar mevrouw Davenport.

Er ging een gordijn achter in de winkel open en Elaine liep de ruimte in. Ze zei: 'Ik help deze meneer wel even, Muriel, jij mag naar huis. Goedenavond, meneer Finborough.'

Muriel trok haar jas aan, zette haar hoed op en liep de winkel uit.

Mevrouw Davenport glimlachte. 'Komt u nog een hoed kopen, meneer Finborough?' Er klonk lichte spot in haar stem.

Richard zei: 'Deze keer niet. Ik was toevallig in de buurt en vroeg me af of ik u iets te drinken mag aanbieden.'

Ze schudde haar hoofd. 'Op woensdag doe ik de boeken. Ik nam ze vroeger mee naar huis, maar ik heb gemerkt dat ik me hier beter kan concentreren. Ik word hier niet in de verleiding gebracht het huishouden te gaan doen of naar de radio te luisteren.'

Haar weigering was een uitdaging voor hem. 'Kan uw boekhouder dat niet doen?' vroeg hij. 'Dat is zulk saai werk voor een vrouw, de boekhouding.'

'Ik heb geen boekhouder. Ik heb hem een tijdje geleden ontslagen. Eerlijk gezegd vind ik cijferwerk erg leuk, meneer Finborough. Dat is altijd al zo geweest.'

'Echt waar? De meeste mensen vinden het een vervelende taak.'

'Er gaan veel te veel bedrijven over de kop omdat de boekhouding niet goed wordt bijgehouden. Ik ben niet van plan er daar een van te worden.'

'Dus ik kan u echt niet overhalen?'

'Ik vrees van niet.'

'Morgen dan?' Het was ineens heel belangrijk voor hem dat ze zijn uitnodiging aannam.

Hij zag dat ze haar wenkbrauwen fronste. 'Ik weet niet...'

'Alstublieft. Het wordt heel gezellig. Alleen een drankje.'

'Meneer Finborough...'

'Zie het als een beloning voor uw ijver van vanavond. Zeg alsjeblieft ja.'

Hij hoorde haar mompelen: 'Goed dan. Nadat ik de winkel heb afgesloten.'

Elaine Davenport zag meneer Finborough de straat in komen lopen. Ze merkte op dat hij een energieke pas had. Zijn uitnodiging had haar niet totaal verrast, maar ze wist dat ze hem had moeten weigeren. Waarom had ze zich laten overhalen iets met hem te gaan drinken? Vooral nadat hij zo neerbuigend had aangenomen dat ze de boekhouding niet zelf kon bijhouden. Veel te veel mannen dachten dat blond haar en een leuk gezichtje niet konden samengaan met hersenen.

Ze zuchtte. Ze had de uitnodiging van meneer Finborough aangenomen omdat ze, sinds het overlijden van haar man, nu tweeënhalf jaar geleden, veel te weinig intelligent, inspirerend gezelschap had gehad. Elaine Davenport was opgegroeid in een rijtjeshuis in Hendon, in het noordwesten van Londen. Haar vader had in een herenmodezaak gewerkt terwijl haar moeder het huishouden deed en Elaine en haar zusje, Gilda, verzorgde. Het gezin was respectabel gebleven omdat haar ouders zo hard werkten: haar vader maakte lange dagen in de winkel en haar moeder thuis. De ramen hadden altijd geglommen, de vitrage was altijd schoon en wit, het grasveld en de heg van het voortuintje keurig bijgehouden. Elaines moeder vond het uitermate belangrijk respectabel te zijn. Gebeurtenissen, mensen, kleding en interieurs vielen wat haar betreft in één van twee categorieën: leuk of niet leuk. Niet leuk betekende dat je werd gemeden en verdoemd.

Elaine was op haar veertiende bij een hoedenmaker in Hendon gaan werken. Aangezien ze intelligent en vriendelijk was klom ze snel op de ladder en werkte op haar achttiende in een groot warenhuis in het centrum van Londen. Tegen de tijd dat ze met Hadley Davenport trouwde was ze de hoogste verkoopmedewerkster van de hoedenafdeling, verantwoordelijk voor meerdere belangrijke klanten, en werd er naar haar ideeën geluisterd als de bestellingen voor het volgende seizoen werden gedaan.

Hadley Davenport was tien jaar ouder dan Elaine, zachtaardig, vriendelijk en gekmakend vergeetachtig. Ze hadden elkaar in een educatief centrum ontmoet, waar Elaine Franse lessen volgde. Frans was de taal van de mode en ze dacht dat het goed voor haar carrière zou zijn als ze het een beetje zou spreken. Hadley gaf geschiedenis voor de Workers' Educational Associaton. Hij was haar opgevallen in de kantine omdat hij van die rare sokken droeg, een blauwe en een bruine. Ze stonden samen in de rij en waren aan de praat geraakt. Het gekke was dat zij die dag degene was geweest die vergeetachtig was. Ze had haar paraplu op een bankje laten liggen, die hij een week later was komen terugbrengen.

Zes maanden later waren ze getrouwd. Elaine had niet gedacht dat ze haar werk zou missen als ze eenmaal getrouwd was, maar dat was wel het geval. Het flatje dat Hadley en zij hadden gehuurd was klein en ze had in een uurtje of twee het hele huishouden gedaan. Er was geen tuin, er stonden alleen een paar geraniums in potten op het piepkleine balkon, en aangezien Hadley niet veel verdiende als leerkracht op een basisschool en ze dus weinig konden sparen, kon ze de loze uurtjes ook niet doorbrengen met winkelen. Hadley had geschokt gereageerd toen ze voorstelde een deeltijdbaan te zoeken, dus ze was erover opgehouden. In plaats daarvan ging ze bij een amateurtheatervereniging en gebruikte haar talent om kostuums te naaien. En ze had zichzelf van die chique gerechten leren bereiden, die haar moeder nooit maakte, zodat ze Hadleys collega's voor dineetjes kon uitnodigen.

Haar huwelijk was in sommige opzichten een teleurstelling, in andere een openbaring. Hadleys verstrooide aard en zijn verschijning – lang, dun, met een onscherpe blik achter een bril en altijd slordig blond haar – deden zijn gepassioneerde aard in het minst vermoeden. Elaine had in bed, als ze de liefde bedreef, de bevrediging gevonden die ze als huisvrouw zo miste. Ze pasten goed bij elkaar en hadden elkaar tijdens hun huwelijk enorm genot verschaft.

Hadleys dood had haar dat genot ontnomen. Toen die politieagent thuis had aangeklopt en haar had verteld dat haar echtgenoot was omgekomen bij een verkeersongeluk, had ze, gruwelijk zeker, geweten wat er moest zijn gebeurd. Hadleys dood was een gevolg van diezelfde verstrooidheid die haar thuis zo had gestoord, waardoor ze vaak achter hem aan rende op zoek naar zijn pen, zijn bril of zijn lesboeken. Hij had vergeten naar links en rechts te kijken en was op de weg voor een bus gestapt. Toen ze in het mortuarium zijn lichaam moest identificeren, had ze huilend zijn beschadigde gezicht gestreeld.

Hadleys ouders waren niet blij geweest dat hun slimme zoon met een winkelmeisje was getrouwd en hadden sinds de begrafenis geen contact met Elaine opgenomen. Elaine en Hadley hadden geen kinderen, wat Elaine verdrietig maakte. Toen een kennis had geprobeerd haar te troosten door te zeggen dat ze geluk had dat ze niet ook nog met een kind was achtergebleven dat ze moest onderhouden, was ze niet in staat een kwaad antwoord voor zich te houden.

Ze had weinig tijd gehad om om Hadley te rouwen, aangezien zijn dood de eerste in een reeks rampen was geweest. De winkel waar haar vader meer dan veertig jaar had gewerkt was slachtoffer geworden van de depressie en sloot zijn deuren, waardoor hij op zijn zevenenvijftigste werkloos achterbleef. Haar moeders gezondheid was achteruit geholt in een periode dat er geen geld was om doktersrekeningen te betalen. Gilda's loon, dat ze verdiende als typiste bij een cargadoorsbedrijf, was nauwelijks genoeg voor de huur en het eten.

Zodra de levensverzekering had uitgekeerd, had Elaine besloten terug te keren naar de bedrijfstak die ze het best kende, en ze had het geld gebruikt om de winkel in Piccadilly te huren. Het was geen ideaal pand – zowel de winkel als de opslagruimte erachter was vreselijk klein en de winkel zelf had een vreemde ruitvorm – maar ze was ervan overtuigd geweest dat ze wel kon werken met de nadelen. Ze maakte lange dagen en de winkel begon na een moeilijke start goed op gang te komen. Ze had een stel vaste klanten, een mengeling van vrouwen die in de buurt werkten en rijke dames die kwamen lunchen of winkelen in de omgeving, en ze trok voorbijgangers aan door opvallende arrangementen in de etalage. Ze leefde zuinig en was in staat zowel haar ouders financieel te ondersteunen als in haar flatje te blijven wonen.

Maar ze had wel een prijs voor haar onafhankelijkheid moeten betalen. Ze bedacht vaak hoe ironisch het was dat ze tijdens haar huwelijk te veel tijd had gehad en nu te weinig. Ze werkte zes dagen per week en regelmatig tot in de avond. Ze had nauwelijks gelegenheid om naar vriendinnen te gaan, en bovendien waren de vrienden uit haar huwelijkstijd, collega's van Hadley en hun echtgenotes, weggevallen. Ze had nog maar weinig met hen gemeen. Ze miste hen niet.

Ze voelde zich echter wel vaak eenzaam. Ze had door met Hadley te trouwen afstand genomen van haar eigen familie, die ze nog niet door anderen had vervangen. Ze zag haar ouders eens in de twee weken, Gilda vaker. Gilda was al drie jaar verloofd met een automonteur in Hendon. Gilda zou tevreden zijn met Jimmy, twee kinderen en een huis in de buurt van haar ouders. Elaine wist dat zij altijd behoefte had gehad aan meer.

Wat miste ze het meest aan haar huwelijk? Het plezier dat ze hadden gehad, het samen lachen. Hoewel ze van haar werk hield was het vaak moeilijk en woog de verantwoordelijkheid zwaar. En ze miste de seks. Ze miste de warmte, de fysieke nabijheid, de extase. Het was een gemis waarover ze het met niemand kon hebben. Van een echtgenoot mocht je verwachten dat hij een fysieke relatie miste; als een respectabele weduwe dat zou doen, zou ze als smakeloos worden bestempeld, als niet fatsoenlijk.

Ze had natuurlijk opnieuw kunnen trouwen. Ze hield van mannen; ze miste hun gezelschap. Toch hadden de aanzoeken die haar waren gedaan haar niet verleid: ze herinnerde zich maar al te goed het flatje en de gevangenis die het was geworden, en had hen afgewezen. In plaats daarvan had ze minnaars gehad. Beide affaires waren naar afgelopen, met beschuldigingen en ruzie. Weer: niet fatsoenlijk.

Haar gedachten dreven terug naar Richard Finborough. Ze nam in haar hoofd zijn pluspunten door. Hij was vriendelijk, intelligent en vond haar gezelschap plezierig, het soort man dat ze graag als vriend had. Hoewel ze haar onafhankelijkheid hoog in het vaandel had, verlangde ze soms hevig naar gezelschap van iemand die net zo koppig was als zij, iemand om haar problemen mee te delen.

Maar hij is getrouwd, hield Elaine zichzelf voor terwijl ze de recette en boeken in de kluis in het kantoortje opborg. En hij is hebberig en verwaand: dat zie ik in zijn ogen.

Regen kletterde naar beneden van de Mourne Mountains toen Sara over het strand reed. Een regenboog glinsterde boven de baai als een veelkleurig zijden spandoek. De zee had zich heel ver teruggetrokken, tot achter de zandbanken, en had bijna dezelfde kleur grijs als de hemel. Een spoor van schelpen, kiezelstenen en glad geworden bruine en grijze stenen lag op het strand.

Sara vroeg zich de laatste tijd af in hoeverre het haar eigen schuld was dat Anton haar had verlaten. Misschien had ze harder moeten vechten... misschien had ze de vernedering die ze had gevoeld toen ze zijn brief had gekregen terzijde moeten schuiven en had ze naar hem toe moeten gaan, in plaats van zich gewond terug te trekken in het geïsoleerde Raheen. Was haar gebrek aan ondernemingszin gedeeltelijk te wijten aan haar herinnering aan dat deprimerende kamertje, aan dat pension dat naar kool en vocht stonk? Haar bezoekje aan het East End had haar geschokt, had haar een Londen laten zien waarvan ze niet had geweten dat het bestond. Was ze teruggedeinsd voor waar ze een glimp van had opgevangen? Misschien wel, een beetje.

Sara spoorde Philo tot een galop aan. Een kraai fladderde met een harde schreeuw van achter een rots vandaan en Philo schrok zo dat hij steigerde. Sara liet de teugels glippen en hoewel ze haar uiterste best deed haar balans te bewaren, werd ze van het paard geworpen.

Ze moest heel even bewusteloos zijn geweest, maar ze kwam weer bij en iemand schudde aan haar schouder. Een stem vroeg: 'Gaat het een beetje?' Sara deed haar ogen open.

Een man zat gehurkt naast haar. Hij had kort, bruinzwart haar en ogen zo donker als zwarte bessen.

Ze mompelde: 'Wie bent u?'

'Gil Vernon. Gaat het?'

'Ja, hoor.' Maar toen ze wilde gaan zitten, voelde ze zich misselijk en duizelig, en haar arm deed vreselijk veel pijn.

'U bent heel hard gevallen,' zei hij. 'Ik denk met uw hoofd op een rots.'

Sara knipperde met haar ogen. 'Waar is Philo?'

'Philo? O, uw paard. Dat is in orde. Het staat verderop te grazen.'

Hij haalde een thermosfles uit een canvas rugzak en schonk een tinnen bekertje vol. 'Ik heb er nog niet van gedronken,' zei hij. 'Ik was net begonnen toen ik zag dat u van uw paard werd geworpen.'

Sara nam het bekertje met haar linkerhand aan en nam een slokje thee. Hij was heet en zoet, maar ze knapte er een beetje van op.

'Waarmee begonnen?' vroeg ze.

'Ik probeer de verspreidingsgraad van de *Ensis ensis* langs de kust vast te leggen.' Hij legde uit: 'De kleine zwaardschede. Er bestaan een heleboel soorten, maar de *Ensis ensis* is de meest voorkomende.' Hij pakte een schelp van het zand en gleed met een vingertop langs de rechte, gladde zijkant.

Toen keek hij haar aan, alsof hij verrast was haar tussen de zwaardschedes en kinkhoorns aan te treffen. 'Voelt u zich al iets beter?'

'Zeker, dank u.' Ze gaf hem het bekertje terug. 'Maar ik ben bang dat ik mijn pols heb gebroken.'

'O hemel. Wat vreselijk. Weet u dat zeker?'

'Ik heb hem al eens gebroken toen ik twaalf was, en dit voelt precies hetzelfde. Het geeft niet, het komt wel weer goed, het is alleen heel vervelend als je niet zelf je veters kunt strikken.'

'Waar woont u? Zal ik hulp gaan halen?'

'Ik logeer op Raheen House. Het is hier vlakbij.'

'Raheen... Dan bent u een Finborough.'

'Ja.' Ze glimlachte naar hem. 'Sara Finborough. Misschien kent u mijn grootmoeder, Alice Finborough?'

'We hebben elkaar ontmoet, ja, een tijdje geleden...' Hij bood haar zijn hand aan en Sara stond moeizaam op. Hij fronste zijn wenkbrauwen. 'Het paard... Wat moeten we met het paard?'

'Kunt u hem leiden, meneer Vernon?'

Hij liep over het zand naar waar Philo, die voor de verandering eens rustig was, helmgras, zeewier en ander ongeschikt spul stond te eten. Ze liepen langzaam terug naar Raheen terwijl Sara haar rechterpols beschermend tegen zich aandrukte en Gil Vernon het paard leidde. Ze vroeg hem in een poging afleiding te zoeken van de pijn naar zwaardschedes en hij vertelde over de verschillende soorten, hoe ze eruitzagen en hoe ze leefden. Ze werd er vrolijk van te bedenken hoe die vreemde wezens zich een weg door het zand baanden. Zijn stem klonk vriendelijk en geruststellend en de wandeling van het strand naar de oprijlaan van Raheen verliep vlotter dan ze van tevoren had gedacht.

Ze liepen door het bosje voor het huis heen toen hij opmerkte: 'Philo... wat een vreemde naam voor een paard.'

'Het zal wel Iers zijn voor Philip.'

'Nee, nee. Hoewel dat wel passend zou zijn... *hippos*, waarvan Philip een afgeleide kan zijn, betekent paard. Maar Philo is geen Ierse naam, het is Grieks.'

'Wat betekent het?' vroeg ze.

'Liefde,' zei hij. 'Het betekent liefde.'

De dokter kwam, zette Sara's pols, bestudeerde de bult op haar hoofd en zei dat ze een paar dagen rust moest nemen. Tot haar eigen verbazing was dat precies wat ze deed, en ze sliep een heleboel, beter dan ze in maanden had gedaan. Ze vroeg zich af of die knal met haar hoofd op die rots er eindelijk wat gedachten aan Anton uit had geslagen.

Twee dagen na haar ongeluk kwam Gil Vernon langs. Sara was in de zitkamer, ze zat op de bank voor de open haard, waar haar grootmoeder hem binnenliet.

'Ik kwam even kijken hoe het met u is,' zei hij. 'En ik heb deze meegenomen. Mijn moeder zei dat ik moest zeggen dat het jammer is dat we alleen bessen konden vinden... het is het verkeerde jaargetijde voor bloemen.'

'Dank u.' Sara nam de grote bos hulst, mistletoe en klimop van hem aan. 'Heel winters en romantisch. Heel kerstachtig.'

'Uw moeder heeft een geweldige tuin, hè, meneer Vernon?' zei Alice Finborough. 'Ik heb de tuin van Vernon Court lang geleden voor het laatst gezien, maar ik herinner me wel dat hij schitterend was.'

Hij bleef een halfuur en ze hadden het over koetjes en kalfjes, en toen nam hij afscheid.

'Gaat u zwaardschedes zoeken, meneer Vernon?' vroeg Sara, en hij zei dat dat inderdaad het geval was.

Hij kwam daarna bijna dagelijks. De dag voordat Sara's ouders en Philip werden verwacht om de kerst op Raheen te vieren stond Gil na zijn bezoekje op, kuchte en vroeg: 'Mijn moeder vroeg zich af of u het leuk zou vinden bij ons te komen dineren, juffrouw Finborough. Met uw familie, natuurlijk.'

Gil nam afscheid. Toen hij de kamer uit liep, fronste hij zijn wenkbrauwen. 'Mijn moeder zei dat u vooral truien en jassen moet meenemen. Het kan behoorlijk koud zijn op Vernon Court, deze tijd van het jaar.'

Vernon Court was het meest romantische huis dat Sara ooit had gezien. Hoewel ze dol was op Raheen kon niemand het met zijn vierkante, blokkendoosachtige hoofdgebouw en enorme vleugels 'romantisch' noemen. Raheen was een uitdrukking van macht; Vernon Court was de verwezenlijking van de droom van de maker. Het stond kwetsbaar, bekoorlijk en betoverend, zo'n dertig kilometer van de westkust van Strangford Lough.

De familie Finborough arriveerde midden op een middag in december op Vernon Court, toen de zon een rozegouden gloed over de klimop en oude rozen voor het huis wierp. Een trap vol korstmos leidde naar een opgang met pilaren; toen de auto stilstond, kwam Gil de trap af.

Hij liet hen een vierkante, terracottakleurige zitkamer met een hoog plafond binnen. De kamer was ingericht met flets geworden banken, oude goudomrande spiegels en dientafels met marmeren blad. Een verzameling grote honden lag voor de open haard. Caroline Vernon, de moeder van Gil, zat op een van de banken. Caroline was gedrongen en donker; ze zag er ongemakkelijk uit in haar satijnen avondjurk en tuurde regelmatig naar beneden om een afgezakt bandje of los sjaaltje omhoog te trekken. Ze had zwarte, rechte wenkbrauwen en een heldere, afwegende blik, die zich op Sara concentreerde toen ze aan elkaar werden voorgesteld. Een meid serveerde sherry in piepkleine glaasjes met gedraaide steeltjes terwijl iedereen werd voorgesteld en het gesprek over de storm ging die de reis van de familie Finborough over de Ierse Zee had bemoeilijkt, en over Caroline Vernons liefde voor Londen, waar ze was geboren.

Gil liet Sara en Philip het huis zien. Sara was blij dat ze haar stola had meegenomen: nu ze uit de onmiddellijke omgeving van de open haard weg was, was het aanzienlijk kouder. Men was begin 1800 gaan bouwen aan Vernon Court, en het was in de loop van de negentiende eeuw en begin twintigste eeuw voltooid. In de eetkamer, gebouwd in de Georgiaanse periode, stond een enorme mahoniehouten eettafel met rijen zilveren kandelaars erop. De hoge ramen met kleine ruitjes erin keken uit over het voorplein en de oprijlaan met grind. Sara merkte op dat er verf van de raamkozijnen bladderde en dat spinnenwebben het glas grijs maakten. De keukens en bijkeukens, die Gil alleen globaal aangaf met een handgebaar, lagen achter de eetkamer.

Een brede draaitrap nam hen mee van de zwart-wit betegelde halfvloer naar de bovenverdieping van het huis. De muren hingen vol jachttaferelen, oude foto's en plattegronden. Sara tuurde uit een raam de tuin in en riep: 'O, een visvijver! En een zonnewijzer! En wat een geweldig leuk zomerhuisje staat daar!'

Ze liepen via een tweede trap weer naar beneden. Philip verdween op zoek naar nog een drankje en liet Sara en Gil alleen op hun ontdekkingsreis. Het hoge glazen dak van een plantenkas torende boven hen uit en versterkte het licht van de grillige decemberzon. De planten waren enorm, vulden de ruimte en duwden zich een weg naar het licht. Wijnranken en vijgentakken waren door de glaspanelen van het dak heen gebroken en krioelden nu de koude lucht in, reikend naar hun vrijheid. Er hingen verschrompelde druiven aan de ranken en de vijgen waren van groen naar zwart gekleurd.

Naast de kas was een bizar kamertje. De voorkant was blootgesteld aan weer en wind en alleen een laag muurtje scheidde het interieur van het exterieur. De muren waren wit gestuukt en de vloer was betegeld met terracotta. Bewijs van eerder tijdverdrijf – cricketbats en vlindernetten – lag her en der verspreid. De spinnenwebben waren hier groter en zelfverzekerder dan in de rest van het huis, viel Sara op. Gil en zij vervingen hun schoenen door laarzen en hij pakte een zaklantaarn. Het begon buiten donker te worden en gedeeltes van de tuin van Caroline Vernon – een paadje met in model geknipte taxusbomen erlangs, een eucalyptusbosje met kronkelende roze en zilveren takken – werden half onthuld in de duisternis. Natte varenbladeren doorweekten de zoom van Sara's groenfluwelen avondjurk.

Toen ze terug waren in het huis trok Sara haar laarzen uit en friemelde met haar linkerhand aan de piepkleine paarlen knoopjes van haar avondschoentjes. 'Zou jij...?' vroeg ze aan Gil, en hij knielde op de vloer voor haar neer. Hij pakte aarzelend haar voet vast en duwde de knoopjes door de gaatjes. Ze vond zijn voorzichtigheid ontroerend: hij raakte haar even voorzichtig aan als hij had gedaan met die breekbare schelp op het strand.

Richard, Isabel en Philip vertrokken kort na Nieuwjaar naar Londen. Sara bleef op Raheen. Richard ging na de eerste week dat hij weer aan het werk was met Elaine Davenport naar Thierry's, een klein restaurant in Soho. Richard wist zeker dat de kans dat hij er iemand zou treffen die hij kende minimaal was. Het eten was er eenvoudig maar voortreffelijk bereid en de service discreet.

Ze hadden al een paar keer samen iets gedronken. Elaine had hem verteld dat ze weduwe was, dat ze alleen in een flatje in St.-John's Wood woonde en dat ze sinds twee jaar de winkel had. Oppervlakkig gezien leek hun relatie vriendschappelijk. Maar Richard wist dat zijn gevoelens veel dieper gingen. Elaine Davenport trok aan hem, betoverde hem. Als hij niet bij haar in de buurt was verlangde hij naar haar, dan wilde hij meer van haar. Hij wilde haar omhelzen, kussen, het puntje van zijn tong van haar bleke pols naar de witte holte van haar elleboog laten glijden.

Hij had zich afgevraagd of hij een kerstcadeau voor haar moest kopen. Hij was zich bewust van het gevaar als hij te ver zou gaan, te snel, en had uiteindelijk besloten het niet te doen en haar alleen de beste wensen gegeven. Maar toen hij een paar dagen daarvoor langs een antiekwinkeltje in Hampstead liep, had hij het perfecte cadeautje gezien, dat hij meteen had aangeschaft.

Ze waren met de eerste gang klaar toen hij het pakje over tafel naar haar toeschoof. 'Het is een beetje laat,' zei hij, 'maar vrolijk kerstfeest.'

'Richard, dat had je niet moeten doen.' Elaine fronste haar wenkbrauwen.

'Het stelt niets voor. Toen ik het zag, moest ik aan jou denken. Maak maar open.'

Ze maakte aarzelend het tissuepapier open en trof een antiek porseleinen parapluhandvat aan, in de vorm van een vrouw met een chique hoed op.

'Vind je het mooi?'

'Het is prachtig. Maar...'

'Vanwege die hoed. En het deed me denken aan de eerste keer dat ik je zag... tijdens die regenbui.'

'Dat is lief van je.' Ze fronste nogmaals haar wenkbrauwen. 'Maar ik meende het: je moet geen cadeautjes voor me kopen.'

'Ik mag een vriendin toch wel een kerstcadeautje geven?'

'Voor deze ene keer dan, maar niet vaker.'

'Waarom niet?'

Ze keek hem strak aan. 'Richard, je weet precies waarom niet. Ten eerste omdat je je geld aan je gezin hoort uit te geven en niet aan mij.'

'Ik heb geen geldgebrek, Elaine. Ik kan best af en toe een aardigheidje kopen zonder dat mijn vrouw en kinderen omkomen van de honger.'

'Maar ik ben niet rijk. Ik heb het goed, beter dan heel veel mensen, maar ik ben niet rijk en denk ook niet dat ik dat nog ga worden.'

'Des te meer reden voor mij om je af en toe te verwennen.'

'Nee, Richard,' zei ze resoluut. 'Als we vrienden willen zijn, moeten we elkaars gelijke zijn.'

Als we vrienden willen zijn: het was de eerste indicatie dat ze ervan uitging dat hun relatie een toekomst had. Zijn hart sloeg op hol. Maar hij zei rustig: 'Natuurlijk zijn we elkaars gelijke. Hoe zou het anders kunnen?'

'Als je de gewoonte zou krijgen om cadeaus voor me te kopen, als voor een of andere fin de siècle-minnares, denk ik dat ik het idee zou krijgen dat er niet veel van mijn gevoel van gelijkheid zou overblijven.'

Haar stem klok zacht en droog, en hij schrok van haar woorden.

'Richard, je moet een paar dingen goed begrijpen. Ik wil geen cadeautjes en ik wil al helemaal geen geld van je. En ik wil geen bedreiging voor je geluk zijn.'

Hij keek haar recht in haar bleekgrijze ogen. 'Je bedoelt voor mijn vrouw en gezin.'

'Ja.' Ze fronste weer haar wenkbrauwen. 'Ik geniet van het gezelschap van mannen. Maar ik wil niet... ik wil niet meer dan gezelschap, vriendschap.'

'Je zult je man nog wel missen.'

'In sommige opzichten, ja. Ik mis het delen van kleine gebeurtenissen, al die dingen die onbelangrijk lijken voor mensen buiten een huwelijk. Ik mis...' ze keek om zich heen in het restaurant, 'dit. Ik heb uit eten gaan altijd vreselijk leuk gevonden. Als je als vrouw alleen uit eten gaat, is dat niet bepaald gezellig. Je wordt in donkere hoekjes gezet en genegeerd door de obers.'

'Je hebt toch wel vriendinnen?'

'Niet zoveel meer.' Ze glimlachte kort. 'Het zou je verbazen hoe het mensen afschrikt als je weduwe bent... Bijna alsof het besmettelijk is. En eerlijk gezegd heb ik ook niet veel tijd voor vrienden. Ik zie mijn zusje Gilda natuurlijk regelmatig, maar wij gaan niet uit eten.' Ze was even stil. 'Dit is waarnaar ik verlang... naar een beetje glamour, een beetje plezier.'

'De spanning van het nieuwe,' mompelde hij.

'Voel jij het ook zo? Dat dacht ik al. Ik haat het om me oubollig te voelen, opgesloten.'

De ober verscheen; Elaine wilde geen toetje, dus bestelde Richard voor hen allebei koffie met cognac. Toen ze weer alleen waren, zei hij zacht: 'Ik wil mijn huwelijk niet op het spel zetten.'

De vraag hing tussen hen in de lucht: *waarom ben je hier dan?* Ze sprak hem niet hardop uit. In plaats daarvan zei ze: 'Ik heb momenteel aan niemand behalve mezelf verantwoording af te leggen en dat bevalt me uitstekend. Ik vind het af en toe eerlijk gezegd een opluchting dat ik niet afhankelijk ben van een man. Heel veel mannen vinden onafhankelijkheid in een vrouw verontrustend... zelfs onvrouwelijk.'

'Ik weet zeker dat ik jou hoe dan ook nooit onvrouwelijk zou vinden. Je bent charmant, mooi en betoverend.' De woorden glipten zijn mond uit, overrompelden hem. Richard voegde er luchtig aan toe: 'Ik wil niets onredelijks van je vragen, Elaine. Af en toe samen wat drinken, of uit eten... waar we allebei erg van genieten.'

'Dan begrijpen we elkaar.' Haar hand raakte kort die van hem aan.

8

Philip was het jaar daarvoor uit huis gegaan en woonde nu in een appartement in Chelsea. Het was in meerdere opzichten een opluchting, aangezien zijn relatie met Richard altijd stroef was geweest en het bovendien ook wel begrijpelijk was dat hij op zijn vijfentwintigste iets voor zichzelf wilde. Toch miste Isabel, die altijd een heel innige band met haar oudste zoon had gehad, hem vreselijk. Ze miste Philips gevoel voor humor en de manier waarop het huis altijd leek te ontwaken zodra hij binnen kwam lopen. Ze miste het gevoel van leven en energie dat hem altijd vergezelde; ze miste de levendige, rumoerige vrienden die hij altijd meenam.

Toen Sara tegen het eind van de vorige zomer na die ellendige affaire met die Oostenrijker naar Ierland was vertrokken om bij haar grootmoeder te gaan logeren, had Isabel aangenomen dat Sara binnen een paar weken weer thuis zou zijn. Maar Sara toonde nog steeds geen enkel initiatief om Ierland te verlaten, en had geweigerd na Nieuwjaar met het gezin terug naar huis te reizen. Isabel was van streek en verdrietig om de lange scheiding van haar dochter. Ze vermoedde dat Sara haar er om de een of andere reden de schuld van gaf dat ze Anton Wolff niet meer kon zien, maar wat had ze anders kunnen doen? Hij was in alle opzichten ongeschikt. De ontdekking dat Sara tegen haar had gelogen en dat Ruby had meegewerkt aan de intrige, en dat zij zelf geen enkele weet had gehad van het feit dat haar dochter verliefd was, had haar geschokt en bang gemaakt. Ze had teruggedacht aan Alfie Broughton en aan de verwoesting die zijn verraad over haar leven had uitgestort. Ze wilde niet dat Sara zou lijden zoals zij had geleden. Dat kon ze niet toestaan.

Haar eigen instinct had exact hetzelfde gezegd als dat van Richard: zo snel en definitief mogelijk een einde maken aan de relatie. Hoewel de breuk tussen haar en Sara aan de oppervlakte was geheeld en ze elkaar veel schreven, wist Isabel dat er nog steeds afstandelijkheid tussen hen was.

Theo had laat in de herfst een van zijn onaangekondigde bezoekjes gebracht. Isabel voelde als hij terug was in Engeland altijd een moment van verrukte afwachting – misschien had hij deze keer besloten om permanent thuis te blijven – maar hij had haar hoop bijna direct de kop ingedrukt door haar te vertellen dat hij van plan was door Noord-Europa te gaan reizen. Isabel verborg haar teleurstelling en begreep wel dat ze hoe dan ook niet realistisch was geweest: Theo, de onafhankelijkste en zelfstandigste van haar drie kinderen, zou nooit terugkeren naar het gezinsleven. Hij was tijdens zijn bezoek gereserveerd en stil overgekomen, en toen ze hem had gevraagd of hij gelukkig was had hij haar vraag van tafel geveegd. Ze had met nostalgie teruggedacht aan de tijd dat de kinderen nog klein waren, aan hoe gemakkelijk het toen was geweest om hen af te leiden en te troosten door een uitje naar het park te beloven of een papieren kroon te maken.

Nu alle kinderen weg waren en Richard het nog steeds vreselijk druk had op zijn werk, voelde het huis in Hampstead groot en leeg. Isabel bracht een deel van januari in Porthglas door. Ze vond het in de winter heerlijk in Cornwall, ze wandelde graag aan het strand terwijl de wind de golven hoog opzweepte. Ze begon zich terwijl ze in het huis was waar ze zich het gelukkigst voelde af te vragen of Richard en zij zich hadden vergist in hoe diep Sara's gevoelens voor Anton Wolff gingen. Misschien was dat het waarom Sara in Ierland bleef, omdat ze het ondraaglijk zou vinden om thuis te zijn. Verlies kon je op verscheidene manieren raken... het kon maken dat je je vastklampte aan een plek die prettige herinneringen opriep, zoals zij zich aan Orchard House had vastgeklampt na de dood van Charles Hawkins, of het maakte dat je een stad ontvluchtte omdat hij je deed herinneren aan een pijnlijke ervaring, zoals zij, al die jaren geleden, Broadstairs was ontvlucht.

Richard nam haar op de avond dat ze was teruggekomen uit Cornwall mee uit eten bij Quaglino's. Tegen het einde van de maaltijd haalde hij een pakje uit zijn zak en gaf het aan haar. 'Ik heb je gemist,' zei hij. 'Ik betrapte mezelf er een paar avonden geleden op dat ik tegen mezelf stond te praten.' Isabel opende het doosje en trof een stel paarlen en agaten oorbellen aan.

Het was het cadeautje dat maakte dat ze hem zorgvuldig in de gaten ging houden. Ze had door de jaren heen geleerd dat Richards geschenken afleidingsmanoeuvres konden zijn, manieren om zijn geweten te sussen, onhandige pogingen om af te leiden of iets goed te maken. Het ging haar opvallen hoe vaak hij pas heel laat van kantoor kwam. Ze merkte met pijn in haar hart zijn wisselende humeur op: zijn verstrooidheid, zijn humeurigheid en nu en dan zijn opgetogenheid. Haar gevoel dat haar geluk kwetsbaar was, dat de kans groot was dat het niet zou voortduren was, ondanks een huwelijk van meer dan een kwart eeuw, nooit helemaal verdwenen. Haar onzekerheid was te diep geworteld en haar achterdocht was bovendien een paar keer terecht geweest. Richard was zich altijd bewust geweest van zijn eigen macht en een deel van hem wilde die macht uitoefenen, of dat nu in de slaapkamer of in de vergaderzaal gebeurde. Zijn geflirt was in de jaren twintig op een paar kortstondige affaires uitgedraaid. De ontdekking van zijn ontrouw had haar vernederd, razend gemaakt en verwond. Ze was beide keren naar Cornwall vertrokken en pas weer teruggekeerd toen ze overtuigd was van zijn berouw en zijn liefde voor haar. Het was onbelangrijk, het betekende niets, had hij tegen haar geschreeuwd, alsof dat een excuus was. Waarom begreep hij niet hoe een kus, een blik, zelfs een gedachte haar kwelde? Waarom begreep hij niet hoe diep de minachting was die ze voelde voor de moraal van zijn klasse en hun aanname dat ze recht hadden op genot en macht?

Richard was op een avond pas om negen uur thuis. Toen ze hem vroeg waar hij was geweest, schoot hij niet, zoals ze had verwacht, uit zijn slof, maar zei dat een belangrijke onderhandeling op het punt stond afgerond te worden. Hij was al een paar maanden bezig met de overname van een bedrijf. Het speet hem als hij verstrooid overkwam, maar het was een grote stap, een enorme onderneming. Hij zag er terwijl hij sprak rood en opgewonden uit, en Isabel voelde een mengeling van opluchting en schaamte om haar achterdocht bij zijn verklaring.

Toch was haar opluchting niet van lange duur. Er was iets in hem veranderd waar ze niet precies haar vinger op kon leggen, wat ze niet kon verklaren doordat hij volledig in beslag werd genomen door zijn werk. Ze had als ze met hem praatte vaak het gevoel dat hij zijn hoofd er niet bij had; ze vond zijn manier van de liefde bedrijven de laatste tijd iets wanhopigs hebben, alsof hij probeerde zich ergens van te reinigen.

Eind januari werd het gips van Sara's pols gehaald. Ze strekte haar arm: de huid zag er bleek, verveld, nieuw uit.

Gil reed haar naar Ardglass, waar ze in de haven wandelden, Sara naar de boten keek en Gil de verschillende soorten zeevogels in zijn schrift noteerde. Ze dronken om haar herstel te vieren een glas bier in een wit gestuukte pub die uitkeek over de brink, en Gil vertelde haar over zijn studie van een nieuwe soort lathyrus die Caroline Vernon had gekweekt. 'De blaadjes zijn wit met een lichtblauw randje,' legde hij uit. 'De zaadjes komen vaak niet uit en moeten weggegooid. Je hebt een paar generaties van de goede soort nodig om zeker te zijn van de bloem die je wilt. Ik probeer erachter te komen of hetzelfde geldt voor andere soorten lathyrus. En of het soortafhankelijk is.'

'Veelkleurige lathyrus is zo mooi,' zei Sara. 'Zo lieflijk en vrolijk.'

Hij keek haar met die serieuze en lichtelijk verbijsterde blik aan die ze zo innemend was gaan vinden en zei: 'Ongetwijfeld. In de goede context.'

Toen ze terugkwamen op Raheen zag Sara zichzelf in een spiegel in de hal. Ze had een blos op haar wangen, een heldere blik, en ze was helemaal verwaaid. Ik zie er gelukkig uit, dacht ze.

Haar grootmoeder vroeg haar die avond tijdens het diner: 'Je bent op Gil gesteld, hè?'

'Ja.' Ze voerde de hond, die onder tafel zijn snuit in haar knie-holte duwde, een stukje ham. 'Hij is een goede vriend.'

'Heeft hij je verteld dat zijn vader en broer in de oorlog zijn ge-sneuveld? Een enorme tragedie; Marcus was zo'n geweldige jon-gen. Hij was een flink stuk ouder dan Gil... Caroline heeft een paar baby's verloren tussen de geboorte van de twee jongens. Niet al je eten aan Bran geven, Sara, je moet goed eten en hij is dik ge-noeg. Ik heb altijd bewondering gehad voor Caroline Vernon. Ze heeft meer dan haar deel aan ellende gehad. Ik denk vaak dat ze daarom die geweldige tuin heeft gecreëerd, omdat ze iets nodig had om niet steeds aan David en Marcus te hoeven denken.'

'En ze heeft Gil, oma,' wierp Sara tegen.

'Hij zal een hele troost voor haar zijn. Wil je nog aardappels, liever? Ik vrees dat Vernon Court behoorlijk in verval is geraakt. Het is een charmant huis, maar het is zo lek als een mandje. Enor-me successierechten en maar heel weinig inkomsten.' Alice keek op; haar ogen, die korenbloemblauw waren, waren hun gebruike-lijke vaalheid kwijt en stonden scherp. 'Gil moet ondertussen begin dertig zijn. Hij heeft nooit aangegeven met iemand te willen trouwen. Ik vertel je dit omdat ik innig van je hou, Sara, en ik zou het naar vinden als je verdriet zou hebben. Je moeder heeft me verteld dat er in Londen iemand was toen je hier naartoe kwam.'

'O, dat,' zei Sara luchtig. 'Dat stelde niets voor. En Gil en ik zijn gewoon vrienden. Hij is prettig gezelschap.'

'Uiteraard, en dat vind ik fijn voor je.'

Ze aten even in stilte en toen zei Sara: 'Hoewel mannen af en toe pas heel laat trouwen, toch?'

'Ja, dat is waar. Je grootvader was bijna veertig toen wij trouwden.'

'Nou, dan,' zei Sara terwijl ze Brans zijdezachte oren onder tafel streelde.

Freddie had in opdracht van Richard zoveel aandelen in Provost weten te bemachtigen dat hij zijn bod om de fabriek over te nemen openbaar kon maken. Richard wist dat Cecil Provost het bod niet

zou willen aannemen – Cecil had het bedrijf van de grond af opgebouwd – maar hij was ervan overtuigd dat de overname zou
gaan slagen.

Bernard, de jongere zoon van Provost, had ermee ingestemd
zijn aandelen te verkopen, en daardoor was de balans in Richards
voordeel uitgeslagen. Het was toch gek, bedacht Richard, dat het
vaak zo liep in families: een generatie bouwde enorme rijkdom
op, die vervolgens door de volgende generatie helemaal werd uit-
gegeven. Cecil en zijn oudere zoon, Stephen, zouden zo lang mogelijk volhouden, maar aangezien de twee mannen samen geen
meerderheid van aandelen hadden zou dat niet genoeg zijn om het
bedrijf te redden. De resterende aandeelhouders zouden zich wel
willen laten uitkopen na een overname van Finborough.

Richard was van plan om Philip meer verantwoordelijkheid te
gaan geven als de acquisitie eenmaal achter de rug was. Philip had
het afgelopen jaar een groot deel van zijn tijd in de theefabriek in
de City doorgebracht. Richard wist dat Philip het haatte dat hij verbannen was en dat hij veel liever te midden van de actie in Hounslow zou hebben gezeten, maar Richard dacht dat het een goede
ervaring voor hem zou zijn. Philip herinnerde Richard vaak aan
zichzelf op die leeftijd, wanhopig op zoek naar uitdagingen, opwinding en macht. Als Richard eenmaal eigenaar van Provost was, zouden Philips energie en enthousiasme van onschatbare waarde zijn.

Richards blik gleed naar het boeket bloemen in een vaas op een
dossierkast. De bloemen waren voor Elaine Davenport. Hij had
haar eerder die dag gebeld in de winkel. Ze had overstuur geklonken en toen hij aandrong vertelde ze hem dat er de voorgaande
nacht was ingebroken in de winkel. Er was geld verdwenen. 'Ik
kom na mijn werk naar je toe,' had hij aangeboden, 'misschien kan
ik iets doen.' Hij had toen ze hem bedankte de opluchting in haar
stem gehoord en had zich afgevraagd of de onafhankelijkheid
zelfs voor Elaine Davenport soms een last was. Nadat hij de telefoon had neergelegd had Richard een bloemist gebeld, die hij een
boeket op zijn kantoor had laten bezorgen. Hij keek af en toe even
naar de anjers en fresia's; hun geur vulde de kamer.

Hij zat met dezelfde ijver en vurigheid waarmee hij achter Provost aanzat achter Elaine aan. Hij had soms het gevoel dat hij op het punt stond eenzelfde soort overwinning bij haar te behalen. Elke glimlach, elke aanraking van haar hand en elk preuts afscheidskusje stonden in zijn geheugen gegrift. Toch wilde hij meer – hij snakte naar meer – en hij had het gevoel dat hij een spanning tussen hen voelde, dat hij aanvoelde dat ze allebei wachtten en elke beweging van de ander bestudeerden.

Hij vertrok om halfzeven van kantoor en reed naar Piccadilly. De gordijnen van de winkel waren dicht en het GESLOTEN-bordje hing aan de deur. Richard klopte aan; even later hoorde hij het getik van hakken en de sleutel in het slot.

Elaine deed open. Hij gaf haar het boeket.

'Richard, wat attent,' zei ze. 'Ze zijn prachtig.' Ze liet hem de winkel binnen.

'Is er veel weg?' vroeg hij.

'De inkomsten van anderhalve dag en het wisselgeld...' Een haarlok was losgeschoten uit haar normaal gesproken onberispelijke kapsel, en ze veegde hem achter een oor. 'Ik probeer uit te rekenen hoeveel precies. Dat wil de politie weten.'

Hij hoorde hoe ze de deur achter hem op slot deed. Het was in het kleine achterkamertje nog benauwder dan in de winkel, het was meer een gang dan een kamer, en de stapels hoedendozen langs de muren deden het nog kleiner lijken.

'Ik zet deze even in het water,' zei ze, en ze liep weg met de bloemen. Hij hoorde, vlakbij, een kraan lopen.

Ze kwam terug de voorraadruimte in. Hij vroeg: 'Hoe is die inbreker binnengekomen?'

'Door het toiletraam. Er is een steegje achter de winkel. Ik heb een slot op het raam laten zetten.'

'Zitten er grendels op de deuren?'

'Nog niet. Die kosten...'

'Hoeveel is er weg, Elaine?'

'Ik weet het niet precies... ik denk ongeveer veertig of vijftig pond.'

'Een paar goede grendels kost nog geen twee pond. En die kluis is niet degelijk genoeg. Elke inbreker met wat ervaring heeft hem in een paar minuten open. Als je wilt, kan ik je het adres van onze slotenmaker geven.'

'Dank je, Richard.'

'Ben je verzekerd?

'Niet tegen diefstal,' gaf ze toe. 'Ik heb geprobeerd de kosten zoveel mogelijk te drukken en ik hoopte...' De zin ebde, onafgemaakt, weg.

'Breng je je geld niet dagelijks naar de bank?'

Ze zuchtte. 'Muriel was gisteren niet lekker, dus er was niemand anders in de winkel, waardoor ik niet naar de bank kon. Ik ben tijdens de lunch altijd open, aangezien dat het moment is dat de winkelmeisjes hun pauze gebruiken om te winkelen. Ik eet altijd snel even een boterham als er niemand in de winkel is. Ik wil niet onverwacht sluiten, dat schrikt klanten af, dan denken ze dat ik niet betrouwbaar ben. Dus alles van dinsdag lag er, en van maandagmiddag.'

Hij zei zonder er doekjes om te winden: 'Heeft de politie met Muriel gesproken?'

'Nog niet.' Ze zag er getergd uit. 'Maar dat gaan ze nog wel doen.'

'Mooi.' Hij keek naar het bureautje in de hoek van de ruimte. Het lag vol papieren. Elaine volgde zijn blik en zei: 'Ze hebben daar ook gezocht, naar waardevolle spullen, neem ik aan, hoewel er alleen spelden en lijm staan. Ik heb alles bij elkaar gelegd en ben het aan het uitzoeken.' Ze glimlachte verdrietig. 'Maar ze hebben mijn fles gin tenminste niet gevonden.'

'Aha, gin... wat een uitstekend idee.'

'Er zijn dagen dat ik niet zonder kan, Richard. En dit is er een van.'

Ze verliet de ruimte en kwam even later met twee glazen terug. 'Hij is heerlijk koud,' legde ze uit, en ze gaf hem een glas. 'Ik bewaar hem in de schoonmaakkast in het toilet... het is daar ijskoud.'

Ze proostten. Hij voelde nu hij alleen met haar in die kleine ruimte was haar fysieke aanwezigheid, rook haar parfum en zag de textuur van haar huid. Zijn behoefte haar aan te raken, de warmte van haar vlees te voelen, overweldigde hem bijna.

Ze zei plotseling: 'Ik hoop zo dat Muriel er niets mee te maken heeft! Maar het is een dom kind, en het zou me niet eens verbazen.'

Hij pakte het glas uit haar hand en zette het op haar bureau. Toen kuste hij haar. Haar fijne blonde haar streelde over zijn gezicht; hij ademde haar parfum in. 'Elaine,' fluisterde hij. Ze sloot haar ogen en gooide haar hoofd in haar nek; hij kuste de blanke huid van haar hals. Elke gedachte, elke bewuste redenering verdween en het enige wat overbleef was verlangen. Hij voelde door de dunne zijde van haar blouse haar warmte en stevigheid; haar kussen was bedwelmend. De papiertjes van het bureau dwarrelden als sneeuwvlokken om hen heen op de vloer.

Maar toen maakte ze zich van hem los. 'We moeten dit niet doen, Richard,' zei ze. 'Je weet dat we dit niet moeten doen. Vrienden...' ze glimlachte kort, nerveus, 'we zouden alleen vrienden zijn, weet je nog?'

Isabel belde 's ochtends het uitzendbureau voor bedienden over de meid, die weer ziek was, maakte afspraken bij haar kapper en haar kleermaakster, en ging met de hond, die niet at, naar de dierenarts.

Ze vond het terwijl ze door het huis liep om op te ruimen. De koude januariwind had plaatsgemaakt voor mild, lenteachtig weer, dus Richard had die dag zijn jas thuisgelaten, die aan een haakje in de hal hing. Isabel haalde hem eraf om hem in de garderobe te hangen en voelde in de zakken, die bol stonden van zijn handschoenen en een sjaal. Onder een handschoen voelde ze een propje papier. Isabel streek het glad. Het was een rekening, op naam van Richard, van een bloemist. Aan de kosten te zien was het een flink boeket geweest, dat gisteren bij Richard op kantoor was bezorgd.

Isabel ging op bed zitten. Er moest een logische verklaring voor zijn, zei ze tegen zichzelf. Richard had bloemen gestuurd naar een oude vriend of collega die ziek was, of iets dergelijks. Of een van de typistes van het bedrijf ging met pensioen.

Toch werd haar blik naar de kaptafel getrokken, naar het doosje met de paarlen en agaten oorbellen die Richard haar had gegeven toen ze was teruggekomen uit Cornwall, en ze stond plotseling op, trok het raam open en gooide het doosje zo hard ze kon de tuin in.

Philip zette Steffie in Effield af, waar ze met haar familie woonde, en ging toen op weg terug naar Londen. De motorfiets waarop hij reed, een 600cc-Ariel, was nieuw, en hij besloot op weg naar huis even bij zijn ouders langs te gaan om wat gereedschap van zijn vader te lenen zodat hij wat dingen kon aanpassen. Hij vond het heerlijk om aan zijn motor te knutselen, hij genoot ervan alles zo af te stellen dat de motorfiets op zijn best presteerde.

Hij reed de oprijlaan op en parkeerde naast de garage. Hij liet zichzelf het huis in en wilde net een begroeting roepen toen hij harde stemmen hoorde. Hij liep de hal door en bleef staan bij de deur naar de zitkamer. Hij hoorde de stem van zijn vader, laag en boos, maar verstond niet wat er werd gezegd.

Toen hoorde hij de knal van iets wat tegen de deur werd gegooid en daarna zijn moeder, die schreeuwde: 'En die bloemen, voor wie waren die?'

Philip bleef staan. Zijn vader zei: 'Als je dat zo nodig moet weten: voor juffrouw Dobson. Ze heeft iemand verloren.'

'Leugenaar!' Zijn moeders stem klonk nu als een gil. 'Ik heb juffrouw Dobson net nog aan de telefoon gehad. Er was niets aan de hand.'

'Heb je mijn secretaresse gebeld?'

'Ja, Richard! Omdat ik het moet weten! En jij vertelt me de waarheid niet! Wie is het? Vertel me hoe ze heet! Ik wil weten hoe ze heet!'

Philips vingers lagen bevroren op de deurknop. Zijn vader schreeuwde tegen zijn moeder dat ze zich als een viswijf gedroeg. Het gesiste, giftige antwoord van zijn moeder was niet te verstaan.

Philip voelde zich ijskoud worden vanbinnen en liep stil het huis uit. Hij sleutelde ongeïnspireerd aan zijn motor en legde na een tijdje de moersleutel neer. Hij plofte in een oude leunstoel waar de veren uit staken en probeerde zichzelf gerust te stellen. Hij moest zich hebben vergist. Hij had het verkeerd gehoord, verkeerd begrepen. Zijn ouders maakten altijd ruzie. Dát kon zijn moeder absoluut niet hebben gemeend.

Hij liep terug naar binnen. Het voelde verlaten; hij vroeg zich af of zijn ouders naar bed waren gegaan. Toen hoorde hij gerommel in de keuken, en hij trof zijn moeder bij het fornuis aan. Toen ze hem zag keek ze op. Hij zag dat haar ogen dik en rood waren.

'Philip,' zei ze geschrokken, 'ik wist niet dat je zou komen vanavond.'

'Ik moest wat aan de motor doen.'

'Ik was net chocolademelk aan het maken. Wil jij ook?'

'Nee, dank u.' Het maakte hem kwaad haar zo te zien. 'Wat is er, mam?'

'Niets, lieverd.'

'U hebt gehuild. En ik hoorde pap en u tegen elkaar schreeuwen.'

'Het stelt niets voor,' zei ze gedecideerd. 'Helemaal niets. Het waait wel weer over.'

Hij moest het vragen, hoewel alles aan haar houding hem waarschuwde zijn mond te houden. Hij kon het gewoon niet voor zich houden. 'Ziet papa een andere vrouw?' en hij zag haar, met haar rug naar hem toe, verstarren.

'Natuurlijk niet. Hoe kun je dat nou denken?' Haar stem klonk kil.

Philip wilde haar geloven. Maar hij vroeg: 'Nou? Vertel het me, mam.'

Een lange stilte, en toen fluisterde ze: 'Nee. Hij zegt van niet.'

De melk kookte over. Philip pakte de pan van het fornuis, gaf zijn moeder een kus, verliet het huis en reed, heel snel, naar zijn eigen appartement.

Richards ontkenning dat hem iets viel te verwijten was fel en razend. Isabel voelde zich na de ruzie ziek en rillerig, en haar hoofdpijn was zo erg dat ze nauwelijks kon nadenken. Ze verlangde naar Cornwall, maar durfde Londen niet te verlaten. Ze moest hem zien, hem in de gaten houden; ze moest het zeker weten.

Een paar dagen later had de kok de avond vrij. Richard was nog niet thuis, dus Isabel maakte een omelet voor zichzelf. Ze stond de pan af te wassen toen ze de voordeur hoorde opengaan, en daarna dichtslaan.

Philip kwam de keuken in. Zijn haar was door de war en zijn ogen spoten vuur. Hij zei: 'Hij liegt tegen u, mama.'

Isabels hart sloeg over. 'Wat bedoel je?'

'Pa was vanmiddag in de theefabriek. Toen hij vertrok, ben ik hem gevolgd op de motor. Hij ging naar een winkeltje in Piccadilly, een hoedenwinkel. De gordijnen waren dicht en het GESLOTEN-bordje hing voor de deur.'

Haar hart ging vreselijk te keer, maar ze zei: 'Philip, ik begrijp het niet. Wat zeg je nu? Ik weet zeker dat je vader een goede reden had om daar te zijn.'

'Nee. Ik heb hen samen de winkel uit zien lopen.'

Ze fluisterde: 'Hen...?'

'Pa en een vrouw. Ik kon haar niet goed zien, het was vrij donker en ze had een sluier over haar hoed. Ze gingen naar een restaurant in Dover Street.'

Isabel liet haar hoofd zakken en sloot haar ogen. 'Mam? Gaat het wel, mam?' hoorde ze Philip zeggen, en ze was zich bewust van de angst in zijn stem.

Toen veranderde zijn toon. 'Maakt u zich maar geen zorgen, mam. Het komt wel goed, dat beloof ik. Ik regel het wel.'

Hij glimlachte scheef en liep de keuken uit. Een paar tellen later hoorde ze de voordeur dichtslaan en kort daarna het gebrul van zijn motor.

Kit had een beeld verkocht en had een rondje betaald. Ze zaten in een hoek van de Fitzroy Tavern, een mengeling van Ruby's vrienden en collega's. Een jongen met bruine ogen, die Ruby nog nooit had gezien, kwam aanlopen.

'Is dit een privéfeest, of mag ik erbij komen?'

'O, daar doen we niet moeilijk over.'

Ruby schoof een stukje op op het bankje, zodat hij naast haar kon gaan zitten. 'Hallo. Ruby Chance.'

'Joe Thursby.'

'Ik heb je hier nog nooit gezien.'

'Ik ben net in Londen.' Hij had een noordelijk accent.

'Hoe vind je het hier?'

Hij begon te grijnzen. 'Groot. Nogal een schok als je het grootste deel van je leven in een dorp met tweehonderd inwoners hebt doorgebracht. Woon jij al je hele leven in Londen?'

'Het grootste deel.'

Hij was erg aantrekkelijk; met gelijkmatige gelaatstrekken en zijn haar en ogen dezelfde kleur kastanjebruin. Ruby vroeg: 'Zal ik vertellen wie iedereen is?'

'Graag.'

'Die man met het groene jasje bij het raam heet Kit. Hij is beeldhouwer. Hij woont in hetzelfde huis als ik. Die vrouw naast hem is Daisy Mae, zijn vriendin. En dat is Rob, die is schilder, en Inez is model, en die man met die pijp is Edward Carrington. Edward en ik werken op hetzelfde kantoor.'

'Dus jij bent geen kunstenares?'

Ruby schudde haar hoofd. Er zijn drie van mijn verhalen gepubliceerd, dacht ze, ik zou kunnen zeggen dat ik schrijfster ben. Maar ze hield haar beperkte succes liever voor zichzelf: het leek te kwetsbaar om het openbaar te maken.

'Of model?'

Ze maakte een snuivend geluid. 'Ik dacht het niet.'

'Volgens mij zou je een perfect model zijn. Je hebt een prachtige botstructuur. Ik vind smalle, benige gezichten zoveel mooier dan ronde puddinggezichten.' Hij glimlachte naar haar terwijl hij sprak.

'Je windt er geen doekjes om.'

'Wij uit Yorkshire nemen geen blad voor de mond. Maar het was bedoeld als een compliment.'

'Dat neem ik dan maar aan. Niemand wil eruitzien als een pudding. Wat doe jij, Joe?'

'Nog niets. Ik heb de hele dag rondgelopen op zoek naar een baantje. Ik denk niet dat ze me op een kantoor zouden willen, daar ben ik niet chique genoeg voor, dus ik heb het geprobeerd bij pubs en fabrieken.'

'Waar woon je?'

'Op het moment bij een vriend. Zodra ik geld verdien, zoek ik een eigen kamer.'

Een meisjesstem onderbrak hen luid: 'Je bent er een van Finborough, toch?'

Ruby keek op. 'Ik ken hen wel, ja.'

De spreekster was jong, blond en elegant. Haar parels en bontjas waren niet op hun plaats in het libertijnse Fitzroy. Die zoekt vertier in de achterbuurt, dacht Ruby.

Het meisje glimlachte zuinig. 'Ik dacht dat je wel wilde weten dat Philip Finborough er alles aan doet om uit de cocktailbar van het Savoy gegooid te worden. Hij is stomdronken en in een niet al te best humeur.'

Ze verdween meteen weer in de menigte. 'Sorry, ik moet gaan,' zei Ruby, en ze pakte haar jas en tas. Ze stak haar hand uit. 'Leuk je te leren kennen, Joe. We komen elkaar vast nog wel een keer tegen.'

Ze stapte op Goodge Street op de Northern Line. Ze dacht in de duisternis van de metrotunnel aan Joe Thursby, aan hoe aantrekkelijk hij was en aan die twinkeling van plezier in zijn bruine ogen. Ze vond hem leuk, en hij was in haar geïnteresseerd, dat wist ze zeker... Waarom was ze dan zonder ook maar een moment te aarzelen vertrokken zodra Philip Finboroughs naam werd genoemd? Ze wist natuurlijk precies waarom dat was. Als dat meisje had gezegd dat hij in de bar van een hotel in Parijs had gezeten en haar nodig had, dan had ze ook haar jas aangetrokken; alleen was ze dan naar Victoria Station gelopen om op de boottrein te stappen.

Ze stapte op Charing Cross uit en haastte zich de Strand over.

Ze liep Savoy Court in en zag hem. Philip stond tegen een muur geleund te roken. Ze zei zijn naam en zijn ogen gingen een stukje open.

'Ruby. Ik zou je een borrel aanbieden, ware het niet dat die ellendelingen me op straat hebben gegooid.' Hij sprak met dubbele tong.

'Ik wil niets drinken. Maar iets te eten lijkt me wel een goed idee. Heb jij gegeten, Philip?'

Hij keek perplex. 'Geen idee. Ik geloof het niet. Waar zullen we naartoe gaan? Wheeler's... Borelli's...?'

Ze wilde niet dat Philip in zijn huidige toestand met oesters of spaghetti zou moeten worstelen. Ze zei: 'Zullen we gewoon naar je flat gaan?'

Hij schudde zijn hoofd. 'Dat wil ik niet. Ik ben die flat zat. Bovendien is Steffie er misschien.'

'Steffie?'

Hij zei vaag: 'Volgens mij heb ik haar een sleutel gegeven.'

Ruby dacht snel na. 'Dan gaan we naar mijn kamer en dan smeer ik een boterham voor je.'

'Een boterham... lekker. Die goeie ouwe Ruby toch.' Philip strompelde de straat op en hield een taxi aan.

Hij zakte in de taxi tegen een portier aan en sloot zijn ogen. Ze dacht niet dat ze sterk genoeg was om hem in beweging te krijgen als hij echt in slaap viel, dus ze hield hem aan de praat om hem wakker te houden.

'Hoe is het met iedereen?'

'Met wie?' Hij deed een oog open. 'Bedoel je de familie, Ruby? Waarom kom je zelf niet kijken? Waarom ga je nooit op bezoek bij mijn geliefde familie?'

'Dat weet je best: ik ben daar momenteel persona non grata. Vanwege Sara en Anton.'

Philips gezichtsuitdrukking veranderde, werd kwaad. 'Waar mijn vader het gore lef vandaan heeft gehaald om tegen Sara te zeggen... als je bedenkt wat hij zelf doet!'

Ruby had geen idee waarover hij het had. Dat zei ze, waarop

Philip reageerde: 'Hij heeft een affaire met een vrouw die half zijn leeftijd is. Walgelijk.'

Hij had het nogal hard gezegd en Ruby zag de schouders van de taxichauffeur trekken. Ze gaf Philip een duwtje en maande hem tot stilte. Maar zijn woorden hadden haar geschokt, ze sloegen nergens op, dus ze fluisterde: 'Wie heeft een verhouding?'

'Mijn vader, natuurlijk.' Hij keek weg, uit het raam.

Ze zeiden de rest van de rit weinig. Richard Finborough had een affaire. Ruby wist niet zeker of ze Philip geloofde. Hij was stomdronken, en mensen zeiden stomme dingen als ze dronken waren. Toch dacht ze aan haar eigen vader. Als iemand haar een paar jaar geleden had verteld dat haar vader in Salisbury een tweede gezin had wonen, had ze dat dan geloofd? Natuurlijk niet.

De taxi stopte in Fulham Road. Philip viste zeer geconcentreerd een briefje van tien shilling uit het stapeltje biljetten in zijn portemonnee en gaf het aan de chauffeur. Ruby duwde hem de trap voor haar huis op, naar binnen, en toen begonnen ze langzaam aan de drie trappen.

Ze smeerde in haar kamer een boterham met Marmite, en zette een kop sterke zwarte koffie. Toen hij een paar slokjes had genomen, zei ze: 'Toen je net zei dat je vader een verhouding heeft...'

'Dat heeft hij ook. Met een sloerie uit Piccadilly. Ze werkt in een hoedenwinkel.' Zijn stem klonk minachtend.

'Hoe weet je dat?'

'Ik ben hem gevolgd. Ik heb hem gezien. Ik heb bij de winkel ernaast navraag gedaan. Ze heet Davenport.'

'Ik snap niet hoe je kunt weten dat hij een verhouding heeft...'

'Ruby, natuurlijk heeft hij dat!' Philip zag er razend uit. 'Ik heb er eens goed over nagedacht. Het is waarschijnlijk niet de eerste keer. Het is vast waarom ze altijd ruzie hebben.'

Ze ging naast hem op het bed zitten. Ze zei zwakjes: 'Philip, dat weet je niet zeker.'

'Jawel. Ik heb hen er ruzie over horen maken.'

'Misschien was het dan een vergissing...'

'Als het een vergissing was, zou hij niet nog een keer naar

haar toe zijn gegaan nadat mama erachter was gekomen, of wel soms?'

'Weet Isabel het?'

'Ja.'

Zijn woorden hadden wel een bepaalde logica. Ze kneep in zijn hand.

'Wat is hij toch een hypocriet! En waarom blijft mama in vredesnaam bij hem? Waarom stuurt ze hem niet gewoon weg?'

Ze wist niet wat ze moest antwoorden. 'Arme jij,' zei ze.

'Je bent een goeie meid, Ruby.' Als hij haar zo aankeek, leek het net alsof er iets in haar smolt.

Hij klopte met fronsend voorhoofd op zijn zakken. 'Heb jij sigaretten?'

'Nee. Maar ik kan wel even vragen of mijn buurman er heeft.'

Ruby liep de kamer uit en bietste twee sigaretten bij de joodse vertaler die in een van de andere kamers op haar verdieping woonde en liep terug naar haar eigen. Philip lag gestrekt op haar bed en was in slaap gevallen, met een hand op het kussen naast zich. Ruby maakte zorgvuldig zijn veters los, trok zijn schoenen uit en legde een deken over hem heen.

Ze ruimde de borden en kopjes op en probeerde even te lezen, maar ze kon zich niet concentreren. Het beeld dat ze als kind van de familie Finborough had gehad, van een stralende, intieme familie met het perfecte stel dat Richard en Isabel leken aan het hoofd, was snel aan het veranderen. Bovendien bleef haar blik maar naar Philip drijven, die op haar bed lag: hij zag er slapend jonger uit, kwetsbaar, zijn haar door de war en zijn gelaatstrekken ontspannen. Ze deed het licht uit, trok haar schoenen en kousen uit en ging op het bed naast hem liggen, met haar jas over zich heen omdat het koud was. Licht van de straatlantaarn scheen naar binnen: ze stak een hand omhoog en liet het puntje van haar wijsvinger heel zachtjes over zijn voorhoofd gaan, en daarna over zijn neus, tot in het hoekje van zijn mond. Als ze de heldin in een van haar eigen verhalen was geweest, dacht ze, dan zou hij nu wakker zijn geworden en dan had hij haar in zijn

armen genomen. Dan zou hij haar gepassioneerd hebben gezoend en haar hebben verteld dat hij van haar hield. Maar hij
werd niet wakker.

Toen ze dacht dat het ochtend was, stond ze op en liep naar de
badkamer. Ze waste haar gezicht met koud water en keek in de
spiegel. Ze had het gevoel dat er iets in haar was veranderd, dat de
nacht haar had veranderd.

Toen ze haar kamer weer in liep, was Philip wakker geworden.
Hij deed zijn stropdas opnieuw om.

'Hoe is het?' vroeg ze.

'Ik heb een afgrijselijke hoofdpijn, maar het gaat vast beter dan
ik verdien.' Hij haalde zijn handen door zijn haar, dat in korte
koperkleurige plukjes overeind stond. 'Ruby, je bent echt een
moordwijf. Dank je wel dat je me niet hebt weggestuurd. Ik verdien jou niet.' Hij gaf haar een kusje en liep de kamer uit. Ze hoorde hem de trap af rennen; ze legde haar vingers op de plek waar
zijn lippen haar wang hadden geraakt.

Toen ze na haar werk terug was in haar flat trok Elaine haar jas en
handschoenen uit. Ze zette haar hoed af en stak de gaskachel aan.
De voordeurbel ging; ze liep naar beneden om open te doen.

Er stond een jonge man in de portiek. 'Juffrouw Davenport?'
vroeg hij.

'Mevrouw Davenport.'

'O.' Hij glimlachte onaangenaam, alwetend. Toen vroeg hij:
'Mag ik binnenkomen?'

'Ik denk het niet. Wie bent u?'

'Philip Finborough.'

Ze staarde hem aan. De overeenkomst was, zag ze nu, onmis-
kenbaar. Ze zei aarzelend: 'Kom dan maar boven.'

Ze had terwijl ze naar boven liepen even gelegenheid om haar
schok onder controle te krijgen. Toen ze de deur van haar flatje
opendeed, vroeg ze: 'U bent de zoon van Richard, neem ik aan?'

'Dus u ontkent niet dat u mijn vader kent?'

'Waarom zou ik?'

'Omdat hij met mijn moeder is getrouwd,' zei Philip kwaad. 'En omdat u een affaire met hem hebt.'

Als hij niet zo aanvallend was geweest had ze misschien uitgelegd dat er geen sprake was van een affaire en dat zij en Richard gewoon vrienden waren. In plaats daarvan liep ze naar het drankenkastje en opende de fles gin.

'U ook?'

'Nee, dank u.'

'U mag gaan zitten, maar ik vermoed dat u in uw huidige conditie liever staat.'

Hij keek haar razend aan en gooide zichzelf in een stoel bij de gaskachel. Elaine ging tegenover hem zitten en vroeg toen: 'Wat komt u doen?'

'Wat denkt u zelf? Zorgen dat u hem met rust laat.'

'Hoe hebt u me gevonden?'

'Ik ben u gevolgd. In de metro.'

'Wat vindingrijk.' Ze voelde zich ongemakkelijk bij het idee dat deze razende man haar de hele weg terug naar huis was gevolgd, en zei: 'Luister. Ik weet niet hoe u het weet, van Richard en mij, maar het gaat u niets aan.'

'Het gaat mij niets aan? Hoe kunt u dat zeggen?'

'Omdat het de waarheid is. Wat uw vader doet is zijn eigen zaak.'

'Ik dacht het niet.' Hij klonk minachtend. 'Ik twijfel er niet aan dat u hebt gezorgd dat hij achter u aankwam.'

Ze zette haar glas op het bijzettafeltje. 'Wilt u het graag zo zien? Is het nodig me als een of andere femme fatale te bestempelen?'

Zijn bovenlip krulde omhoog. 'Het gaat er niet om wat ik graag wil zien. Ik zeg het zoals het is.'

'Uw vader is heel goed in staat om zelf te bedenken wat hij wil.'

Hij leunde met gebalde vuisten naar voren in zijn stoel. 'Ik wil dat u belooft dat u dit verbreekt... dit met mijn vader.'

'Nee.'

'U moet wel!' schreeuwde hij.

Ze zei ijzig koel: 'Ik denk dat het tijd is dat u gaat.'

'Niet voordat ik uw belofte heb.'

Ze liep naar de deur en opende hem. 'Nu, graag. Anders bel ik de politie.'

Een lang, gespannen moment, en toen stond hij op. 'Dit is walgelijk,' zei hij terwijl hij op haar afliep. 'Hij is oud genoeg om uw vader te zijn.'

Het was een afgrijselijke dag. De politie had haar laten weten dat het vriendje van Muriel de inbraak op zijn geweten had; Muriel was gearresteerd als mogelijke medeplichtige. En nu stond deze arrogante, opdringerige man... Elaine verloor haar zelfbeheersing. Ze stond ineens te schreeuwen: 'Ga weg, ik zei dat je weg moest gaan!' En haar Perzische kat, Cleo, die net naar binnen kwam wandelen, keek geschrokken naar haar op terwijl Philip Finborough de trap af rende.

'Oesters,' zei Gil, 'worden niet mannelijk of vrouwelijk geboren. Ze krijgen een geslacht als ze ouder worden. *Ostrea edulis*, de Britse oester, verandert tijdens het leven een paar keer van geslacht en schiet altijd kuit bij volle maan.'

Sara had het gevoel dat Gil alles wist. Hij wist dat pissebedden kreeftachtigen waren, familie van de krabben en kreeften, en dat je een spinnenweb kunt gebruiken om het bloeden van een wond te stelpen. Hij wist dat de meeste slakkenhuizen met de klok meedraaiden, maar dat er nu en dan een de andere kant op gaat. Dat zijn abnormale dieren, zei hij, afwijkingen van de natuur, maar net zo fascinerend, toch? Hij wist dat egels oorspronkelijk niet in Ierland voorkwamen, maar dat ze ongeveer twee eeuwen geleden waren uitgezet en dat volksgeloof zei dat ze de windrichting konden voorspellen. 'Klinkklare onzin, natuurlijk,' zei Gil, maar Sara vond het wel een leuk idee dat een egel zijn zwarte, snuffelende neusje in de wind steekt om te voorspellen of er een weersverandering op komst is.

Ze reden op een dag naar Killough, waar kleine grijze huizen uitkeken over een vlak, grijs strand. Er lagen stenen met zeepokken eraan op het zand, en regenwolken maakten de hemel donker.

Sara schreef de vogels op die Gil door zijn verrekijker zag. 'Dit is zoveel gemakkelijker als je met zijn tweeën bent,' zei hij goedkeurend, en Sara voelde zich gloeien van genot. Ze vond het leuk om de namen en aantallen in haar kleine, keurige handschrift op te schrijven, en de tot nu toe witte marges te verfraaien met tekeningetjes.

Gil liet haar zien in welke kamers in Vernon Court hij werkte. Ze waren op de begane grond, een stukje weg van de rest van het huis. Bloemblaadjes werden gedroogd in zware boeken, vlinders hingen opgestoken in glazen vitrines. Vellen papier lagen naast de typemachine en wetenschappelijke tijdschriften lagen in keurige stapels op de planken. Sara tuurde door Gils microscoop naar piepkleine diertjes in een waterdruppel, vreemde wezens uit een andere wereld.

De tuin van Vernon Court was zelfs in de winter indrukwekkend. Slierten klimop waren om oude stenen urnen geklommen. Hulst, met glanzende donkergroene bladeren of met crèmekleurige strepen, groeide achter bedden vol varens en kornoelje. Op het oppervlak van een vijver dreven wat bladeren, als gouden munten; eronder in het water glinsterden oranje en parelwitte karpers. In een hoekje van de ommuurde tuin stond een tuinhuisje, met een torentje dat werd gesmoord in wilde wingerd, dat uitkeek op de grond, waar sneeuwklokjes hun kopjes omhoogstaken.

Op een ochtend vroeg Sara's grootmoeder hoe lang ze nog van plan was op Raheen te blijven. Alice Finborough voegde toe: 'Wat mij betreft mag je hier altijd blijven. Ik vind het heerlijk je hier te hebben, lieve kind. Maar ik weet dat je vader en moeder je missen en ik vroeg me af wanneer je van plan bent naar huis te gaan.' Toen Sara geen antwoord gaf, vroeg Alice vriendelijk: 'Waar wacht je op, lieverd?'

Waar wacht je op? Als ze in de tuin van Vernon Court wandelde, stelde Sara zich diezelfde vraag. Ze was bang dat ze het antwoord wist. Ze was deze winter getergd door pijnlijke herinneringen aan de vorige. Hoe ze ook haar best had gedaan te vergeten: elke week en maand die voorbijging was een gedenkdag: de eerste keer dat zij en Anton samen koffie hadden gedronken, hun eerste kus op Putney Bridge, het bosje hazelaartakken dat hij haar had gegeven, met de koude, peperachtige geur.

Ze wachtte op Anton. Ze wachtte tot Anton haar zou schrijven en haar zou vertellen dat het allemaal een vergissing was. Ze wachtte tot hij haar zou vertellen dat hij haar nog steeds wilde, nog steeds van haar hield. Ze wachtte op het moment dat ze uit haar slaapkamerraam op Raheen zou kijken en zou zien hoe hij, lang en aantrekkelijk in die oude zwarte overjas die hij zo graag droeg, met grote passen de oprijlaan op kwam lopen.

Caroline Vernon ging voor het ontbijt altijd met de honden wandelen. Dat voelde als een goed begin van de dag, en ze kreeg er bovendien honger van. Ze nam altijd, weer of geen weer, dezelfde route om de tuin van Vernon Court.

Het regende vanochtend hard. Caroline trok in de portiek haar laarzen vol modder uit, schudde haar regenjas uit en hing die aan de haak. De honden schudden hun vacht uit en hijgden met hun roze tongen uit de bek. Caroline bracht ze naar een kamer achter in het huis, waar ze ze eten gaf voordat ze naar de eetkamer liep.

Gil zat aan tafel de krant te lezen. Caroline gaf hem een kus en pakte een gekookt ei.

'Zo te zien gaat het de hele dag regenen,' merkte ze op. 'Is de thee nog heet?'

Hij klopte op de theepot. 'Lauw, zou ik zeggen. Zal ik mevrouw Regan bellen?'

'Nee, nee,' zei Caroline. 'Ik ga zelf wel, dat is sneller.'

Ze pakte de theepot en liep naar de keuken. Toen ze vijf minuten later terugkwam met een verse pot thee, vroeg ze: 'Wat heb je vandaag voor plannen, Gil?'

'Ik ga aan mijn artikel werken. En de auto heeft een lekke band, dus die moet ik vervangen.'

'Het fornuis rookt weer,' zei Caroline terwijl ze boter op haar toast smeerde. 'Je moet Jimmy Coulter even zoeken en hem vragen of hij de schoorsteen veegt.'

'Ik graaf hem wel op uit de pub.'

'Ga je nog bij juffrouw Finborough op bezoek?'

Gil sloeg een pagina van zijn krant om. 'Weet ik niet. Daar had ik nog niet over nagedacht.'

'Wanneer heb je haar voor het laatst gezien?'

Hij fronste. 'Geen idee. Maandag... en toen kreeg ik die lekke band.'

'Ik vind dat je vandaag naar Raheen moet gaan, Gil.'

'Als het stopt met regenen, kan ik wel even langsgaan op weg naar het strand.'

Caroline was stil en keek naar haar zoon. Ze had er nooit wrok over gekoesterd, hoewel sommigen dat wel dachten, dat Marcus was gestorven, en niet Gil. Ze had van allebei haar zoons evenveel gehouden en haar bewondering voor Marcus' atletische bouw was niet groter dan de tederheid die ze voelde voor haar tweede zoon. Gil was slimmer dan Marcus, die op school de charmante clown was geweest.

Toch weerhield de diepgang van haar liefde haar er niet van Gil te zien voor wie hij was, en ze was zich bewust van zijn tekortkomingen. Gil kon met zijn eenendertig jaar erg koppig zijn, en hij was vaak pietluttig, eigenschappen die hij toen hij klein was al had. Caroline keek over de tafel heen en zag dat de bacon, eieren en champignons op zijn bord zoals altijd zorgvuldig gescheiden lagen. Als jongen had hij een keer tranen met tuiten gehuild toen zijn jusriviertje een aardappel had geraakt. Gils onmiddellijke omgeving moest er altijd precies op een bepaalde manier uitzien. Dat hij zo pietluttig was, was waarschijnlijk de reden, dacht Caroline, waarom hij ondanks zijn grote liefde voor de natuur niet van tuinieren hield, wat geen schone en nette bezigheid was. Caroline had zelfs vaak het idee dat Gils studie van de natuur minder werd ingegeven door een passie voor het leven dan door een hevige behoefte de wereld te ordenen en categoriseren.

Toch leek hij zich het grootste deel van de tijd volledig onbewust van de vervallen staat van het huis waarin hij woonde. Zijn gebrek aan betrokkenheid bij de problemen die Vernon Court teisterden frustreerde Caroline. Hij leek niet in te zien hoe wanhopig hun toestand was, hoe hard het nodig was zo snel mogelijk een oplossing te vinden.

Carolines liefde voor haar tweede zoon was op dit moment vermengd met wanhoop. Ze zei op ijskoude toon: 'Als je overweegt te trouwen met juffrouw Finborough, moet je niet te lang wachten.'

Gil keek geschrokken op. Nu had ze zijn aandacht. 'Ik, met Sara trouwen?'

'Ja, waarom niet?' Caroline schraapte de laatste marmelade uit de pot. 'De kans dat je een meisje vindt dat geschikter is, is nihil.'

Hij fronste zijn wenkbrauwen en dacht er even over na. 'De familie Finborough is heel oud,' zei hij bedachtzaam. 'Ze zijn van goede Anglo-Ierse afkomst.'

'Het is natuurlijk jammer dat Richard Finborough de handel in is gegaan. Hoewel het ook zijn voordelen heeft. Vernon Court heeft geld nodig. We kunnen zo niet veel langer meer doorgaan. Als het dak niet snel wordt gerepareerd, stort het in.' Ze keek toe hoe hij zijn toast in keurige driehoekjes sneed. 'Je bent toch op Sara gesteld, Gil?'

'Ja. Het is een aardig meisje.'

Dat was, bedacht Caroline, het grootste compliment dat hij een vrouw ooit had gegeven. Ze voelde opluchting door zich heen gaan.

'U vindt haar toch ook aardig, moeder?'

'Ze lijkt me een lieve, gezeglijke jonge vrouw, hoewel ze wel een beetje...' Caroline hield op met praten, niet in staat het goede woord te vinden om Sara Finborough mee te omschrijven. Emotioneel? Lichtgeraakt? Temperamentvol? En een beetje... frivool? Toch moest Gil zijn bruid uit een beperkte kring kiezen, en hij kon zich niet veroorloven te pietluttig te zijn.

'Alice Finborough heeft altijd geleefd zoals ze dat zelf wilde,' zei ze. 'En de moeder – Isabel – is niet bepaald van goede komaf, vrees ik. Maar dat zijn dingen die je best over het hoofd kunt zien. Sara is jong en gezond, en ze zou een goede vrouw voor je zijn, Gil, dat weet ik zeker. Ik zou geen huwelijk voorstellen als ik niet dacht dat ze geschikt was. Ze zal geld meenemen, wat essentieel is, en ze kan Vernon Court een erfgenaam geven.' Ze was even stil en bedacht wat een genot het zou zijn om nog een keer een baby in huis te hebben. Caroline was niet vrouwelijk in haar kleding en manieren, maar haar sterke, overheersende aard verzachtte in de buurt van kleine kinderen.

'Je moet trouwen om een zoon te kunnen krijgen, Gil,' zei ze ferm. 'De familie Vernon mag niet ophouden te bestaan.'

Een regenvlaag bonkte tegen het raam. Caroline zag wat druppels water door een kier in het kozijn naar binnen sijpelen.

Ze zei opgewekt: 'Er schijnt een ongelukkige liefde in Londen te zijn geweest. Dat is waarom Sara Finborough naar Ierland is gekomen. Je moet niet te lang wachten, Gil. Je moet haar zo snel mogelijk ten huwelijk vragen. Voordat ze dat heerschap vergeet en teruggaat naar Engeland.'

'Hoe ziet ze eruit?' vroeg Ruby. Philip en zij zaten in een pub aan Fulham Road.

'Blond. Platinablond.' Philip zette een glas bier voor haar neer.

'Geverfd?'

'Nee, volgens mij niet.' Hij hield op met praten, was in gedachten verzonken, en zijn lange vingers speelden met zijn sigarettendoosje.

'Philip,' zei Ruby ongeduldig. 'Wat had ze aan?'

'Iets zwarts, geloof ik.'

'Is ze mooi?'

'Natuurlijk niet,' zei Philip kil. 'Ze was doorsnee. Goedkoop.'

Ruby zag mevrouw Davenport wulps voor zich, in laag uitgesneden zwart satijn met een parelketting. 'En haar appartement?' vroeg ze. 'Vertel eens wat over haar appartement.' Het boudoir van een hoer... hoe zag dat eruit? Roze struisvogelveren en luipaardvel, misschien.

'Het was...' hij schudde zijn hoofd, 'ik weet het niet meer. Gewoon, denk ik.'

Ruby zuchtte. 'Geen roodfluwelen chaise longue?'

'Volgens mij niet.' Hij draaide het geëmailleerde sigaretten-doosje om en om in zijn handen. Hij had zijn oogleden half dicht-geknepen... van walging, nam Ruby aan, voor de giftige mevrouw Davenport.

'Wat heeft ze tegen je gezegd? Zag ze er vreselijk schuldig uit?'

'Schuldig?' Hij keek haar voor het eerst echt aan. 'Nee, volgens mij kon het haar geen moer schelen.'

Ruby was onder de indruk. 'Zo iemand zal wel keihard zijn.'

'Dat zal wel.' Maar zijn aandacht dwaalde weer af. 'Ze komt er niet mee weg,' zei hij zacht. 'Daar steek ik wel een stokje voor.'

Mevrouw Davenport was heel anders dan Philip zich had voorge-steld. Ze was intelligent en welbespraakt overgekomen, vond hij, voor een hoer en een goudzoekster.

Hij wachtte haar aan het eind van de middag op bij de hoeden-winkel. Toen ze naar buiten kwam, zag ze hem. 'Jij weer,' zei ze. Hij zag de aversie op haar gezicht toen ze zich omdraaide om de deur op slot te doen. 'Wat kom je doen?'

'Je weet heel goed waarom ik hier ben.'

'Als je absurde beloftes van me gaat eisen hoef je geen moeite te doen, want die doe ik toch niet.' Ze beende boos weg en liet hem op de stoep achter.

Een moment van blinde woede en toen rende hij achter haar aan. 'Wat? Ben je nou nog niet weg?' zei ze toen hij haar inhaalde. Ze liep noordelijk Old Bond Street in, haar hakken tikten op de te-gels. Philip ging naast haar lopen.

Ze zei plotseling: 'En als je het per se wilt weten, Richard is be-slist niet oud genoeg om mijn vader te zijn. Tenzij hij in de zesde klas van de middelbare school al aan kinderen is begonnen.'

Dus dat betekende dat ze, rekende hij snel uit, begin dertig was. 'Dat praat niet goed wat je doet.'

'Ik probeer het helemaal niet goed te praten. Er is niets goed te praten.'

Haar beheerste gedrag maakte hem razend. 'Hij is getrouwd, hoor!'

'Ja, dat weet ik. Daar heeft Richard geen geheim van gemaakt.'

'Dus je bent een voorstander van overspel?'

'Overspel?' Ze grinnikte kort. 'Philip, je moest eens weten hoe opgeblazen je klinkt. Nee, als je het per se wilt weten: ik ben geen voorstander van overspel. Maar ik veroordeel het ook niet per definitie. Het hangt allemaal van de omstandigheden af.'

Hij wilde haar haar zelfbeheersing laten verliezen. 'Dat zeg je alleen om je geweten te sussen. Dat hou je jezelf voor om je beter te voelen. Sommige dingen zijn gewoon hoe dan ook verkeerd.'

'O ja?' Ze keek hem koel aan. 'Vertel eens, heb jij wel eens iets gestolen?'

'Natuurlijk niet!'

'Maar als je zou verhongeren, of als iemand die je liefhad verhongerde, en je had geen eten, zou je dan nog steeds niet stelen?'

Ze werden even gescheiden door een kiosk en de mensen die in de rij stonden voor een *Evening Standard*. Toen ze weer naast elkaar liepen zei hij: 'Ik zou een manier vinden. Ik zou mezelf niet verlagen tot stelen.'

Haar lachen klonk deze keer een beetje minachtend. 'Dat kun je zeggen omdat je nog nooit iets tekort bent gekomen.'

'Dat is niet waar!'

'O, Philip, natuurlijk wel.' Ze keek hem even aan. Ze merkte op dat hij grijze ogen had, dat pure, bleke grijs van ijs op een vijver in de winter. 'Je bent een zoon van Richard Finborough. Waar heb jij ooit voor moeten vechten?'

'Je denkt dat ik een zondagskindje ben.'

'Ben je dat dan niet?'

Dit was niet hoe hij had gedacht dat dit gesprek zou gaan verlopen. Hij zou niet het gevoel moeten hebben dat hij zich moest verdedigen; zij was degene die zich zou moeten verontschuldigen, liefst in tranen, die moest toegeven dat ze fout zat en die om vergeving zou moeten smeken. Maar haar steek had effect, en hij zei razend: 'Jij weet helemaal niets over mij! Je hebt geen idee waarover je het hebt!'

'Heb je ooit zonder werk gezeten?'

'Nee, maar...'

'Er zijn momenteel miljoenen mannen werkloos. Miljoenen mensen moeten zien rond te komen van bijna niets... goede, hardwerkende mensen.'

'Ik ben me ervan bewust...'

'Waar werk je?'

'Dat weet je. Bij de firma Finborough.'

'Aha, Finborough.' Een glimlachje. 'En hoe ben je aan je eerste baan gekomen, Philip? Heb je een sollicitatiegesprek gehad? Heb je met de voorman gesproken?'

'Natuurlijk niet. Maar ik moest wel op de werkvloer beginnen, net als iedereen. Ik heb mezelf wel moeten bewijzen.'

'Wat vervelend voor je.'

'Als je denkt dat het eenvoudig is om de zoon van de baas te zijn terwijl je naast de arbeiders op de vloer moet werken, vergis je je!'

Ze keek hem kort van opzij aan. 'Dat zal best moeilijk zijn,' gaf ze toe. 'Maar de werknemers van je vader zouden heus niet het risico nemen hun gevoelens openlijk te uiten. Vertel eens, waar woon je?'

Hij schrok van haar vraag, maar zei: 'Ik heb een appartement in Chelsea.'

'En je bent... hoe oud?'

'Vijfentwintig,' zei hij stijfjes.

'Heb je bedienden?'

'Een vrouw die komt koken en schoonmaken, verder niet.'

'En op je werk heb je ongetwijfeld een secretaresse.' Ze glimlachte. 'Het moet heel fijn zijn dat al die saaie karweitjes door iemand anders worden opgeknapt... iemand om je vloer te dweilen, een ander om je brieven te typen.'

'Suggereer je nou dat ik verwend ben?'

'Natuurlijk ben je verwend. Hoe zou je iets anders kunnen zijn dan verwend?'

Maar haar vurigheid leek ineens verdwenen. Ze liepen onder een lantaarnpaal door en hij zag dat haar gezicht er vermoeid en strak uitzag. Hij voelde een scheut van triomfantelijkheid door

244

zich heen gaan; hij voelde dat hij aan het winnen was, dat hij haar onderuithaalde.

Het was druk op Oxford Street, overal liepen mensen, gehaast op weg naar huis, en ze hadden weinig gelegenheid verder te praten. Toen ze Regent Street insloegen, keek ze hem kort minachtend aan. 'Ben je er nou nog? Je bent wel vasthoudend, zeg.'

'Ik ga niet weg tot je hebt beloofd mijn vader met rust te laten.'

Ze bleef plotseling stilstaan, bij een ijzeren hek dat langs de stoep stond voor een souterrain. 'Zal ik je eens wat over mijn leven vertellen?' zei ze zacht. 'Ik denk dat het heel anders is dan dat van jou. Ik moest op mijn veertiende van school om in een winkel te gaan werken. Een paar jaar geleden heb ik besloten een eigen winkel te gaan huren. Ik werk negen uur per dag, zes dagen in de week. Ik heb er een succes van moeten maken omdat ik mezelf moet onderhouden én mijn ouders moet steunen. Niemand schrobt mijn vloer en niemand typt mijn brieven. Ik doe alles zelf.'

'Dat is allemaal geen excuus voor wat je doet.'

'Zoals ik al zei wil ik helemaal niets excuseren. Dat heb ik nog nooit hoeven doen.' Ze keek op haar horloge en maakte een nerveus gebaar. 'Je verdoet je tijd door me zo op de hielen te zitten. Nadat je laatst bij me thuis bent geweest kreeg ik een telefoontje van mijn zusje. Mijn moeder is ziek. Ze ligt in een ziekenhuis in Middlesex. Ik ben er op weg naartoe. Dus, Philip, als je echt in een zaal vol zieke vrouwen wilt zitten, moet je vooral achter me aan blijven lopen. En anders stel ik voor dat je naar huis gaat.'

Ze liep weg. Philip bleef haar op de stoep staan nakijken tot ze was samengesmolten met de duisternis en de andere mensen. Toen zocht hij de weg terug naar waar hij zijn motorfiets had geparkeerd.

Steffie belde die avond op en ze gingen ergens wat drinken. En wat zo gek was: daar zat hij, met de mooie, vrolijke Steffie, die reuze haar best deed om hem af te leiden van de gebeurtenissen van die week, en toch zag hij nu en dan de bleekgrijze ogen van mevrouw Davenport voor zich. Vermengd met zijn woede was verontwaardiging dat ze hem zo had bejegend, samen met het gekmakende idee dat hij zich stom had gedragen en dat hij haar had toegestaan hem van zijn slechtste kant te zien. Ze had hem aangesproken als een naïeve jongeling. Er was geen vrouw die hem ooit zo had bejegend. Zijn vriendinnen waren altijd dankbaar en bewonderend; sommigen waren niet meer opgehouden met huilen als hij hen uiteindelijk aan de kant had gezet.

Hij zei dat hij morgen vroeg moest beginnen, bracht Steffie om tien uur naar huis en ging terug naar zijn flat. Hij schonk een borrel in en ging op de bank zitten. Zijn woede begon eindelijk een beetje weg te ebben, en hij voelde zich nu mat, uitgeput en bijna overweldigd door teleurstelling. Hoewel hij probeerde niet aan zijn vader te denken, lukte dat niet. Hij dacht terug aan hoe zijn vader hem toen hij klein was op schoot had genomen en hem een rondje over de oprijlaan in de Rolls had laten rijden, dat hij hem had leren zeilen in Cornwall, en de eerste keer dat hij hem had meegenomen naar het Hogerhuis. Zijn moeder was zijn hele jeugd een constante factor in zijn leven geweest, maar de aanwezigheid van zijn vader was veel grilliger. Zijn aanwezigheid was een traktatie, een speciale gebeurtenis. Philips bewondering voor zijn vader was diep en onomstotelijk geweest, ondanks hun meningsverschillen. Maar hij begon zich nu af te vragen of het allemaal bedrog en leugens waren geweest, of hij alleen had gezien wat zijn vader had gewild dat hij zag. Misschien was hij zelfs wel naar de fabriek in de City gestuurd zodat zijn vader rustig zijn gang kon gaan in Hounslow, zonder pottenkijkers... Misschien was Theo zelfs wel weggegaan omdat die ook een gruwelijke ontdekking had gedaan...

Philip sloeg zijn laatste beetje whisky in één teug achterover en schonk nog een glas voor zichzelf in.

Kathleen Wallace, de moeder van Elaine, had bronchitis. Elaines vader zat tijdens het middagbezoekuur aan haar bed en Elaine en Gilda gingen 's avonds. Toen haar dochter binnenkwam fluisterde Kathleen een begroeting van uit haar stoomtent, begon te hoesten en viel kort daarna in slaap, met haar mond open, waardoor Elaine, om onverklaarbare reden, ineens wilde huilen.

246

Elaine had altijd een hekel aan ziekenhuizen gehad; waarschijnlijk als gevolg van het feit dat haar amandelen waren verwijderd toen ze vijf was. Haar nutteloosheid irriteerde haar: ze kon weinig anders doen behalve haar moeders hand vasthouden of een laken rechttrekken. Toen ze na hun eerste bezoekje het ziekenhuis verlieten, vertelde Gilda Elaine dat zij en Jimmy een huwelijksdatum gingen prikken. Ze wilden een rustige plechtigheid, zei Gilda, zonder toeters en bellen, en zouden na hun trouwen bij vader en moeder gaan wonen. Moeder, voegde Gilda toe, moest rusten, ze deed te veel.

De volgende avond zeiden ze niet veel terwijl ze bij hun moeder zaten, die lag te dutten. Elaine vermoedde dat Gilda hetzelfde voelde als zij: dat het om de een of andere reden ongepast zou zijn in de strenge en intimiderende sfeer van de longafdeling te genieten van hun gebruikelijke dagelijkse gekwebbel over niets. De stilte, die alleen nu en dan werd onderbroken door het kletteren van de theekar of het kreunen van een patiënte in een ander bed, gaf Elaine veel te veel tijd om na te denken.

De eerste reactie die ze had gevoeld op die avond dat Philip Finborough naar haar flatje was gekomen, was er een van woede. Waar haalde hij het lef vandaan haar te bespioneren... hoe durfde hij het heiligdom van haar woning binnen te vallen? En vervolgens had hij de volgende middag bij de winkel gestaan. Ze was bezorgd om haar moeder en moe van een hele dag werken en had hem opzettelijk wreed bejegend, had expres zijn verwaandheid en arrogantie benadrukt. Philip Finborough was een verwende en bevoorrechte snob. Dat zij had geweigerd Richard niet meer te zien was waarschijnlijk de eerste keer in zijn leven dat hij zijn zin niet kreeg.

Maar waarom had ze Philip Finborough niet gewoon de waarheid verteld: dat ze geen verhouding met zijn vader had, dat hun relatie strikt vriendschappelijk was... ongepast en geheimzinnig, dat ongetwijfeld, maar toch niet meer dan vriendschap? Deels omdat ze het haatte geïntimideerd te worden, waarschijnlijk, en Philips eisen haar koppigheid naar de oppervlakte hadden gehaald.

Maar hier, in de onaangename, echoënde onbehaaglijkheid van het ziekenhuis, dwong ze zichzelf een nare waarheid onder ogen te zien: dat hun relatie in Richards ogen verderging dan vriendschap. Ze dacht terug aan hun kus in de opslagruimte. Richard Finborough zou hun afspraakjes heel goed als opzetje naar een affaire kunnen zien, zag ze waarschijnlijk ook zo. Ze had altijd geweten dat hij haar bewonderde... zou ze zo van zijn gezelschap hebben genoten als dat niet zo was? Wat was erger, vroeg ze zich af: de hoer zijn die Philip Finborough dacht dat ze was, of een verleidster die hem niet te dichtbij liet komen?

Toen Richard die ochtend had gebeld had ze hem afgehouden, met gebruikmaking van het terechte excuus dat haar moeder ziek was. Richard had later die dag een groot boeket roze rozen laten bezorgen; Elaine had ze mee naar huis genomen, maar ze hadden haar niet kunnen bekoren zoals het eerste boeket, en ze had ze uiteindelijk aan haar moeder gegeven. Nu ze in een saaie ziekenhuisvaas op een metalen nachtkastje stonden, zagen ze er overdreven en misplaatst uit. Ze had ze moeten weggooien, dacht ze geïrriteerd.

Elaine en Gilda liepen na hun ziekenbezoekje Goodge Street in, waar Gilda op de Northern Line naar Hendon zou stappen, en Elaine op Oxford Circus zou overstappen naar St.-John's Wood. Voordat ze uit elkaar gingen gaf Elaine Gilda een kus, en ze zei dat ze in de winkel een trouwhoed moest komen uitzoeken. 'Wat je maar wilt,' zei ze met een glimlach. 'Iets moois.'

Het was bijna negen uur toen ze uit de metro stapte. Toen ze de hoek van haar straat om liep, zag ze dat er een motorfiets langs de stoep bij haar huis stond geparkeerd. Elaine herkende Philip Finborough, zuchtte geïrriteerd en liep gedecideerd op hem af.

'Allemachtig zeg,' zei ze ongeduldig, 'ben je daar nu alweer?'

'Heb je het gedaan?' Philips toon was agressief en gebiedend. 'Heb je tegen mijn vader gezegd dat je hem niet meer wilt zien?'

'Ik ga er niet verder over met je in discussie, Philip. Ga alsjeblieft weg.'

Toen ze naar de voordeur liep en de sleutel in het sleutelgat stak, hoorde ze tot haar opluchting het grommen van Philips startende motor. Een seconde later klonken piepende banden. Ze draaide zich snel om en zag hoe Philip de controle over de motor verloor, slipte, en van zijn motor af werd geworpen, waarna het gevaarte over de verkeerde kant van de weg slingerde en tegen een boom knalde.

Ze liet haar tas en sleutels uit haar handen vallen en rende naar hem toe. Philip lag bewegingloos in de goot. Ze probeerde hem te roepen, maar ze kon even niets uitbrengen. Toen ze bij hem was, knielde ze naast hem neer, schudde aan hem en zei zijn naam.

Philips oogleden trilden en gingen toen open, en Elaine liet zich zwak van opluchting op haar hielen zakken. Hij had bloed op zijn voorhoofd en zag er verdwaasd uit. 'Ben je gewond?' vroeg ze op eisende toon. 'Heb je iets gebroken?'

Hij ging zitten. 'Ik denk het niet.' Hij schoof op de stoeprand en bleef met gesloten ogen en gebogen hoofd zitten.

Mensen die het ongeval hadden gehoord kwamen hun huizen uit. Twee mannen zetten de motorfiets overeind en parkeerden hem op de stoep. Elaine zei: 'Kom maar even mee naar binnen.'

'Mijn motorfiets...'

'Wat kan jou die verrekte motorfiets schelen! Je had wel dood kunnen zijn!' Haar stem ging de hoogte in.

Hij stond wankel op. Ze sloeg een arm om hem heen en hielp hem de stoep over en de trap naar de voordeur op. Haar handen zochten in het donker naar haar sleutels en tas. Eenmaal in het pand hielp ze hem de trap op naar haar flatje. Philip zat op het randje van het bad terwijl ze op zoek ging naar watten en Dettol.

Hij huiverde toen ze de diepe schaafwond op zijn voorhoofd schoonmaakte. 'Blijf stilzitten,' zei ze fel. 'Ik moet het goed schoonmaken. Er zit vuil in.'

Toen ze de snee in zijn voorhoofd had gereinigd plakte ze er een verbandgaasje overheen. 'Ben je verder nog ergens gewond?' vroeg ze.

'Aan mijn handen.'

Hij moest zijn handen hebben uitgestoken om de val te breken: al zijn vingertoppen waren ontveld. Ze haalde het vuil uit de wonden en depte er desinfecterend middel op. Hij had grote, brede, sterke handen, net als Richard. Ze zag terwijl ze hem verbond dat hij erg bleek zag en enorm zijn best moest doen om niet te rillen.

'Klaar is kees,' zei ze op een opgewekte toon die zowel haar schrik als de ongemakkelijke situatie moest verhullen. 'Netjes, hè? Je hebt geluk dat ik hoedenmaakster ben en heel goed in precies werk. Je hebt een goede broek aan flarden gereden, maar ik neem aan dat iemand die wel voor je kan verstellen. En je bent ongetwijfeld binnen de kortste keren weer je gewone, knappe zelf. Ga maar even op de bank zitten, dan zet ik thee.'

Hij schudde zijn hoofd. 'Ik hoef geen thee. Ik moet gaan.'

'Je doet wat ik zeg!' De woorden schoten uit haar mond en ze zag dat hij grote ogen kreeg.

Ze haalde diep adem en riep zichzelf tot de orde. 'Je gaat zitten en rust uit tot ik zeg dat je weg kunt, Philip. Mijn god, ik dacht even dat je dood was!'

'Had het je kunnen schelen?'

Ze wilde hem in zijn gezicht slaan. 'Mijn echtgenoot is bij een verkeersongeluk om het leven gekomen,' zei ze kortaf. Ze dacht terug aan de politieman die op haar deur had geklopt en aan hoe ze Hadleys gekneusde gezicht in het mortuarium had gestreeld. 'Hij is gestorven omdat hij één moment onvoorzichtig was, één moment onbesuisd was. Denk je dat ik je ouders dat wil aandoen? Denk je dat ik zou willen, hoezeer je me ook ergert, dat jou dat zou overkomen? Allemachtig, Philip, word eens volwassen!'

Ze hoorde hem iets mompelen dat een verontschuldiging kon zijn, en toen liep hij naar de woonkamer en ging op de bank zitten. Ze zag hem friemelen met een pakje sigaretten, pakte het uit zijn handen en stak er twee op, één voor hen allebei. Ze rookte bijna nooit, maar ze moest nu roken.

Toen ze in de keuken stond te wachten tot het water kookte kwam de reactie. Ze voelde zich misselijk en was doodmoe. Ze bleef maar voor zich zien hoe de motor slipte en Philip op straat smeet. Ze voelde tranen achter haar oogleden prikken en het kostte moeite ze binnen te houden.

Ze liep met het dienblad naar de woonkamer. Hij zat stil, met zijn verbonden handen op zijn schoot. 'Alsjeblieft,' zei ze terwijl ze een kop thee met extra veel suiker op het tafeltje naast hem zette. 'Drink die maar op.' Ze keek hem aan en zag tot haar grote schok dat hij een blik van ultieme wanhoop in zijn ogen had.

'Weet je zeker dat je geen dokter nodig hebt?'

'Nee, het gaat wel. Dank je.'

Ze dronken in stilte hun thee. Toen hij klaar was, zei ze: 'Dan bel ik even een taxi voor je.' Toen ze bij de deur stond, keek ze over haar schouder. 'Chelsea, toch?'

Hij gaf haar het adres. Elaine belde in de telefooncel op de hoek van de straat een taxi. Toen ze de woonkamer weer in liep, stond Philip te worstelen met een mouw van zijn leren jack, waar hij zijn gewonde hand niet in kreeg.

'Kom maar,' zei ze. 'Dan help ik even.' Ze hield het jack omhoog en hielp hem zijn hand erin steken.

'Jezus,' zei hij kwaad. 'Ik lijk wel een kind.'

'Laat dit een les zijn dat je in het vervolg voorzichtiger bent.' Een korte stilte en toen voegde ze met een lage stem toe: 'Je vader en ik zijn geen minnaars. We zijn gewoon vrienden, echt waar. Dat had ik nog niet gezegd omdat ik vond – en dat vind ik nog steeds – dat het je niets aangaat. Ik wil niemand kwetsen. Ik weet hoe je over me denkt, en dat snap ik ook wel, maar ik wil echt niemand kwetsen.'

Ze had zich van hem afgewend zodat hij niet zag dat de tranen over haar wangen biggelden. 'Ik moet gaan,' hoorde ze hem zeggen, en daarna hoorde ze de deur open- en dichtgaan.

Twee dagen later belde Elaine, tot Philips verbijstering, op.

Hij zat te werken op kantoor, probeerde iets nuttigs te doen. Ze zei: 'Ik heb je eindelijk gevonden. Ik wilde even vragen hoe het met je is.'

'Prima,' zei hij, 'hoewel ik het idee heb dat ik bokshandschoenen draag. Ik wist niet dat vingers zo handig zijn.' Er volgde een korte stilte en toen zei hij: 'Het spijt me. Ik heb me volslagen idioot gedragen. Normaal gesproken zet ik mezelf niet zo voor schut.'

'Gelukkig maar.' Een langere stilte. 'Philip, ik moet iets tegen je zeggen.' Ze was even stil; hij hoorde haar geïrriteerd zuchten. Toen fluisterde ze: 'Er komt een klant binnen, ik moet ophangen. Ik bel nog wel terug.'

'Nee,' zei hij. 'Ik moet naar de werf. Ik ben de rest van de dag daar.' Hij dacht snel na. 'Ik ben om vijf uur in het Lyons, op Piccadilly Circus. Tot dan.' Hij had al opgehangen voordat ze kans had te weigeren.

Hij was er niet van overtuigd dat ze zou komen. Hij zorgde dat hij er in ieder geval als eerste zou zijn en vroeg om een tafeltje in een hoek. Een paar minuten later kwam mevrouw Davenport de tearoom binnen. Ze had een parelgrijze rok en jas aan, met zwart afgezet, en ze droeg een grijze hoed met een zwarte zijden bloem op de rand.

Toen ze naar het tafeltje kwam lopen, stond hij op. Ze nam hem in zich op. 'Je ziet er beter uit dan de laatste keer dat ik je zag.'

'Ik heb geluk gehad dat ik er met wat schrammen van af ben gekomen. Mijn motorfiets is er erger aan toe dan ik. Hij staat nog in de garage... er zit een slag in het voorwiel.' De serveerster kwam hun bestelling opnemen. 'Wat wil jij?'

'Alleen thee, graag.'

'Ik sterf van de honger. Vind je het goed als ik wat eten bestel?'

'Natuurlijk.' Philip bestelde gepocheerde eieren met toast, en thee. Toen ze weer alleen waren zei ze terwijl ze haar handschoenen uittrok: 'Ik wil je vader niet meer zien. Ik heb het hem verteld.'

Hij voelde een golf van triomf door zich heen gaan. 'Mooi,' zei hij, gevolgd door een onwillig: 'Dank je.'

'Ik hoop dat je niet al te kwaad op hem bent. Het is nooit serieus geweest.' Ze begon te blozen. 'Zo klink ik... onverschillig. Wat ik bedoel is dat ik behoefte had aan vriendschap. Ik was eenzaam en Richard was vriendelijk tegen me. Ik probeer geen excuus te verzinnen en vraag niet om begrip, maar dat is waarom het is gebeurd. Ik voelde me eenzaam.'

Hij was blij te horen dat ze iets minder zelfverzekerd klonk. Hij zei: 'Toen je me vertelde dat je echtgenoot is omgekomen bij een verkeersongeluk... ik wist niet dat je weduwe was.'

'Je zult wel hebben aangenomen dat ik deed alsof ik getrouwd was in een poging respectabel over te komen.' Ze keek hem kil aan. 'Maakt dat het minder erg, dat ik weduwe ben? Dat zou niet het geval moeten zijn.'

De thee werd geserveerd. Hij stak zijn verbonden handen omhoog en zei: 'Schenk jij maar in.' En toen: 'Wat was hij voor iemand? Wanneer is hij overleden?'

'Je windt er geen doekjes om, hè, Philip?' Ze hield het zeefje boven de thee. 'Hadley was lief, slim, en hopeloos verstrooid. In april is het drie jaar geleden. Zoals ik al zei was zijn ongeluk een totale en stomme verspilling van een leven. Als je op zoek was naar een manier om me te laten schrikken met die motor, dan had je geen betere kunnen bedenken.'

Hij genoot van haar kleine, keurige bewegingen terwijl ze de thee inschonk; hij dacht terug aan hoe zorgvuldig ze hem had verbonden. Hij begon te grijnzen. 'Je denkt toch niet dat ik mijn motorfiets in de prak heb gereden om je iets duidelijk te maken, hè?'

'Dat weet ik niet, Philip. Het zou me niet verbazen als je meedogenloos kunt zijn.' Elaine zette een kop thee voor hem neer. Toen schudde ze haar hoofd en zei geïrriteerd: 'Waarom zit ik mezelf te verantwoorden? Dat is nergens voor nodig.'

'Misschien voel je je schuldig.'

'Ben jij nog nooit eenzaam geweest?' Haar stem klonk gespannen; ze zette de theepot neer. 'Ik bedoel echt eenzaam, zo eenzaam dat het pijn doet, en dat terwijl je weet dat niemand begrijpt hoe je je voelt?'

De vraag overrompelde hem, maar hij dacht diep na. 'Toen ik naar kostschool ging en voor het eerst van huis weg moest, was dat behoorlijk rot. Maar ik was niet de enige nieuwe jongen en was er snel aan gewend.'

'En ik neem niet aan dat je ooit geld tekort bent gekomen, ook. Ik neem niet aan dat je je ooit hebt afgevraagd hoe je in godsnaam je volgende rekening moest betalen.'

'Ik zit in de schulden voor die motorfiets,' zei hij somber. 'En nu komt er ook nog een flinke rekening van de garage.' Zijn eten werd geserveerd en hij stak zijn vork in een dooier. 'Maar als je vraagt of ik ooit arm ben geweest, dan is het antwoord nee.'

'Toen Hadley was overleden en ik de winkel ging huren, heb ik maanden op brood met sardientjes geleefd. Maanden dat ik geen tijdschrift kon kopen of naar de bioscoop kon, maanden dat ik geen kousen of sjaal kon kopen om mezelf op te vrolijken. Alles om me heen was grijs en binnen in me was een woestijn genesteld. Zo voelde ik me. En tenzij jij dat hebt meegemaakt – tenzij jij iemand hebt verloren die je lief is – heb je geen idee, geen enkel idee.' Haar heldergrijze ogen stonden fel. 'Zoals ik al zei probeer ik geen excuses te vinden, ik geloof niet dat ik dat hoef te doen. Ik wilde wat plezier, wat aangenaam tijdverdrijf, dat is alles. Het voelde alsof ik al heel lang geen plezier meer had gehad. Maar het ziet ernaar uit dat ik heel wat pijn heb veroorzaakt. Dat heb ik nooit gewild en het spijt me oprecht. We hebben een stomme fout gemaakt en het spijt me dat jij daar de dupe van bent geworden.'

Philip schepte suiker in zijn thee. 'Maar je wist dat pa is getrouwd. Wat er is gebeurd kan geen verassing zijn geweest.'

Ze zuchtte. 'Het probleem is dat alleenstaande mannen verliefd worden. En als je ze dan niet meer wilt zien, zijn ze gekwetst. Getrouwde mannen, nou ja...'

Hij leunde over tafel naar haar toe. 'Worden ze altijd verliefd op je?'

'Behoorlijk vaak, ja.'

Hij viel zijn toast aan. 'Dan moet je een klootzak aan de haak slaan die je alleen om je uiterlijk wil.'

'Misschien ga ik dat wel doen.' Haar hand reikte naar haar tas. 'Nou, dat is alles wat ik wilde zeggen.'

'Blijf nog even.'

Ze fronste haar wenkbrauwen. 'Waarom?'

Hij begon weer te grijnzen. 'Ik heb iemand nodig die mijn korstjes snijdt.'

Ze griste zijn bestek uit zijn handen en sneed zijn toast. 'Alsjeblieft,' zei ze. 'Zo goed?' Ze stond op en draaide zich om om weg te lopen. Toen keek ze over haar schouder en zei: 'Ik heb te doen met je vriendinnen. Laat je je door iedereen serveren?'

Ze liep weg. Toen ze het restaurant verliet schrokte Philip de laatste happen van zijn toast naar binnen, en hij gooide een paar shilling op tafel.

Buiten keek hij om zich heen tot hij haar zag, op weg naar het metrostation. Zijn starende blik bewoog van de bos blond haar, net zichtbaar onder de rand van haar hoed, naar haar smalle taille, en het drong met een pijnlijke schok tot hem door dat wat hij voelde als hij naar haar keek niet alleen het plezier van de overwinning was, dat hij haar had afgetroefd, maar dat het ook intense en sterke aantrekkingskracht was.

9

Haar vragen voelden als kleine, knagende steken.

Hoe heette ze? *Elaine Davenport*. Ze proefde de naam behoedzaam, alsof hij haar lippen brandde. Hoe oud is ze? Waar heb je haar leren kennen? Hoe ziet ze eruit? Is ze blond of donker? Hoe lang zie je haar al?

Toen hij protesteerde en vroeg waarom ze doorging zichzelf te kwellen nu het voorbij was, zei ze hardvochtig: 'Dit soort dingen is nooit voorbij. Nooit.'

Haar vragen baarden hem zorgen, aangezien ze knaagden aan het geheim dat hij in zich meedroeg.

'Ben je met haar naar bed geweest, Richard?'

'Nee. Néé.'

'Maar je hebt haar wel gezoend.'

Hij dacht terug aan de opslagruimte, aan de papiertjes die naar de vloer dwarrelden, aan de warmte van haar huid door haar zijden blouse, de smaak van gin op haar mond.

'Ik heb niet gepland dat het zo zou gaan,' zei hij wanhopig.

'Je bedoelt,' zei ze met een blik die recht in zijn ziel leek te kijken, 'dat het niet de bedoeling was dat ik erachter zou komen.'

Het was op de dag gebeurd dat hij had geweten dat de firma Provost van hem was. Hij had het gevoel dat hij meester was over alles wat hij zag, dat hij in staat was tot alles.

Hij had met Elaine afgesproken op hun gebruikelijke plekje. 'Wist je dat je zoon bij me op bezoek is geweest?' had ze hem gevraagd.

Hij had, geschokt, herhaald: 'Mijn zoon? Philip?'

'Hij is bij me thuis geweest, en hij is naar de winkel gekomen. Hij weet het, van ons, en je vrouw weet het ook. Hij was razend, en terecht. Hij gaf me het gevoel dat ik een ordinaire snol ben. Dus ik vrees dat we het hierbij moeten laten. Ik wilde het je persoonlijk vertellen, Richard. Ik vind het niet netjes om er per brief een eind aan te maken.'

'Een eind?' Hij had niet in staat geleken iets anders uit te brengen dan een verbijsterde herhaling van haar woorden.

'Ja, natuurlijk. We kunnen elkaar niet meer zien.'

Hij had haar gesmeekt. Zo radicaal hoefde het niet, had hij gezegd. Ze moesten een tijdje wat meer afstand houden, dat begreep hij, maar ze konden toch wel contact houden?

Ze had hem een beetje minachtend aangekeken. 'Nee, Richard, dat kan niet. Dat weet je zelf ook. Ik wil niet nog meer schade aanrichten dan ik al heb gedaan. Geen afspraakjes, geen brieven, geen telefoontjes. Als je tijd hebt gehad om erover na te denken, ga je wel inzien dat ik gelijk heb.'

'Maar Elaine,' hoorde hij zichzelf zeggen. 'Ik hou van je.'

Waarop ze haar onaangeroerde drankje op tafel had gezet en de bar uit was gelopen. Hij had overwogen achter haar aan te gaan, maar had dat uiteindelijk niet gedaan. Hij had zoveel, hevig tegenstrijdige gevoelens gehad, zo'n snelle val van euforie naar wanhoop, dat hij zich fysiek ziek voelde en een hand tegen zijn ribben had gedrukt om zijn hartslag te controleren. Het had heel even geleken of zelfs zijn eigen lichaam onvoorspelbaar, onbetrouwbaar was geworden.

Hij was de bar uit gelopen en naar huis gereden. Het voelde niet goed in de kamers, zonder Isabel. Dat Philip over Elaine Davenport op de hoogte was, zat hem uitermate dwars. Het zou al moeilijk genoeg worden om het met Isabel te bespreken... en onmogelijk dat met zijn zoon te doen. Het waren Philips zaken niet, bedacht hij kwaad. Philip had het recht niet zich ermee te bemoeien.

Richard begon in zijn werkkamer de boekhouding van Provost door te nemen. Maar hij kon zich niet concentreren: hij zag Elaine voor zich, in de winkel terwijl ze een hoed goed zette en zich toen naar hem toe draaide, haar mooie gezicht opgelicht door haar glimlach. Hij begreep niet waarom het zo vreselijk veel pijn deed een einde te maken aan iets wat gewoon léúk was geweest.

De eerste keer dat Richard naar Porthglas was gegaan had ze hem weggestuurd zonder hem te woord te staan. Hij had een tijdje op de deur staan hameren en toen had ze de auto horen starten, waarna het geluid van de motor in de verte was weggeëbd. Er kwamen brieven: ze gooide ze in de open haard zonder ze te lezen. Ze zou in Porthglas blijven en een nieuw leven voor zichzelf opbouwen, een waardig, onbezorgd leven waarin ze tuinierde, schilderde en misschien een baantje in St.-Ives zou nemen. Hoe durfde hij haar zo te vernederen... en dat met een winkelierster! Maar waarom verraste het haar eigenlijk dat hij haar deze keer niet bedroog met iemand uit de beau monde, maar met een vrouw uit de lagere klasse? Hij had jaren geleden in Lynton toch ook háár uitgekozen?

Ze sliep 's nachts – of sliep niet – in de slaapkamer die ze altijd hadden gedeeld. Het huis lag vol herinneringen aan zomers in het verleden: een speelgoedboot met een rood driehoekig zeil, een visnet, een pop met één arm.

De keer daarop was hij kwaad en defensief. 'Een paar kusjes zijn nou niet bepaald misdadig, hoor,' zei hij tegen haar.

Het regende hard. Ze had met hem te doen en had hem in de serre aan de voorkant van het huis binnengelaten, waar ze hem tussen de rieten stoelen en plantenpotten had laten staan, met zijn regenjas nog aan, die druppelde op de tegelvloer.

'Kussen leidt tot andere dingen,' had ze fel gezegd. 'Dat weet je, Richard. Hang nou maar niet de onschuld uit.'

Hij maakte een snuivend geluid. 'Ik vroeg me al af wanneer je daarmee zou komen.'

'Waarmee?'

'Met mijn overtredingen uit het verleden. Dat je een lijstje zou gaan opsommen van alle keren dat ik ook maar naar een vrouw heb gekeken.'

'Je bent met hen naar bed geweest!'

'Een of twee keer, jaren geleden. Het betekende niets. Ik weet hun naam niet eens meer.'

'Ik wel!'

'Waarom? Ze waren onbelangrijk.' Hij blies razend lucht uit zijn longen. 'Het zou fijn zijn als je niet zo bourgeois zou doen over dit soort zaken, Isabel.'

'Bourgeois!' Het woord kwetste haar enorm en ze stond ineens te schreeuwen: 'En jij dan? Jij bent harteloos, onverschillig... je denkt dat je recht hebt op alles wat je hartje begeert en je maalt niet om de pijn die je anderen daarmee berokkent!'

'Waarom zit jij altijd zo te broeden? Waarom blijf je dingen maar oprakelen?'

Ze snauwde: 'Heb je enig idee hoe het voelt als je van je eigen zoon moet horen dat je echtgenoot je ontrouw is?'

Zijn gezichtsuitdrukking veranderde. Het was de eerste keer dat hij er beschaamd uitzag. 'Philip weigert met me te praten,' mompelde hij. 'Hij heeft sindsdien niets meer tegen me gezegd. Je had moeten voorkomen dat hij zich ermee zou gaan bemoeien, Isabel, dat is verkeerd van je.'

'Verkeerd? En dat durf jij tegen mij te zeggen?' Maar toch zag ze ineens de blik in Philips ogen voor zich, de woorden die hij tegen haar had gesproken toen hij het huis had verlaten: *Het komt wel goed, dat beloof ik. Ik regel het wel.* Ik had achter hem aan moeten gaan, dacht ze. Ik had hem moeten verbieden zich ermee te bemoeien.

Ze zei wrang: 'Je zult nooit veranderen, hè?'

'Ik geef toe dat een deel van de fout bij mij ligt...'

'Het is het bedrog dat ik zo haat, Richard, het bedrog!'

Hij deed een stap naar haar toe. 'Ga met me mee naar huis, Isabel. Je zit hier nu lang genoeg te mokken.'

Mokken, dacht ze. Alsof dit een triviale uitspatting was en zij een humeurig kind.

'Nee,' zei ze kil, en ze deed een stap van hem vandaan. 'Ik blijf liever in Porthglas. Ik wil nu niet bij je zijn, Richard.'

Zijn gezicht verhardde. 'Zoals je wilt.'

Hij vertrok. Ze zag hem over het pad lopen; de regen sloeg tegen zijn gezicht. Een flits van de koplampen en de auto was verdwenen. Ze ging zitten en draaide aan de ringen om haar vingers. Het is het bedrog dat ik zo haat, had ze gezegd... zij, die met een leugen had geleefd sinds de dag dat ze waren getrouwd. Ze waren echt voor elkaar gemaakt, dacht ze wrang, allebei even onvolmaakt en leugenachtig.

Een deel van haar had spijt dat ze niet met hem was meegegaan. Ze dacht aan hun huis, aan hun routine en de warmte van zijn lichaam naast haar in bed. Ze liep naar boven naar de slaapkamer, naar het raam, waar ze uitkeek over de zee. 'Richard,' fluisterde ze. Haar woede ebde weg en werd vervangen door vreselijke pijn en een golf van haat jegens de vrouw die een wig tussen haar man en haar had gedreven. Ze wist niet eens hoe die Elaine Davenport eruitzag. Ze zou haar op straat kunnen passeren, bedacht ze, en dan zou ze haar niet herkennen.

Een schip op weg naar Bristol was op de rotsen gelopen tijdens een storm en lag gekapseisd in de baai, kapot, tonnen en kisten uit het gat in de romp bloedend. Voorwerpen dobberden op zee en lagen langs de kustlijn: een canvas schoen, een sjaal met paisley-motief die om een stuk wrakhout was gewikkeld, en een glazen pot die half was begraven in het zand, met een geelbruin poeder erin. Mensen van de nabijgelegen dorpen liepen over het strand en raapten drijfhout en rommel op.

Isabel dacht terug aan een zomer die ze met de kinderen in Porthglas had doorgebracht. Een hevige storm had nieuwe schelpen op het strand gegooid, roze en grijs, sommige met crème-kleurige streepjes, hun binnenkant vol met nat, samengeperst zand. Ze herinnerde zich het geruis van de golven en het gekletter van de schelpen die Sara in haar zinken emmer gooide. En de warmte van Sara's handje in die van haar, en hoe ze steeds in de gaten hield of de jongens, die op het bootje speelden, veilig waren.

Ze keek over haar schouder en zag Richard, die bij de gevallen rotsen en keien stond die de kloof markeerden. Hij moest de hele nacht zijn doorgereden uit Londen. Ze wilde weglopen, zodat ze de wond niet weer zou openrijten, maar ze was koud en nat en wist dat hij haar niet met rust zou laten en niet zonder meer zou terugrijden naar Londen. Ze liep over het zand naar hem toe.

'Wel een hoop nattigheid voor een wandeling,' zei hij.

'Ik hou van regen. Ik hou van storm.'

'Dat weet ik,' zei hij. 'Dat herinner ik me nog.'

Hij stak zijn paraplu op en hield die boven haar terwijl ze terugklauterden over de rotsen, de kloof door. Ze stapte een keer mis; hij stak een hand uit om haar te helpen, en ze deinsde terug. Aanraking, die zoveel jaren een dagelijks deel van hun communicatie was geweest, voelde nu verraderlijk.

Ze hingen in het huis hun natte jassen op. Isabel droogde haar haar met een handdoek terwijl ze wachtte tot het water kookte. Ze legde brood, boter en marmelade op een dienblad en liep ermee naar de zitkamer.

'Ga je gang,' zei ze. 'Je zult wel honger hebben.'

'Dank je.' Hij stond zich bij het vuur te drogen. Hij zag er moe en verslagen uit. Hij zei: 'Kom naar huis, Isabel.' Toen ze geen antwoord gaf, zei hij zacht: 'Alsjeblieft. Ik heb je nodig. Ik mis je.'

'Nee, Richard.' Ze liep naar het raam en staarde naar buiten. Het schip dat voor de kust lag begon te breken. Het achterschip beefde in de golven, die er hard tegenaan sloegen.

'Isabel, alsjeblieft. Je kunt niet voor eeuwig hier blijven.'

'Jawel hoor. Het is míjn huis.'

'Dat weet ik, dat weet ik.' Er klonk een mengeling van wanhoop en ongeduld in zijn stem. 'Ik weet niet wat ik verder nog moet. Ik weet niet wat ik verder nog kan zeggen.'

'Vertel me wat zíj je gaf wat ik je niet kan geven.'

'Niets! Zo was het niet.'

'Waarom was het dan, Richard?'

'Dat weet ik niet... ik dacht niet na...'

'Onzin,' zei ze kil. 'Natuurlijk dacht je wel na. Je denkt altijd na. Ik weet wat je dacht, Richard. Je dacht dat je ermee weg kon komen. Je dacht dat je haar kon hebben en mij ook. Je dacht dat ik dom was.'

'Nee.'

'Lieg niet! Ik weet dat ik gelijk heb!'

'Ik zou je nooit dom vinden, Isabel. Ik heb het niet in me om dat over je te denken. Ik ben degene die dom is geweest.'

'Hoe vaak moet ik deze vernedering nog ondergaan?'

'Nooit, dat beloof ik.'

'Hoe kan ik geloven wat je zegt?'

'Ik heb een fout gemaakt, dat is alles!' Hij had zijn vuisten gebald. 'Het was alleen vriendschap! Ik zweer dat het nooit verder is gegaan!'

Ze las in zijn woorden en houding dat hij iets ontweek. Ze voelde binnen in zich iets naar beneden vallen, alsof ze in een lift was gestapt die veel te snel naar beneden ging.

'Vertel de waarheid, Richard. Het was meer dan dat, toch?'

Ze zag zijn blik veranderen, hoewel hij snel wegkeek. Haar hart kneep samen.

Toen hij weer sprak was de woede weg. 'Wat ik ook voor haar heb gevoeld, het is verleden tijd. Elaine wil me niet meer zien, dus je hoeft niet bang te zijn dat...'

'Heeft zíj er een punt achter gezet?'

Een korte stilte en toen antwoordde hij: 'Ja. Je vroeg om de waarheid, Isabel, en dat is de waarheid.'

Ze ging zitten en duwde haar knokkels tegen haar mond. 'Als ik er niet achter was gekomen... als Philip het me niet had verteld...'

'Dan zou het snel genoeg afgelopen zijn geweest. Zoiets... het zou nooit stand hebben gehouden.'

Ze schreeuwde kwaad: 'Het had nooit mogen beginnen!'

'Nee. Natuurlijk niet.' Hij veegde met een hand over zijn gezicht. 'Ik dacht niet... ik zal wel hebben gedacht dat het geen kwaad kon.'

'Geen kwaad! Wat stelt ons huwelijk voor als ik er niet eens van op aan kan dat je eerlijk tegen me bent!'

Hij kreunde. 'Wat kan ik verder nog zeggen behalve dat het me spijt en dat het nooit meer zal gebeuren?'

Ze schudde haar hoofd. 'Nee, dat is niet goed genoeg. Nee, Richard.'

Ze keek weer uit het raam en zag hoe een golf tegen de romp van het gehavende schip sloeg en de bovenbouw in tweeën reet. De romp begon nu ook te breken en de masten en planken knapten als luciferhoutjes.

Richard zei zacht: 'Isabel, ik smeek het je, kom naar huis. We hebben je nodig.'

'We?'

'Sara en ik.'

Ze draaide zich naar hem om. 'Is Sara thuis?'

'Nog niet, maar ze komt over een paar dagen.'

'Richard, waarom heb je dat niet meteen gezegd? Is ze in orde?'

'Volgens mij gaat het uitstekend.' Hij fronste zijn wenkbrauwen. 'Ze wil met die kerel trouwen.'

'Trouwen? Sara? Met wie dan?' Een plotselinge, alarmerende gedachte. 'Toch niet met die Oostenrijker... die Anton Wolff?'

'Nee, nee, natuurlijk niet. Ze wil met Gil Vernon trouwen.'

'Gil Vernon?'

'Dat weet je nog wel, Isabel, we hebben in december bij ze gegeten.'

Isabel staarde hem aan. Het kostte moeite haar gedachten te dwingen terug te gaan. Kerstmis, hoewel pas zes weken geleden, voelde nu als een ver verleden van bijna sprookjesachtig geluk. Ze zag het prachtige, vervallen huis voor zich, te midden van een donkergroen landgoed. Ze herinnerde zich dat ze Caroline Vernon afschrikwekkend had gevonden en dat ze geschokt was geweest dat ze na al die tijd nog steeds een beetje van haar oude eerbied voor de Engelse aristocratie voelde.

'Ik heb een brief van hem gekregen,' zei Richard. 'Van Vernon, waarin hij om Sara's hand vraagt.'

'En Sara wil echt met hem trouwen?'

'Daar ziet het wel naar uit. Ze schreef van wel.'

'Gil Vernon...'

'Het is een goede, oude familie. Ze wonen al langer in Ierland dan mijn familie.'

Ze fronste haar wenkbrauwen. 'Maar dan gaat Sara in Ierland wonen.'

'Zo ver weg is dat niet, hoor,' zei hij geruststellend. 'Ik weet dat je haar liever dichter in de buurt zou hebben, maar er zijn boten en treinen, en ik wil je er zo vaak naartoe rijden als je maar wilt.'

Ze probeerde zich Gil Vernon voor de geest te halen. 'Hij heeft donker haar, toch, Richard?'

'De hele familie Vernon is donker. Het verhaal gaat dat een van hun voorouders met de nakomeling van een Spaanse edelman is getrouwd die met de Armada op de Ierse kust is aangespoeld... onzin, natuurlijk.'

Ze was verbluft. 'Ik had geen idee dat er iets tussen hen speelde.'

'Nee. Ik ook niet. Het is wel een verrassing, hè?'

'Die brieven,' zei ze.

Hij klopte op zijn zakken en fronste zijn wenkbrauwen. 'Volgens mij heb ik ze niet bij me.'

'Richard.' Ze was bijna vergeten hoe het voelde om zich gewoon aan hem te ergeren, om de gebruikelijke irritatie te voelen om de kleine afstand die hij altijd tot zijn familie leek te houden, dat hij vaag was over dingen waarvan zij wist dat ze van levensbelang waren. Maar, bedacht ze, het voelde veel beter om ergernis jegens hem te voelen dan het idee te hebben dat hij haar te gronde had gericht.

'Hoe kan ik nu weten of hij de goede man voor Sara is als ik zijn brief niet heb gelezen, Richard? Of die van haar?'

'Ze klonk heel vastberaden dat ze hem wil. En deze keer zijn er geen redelijke bezwaren, Isabel. Gil Vernon is geen vagebond, zoals die buitenlander. De familie Vernon komt uit ons milieu. En Sara wordt in mei eenentwintig, dus zelfs als ik geen toestemming geef – en ik zou eerlijk gezegd niet weten waarom ik dat niet zou doen – dan kunnen ze over een paar maanden hoe dan ook trouwen.' Hij was even stil en zei toen vleiend: 'Ga met me mee terug naar Londen, Isabel. Sara komt over een dag of twee thuis en dan kun je haar uithoren. En die vent van haar – Gil – is van plan om over een paar weken naar Londen te komen.' Zijn stem verzachtte.

'Kom naar huis, Isabel. Ga met me mee.'

'Dat kan ik niet,' fluisterde ze.

'Jawel hoor. Je stapt gewoon in de auto en dan rijd ik je terug naar Londen.' Hij was naast haar komen staan. Hij pakte haar hand. Deze keer deinsde ze niet terug. 'Vergeef me,' zei hij.

Ze zei plompverloren: 'Ik weet niet of ik dat kan. Ik ben nooit goed geweest in vergeven. Ik heb nooit geweten hoe dat moet. Als ik je vergeef, mag ik er dan geen last meer van hebben?'

Hij ademde hard uit. 'Natuurlijk wel. Maar begrijp alsjeblieft...'

'Nee,' zei ze vastberaden. 'Begrijpen heeft geen enkele zin. Er is geen enkele vorm van begrip, geen enkele uitleg die mij niet het gevoel geeft dat ik dom, ongewenst en oud ben.'

'Isabel. Mijn gevoelens voor jou zijn nooit veranderd. Dat vind je misschien moeilijk te geloven, maar ik weet dat het waar is. Ik hou nog net zoveel van je als op de eerste dag dat ik je zag. Ik zal altijd van je houden. Niets wat ik heb gedaan of niets wat er is gebeurd kan dat veranderen. Ga mee naar huis, Isabel. Voor Sara, als je het niet voor mij kunt doen.'

Hoewel ze zich nog steeds verloren en kwetsbaar voelde, alsof ze bijna uit elkaar werd gescheurd zoals dat schip op de rotsen, zuchtte ze en zei: 'Ja. Goed. Ik denk dat ik mee moet.' Toen ze de opluchting op zijn gezicht zag voegde ze met een harde stem toe: 'Maar dit is de laatste keer, Richard. Als je me nog één keer zo vernedert, is het afgelopen. Dan ga ik bij je weg, dat beloof ik.'

De eerste keer dat Philip naar Elaine Davenport ging, ongeveer een week na hun ontmoeting in de tearoom van Lyons, was om erachter te komen of hij zich had vergist door te denken dat hij zich tot haar aangetrokken voelde. Dat was tenminste wat hij zichzelf voorhield.

'Kom je me controleren, Philip?' had ze gevraagd, waarop hij zijn schouders had opgehaald en iets nietszeggends had gemompeld.

Hij probeerde bij haar weg te blijven. Hij werkte tot laat in de avond, zocht afleiding bij vrienden en vriendinnetjes, maakte lange ritten op de motorfiets en werd meer dan eens stomdronken. Hij begreep maar niet waarom hij zo graag iemand wilde zien aan wie hij een hekel had. Hij begreep niet hoe walging zo dicht bij verlangen kon liggen.

Hij ging nogmaals naar haar toe, tegen sluitingstijd in de winkel. Haar gebogen, smalle wenkbrauwen gingen omhoog toen ze hem zag.

'Dag, Philip.'

'Hallo.' Er viel een stilte, en hij waagde een idiote opmerking over het weer.

Het was zes uur. Ze draaide het GESLOTEN-bordje voor de deur en vroeg: 'Wat wil je, Philip?'

'Niets.' Hij was ineens kwaad op zichzelf dat hij hiernaartoe was gekomen en zichzelf zo voor schut zette.

'Oké.' Ze was een hoed in tissuepapier aan het inpakken. Toen zei ze: 'Als je niets beters te doen hebt, kun je net zo goed de kas even voor me tellen.'

De keer daarop vroeg ze niet waarom hij er was. Dat viel hem op, en hij vroeg zich af wat het betekende. Hij herinnerde zich dat ze had gezegd dat ze eenzaam was. Misschien dat in haar huidige omstandigheden elke vorm van contact welkom was.

Als hij niet bij haar was, zag hij haar gladde, bleke huid voor zich, de zachte rondingen van haar arm en onderbeen. Hij zag voor zich hoe ze bewoog, de manier waarop ze haar hoofd naar een kant liet hangen als ze glimlachte; hij hoorde de warme klank van haar stem. Hij dacht terug aan hoe haar lange vingers zijn handen hadden verbonden en hoe haar nabijheid voelde – haar warmte en de geur van haar huid – toen ze de wond op zijn hoofd schoonmaakte. Hij dacht terug aan hoe ze hem had bevochten, hoe ze tegen hem in opstand was gekomen, en hoe ze haar best had gedaan hem niet te laten winnen.

Het drong tot hem door dat hij zo niet verder kon. Hij ging weer naar de winkel. Hoewel het GESLOTEN-bordje voor de deur hing, zag hij Elaine Davenport door het raam. Er was een tweede vrouw in de winkel. Hij besloot een andere keer terug te komen, bedacht zich en opende de deur.

Ze keek geschrokken op. De andere vrouw, die een hoed aan het passen was, draaide zich ook om.

Elaine herstelde snel. 'Goedenavond, meneer Finborough.'

'Ik vroeg me af of ik u even kon spreken, mevrouw Davenport.'

'Ik ben nu nogal druk. Als het belangrijk is, kunt u misschien een andere keer terugkomen.'

Haar woordkeuze: 'Als het belangrijk is', irriteerde hem, en maakte zijn vastberadenheid vanavond een antwoord van haar te krijgen alleen maar sterker.

'Ik wacht wel,' zei hij. 'Ik kom over een kwartier terug.'

Nu was het haar beurt om geërgerd te kijken. 'Als u dat wilt,' zei ze, en ze wendde zich weer tot de dame met de hoed.

Philip dronk in een pub verderop in de straat een glas whisky en ging terug naar de hoedenwinkel. Hij vroeg terwijl hij de deur opende: 'Is je klant vertrokken?'

'Dat was geen klant. Dat was mijn zusje, Gilda. En ja: ze is weg.'

Het was tot hem doorgedrongen dat hij geen idee had waarvan ze hield. Misschien haatte ze het ballet wel en vond ze theater slaapverwekkend. Hij zei: 'Ik heb kaartjes voor *Glamorous Night*. Ik vroeg me af of je zin hebt om mee te gaan.'

Ze was even stil en sloot de geldlade van de kassa af. Ze lachte kort. 'Dat lijkt me niet, Philip.'

'Of we kunnen iets anders gaan doen, als je niet van musicals houdt. Naar de film of zo.'

Ze draaide zich om en keek hem aan. 'Ben je hier om me mee uit te vragen?'

'Ja.'

'Voor een afspraakje?'

'Ja.'

Ze schoot weer in de lach. 'Waarom, Philip?'

Hij leek geen andere optie te hebben behalve eerlijk zijn. 'Omdat ik je wilde zien.'

'Je maakt een grapje.'

'O, in godsnaam...' Hij voelde de irritatie weer in zich opborrelen. 'Dit is niet bepaald gemakkelijk voor me, hoor.'

'Dacht je dat ik het je gemakkelijk zou maken?'

'Niet per definitie. Maar ik had niet gedacht dat je me zou uitlachen.'

'Laten we dit even heel duidelijk stellen. Je bent hier om me mee uit te vragen naar het theater. Of naar de bioscoop, of iets dergelijks. Niet als twee vrienden, neem ik aan... je zou ons moeilijk vrienden kunnen noemen.'

Hij zei intonatieloos: 'Nee, niet als vrienden.'

Ze had een lint gepakt en wond het om haar vingers. Ze schudde haar hoofd. 'Dit is nogal uitzonderlijk.'

'Ik begrijp niet waarom je dat zegt. We hebben elkaar per slot van rekening al een paar keer gezien sinds...' hij had bijna gezegd: *Sinds mijn vader*, maar besloot snel tot: 'sinds mijn ongeluk. Het zal toch niet helemaal uit de lucht komen vallen.'

'Ik heb je getolereerd, Philip, meer niet.' Haar stem klonk kil. 'Ik vond dat ik je beleefdheid schuldig was. Dat lijk je verkeerd te hebben geïnterpreteerd.'

Hij zei zacht: 'Dat geloof ik niet.'

Het lint was van haar vinger geschoten en rolde uit; ze propte het kwaad in een kartonnen doosje. 'Je lijkt te suggereren dat we meer zouden kunnen worden dan vrienden. Terwijl je heel goed weet dat je vader en ik...' Haar woorden ebden weg. Ze kneep haar ogen halfdicht en keek hem aan. 'Ik neem aan dat dit je manier is om je vader te straffen.'

Dat had hij niet verwacht. Hij zei woedend: 'Néé.'

'Nee? Kom op, Philip, waarom ben je hier anders?'

'Omdat ik je bewonder.'

'Nee, Philip, dat denk ik niet,' zei ze koel. 'Volgens mij veracht je me.'

Hij verloor zijn zelfbeheersing. 'Denk je dat ik dit leuk vind? Denk je dat ik niet heb geprobeerd niet aan je te denken? Denk je niet dat het vernederend voor me is om hier te komen om je te smeken?'

'Vernederend?' Haar bleke huid werd donkerrood. 'Hoe durf je?'

'Ik heb er niet voor gekozen om me aangetrokken tot je te voelen, hoor!' schreeuwde hij. Hij sloot even zijn ogen en zei toen: 'O, jezus. Ik had nooit moeten komen. Maak je maar geen zorgen, ik zal je nooit meer lastigvallen.' Hij liep de winkel uit en sloeg de deur achter zich dicht.

Ruby sprak met Sara af in Fortnum's. Sara, die rechtstreeks van de kleermaakster van haar moeder vandaan kwam, bestelde thee en taart.

Ruby vroeg haar hoe haar trouwjurk eruit ging zien.

Sara zei vaag: 'Lang... wit...'

Ruby slaakte een gilletje. 'Sara! Echt wit, of crème, of oester? Zijde, of satijn, of tule, vertel!'

'Satijn geloof ik, lieverd. Ik weet het niet meer.'

Sara vertelde hoe ze Gil had leren kennen. 'Het was op het strand,' zei ze. 'Mijn paard had me afgeworpen, en ik had mijn pols gebroken en mijn hoofd bezeerd. En toen ik bijkwam, stond Gil naast me.'

'Heeft hij je in zijn armen genomen en naar huis gedragen?'

'Nee, hij heeft me thee gegeven en over zwaardschedes verteld. En toen zijn we naar Raheen gelopen.'

De bruiloft stond over drie maanden gepland. Ruby werd Sara's bruidsmeisje. Ruby had zich afgevraagd of Sara zo snel wilde trouwen zodat ze zich niet kon bedenken... of ze zich, op de flamboyante manier van de familie Finborough, met haar ogen stijf dicht in een huwelijk stortte.

'Mama wilde dat ik zou wachten,' zei Sara, 'maar dat heb ik geweigerd. Gil wil op huwelijksreis naar Schotland en hij zegt dat er muggen zijn als we later dan juni gaan.'

Geschokt door het feit dat je je huwelijk kon laten afhangen van het bioritme van insecten, begon Ruby: 'Maar, Sara...'

Sara onderbrak haar: 'Ik wil niet wachten. Deze keer niet. Het is al erg genoeg dat ik een paar maanden thuis moet zitten. Langer zou ik niet volhouden.' Haar gezicht stond vastberaden.

'Je kunt ook teruggaan naar Ierland, naar je grootmoeder.'

'En dan?' vroeg Sara smalend. 'Een beetje paardrijden... een beetje wandelen... bij de vrienden van mijn grootmoeder op bezoek. Ik wil dat mijn leven weer op gang komt. Het lijkt wel alsof het, al heel lang, klem zit. Alsof het is bevroren.' Ze klonk kalm, maar Ruby merkte op dat ze met haar saffieren verlovingsring zat te spelen, dat ze hem steeds maar weer rond haar vinger draaide. 'Ik heb al maanden het gevoel dat ik achter een glazen wand leef. Niets voelt echt. Ik moet iets dóén.'

De tearoom zat vol moeders en dochters, echtgenoten en eega's, en groepjes kletsende vriendinnen. Ruby vroeg nieuwsgierig: 'Hou je van hem?'

'Natuurlijk, schat. Als ik niet van hem zou houden, dan zou ik niet met hem trouwen.'

'Maar hou je van hem zoals je van Anton hield?'

'Ik heb me in Anton vergist. Hij hield niet van me. Als hij van me had gehouden, zou hij op me hebben gewacht. Maar dat heeft hij niet gedaan. Als hij ooit al van me heeft gehouden, was het niet genoeg.'

'Zelfs als dat waar is, betekent dat niet dat je met Gil Vernon moet trouwen.'

'Ik adoreer Gil,' zei Sara stellig. 'Hij is vreselijk slim en heeft overal verstand van. Ik weet dat hij niet zo aantrekkelijk en charmant is als Anton, maar dat is precies het punt. Anton en ik waren te verschillend. Gil is Anglo-Iers, en ik ben altijd gek geweest op Ierland, dat weet je, en zijn familie kent een heleboel mensen die mijn familie ook kent.'

Ze vertelde Ruby over Gils aanzoek, in de ommuurde tuin van Vernon Court. 'Er zijn een heleboel goede redenen om met Gil te trouwen,' voegde Sara eraan toe. 'Hij komt uit mijn kringen, en Anton kwam dat niet; die was niet het soort man dat bij de familie Finborough hoort. Anton was geïnteresseerd in politiek en je weet dat ik daar totaal geen verstand van heb. Anton was enorm bereisd en de enige plaatsen waar ik ooit ben geweest zijn Ierland en Cornwall, en eerlijk gezegd heb ik nooit de behoefte gevoeld verder nog ergens naartoe te gaan. Anton wilde de wereld veranderen en ik ben altijd heel gelukkig geweest met alles zoals het is. Ik was waarschijnlijk helemaal niet slim genoeg voor hem, en dat is de waarheid. Ik zal ook wel niet slim genoeg zijn voor Gil, maar die vindt het leuk om me dingen te vertellen en ik luister graag. Er zijn artikelen van hem in wetenschappelijke tijdschriften gepubliceerd, en hij heeft een boek over kikkers geschreven... of misschien waren het padden.' Ze keek Ruby aan. 'Ik word zijn levensgezellin.'

Ruby trok een vies gezicht. 'Ik heb nooit begrepen wat levensgezellinnen moeten doen.'

'Ik ook niet.' Sara pakte nog een plak cake. 'Maar daar kom ik wel achter, en dan word ik een heel goede.'

'En de seks?'

'O, die wordt ongetwijfeld hemels, schat. En je hoeft het niet constant te doen, toch?' Sara keek Ruby geïnteresseerd aan. 'Ben jij al...?'

'Nee, nog niet.'

Sara sneed haar cake doormidden. 'Caroline heeft drie schatten van honden en ze heeft me beloofd dat ik ze mag uitlaten. En het huis is een droom, Ruby. Er zijn geen woorden voor. Ik ga het heerlijk vinden om daar te wonen. Het is niet groots, zoals Raheen, maar het stikt er van de draaitrappetjes op rare plaatsen, en gekke kamertjes waarvan je niet weet waarvoor ze zijn. Het is net het kasteel van Doornroosje... dat is wat ik dacht toen ik het voor het eerst zag. Ik weet zeker dat ik gelukkig word op Vernon Court. Ik weet zeker dat ik er zielsgelukkig word.' Ze klonk vastberaden.

Ruby ontving een paar dagen later een briefje van Isabel waarin Ruby werd uitgenodigd op een diner ter ere van Sara's verloving met Gil Vernon. Er werd niet gesproken over haar verbanning, er werd niet gerefereerd aan de gebeurtenissen die ertoe hadden geleid dat ze uit het leven van de familie Finborough was verbannen. Ze was ineens weer onderdeel van het bevoorrechte, exclusieve hof; ze mocht terug in de betoverde cirkel.

Toen ze op zaterdagavond bij huize Finborough arriveerde voelde ze het bekende, en zo gemiste, plezier ergens bij te horen. Er klonken vrolijke stemmen uit de salon, voetstappen van bedienden haastten zich door de gangen en over de trappen, er kletterde porselein en bestek terwijl de tafel werd gedekt, en het flikkerende kaarslicht gloeide. Isabel stond er altijd op dat er kaarsen brandden bij formele diners. Ruby werd tijdens de sherry voor het eten voorgesteld aan Gil en Caroline Vernon en merkte geamuseerd op dat ze door Caroline al snel als onbelangrijk werd afgedaan, waarna ze werd onderworpen aan een monoloog over atypische weerpatronen dit seizoen door Gil, waarna ze, nu ze even met niemand in het bijzonder stond te praten, een stap terugdeed en toekeek, genietend van het gevoel te worden omhuld door de glitter en levendigheid die als kind zo'n openbaring voor haar waren geweest. Ze zag dat Sara's maanden in Ierland haar hadden veranderd op een manier die Ruby niet onder woorden kon brengen, en dat Isabel er beeldschoon en fragiel uitzag, en dat Richards extraverte jovialiteit misschien een tikje geforceerd was.

Maar haar starende blik gleed altijd af naar dezelfde persoon, alsof ze door een magnetische kracht werd aangetrokken, waardoor ze bewust haar best moest doen niet naar Philip te kijken, niet elke kromming en lijn van zijn gezicht in zich op te nemen of te proberen de betekenis achter zijn houding en gezichtsuitdrukking te achterhalen. Zich in dezelfde ruimte als Philip bevinden betekende dat ze elke beweging en elk woord dat ze zei moest overwegen, dat ze altijd moest acteren en dat niets natuurlijk of instinctief verliep.

Ze ging naast hem staan en mompelde: 'Wat vind jij van hem, Philip?'

'Van Sara's geliefde? Nogal een boekenwurm.'

'Gil heeft me over de Golfstroom verteld.'

'Wat fijn. Waarom trouwt Sara in vredesnaam met hem?'

'Ze zegt dat ze van hem houdt.'

Philip maakte een snuivend geluid. Ruby wees hem terecht: 'Niet iedereen wordt per definitie verliefd op degene op wie je denkt dat ze verliefd worden.'

'Hij is doodsaai,' zei Philip opgewekt. 'Ze zal wel met hem trouwen vanwege dat huis en het landgoed.'

'Je weet best dat Sara dat nooit zou doen.' Ruby keek naar Sara, die vrolijk en levendig naast haar onverstoorbare verloofde stond.

'Volgens mij...'

'Wat?'

'Volgens mij vindt ze hem romantisch. Ze hebben elkaar heel romantisch leren kennen, toen haar paard haar had afgeworpen. Volgens mij ziet ze hem als haar held. Volgens mij ziet ze hem als haar redder.'

Ze keek terloops naar Philip en het drong tot haar door dat hij niet luisterde, dus zei ze, om haar teleurstelling te verbergen: 'Wat een boel mensen.'

'Ach, je weet dat mijn ouders niet van half werk houden. Die kunnen geen dineetje organiseren zonder meteen half Londen te laten zien wat een gelukkige, intieme familie we toch zijn.'

Ze keek hem van opzij aan. Ze was geschokt door zijn cynisme en vroeg zich af of hij al dronken begon te worden. Ze stond nog steeds na te denken wat voor onderwerp ze veilig kon aansnijden toen de gong voor het eten klonk.

Elaine was van streek door Philips uitbarsting in de winkel. Ik bewonder je, had hij gezegd, en toen: *Ik heb er niet voor gekozen om me aangetrokken tot je te voelen.* Als ze die eerste opmerking als onhandige poging haar aandacht van zijn vader af te leiden had kunnen interpreteren, droeg de woede die een luttel moment later werd geuit een angstaanjagende toon van waarheid in zich.

Ze werd geteisterd door Finborough-mannen, dacht ze geïrriteerd terwijl ze een speld in het lijfje van Gilda's trouwjurk stak. Ze trok een hoekje van het gordijn opzij, keek uit het raam en zag Philips motorfiets, een zwarte, lompe vorm langs de kant van de weg. Waarom kwam hij hier, wat wilde hij? Bespioneerde hij haar, of was dit zijn idee van iemand het hof maken?

Ze legde met een zucht de stof en spelden neer en liep naar beneden. Ze stak de weg over en liep naar hem toe.

'Philip, dit moet ophouden.'

'Dat weet ik.' Hij glimlachte lusteloos.

'Je staat hier al de hele week elke avond. Wat wil je?'

'Met je praten.'

'Nou, dat kan niet. Volgens mij had ik dat heel duidelijk gemaakt. Ik wil niet dat je hier nog naartoe komt. Als je nog een keer komt, bel ik de politie.'

Ze liep terug het huis in. Ze was net bezig laagjes stof op elkaar te spelden toen de voordeurbel ging, één lange toon omdat Philip zijn vinger op de bel hield.

Ze rende de trap af. Toen ze opendeed, zei ze: 'Hou daarmee op. Iedereen in het pand heeft last van je.'

'Laat me dan met je praten.'

Ze kon wel huilen van frustratie. Maar aangezien ze geen alternatief kon bedenken, zei ze: 'Kom dan maar. Vijf minuten, niet langer.'

Hij liep achter haar aan de trap op. Ze liet hem haar appartementje binnen en dacht terug aan de laatste keer dat hij hier was geweest, op de avond van zijn ongeluk. Ze wist nog hoe ze hem in zijn jack had geholpen, hoe zijn harde spieren onder zijn huid hadden gevoeld, en dat hij sproeten op zijn onderarm had.

Ze hoorde hem zeggen: 'Een borrel zit er zeker niet in, hè?'

'Ik vrees dat ik je geen lijst van chique wijnen kan voorschotelen,' zei ze sarcastisch. 'Ik heb gin met bitter of gin met martini, dat is alles.'

'In dat geval graag een gin-martini.'

Ze zette de flessen gin en martini, een citroen en twee glazen op een dienblad en liep ermee naar de zitkamer. Ze ging in de leunstoel zitten, niet naast hem op de bank. Ze vond dat hij iets gevaarlijks uitstraalde.

Terwijl ze de martini's mixte zei ze nogmaals: 'Dit moet ophouden, Philip.'

'Dat weet ik. Maar dat kan ik niet.'

'Natuurlijk wel. Je doet gewoon niet hard genoeg je best.'

'Het heeft niets met pa te maken. Ik weet dat je denkt van wel, maar dat is niet zo.' Ze begon iets te zeggen, maar hij snoerde haar de mond door te zeggen: 'Ik ben verliefd op je.'

'Nee,' zei ze fel. 'Dat kan niet.'

'Waarom niet?'

'Dat lijkt me wel duidelijk.'

'Ik vroeg me af of jij hetzelfde voelt.'

Ze schoot in de lach. 'O, Philip.'

Hij leunde met gefronste wenkbrauwen naar voren. 'Waarom zou ik niet verliefd op je worden? Je bent een heel aantrekkelijke vrouw.'

'Je hebt me een paar weken geleden nog in niet mis te verstane termen laten weten dat je me walgelijk vond.'

'Ja, ik geef toe dat ik je in eerste instantie haatte, maar nu niet meer.'

'Luister, Philip,' zei ze resoluut. 'Ik ben niet het soort vrouw dat je denkt dat ik ben. Ik ben getrouwd geweest en heb minnaars gehad, maar ik ben geen... ik ben geen sloerie. Dus als je hier bent omdat je denkt dat ik je een plezier ga doen door met je in bed te springen, dan vergis je je!'

'Dat dacht ik helemaal niet.' Hij keek haar serieus en rustig aan. 'Je bent een van de beschaafdste vrouwen die ik ooit heb ontmoet.'

'Beschaafd,' mompelde ze. 'Mijn god.'

'Waardig, dan. Evenwichtig. Weet ik veel...'

'Philip.' Ze zette haar glas neer. 'Als je me wilt, komt dat doordat je weet dat je me niet kunt krijgen. Dat is alles.'

Hij grijnsde. 'Dit is niet freudiaans, hoor.' Zijn ogen glinsterden.

'Je bent ontzettend jong.' Ze hoorde zichzelf een opgewekte, wereldwijze toon aannemen. 'Er komen nog genoeg meisjes om verliefd op te worden.'

'Nee. Ik ben op geen van mijn vriendinnen verliefd geweest. Ze zijn altijd kwaad op me dat ik dat niet ben.'

'Wat vervelend voor je.'

'Haat je me?'

'Haat is een te sterk woord.' Ze dwong zichzelf hem aan te kijken. Ze bedacht wat een aantrekkelijke jongen hij was, met zijn lange ledematen, warrige haar, slaapkamerogen en charmante glimlach. Ze moest zichzelf wakker schudden.

'Je was behoorlijk irritant,' zei ze scherp. 'Dat ben je nog steeds, trouwens.'

'Sorry.' Hij klonk niet berouwvol. In plaats daarvan begon hij weer te grijnzen. 'Dit moet erg lastig voor je zijn.'

'Die passie van jou is wel ietsje meer dan een beetje lastig, denk je niet?'

'Hoe zou jij haar beschrijven?'

'Als belachelijk. Onmogelijk. Onsmakelijk.'

'Vanwege mijn vader?' Hij keek bedachtzaam. 'Ik neem aan dat je dat kunt denken. Maar ik geef niets om hem... ik denk nauwelijks aan hem.'

Dat geloofde ze niet, maar ze ging er niet op in, en zei: 'En je moeder? Denk je ook zo over haar?'

Zijn gezicht betrok. 'Ik snap niet waarom ze bij hem blijft,' mompelde hij. 'Ik begrijp niet hoe ze zo gemakkelijk kan vergeven en vergeten.'

'Dus, Philip, als ik tegen je zou zeggen dat ik dolverliefd op je was, en we zouden hand in hand de wereld in trekken, zoals jij lijkt te denken dat we wellicht gaan doen, wat denk je dan dat dat met je familie zou doen?'

'Ben je dat? Ben je dolverliefd op me?'

'O, Philip..'

'Maak nog eens een martini voor me.' Hij stond op uit zijn stoel. 'Je mixt uitstekende martini's, Elaine.'

Ze was zich bewust van hoe hij te dicht bij haar stond en op haar neerkeek terwijl ze de gin inschonk en een citroen uitkneep. Ze vond zijn nabijheid verontrustend.

Maar ze lachte kort en zei: 'Er zijn zoveel redenen waarom jij en ik onmogelijk iets met elkaar te maken moeten hebben dat het moeilijk is te bedenken waar ik zou moeten beginnen. Ik ben veel ouder dan jij...'

'Vijf jaar,' zei hij. 'Je bent dertig. Dat heb ik uitgerekend.'

'Wat knap van je. We hebben een totaal andere achtergrond.'

'Dat weet ik. Ik ben het verwende nest, het zondagskind, en jij staat al je halve leven op de werkvloer.'

Ze kon zichzelf er niet van weerhouden te glimlachen. 'Zoiets, ja,' gaf ze toe.

'Ik verlang naar je, snap je?'

Haar hand beefde terwijl ze hem zijn glas aangaf, en er klotste wat vloeistof over de rand. Ze stond geagiteerd op en begon druk stukjes draad en stof die van haar naaiwerk op de vloer waren gedwarreld op te rapen. Ze zei: 'Misschien dat je deze keer niet kunt krijgen wat je hartje begeert.'

'Misschien. En ik snap hoe het op jou moet overkomen: de enorme implicaties ervan. Hoewel het eigenlijk, als je erover nadenkt, heel simpel is.' Hij nam een slokje van zijn martini. 'Maar er is nog één ding dat je niet hebt gezegd.'

'Wat?'

'Dat je een hekel aan me hebt.'

Ze kon hem niet aankijken. Ze stond op en liep naar de keuken, deed de vuilnisbak open en gooide de draadjes en lapjes stof erin. Toen liep ze terug naar de deuropening.

Ze zei koel: 'Ik heb inderdaad een hekel aan je. Je probeert een plekje in mijn leven te forceren terwijl ik heel duidelijk heb gemaakt dat ik je niet wil leren kennen. De beste verklaring voor je gedrag is dat je een verwende, verwaande jongeman bent die veel te vaak zijn zin krijgt. De slechtste is dat je pervers en arrogant bent.' Ze zag hem terugdeinzen.

Ze draaide de keukenkraan open, waste haar handen en drukte ze, koel en nat, tegen haar gezicht. Ze hoorde de voordeur open- en dichtgaan. Haar ogen waren dicht en haar hoofd hing voorover. Haar ademhaling was onregelmatig. Toen hoorde ze voetstappen achter zich. 'Niet pervers,' zei hij zacht. 'Al die andere dingen misschien, maar niet pervers.'

Ze voelde zijn armen om haar taille glijden en snakte naar adem. Zijn lippen streelden haar nek. Ze hoorde hem fluisteren: 'Je hart gaat heel snel. Net een vogeltje.'

Zijn handpalm bewoog langzaam van haar buik naar haar borst: ze kreunde. Ze voelde soepel in zijn armen terwijl hij haar naar zich toe draaide. Toen kuste hij haar.

Ruby zag Joe Thursby sinds een paar maanden. Ze gingen naar de bioscoop en naar poëzieavonden in kamertjes boven pubs, waar de resonantie van de gedichten werd benadrukt door geschreeuw en af en toe een vechtpartij in de bar beneden.

Toen ze een keer stonden te kussen voor haar huis nadat hij haar had thuisgebracht, deed Joe een stap naar achteren en keek haar geconcentreerd aan. 'Ik vraag me altijd af waaraan je denkt als ik je zoen,' zei hij. 'Ik heb altijd het gevoel dat je er niet helemaal bij bent.'

'O, ik gebruik je alleen maar, Joe,' zei ze luchtig. 'Als studiemateriaal voor mijn verhalen. Omdat je zo knap bent. Een heroïsch type.' Ze raakte zijn gezicht aan en liet zichzelf het huis binnen.

Voordat ze naar bed ging met Joe ging Ruby naar de dokter en regelde een pessarium. Ze genoot van de fantasie over een verloofde, een bruiloft en een huwelijksreis naar Wales, het hielp haar afleiding te vinden tijdens het uitvoeren van de nogal onaangename instructies van de arts terwijl ze het voorbehoedmiddel zelf inbracht. Een paar dagen later werd ze in Joes kamer aan Euston Road ontmaagd. Nadat ze hadden gevreeën rolde ze op haar buik om naar Joe te kijken, die een sigaret lag te roken. Ze keek graag naar Joe: hij was zo'n knappe man.

'Smachtend hart', haar laatste verhaal, was in *Woman's Weekly* geplaatst onder het kopje: 'Door onze favoriete schrijfster, Ruby Chance.' Ze stelde zich wel eens voor dat haar vader zo'n tijdschrift zou oppakken, misschien in de wachtkamer bij een dokter, en dat hij er dan doorheen zou bladeren en haar naam zou zien. Het geld dat ze met haar verhalen verdiende was genoeg om zowel de kosten voor haar moeder als die voor zichzelf te betalen, waardoor ze nu was bevrijd van haar afhankelijkheid van de familie Finborough.

Ze had behalve Joe en haar moeder maar weinig mensen over

haar verhalen verteld. Ze was nog steeds een beetje bang dat ze als een donderslag bij heldere hemel zouden verdwijnen als ze erover sprak, ze was nog steeds een beetje bang dat ze zou worden neergehaald als ze haar hoofd boven het maaiveld uitstak. Bovendien hielden de schrijvers die ze kende onder de bohémiens in Chelsea – bijna niemand van hen had ooit iets gepubliceerd – meer van experimenteel en grof en zouden ze misschien neerbuigend of minachtend doen over haar werk en niet begrijpen waarom ze het deed. Niet dat geld haar enige beweegreden was, hoewel het wel een belangrijke was. Ze kon zich in haar positie niet veroorloven laatdunkend te doen over geld.

De enige die verder van haar korte verhalen wist was Edward Carrington, van kantoor. Edward woonde met zijn moeder in een appartement in Belgravia. Hij was vijf jaar ouder dan Ruby en werkte op een andere etage in het gebouw. Edward was lang en mager en zijn melancholische bruine ogen stonden in een lang, expressief gezicht. Hij was een van die mensen die bij meerdere mensen, onder wie Ruby, aan de periferie van de vriendenkring stonden, maar die bij niemand een centrale positie innamen.

Het was halftwee en Ruby zat te eten in het kamertje dat was gereserveerd voor mensen die hun eigen lunch meenamen toen Edward zijn hoofd om de deur stak.

'Hoi, Ruby. Hoe is het? Ik ben op zoek naar juffrouw Chadwick.'

'Die is thuis. Ze heeft haar enkel verstuikt met hockeyen.'

'Mijn god,' zei Edward. Mary Chadwick was een erg forse vrouw.

'Nou,' zei Ruby terwijl ze het papier waarop ze had zitten schrijven onder haar lunchtrommel schoof. 'Ze zal wel keepster zijn.'

Hij kwam de kamer in lopen. 'Wat is dat?'

'Niets,' zei ze fel.

Haar afwijzing deed hem gekwetst kijken en hij maakte aanstalten te vertrekken. Ruby zei met een zucht: 'Gewoon iets wat ik aan het schrijven ben. Niets belangrijks.'

'Een verhaal?'

'Ja. Een kantoorromance.'

Hij schaterde tevreden. 'Ga maar gauw verder, dan.'

De eerste keer dat hij Elaine zoende eindigden ze samen in bed. Philip voelde een vreemde eerbied voor haar gladde, parelachtige ledematen en de manier waarop haar platinablonde haar viel. Ze hadden elkaar sindsdien bijna dagelijks gezien. Als ze niet konden afspreken door verplichtingen op het werk, met familie of vrienden, belden ze, en ze praatten soms uren aan de telefoon. Hij schreef haar dagelijks. Voordat hij haar had leren kennen voelde hij bij het schrijven van het kleinste bedankbriefje al een wanhopige mentale leegte en begon hij op zijn pen te kauwen: nu verwonderde hij zich over het tempo waarmee zijn pen over het papier gleed.

Het wonder was dat zij zich net zo voelde. Dat kon hij zien: hij had geleerd de symptomen te herkennen. Het verlangen bij één iemand te willen zijn, de overtuiging dat wat je zegt wordt begrepen. De behoefte aan aanraking, dat je huid die van de ander raakt, dat je lichaam één wordt met dat van de ander. Hoe het was gebeurd verwonderde hem, hoe hij haar had gehaat en toen had bemerkt dat hij zich tot haar aangetrokken voelde. Hij viel hopeloos voor kleine details die alleen een minnaar ziet. Dat de teen naast haar grote teen langer was dan de grote, dat haar oogwit een beetje blauwig was, dat ze met haar duim haar pols kon aanraken: het fascineerde hem allemaal enorm. Haar smaak, voorzover die overeenkwam met die van hem, leek te bevestigen dat ze voor elkaar waren gemaakt; als ze af en toe een andere voorkeur hadden, amuseerde het verschil hem.

Ze vertelde hem over haar jeugd, die er een van dagjes uit naar Southend en picknicks in het park was geweest, zo anders dan die van hem, in zijn oren zo idyllisch en betoverend in eenvoud. Nog maar twee generaties terug had haar familie bestaan uit dagarbeiders op boerderijen in Suffolk: hij zag ze voor zich, lang, slank en met zilverkleurig haar, met een zeis in hun handen.

Ze hielden hun affaire geheim, een gezamenlijke maar grotendeels onuitgesproken beslissing. Ze gingen naar de bioscoop op het platteland en aten in restaurantjes in buitenwijken. Philip leende wel eens een auto van een vriend en dan reden ze Londen uit.

Hij zag Elaine op de een of andere manier niet op de duozitting van zijn motor, kon zich haar niet warrig en verwaaid voorstellen. Hij wilde haar verzorgen en beschermen. Toch was het verassend hoe vaak je in een grote stad als Londen mensen tegenkwam die je kende: een zakenrelatie van Philip in een wegrestaurant aan Kingsway, een familievriend van Elaine in de metro. En hoewel de behoefte aan geheimhouding het in het begin alleen maar spannender maakte, begon die hem na een tijdje tegen te staan.

Op een koele winderige dag begin juni reden ze naar de ferry bij Felixstowe, aan de kust van Suffolk, waar ze in de pub aan de brink aten. Hoewel de pub een erg afgelegen locatie had, was het verrassend druk in de eetzaal. Na de lunch liepen ze naar de riviermonding van de Deben. Philip had het idee dat er uitzonderlijk veel mensen buiten waren: vissers in oliejacks en zeilers in gebreide truien, en spelende kinderen die rondrenden, ballen gooiden en iedereen in de weg liepen. Hij was gespannen en bleef maar in zijn zak voelen of het doosje dat hij bij zich had gestoken er nog was.

Een eenzame kunstenaar schetste de zeil- en vissersbootjes die op de grijsgroene zee dobberden. Een hond rende door een plas water en schudde de druppels van zijn gevlekte vacht. Het was niet bepaald de plaats waarop Philip had gehoopt, maar hij zei: 'Zullen we even gaan zitten? Daar staat een bankje.'

'Het is een beetje koud om te zitten. En kijk daar eens,' – Elaine wees naar een schuurtje met de woorden VERSE VIS op de houten muur gekalkt – 'ik ga even wat vis voor het avondeten kopen.'

Ze liepen naar het schuurtje. Nadat ze haar aankopen had gedaan wandelden ze een eindje landinwaarts over een pad door rietland en moerassen. Elaine had het tijdens de wandeling over van alles wat er die week was gebeurd: een klant in de winkel, de plannen voor de bruiloft van haar zus. Woonboten lagen in het grijze water van de riviermond gemeerd en een vies kind keek op van een dek terwijl ze er langsliepen.

Ze zei plotseling: 'Als je geen zin meer hebt, kunnen we naar huis gaan, hoor.'

Hij keek haar geschrokken aan. 'Wil je naar huis?'

'Dat maakt me niet uit. Maar jij bent zo stil, Philip. Vermaak je je wel?'

Hij liep naar de oever en keek uit over het water, het riet en de modder. Het leek net of het land in de zee smolt.

Hij zei plotseling: 'Ik ben dit allemaal zo beu, weet je.'

'Ons?' Hij zag de schrik in haar ogen.

'Nee, natuurlijk niet.' Hij sloeg zijn armen om haar heen. 'Over jou ga ik niet anders denken, Elaine. Ik vrees dat je aan me vastzit. Nee, ik bedoel de geheimzinnigheid. Afspreken op de idiootste plekken om samen wat tijd te hebben. Ik vind dat we het moeten vertellen... van ons.'

'Philip...'

'Ik ben trots op jou. Ik wil dat anderen weten hoe ik het heb getroffen. Dat zou het waarachtiger maken. Ik ben soms bang dat ik wakker word en dat het allemaal een droom was.'

Ze kuste hem op zijn lippen. 'Maar dan was het wel een heerlijke droom.'

'Dromen zijn kortstondig. Ik wil dat wij... blijvend zijn.'

Ze vleide zich tegen hem aan en drukte haar hoofd tegen zijn schouder. Hij streelde haar haar.

'Ik wil je iets vragen, Elaine.'

'Vraag maar raak.'

Een gezin met moeder, vader en vier meisjes kwam over het smalle pad op hen af lopen. Philip en Elaine deden een stap naar achteren om hen te laten passeren. Op het moment dat Philip zei: 'Ik wilde je vragen of je met me wilt trouwen', gleed het kleinste meisje uit in de modder, landde op haar billen, trok een gezicht en begon te krijsen.

Elaine tilde het meisje uit de modder en maakte geruststellende geluidjes. Philip wist niet zeker of het geblèr zijn aanzoek onhoorbaar had gemaakt, dus begon hij nog een keer: 'Ik wilde vragen...'

'Ja, ik heb je gehoord, schat.'

Het kind werd aan haar vader overgedragen, die haar op zijn

schouders zette en verder liep. Toen het gezin een stukje van hen vandaan was, vroeg hij: 'Nou, wil je dat?'

En Elaine, die een somber gezicht trok, zei: 'Misschien moeten we even een plekje zoeken om te zitten.'

Ze liepen verder landinwaarts, verder het moeras in, waar Philip een kapot hek vond waarop Elaine kon zitten. Hij wilde haar aansporen, haar opjutten, want het wachten was ondraaglijk, maar hij voelde aan dat het om een belangrijke beslissing ging, iets wat je hele leven veranderde, en dat aansporen, opjutten, zoals hij gewoon was te doen, verkeerd zou zijn.

'Ik wil met je trouwen, Philip,' zei ze, en hij hoorde de lucht uit zijn longen ontsnappen; hij had zonder dat hij zich ervan bewust was geweest zijn adem ingehouden.

Toen fronste ze haar wenkbrauwen: 'Maar ik weet niet of ik dat moet doen.'

'Vanwege... vanwege mijn vader?'

'Deels, ja. Dat zal het niet eenvoudiger maken, toch? Ik heb Gilda niet eens over jou verteld. Ze is zo opgewonden over haar huwelijk en moeder is erg ziek. Mijn familie zal verbijsterd zijn, om het zacht uit te drukken. Ik weet niet wat mijn ouders ervan zullen vinden als ik weer ga trouwen, hoewel ik zeker weet dat ze je geweldig zullen vinden als ze je eenmaal kennen. Maar dat stelt allemaal niets voor vergeleken bij wat jij zou moeten doen. Philip, ik weet niet zeker of je bent doordrongen van wat je allemaal kunt kwijtraken als je met mij trouwt. Ik moet niet denken aan de storm die we zullen veroorzaken.'

'Daar heb ik over nagedacht.' Hij veegde met zijn vingertop een lok haar uit haar gezicht. 'Het zal wel betekenen dat ik bij de firma Finborough weg moet.'

'Dat zou je vreselijk vinden, toch?'

'Ja,' zei hij oprecht. 'Maar er is genoeg ander werk dat ik zou kunnen doen.'

'Ik wil niet dat je voor mij alles opgeeft waarop je zo dol bent. Ik ben bang dat een huwelijk dat op een ongelijkwaardig offer is gebaseerd niet gaat werken.'

'Een offer?' Hij begon te lachen. 'Met jou trouwen zou geen offer zijn. Het is wat ik het allerliefste wil op de hele wereld.'

'Maar Philip,' zei ze vriendelijk, 'je ouders.'

'Misschien is het minder erg dan je denkt. Misschien schiet mijn vader wel niet uit zijn slof. Misschien ook wel, maar dan vergeet hij het na een tijdje wel weer. En eerlijk gezegd weet ik niet eens zo zeker of ik nog wel voor hem wil werken. Het is de laatste paar maanden behoorlijk afzien geweest. We praten nauwelijks met elkaar. Ik kan het soms bijna niet aan om met hem in één ruimte te zijn.'

'Ik wil het niet nog erger maken.'

Philip haalde zijn schouders op. 'Pa en ik irriteerden elkaar al lang voordat ik jou leerde kennen.'

'En je moeder?'

'O, die draait wel bij. Dat weet ik zeker,' zei Philip zelfverzekerd. Hij begon te grijnzen. 'Misschien is het wel helemaal niet zo slecht voor me als ik een tijdje mijn eigen boontjes moet doppen. Een beetje minder van dat zondagskind.'

'En dan ben ik er nog. Ik ben al getrouwd geweest, weet je nog?'

Wat belachelijk, dacht hij, om jaloers te zijn op een overleden echtgenoot. Hij moest zichzelf dwingen om te vragen: 'Hou je nog van Hadley?'

'Op een bepaalde manier zal dat altijd zo blijven. Maar hij is er niet meer en ik moet verder. Maar dat bedoelde ik niet. Ik weet niet of ik weer getrouwd wil zijn... niet met jou of met wie dan ook. Hadley was een schat, maar ik verveelde me vreselijk. Hadley ging naar zijn werk en ik bleef thuis om te stoffen en af te wassen. God, ik heb me echt dood verveeld!' Elaine schudde haar hoofd. 'Ik heb natuurlijk wel manieren gevonden om de tijd door te komen, maar ik vond het afgrijselijk om mijn leven te verdoen met zoeken naar bezigheden om de tijd door te komen.' Ze was even stil; Philip hoorde het ruisen van het riet, aangewakkerd door de wind, die was opgestoken en wolken hun kant op blies.

Ze zei: 'Op de dag dat ik de winkel ging huren, op de dag dat ik de sleutel kreeg, naar binnen liep en begon te bedenken wat ik ermee ging doen, voelde ik me zo geweldig. Bijna gelukkig. En schuldig, omdat Hadley pas een paar maanden dood was.'

'Ik zou je niet met een schort om naar de keuken willen verbannen,' zei hij geamuseerd. 'Waarom zou ik dat willen?'

'Dat is wat mannen doen, Philip.'

Hij pakte haar hand en kuste haar vingers. 'Als ik jou was, zou ik die winkel maar aanhouden... als mijn vader me zonder een cent de laan uit stuurt, hebben we het geld hard nodig.'

'Zou je dat niet erg vinden?'

'Nee.' Hij dacht diep na en zei toen oprecht: 'Ik zou het wel erg vinden als je altijd zou werken en we elkaar nooit zouden zien. Dat zou ik wel erg vinden.'

'O, ik denk dat af en toe samen eten wel moet lukken, hoor,' zei ze, en ze haalde haar hand door zijn haar. Ze zuchtte. 'Ik moet je natuurlijk ook op al die andere problemen wijzen: onze verschillende achtergrond en het leeftijdsverschil. Dat we elkaar nog maar zo kort kennen. Enzovoorts. Maar dat lijkt om de een of andere reden allemaal niet meer zo belangrijk als ik eerst dacht. Hoewel...'

'Hoewel wat?'

'Er is nog iets anders.' Ze maakte zich los uit hun omhelzing en draaide zich naar hem om. 'Ik heb nooit een kind gekregen. Ik ben zelfs nooit zwanger geraakt toen ik met Hadley was getrouwd. Ik ben dertig, Philip. Het wordt voor vrouwen naarmate ze ouder worden steeds moeilijker om een kind te krijgen.'

'Wil je kinderen?'

'Ja, heel graag. En jij?'

'Ik wil kinderen met jou. Bedenk eens hoe wij er samengesmolten zouden uitzien. Dat wordt heel bijzonder, denk je niet? Hoe gaan we ze noemen?'

'Philip, ik kan misschien geen kinderen krijgen,' zei ze ronduit. 'Dat probeer ik je te vertellen.'

'Als we ze krijgen, zou dat geweldig zijn. En als het niet lukt, overleven we het wel. Dan adopteren we er een... of zes, als je dat wilt.' Hij sloeg zijn arm om haar heen. 'Lieverd toch, je rilt helemaal.' Hij reikte in zijn broekzak en haalde het doosje tevoorschijn. 'Laat me deze even om je vinger doen, dan kunnen we terug naar de beschaving.'

Ze maakte het roodleren doosje open en zei met een verstikte stem: 'O, Philip.'

'Het is een gele diamant. Die schijnen heel zeldzaam te zijn. Ik vond hem wel bij je passen. Vind je hem mooi?'

'Hij is prachtig,' fluisterde ze.

Hij duwde de ring om haar vinger. 'Niet huilen,' mompelde hij. 'Niet huilen, mijn liefste Elaine.' Sprakeloos schudde ze haar hoofd.

Tegen de tijd dat ze terug waren bij de pub was het gaan regenen. Toen hij de auto startte zei ze: 'Je ouders... je zult toch wel voorzichtig zijn, hè, liever? Wees je vriendelijk?'

'Maak je maar geen zorgen,' zei hij, 'ik ben de tact zelve.'

Een GEEN OORLOG MEER-feest in een appartement in Chelsea. Spotprenten aan de muren van een rood aangelopen, zich misdragende Hitler, Mussolini en Stanley Baldwin; bowl die naar schoensmeer smaakt; dansende feestgangers, wang tegen wang op elkaar gepropt, die hun jasjes, vesten en sjaals afwerpen naarmate het heter wordt in de kamer.

'Theo!' gilde Ruby toen ze hem zag, en ze begon zich een weg door de menigte te banen.

Hij kuste haar en stelde haar voor aan het meisje met wie hij er was. Alexandra was lang, slank en elegant in haar geelbruine fluweel. Naarmate de tijd verstreek werd de muziek zachter en sensueler, en stelletjes trokken zich terug in rustigere delen van het pand. Ze hoorde de stemmen van Theo en Aaron, die in de kamer naast Ruby woonde, door het geroezemoes heen toen ze de achtertuin in liep.

Het was buiten koeler en de sterrenhemel was helder. 'Maar,' zei Aaron, 'je mag in Duitsland als jood dan ook niet met een ariër trouwen. Je mag niet eens elkaars hand vasthouden, kussen of aanraken. Er zijn daar een heleboel winkels en cafés waar we niet in mogen, bussen en treinen waarvan we geen gebruik mogen maken. Volgens mij willen de autoriteiten dat we vluchten en ergens anders gaan wonen.'

Ruby stond in de deuropening naar de bijkeuken naar Theo te kijken. Wat leuk dat hij naar huis was gekomen. Wat leuk om hem weer eens te zien, hier even te staan en herinnerd te worden aan hoe zijn handen bewogen als hij sprak, aan hoe zijn bovenlip opkrulde als hij glimlachte.

Ze liep de tuin door naar hem toe. 'Lieve Theo, waarom heb je niet verteld dat je thuiskwam?'

'Ik verras graag mensen.' Hij sloeg zijn arm om haar heen. 'Hoe is het, Ruby?'

'Heet,' zei ze, en ze wapperde zichzelf wat frisse lucht toe. 'Alexandra is beeldschoon. Waar kennen jullie elkaar van?'

'Van een filmset in Billancourt. Ik schrijf voor een filmtijdschrift. Alexandra acteerde in een afgrijselijke film. Zij was het enige wat hem het aanzien waard maakte. Ik voel me echt enorm monochroom bij haar in de buurt: ze is een mengeling van Russisch, Frans, joods, met een vleugje Castiliaans-Spaans, en ze heeft zo ongeveer in alle Europese hoofdsteden gewoond.'

'Het lijkt wel of iedereen rondtrekt, of niemand op dezelfde plaats blijft wonen.'

Aaron glimlachte. 'Ik blijf voor eeuwig in dat kamertje naast je wonen, Ruby, dat beloof ik.'

Theo vroeg: 'Overweeg je wel eens om naar Palestina te gaan?'

Aaron haalde zijn schouders op. 'Dat is waar veel mensen van dromen, om terug te keren naar het Beloofde Land. Maar ik heb voor Londen gekozen. Ik ben gevlucht met mijn typemachine en mijn koffiekopjes. Ik vind het prettig in Londen. Ik kan hier werken en als ik wat zeg hoef ik niet over mijn schouder te kijken of er iemand meeluistert. Ik kan gewoon over straat zonder bang te zijn voor geweld of gevangenneming.'

'Heb je familie in Duitsland?'

'Mijn ouders. Ik heb geprobeerd ze over te halen mee te komen, maar dat wilden ze niet. Ze wonen al hun hele leven in hetzelfde stadje en willen er niet weg. Ze denken dat het beter wordt.'

'En jij?' vroeg Theo ronduit.

'Nee, ik denk van niet. Ooit heb ik dat wel gedacht, maar ik heb nu geen hoop meer.' Aaron keek terloops naar de feestende mensen. 'Natuurlijk is het goed om tegen oorlog te zijn. Iedereen die goed nadenkt, haat oorlog. Maar wat als de mensen die ons regeren niet goed nadenken? Wat als ze gek zijn, of kwaadaardig?'

Joe kwam het huis uit. 'Het begint binnen een tikje oververhit te worden. Kit beschuldigt Brian ervan dat hij verliefd is op Daisy Mae en Brian heeft tegen Kit gezegd dat hij te dom is om te begrijpen wat een platonische relatie is.'

Theo zei: 'O ja, Philip vroeg naar je, Ruby.'

'Heb je hem gezien?'

'Eventjes.'

'Hoe is het met hem?'

'Goed, volgens mij. Hij zei niet echt veel. Hij moest ergens naartoe.' Theo tipte de as van zijn sigaret.

'Komt hij, zondag?'

'Geen idee. Dat zei hij niet.'

Ruby en Joe gingen kort daarna weg. Toen ze over King's Road liepen, zei Joe: 'Die vent... van dat gezin waar je hebt gewoond...'

'Theo?'

'Nee, zijn broer.'

Ruby hield haar gezicht in de plooi. 'Philip? Ja?'

'De eerste keer dat wij elkaar zagen, ben je naar hem toe gegaan in het Fitzroy. Weet je nog?'

Natuurlijk wist ze dat nog. Philip die in haar bed lag te slapen en haar vingertop die zijn profiel streelde.

Ze liepen langs gesloten winkels; nu en dan passeerde er een auto of busje. Joe vroeg: 'Je bent verliefd op hem, hè?'

Ze begon te lachen. 'Joe, ik heb Philip al weken niet gezien.'

'Het was de manier waarop je begon te stralen. Toen het over hem ging.' Er klonken woede en pijn in zijn stem. Ruby wist niet wat ze moest zeggen, en ze liepen de rest van de weg in stilte. Toen ze bij haar kamer aankwamen, nam Joe afstandelijk afscheid. Hij vroeg niet of hij mocht blijven slapen.

De zondagse lunch in huize Finborough. Dat bekende, aangename gevoel omhuld te zijn door licht, kleur en elegantie. Ruby's aandacht werd in de hal getrokken door de geur van rozen in een vaas van Venetiaans glas, de verzameling ansichtkaarten die door vrienden van de familie van uit hun Europese vakantiebestemmingen waren gestuurd, en het paar leren handschoenen – misschien waren ze van Isabel, of van Sara – dat op een rieten stoel was achtergelaten. Wat een prachtige handschoenen, van zacht wit konijnenbont; ze streelde er met een vingertop overheen.

Een eetkamer vol oude vrienden – de echtparen Colville, McCrory, Temple – maar geen Philip. Ze voelde haar gelukzalige gevoel wegebben. Kletsen en lachen terwijl ze rosbief met yorkshirepudding aten en bijen aan de andere kant van de openslaande deuren hun kopjes in de blauwe kappen van de ridderspoor begroeven.

De meid serveerde een zomerpudding. Toen overstemde het geluid van de voordeurbel het gesprek. Voetstappen in de gang: Philip kwam binnen.

'Lieverd,' zei Isabel.

Philips ogen werden groter terwijl zijn blik over tafel ging. 'Sorry, ik wist niet dat jullie gezelschap hadden.'

'Wat heerlijk je te zien, lieverd,' zei Isabel. 'Ik heb je meid nog aan de telefoon gehad. Heeft ze niet gezegd dat ik had gebeld?'

Philip keek geïrriteerd. 'Misschien ben ik het vergeten...'

'Ga zitten, wil je pudding?'

'Ik denk dat ik beter later terug kan komen.'

Richard gromde: 'Je moeder vroeg of je wilt gaan zitten.'

Philips gezichtsuitdrukking verhardde. Isabel zei zacht: 'Philip, alsjeblieft.' Hij ging zitten en begroette de gasten aan tafel, hoewel het Ruby opviel dat hij zijn vader negeerde.

Donkerrood vruchtensap bloedde door de pudding naar buiten toen Isabel er een stuk uit schepte. Er klonk een ingetogen mompelend gesprek terwijl Isabel opschepte en de meid de schaaltjes ronddeelde. Toen ze Philip er een aanbod, schudde hij zijn hoofd.

'Nee, dank je. Ik heb geen honger.'

'Wat kom je dan in godsnaam doen,' vroeg Richard geïrriteerd, 'halverwege de maaltijd?'

'Zoals ik net al zei, vader: ik was vergeten dat dit het tijdstip voor de zondagse lunch is.'

'Er is toch niets aan de hand, Philip?' vroeg Isabel bezorgd.

'Nee, hoor.'

'Ben je ziek?'

'Isabel, doe niet zo bezorgd,' zei Richard.

'Ik voel me prima, mama, echt. Ik wilde jullie iets vertellen, maar dat kan wachten.'

'Je hoeft je voor ons niet in te houden, hoor,' zei Richard sarcastisch. 'Ik weet zeker dat onze gasten je nieuws graag horen, wat het ook is.'

'Richard,' zei Isabel.

Philip werd ineens helemaal stil. Toen schoof hij bruusk zijn stoel naar achteren, stond op en maakte aanstalten te vertrekken.

'Godvergeten ongemanierd,' mompelde Richard, en Philip bleef stilstaan bij de deuropening.

Toen hij zich omdraaide naar zijn vader, zag Ruby de razernij in zijn ogen. 'Ik, ongemanierd? Misschien zal ik dan toch maar vertellen waarom ik er ben. Ach ja, waarom ook niet? Ik ga trouwen. Daarom ben ik hier. Dat is wat ik kwam vertellen.'

Nee, dacht Ruby. Nee, dat mag niet.

'Trouwen?' Isabels handen schoten voor haar mond. 'Philip, dit is wel heel plotseling. Met wie? Dat meisje... Stephanie...'

Philip schudde zijn hoofd. 'Nee, niet met Steffie. Ik ga met Elaine Davenport trouwen.'

Op de gezichten van de gasten stond een mengeling van verwarring, nieuwsgierigheid en gêne geschreven. Dit is een grap, dacht Ruby. Een gemene, misplaatste grap.

Ze stond op. 'Philip,' zei ze, 'niet doen. Je meent het niet.'

'Ga zitten, Ruby.' Richards stem klonk fel. Maar ze bleef staan.

Philip keek zijn vader nog steeds recht aan. 'Bent u niet blij, vader? Bent u niet blij met mijn goede nieuws?'

Isabel was wit weggetrokken, als verdoofd, sprakeloos. Richard stond op en zijn stoel kletterde op de vloer. 'Hoe durf je?' zei hij zacht.

Philip leek te verstijven. Maar hij zei zacht, op brutale toon: 'Gaat u me niet feliciteren, vader?'

Richard snauwde: 'Mijn huis uit!'

'Ik ga me eindelijk settelen, zoals u al zo lang wilt dat ik doe.'

'Hou je mond, Philip!' riep Isabel vinnig. 'Zo is het genoeg! Hou je mond, nu!'

'Elaine en ik houden van elkaar. Al maanden. We gaan trouwen. We...'

Isabel sloeg Philip in een enkele, felle beweging in zijn gezicht. Hij snakte naar adem en deed een stap naar achteren. Isabel draaide zich met een wilde blik in haar ogen om naar Richard en schreeuwde: 'Dit is jouw schuld! We hebben dit aan jou te danken!' en toen rende ze de kamer uit.

Philip had een helrode striem op zijn gezicht op de plek waar Isabel hem had geslagen. Maar hij keek zijn vader nog steeds recht in de ogen en zei zonder een enkele emotie te tonen: 'Elaine en ik gaan trouwen, dus wen er maar aan. Er is niets wat u ertegen kunt doen.'

'Dat kan niet!' De woorden vlogen Ruby's mond uit. 'Dat is onmogelijk! Je haat haar! Je houdt niet van haar, je kunt niet van haar houden, ik...'

Toen greep iemand haar hand, en ze werd de kamer uit getrokken. Ze hoorde zichzelf snikken: 'Dan kan niet, Philip! Dat kun je niet doen!'

Theo duwde haar de voordeur uit, het grindpad over en de tuin in, waar ze stond te beven en snikken en zelf schrok van hoe ongecontroleerd en gierend ze huilde. De woorden stroomden verward en onduidelijk uit haar.

'Hij mag niet met haar trouwen! Dat kan niet! Hij haat haar! Hij zei dat hij haar vulgair vindt... hij zei dat ze een snol is! Het mag niet! Ik moet terug!'

'Nee.' Theo pakte haar zacht bij haar bovenarmen. 'Nee, Ruby, dat moet je niet. Begrijp je dat niet?' Ze staarde hem aan. 'Ik dacht

dat je eroverheen was,' zei hij langzaam. Hij fronste zijn wenkbrauwen en liet haar los. 'Ik dacht dat je over Philip heen was.'

Ze keek hem verwilderd aan en wendde zich toen af. Ze ging op
een steen aan de rand van de rotspartij zitten en wreef met haar handen over haar natte gezicht. 'Ik zal wel altijd van hem blijven houden.' Haar stem beefde. 'Kon ik hem maar uit mijn hoofd zetten.'

'Alsjeblieft.' Theo gaf haar een opgestoken sigaret.

'Ik moet het hem vertellen,' fluisterde ze. 'Je had me niet moeten tegenhouden.' Maar ze geloofde het zelf ook niet meer.

Hij zei: 'Elaine Davenport... Dat is toch die vrouw met wie mijn
vader wat had?'

'Ja.'

'Dat heeft Sara me verteld.' Hij schopte tegen wat kiezelsteen-
tjes, die over de oprijlaan vlogen. 'Wat een drama.'

Ze keek naar hem op. 'Theo,' zei ze op smekende toon, 'het kan
écht niet.'

'O, jawel hoor. En hij zegt bovendien dat hij van haar houdt.'

'Maar, Theo, dat is niet waar! Ze is een hoer! Ze werkt in een
winkel!'

Zijn ogen werden kil. 'Ik wist niet dat je zo'n snob was, Ruby.'

Sara kwam door de voordeur naar buiten. 'Theo, schat, geef me
eens een sigaret. Ik moet roken.' Ze inhaleerde en sloot haar ogen.
'Mijn god, wat een afgrijselijke scène. Philip is vertrokken. Papa
is de kamer uit gestormd. Mama heeft zichzelf opgesloten in de
slaapkamer. Onze arme gasten proberen beleefd met elkaar te con-
verseren. Godzijdank is Gil er niet. Hij zou hebben gedacht dat hij
in een gekkenhuis trouwde.' Ze gaf Ruby een kneepje in haar
schouder. 'Arme Ruby,... wat zonde van een heerlijke lunch.'

Theo zei: 'Ik ga Ruby even thuisbrengen. Heb je zin om mee te
gaan, Sara?'

Sara schudde haar hoofd. 'Laat ik maar hier blijven en proberen
of er nog iets te lijmen valt. En iemand moet de gasten de deur uit
werken. Gaan jullie maar.'

Ruby had hoofdpijn en voelde zich licht in haar hoofd van het
huilen. De metro schudde en draaide en raasde door tunnels en

langs stations. Ze wilde altijd blijven zitten, de metro laten beslissen waar ze naartoe ging, zodat ze zichzelf niet tot de orde zou hoeven roepen en weer een richting in haar leven zou moeten zoeken. Haar ongeloof had plaatsgemaakt voor een gevoel van vernedering, vernedering dat ze zichzelf zo had blootgegeven aan Theo, en een nog veel heviger gevoel van vernedering dat ze zoveel betekenis had gezocht achter kleine blijken van affectie van Philip, en dat hij die waarschijnlijk ter plekke alweer was vergeten. De ergste vernedering was nog dat ze had gedacht dat ze zijn vertrouwelinge was, dat ze speciaal voor hem was, terwijl ze hem helemaal niet had gekend.

Ze zeiden weinig onderweg en toen ze de trap op naar haar kamer liepen klonken er fragmenten muziek en pratende stemmen uit de open kamers van de andere bewoners. Ze hoorde een stroom klarinetnoten in het middaglicht. Op het bed in haar kamer lagen de jurken die ze voor vanmiddag had gepast; ze ging tussen de rayon en zijde zitten.

'Ik ben wel ontzettend stom geweest, hè?'

'Ach nee,' zei Theo.

'Ach jawel,' zei ze verdrietig. 'Philip heeft me naast al dat andere altijd als een klein meisje beschouwd.'

'Hoe bedoel je, "naast al dat andere"?'

'O,' zei ze, 'je weet wel.'

'Nee, Ruby.'

'Geen glamour. In tegenstelling tot jullie.'

'Glamour? Wij?' zei hij met een verbittering in zijn stem die haar schokte. 'Het probleem met mijn familie is dat we allemaal zo godvergeten met onzelf bezig zijn. Dat we onzelf allemaal zo belangrijk vinden. We kunnen nooit een ruzie, een woedeaanval of de kans een scène te trappen weerstaan. En mijn god, wat was dat een scène, zeg. Een van onze beste.'

Ze keek naar hem op. Hij stond bij het raam en keek over de daken uit. De strenge lijnen van zijn silhouet werden benadrukt door het middaglicht.

Ze zei: 'Maar zo ben jij helemaal niet, Theo.'

'Ik haat scènes. Ik haat het als ik partij moet kiezen.'

'Ben je daarom weggegaan?'

'Misschien.' Hij draaide zich om, keek haar aan en glimlachte. 'Jij bent zelf ook niet echt een herrieschopster, Ruby.'

Ze pulkte aan een vlek op haar jurk; een traan, dacht ze. 'Ik probeer altijd zo normaal mogelijk te doen. Vanwege... je weet wel.'

'Nineveh,' zei hij.

'Dat... en pa en ma...' Ze stond op en trok een kast open. Ik heb geen drank, alleen thee of koffie.'

'Koffie, graag.'

Ze liep naar de badkamer om de ketel te vullen en stak haar gaspit aan. Ze zei: 'Dank je dat je hebt voorkomen dat ik mezelf voor schut zou zetten.'

'Dat zit wel goed.' Hij grijnsde. 'Graag gedaan.'

Ze schepte koffie in een beker. Haar hoofd bonkte. Ze overwoog het hem te vertellen en bedacht dat het wel kon, aangezien het toch allemaal niets meer uit leek te maken. Wat had ze per slot van rekening nog te verliezen?

'Ik weet wat er met mijn vader is gebeurd,' zei ze. Ze veegde met de rug van haar hand een lok haar van haar voorhoofd. Haar stem beefde nog steeds een beetje. 'Het was wat je al dacht. Hij heeft mijn moeder voor een andere vrouw verlaten.'

'Aha.' Hij fronste zijn wenkbrauwen. 'Wat naar, Ruby.'

'Tegen de tijd dat ik haar had gevonden, was hij al gevlogen... jaren daarvoor al. Maar hij is met haar getrouwd, Theo! Terwijl hij nog met mijn moeder was gehuwd!'

'Jezus. Enig idee waar hij naartoe is gegaan?'

'Nee. En Claire ook niet.'

'Claire?'

'De andere vrouw van mijn vader,' zei ze droogjes. Ze lachte kort. 'Mijn vader was een leugenaar en een bedrieger. En niet bepaald een blijver... hij heeft twéé gezinnen in de steek gelaten.' Ze kneep in zijn hand. 'Dus mijn ene ouder is gek, en de andere is een bigamist. Zo slecht ben jij er nog niet eens van afgekomen.'

'Hebben ze kinderen?'

'Twee: Archie en Anne. Ik heb alleen Anne gezien; Archie was naar kostschool.' Ze roerde in de koffie en liet hem even pruttelen. 'Hij zal hen wel leuker hebben gevonden dan ons. En ik kan hem geen ongelijk geven.'

Hij zei vriendelijk: 'Misschien hield hij op een andere manier van jullie allemaal.'

'Misschien. Dat huis waar ze woonden... je kon zo zien dat het een huis was waar mensen dingen dóén. Ik denk,' zei ze langzaam, 'dat mijn vader het gevoel had dat hij weer tot leven kwam toen hij Claire leerde kennen. Het zal wel heerlijk geweest zijn om, na al die jaren dat hij stil had moeten zijn vanwege de zenuwen van mijn moeder, bij zo iemand als Claire te zijn.'

Er was een vraag die ze nog nooit hardop had durven stellen. Ze wist dat ze hen altijd bij elkaar had willen houden, de hele familie Finborough, allemaal bij elkaar op dezelfde plek, zodat ze voor haar konden blijven wat ze altijd voor haar waren geweest: een toevluchtsoord, mensen om te benijden, die altijd glinsterden en nét niet bereikbaar waren. Maar het gezin viel nu uit elkaar; ze had het gevoel dat de gebeurtenissen van vanmiddag blijvend een wig tussen hen hadden gedreven.

'Blijf je altijd in Parijs wonen, Theo?'

'Vast niet. Dat hangt af van hoe het verdergaat. Om te beginnen hangt het af van of er nog een oorlog komt, en als dat zo is, of Parijs daar dan bij betrokken raakt.'

'Denk je dat dat gaat gebeuren?'

Hij was even stil, en toen zei hij: 'Ik ben wel eens bang dat alles uit elkaar valt. Europa voelt oud en moe, en rafelig aan de randjes. Het is net alsof we iets achterlaten zonder dat daar iets anders voor in de plaats is gekomen. We geloven niet meer in alle oude instituties, maar de nieuwe beangstigen me, Ruby. Wat Aaron laatst zei is nog maar het topje van de ijsberg. Maar het communisme beangstigt me ook... Ik ben zelf nooit in de Sovjet-Unie geweest, maar Alexandra en haar mensen weten een beetje hoe het daar gaat. Dus we hebben Stalin die in Rusland mensen afslacht, Duitsland en Italië zijn ten prooi gevallen aan het fascisme en in

Spanje breekt bijna een burgeroorlog uit. In Frankrijk is het een chaos zonder dat iemand ergens in gelooft en Amerika staat natuurlijk aan de zijlijn zonder zich ergens mee te bemoeien. En wat ons betreft: ik krijg koude rillingen van onze timiditeit en hypocrisie.'

Nadat ze hun koffie hadden gedronken kuste hij haar op haar wang, nam afscheid en liep de kamer uit. Ruby luisterde naar zijn voetstappen, die de trap af daverden. Ze ging opgekruld in bed liggen en viel tot haar eigen verbazing bijna meteen in slaap.

Deel III

Tot morgen

1936-1940

10

Schotland, waar Sara en Gil naartoe gingen op hun huwelijksreis, was geweldig, en maakte bijna Sara's teleurstelling wat betreft seks goed. Gil ontdeed haar in hun hotel in Fort William van haar nacht-pon, omhelsde haar grondig en zorgvuldig, en bedreef daarna de liefde met haar. Het gebeuren zelf was meer efficiënt dan extatisch. Toen Sara de hertenkop met gewei verdrietig op hen neer zag sta-ren van zijn plek boven de open haard, schoot ze in de lach. Gil leek gekwetst, dus legde ze uit dat het om het hert ging, omdat het er zo geschokt uitzag, maar ze had het idee dat hij de grap miste.

Zo ging het verder in haar huwelijk. Zij – en ze begreep al snel dat Gil en Caroline altijd een hecht verbonden 'zij' zouden blijven – vonden niet dezelfde dingen grappig als Sara. Het amuseerde hen niet toen ze erachter kwamen dat mevrouw Regan, de kokkin, met een zuidwester op haar hoofd stond te koken omdat het dak lekte, en ze bulderden ook niet van het lachen, zoals Sara, toen de kat die ze hadden om muizen te vangen de zalm vond die Jimmy Coulter voor hen had achtergelaten in de portiek, hem meesleepte naar een kast en verorberde, en de graten en het vel afgrijselijk lagen te stinken, maar het hun dagen kostte om erachter te komen wat de oorzaak van die stank was.

Caroline stond elke ochtend vroeg op en ging dan met de hon-den wandelen. Sara ging heel vaak met haar mee. Dan ontbeten ze met zijn drieën, en bespraken de plannen voor die dag. Caroline at altijd een gekookt ei, Gil eieren met bacon. Na het ontbijt ging Gil aan het werk in zijn studeerkamer, en Caroline gaf mevrouw Regan haar instructies, waarna ze de rest van de ochtend in de tuin doorbracht. Na de lunch, om halftwee, schreef Caroline brieven, of ze ging bij buren op bezoek, terwijl Gil naar een strand of duin-partij reed om zijn studie van de flora en fauna in het kustgebied voort te zetten. Ze aten 's avonds om halfacht; Caroline legde Sara uit dat mevrouw Regan tegen laat dineren was. Na het eten lazen ze, luisterden naar een grammofoonplaat of speelden whist. Ze aten zeer zelden buiten de deur.

Er was weinig variatie in die dagelijkse routine. Sara's voorstellen te gaan picknicken of er een dagje op uit te trekken met de auto werden weinig enthousiast begroet. Gil en Caroline hielden niet van verandering. Caroline omdat ze een aangeboren gevoel had voor de juistheid van haar dagindeling en haar status in de omgeving, en Gil omdat hij daar nerveus van werd. Misschien dat de behoefte van Gil en Caroline aan ordelijkheid mede werd veroorzaakt door de chaos om hen heen: het beschimmelde stucwerk en de lekkende daken van het huis, het onkruid in de tuin, zelfs de strijd en het geweld van de geschiedenis van Ierland.

Het drong al snel tot Sara door dat het de bedoeling was dat ze zich aanpaste aan het leven op Vernon Court en niet dat ze probeerde het te veranderen. Het handjevol bedienden – mevrouw Regan in de keuken, Jimmy de klusjesman, de meid, en de tuinman – had een grotere invloed op de dagelijkse gang van zaken dan zij. Ze probeerde in eerste instantie haar intentie Gil met zijn wetenschappelijke studie te helpen te realiseren, om zijn levensgezellin te worden. Maar ze zag al snel in dat hij haar enkel tolereerde, dat hij haar bezighield maar niet nodig had. De mechanismen die Gil fascineerden – DNA, genen en chromosomen – waren een raadsel voor Sara. Ze miste zelfs het meest basale wetenschappelijke vocabulaire om er iets van te kunnen begrijpen en Gil had niet echt talent dergelijke ingewikkelde concepten aan iemand uit te leggen die er zo weinig over wist. Het drong tot Sara door dat er enorm veel kennis was die voor haar een gesloten boek was. Ze dacht terug aan die keer dat ze bij Anton op bezoek was gegaan in het East End, en dat het tot haar was doorgedrongen dat ze de stad waar ze was geboren helemaal niet kende.

Als ze Caroline aanbood in de tuin te helpen, voelde ze zich veiliger. Ze had haar moeder heel wat keren geholpen in Hampstead en Cornwall... tuinieren zou toch heus wel overal hetzelfde zijn? Maar de tuin van Vernon Court was er een van een heel andere schaal dan de tuinen van Isabel. Hij was vele hectaren groot en omringd door nog heel veel meer hectaren bos. Hoewel een groot deel van de tuin er aangenaam natuurlijk uitzag, werd die natuurlijkheid, zo ontdekte Sara, bereikt met heel veel werk en planning. De ommuurde tuin waar Vernon Court beroemd om was, legde Caroline uit, was ontworpen om de kwetsbare bloemen te beschermen tegen de harde wind. De rotstuin, met de azalea's, alpiene planten en coniferen, was de beste oplossing geweest om iets te doen met een groot stuk land dat vol lag met rotsen en keien. Zelfs het bos moest worden getemd, bijgehouden en uitgedund, zodat de sterkere soorten de rest niet verdrong.

Caroline onderhield de tuin zelf, met behulp van Dickie, een sterke man die niet kon praten en die in een hutje aan de rand van het landgoed woonde. 'Zijn ouders waren neef en nicht,' vertelde Gil laatdunkend over Dickie. 'Te veel inteelt, vrees ik.' Dickie deed het zware werk dat Caroline niet aankon, hij hakte stenen uit de grond en groef wortels uit. Verder deed Caroline alles. De tuin van Vernon Court was haar passie. Ze toonde er dezelfde diepgaande liefde voor die ze voor haar zoon had. De tuin haalde het mooiste en beste in Caroline naar boven; als ze er werkte was ze tevreden en in haar element, een deskundige, geduldige expert. Ze begreep wel dat Sara iets omhanden moest hebben, dus gaf ze haar kleine taken en legde ze haar uit hoe ze zaailingen moest ompotten en struiken moest snoeien. Maar Sara zag dat Caroline haar, net als Gil, wantrouwde, en haar nauwlettend in de gaten hield terwijl ze aan het werk was.

Caroline naaide Gils knopen aan, stopte de ellebogen van zijn truien, herinnerde hem eraan dat hij zijn haar moest laten knippen en zijn indigestiepoeder moest nemen. Toen ze zich op een avond klaarmaakten voor een diner waarvoor ze waren uitgenodigd, knoopte Caroline met een snuivend geluid Gils vlinderdas, die Sara net voor hem had geknoopt, haalde de bloem die Sara in zijn knoopsgat had gestoken eruit en verving hem door een exemplaar dat ze zelf had uitgezocht. Caroline bemoeide zich op dezelfde manier met elke tafel die Sara had gedekt, en zette alle meubels en snuisterijen die Sara anders had gearrangeerd weer op hun oude plaats terug. Dat werd allemaal niet gedaan uit boosaardigheid of met de bedoeling Sara te beledigen, het was gewoon dat Caroline wilde dat het er op Vernon Court aan toeging zoals het dat altijd had gedaan, en Sara was degene die zich moest aanpassen, niet Caroline of Gil. De toevoeging van een schoondochter aan het huishouden betekende alleen dat er een extra bord werd gedekt en dat Sara meeging als Caroline bij buren op bezoek ging, waar ze thee of sherry dronken en fruitcake aten. En de aanzienlijke bruidsschat die Sara had meegenomen betekende dat er eindelijk aan het dak werd gewerkt. De oude leistenen waren verwijderd en timmermannen waren begonnen het verrotte hout te vervangen.

Haar zwangerschap bevrijdde Sara van de behoefte een bezigheid te vinden. Het eerste symptoom van haar toestand was een allesoverheersende misselijkheid, die haar overviel op het moment dat ze 's ochtends haar ogen opende, waardoor ze niet hoefde te ontbijten met Caroline en Gil. Het nieuws dat ze zwanger was verbeterde de niet echt opvallende, maar wel meetbare sfeer van afkeuring die Sara was gaan voelen. Haar zwangerschap betekende niet meer paardrijden en geen seks. Sara was zich ervan bewust dat ze het paardrijden het meest miste.

Sara hoorde toen ze op de bank lag voor het haardvuur in de salon, met de honden als gezelschap en in een poging niet weer te gaan overgeven, het nieuws dat Edward VIII was afgetreden. Op de voorpagina van Gils kranten stonden foto's van een gesluierde Wallis Simpson met opeengeperste lippen. De vrienden van Caroline waren stijver dan die van Alice Finborough; Sara ving in salons en eetkamers stukjes van gesprekken op: een Amerikaanse... een scheiding... schokkend.

Na een flinke schrik in de derde maand van haar zwangerschap zei de dokter tegen Sara dat ze moest rusten, wat helemaal niet zo erg was als het leek, aangezien ze zich afschuwelijk voelde. Ze zat wel eens in de salon bij de honden, of trok zich terug in de serre, die werd verwarmd door het hoge glazen dak. De vruchtbare ruimte, met de enorme druivenranken en neerhangende vijgen, leek bij Sara's hoedanigheid te passen, en ze vond het heerlijk om er te zitten als de regen tegen het glas tikte. Ze dacht aan koning Edward, die zijn koninkrijk had opgegeven voor de vrouw van wie hij hield. Ze vroeg zich af of hij er lang over had nagedacht, of hij heen en weer was geslingerd tussen gedachten en niet had kunnen beslissen. Of dat de keuze een eenvoudige was geweest, zo eenvoudig als kiezen tussen citroenmerengue en griesmeelpudding, of tussen paardrijden op het strand of een cocktailfeestje. Toen ze probeerde met Caroline over de troonsafstand te praten, toonde haar schoonmoeder zich afkeurend. 'Hij had zijn plicht moeten doen,' zei ze, en ze maakte duidelijk dat ze het verder niet over het onderwerp wenste te hebben. Maar wat was de grootste plicht van de koning geweest, vroeg Sara zich af, die aan zijn geliefde of die aan zijn land? Aan welke van de twee was hij zijn grootste loyaliteit schuldig? Kon liefde zo belangrijk zijn dat het alle andere loyaliteiten onbelangrijk maakte?

Toen het lente werd, haar buik groeide en de weersomstandigheden aangenamer werden, lag Sara in een bontjas met dekens op een rieten chaise longue in de speelkamer naast de serre, waar ze via de open voorkant kon uitkijken over het grasveld en een stuk bos. Caroline kwam haar af en toe een kop thee brengen en kletste dan wat over de tuin of de buren, en Gil kwam wel eens vertellen wat hij die dag ging doen. Hoewel Sara vond dat hij er steeds verbijsterder uit ging zien, alsof hij verrast was dat hij een echtgenote had die lag te rusten in de speelkamer.

Ze zou hebben gezegd dat ze door haar zwangerschap uit elkaar waren gedreven... maar waren ze eigenlijk ooit echt samen geweest? Of had ze zich weer vergist, had ze zichzelf ervan overtuigd dat hij iets was wat hij niet was? Was ze met Gil Vernon getrouwd omdat hij het tegenovergestelde van Anton Wolff was, solide, donker en van dezelfde Anglo-Ierse afkomst als zij? Was ze met hem getrouwd omdat hij niet lang, blond, buitenlands en anders was?

Eenzaamheid had ook zo zijn voordelen: om te beginnen had ze tijd om na te denken. Haar gedachten dwaalden, zoals altijd, af naar Anton, en naar wat hij voor haar had betekend, en hoe hij het antwoord had geleken op de vraag wat ze met haar leven moest doen. Voor de jongens, voor Philip en Theo, was het veel gemakkelijker geweest, want die hadden altijd geweten dat ze voor de firma Finborough zouden gaan werken – dat beiden dat nu niet deden was niet waarom het ging – ze hadden een doel gehad, en Sara was tot de conclusie gekomen dat dat was wat het begin zo moeilijk maakte: het vinden van een doel. Iedereen had altijd aangenomen dat ze zou trouwen. Toch had ze maar weinig geweten over wat een huwelijk inhield, waren belangrijke onderdelen ervan opzettelijk van haar weggehouden. Ze was erachter gekomen dat een huwelijk je leven even doelloos kon laten als het daarvoor was geweest.

Dus godzijdank kwam er een baby. Als die eenmaal was geboren, kwam alles goed. Gil en Caroline zouden blij met haar zijn en zij zou iemand hebben om van te houden. Sara keek in haar bont gewikkeld toe hoe de voorjaarsregen plaatsmaakte voor zonneschijn. Haar handen rustten op haar buik en ze voelde de baby in haar bewegen. Ze begon de laatste dagen van haar zwangerschap door de tuin te dwalen, volgde de bochten en kruisingen van de paden in de ommuurde tuin. Caroline smeekte haar te rusten, in de schaduw te blijven, maar Sara bleef lopen tot ze de eerste weeën in haar rug voelde steken.

Haar zoon werd twee dagen later geboren, na een lange en zware bevalling. De pasgeborene werd meegenomen naar de babykamer; Sara's leven was in gevaar en Caroline liet op advies van de dokter Isabel komen. Caroline had uit bezorgdheid om haar schoondochter en de baby tegen de dakdekkers gezegd dat ze hun werk moesten neerleggen, maar Sara leek in haar koorts het gehamer en gebeitel nog steeds te horen. Toen de koorts eindelijk minder werd voelde ze zich slap en uitgeput. Haar moeder zat tot haar enorme vreugde en opluchting naast haar... waarschijnlijk al een tijdje, vermoedde ze.

Caroline en nanny Duggan, die in een cottage in het dorp woonde en die ook de nanny van Gil en Marcus was geweest, zorgden terwijl Sara ziek was voor de baby. Caroline en Gil kozen de naam voor de baby. Hij heette David Marcus, naar Gils overleden vader en broer.

Toen ze haar zoon voor het eerst in haar armen hield was de sterkste emotie die Sara voelde er een van verbijstering. David was groot en donker als zijn vader, met rode wangen, en helemaal niet de baby die ze zich had voorgesteld dat ze zou krijgen. Ze had het gevoel dat hij helemaal niets met haar gemeen had. Ze betrapte zich wel eens op de gedachte dat er een fout moest zijn gemaakt, dat de baby per ongeluk was verruild met die van een ander, wat nergens op sloeg, dat wist ze ook wel.

Sara zorgde ervoor dat niemand, inclusief haar moeder, erachter kwam wat ze voelde. Ze nam aan dat de affectie wel zou groeien. Dat ze zich zo voelde omdat ze zo moe was en zo lang ziek was geweest. Iedere moeder hield toch van haar baby?

Isabel ging na zes weken terug naar Engeland. David was een rusteloze baby. Hij huilde veel, dag en nacht, en Sara leek niet in staat hem te troosten. Als ze hem in bad deed, voelde ze zich onhandig en incompetent. Nanny Duggan en Caroline leken altijd in de babykamer aanwezig en keken toe hoe de ingezeepte baby uit haar handen dreigde te glibberen. Hem voeden was een nachtmerrie van proberen hem de fles te geven terwijl hij krijsend, met een rood hoofd en winden latend zijn lijfje strekte.

Over het algemeen voelde ze zich opgelucht als ze hem aan de nanny of Caroline kon overdragen. David werd op een ochtend toen nanny Duggan vrij had en Caroline in de tuin werkte krijsend wakker. Sara vleide hem tegen haar schouder en klopte hem op zijn ruggetje, maar hij werd helemaal stijf en liep paars aan. Zijn gekrijs was hartverscheurend. Sara was zich bewust van een gevoel van diep geschokte angst, dat voortkwam, dat wist ze, uit een groot gebrek in zichzelf, een gebrek aan liefde voor haar eigen zoon, een gebrek aan expertise en instinct. Ze rende naar buiten en vond Caroline, die haar handschoenen uittrok en haar kleinzoon in haar armen nam. Het huilen stopte binnen een paar minuten en Sara vluchtte naar de speelkamer, waar ze even hard huilde als de baby had gedaan, uren achtereen.

Ze raakte ervan overtuigd dat er iets mis was met David, aangezien hij zo vreselijk veel huilde. Dokter Kennedy keek hem na en David liep rood aan en begon te gillen toen de stethoscoop op zijn borstkas werd geplaatst.

'Het is een kerngezond kereltje,' zei dokter Kennedy toen hij klaar was met zijn onderzoekje, 'fit en gezond, hoewel hij wat last lijkt te hebben van koliek. U bent vast heel trots op hem, mevrouw Vernon.' Toen keek hij haar geconcentreerd aan en voegde eraan toe: 'U moet af en toe wat tijd vrijmaken voor een uitje, mevrouw Vernon. U moet niet de hele dag in de babykamer doorbrengen. Misschien kunt u uw man vragen met u te gaan winkelen.'

Als er niets mis was met David, concludeerde Sara, dan moest er iets mis zijn met haar. Hoewel ze niets zei over de suggestie van de dokter met Gil te gaan winkelen, moest dokter Kennedy iets tegen Gil hebben gezegd, want die bood aan de week daarop met haar naar Downpatrick te rijden. De expeditie was geen succes. Sara had winkelen nooit leuk gevonden. Gil vertelde haar bij de broodjes en thee in een café over het artikel waarmee hij bezig was, iets over het verdelgen van de zwakkere stammen uit een grassoort. Ze begreep maar weinig van wat hij zei... ze probeerde het niet eens te volgen, omdat ze te moe was om zich ervoor in te spannen. Het was een opluchting toen Gil, die de middag ook nogal uitputtend leek te vinden, voorstelde naar huis te gaan.

Sara bracht naarmate de maanden verstreken steeds minder tijd met haar zoontje door. Ze duwde hem heel plichtsgetrouw elke ochtend in zijn wandelwagen over het landgoed en gaf hem elke avond zijn flesje omdat Caroline dat van haar leek te verwachten. Maar David was van Caroline en nanny Duggan, en Sara begon te vermoeden dat dat altijd zo zou blijven. Ze geloofde niet in zichzelf; ze wist dat ze had gefaald.

Haar grootmoeder kwam tijdens de zwangerschap en sinds de geboorte van David regelmatig op bezoek. Voor Alice Finborough, van wie ze hield, vond Sara altijd een glimlach en een geestige opmerking. Maar op een dag, nadat ze een groot deel van de nacht had liggen huilen, lukte het haar niet een glimlach op haar gezicht te toveren. Alice stelde nadat ze met Caroline en Gil thee hadden gedronken voor een ritje te maken. Toen ze Vernon Court verlieten in de kar, voelde Sara zich opgelucht, alsof er een zwarte deken van haar af viel. Vernon Court, dat Sara zo had betoverd toen ze het voor het eerst zag, was een kooi geworden.

Ze reden naar het dorp, waar Alice bij een cottage eieren en appels kocht. Toen ze weer op de kar klom en de teugels pakte, vroeg ze: 'Wat is er, Sara?'

'Niets,' zei Sara. 'Ik voel me prima.'

'Onzin. Je bent diep ongelukkig. Hoe is het met het kind?'

'Hetzelfde.'

'David heeft koliek, dat kan heel moeilijk zijn. Maar hij groeit er wel overheen, dat doen ze altijd.' Alice trok aan de teugels en de paarden begonnen te lopen. 'En Gil? Is hij onaardig tegen je?'

'Helemaal niet. Hij lijkt het grootste deel van de tijd hoe dan ook niet op te merken dat ik er ben.'

'Aha.' Alice Finborough keek bezorgd. 'Dat kan in sommige opzichten erger zijn dan wreedheid. Je grootvader had ook een beetje die neiging. Hij had zijn eigen passies, die hij niet met mij deelde.'

Sara keek op. 'Hoe hebt u het verdragen?'

'Ik had mijn paarden natuurlijk, en mijn kind. En toen Richard ouder werd en me minder nodig had, had ik mijn vrienden.'

'Vrienden?' herhaalde Sara.

'Minnaars, lieve kind. Ik bedoel dat ik minnaars heb genomen.'

Sara merkte voor het eerst in wat als maanden voelde dat er een glimlach op haar gezicht verscheen. 'Oma, ik had geen idee.'

'Ik moest een manier zien te vinden om te overleven in het niemandsland met een man die, hoewel hij af en toe vreselijk lief was, regelmatig wat tirannieke trekjes tentoonspreidde,' zei Alice opgewekt. 'En dat was mijn manier. De paarden waren namelijk niet genoeg.' Ze klopte Sara op haar hand. 'Je herinnert me aan mezelf op jouw leeftijd, lieverd. We lijken op elkaar. We hebben allebei iemand nodig om van te houden. We voelen ons niet compleet als we van niemand houden, ook al maakt liefhebben ons niet altijd gelukkig.'

Sara voelde zich weer ellendig. 'Ik zou van David moeten houden.'

'Heel veel vrouwen adoreren baby's, maar ik ging Richard pas echt interessant vinden toen hij ouder werd. Als klein kind had hij vaak woedeaanvallen, echt een uitputtingsslag. Als David groter is, ga je vast wel van hem houden.'

'Hebt u veel minnaars gehad, oma?'

'Een stuk of zes, geloof ik,' zei Alice. 'Ik weet het niet meer precies. Het is best verdrietig, lieverd, dat dingen die op het moment dat ze zich afspelen vreselijk belangrijk en allesoverheersend voelen, op latere leeftijd een vage veeg in je geheugen worden.'

'Hield u van de een meer dan van de ander?'

Alice glimlachte geheimzinnig. 'Ik heb Tom altijd als de liefde van mijn leven gezien. Met Tom was alles een avontuur. Bij hem werd de saaiste bezigheid geweldig. Hij was mijn laatste minnaar. Ik red het al in mijn eentje sinds hij is overleden.'

'Wat is er met hem gebeurd, oma?'

'Hij is gesneuveld tijdens de oorlog, God hebbe zijn ziel.' Er ging een schaduw over Alice Finboroughs gezicht. Toen spoorde ze de paarden aan tot draf en zei nadrukkelijk: 'Ik ben altijd heel discreet geweest, Sara. Het is heel belangrijk om geen schandaal te creëren.'

Kerstmis was een keerpunt voor Sara. David was ondertussen bijna zes maanden. Hij sliep beter en huilde minder. Richard en Isabel kwamen zoals altijd naar Raheen en kwamen op bezoek op Vernon Court, waar ze met David speelden en hem bewonderden. Toen haar familie er was, werd de mist van de depressie die over Sara hing, iets lichter.

Haar ouders gingen in het nieuwe jaar weer naar Engeland en lieten haar geen keus dan haar moeilijke, verontrustende gedachten onder ogen te komen. Ze wist dat er geen plaats voor haar was op Vernon Court. Caroline en Gil tolereerden haar; ze hadden haar niet nodig. De liefde voor haar kind was niet vanzelf gekomen, zoals Sara had gedacht dat zou gebeuren, en ze vermoedde dat ze daardoor in de ogen van Caroline minder dan een vrouw was. Caroline en Gil behandelden haar ondertussen met een mengeling van minachting en behoedzaamheid, alsof ze een beetje getikt was. Op een regenachtige dag dwaalde ze door het huis en keek in ongebruikte slaapkamers en zolders. Op een van de zolders lekte het nieuwe dak. Sara ging automatisch op zoek naar een emmer of pan om eronder te zetten, aangezien dat was wat je deed op Vernon Court. Je repareerde de lekken en veegde het ergste stof weg. Maar ze kwamen altijd terug.

Als ze Gil verliet – en ze begon te denken dat dat moest – wat moest ze dan? Ze stelde zich de razernij van haar vader voor als ze haar echtgenoot zou verlaten; ze stelde zich voor dat ze zou teruggaan naar Raheen, en dacht terug aan de leegte in de maanden voor haar huwelijk.

En David was er ook nog. Hij begroette haar tegenwoordig vaak met een glimlach. Hij was een halfjaar en huilde niet meer als ze hem op schoot nam, maar bestudeerde, met een geconcentreerde ernst die ze aandoenlijk vond, haar collier, oorbellen, of de knoopjes aan haar blouse. Ze was gaan inzien dat haar grootmoeder gelijk had, dat de liefde misschien wel zou komen als hij groter werd, dat ze elkaar misschien zouden leren kennen, een tweede kans zouden krijgen.

Maar haar grootmoeder had ook gezegd dat Tom de liefde van haar leven was, en Sara wist dat Anton die van haar was. Dat hij niet zoveel van haar had gehouden als zij van hem maakte niet uit. Ze was bij Gil meer verliefd op haar beeld van hem geweest dan ze voor hem zelf was gevallen, en ze was ook een beetje verliefd geweest op het huis, en op de mogelijkheid, die een huwelijk haar leek te bieden, om een volwassen leven te gaan leiden. Maar het leven op Vernon Court had haar zowel duidelijk gemaakt hoe diep haar onwetendheid ging, als hoe diep haar liefde voor Anton was. Het was hoog tijd, dacht ze, om te leren leven.

Caroline zat in de babykamer op de vloer met David te spelen toen Sara naar haar toe ging. Toen ze hen samen zag, dacht Sara:

daarom was ik hier, om hun een erfgenaam te geven. En het dak, natuurlijk.

Toen Sara haar zegje had gedaan, vroeg Caroline: 'Is dit echt wat je moet doen?'

'Ja, dat denk ik wel.'

Caroline stond op. Ze keek Sara geconcentreerd aan. 'Ik begrijp dat Gil misschien niet in elk opzicht een ideale echtgenoot is. Als je ongelukkig bent, zou ik het niet erg vinden als je meer tijd doorbrengt met je eigen interesses. Als je bijvoorbeeld zou willen reizen.'

'Dat heb ik overwogen. Maar ik weet dat het niet genoeg zou zijn.'

'Dan spijt het me.' Caroline keek bezorgd. 'En David?'

'Als ik alleen met hem zou zijn, zou het me misschien beter afgaan.'

'Bedoel je dat je hem wilt meenemen? Ik smeek je dat zorgvuldig te overwegen, Sara. Ik smeek je te overwegen wat het beste voor David zou zijn.' Caroline pakte de dreumes op en hield hem beschermend tegen zich aan. 'Ik begrijp natuurlijk dat je hem bij je wilt hebben. Maar wat heb je hem te bieden als je er alleen voor staat? Hoe ga je voor hem zorgen?'

'Dat zal ik wel leren. Ik zorg dat ik het leer.'

'Ik zal helaas openhartig moeten zijn. Heb je overwogen wat dit voor jou betekent? Wat zullen je ouders ervan zeggen? Nemen ze je terug als je je echtgenoot verlaat? En ik weet dat Alice Finborough altijd excentriek is geweest, maar zelfs zij zal dit niet toejuichen. Het schandaal... iedereen in het graafschap zal het over je hebben.'

Sara schudde haar hoofd. 'Ik ga niet terug naar huis. En ik ga ook niet naar Raheen. Dat kan niet, dat weet ik.'

'Waar ga je dan wonen? En waarvan ga je leven? En hoe ga je een kind onderhouden? Een kind grootbrengen kost vreselijk veel geld. Eten... kleding... schoolgeld... En je moet nog iets overwegen. Ik sta een scheiding in de familie niet toe. Als je Vernon Court verlaat, moet je leven als Gils vervreemde vrouw. En dat is geen aangename positie. Begrijp je dat?'

'Ja,' mompelde ze. 'Dat begrijp ik.'

'En dan zijn er al de immateriële zaken die een familie als de onze een kind kan geven, en die jij in je eentje niet te bieden hebt. De introducties, de connecties die zo handig zijn voor David als hij ouder is. Ik wil niet wreed zijn, maar ik moet je er wel op wijzen dat een vrouw alleen een groot deel van haar leven buitengesloten uit onze kringen doorbrengt.'

Sara schreeuwde: 'Mijn sociale positie kan me niet schelen! Daar heb ik altijd lak aan gehad!'

'Maar je geeft toch wel om je zoon? Als je erop staat David mee te nemen, ontzeg je hem een heleboel. Hij zou net als jij een banneling zijn. Hij zou gegarandeerd als minder worden gezien dan wanneer hij lid zou blijven van de familie Vernon.'

Sara staarde Caroline geschokt aan: 'Denkt u dat echt?'

'Het is wat ik weet. Als je om David geeft, is dat niet wat je hem toewenst.'

'Nee,' fluisterde ze. 'Natuurlijk niet.'

'Sara, ik smeek je David niet los te rukken uit wat bekend voor hem is. Bekendheid – veiligheid – is zo belangrijk voor een kind. Ik heb twee zoons grootgebracht... je moet proberen hierin op mijn oordeel te vertrouwen.'

Sara liep naar het raam. Ze zag de contouren van Carolines ommuurde tuin door het glas en de mist van zacht vallende regen. Ze zag voor zich hoe ze over de paden liep die tussen de bomen en struiken door kronkelden. Op zoek naar een richting, in een poging te zien wat er voor haar lag.

David zou net als jij een banneling zijn. Ze wist dat Caroline de waarheid sprak. Ze had bij een meisje op school gezeten van wie de ouders waren gescheiden. Ze was nooit volledig geaccepteerd door haar klasgenootjes, had altijd een stukje buiten de groep gestaan. Er had iets van schaamte, van schande, aan haar gekleefd. De samenleving keurde mensen af die zich niet aan hun beloftes hielden... nog geen jaar geleden was een koning gedwongen zijn kroon en land op te geven omdat hij met een gescheiden vrouw wilde trouwen.

Caroline voegde eraan toe: 'Bedenk je wat Vernon Court aan

David kan bieden. Hij zal hier gelukkig zijn, daar zorg ik wel voor. Het is hier magisch voor een kind. Marcus en Gil hebben een geweldige jeugd gehad.'

De contouren van de tuin vervaagden. Kwam het door de regen, of had ze tranen in haar ogen? Sara fluisterde: 'Maar ik kan toch niet zomaar weggaan...'

'Het hoeft geen permanente scheiding te zijn. Je mag zo vaak bij hem op bezoek komen als je wilt. Gil en ik zullen je geen strobreed in de weg leggen.'

'Mag hij bij mij op bezoek komen in Engeland?'

'Als je dat wilt. En als hij zeven is, gaat hij in Engeland naar kostschool, dus dan wordt het voor jou ook gemakkelijker.'

Davids leven was al helemaal uitgestippeld, dacht Sara. Het was al helemaal gepland voordat hij was geboren – voordat Gil en zij waren getrouwd – misschien zelfs al voordat ze elkaar hadden leren kennen. En één ding was duidelijk, dat zag ze glashelder: ze kon niet blijven. Vernon Court had haar verbrijzeld, gereduceerd. Als ze bleef, zou er niets van haar overblijven. De prijs Gil te verlaten zou zijn dat ze gescheiden van haar kind moest leven. De prijs te blijven zou de wetenschap zijn dat ze maar half leefde.

Gil vertellen dat ze bij hem wegging was alsof ze afscheid nam van een kennis die ze al een tijdje kende, maar die ze nooit echt had leren kennen.

'Weg?' Hij keek haar geschrokken aan. 'Bedoel je... voor altijd?'

Ze waren in zijn studeerkamer; hij was opgestaan van achter zijn bureau. 'Ja,' zei ze.

'Sara, dat is belachelijk.'

'O ja? Waarom zeg je dat?'

'Dat lijkt me wel duidelijk.'

'Ik wil je niet kwetsen, Gil, maar ik denk ook eigenlijk niet dat ik dat doe. Ik denk... ik denk dat je over een week nauwelijks zult opmerken dat ik weg ben.'

Toen ze van hem wegliep voelde ze een flikkering van verbazing door zich heen gaan dat het hun was gelukt een kind voort te brengen. Het zou veel toepasselijker zijn geweest als ze steriel waren gebleken, zoals die hybride plantjes die Gil kweekte.

Ze zat tijdens de oversteek op het dek van de ferry, hoewel het bitterkoud was. Een jongeman die borstels en schoensmeer verkocht kwam een praatje met haar maken; hij zwaaide naar haar toen ze in Heysham op de trein stapte. Het was zeven uur toen ze in Londen arriveerde. Ze had de hele dag gereisd en was doodmoe. Ze had met Ruby op station Euston afgesproken. Sara zocht tussen de mensen, maar ze zag Ruby niet, dus bleef ze in de stationshal naast haar koffers staan wachten.

Een stem zei: 'Pardon, bent u mevrouw Vernon?'

Sara draaide zich om en zag een lange, magere man met een lang, verdrietig gezicht dat haar aan een bloedhond deed denken, naast haar staan. 'Ja, dat ben ik,' zei ze.

'Ik ben Edward Carrington.' Ze schudden elkaar de hand. 'Ruby kon niet van kantoor weg,' legde hij uit. 'Er is paniek op haar afdeling, dus ze heeft me gevraagd of ik u kon ophalen.'

'Wat vriendelijk van u.'

Hij glimlachte. 'Ruby zei dat ik een beeldschone dame met rood haar moest zoeken. Ik wist meteen dat u het was. Zal ik uw koffers nemen?'

Isabel had met Philip afgesproken in het Lyons op Piccadilly Circus. Een trio speelde dansmuziek en stellen bewogen over de dansvloer. Philip kwam bij haar zitten en kuste haar op haar wang.

'Het verbaasde me dat je hier wilde afspreken, mam. Het is hier allemaal zo opzichtig.'

'Ik vind de muziek leuk.' De serveerster kwam. Philip bestelde een glas medoc voor zichzelf en thee voor Isabel.

Isabel vroeg: 'Heeft Sara jou geschreven?'

'Niet recentelijk.'

'Ze heeft Gil verlaten. En het kind.'

'Mijn god.' Philip leunde achterover in zijn stoel. 'Voorgoed?'

'Dat denk ik wel.'

'Waar is ze?'

'Ze woont bij Ruby. Ze wil niet thuiskomen, en als ze dat al zou willen, zou Richard haar er niet in laten.' Isabel vouwde haar handschoenen op en stopte ze in haar handtasje.

'Gaat Gil van haar scheiden?'

Isabel schudde haar hoofd. 'Dat weigert de familie te overwegen. En dat kun je ze ook niet kwalijk nemen. Er is nog nooit iemand gescheiden in de familie Vernon. In de familie Finborough ook niet, trouwens.'

'Pa zal wel razend zijn.'

'Hij weigert met haar te praten.' Ze perste haar lippen op elkaar. 'Hoewel ik wel verwacht dat hij haar uiteindelijk zal vergeven.'

Philip zei niets.

'Ja, ik weet het,' zei Isabel geëmotioneerd. 'Het is echt te belachelijk voor woorden, Philip. Wat is er met mijn familie gebeurd? Een van mijn kinderen woont honderden kilometers weg, en Richard lijkt te denken dat hij kan doen alsof de andere twee niet bestaan! En we waren zo gelukkig!'

Philip haalde zijn schouders op. 'Het is aan pa. Hij moet de eerste stap zetten.'

De serveerster kwam met de thee. Toen ze weer alleen waren zei Isabel zacht: 'Je kunt wel zeggen dat je vader de eerste stap moet zetten, maar jij bent ook niet helemaal vrij van blaam, Philip. Die zondag...'

'Ik was niet van plan het zo te vertellen. Het gebeurde gewoon. En hoe ik het ook had gezegd, jullie waren toch wel razend geworden.' Hij haalde zijn schouders op. 'Pa moet begrijpen dat Elaine en ik van elkaar houden.'

Zijn toon en stem waren vastberaden. 'Het heeft geen zin ouwe koeien uit de sloot te halen,' zei ze stijfjes. Ze wendde zich af en keek naar de dansende stelletjes.

Maar ze vond het zo vreselijk om ruzie met hem te maken, haar eerstgeborene, dat zij degene was die de stilte doorbrak. 'Je ziet er goed uit, Philip,' zei ze, en ze bedacht hoe vreselijk het was dat ze alleen nog maar beleefdheden konden uitwisselen.

'Het gaat ook goed met me. Maar het is wel hard werken.' Philip had een bedrijf opgezet dat meubels uit het Verre Oosten importeerde. 'Elaine en ik hebben gisteren eens goed naar de boekhouding gekeken. We hadden wel iets te vieren. We hebben de afgelopen zes maanden flinke winst gemaakt.'

We, dacht Isabel. *We.* Hij is niet meer van mij, hij is nu van haar.

Philip staarde naar beneden en friemelde aan het randje van het tafelkleed. 'Dat was niet het enige wat we te vieren hadden,' zei hij. 'Elaine is in verwachting. De baby komt rond september, denkt ze.'

Isabel deed moeite de schok te verwerken. Als ze zich echter, hoe onrealistisch misschien ook, ooit had afgevraagd of dit ongepaste huwelijk geen stand zou houden, werd iedere hoop nu de bodem ingeslagen.

Maar ze deed haar uiterste best. 'Gefeliciteerd, Philip. Je vindt het vast geweldig. Ik hoop dat ze... dat Elaine... in orde is.'

'Wil je haar leren kennen?'

Ze zag de hoop in zijn ogen. Ze reikte over tafel en pakte zijn hand. 'Nee, Philip. Dat moet je begrijpen; dat kan ik niet.'

Isabel vertrok kort daarna en hield een taxi aan om haar naar haar kleermaker in Bayswater te brengen. Ze klikte in de auto haar poederdoos open en poederde haar neus. Ze had nooit make-up gedragen, maar gebruikte sinds kort poeder en lippenstift. Ze zag er zo grauw uit als ze dat niet gebruikte. Het zal de overgang wel zijn, dacht ze. Dat, en al die heftige gebeurtenissen de afgelopen twee jaar.

Elaine kreeg een kind. Ze had het goed gedaan, vond Isabel, ze had precies de goede dingen gezegd, maar een deel van haar vond het ondraaglijk. En dan Sara. Hoe kon ze haar kind in de steek laten, hoe kon ze dat nou doen? Isabel begreep wel dat ze Gil had verlaten, die was nooit de juiste man voor haar geweest, dat zag zij ook wel, hoewel er genoeg vrouwen waren die het moesten doen met echtgenoten die veel afschuwelijker waren dan Gil... maar haar kind achterlaten! En het was zo'n schatje. Haar eerste kleinkind. Wat ze niet begreep was hoe de beslissing Sara niet had verscheurd. Ze had altijd gedacht dat ze een intieme band had met

Sara, maar ze kreeg de laatste tijd de indruk dat ze zich daar vreselijk in had vergist.

Toch was haar sterkste emotie, die ze voelde boven al het verdriet en het idee dat ze van alles verloor, woede. Hoewel het toch redelijk was om te stellen dat zij degene was die het hevigst werd getroffen, werd het niettemin aan haar overgelaten de scheuren te lijmen. Ze was degene die met Sara en Philip moest praten, die moest proberen te begrijpen waarom ze deden wat ze deden, terwijl zij alleen maar zag dat ze hun leven vergooiden. Ze moest geduldig en tactvol zijn terwijl ze hen eigenlijk alleen maar door elkaar wilde schudden. Ze had Philips verhalen over zijn trouwdag moeten ondergaan... nogal een goedkope bedoening, leek het haar, in een deprimerend kerkje in Hendon, met Ruby als enige vertegenwoordigster van de familie aanwezig... en dat terwijl Philips huwelijk de scheuren in de familie had blootgelegd, op een gruwelijk melodramatische manier, scheuren die er altijd al waren geweest. En Richard liep al die tijd te mokken en betaalde geen cent voor Philip en Sara. Ze durfde hem niet eens te vertellen dat ze contact had met Philip, want dan zou hij ontploffen. En dat terwijl heel veel van wat er was gebeurd zijn schuld was...

De taxi stopte in Bayswater. Het drong terwijl ze aanbelde tot Isabel door dat ze behalve verontwaardiging ook een andere emotie voelde. Iets in Richard – iets van zijn flair, iets van zijn tot dan toe indrukwekkende zelfvertrouwen – leek af te brokkelen. Ze had af en toe met hem te doen.

Ruby's vrienden hadden, met de gebruikelijke ernst waarmee ze ingewikkelde politieke problemen bespraken, bedacht hoe Sara geld moest gaan verdienen. Aangezien koken en paardrijden de enige dingen waren waar ze goed in was, was besloten dat iemand met Big Frank zou gaan praten, de eigenaar van een eetcafé in Romilly Street. Sara kon er dagelijks tijdens de lunch en drie avonden in de week gaan werken. Een groot deel van de clientèle bestond uit communisten, die uren over een kop koffie deden en de gebeurtenissen in de wereld bespraken terwijl de condens van de ramen droop. Condens, dacht Sara, die was veroorzaakt door de hitte van hun gesprekken. Ze maakte toast met boter en kaas-tosti's voor hen, en gaf iedereen met gaten in zijn schoenen een extra snee brood.

Ze vond het leuk om in het eetcafé te werken, en ze genoot van de reis naar Romilly Street. 'Sara, dat kan niet,' zei Ruby. 'Je kunt geen echte Londense zijn als je niet over de metro klaagt.' Maar het was waar: ze vond de spits niet eens vervelend, als ze tussen mannen met bolhoeden en aktetassen, en typistes met tassen met romans en breiwerk zat geklemd. Ze zat ook graag in de bus, waar de mensen meer tegen elkaar zeiden dan in de metro, en Sara flarden van gesprekken opving, stukjes van hun leven. *Een drieling, schat, en dat terwijl hij bij de marine zit... dus heb ik tegen haar gezegd dat ze zich geen zorgen moet maken, dat het net zo wordt als met Mavis...*

In het weekend maakten Ruby en Sara Ruby's nieuwe flatje schoon, dat groter was dan haar vorige woning: twee kamers in plaats van één. Als ze klaar waren met hun huishoudelijke taken trakteerden ze zichzelf altijd: een reep chocolade of een schaaltje peren met slagroom. In het café sopte Sara tafels, ze waste er borden en veegde de vloer. Dat was allemaal nieuw voor haar, net zoals de bus en de metro nieuw waren. Op Vernon Court, en toen ze opgroeide in Hampstead, hadden de bedienden al het huishoudelijke werk gedaan. Sara had geen idee gehad hoe vaak je moest afstoffen, hoe je boenwas moest aanbrengen of hoe je een gootsteen moest schrobben. Als ze de vloer in het eetcafé schoonmaakte, genoot ze van hoe de zwabber bleke strepen over het modderige linoleum trok; als ze citroensap op de kranen wreef, zoals Frank, de eigenaar, haar had laten zien, zag ze het metaal glimmen.

Edward Carrington kwam na zijn werk regelmatig naar het café. Op een avond kwam hij binnen en veegde sneeuwvlokken van zijn jas. 'Brr, het is ijskoud.' Hij knoopte zijn sjaal los en zette zijn hoed af. Zijn neus en de randjes van zijn oren waren roze.

'Zal ik koffie voor je inschenken, Edward?' vroeg Sara. 'En wil je er toast met kaas bij?'

317

'Alleen koffie, graag. Ik heb maar heel even. Ik eet vanavond met moeder.' Edward ging aan een tafeltje zitten.

Het café was bijna leeg, dus Sara schonk twee koppen koffie in en ging tegenover hem zitten. 'Een van de meisjes had zo'n schattig poedeltje bij zich vandaag,' zei ze. 'Je zou niet denken dat communisten van poedels houden, toch?'

'Poedels lijken inderdaad wel een erg frivole hondensoort, ja.' Hij roerde suiker door zijn koffie. 'Hoe is het met je, Sara?'

'Prima. En met jou?'

'Een beetje verkouden, maar verder wel goed.'

Ze raakte zijn hand aan. 'Ik wil je iets vragen.'

'Brand maar los, ik luister.'

'Wat er in Oostenrijk is gebeurd...'

'De Anschluß?'

'Dat, ja. Dat Duitsland Oostenrijk is binnengevallen.'

'Ik las in de krant dat de Duitse troepen juichend zijn binnengehaald in Wenen. Rare soort invasie.'

'Dus ze – de Oostenrijkers – vinden het niet erg?'

'Dat hangt ervan af aan welke kant je staat. Iedereen die nazi-sympathieën heeft, zal de Duitsers met open armen hebben ontvangen.'

'En als je socialistisch bent?'

'Dan zul je behoorlijk balen. En bang zijn, lijkt me.'

'Bang?'

'De nazi's hebben het niet zo op socialisten.' Edward keek haar aan. 'Ik wist niet dat je in politiek was geïnteresseerd, Sara.'

'Ik heb weinig keus, nu ik hier werk.' Ze bedacht hoe aardig Edward Carrington voor haar was en besloot hem in vertrouwen te nemen. 'Maar dat is het niet. Ik ken – kende – iemand die in Wenen woont.'

'Aha. En heb je onlangs nog iets van haar gehoord?'

'Van hem. Anton is een hij. En nee, we schrijven niet. Ik heb al heel lang niets van hem gehoord.'

Edward nieste. 'Arme Edward,' zei Sara. 'Ik had een grog voor je moeten maken in plaats van koffie.'

'Dit is prima. Ik heb alleen een hoofd vol watten, verder valt het wel mee.' Hij vouwde zijn zakdoek op en stak hem terug in zijn zak. 'Die kerel...'

'Anton.'

'Ken je hem van voordat je was getrouwd?'

'Anton en ik waren verliefd.'

'O. Maar je bent met een ander getrouwd.'

'Anton hield niet van me. Ik dacht van wel, maar dat bleek niet zo te zijn. Ik denk dat ik daarom met Gil ben getrouwd, omdat ik wist dat ik Anton niet kon krijgen. Maar het bleek een gruwelijke fout te zijn.' Ze zuchtte. 'Ik heb er een vreselijk potje van gemaakt. Ik heb geprobeerd om verliefd te worden en ik ben getrouwd en heb een kind gekregen, maar dat had allemaal geen zin. Ik denk dat ik hier maar blijf werken tot ik een oud vrouwtje ben. Het is het eerste wat ik goed doe.' Ze keek hem toegenegen aan. 'Overweeg jij wel eens te trouwen, Edward?'

'Dat is moeilijk, met mijn zieke moeder. Er was ooit wel iemand, maar het klikte niet met moeder en het is nooit echt wat geworden. Maar je was me over die kerel aan het vertellen.'

'Anton heeft jaren geleden Wenen gedwongen moeten verlaten. Het laatste wat ik heb gehoord is dat hij terug is naar Oostenrijk. Hij zal wel bezorgd zijn geweest over zijn vader. Ik vroeg me af of hij, na alles wat er is gebeurd, weer weg zal moeten. En... en of hij dan terugkomt naar Londen.'

Edward schraapte zijn keel. 'Als hij in Wenen wil blijven, zal hij zich moeten aanpassen. Maar zelfs als hij dat doet, staat hij wel ergens op een lijst, als ik het zo hoor.' Hij keek op zijn horloge en stond op. 'Laat ik maar gaan, anders gaat moeder zich zorgen maken. Bedankt voor de koffie, Sara.'

Moeder en zoon Carrington woonden in een appartementje op de eerste verdieping in Belgravia. Edward kwam fluitend het pand binnen, begroette de conciërge, pakte de late post en liep naar boven. Hij hing zijn jas, sjaal en hoed aan de kapstok en liep de zitkamer binnen.

Zijn moeder zat in een stoel bij het vuur. Ze rilde. 'Het lijkt altijd net of je de kou mee naar binnen neemt, Edward.'

'Sorry, moeder.' Hij kuste haar op haar wang. 'Hoe is het vandaag met u?'

'Slecht. Mijn heup... Dokter Steadman is geweest en heeft een of ander poeder voorgeschreven, maar ik merk er niets van. Ik had tenminste wel even bezoek, hoewel hij altijd haast heeft.'

'Nu ben ik er weer.' Edward glimlachte naar zijn moeder. 'U krijgt zo lang u wilt mijn onverdeelde aandacht.'

'Nou, dat lijkt mij ook, ja.' Mevrouw Carrington begon weer te rillen.

'Zal ik uw deken even pakken, moeder?'

Mevrouw Carrington keek op de klok. 'Het is bijna halfacht. Dan moet ik hem omslaan en hem daarna weer afdoen, daar ben ik veel te moe voor. Als ik hem eerder had gehad, zou ik het nu niet zo koud hebben.'

'U had Gladys kunnen vragen hem voor u te pakken, moeder.'

'Ik wilde haar niet lastigvallen. Het eten...' voegde ze er vaag aan toe.

'Dat is waar we haar voor betalen. Ik ga wel even met haar praten.'

'Nee, nee. Ik wil niet dat je haar boos maakt. We willen niet nog een meisje verliezen.'

'Ik zal het voorzichtig brengen.'

Edward liep naar de keuken, waar Gladys, het enige dienstmeisje, met potten en pannen in de weer was. De keuken stond vol stoom en het rook er naar nat flanel, maar hij zei: 'Dat ruikt heerlijk, Gladys.'

'De vis is uit elkaar gevallen, meneer Carrington, maar dat gebeurt altijd met kabeljauw. En mevrouw wil blanc-manger. Ik heb gezegd dat ik het uit een pakje doe, want mijn custardpudding gaat altijd schiften.'

'Het wordt vast heerlijk, dat is het altijd.' Toen, na een korte stilte waarin Gladys zuchtend de aardappels in een vergiet deed en saus in een kom schepte, waagde Edward: 'Zou je er misschien aan kunnen denken moeder 's middags met haar deken te helpen? Die doorgestikte, die op haar bed ligt? Ze krijgt het altijd zo vreselijk koud, snap je?'

Gladys zag er gepikeerd uit. 'Ik heb mevrouw haar deken aangeboden, meneer, maar ze zei dat hij te zwaar was en dat haar benen er pijn van gaan doen.'

'O. Misschien moeten we haar kasjmieren omslagdoek dan proberen.'

'U zegt het maar, meneer Carrington. En nu moet ik verder, want ik loop achter.'

Edward begreep de hint. Hij mompelde een bedankje en liep de keuken uit.

Hij vertelde zijn moeder tijdens het eten over zijn werkdag. De antwoorden van mevrouw Carrington waren beperkt tot korte zinnetjes en verzoeken de boter door te geven. Hoewel ze al jaren ziek was, had ze een uitstekende eetlust. Toen Edward niets meer te vertellen had, spoorde hij haar aan over haar dag te vertellen. Ze kon vanwege haar reumatiek alleen kleine stukjes lopen, dus mevrouw Carrington bracht het grootste deel van haar dag door in een stoel bij het raam, waar ze toekeek wie er kwam en ging in het flatgebouw. Elke bezoeker werd opgemerkt en hun reisdoel achterhaald op een manier die Edward nooit had begrepen. Zijn moeder kende de namen van alle andere bewoners in het grote pand, en ze wist opmerkelijk veel over hun gezondheid en de toestand van hun huwelijken.

Tijdens het toetje zei ze: 'Mevrouw Pritchard heeft vandaag bezoek gehad.'

Gladys' klonterige blanc-manger zag er weinig veelbelovend uit; Edward schepte behoedzaam één lepel op. 'O, ja?'

'Weer een andere man,' zei mevrouw Carrington met een veelbetekenende blik in haar ogen. 'Hij zag eruit als een handelsreiziger of iets dergelijks. Hij had zo'n koffertje bij zich.'

'Misschien was haar boenwas op.'

Mevrouw Carrington maakte een snuivend geluid. 'Ze is een huisvrouw van niks. Nee, het zal wel weer een vriend zijn geweest.' Ze keek over de tafel heen naar Edward. 'Je neemt toch niet nog meer jam, hè? Je moet niet zoveel zoetigheid eten. Je ziet er zo ook wel slecht genoeg uit.'

'Ik ben verkouden, moeder, verder niets,' zei Edward, en hij werkte de rest van de blanc-manger zonder extra jam naar binnen.

Na het eten zaten ze met hun koffie bij het haardvuur naar de radio te luisteren. Edward kon zich niet herinneren dat zijn moeder ooit niet ziek was geweest. Hij nam aan dat ze gezond moest zijn geweest toen hij klein was, maar dat kon hij zich niet herinneren. Zijn vader was kort nadat Edward op zijn negentiende van kostschool was gekomen overleden en sindsdien was de gezondheid van zijn moeder gestaag verslechterd. Ze hadden vijf jaar geleden hun huis in Surrey verkocht en waren naar Londen gekomen. Edward miste het huis in Surrey, waar hij het heerlijk had gevonden om te gaan vissen, maar de verhuizing naar Londen had vele voordelen: de flat was gemakkelijker te onderhouden, hij woonde vlak bij zijn werk, en zijn moeder bij de beste dokters in Harley Street.

Hoewel Edward in eerste instantie een appartementje op de begane grond had voorgesteld, had zijn moeder zich zorgen gemaakt om geluidsoverlast en inbrekers, dus was het de eerste verdieping geworden. Als moeder naar buiten wilde gebruikte ze de lift en liep met behulp van een wandelstok naar het huis van haar vriendin, mevrouw Collins, die aan de andere kant van het plein woonde, of naar mevrouw Dixon, waar ze één keer in de week ging bridgen. Op zaterdagmiddag reed Edward zijn moeder naar het Odeon aan Leicester Square. Mevrouw Carrington hield zowel van thrillers als van romantische films; haar favoriete film was *The Prisoner of Zenda*, met Ronald Colman, en Edward was er vijf keer met haar geweest.

Om tien uur zette zijn moeder de radio uit en ging naar bed, met strikte instructies dat Edward geen herrie mocht maken als hij later ging slapen. Edward schonk een glas whisky voor zichzelf in, en lette erop dat de stop niet in de decanteerfles knalde, en zocht op waar hij was gebleven in zijn Margery Allingham. Hoewel hij hoofdpijn had, genoot hij zo van dit uurtje voor zichzelf dat hij het niet wilde verspillen met warme chocolademelk en aspirine in bed.

Hij hield het uur na zijn werk ook vrij voor zichzelf. Toen ze van Surrey naar Londen waren verhuisd, had hij tegen zijn moeder gezegd dat hij tot zes uur werkte, niet tot vijf. De leugen had hem wat tijd voor zichzelf gegeven, om zijn eigen vrienden te zien en zijn eigen interesses na te jagen. Hij ging in de tijd tussen werk en thuis borrelen met zijn collega's, of hij ging koffie drinken met vrienden, of hij nam, als iedereen naar huis ging, een biertje in een pub en maakte dan de kruiswoordpuzzel uit *The Times*. Op weg naar huis sabbelde hij pepermuntjes zodat zijn moeder geen alcohol in zijn adem zou ruiken. Grotere uitjes – een feest, of een etentje in een restaurant – vergden zorgvuldige voorbereidingen. Zijn moeder moest er weken van tevoren van op de hoogte worden gesteld, mevrouw Collins of mevrouw Dixon moest worden geregeld om haar gezelschap te houden en traktaties moesten in het vooruitzicht worden gesteld om zijn desertie te compenseren.

Edward wist dat hij niet het soort man was op wie meisjes meteen verliefd werden. Hij miste iets... of andere mannen hádden iets. Het was hem altijd een raadsel geweest wat dat dan was. Meisjes leken verliefd te worden op de afgrijselijkste figuren. Hoewel een blik in de spiegel hem vertelde dat hij niet aantrekkelijk was, dat zijn gezicht een beetje scheef was, dat het wel kneedbaar, rubberachtig leek en de losse onderdelen nietszeggend waren, was het als geheel toch best een vriendelijk, niet aanstootgevend gezicht. Toch had hij nooit een grote vriendenkring gehad. Hij stootte misschien niet af, maar hij trok ook niet aan. Meisjes zeiden dat hij zo'n schatje was en mannen vonden hem een toffe kerel. Maar hij was nooit degene die ze opzochten: hij was altijd een toevoeging, een reservespeler. 'O ja, we moeten Edward ook uitnodigen,' stelde hij zich voor dat mensen zeiden, de mensen die de feesten organiseerden en de weekendteams voor een cricketwedstrijd samenstelden, als ze eenmaal bijna klaar waren met hun lijstje.

Hij vond het niet erg en had nooit verwacht als eerste gekozen te worden. Hij had maar weinig serieuze vriendinnen gehad. 'Er is ooit iemand geweest,' had hij tegen Sara gezegd, maar dat was overdreven. Hij was een keer of tien met Barbara Cooper uit geweest en had haar mogen zoenen en haar borsten mogen aanraken. Op elke poging verder te gaan was gereageerd met een naar beneden trekken van de zoom van haar rok en een: 'Niet hier, Edward!', wat ook wel begrijpelijk was, gezien de plaatsen waar hij haar het hof had moeten maken. Mevrouw Carrington mocht Barbara niet, hoewel Barbara er alles aan had gedaan aardig gevonden te worden, en ze waren uiteindelijk uit elkaar gegaan.

'Het wordt niets, Ned,' had Barbara gezegd op de dag dat ze het had uitgemaakt. 'Ik ben ondertussen vijfentwintig en ik wil trouwen en kinderen krijgen, niet stiekem foezelen in een pub of op een parkeerplaats.'

De gevoelens die hij voor Sara Vernon had gingen veel dieper dan de lust die hij voor Barbara had gevoeld; ze gingen veel dieper dan wat hij ooit voor een andere vrouw had gevoeld. Hij dacht terug aan de eerste keer dat hij Sara op station Euston had gezien. 'Ik heb een probleem, Edward,' had Ruby eerder die dag tegen hem gezegd. 'Ik heb afgesproken dat ik om zeven uur een vriendin van het station haal en nu heeft die ellendige Horniman net gezegd dat ik moet overwerken vanwege dat accountantsonderzoek.' Edward had vriendelijk aangeboden te helpen. Hij had op station Euston een vrouw in een bontjas zien staan, met een zwart hoedje op en twee koffers naast zich, alleen, midden in de stationshal.

Ze was eenvoudigweg de mooiste vrouw die hij ooit had gezien. Hij was niet direct op haar afgelopen, maar had onder het informatiebord even naar haar staan kijken. Als ze onder de mensen waren deed hij dat vaak, naar haar kijken, en dan nam hij in zich op hoe haar rode haar viel, hoe gracieus ze bewoog.

Sara was natuurlijk getrouwd, maar dat huwelijk zou uiteindelijk ontbonden moeten worden. Hij dacht terug aan wat ze hem vanavond over die man had verteld, die vent uit Wenen. Edward hoopte dat Anton Wolff in Wenen zou blijven. Of, als de grond hem daar te heet onder de voeten werd, dat hij naar Parijs of New York zou vertrekken.

Isabel vertrok begin juni naar Porthglas. Richard zou halverwege de maand ook komen. Isabel nam de dag voordat hij zou komen de bus naar St.-Ives. Cottages met grijze daken en wit gestuukte muren stonden in groepjes bij de steile, smalle weggetjes die naar de haven leidden. In juli en augustus zouden de pensions en stranden vol vakantiegangers zijn.

Isabel kocht griet voor het avondeten voor de volgende dag bij een van de vissers in de haven en lunchte met een sandwich in een café. Na de lunch ging ze naar het atelier van een van de kunstenaars in het stadje. Er kwamen al kunstenaars naar St.-Ives sinds het midden van de negentiende eeuw, aangetrokken door het heldere, felle licht en de mediterraanblauwe zee. Isabel had door de jaren heen heel wat schetsen en schilderijen gekocht voor aan de muren van Porthglas Cottage. Onder haar schatten bevond zich een piepkleine Whistler, een donker, dreigend zeegezicht dat op het deksel van een sigarenkistje was geschilderd en dat ze in een berg rommel in een antiekwinkeltje had aangetroffen.

Toen Isabel langs de open deur van het atelier liep hoorde ze iemand waarderend fluiten. Naast de deur zat een groene papegaai in een kooi heel tevreden met zichzelf naar haar te kijken. Isabel praatte even tegen de papegaai, en toen ze zag dat er niemand in het atelier was, liep ze een klein stukje naar binnen, aangetrokken door de stapels schilderijen die tegen de muren stonden.

Ze stond een kustgezicht te bestuderen toen ze voetstappen op de buitentrap hoorde. Een lange, magere man met wild peper-en-zoutkleurig haar verscheen in de deuropening.

'Goedemiddag,' zei Isabel. 'Het spijt me dat ik onaangekondigd naar binnen ben gelopen, maar uw papegaai floot naar me en de deur stond open.'

'Wat ben je toch een casanova, Charlie.' Hij opende het deurtje van de vogelkooi, stak zijn hand naar binnen, en de vogel stapte op zijn vinger en klom toen via zijn arm naar zijn schouder. 'Zomaar een vreemdeling binnenvragen, foei.'

Hij wendde zich tot Isabel. 'Kijk gerust even rond. Zoekt u iets speciaals? Ik heb van alles... zeegezichten, havens, vissersboten...'

'Ik kijk alleen even.'

'Aha.' Hij sloeg met zijn vuist op zijn hart. 'De woorden die de door armoede getergde kunstenaar zo door het hart snijden: *ik kijk alleen even.*'

Ze kon een glimlach niet onderdrukken. 'Sorry dat ik zo'n teleurstelling ben.'

'Kan ik u echt nergens toe verleiden? Ik werk ook op commissie: landschappen, portretten. Als het moet, schilder ik zelfs uw hondje.'

Isabel schoot in de lach. 'Ik vrees dat mijn echtgenoot en ik momenteel net even geen hond hebben.'

'Nu stelt u mij teleur.' Hij trok een diepbedroefd gezicht. 'Uw echtgenoot, zei u toch?'

'Hij komt morgen uit Londen hiernaartoe.'

'Kunt u hem niet later laten komen? Dan maak ik eten voor ons en vertel u mijn levensverhaal.'

'Dat zou vast een interessante avond worden,' zei Isabel, die een glimlach onderdrukte, 'maar ik ben bang dat dat niet gaat.'

'Koop dan in ieder geval een van mijn zeegezichten om me te troosten.' Hij liet haar een schets zien. 'Deze misschien? Voor vijf shilling is hij van u. Ik zou hem maar kopen, anders sterf ik misschien aan een gebroken hart en dan voelt u zich de rest van uw leven schuldig.'

Ze schoot weer in de lach. 'Hij is prachtig, dus waarom niet?'

Hij rolde de schets op en deed er bruin papier omheen terwijl Isabel vijf shilling uit haar portemonnee haalde. Toen ze in de bus terug naar Porthglas zat, betrapte ze zichzelf er nu en dan op dat ze met een glimlach op haar gezicht naar de opgerolde schets zat te staren. Ze zette de aquarel thuis op de schoorsteenmantel en bewonderde de schitterende lichtval. Ze las de signatuur in de rechteronderhoek: *Blaze Penrose.*

Richard arriveerde de volgende middag laat. Isabel was tussen de lavendelstruiken aan het wieden toen ze de auto aan hoorde komen. Ze liep naar hem toe.

'Hoe was je reis?'

'Prima.' Hij pakte zijn koffer uit de achterbak. Toen zei hij: 'Isabel, het spijt me, maar ik heb slecht nieuws.'

Een steek van angst. 'De kinderen...'

'Voorzover ik weet, gaat het prima met de kinderen. Niet dat ze het mij zouden laten weten als dat niet het geval was.' Zijn gezichtsuitdrukking veranderde. 'Isabel, John Temple is overleden.'

Haar handen vlogen naar haar mond. 'Richard, nee.'

Ze liepen het huis in. Isabel schonk een borrel voor hem in en Richard vertelde haar dat John Temple donderdagnacht in zijn slaap was overleden. Zijn vrouw, Margot, was die ochtend wakker geworden en had hem al koud geworden naast zich aangetroffen. De dokter zei dat zijn hart het had begeven.

'Ik heb gedaan wat ik kon,' zei Richard. 'Ik ben ernaartoe geweest en heb gezorgd dat Margot niets tekortkomt. Ik heb Dunning geïnstrueerd hun kinderen en kleinkinderen van het station te halen... de dochters wonen allemaal vrij ver weg, weet je nog? We zullen morgen terug moeten naar Londen voor de begrafenis.'

'Natuurlijk.'

Hij ging bij de open haard zitten; hij zag er bleek en gespannen uit. Hij zei: 'Isabel, het is mijn schuld. John wilde twee jaar geleden al met pensioen, weet je nog, toen hij vijfenzestig werd? Maar ik heb hem overgehaald te blijven tot na de overname.'

Isabel kwam naast hem zitten. 'John was volwassen. Het was zijn eigen beslissing om te blijven.'

Richard keek ellendig. 'Hij wist dat ik hem nodig had. Hij was zo'n trouwe werknemer dat hij me niet in een moeilijke situatie wilde achterlaten. Ik heb hem gevraagd zijn pensioen uit te stellen. Ik heb het hem erg moeilijk gemaakt te weigeren.'

Ze legde haar hand over die van hem. 'Richard, kwel jezelf niet zo.'

'Ik neem het niet alleen mezelf kwalijk. Het is ook Philips schuld. Hij is zonder blikken of blozen bij het bedrijf weggegaan, precies op het moment dat we het niet moeilijker konden hebben.'

'Dat weet je niet. Misschien was het voor hem ook wel een heel moeilijke beslissing.'

Richard schudde zijn hoofd. 'Hij wist precies wanneer het mes het meest pijn zou doen.'

Isabel onderdrukte een zucht en zei zacht: 'Richard, jij bent degene die het Philip onmogelijk heeft gemaakt bij de firma te blijven.'

'Hij heeft het mij onmogelijk gemaakt om iets anders te doen!' Ze hoorde de woede in zijn stem. 'Je bent moe en van streek,' zei ze vriendelijk. 'Laten we het er nu niet over hebben. Ga je even omkleden, dan gaan we wandelen.'

Toen ze later over het strand liepen beende Richard voor haar uit en boog zich af en toe voorover om een kiezelsteentje op te pakken en in zee te gooien.

'Ik vraag me af of hij het lef heeft om naar de begrafenis te komen,' zei hij toen ze weer naast elkaar liepen.

'Wie?'

'Philip, natuurlijk. Wie anders?'

'Philip kent John al zijn hele leven. Natuurlijk moet hij naar de begrafenis komen. Richard, je kunt hem echt de dood van John niet aanrekenen. Dat zou oneerlijk en verkeerd zijn. Johns hart is ermee opgehouden. Dat is vreselijk, maar het zou hoe dan ook gebeurd zijn.'

Hij bulderde: 'Waarom kom je zo voor hem op? Hij heeft jou ook vreselijk gekwetst!'

Omdat hij mijn zoon is, dacht ze, maar ze zei kalm: 'We kunnen niet veranderen wat er is gebeurd. Dat zouden we misschien wel willen, maar dat kan niet. Philip is getrouwd. Hij is al meer dan anderhalf jaar getrouwd. Niets gaat dat veranderen.' Ze dacht even na en maakte een beslissing. 'Er is iets wat je moet weten. Elaine is zwanger.'

Zijn gezichtsuitdrukking werd nog grimmiger, maar hij zei: 'Dat gaat ons niets aan.'

'O, Richard, natuurlijk wel! Die baby is ons kleinkind.'

'Philip is geen lid meer van de familie Finborough,' zei Richard koel. 'Wat voor nageslacht het hem ook lukt te...' Hij hield op met praten en kneep zijn oogleden tot spleetjes. 'Hoe weet je dat?'

'Dat heeft hij me verteld.'

'Heb je hem gezien?'

'Ja.'

'Wanneer?'

'Een paar weken geleden.'

'En het leek je niet nodig om dat aan mij te vertellen?'

Ze keek hem recht in zijn ogen. 'Doe niet zo neerbuigend, Richard.'

'Neerbuigend! Alsof ik dat ooit ben!'

'Philip en ik spreken nu en dan met elkaar af,' zei ze krachteloos. 'Ik heb het je niet verteld omdat ik dacht dat je kwaad zou worden. En ik had gelijk, toch?'

Hij had nog een kiezelsteentje opgeraapt en gooide het van zijn ene hand in zijn andere en weer terug. 'Begrijp ik nou dat die afspraak niet de eerste was? Dat dit al een tijdje aan de gang is?'

'Ja.'

'Ik begrijp het. En het bedrog heeft je helemaal niet dwarsgezeten?'

Ze zei razend: 'Durf jij mij een preek te geven over bedrog?'

'Ik dacht dat ik het duidelijk had gemaakt dat we niets meer met hem te maken willen hebben.'

'Dat was jouw beslissing, Richard, niet die van mij.'

'Je dacht er ook zo over. Je had er hetzelfde gevoel over als ik.'

'Ik was razend op Philip, ja. Maar ik was nog razender op jou.'

Hij gromde iets, gooide de kiezelsteen in het water en beende voor haar uit. Ze rende achter hem aan en ging weer naast hem lopen. Ze zei: 'Het was in het begin moeilijk om Philip weer te zien, maar het was moeilijker om hem niet te zien.'

'Ik neem aan dat je naar zijn huis bent geweest... en dat je hem alles hebt vergeven...'

'Nee,' zei ze fel. 'Dat kan ik niet aan.'

'Je verrast me.' Zijn stem droop van sarcasme.

Ze bestudeerde hem afstandelijk. 'Je bent kwaad op Philip omdat hij je in het bijzijn van je vrienden heeft vernederd. Je bent kwaad op hem omdat hij het bedrijf waar jij al je hele leven alles voor overhebt om het op te bouwen, de rug heeft toegekeerd. Maar je bent ook kwaad op hem omdat hij iets heeft wat jij wilde hebben en dat niet aankunt. Je kunt het niet aan te worden verslagen, Richard, dat heb je nooit gekund. Evenmin als je kunt toegeven dat je verkeerd zat. Je vertaalt pijn en verdriet in woede en staat de mensen die van je houden niet toe dichtbij te komen. Ik ben ook verdrietig dat John Temple dood is, hoor. Hij was een goede man.' Isabel schudde haar hoofd en draaide zich om. 'Ik kan niet met je praten als je zo bent. Ik ga naar huis.'

Ze liep weg. De enige keer dat ze omkeek, was Richard een grijze veeg boven het zand. Engels gras wuifde in de wind op het klif. Ze liep naar huis.

Ze keek in de keuken hoe het met de stoofschotel in de oven ging en deed de afwas. Ze was de gootsteen met een doek aan het droog vegen toen ze Richard het huis in hoorde komen. Ze legde haar doek neer en liep naar de zitkamer.

Ze zei: 'Ik was bang dat je zou vertrekken.'

'Dat heb ik overwogen.' Hij ging op de bank zitten en duwde zijn handen tegen zijn ogen. 'Maar ik ben te moe.' Hij glimlachte wrang. 'Misschien na het eten.'

'Het is bijna klaar.'

'Ik zal de haard even aansteken.'

Richard maakte proppen van krantenpapier en stapelde wat aanmaakhout op. Hij maakte het vuur aan en ging op de bank in het hoekje bij de haard zitten. 'Ik weet niet hoe ik het zonder John moet redden,' zei hij. Hij zag er uitgeput uit, de lijntjes rond zijn mond en ogen waren uitgesprokener dan anders. 'Hij is er altijd geweest, vanaf het begin. Hij was een rots in de branding, de enige op wie ik wist dat ik onvoorwaardelijk kon vertrouwen. Ik weet nog hoe vriendelijk hij was toen jij zo ziek was na de geboorte van Theo, toen ik bijna gek werd van de zorgen en angst. Ik vind het zo vreselijk dat hij niet van zijn pensioen heeft kunnen genieten. John en Margot wilden uit Londen weg, wist je dat? Naar Bournemouth, om bij hun dochters in de buurt te wonen. Ik had hem die jaren zo gegund... hij verdiende ze.'

Isabel ging geknield voor hem zitten, pakte zijn gebalde vuisten in haar handen en drukte ze tegen haar gezicht. 'Ik weet het, Richard, ik weet het. Ik vind het zo naar.'

Hij zei: 'Laat Philip maar naar de begrafenis komen als hij dat wil. Ik zeg geen woord tegen hem, maar hij mag komen.'

Ze wist hoe moeilijk dat aanbod voor hem was. 'En Sara?'

'Ja, natuurlijk. John was dol op haar. En ik vroeg me af... ze zal wel geldzorgen hebben. Ik geef je wel wat, dan kun je dat aan haar geven. Zeg maar dat je het hebt achtergehouden op het huishoudgeld.'

Nadat Sara Vernon Court had verlaten, had Richard Gil geschreven om hem mede te delen dat hij een bedrag had gereserveerd dat voor Davids onderwijs kon worden gebruikt, en dat hij een geldsom zou ontvangen als hij meerderjarig werd. Hij had echter geweigerd Sara te onderhouden, in de hoop, vermoedde Isabel, dat Sara naar Gil zou teruggaan.

Hij leek, godzijdank, eindelijk wat milder gestemd, maar ze zei geïrriteerd: 'Waarom geef je het zelf niet aan Sara? Geef nou maar toe hoeveel je haar mist.'

'Nee.' Richard keek somber voor zich uit. 'Ze heeft zich schandalig gedragen. Ze moet niet denken dat ik het zomaar vergeef en vergeet. Maar ik wil niet dat ze honger heeft. Ik wil niet dat ze lijdt.'

'Als ik je echt niet kan overhalen, geef ik met liefde het geld aan Sara.' Isabel onderdrukte een zucht.

Twee weken later liep Isabel in Londen naar huis van een bezoekje aan de bibliotheek toen ze zag dat er een man bij haar huis stond te wachten. Hij rookte een sigaret en keek nu en dan de stoep over. Er stond een koffertje naast hem. Een handelsreiziger, dacht ze, of een van de duizenden werklozen uit de fabriekssteden in het noorden of het kolengebied in het zuiden van Wales die naar Londen waren gekomen op zoek naar werk.

Zijn blik bleef op haar rusten toen ze het hek naderde. Hij had goedkope, maar opzichtige kleding aan: een bruin jasje waarvan de manchetten rafelden, en een van de zolen van zijn patentleren schoenen kwam los. Toen ze vlak bij hem was, wreef hij tussen duim en wijsvinger zijn sigaret uit, deed de peuk in een blikje en duwde dat in zijn zak.

'Mevrouw Finborough?'

Hij had een Amerikaans accent, wat haar verraste. 'Ja?' zei ze opgewekt. 'Kan ik iets voor u doen? Ik vrees dat we op het moment geen werk hebben, maar u mag in de keuken naar mevrouw Finch vragen, dan geeft ze u wat brood en thee.'

Hij zei: 'Weet je niet meer wie ik ben?'

Ze bestudeerde zijn gezicht en vroeg zich af of hij ooit voor de familie had gewerkt of een werknemer van Richard was geweest. Behalve zijn onverwachte Amerikaanse accent zag hij eruit zoals duizenden andere mannen die problemen hadden rond te komen. Hij was een jaar of vijftig, met een verweerde huid en paarse adertjes op zijn wangen en neus. Het enige opmerkelijke in zijn gezicht waren zijn ogen, die heel donkerbruin waren, onder opgezwollen rode oogleden.

Toen zei hij: 'Ik herinner me jou nog wel, Isabel.'

'Ik ben bang dat u zich vergist,' zei ze koel. 'En als u me nu wilt excuseren...'

'Het strand bij Broadstairs,' zei hij. Isabel stond plots als aan de grond genageld met haar hand op het hek.

'Je weet het nog wél,' hoorde ze hem zeggen.

'Ik heb geen idee waarover u het hebt.' Toch merkte ze dat haar blik naar hem terug werd getrokken, en ze was zich bewust van een flikkering van herkenning, in eerste instantie vermengd met ongeloof en toen ze eenmaal goed in zijn ogen had gekeken met een zeer snel groter wordende angst.

Bruin dat bijna zwart was. De kleur van stroop.

'Ik ken u niet,' fluisterde ze. 'Ik heb u nog nooit gezien.'

Hij glimlachte. 'De jaren hebben me geen goed gedaan, maar je kunt me niet vergeten zijn. Je kunt je oude vriendje Alfie Broughton toch niet vergeten zijn, Isabel?'

11

In september balanceerde de natie op de rand van oorlog met Duitsland. Alle andere zorgen verbleekten, leken onbeduidend. Hitler
eiste annexatie van Sudetenland, een deel van Tsjecho-Slowakije
met een grote Duitstalige bevolkingsgroep. Eduard Beneš, de Tsjechische president, had het verbond van zijn land met Frankrijk
gebruikt om Hitlers eisen af te wijzen. Maar Hitler had nu de inzet
verhoogd en dreigde Tsjecho-Slowakije binnen te vallen tenzij
Frankrijk en Groot-Brittannië Sudetenland opgaven.

Er was angst dat een plaatselijke oorlog in Europa zou uitlopen
op een groter internationaal conflict, zoals dat ook in 1914 was
gebeurd. In elk stadje en dorp stonden monumenten ter nagedach-
tenis aan de slachtpartijen bij de Somme en Passchendaele. Men
besefte ook dat Groot-Brittannië niet klaar was voor nog een oorlog. En, dacht Ruby, men zat er bepaald niet op te wachten.

Voorbereidingen op burgerbescherming, die jaren waren uitge-
steld, werden geïnitieerd. Ruby ging naar een voorlichtingsbijeen-
komst over de gevaren van gifgas. Busjes met luidsprekers erop
reden door de straten en herinnerden iedereen eraan dat ze een
gasmasker moesten halen. Ruby stond bij een kleuterschool in
West Brompton in de rij met mannen, vrouwen en kinderen om er
een op te halen. Haar blik dwaalde over de tekeningen aan de muren, de poppetjes die met waskrijt waren getekend en de afbeeldingen van het strand en de boerderij: idyllisch, zonnig en zorgeloos. Toen ze het gasmasker over haar hoofd trok, rook het naar
rubber, en de baby's krijsten toen ze in de zakken werden gestopt
die waren ontworpen om hen tegen gas te beschermen. De stemmen van de moeders schoten omhoog, razend en bang, toen bleek

dat er niet genoeg zakken waren. Toen Ruby naar huis liep, gooide ze het gasmasker, in zijn lelijke kartonnen doos, over haar schouder en werd overspoeld door een gevoel van ongeloof.

Er kwam langzaam iets anders, iets angstaanjagends, tot leven. Het oorlogsapparaat – zandzakken werden tegen openbare gebouwen gestapeld, op Westminster Bridge werd luchtafweergeschut geplaatst, op de elektriciteitscentrales stonden machinegeweren klaar – benadrukte de kwetsbaarheid van de stad. Het bekende kreeg een bedreigende uitstraling. Een vliegtuig dat over de stad scheerde herinnerde aan krantenfoto's van de gebombardeerde steden Madrid en Guernica. De grasvelden in de Koninklijke Parken, gehavend door loopgraven, voorspelden een onzekere toekomst. Ze ging naar haar werk, deed boodschappen, ging uit met haar vrienden, maar in haar achterhoofd zag Ruby Londen, háár Londen, afbrokkelen, uit elkaar vallen, in vlammen opgaan.

Neville Chamberlain vloog aan het eind van de maand naar München voor een laatste, dramatisch bod voor vrede. Toen hij de volgende dag terugkwam zwaaide hij met een papiertje dat beloofde, zo verklaarde hij, dat er geen oorlog zou komen. De crisis was afgewend en de prijs van de vrede het overdragen van Sudetenland aan Duitsland. De opluchting was bijna voelbaar. Nu kon iedereen weer klagen over het weer en de vertraging van de bussen.

Maar de opluchting leek na een dag of twee te vervliegen, te worden vervangen door onrust, en misschien schaamte. En de gasmaskers hingen nog steeds in de gangen, de vliegtuigen lieten hun sporen nog in de lucht achter.

Boerderij Nineveh: blaffende honden, blazende ganzen en natte lakens die lusteloos aan de waslijnen tussen de appelbomen hingen.

Ruby trof tante Maude achter het woonhuis aan. Een jongen van tegen de twintig stond voor haar. Hannahs gezicht achter het raam van de bijkeuken was een angstige witte veeg.

'Twaalf eieren!' gilde Maude tegen de jongen. Op de kinderkopjes lag een vlek gebroken schalen en eigeel, en een mandje was aan een kant van de deur naar de bijkeuken onder een rieten stoel gerold. 'Weet je hoeveel geld je me kost met je gestuntel?' De stok vloog door de lucht en raakte de jongen tegen de zijkant van zijn hoofd. 'Ik hou het hele bedrag op je loon in!'

De stok zwaaide nogmaals, maar deze keer greep de jongen hem vast, rukte hem uit Maudes handen en smeet hem op de grond.

Maude kneep haar oogleden samen. 'Raap op,' zei ze zacht.

'Nee.'

'Raap die stok op, George Drake, anders wonen jij en je familie vanavond niet meer in die cottage.'

Er viel een lange stilte. Toen raapte de jongen de stok op en gaf hem terug aan Maude.

'En nu ga je die smeerboel opruimen. Schrobben. Ik wil geen stukje eierschaal meer op die stenen aantreffen.' Toen ze Ruby zag, snauwde Maude: 'Je bent laat. Ik had twaalf uur gezegd. Het eten staat koud te worden.'

Ze liepen het huis in. Maude leunde zwaar op de stok met haar enorme lichaam. Om haar polsen, enkels en hals hingen vlezige kwabben. Haar donkere haar was grijs geworden en overgewicht had haar ogen tot zwarte kraaltjes gereduceerd.

Nineveh leek net als Maude Quinn weg te glippen in ouderdom en verval. De kleine raampjes waren stoffig en in de kamers was het koud en klam. Het viel Ruby elke keer dat ze kwam, tweemaal per jaar, op hoe weinig het huis veranderde. Andere gezinnen vervingen versleten meubels, hingen nieuwe gordijnen op of verfden een kamer opnieuw, maar de familie Quinn niet. Andere gezinnen gooiden afgeleefde spullen weg of gaven ze door, maar op Nineveh was niets te versleten of oud om weg te doen. Ruby vroeg zich af of aan die haakjes dezelfde jassen hingen als de vorige keer dat ze er was, en of dat hetzelfde stompje kaars op een schoteltje was. En of het misschien dezelfde jassen en dezelfde kaars waren die ze al zag sinds ze als klein meisje naar Nineveh kwam.

Ruby lunchte met Maude en Hannah en daarna hielp ze Hannah met de afwas. Toen het tijd was om te gaan, vroeg Ruby aan Hannah of ze een stukje met haar wilde meelopen.

Haar nichtje was ondertussen bijna even lang als Ruby. Ze was mager, en haar lange, lichtbruine haar was strak gevlochten. Als ze eens naar de kapper zou gaan, dacht Ruby, als ze een nieuwe jurk zou dragen in plaats van dat ouderwetse, verwassen ding dat werd bedekt door een nog sleetser schort; als ze rechter op zou lopen en je zou aankijken als ze wat tegen je zei, zou ze er helemaal niet slecht uitzien.

Ruby stelde zich voor hoe het zou zijn om haar nichtje, met haar vlechten en in haar gerafelde kleding, aan haar hippe vrienden voor te stellen. Toen schoof ze die laaghartige gedachte, met heel veel moeite, uit haar hoofd.

'Kom je een keertje bij me op bezoek in Londen, Hannah?'

Hannah kreeg grote ogen. 'Londen?'

'Ja, waarom niet? Het ligt niet aan de andere kant van de wereld, hoor.'

'Dat kan ik niet...'

'Natuurlijk wel. Je koopt gewoon een kaartje en dan stap je in de trein.'

'Ik heb geen geld.'

'Helemaal niet?'

Hannah schudde haar hoofd.

'Geeft tante Maude je geen geld?'

Ze schudde nogmaals met haar hoofd. Natuurlijk betaalde tante Maude haar dochter geen loon, bedacht Ruby... waarom zou ze, als ze haar bedienden ook gratis kon krijgen?

'Dan leen ik je wat.'

'Dank je, nicht Ruby, maar nee. Wees nooit een lener of een uitlener, zegt moeder.'

'Je hoeft niet altijd te doen wat je moeder zegt.'

Hannah keek nerveus over haar schouder naar Nineveh. Ruby zei: 'Dan stuur ik je een treinkaartje op. Als kerstcadeautje.'

'Dat kan niet. Je begrijpt het niet. Het kan echt niet.'

Ruby bedacht ineens iets. 'Je hebt toch wel eens in een trein gezeten, Hannah?'

'Nee.'

'Nooit? Hemeltjelief. In een bus, dan?'

'Een keertje, toen ik voor mijn moeder naar de markt moest en het wiel van de kar was gebroken.'

'Maar doe je dan nooit boodschappen? Ga je nooit uit?'

'Ik loop wel eens naar Manea, maar we hoeven niet veel eten te kopen, we maken alles zelf. Op zondag gaan moeder en ik met de ponywagen naar de kerk.' Hannah stond aan haar schort te friemelen. 'Ik moet gaan. Moeder zit op haar thee te wachten.' Ze bleef net lang genoeg staan zodat Ruby haar een kusje kon geven en rende toen terug naar de boerderij.

Toen ze over het pad naar Manea liep zag Ruby de ploegpaarden onder aan het veld. Ze zwaaide naar George Drake. Hij kwam naar de rand van de heg lopen. Hij was een magere jongen met helderblauwe ogen en sproeten op zijn neus. Er liep een rode striem over zijn gezicht, die hij had overgehouden aan de stok van Maude Quinn.

'Gaat het wel?' vroeg Ruby.

'O, ik heb alleen een paar blauwe plekken, niets ernstigs.' Hij begon te grijnzen. 'Mijn ma zegt altijd dat ik een kop van beton heb.' De grijns vervaagde en hij mompelde: 'Maar het is wel een nare oude helleveeg. Sorry, juffrouw. Dat mag ik niet zeggen... Ze is uw tante, toch?'

'Helaas wel, ja. Waarom blijf je hier? Hoe kun je voor haar werken? Waarom vertrek je niet gewoon?'

'Dat kan niet. U hebt haar gehoord: mijn familie woont in een van haar cottages. Mijn vader heeft altijd voor de familie Quinn gewerkt. Toen hij acht was, stond hij de vogels al van hun velden te jagen. Ik werk al voor mevrouw Quinn sinds ik van school ben, sinds mijn twaalfde. Ik had geen keuze, anders zouden we ons huis kwijt zijn.'

'Zijn er geen andere boerderijen waar je kunt werken? Leuke boerderijen?'

'Daar is geen werk, juffrouw. Het zijn zware tijden.'

Het land dat hen omringde straalde verwaarlozing uit. In de slootjes groeide riet en de heggen waren in lang niet geknipt; er staken lage takken haag- en sleedoorn uit. Ruby was eerder op de dag op weg van Manea naar Nineveh langs braakakkers en vervallen cottages gelopen met zwart geworden en loshangende rieten daken die weinig bescherming tegen de elementen konden geven.

George veegde met de rug van zijn hand het zweet van zijn voorhoofd. 'Het is al jaren slecht. Er staan een heleboel kleinere boerderijen leeg; niemand wil ze kopen. Mijn oom Walter is afgelopen zomer op de fiets alle boerderijen af geweest voor werk, maar ze hadden nergens wat te doen voor hem. Ik heb vier broertjes, juffrouw. Die zouden allemaal op straat staan als ik tegen mevrouw Quinn zou zeggen wat ik van haar denk.' Zijn gezichtsuitdrukking werd vastberaden. 'Zodra ik iets beters vind, ben ik weg. Maar u hoeft geen medelijden met me te hebben, hoor. Hannah heeft het veel zwaarder te verduren.'

De trein reed op weg naar Cambridge langs de uiterwaarden tussen de Hundred Foot Drain en de Old Bedford River. Er begon zich al water in te verzamelen, dat rimpelde als grijze zijde in het late middaglicht. Ruby stapte in Cambridge over. Het was druk in de trein naar Londen, dus ze liep door de gang, baande zich een weg tussen andere staande passagiers door, tuurde in coupés op zoek naar een lege plek. Toen ze de locomotief bereikte, liep ze weer terug. Toen ze langs de eersteklascoupés liep, zag ze een heleboel lege zitplaatsen.

Ze was zo moe en gespannen dat het pijn deed, zoals altijd als ze naar Nineveh was geweest. Ze zag de conducteur en bleef in de gang naar het passerende landschap staan staren tot hij het volgende compartiment in was gelopen. Toen dook ze een coupé in. Er zat maar één andere passagier, die *The Times* las. De open krant verborg zijn gezicht.

Ruby knoopte haar jas open en liet zich dankbaar op een stoel zakken. Toen ze een boek uit haar tas pakte, teemde de andere passagier: 'Maak je maar geen zorgen, ik zal het niet verraden.'

'Wat niet?'

'Dat je in een eersteklascoupé zit met een derdeklaskaartje.'

'Ik heb voor een zitplaats betaald,' zei ze opstandig. 'Ik zou niet weten waarom ik de hele weg naar Londen zou moeten staan.'

'Nou. Inderdaad.'

Haar medepassagier vouwde de krant dubbel en ze zag hem nu echt. Hij had donker haar, donkere ogen en scherpe gelaatstrekken. Zijn ogen glinsterden, alsof hij het leven enorm geestig vond. Hij was elegant en duur gekleed in een lichtgrijs colbert met pantalon en vest en een roodzijden stropdas, en er lagen een donkerblauwe overjas en een zwarte hoed in het bagagerek boven zijn hoofd.

Zijn blik ging over Ruby heen en bleef rusten bij de tas aan haar voeten. Hij begon te grijnzen. 'Neem je altijd je regenlaarzen mee als je naar Cambridge gaat?'

'Ik ben niet naar Cambridge geweest. Ik ben naar de Fens geweest.'

'Mijn god. Waarom in vredesnaam?'

'Ik ben bij mijn gestoorde familie op bezoek geweest.'

Zijn glimlach, viel haar op, was scheef: een kant van zijn gezicht stond helder en geamuseerd, de andere licht sardonisch.

'Heb je gestoorde familieleden?' vroeg hij.

'Heeft niet iedereen die?'

'Vast wel,' gaf hij toe. 'Waarom ga je er op bezoek? Uit plichtsbesef?'

'Nee, uit schuldgevoel, denk ik. Ik ga twee keer per jaar naar Nineveh. Zo lang duurt het ongeveer tot het schuldgevoel zo erg wordt dat ik het niet meer kan negeren.'

'Je bent toch geen katholiek?'

'Nee, ik ben niets. Hoezo?'

'O, dat schuldgevoel. Katholieken zijn vreselijk goed in schuldgevoel. Hoewel de biecht wel een handige manier is om eraf te komen. Ik vraag me af hoe niet-katholieken het zonder redden.'

'Geloof je daarin?'

'Nu je het vraagt: nee, niet meer.'

'Sorry, dat was onbeleefd. Je hoort niet eens over religie te praten tijdens een dineetje, toch?'

Hij schoot in de lach. 'Ik geloof het niet, nee.'

'Of politiek.'

'Ik verdien mijn geld met politiek, dus ik ben bang dat dat nog wel eens ter sprake komt tijdens het eten.'

'Ben je parlementslid?'

Hij schudde zijn hoofd. 'Ik werk bij Buitenlandse Zaken. Leuke baan, ik moet er heel veel voor reizen. En jij?'

Ruby vertelde hem waar ze werkte. Hij zag er geïnteresseerd uit en zei: 'Dan zul je Leonard Speers wel kennen. We hebben samen in Trinity Hall gezeten.'

'Nauwelijks. Ik vang af en toe een glimp van hem op in de gang. Net alsof je God ziet.'

'Leonard heeft inderdaad een beetje een goddelijke uitstraling, ja. Hij was al afstandelijk toen we net studeerden.'

'Dus jij bent niet bij gestoorde familieleden op bezoek geweest?'

'Nee, ik was bij mijn oude mentor. Dit is mijn eerste middag vrij in maanden, met al die paniek.'

'In München, bedoel je?'

'Hmm. Het leek me slim meteen maar gebruik te maken van de gelegenheid, voordat het weer opnieuw begint.'

'Denk je dat dat gebeurt?'

'Natuurlijk. Jij niet?'

Ruby keek uit het raam. Alles, zelfs het lelijkste huis van rode baksteen en het saaiste dorpje, zag er nu zo kostbaar uit. 'Jawel,' zei ze.

'Het heeft geen zin om onze kop in het zand te steken, toch?' zei hij opgewekt. 'Dat hebben we hoe dan ook al opmerkelijk lang volgehouden. We hebben ten koste van Tsjecho-Slowakije wat tijd gewonnen, dus laten we daar dan maar gebruik van maken.'

'Vind je dat we Tsjecho-Slowakije hadden moeten steunen?'

'Moreel gezien wel, ja. Wat we hebben gedaan is laf en laakbaar. Het is verraad. Hitler is een tiran, en tegen tirannen moet je in opstand komen.'

Ruby dacht ineens terug aan de scène op Nineveh: tante Maude die haar arbeider met een stok sloeg. Een flikkering van afkeer, voornamelijk tegen zichzelf. Ze was niet voor George Drake opgekomen, ze was niet tegen tante Maude in opstand gekomen, hoewel ze ongetwijfeld een tiran was.

Ze zei bedachtzaam: 'Ik denk dat het deels komt doordat we denken dat mensen niet in staat zijn zulke gruwelijkheden te begaan. Het verlamt ons... we staan er te geschokt om iets te doen naar te kijken. Bijna te beleefd.'

'Precies. Chamberlain en zijn maten lijken te denken dat Hitler ondanks alles een heer moet zijn en uiteindelijk wel eerlijk spel zal gaan spelen. Het is net of ze zijn ware aard niet zien. Bovendien hadden we praktisch gezien ook niet echt een alternatief.' Hij wierp Ruby een blik toe. 'Je bent toch geen pacifist, hè?'

'Nee.'

'Pacifisme is in theorie prachtig – heel nobel en zo – maar het laat je achter de feiten aan hollen.' Hij lachte die scheve lach weer. 'Het lijkt wel of die arme oude Britten de afgelopen jaren hebben gedacht dat je door een paar vliegtuigen te bouwen om oorlog vráágt.'

'Denk je niet dat dat zo is?'

'Nou ja, het idee is dat het afschrikt. Hoewel je misschien wel gelijk hebt. Als je een berg mooie glanzende wapens maakt, wil iedereen ermee spelen.' Hij veegde een onzichtbaar stofje van de messcherpe vouw in zijn broek. 'Onze pogingen onszelf opnieuw te bewapenen zijn te laat voor het arme Tsjecho-Slowakije. En we hebben onze toekomst veel moeilijker gemaakt door het te verkopen.'

'Omdat Tsjecho-Slowakije zwakker is nu Hitler er een stuk van heeft, bedoel je?'

'Zwakker? Het is onverdedigbaar geworden. We hebben precies dat deel van het land weggegeven dat een sterke grens heeft. Hitler kan moeiteloos binnenmarcheren in de rest.' Zijn glimlach vervaagde. 'Wat hij ook zal doen.'

'Wanneer?'

'O, snel, neem ik aan. Het is een kwestie van tijd. Hij wil de wapenfabrieken in Tsjecho-Slowakije. Kijk nou maar niet zo verdrietig, hoor. Je hebt gelijk... we moeten het tijdens het eten niet over religie of politiek hebben.'

'Maar we zitten niet te eten.'

'Niet? Nu stel je me teleur. Ik hoopte dat we dat konden gaan doen.' Hij leunde naar voren en stak zijn hand naar haar uit. 'Gascoigne. Lewis Gascoigne.'

'Ruby Chance,' zei ze.

'Nou, juffrouw Chance? Wil je met me dineren? Zeg alsjeblieft ja.' Zijn ogen stonden smekend: als ze dat al had gewild, hoe had ze hem dan kunnen weigeren?

'Ik hoopte op wat steun voor een oude vriend die het moeilijk heeft,' had Alfie de eerste keer dat hij naar huize Finborough was gekomen gezegd. Isabel had in haar portemonnee naar biljetten en halve kronen gegrepen.

Ze had zich nadien afgevraagd of dat een vergissing was geweest. Of hij zou zijn weggegaan als ze had volgehouden dat ze hem zich niet herinnerde, of hij haar dan met rust had gelaten.

Het duurde zes weken voor ze hem weer zag. Ze begon net te hopen dat hij nooit meer zou terugkomen. Haar dromen, die oude dromen over Broadstairs en een man die uit de zee kwam lopen, kwamen minder vaak. Toen zag ze hem, toen ze op een zondagmiddag uit een raam op de bovenverdieping keek, bij het hek.

Ze rende het pad over. 'Wat kom je doen? Wat wil je?'

'Ik wil je zien. Ik wil met je praten.'

'Mijn man is thuis. Ik wil dat je hier wegblijft.'

'Er staat verderop in de straat een bankje, onder de bomen,' zei hij. 'Daar wacht ik op je.'

'Maar mijn echtgenoot...'

Hij glimlachte. 'Je bedenkt wel wat.' Toen liep hij weg.

Ze vroeg zich af of zijn woorden echt dreigend hadden geklonken of dat ze zich dat alleen inbeeldde. Richard zat in zijn studeerkamer te werken; ze riep dat ze ging wandelen en hij gromde iets, maar keek niet op van zijn bureau.

Ze zette haar hoed op, trok haar jas aan en deed de nieuwe

puppy, Tuppence, zijn riem om. Alfie Broughton zat op een bankje onder een rij hoge paardenkastanjes. Hij stond op en tikte zijn hoed aan toen ze hem naderde.

'Dag, Isabel.'

'Ik vind het niet prettig dat je me zo noemt.'

'Maar we zijn oude vrienden.'

'Nee, dat zijn we niet.' Ze bestudeerde hem koel, zag zijn bloeddoorlopen ogen, zijn pruilende mond. Er was niets van zijn schoonheid over. Hoe kon ze ooit van hem hebben gehouden? Wat had ze een slechte smaak gehad.

Ze vroeg: 'Wat wil je?'

'Ik dacht dat het tijd werd dat we een babbeltje maakten.'

'Er is niets om over te babbelen.' Maar het drong tot haar door dat er wel iets was wat ze wilde weten. 'Hoe heb je me gevonden?'

'Herinner je je Jim Cottle nog? Mijn oude vriend Jim?'

'Nee.'

'Natuurlijk weet je dat nog wel, Isabel. We zijn toen met hem gaan varen.'

Ze fronste haar wenkbrauwen en dacht diep na. 'Hij was visser,' zei ze.

'Zie je nou wel, je weet het nog wel. Ik ben bij Jim op bezoek geweest toen ik net terug was in Engeland. Hij woont nog steeds in Ramsgate. Hij is getrouwd. Liddy, zijn vrouw, was een vriendin van je.'

De puppy was onrustig; ze sprak hem streng toe. 'Liddy...' zei ze. 'Bedoel je het dienstmeisje in het huis van Clarewood? Is Liddy met Jim Cottle getrouwd?'

'Ja. Ze heeft me foto's van hun kinderen en kleinkinderen laten zien. En van jou.'

'Van mij?'

'Ze verzamelt ze. Ze heeft een plakboek gemaakt. Ze vindt het leuk om over filmsterren en rijke lui te lezen. Ze heeft jaren geleden een foto van je in de krant zien staan en die heeft ze uitgeknipt en in haar boek geplakt. Jij en je man op een of ander liefdadigheidsbal. Ze herkende je. Ze was apetrots dat ze je kent. Ze vond het een echte sprookjesromance. Aandoenlijk, hè?' Hij bestudeerde haar. 'Je hebt het goed voor elkaar, hè, Isabel? Dat prachtige huis... dat moet een flinke duit hebben gekost. En was dat een Rolls, in de voortuin?'

'Mijn huis – mijn leven – gaat jou niets aan. Dat heb je me maar al te duidelijk gemaakt toen je me in de steek liet.'

'Ja. Schandalig, hè, dat ik hem zo ben gesmeerd?'

Zijn glimlach was geoefend; hij kreeg charmante rimpeltjes in de huid rond zijn ogen. Toen ze een jong meisje was had die glimlach haar hart doen smelten. Ze vond hem nu afstotelijk.

'Ik was er nog niet aan toe om me te settelen,' zei hij. 'Ik ben naar Amerika gegaan.'

'Je had hier moeten blijven.'

'Doe niet zo onaardig. In eerste instantie gingen de zaken uitstekend, maar sinds de krach van '29 is het moeilijk. Ik heb van alles gedaan, maar de grond daar werd me de laatste tijd een beetje te heet onder de voeten, dus ik dacht dat ik maar eens moest komen kijken hoe het met mijn oude landje is.'

'Je hebt jaren geleden gekozen,' zei ze kil. 'Je hebt het duidelijk gemaakt dat je niets meer met me te maken wilde hebben. En nu hebben we gepraat, zoals je wilde. Ik moet weg.'

Ze stond op. Alfie haalde een pakje Lucky Strikes uit zijn zak en streek een lucifer aan. 'Eerlijk gezegd,' zei hij, 'hoopte ik dat je me kunt helpen.'

'Je helpen?' Angst sloeg om haar hart.

'Ik zit een beetje krap bij kas. Jij bent nu een rijke dame... ik neem aan dat je me wel wat kunt lenen.'

'Nee,' zei ze koel. Als ze deze keer voet bij stuk hield, zou hij wel opgeven en weggaan. 'Nee, dat kan ik niet doen.'

Ze begon weg te lopen en de hond huppelde naast haar. Toen riep hij: 'Wat is er met de baby gebeurd, Isabel?' en haar hart sloeg over.

'De baby?'

'Ja.' Alfie was opgestaan. 'Onze baby.'

Ze dwong zichzelf hem aan te kijken. 'Er is nooit een baby geweest. Ik had me vergist.'

'Dat was niet wat Liddy dacht. Die heeft zich altijd afgevraagd waarom je zo plotseling bent vertrokken, terwijl je zo'n goede aanstelling had.'

Isabels mond voelde droog. Ze herhaalde: 'Er is nooit een baby geweest.'

'Dat geloof ik niet.' Hij deed een paar passen naar haar toe. 'Wat heb je met de baby gedaan, Isabel? Heb je hem laten weghalen?'

Ze was zich bewust van het geroezemoes van het verkeer en het geruis van de wind in de bomen, en van deze man, die haar minnaar was geweest en die in de schaduw van de bomen naar haar stond te kijken.

'Ze is gestorven,' zei ze. 'Mijn baby is gestorven.'

'Aha.' Hij fronste zijn wenkbrauwen en bestudeerde haar geconcentreerd. 'Ik ben benieuwd of je me de waarheid vertelt.' Hij inhaleerde en blies een wolk rook uit. 'Weet je mannetje van ons?' vroeg hij. 'En van de kleine?'

'Ga weg!' gilde ze. 'Ga weg en laat me met rust!'

'Sst,' zei hij zacht. 'Er staren mensen naar ons.'

Ze duwde haar vingers tegen haar lippen. Ze beefde.

'Je hoeft je niet zo druk te maken, hoor, schatje,' zei hij. 'Ik vertrek zodra je me hebt geholpen. Ik zit krap bij kas... ik heb wat steun nodig om weer op gang te komen. Met vijftig pond lukt het wel.'

'Vijftig pond?' Ze staarde hem geschokt aan. 'Zoveel geld heb ik helemaal niet.'

'Jammer,' zei hij. 'Dat is nou reuze jammer.'

'Ik heb alleen huishoudgeld.'

'Dan gebruik je dat.'

'En hoe moet ik de leveranciers dan betalen?' Ze klonk een beetje hysterisch.

'O, daar bedenk je wel wat op.' Hij keek op zijn horloge. 'Ik wacht hier, op dezelfde tijd op, eh, dinsdag. Dan heb je twee dagen. Dat moet lang genoeg zijn. Dinsdag, zes uur. Zorg dat je op tijd bent.'

Hij draaide zich om en liep weg. Isabel keek toe hoe zijn schaduw werd opgeslokt door de donkerdere schaduw van de bomen.

Big Frank, de eigenaar van het eetcafé aan Romilly Street, vroeg Sara op een middag een pakje te bezorgen op Liverpool Street. Ze had het afgeleverd en stond op de metro van de Circle Line te wachten toen ze hem zag.

Anton. Hij stond op het perron aan de overzijde een boek te lezen.

Een flits goudkleurig haar, even verborgen terwijl er mensen voor hem langs liepen. Een gevoel van totaal ongeloof. De mensen liepen door. Ze zag hem weer.

Toen, terwijl er een trein op het tegenovergelegen perron binnenreed, begon ze te rennen, sprong langs tassen, koffertjes en wandelwagens, haastte zich de trap op en de brug over. Ze rende de tweede trap af en riep zijn naam, maar haar stem werd opgeslokt door het geroezemoes terwijl de deuren van de metro sloten en de trein wegreed.

Toen ze rondkeek, zag ze dat het perron leeg was, op een schoonmaker met een bezem na, die sigarettendoosjes en snoeppapiertjes opveegde. Toch zocht ze nog naar hem. Ze liep terug naar het andere perron en stapte op de volgende metro, stapte uit op Sloane Square en liep naar Ruby's flatje aan Fulham Road.

Ruby was niet thuis. Sara waste haar gezicht en borstelde haar haar. Er werd aangeklopt. Anton, dacht ze. Er ging een scheut van vreugde door haar heen en ze deed de deur open.

Edward Carrington stond in de gang. 'O,' zei ze.

'Verwacht je iemand?'

'Nee, nee. Wat leuk je te zien, Edward. Kom binnen.'

Hij liep de kamer in en zei: 'Ik vroeg me af of je zin hebt om mee te gaan naar de film. *Jezebel* draait in het Odeon.'

'Wat een leuk idee...' begon ze, en toen onderbrak ze zichzelf en zei: 'Ik heb hem gezien, Edward!'

'Wie?'

'Anton. Ik heb hem een uur geleden gezien!'

'Die buitenlander over wie je me hebt verteld? Op wie je verliefd was?'

'Ja! Hij is hier, in Londen!'

'Is hij hier op bezoek?'

'Dat weet ik niet.' Ze voelde zich rusteloos, bruiste van de energie, alsof iemand een schakelaar had omgezet en ze weer tot leven was gekomen. 'Ik stond op Liverpool Street op de Circle Line te wachten en toen zag ik hem aan de andere kant van de rails.'

'Heeft hij jou ook gezien?'

'Nee, volgens mij niet. Ik ben ernaartoe gerend, maar er kwam een trein en tegen de tijd dat ik er was, was het te laat.'

Hij wreef over zijn kin. 'Sara, weet je heel zeker dat hij het was? Kun je je hebben vergist?'

Ze schudde wild haar hoofd. 'Nee, nee. Ik weet het zeker.' Maar toen hij de woorden uitsprak begon zich al twijfel te vormen. Ze had hem zo vluchtig gezien. Hij had in zijn boek gekeken. Het licht was slecht, hij stond in de schaduw...

'Als je hem graag wílde zien... weet je zeker dat het niet gewoon iemand was die op hem leek?'

'Nee, ik weet het zeker. Bijna zeker.'

'En zelfs áls het hem was...'

'Wat?'

'Je hebt me toch verteld dat het niet wederzijds was? Ik bedoel: zou je niet een heleboel nare herinneringen naar boven halen als je hem weer zou ontmoeten? Waarom zou je die willen oprakelen?'

Iets van haar opgetogen gevoel ebde weg. 'Misschien heb je gelijk,' zei ze langzaam. 'Misschien wil hij me wel helemaal niet zien. Misschien is hij me wel vergeten.'

Toch herinnerde ze zich een taxirit door Londen, in de winter, en Antons stem, die heel lang geleden tegen haar zei: 'Ik kan me niet voorstellen dat iemand jou zou vergeten, Fräulein Finborough.'

Edward pakte haar hand. 'Dus hoe zit het met die film? Dat geeft misschien wat afleiding. En hoe dan ook: ik mag van mijn moeder laat thuiskomen, en dat ga je me toch niet door mijn neus boren?'

Sara ging de volgende ochtend naar het kantoor van Peter Curthoys aan Golden Square. In de ontvangstruimte zat een meisje met bruin haar met een hoofdtelefoon op te typen.

Ze keek op toen Sara de ruimte binnenkwam. 'Kan ik u helpen, mevrouw?'

'Kan ik meneer Curthoys even spreken?'

'Hij is momenteel erg druk.'

'Ik heb alleen een korte vraag.'

'Vooruit dan maar. Wie kan ik zeggen dat er is?'

'Mevrouw Vernon.'

Het meisje stond op, klopte op de matglazen deur van een kantoor, stak haar hoofd naar binnen en liep de ruimte in. Ze kwam even later terug en zei: 'U mag doorlopen, mevrouw.'

'Dank je.'

Sara stelde zich aan Peter Curthoys voor, een lange, kalende man met een scherpe, intelligente blik in zijn ogen. Ze zei: 'Het spijt me dat ik u lastigval, meneer Curthoys, maar ik begrijp dat u een vriend van me kent, meneer Wolff.'

'Anton?' Hij straalde. 'Nou en of ik die ken. Wilt u hem spreken?'

Sara's hart begon tegen haar ribben te hameren. 'Weet u waar hij is?'

'Hier, in het kantoor hiernaast.' Peter opende een binnendeur, stak zijn hoofd naar binnen en riep: 'Anton, mevrouw Vernon voor je.'

En toen was hij er, in de deuropening. Ze wilde op hem af rennen, maar toen hij haar zag veranderde zijn vragende gezichtsuitdrukking, en hij zei: 'Sara... goedemorgen.'

Zijn formele beleefdheid maakte dat ze bleef staan. Ze reageerde zonder erbij na te denken net zo formeel, stak haar hand naar hem uit en mompelde een begroeting.

Peter Curthoys mompelde iets over koffie en liep het vertrek uit. Sara zei: 'Je ziet er goed uit, Anton.' Hoewel dat eerlijk gezegd niet waar was; hij zag er mager en gespannen uit. 'Hoe is het met je?'

'Goed, dank je. En jij? Jij ziet er ook goed uit.'

'Sinds wanneer ben je terug in Londen?'

'Sinds twee maanden.'

'O,' zei ze ellendig.

'Kan ik iets voor je doen?'

'Ik dacht... Waar woon je?'

'Peter is zo goed geweest me een kamer in zijn huis aan te bieden.'

'En is je vader er ook?'

'Mijn vader is een halfjaar geleden helaas overleden.' Hij onderbrak haar meelevende woorden en zei abrupt: 'Het was leuk je weer eens te zien. Als je me nu wilt excuseren, ik moet aan het werk.'

'Ja, natuurlijk.'

Hij hield de deur van het kantoor voor haar open. Sara zei op weg naar buiten: 'Ik woon bij Ruby. Kom eens langs.'

'Dank je. Misschien doe ik dat wel eens.' Hij maakte een buiging.

Sara liep het kantoor uit. Ze liep de trap af, haar blik vervaagde en haar ogen vulden zich met tranen. De herfstzon glinsterde op de autodaken en de etalageruiten. Het drong tot haar door dat ze nooit de hoop helemaal had opgegeven, dat ze er een korreltje van in zich had gekoesterd, een heel klein zaadje dat Anton nu net in zijn hand had genomen en had vermorzeld.

Lewis Gascoigne nam Ruby voor hun eerste afspraakje mee naar Simpson's aan de Strand, waar ze dineerden met kreeftensoep, biefstuk en niertjespastei. Tijdens hun tweede avond samen gingen ze naar het cabaret in het Trocadero. Toen moest Lewis een paar weken naar Europa. Toen hij terug was, aten Ruby en hij in een rustig restaurantje in Knightsbridge. Na de maaltijd stelde hij voor dat ze met hem meeging voor een kop koffie. Ze namen een taxi naar een adres in Mayfair: ze zaten in zijn flat op leren bankjes die aan twee kanten van de open haard stonden terwijl een bediende koffie serveerde en vervolgens discreet met de achtergrond samensmolt.

Lewis zei: 'Je bent een mooie en intelligente vrouw en ik geniet enorm van onze avonden samen, Ruby.'

Ze voelde een pijnlijke steek door zich heen gaan; ze begon hem leuk te vinden. 'Maar...?' vroeg ze. 'Ik heb het gevoel dat je nu iets gaat zeggen wat met "maar" begint, Lewis.'

'Maar er is iets wat ik je moet vertellen.'

'Als je van me af wilt, hoef je dat niet tactvol te doen, hoor. Dat mag ook snel en lomp, als je dat wilt. Dan is het maar achter de rug.'

'Ik wil niet van je af, rare meid. Hoewel jij misschien wel van mij af wilt, Ruby. Ik ben namelijk getrouwd.'

Ze keek om zich heen in de flat, die niets vrouwelijks uitstraalde. 'Maar je vrouw...'

'Theresa woont in ons andere huis in het Lake District. We wonen al een paar jaar apart, maar we zijn niet officieel gescheiden en dat zal ook nooit gebeuren. Theresa is roomser dan de paus. Ze gelooft er heilig in dat ons huwelijk duurt tot de dood ons scheidt.'

Ruby overwoog wat hij had verteld. 'Hebben jullie kinderen?'

'Nee. Er was een doodgeboren jongetje... maar geen anderen.'

'Wat naar.'

'We zijn al een paar jaar alleen in naam getrouwd. Het moet zo zijn. De artsen hebben tegen Theresa gezegd dat ze niet nog een zwangerschap mag riskeren. Haar religie staat geen geboortebeperking toe, dus...' Hij stak zijn handen in de lucht.

'O. Oké.'

'Precies. Ik neem aan dat ik er, als ik een betere man was, mee zou leren leven en met haar als broer en zus verder zou gaan. Maar dat kan ik niet, dus nu wonen we apart.'

'Zie je haar nog?'

'Ja, nu en dan. Theresa wil graag enige schijn van een huwelijk hooghouden. En er zijn financiële kwesties die besproken moeten worden.' Hij sloeg zijn handen ineen en keek bedachtzaam. 'Ik geloof niet dat ze het erg vindt. Ze heeft haar tuin en ze is vreselijk actief in de kerk.' Hij keek haar met zijn scheve glimlach aan. 'Wat ik probeer te zeggen, Ruby, is dat als je wilt trouwen en kinderen wilt krijgen, nu het moment is om zo snel mogelijk de benen te nemen.'

'En als ik dat niet wil?'

'Dan zou ik je vreselijk graag willen blijven zien.'

'En ik jou ook.'

'Mooi. Ik hoopte al dat je dat zou zeggen.'

'Hou je nog van Theresa?'

'Je windt er geen doekjes om.' Hij stak een hand op om te voorkomen dat ze antwoord gaf. 'En terecht. Ik heb van haar gehouden... ik hield in het begin heel veel van haar. Ze heeft een intensiteit die ik heel aantrekkelijk vond. Ik weet niet precies wat het is dat mijn gevoelens voor haar heeft doen verdwijnen. Misschien de wetenschap dat haar levensovertuiging belangrijker voor haar is dan haar liefde voor mij. Of de ontdekking dat iets wat enorm belangrijk voor mij was maar weinig voor haar betekende... en andersom, natuurlijk. Of misschien wilde ik niet weten dat ik altijd op de tweede plaats kwam.' Zijn stem klonk droog, vol zelfspot. 'Wat je tegen me in de trein hebt gezegd, over gedreven worden door schuldgevoel, heeft veel bij me losgemaakt. Ik ga bij Theresa op bezoek en we zijn beleefd tegen elkaar, hoewel we ons, vermoed ik, allebei verstikt voelen door het gezelschap van de ander. Als ik wegga, ben ik licht in mijn hoofd van opluchting en word ik verteerd door schuldgevoel.'

Ze stond op en ging naast hem zitten. 'Lieve Lewis,' zei ze, en ze kuste hem op zijn wang. 'Ik ben blij dat je het vertelt. En ik vind het heel galant van je dat je bezorgd bent om mijn reputatie.'

'Dat is niet het enige,' zei hij. 'Ik ben ook bang dat ik je teleurstel.'

'Ik betwijfel of ik teleurgesteld in je zal zijn. Mijn moeder wel, denk ik.' Ze roerde in haar koffie. 'Ik ben bang dat ze denkt dat ik nog maagd ben en hoopt dat ik vroeg of laat met een aardige man van kantoor trouw.'

'En ga je dat doen?'

'Hemel, nee.'

'Geen verlangen naar trouwklokken en oranjebloesem...?'

'Helemaal niet. Ik denk dat mijn moeder het wel erg zal vinden dat ik nooit met een leuke man zal thuiskomen, maar ze heeft al heel wat teleurstellingen in haar leven moeten verwerken, dus deze zal ze ook wel weer te boven komen.'

Hij pakte haar kop en schotel uit haar handen en zette die op tafel. Toen trok hij haar op schoot. 'Mijn lieve, kleine Ruby,' mompelde hij. Hij kuste haar tussen haar schouderbladen terwijl hij de knoopjes op de rug van haar japon openmaakte. Ze voelde een rilling van afwachting door zich heen gaan. Toen liet hij zijn handen onder haar jurk glijden om haar borsten te strelen. Ze sloot haar ogen, ging achterover tegen hem aan liggen en slaakte een zucht van tevredenheid.

Een mistige avond en een café vol klanten.

De deur ging open en liet een wolk mist en Anton binnen. Sara liep heen en weer tussen de tafeltjes en de keuken, met een potlood in haar hand en een stapel borden op haar arm balancerend.

Zijn tafel: een bord dreigde te vallen. Hij zei: 'Je zei dat je bij Ruby woont. Dat heb je toch gezegd?'

'Sinds februari. Sinds ik bij mijn echtgenoot weg ben.'

Ze liep weg, serveerde de borden en verzamelde de lege. Zijn jas hing over zijn stoel. Haar arm bewoog erlangs en ze voelde de druppeltjes erop.

'Ik moet met je praten,' zei hij. 'Hoe laat ben je klaar met werken?'

Dat vertelde ze, en daarna liep ze met het serviesgoed naar de keuken. Ze hoorde de ketel fluiten en keek toe hoe de borden met een plop in het afwaswater verdwenen. Ze merkte op dat haar hand beefde toen ze de kraan opendraaide.

Nu niet meteen ergens op gaan hopen. Hij doet vast alleen beleefd. Misschien heeft hij wel een vriendin, of is hij getrouwd, of heeft hij een kind. En de kans is groot dat hij niet meer van je houdt.

Toen haar dienst erop zat, zette ze haar hoed op, trok haar jas aan en liep met hem naar buiten. De mist vormde vage gele cirkels rond het licht van de straatlantaarns. Ze liep naast hem en had het gevoel dat ze teruggleed in iets liefdevols en bekends.

Hij vroeg haar of ze iets wilde drinken, maar ze schudde haar hoofd. 'Ik wil liever wandelen.'

'Waar zullen we naartoe gaan?'

'Naar de rivier. Die is prachtig in de mist.'

Ze staken Shaftesbury Avenue over. De auto's en vrachtwagens die over de weg reden waren zichtbaar als dubbele cirkels vaag, vervliegend licht. Voorbijgangers verschenen opeens en waren dan net zo plotseling weer verdwenen.

Hij zei: 'Toen ik hoorde dat je was getrouwd...' De zin ebde onafgemaakt weg. Toen: 'Maar je bent bij je man weggegaan?'

'Gil en ik zijn begin dit jaar uit elkaar gegaan. Ik heb een zoon, David.'

'Een zoon?'

'Ja. Hij is anderhalf. Hij woont in Ierland bij zijn vader en grootmoeder.'

Ze zag hem zijn wenkbrauwen fronsen, de informatie in zich opnemen. In zich opnemen dat ze een kind had en dat ze het had verlaten. Wat zou hij daarvan vinden? Zou hij begrijpen waarom ze die keuze had gemaakt, of zou hij haar erom minachten?

Gevaren kwamen op hun pad en dreven hen uit elkaar: een vrouw met een wandelwagen, iemand die over de stoep fietste, een brievenbus. 'Ik vond het zo erg om over je vader te horen,' zei ze. 'Je zult hem wel vreselijk missen. Is hij lang ziek geweest?'

'Hij had bronchitis. Daarom ben ik teruggegaan naar Wenen, omdat een vriend me schreef dat hij ernstig ziek was. Maar daar is hij niet aan overleden. Mijn vader is doodgeslagen in een steegje.'

Ze staarde hem geschokt aan. 'O, nee, Anton, nee.'

'Zes stuks jong tuig die een oude man doodslaan... dapper, hè?'

'Wat gruwelijk. Wat ontzettend erg.'

Hij was onder een lantaarnpaal blijven staan. De kraag van zijn jas stond omhoog en de mist krulde zijn haar. Ze deed een stap naar hem toe, maar toen begon hij weer te lopen en ze wandelden naast elkaar over Charing Cross Road, zonder elkaar aan te raken.

'Zijn moordenaars zijn ermee weggekomen,' zei hij. 'Ik weet niet eens hoe ze heten. Het waren Oostenrijkse nazi's, of Duitse nazi's, of sadisten op zoek naar een verzetje... ik zal er nooit achter komen.'

'En jij, Anton? Wat is er met jou gebeurd?'

Hij haalde zijn schouders op. 'Waarom ze me hebben opgesloten? Misschien omdat ik niet in het tijdsbeeld pas. Omdat ik niet in een wereldbeeld pas dat toestaat dat oude mannen op straat worden doodgeslagen. Omdat Wenen mijn Wenen niet meer is.' Zijn stem klonk rauw.

Ze staken Trafalgar Square over. Er lagen zandzakken tegen de voet van Nelsons zuil. Nelson zelf was niet te zien in de mist. Anton vertelde Sara hoe Kurt von Schuschnigg, de Oostenrijkse kanselier, in eerste instantie had geprobeerd Hitler te weerstaan en had getracht de invloed van de nazipartij binnen de grenzen van Oostenrijk te beperken.

'Maar uiteindelijk stonden we er alleen voor,' zei hij. 'Schuschnigg had geen andere keuze dan het Duitse leger Wenen binnen te laten. Hij heeft geen weerstand geboden omdat hij wist dat verzet op een bloedbad zou uitdraaien. Ik heb geen vaderland meer, Sara. Het land waarin ik ben geboren en getogen is vernederd en van de kaart geveegd. Schuschnigg zit in de gevangenis. Oostenrijk is een deelstaat van het Duitse Rijk. Ons leger staat onder commando van Hitler. Mijn land is weg.'

Ze liepen in stilte naar de rivier. Sara snoof tussen de rook en petroleumdampen die in de mist leken te blijven hangen die ondefinieerbare geur van het water op, die haar altijd herinnerde aan haar jeugd, als ze naar het pakhuis van haar vader op Butler's Wharf ging. De schepen en bruggen werden gemaskeerd door de mist, maar ze hoorde het lage gekreun van een misthoorn en het zachte klotsen van water tegen de pieren. Nu en dan was het even minder mistig en dan zag ze wat zwarts.

Hij raakte haar pols aan. 'Wil je echt niet ergens naar binnen? Je hebt het vast koud.'

Ze schudde haar hoofd. 'Ik heb een warme jas aan.'

'Je bent vast de enige serveerster in Londen die in een bontjas naar haar werk komt.'

Ze keek naar hem op, nam hem in zich op, herkende wat hetzelfde was, zocht naar wat was veranderd. Ze keek door de duisternis en de mist of zijn ogen precies de kleur grijs waren die ze zich herinnerde, herinnerde zichzelf aan de manier waarop hij glimlachte, de manier waarop hij met een hand over zijn voorhoofd wreef als hij in de war, gegeneerd of gespannen was.

'Dus ben je naar Engeland teruggekomen?'

'Ja.'

'Alleen?'

'Natuurlijk.'

'Ik dacht dat je misschien iemand had leren kennen in Wenen.'

'Nee, nooit. Ik ben teruggekomen naar Engeland om jou te zoeken, Sara.'

Haar hart sloeg over. 'Echt?'

'Ik kon aan niets anders dan jou denken in de gevangenis. Jij bent wat me op de been heeft gehouden, jij bent waarom ik ben blijven vechten. En ik hoopte...'

'Wat, liefste?'

'Dat je op me had gewacht. Je was ondertussen meerderjarig. Toen ik ontdekte dat je was getrouwd ging ik wanhopen.'

Haar voeten deden pijn. Serveerstersvoeten, dacht ze. Er stond een bankje in de buurt. Ze veegde de regendruppels eraf en ging zitten. Ze dacht aan Ierland en aan Vernon Court, dat nu zo gek ver weg leek, alsof het deel had uitgemaakt van het leven van iemand anders.

'Je zult wel denken dat ik wispelturig ben. Ik heb tegen jou gezegd dat ik van je hield en ben met een ander getrouwd.' Ze trok de kraag van haar jas om haar gezicht. 'Er zijn je dingen overkomen, Anton, vreselijke dingen, dat zie ik aan je. In mijn leven gebeurde letterlijk helemaal niets. Ik vraag me af of je je dat kunt voorstellen. Ik vraag me af of je je kunt voorstellen hoe doods ik me daardoor voelde. Dus heb ik gezorgd dat er iets gebeurde. Ik dacht dat je niet van me hield. Ik dacht dat ik je nooit meer zou zien. En ik wist niet hoe ik dat moest verdragen.'

Hij ging naast haar zitten. 'Hoe kon je denken dat ik niet van je hield?' Er klonk boosheid in zijn stem. 'Waarom vertrouwde je me niet?'

'Die brief die je me hebt geschreven...'

'Je begrijpt toch wel dat ik geen keuze had? Je vader heeft me geen keuze gegeven.'

'Mijn vader? Dat begrijp ik niet.'

'Hij heeft me duidelijk gemaakt dat hij me nooit zou toestaan met je te trouwen. Nooit.'

Ze leunde naar hem toe en werd overweldigd door een plotselinge schok. 'Heb je mijn vader gezien? Heb je met hem gepraat? Wanneer?'

'Wist je dat niet?'

'Natuurlijk niet. Ik had geen idee.' Ze kreeg het ineens koud. 'Wat heeft hij tegen je gezegd?'

'Dat ik bij je uit de buurt moest blijven, natuurlijk.'

'Maar dan nog... die brief...' Toen drong er ineens iets gruwelijks tot haar door. 'Heeft mijn vader je gedwongen die brief te schrijven, Anton?'

'Hij drong extreem aan, ja.'

'Maar waarom heb je niet geweigerd?'

'Ik verkeerde niet in de positie om te weigeren. Zoals ik al zei, liet hij me geen keuze.'

'Ik begrijp het nog steeds niet. Heeft hij je bedreigd?'

'Sara, het is ontzettend lang geleden.' Hij trok een gezicht. 'Hoe zeggen jullie dat? Gedane zaken?'

De lucht was een beetje opgeklaard en ze zag voor het eerst de overzijde van de rivier, met de pakhuizen, de hijskranen en de fabrieken. 'Ik wil het weten,' zei ze verbeten. 'Wat heeft mijn vader gedaan? Wat heeft hij tegen je gezegd?'

Een zucht. 'Dat ik geen geld had om je te kunnen onderhouden, wat ook zo was. En dat ik je ongelukkig zou maken.'

'Geld kan me niet schelen! En jij zou me nooit ongelukkig kunnen maken!'

'Alleen heiligen geven niet om geld,' zei Anton vriendelijk. 'Verder doen we dat allemaal wel, al is het maar een beetje. Ik wilde niet dat je zou moeten lijden... ik wilde niet dat je kou of honger zou lijden. Ik wilde je niet uit jouw wereld halen en je in

de wereld plaatsen die ik ken. Waarom zou ik dat voor je willen?'
'Er is nog iets anders, hè?' Maar hij gaf geen antwoord. 'Anton, vertel het me.'

Op de rivier werd nu en dan een deel van een schip – een romp, een schoorsteen, een mast – zichtbaar in de dunner wordende mist. Ze hoorde hem zeggen: 'Je vader heeft tegen me gezegd dat ik het land zou moeten verlaten als ik niet zou doen wat hij zei.'

Nee, zei ze bijna, *dat zou hij nooit doen.* Maar ze had geleerd een stap terug te doen, haar vader van buiten af te bekijken, als een vreemdeling, een sterke, machtige man die overtuigd was van zijn eigen gelijk. Haar vader, van wie ze hield en die ze vertrouwde, had haar bedrogen en verraden, en had haar zo gemanipuleerd dat ze de man had verlaten van wie ze hield.

'Dat wist ik niet,' fluisterde ze. 'Wat afschuwelijk dat hij dat heeft gedaan.'

'Hij wilde je beschermen. Hij deed wat hij dacht dat het beste voor jou was.'

Sara schudde langzaam haar hoofd. 'Mijn vader deed wat hij dacht dat het beste voor hemzelf was. Voor de familie Finborough. Nou, ik ben geen Finborough meer. Ik had nooit gedacht dat ik trots zou zijn een Vernon te zijn, maar op dit moment ben ik dat wel.' Ze was niet snel genoeg aan haar ouders ontvlucht, dacht ze. Philip ging de confrontatie aan, Theo was gevlucht, maar zij had geprobeerd het iedereen naar de zin te maken. Haar vader had haar bijna gebroken door haar te dwingen Anton op te geven.

Hij pakte haar hand; ze zaten een tijdje in stilte. Uiteindelijk zei hij: 'Je echtgenoot, wat is hij voor iemand, Sara? Waarom heeft hij je toegestaan bij hem weg te gaan? Ik ben blij dat hij dat heeft gedaan, maar hij moet een vreselijke stommeling zijn.'

'Nee, Gil is geen stommeling. Hij is razendslim en heel geleerd. Hoewel hij niets van mensen begrijpt.' Ze zuchtte. 'Maar we hebben allebei heel veel fouten gemaakt.'

'En je kind... je zoon?'

'Ik heb nooit het gevoel gehad dat David van mij was. Caroline en de nanny verzorgden hem, ik niet. Het was net of ik hem niet gelukkig kon maken.' Ze sloeg haar handen ineen. 'Ik heb altijd aangenomen dat ik een goede moeder zou zijn. Maar ik heb mijn kind verlaten... monsterlijk, hè? Wat voor soort vrouw maakt dat van mij?'

'Iemand die haar uiterste best heeft gedaan, misschien?' zei hij vriendelijk.

'Iemand die heeft gefaald,' zei ze verbitterd. 'Iemand die niet in staat was te doen wat de armste, minst onderlegde, minst bevoorrechte vrouw zo gemakkelijk afgaat. Ik kon niet van hem houden, Anton.' Ze keek uit over de rivier. 'Hoewel ik misschien wel van hem begon te houden toen ik Vernon Court verliet. Maar toen was het al te laat. Ik schrijf hem elke maand – ik maak tekeningen voor hem, want daar houden kleine kinderen van – en ik ga zo vaak mogelijk naar Ierland. Caroline heeft hem in de zomer naar mijn ouders gebracht, daar heeft hij gelogeerd. Mijn moeder adoreert hem.' Ze fronste haar wenkbrauwen. 'Nu ik niet meer met hem onder één dak woon zie ik wat een lief jongetje hij is. Zo schattig en grappig. Hij heeft een aandoenlijk serieuze kant. Die zal hij wel van Gil hebben; volgens mij was dat wat me in hem aantrok. Omdat de familie Finborough allesbehalve serieus is. We zijn frivool, we zijn wispelturig, we spotten, plagen en maken ruzie... als we maar niet serieus hoeven te zijn. Waarom zou dat zijn?' Ze glimlachte verdrietig. 'Toen ik op Vernon Court woonde, was het net of ik een of ander wonderlijk ornament was dat iemand in een gril had aangeschaft. Maar er eenmaal mee thuisgekomen, hadden ze geen idee wat ze ermee moesten.'

'Je bent inderdaad heel decoratief, dat is waar.' Toen hij haar kuste, sloot ze haar ogen, en ze voelde zich duizelig van zijn nabijheid. 'Ik kan niet geloven dat ik bij je ben, Sara,' fluisterde hij. 'Ik kan niet geloven dat wij hier zijn. Het voelt alsof ik droom. Ik ben altijd van je blijven houden. Dat moet je geloven. Altijd, altijd. En alles komt goed, dat weet ik zeker.' Toen zei hij: 'Peter Curthoys en zijn vrouw Melissa zijn het weekend weg. Ga je met me mee naar huis?'

Of seks saai, onaangenaam of extatisch was hing helemaal, zo ontdekte Sara die nacht, af van degene met wie je het deed.

Toen ze na de eerste keer in zijn armen lag, zei ze verbijsterd: 'Dat was echt heel aangenaam.'

'Dacht je dat het anders zou zijn, dan?'

'Als ik dat met Gil deed, lag ik altijd te denken aan het boek dat ik aan het lezen was, of ik vroeg me af of de paarden al nieuwe hoefijzers moesten krijgen.'

Hij schoot keihard in de lach. 'Sara, je bent echt getikt.' Toen bedreef hij nog een keer de liefde met haar.

Hij vertelde haar in de vroege uurtjes van de volgende ochtend wat hem was overkomen. De nazi's, zowel Duits als Oostenrijks, hadden er na de Anschluß een missie van gemaakt korte metten te maken met iedereen die ze haatten: joden, socialisten en katholieken. De fysieke ontberingen – het gebrek aan eten en de slaag – waren moeilijk te dragen geweest, maar Sara begreep uit zijn verhaal dat het de opsluiting in zijn benauwde, donkere gevangeniscel was waar hij bijna gek van was geworden.

Op een nacht toen Anton met tien andere gevangenen in een busje naar een andere locatie werd vervoerd, werden ze opgehouden door een rel op straat. Het was hem en enkele andere gevangenen gelukt in de chaos te ontsnappen en Anton was naar het huis van een vriend gegaan. Er waren weken voorbijgegaan, weken in kelders en op zolders, van het ene naar het andere onderduikadres, altijd in het donker. Hij was uiteindelijk via een route door de Alpen naar Zwitserland gesmokkeld. Vandaar was hij in eerste instantie naar Parijs gereisd, en daarna, nadat Peter Curthoys hem had verzekerd dat hij hem wilde steunen, was hij naar Londen gekomen.

Ze bedacht dat ze allebei waren veranderd. Hij had iets verdrietigs over zich gekregen en de jaren dat ze van elkaar gescheiden waren geweest hadden haar ook veranderd, hadden een vernislaagje van spijt op haar achtergelaten. Sara sloeg een deken om zich heen, stapte uit bed en liep naar het raam. Ze duwde haar gezicht tegen de ruit en probeerde de tuin beneden te zien, de gladde zwarte takken van de bomen, de kruisende lijnen van hek en muur en daarachter de huizen, pleinen en bruggen van de stad. En het was net alsof de hemel iets lichter was geworden, alsof de nacht niet zo donker was.

12

De keer daarop dat Alfie Broughton naar het huis kwam was op een doordeweekse avond. Isabel zat in de muziekkamer piano te spelen toen de meid aanklopte en aankondigde dat er bezoek was. Richard, die in een leunstoel zat, vouwde geïrriteerd zijn krant op. 'Wie is het?'

'Hij wilde zijn naam niet geven. Hij zei dat hij mevrouw wil spreken.'

Een voorgevoel van gevaar. Isabel stond op van de pianokruk en zei: 'Het zal wel niets belangrijks zijn. Ik ga wel even, schat.'

Ze zag door het glas naast de voordeur de vage vorm van Alfie Broughton, vervormd en monsterlijk door het portieklicht en het gekleurde glas.

Ze liep naar buiten en zei zacht en kwaad: 'Je mag hier niet komen! Ik heb tegen je gezegd dat je hier weg moest blijven!'

'Dag, Isabel.' Zijn knipoog, met de implicatie van medeplichtigheid, deed haar huiveren.

Ze duwde hem over de oprijlaan en trok hem de garage in.

'Wat kom je doen?'

'Ik wilde gewoon even kletsen. Ik heb hier niet veel vrienden meer.'

'Ik ben je vriendin niet. Ik dacht dat ik dat duidelijk had gemaakt.' Nog erger dan haar woede en angst was het gevoel dat ze met haar rug tegen de muur stond. 'Als je meer geld komt vragen, verdoe je je tijd, want dat krijg je niet.'

Zijn gezichtsuitdrukking veranderde, de vleierij maakte plaats voor verontwaardiging. 'Ik zou maar even goed nadenken voordat je zulke dingen gaat zeggen, Isabel.'

'Ik laat me niet chanteren.' Zo, ze had het hardop gezegd. Het klonk zo onwaarschijnlijk, zo melodramatisch in het bekende, naar olie ruikende interieur van de garage.

Hij stak zijn handen in zijn jaszakken en bestudeerde haar met gefronste wenkbrauwen. 'Je bent eraan gewend geraakt de touwtjes in handen te hebben, hè? Dat was vroeger wel anders. Toen was je lief en volgzaam. Toen deed je alles wat ik van je vroeg. Hoewel je wel altijd opvliegend bent geweest, nu ik erover nadenk. Je was al jaloers als ik maar naar een andere vrouw kéék.'

Ze vond het afschuwelijk terug te denken aan zijn aanraking, aan zijn kussen. Ze walgde van hem. 'Ik moet gaan,' zei ze ijzig. 'Ik wil je hier niet meer zien.'

'Of wat? Wat ga je dan doen? Ga je dan de politie bellen, mevrouw Finborough?' Zijn toon was spottend.

'Als dat moet.'

'Dat geloof ik niet.' Hij liep dichter naar haar toe. Zijn ogen stonden hard. 'Voorzichtig, Isabel. Een vrouw in jouw positie kan zich niet veroorloven dat zoiets als dit bekend wordt. Wat zouden je chique vrienden denken als ze de waarheid over jou zouden horen? Wat zou je echtgenoot doen als hij zou horen dat je een kind hebt bij een ander? En ik weet heel zeker dat ik wel een roddeljournalist kan vinden die heel geïnteresseerd is in zo'n lekker sappig verhaal.'

'Dat zou je niet... dat mag je niet...'

'Wel als je me geen keuze laat.' Toen veranderde zijn stemming weer, en hij zei verzoeningsgezind: 'Het spijt me, maar ik heb het geld echt nodig. Ik moet rond zien te komen en dat is tegenwoordig geen sinecure. Nog vijftig pond zou genoeg moeten zijn.'

'En als ik je weer geld geef, wat dan? Kom je dan over een paar weken of maanden terug om om meer te vragen?'

Alfie pakte zijn sigarettendoosje en keek haar door half samengeknepen oogleden aan. 'Dan moet je maar hopen dat ik dat niet doe, hè, Isabel?' Hij tikte op het doosje en zei: 'Over twee dagen op het bankje bij de hei. Om zes uur. Zorg dat je op tijd bent.'

Isabel bad dat ze geen bekenden zou tegenkomen en ging naar een winkel in Hatton Garden, waar ze twee ouderwetse broches verkocht. Nog een geheime ontmoeting, alsof ze een minnaar had. Het was een ijskoude avond en de bevroren lucht stak op haar huid. Toen ze Alfie zijn geld gaf, raakten zijn vingers die van haar. Zijn aanraking deed haar terugdeinzen. Ze wist dat hij nooit zou weggaan; dat hij haar uit zou knijpen.

Ze ging met een vriendin naar Wigmore Hall, waar Myra Hess Schumann speelde. Isabel sloot haar ogen en liet de muziek door zich heen stromen, en ze dacht aan alles wat haar huwelijk haar had gegeven: de culturele en intellectuele bevrediging waar ze als jonge vrouw zo naar had gesmacht, geen gebrek hoeven lijden, de gelegenheid een prachtig thuis voor zichzelf te creëren, een thuis waar je haar smaak en interesses in herkende, en natuurlijk, dat was het allerbelangrijkste: een gezinsleven. Dat kon Alfie Broughton allemaal vernietigen; dat kon ze allemaal verliezen.

Ze overwoog haar alternatieven. Ze kon hem blijven betalen, altijd bang dat hij haar zou verraden, haar hart overslaand bij elke klop aan de deur, iedere voetstap op het tuinpad, moeten terugvallen op steeds vernederendere manieren om aan meer geld te komen. En hij zou steeds meer gaan eisen, dat wist ze zeker.

Of ze kon hem weigeren te betalen en hem uitdagen zijn dreigement uit te voeren. Alfie zou het misschien aan Richard vertellen, maar misschien had hij daar het lef niet voor. Ze dacht terug aan de angst die om haar hart was geslagen toen hij had gedreigd het aan de roddelpers te vertellen. Dat zou hij wel doen, dacht ze. Ze kon zich wel voorstellen dat hij dat zou doen. Dan zou openbare schande volgen en nog veel erger: dan zou Richard op die manier over haar verleden horen.

Of ze kon Richard de waarheid vertellen. Wat zou hij doen, wat zou hij zeggen? Alfie Broughton en de baby hadden haar leven meer dan dertig jaar geleden zo op zijn kop gezet dat ze er bijna aan onderdoor was gegaan. Maar dit soort dingen ging nooit helemaal weg. Het liet schaduwen achter, en de belichamingen bleven hangen... een ervan, in de onwelkome vorm van Alfie Broughton, achtervolgde haar. En er was er nog een, aan wie ze zichzelf al jaren niet toestond te denken.

Zou Richard het begrijpen? Ze dacht dat het mooiste deel van hem, dat deel waarvan ze zoveel hield, dat wel zou doen. Hij had per slot van rekening op die dag zo lang geleden gezegd dat haar verleden hem niets aanging: *Als je met mij trouwt kun je opnieuw beginnen. Dan heb je een nieuwe naam en een nieuw huis in een nieuwe stad. Dan kun je alle ellende die je hebt doorgemaakt achter je laten.*

Maar hij was veranderd; ze waren allebei veranderd. Hun relatie was nooit helemaal hersteld sinds het huwelijk van Philip met Elaine Davenport. Ze ontweken het onderwerp omdat het te veel oude wonden zou openrijten... haar eigen pijn en verontwaardiging dat Richard op een andere vrouw was gevallen, en de confrontatie voor Richard dat hij voor het eerst in zijn leven was afgetroefd. Zijn kroon was scheefgezakt, van zijn hoofd gestoten. Richard was de laatste tijd afgeleid en kwaad... en koppig. Zo ellendig, zelfvernietigend koppig. Het nieuws dat Sara bij Anton Wolff was ingetrokken verbeterde zijn humeur ook niet. Zijn gedrag strafte hen beiden, bedacht Isabel; ze leek haar leven de laatste tijd in hokjes te leven: een deel voor de kinderen en een deel voor Richard, strikt van elkaar gescheiden gehouden.

Het concert was afgelopen en er werd hard geapplaudisseerd. Ze nam op straat bij de concertzaal afscheid van haar vriendin en stapte op de bus naar huis. Ze gaf geld aan de conducteur en vroeg zich af in hoeverre de compromissen die ze zo lang geleden had gesloten haar levenspad hadden gevormd. Welke andere wegen ze had kunnen kiezen, welke andere persoon ze had kunnen zijn. Hoeveel ze daadwerkelijk was veranderd en of de vroegere Isabel nog bestond onder de veranderingen die leeftijd, rijkdom en ervaring hadden teweeggebracht. Of de persoon die ze was geworden aankon wat ze moest doen.

Maar wat had ze voor keuze? Ze leefde op het scherpst van de snede en wist niet hoe lang ze dat nog aankon. En het zou beter, veel beter voor Richard zijn als hij de waarheid van haar hoorde en niet van Alfie Broughton. Of – ze huiverde onwillekeurig en de vrouw naast haar staarde haar aan – uit de krant.

Het was het afgelopen jaar moeilijk geweest. Ze hadden de dood van John Temple gehad en vorige week was er een klerk betrapt die fraudeerde met de boekhouding. Er waren geen grote hoeveelheden geld weg, maar het was een nare kwestie, de politie was erbij betrokken en het had Richard allemaal een nare bijsmaak gegeven. Vroeger had hij al zijn klerken bij hun naam gekend, had hij geweten wat voor soort mannen ze allemaal waren. Hij miste John Temple, hij miste de aanwezigheid van die ene andere persoon die er vanaf het begin bij was geweest. Hij miste de schone, frisse geur van thee en de opwinding als er een nieuwe voorraad werd uitgeladen op de werf. Hij bracht tegenwoordig veel te veel tijd door op zijn kantoor en in gesprek met advocaten, accountants en mensen van de regering. De zaken gingen voorspoedig: de vraag naar machineonderdelen was sinds de crisis in München en de daaropvolgende herbewapening acuut en groot en hij werkte lange dagen, soms zelfs in het weekend. Hij had het heerlijk moeten vinden, maar hij voelde zich er om de een of andere reden niet bij betrokken, op een afstand van het werk dat hem altijd zo had opgeslokt, het deed zijn hart niet meer sneller kloppen.

Hij nam een stapel papieren mee naar huis om die avond door te nemen. Isabel begroette hem toen hij thuiskwam en ging toen bij het eten kijken.

'Waar is mevrouw Finch?' vroeg hij toen ze terugkwam.

'Die heb ik een avond vrijgegeven.'

Hij haalde de stop uit de whiskyfles en vroeg: 'Jij ook?' Ze schudde haar hoofd.

'Nee, bedankt.' Ze aarzelde; ze zag er nerveus uit. 'Richard, we moeten praten.'

Hij dacht aan zijn papierwerk... hij had er voor het avondeten aan willen beginnen, met een borrel erbij. 'Kan het niet tot bij het eten wachten?'

'Nee. Sorry.'

Hij ging zitten. 'Brand maar los, dan.'

Ze wrong haar handen samen. 'Ik word gechanteerd,' zei ze.

Hij lachte kort en ongelovig. 'Gechanteerd?'

'Ja.'

Hij vroeg zich af of ze overdreef, of een grapje maakte. Hoewel ze beide nooit deed.

'Gechanteerd... door wie? Waarom? Sinds wanneer?'

'Hij heet Alfie Broughton. Hij vraagt om geld. Hij is eind juni voor het eerst geweest.'

Juni, dacht hij. Het was nu november. 'Je hebt die dief toch geen geld gegeven, Isabel?'

'Jawel.'

'Hoeveel?'

'Meer dan honderd pond.'

'Mijn god. Waarom?'

'Omdat hij iets over me weet. Iets ergs.'

'Wat?' Hij probeerde de sfeer in de kamer wat lichter te maken door een grapje te maken: 'Heb je gefraudeerd met de inschrijvingen van de kunstclub?'

'Iets ergs,' herhaalde ze rustig, 'wat me is overkomen voordat wij elkaar kenden. Alfie Broughton was mijn minnaar.'

'Je minnaar?' Hij herhaalde het mechanisch.

'Ja. Heel lang geleden.'

'Hoe lang?'

'Meer dan dertig jaar.'

'In Lynton?'

'Nee, Alfie woonde in Broadstairs. Ik heb in Broadstairs gewerkt, weet je nog, voordat ik naar Devon ben gegaan?'

Hij had aangenomen dat ze als maagd hun huwelijk was ingegaan. Waarom? Omdat hij dat een fijne gedachte had gevonden, nam hij aan.

Hij zei: 'En je hebt nooit overwogen dat te vertellen?'

Ze keek weg. 'Ik heb het geprobeerd, maar ik kon het niet. Het was allemaal voorbij voordat ik jou leerde kenen. Ik had Alfie al een paar jaar niet gezien. Ik dacht dat ik hem nooit meer zou zien.

Ik had geen reden te denken... ik dacht...' Ze perste haar lippen op elkaar. 'Ik denk dat ik dacht dat je er nooit achter zou komen. En zo lang... maar in juni stond hij ineens op de stoep.'

'Dus die kerel – die Broughton – hij dreigt zeker het aan mij te vertellen? En daarom betaal je hem?'

'Ja. Nee.' Ze leek in paniek te raken. 'Als dat het enige was geweest...'

'Dat is toch wel erg genoeg?' Hij merkte dat hij bang was voor wat ze nog meer ging zeggen. Maar hij dwong zichzelf te vragen: 'Is er nog meer?'

'Ja, ik vrees van wel.' Ze keek hem aan. 'Ik heb een kind gekregen, Richard. Een kind van Alfie.'

Hij dacht in eerste instantie helemaal niets. Hij had een lange, zware dag gehad en het leek net of hij deze idiote, onwerkelijke informatie niet kon vatten. Hij voelde de aandrang het huis uit te lopen, in de auto te stappen en weg te rijden, zomaar ergens naartoe.

Maar hij bleef waar hij was en dwong zichzelf zich te concentreren. Hij wilde denken dat hij haar niet had begrepen. Hij herhaalde: 'Heb je een kind gekregen voordat je mij leerde kennen?'

'Ja. Een dochter.'

'Wanneer precies?'

'In de zomer van 1907. Twee jaar voordat wij elkaar leerden kennen.'

'En wat is er met dat kind gebeurd?'

'Ik heb haar weggegeven.'

'Weggegeven...?' herhaalde hij. Hij was met stomheid geslagen, had het gevoel dat hij in een nachtmerrie zat gevangen.

'Ja. Ik heb een advertentie in de krant gezet. Een stel zonder eigen kinderen heeft haar geadopteerd. Het was de enige keuze. Ik kon zelf niet voor haar zorgen. Alfie heeft me namelijk verlaten zodra hij hoorde dat ik in verwachting was.'

Richard voelde de sensatie die je hebt als je hoort dat iemand van wie je veel houdt is overleden: ongeloof, ontzetting, alsof je niet in staat bent het slechte nieuws in je op te nemen. Hij wilde horen dat het niet waar was, dat ze het had verzonnen, dat ze terug konden naar hiervoor.

'Het spijt me, Richard,' zei ze. 'Het spijt me echt vreselijk.' Er knapte iets in hem.

Hij zei langzaam: 'Ons hele huwelijk is gebaseerd op een leugen en nu zeg je dat het je spijt?'

Zijn borstkas voelde samengeknepen. Hij liep naar de karaf en schonk nog een borrel voor zichzelf in. Zijn hand beefde terwijl hij de whisky inschonk. Hij wist niet zeker of hij hem kon drinken, of hij zou gaan overgeven... of, god verhoede, hij zou gaan huilen.

'Ik weet dat ik het je eerder had moeten vertellen, maar dat kon ik niet.' Ze leek even de moed te verliezen en riep zichzelf toen tot de orde. 'Richard, probeer het alsjeblieft te begrijpen. Probeer me alsjeblieft te vergeven.'

'Wat wil je dat ik zeg?' Hij lachte ruw. 'Dat het niet uitmaakt, dat we het gewoon vergeten?'

'Nee, natuurlijk niet.'

'Misschien ben jij het gewoon vergeten...'

'Richard, niet doen...'

'Misschien ben je haar gewoon vergeten, je eigen kind.'

'Mijn verleden – mijn geschiedenis – was een van de redenen waarom ik niets te maken met je wilde hebben toen we elkaar ontmoetten. Omdat ik me er zo voor schaamde!'

Hij dronk zijn whisky en liet hem in zijn keel branden. Hij hoorde haar zeggen: 'Ik weet dat het verkeerd was, maar het verandert niet wat ik voor jou voel. Het hoeft voor ons samen niets uit te maken...'

'Natuurlijk doet het dat wel.' Zijn stem onderbrak haar fel. 'Het betekent dat ik je niet kan vertrouwen.'

'Richard, alsjeblieft...'

'Nogal een belangrijk detail om me niet te vertellen, Isabel, dat je een kind bij een ander hebt. Ik vraag me af wat je me verder niet hebt verteld.'

'Dit is het enige!'

'Verder nog affaires? Nog meer kinderen?'

'Dit is waarom ik het je niet heb verteld... omdat ik bang was dat je zo zou reageren!'

Zijn zwakke grip op zichzelf verdween; hij knalde zijn glas op het dressoir neer. Whisky klotste over het gepolijste hout. 'Hoe wil je dan dat ik erop reageer?' schreeuwde hij.

Er tikte een klok en ergens in de verte klonk de bel van een ambulance. Isabel zei zacht: 'Je hebt elk recht kwaad te zijn. Dat verdien ik. Maar probeer het alsjeblieft te begrijpen, Richard. Ik was wanhopig. Ik was heel erg jong – pas zeventien – jonger dan Sara nu. Ik had niemand om me te helpen, niemand tot wie ik me kon wenden.'

Hij probeerde te bedenken wat het ergste zou zijn wat hij kon zeggen: 'Geen wonder dat Sara zo is geworden, met jou als moeder.'

Isabel deinsde terug, alsof hij haar had geslagen. Ze fluisterde: 'Dat is afschuwelijk, wat je nu zegt.'

Hij kon zichzelf er niet van weerhouden te vragen: 'Die Broughton... hield je van hem?'

'Richard...'

'Ik wil het weten. Hield je van hem?'

Het duurde even voor ze kon antwoorden: 'Ja.'

Hij moest zich afwenden om zijn pijn te verbergen. Hij zei zacht: 'Je moet je een ongeluk gelachen hebben dat ik zo dom was.'

Haar gezicht verwrong. 'Nee, Richard, dat heb ik nooit gedaan! Hoe kun je dat nou zeggen, we kennen elkaar al zo lang, we hebben samen zoveel meegemaakt!'

Hij dacht terug aan de eerste keer dat hij haar had gezien, bij die havenarm in Lynton. Haar wapperende rokken en de flits rood van haar jasje. Hij schudde langzaam zijn hoofd. 'Maar ik ken je helemaal niet, toch? Ik dacht van wel, maar dat is niet zo.'

'Richard, in godsnaam! Ik heb een fout gemaakt! Het was dom en verkeerd, maar het was een vergissing!'

'Een vergissing... is dat hoe je het noemt?'

'We maken allemaal vergissingen,' zei ze fel. 'Zelfs jij.'

'Die van mij zijn van een heel andere orde van grootte.' Hoe meer hij erover nadacht, hoe kwader hij werd. 'Mijn god, en jíj hebt míj van bedrog beschuldigd! Wat heb jij je druk gemaakt om een paar kussen!'

'Dat is anders!' gilde ze. 'Ik was niet getrouwd!'

'En dat maakt het minder erg?'

Ze begon te blozen. 'Nee, natuurlijk niet. Ik bedoel niet...'

'Wat een hypocrisie, dat je dat al die tijd voor me verborgen hebt gehouden!'

'Als ik twijfelde aan jou komt dat door wat Alfie me heeft aangedaan! Zie je dat niet? Ik was al een keer verraden en ben altijd bang geweest dat het me nog een keer zou overkomen! Richard, probeer alsjeblieft te begrijpen waardoor het kwam! Toen Alfie me in de steek liet, wilde ik alleen nog maar dood!'

'Voel je vooral vrij om je alsnog te bedenken, Isabel,' zei hij sarcastisch. 'Ga maar naar hem toe – ga maar naar je Alfie – als dat is wat je wilt.'

'Dat wil ik niet.' Haar gezicht was nu lijkbleek. 'Ik haat hem.' Toen zei ze: 'Op de dag dat ik ermee heb ingestemd met je te trouwen, heb je me op het hart gedrukt dat mijn verleden je niets uitmaakte.'

'Is dat zo?' Hij staarde haar met een wilde blik in zijn ogen aan. Toen schudde hij langzaam zijn hoofd. 'Maar dit... dit had ik nooit kunnen bedenken. Dat je zoiets als dit zo lang voor me verborgen hebt gehouden...' Er woedde een vuur in hem. Hij draaide zich om, pakte zijn papieren en zijn pen en liep naar de deur.

'Waar ga je naartoe?' Haar stem klonk iel en bang.

'Naar mijn club.'

'Maar het eten...'

'Ik heb geen honger.'

'Doe dit niet, Richard!'

Hij pakte in de hal zijn hoed en jas van de kapstok. Toen hij de voordeur opende, rende ze op hem af en greep zijn mouw vast.

'Richard... ga niet weg... niet zo... vergeef me...' Ze barstte in tranen uit.

Hij schudde haar van zich af, liep naar buiten en startte de auto. Hij zag haar terwijl hij wegreed in de achteruitkijkspiegel, hoe ze voor het huis stond. Hij trapte het gas in en toen verdween ze in de bocht van de oprijlaan.

Hij bleef een week in de club. Hij bedacht hoe het hem al die tijd dat hij Isabel kende altijd gek had gemaakt en had gefrustreerd dat ze altijd buiten zijn bereik leek, dat hij altijd het gevoel had gehad dat hij haar niet helemaal kende, dat ze een deel van zichzelf verborgen hield. Nou, hij wist nu in ieder geval wat dat was. Een minnaar en een kind.

Herinneringen drongen zich aan hem op, monsters uit een diepe, donkere poel. Dat ze niet van hem had gehouden toen ze trouwden. Dat ze was getrouwd om aan een moeilijke situatie te ontsnappen – zonder geld, zonder werk en weldra zonder huis, onderwerp van achterdocht en jaloezie in het stadje. Dat ze om zijn geld en zijn positie met hem was getrouwd. Dat ze alles was wat de mensen in het stadje van haar dachten: promiscue, berekenend, hebzuchtig.

Soms, tijdens korte momenten van nuchterheid, dacht hij aan alles wat ze hadden gedeeld: de hoop en angst, de kinderen, de passie. Maar zijn twijfels bleven, onbeweeglijk en giftig. Dat hij een stoplap was, een tweede keuze.

Als hij 's ochtends wakker werd voelden zijn ogen zanderig en had hij een zure smaak in zijn mond. Toen hij op een dag naar zijn werk reed schatte hij de situatie op een kruising verkeerd in en kon nog maar net een botsing met een tram voorkomen. Het schudde hem wakker: hij dwong zichzelf nadien te eten, te slapen, praktische zaken te regelen. Hij haalde zijn werk in en huurde een privédetective in, een man met een rattengezicht en vingers vol nicotinevlekken die in een smerig kantoortje achter station King's Cross werkte.

Er waren vragen waarop hij antwoord wilde: hij ging naar huis. Hij praatte in de slaapkamer met Isabel, zodat de bedienden hen niet zouden horen.

'Die kerel, die Broughton, weet je waar ik die kan vinden?'
Ze schudde haar hoofd. 'Nee, het spijt me.'
'Werkt hij?'
'Ik denk het niet.'
'Beschrijf hem eens.'
Toen ze klaar was, zei hij: 'We gaan deze ellende discreet op-lossen. We zullen hem ongetwijfeld moeten afkopen en ik zal hem duidelijk maken wat de consequenties zijn als hij me meer geld probeert af te troggelen. Ik zorg dat er geen schandaal komt.'
'Dank je, Richard.'
Hij zei ijzig: 'Ik doe dit voor de familie, niet voor jou, Isabel. Ik doe het voor de familie Finborough. Ik heb geen zin om mijn naam publiekelijk te schande te zien worden gemaakt.'
'Nee, natuurlijk niet.'
Hij keek om zich heen in de kamer, die na zijn afwezigheid van een week vreemd onbekend voelde. 'Ik kom onder één voor-waarde thuis.'
'Wat je maar wilt, Richard.'
'Je zegt nooit meer een woord over die Broughton. Begrepen?'
'Ja, Richard.'
'Of over het kind. Hetzelfde geldt voor het kind.'
Deze keer gaf ze geen antwoord. Hij benadrukte zijn woorden: 'Isabel. Je moet het me beloven.'
Een stilte en toen: 'Ik heb geen enkele behoefte om Alfie ooit nog te spreken. Als ik hem kon vergeten, deed ik dat. Maar mijn dochter... dat is anders.'
'Ik sta erop.'
Ze wrong haar handen samen en fronste haar wenkbrauwen. 'Ik denk niet dat ik dat kan, Richard.'
'Het is het enige wat ik van je vraag...'
Ze onderbrak hem: 'Je vraagt van me om te doen alsof dat kind nooit heeft bestaan. Alsof ik doe alsof het allemaal nooit is ge-beurd. Maar ik denk niet dat dat het beter zal maken tussen ons. Nu niet.'
'Dus je weigert?'

'Ik heb het bestaan van mijn kind het grootste deel van mijn leven ontkend,' zei ze terneergeslagen. 'Ik voel een bepaalde... een bepaalde opluchting dat je eindelijk van haar bestaan weet.'

'Opluchting!' herhaalde hij razend.

'Voor mezelf. Voor jou natuurlijk niet. Als ik de pijn bij je kon wegnemen deed ik dat, maar dat kan ik niet.' Ze haalde diep adem. 'Richard, ik heb altijd mijn best gedaan een goede echtgenote voor je te zijn. Ik ben sociale verplichtingen nagekomen die ik haatte en ik woon in een stad waar ik het niet prettig vind, omdat ik altijd heb geweten hoeveel ik aan je heb te danken en hoeveel ik van je hou. Maar ik kan je geen controle over mijn gedachten geven. Dan zou er niets van me overblijven. Als ik kon kiezen, zou ik kiezen dat je me kon vergeven. Zoals ik jou in het verleden heb vergeven. Kun je dat?'

Hij zei zacht: 'Nee.'

Ze sloot even haar ogen. 'Dan vertrek ik morgen naar Cornwall.'

'Wat je wilt. Wat jij doet gaat me niet langer aan. Ga maar naar Cornwall... voor mijn part ga je naar de hel.'

Hij vertrok de volgende dag nadat hij zijn advocaat zorgvuldig had geïnstrueerd voor een lange zakenreis naar Europa.

Isabel dacht in Porthglas aan haar baby. Haar eerste baby, haar eerste dochter. Ze had het huis van de familie Clarewood verlaten toen ze zes maanden zwanger was, toen ze had geweten dat ze haar conditie niet langer verborgen kon houden. Ze was naar Londen gegaan, want waar kon een meisje in haar omstandigheden, een meisje met problemen, anders naartoe? Ze had uit het raam van de trein gekeken toen ze de stad in reed, en had gezien hoe er geen eind kwam aan de huizen, fabrieken en openbare gebouwen.

Ze had de trouwring van haar moeder omgedaan en tegen de weinigen die het vroegen gezegd dat ze weduwe was. Ze zocht de goedkoopste kamer in het goedkoopste pension en vond het in Stepney, in het East End. Ze had het geluk dat ze een baantje vond als borduurster van kraagjes en manchetten. Ze plaatste een advertentie in *Exchange & Mart* en kreeg een brief van ene mevrouw

Wellbeloved, de vrouw van een arts die in Lancaster, in het noorden van Engeland, woonde. De achternaam, met de suggestie van affectie en populariteit, leek een goed voorteken.

Haar baby werd eind april geboren, een beetje eerder dan Isabel had verwacht. Een van de buren ging de vroedvrouw halen en haar kleine, perfecte dochtertje kwam bij zonsopgang ter wereld: er zou een haan hebben gekraaid, zei de vroedvrouw, als er in Stepney hanen waren geweest om te kraaien. De baby was gezond en mooi, met donker haar en blauwe ogen. Isabel noemde haar Martha, naar haar eigen moeder. Ze schreef een paar dagen later een brief aan mevrouw Wellbeloved om haar van de veilige komst van het kind te berichten. Er kwam nog een brief, waarin Isabel werd verzocht het kind als het zes weken was mee te nemen naar station Euston, waar het echtpaar Wellbeloved het zou komen ophalen.

De zes weken gingen snel voorbij. Toen maakte Isabel een bundeltje van de babykleertjes, wikkelde Martha in een sjaal en ging op weg naar Euston. Daar droeg ze haar kindje over aan de adoptieouders. Ze kocht op weg naar huis een krant en bestudeerde de kolommen met werk dat werd aangeboden. Ze besloot te solliciteren naar de betrekking van huishoudster bij ene meneer Charles Hawkins in Lynton, Devon, omdat ze zo naar de zee verlangde.

Op haar eerste dag in Lynton liep ze nadat ze de lunch had gemaakt voor meneer Hawkins de steile berg af naar de haven van Lynmouth. Daar liep ze langs de havenarm en ging onder de Rhenish Tower staan. Daar, omringd door de zee, voelde ze de leegte die haar had omhuld sinds ze haar baby aan het echtpaar Wellbeloved had afgestaan even niet, en huilde ze lang en bitter van intens verdriet. Toen liep ze, gebroken en uitgeput, terug naar Orchard House. Er stonden bloemen in de tuin en rijen boeken in het huis, en ze begon te denken dat ze misschien eindelijk een veilige haven had gevonden. Ze deed haar schort voor en maakte avondeten voor meneer Hawkins, die zo vriendelijk was te doen alsof hij niet zag dat ze had gehuild en die gezellig een babbeltje met haar maakte.

Nu ze over het strand van Porthglas liep dacht ze terug aan die kostbare zes weken die ze met haar dochter had doorgebracht. Isabel dacht terug aan haar kamertje in Stepney, aan hoe ze haar baby had gevoed, afgeschermd van de rest van de wereld door een vergeelde krantenpagina die tegen het onderste deel van het raam was geplakt. Ze herinnerde zich hoe heerlijk het voelde haar baby aan haar borst te voelen trekken en het melkpareltje in haar mondhoek en het fijne donkere haar op haar hoofd te zien. Ze dacht terug aan hoe ze had overwogen haar kind met zich mee te nemen en te vluchten, zo ver ze kon, weg van alles wat ze kende en van iedereen die haar kende, zodat ze samen konden blijven.

'Dat is wat ik heb gedaan,' schreef ze aan Richard. 'Veroordeel me als je moet, maar dat is wat ik heb gedaan.' Ze vertelde hem alles in haar brief: over de familie Clarewood, Alfie, Londen, de geboorte en het weggeven van het kind. Ze legde haar hele hart voor hem open.

Ze ontving in antwoord een brief van Richards advocaat. Daar stond in kil advocatenjargon in dat haar echtgenoot hem had geïnstrueerd een bankrekening op haar naam te openen en dat er elke maand een bedrag op zou worden overgemaakt om haar kosten te dekken.

Isabel gooide de brief in het vuur. Toen schreef ze hem terug: '"Je verleden gaat me niets aan", dat is wat je me vertelde op de dag dat ik zei dat ik met je wilde trouwen. Ben je dat vergeten, Richard? Hou je je niet aan je beloftes?'

Ze ontving pas weken later een antwoord. Deze keer was de envelop in Richards handschrift geadresseerd. Op het velletje papier in de envelop stond één zin gekrabbeld: 'Dat was toen ik van je hield.'

De wereld was rumoerig, duwde mensen weg, verplaatste ze en spuugde ze op onverwachte plaatsen weer uit. Na het geweld van Kristallnacht in november 1938, toen winkels van joodse eigenaren werden geplunderd, synagogen werden vernield en honderden joden de dood vonden, was er een enorme exodus van Duitse vluchtelingen, die volgde op die van de mensen die al waren ont-

vlucht aan de regimes van Hitler en Mussolini en aan de Burgeroorlog in Spanje. Ruby zag ze in pubs, cafés en bibliotheken, bij
elkaar in groepjes in tot op de draad versleten jassen. In de kranten stonden verhalen over schepen vol vluchtelingen die werden
gedwongen over zee te dwalen, die in haven na haven werden geweigerd op zoek naar een veilige plaats. De volkspers schreef over
de vloed aan vluchtelingen die het werk zouden afpikken van een
bevolking die al tien jaar zonder werk zat.

Sommigen van Ruby's vrienden hadden Londen al verlaten om
te gaan vechten voor de republikeinen in Spanje. Anderen gingen
bij de Britse luchtmacht, de RAF. Joodse vrienden, wetenschappers
en schrijvers die tijdens de opschudding in de jaren dertig in Londen terecht waren gekomen, keken angstig over het Kanaal uit en
kochten een kaartje naar New York, kusten haar ten afscheid en
beloofden te schrijven.

Sara en Anton woonden in een kamer in een huis in de doolhof
van straten achter station Euston. Sara werd 's ochtends wakker
van het klipklop van het paard van de melkboer op straat en de
zich haastende voetstappen van mensen die hun trein probeerden
te halen. Haar blik dwaalde naar Anton, die naast haar lag te slapen. Ze duwde zich op een elleboog en probeerde uit of ze hem
wakker kon maken door alleen maar naar hem te kijken, en schoot
geamuseerd in de lach toen hij zijn ogen opende, haar naar zich
toetrok en haar begon te kussen.

Anton liet haar zijn Londen zien, een heel ander Londen dan de
stad die Sara haar hele leven had gekend. Zijn vrienden, van wie
velen deel uitmaakten van de vluchtelingengemeenschap die zich
in de armere delen van Londen had verzameld, werden ook haar
vrienden. Het waren journalisten, toneelschrijvers en vakbonds-
leiders, economen, muzikanten en wetenschappers. Veel van de
vrouwen werkten ergens in de huishouding. De meesten van hen
leefden bij de dag. Hun verhalen, over ouders die zonder enige
bezittingen op roestige schepen waren gezet die de Donau af
dobberden, over broers in concentratiekampen en zusjes die in
de armen van vreemden op een trein waren gezet die joden van

Wenen naar Amsterdam vervoerde, schokten haar. Ze zette koffie voor hen en bewonderde de foto's die ze haar lieten zien, foto's die zo vaak waren bekeken dat de hoekjes begonnen te kreukelen en slijten.

Sara en Anton stapten op een mooie ochtend op de trein naar Bexhill-on-Sea om naar het De la Warr Pavilion te gaan, een glinsterend ding van beton, glas en staal dat over zee uitkeek. 'Op een dag,' zei Anton, 'bouw ik zo'n huis voor je, Sara. Een huis dat licht en ruim is. Het zal midden in een bos staan en uitkijken over een meer en dan blijven we voor altijd samen en worden nooit meer door iemand lastiggevallen.'

Edward was geschokt door het plotselinge opduiken van Anton Wolff. Sara had Wolff op een avond in een café aan hem voorgesteld: 'Edward, dit is Anton. Anton, dit is mijn lieve vriend Edward.' Het was hem gelukt een begroeting te mompelen.

Sara had als vanzelfsprekend aangenomen dat Edward en Anton vrienden zouden worden. En oppervlakkig gezien waren ze dat ook. Wolff vroeg Edwards advies als het ging om het huren van een kamer of het invullen van een formulier, dat soort dingen. Het tweetal ging wel eens ergens samen wat drinken als Sara aan het werk was. Hij speelde de rol van de behulpzame vriend omdat hij niet wist wat hij anders moest. Hij wist dat het alternatief was dat hij Sara niet meer zou zien en dat zou ondraaglijk zijn geweest.

Toch voelde hij een diepe, dierlijke afkeer jegens Wolff. Het deed pijn als hij zag hoe Wolff met zijn arm om Sara's schouders zat of haar naar zich toetrok voor een kus. Wolff was aantrekkelijk, nam Edward aan, met dat revue-uiterlijk waar meisjes allemaal voor leken te vallen, en hij had die natuurlijke, ontspannen houding die Edward al jaren zonder succes probeerde aan te nemen. Maar hij was niet goed genoeg voor Sara. Edward merkte zijn versleten kleding op, zijn gebrek aan een goede baan of inkomen. Zelfs zijn accent en de sporadische taalfouten in zijn Engels deden pijn aan zijn oren. Hij was te anders.

Edward wilde zo vreselijk graag de tijd terugdraaien. Als Wolff nou maar in Oostenrijk was gebleven, dan zou hij een kans hebben gehad. Als Wolff niet was komen opdagen, was ze misschien van hem zijn gaan houden.

Nu ze in Porthglas Cottage woonde had Isabel af en toe het gevoel dat ze was teruggekeerd naar de eenzaamheid die ze als jonge vrouw had gekend. Ze was zich ervan bewust dat ze in een bepaalde mate werd uitgestoten, wat wel zou komen, nam ze aan, omdat ze apart van haar echtgenoot woonde. Het maakte haar niet uit, ze voelde niet de behoefte deel uit te maken van een kliekje of clubje. Ze was jaren geleden onderwerp van een roddelcampagne geweest, in Lynton, en had zich haar hele huwelijk vanwege haar achtergrond regelmatig een buitenstaander gevoeld in het bijzijn van Richards vrienden en collega's. Ze had nu ze negenenveertig was veel minder moeite met het feit dat ze anders was, en eenzaam, dan toen ze twintig was.

Ze begon zich steeds opgeluchter te voelen dat ze niet meer hoefde te doen alsof ze iemand was die ze niet was. De stilte in haar leven, de afwezigheid van regen en storm, was in bepaalde opzichten ook een opluchting. Alleen wonen was eenvoudiger, minder lastig. Ze had haar passie achter zich gelaten en had voor het eerst het gevoel dat ze een stabiel leven leidde. Ze voelde zich zelfs opgelucht dat de spanning van haar huwelijk weg was: het was tot haar doorgedrongen dat ze altijd bang was gebleven Richard te verliezen. Nou, nu was ze hem kwijt, dus wat was er verder nog om bang voor te zijn? Ze had tijdens haar huwelijk zulke extreme emoties ervaren. Liefde had haar soms in vervoering gebracht, maar heel vaak gehekeld.

Ze ging zo weinig mogelijk uit Cornwall weg. Nog iets wat ze niet meer hoefde te verbergen: dat ze Londen haatte. Ze genoot van hoe keurig en stil het in haar huisje was, genoot van het feit dat al haar spulletjes precies lagen waar ze ze had achtergelaten: nooit meer een schaar of gum die was verdwenen, geen gebruikte kopjes en glazen die in de zitkamer of tuin waren achtergelaten. Haar mooie kleding hing in de kast, werd er nooit uitgehaald, en ze deed bijna nooit haar juwelenkistje open. En o, de opluchting om zonder bedienden te leven, om niet meer te hoeven leven onder de kritische, oplettende blik van de hulp, haar dagelijkse leven op fluistertoon besproken in de keuken. Ze zag mevrouw Spry niet als personeel; ze spraken elkaar bij hun voornaam aan en waren vriendinnen geworden die samen werkten en praatten.

En ze was eindelijk vrij, na zo lang, om te proberen erachter te komen hoe het was verdergegaan met het kind dat ze had afgestaan. Ze schreef het echtpaar Wellbeloved in Lancaster een brief waarin ze smeekte om bericht over haar dochter. Ze wist hun adres nog: het had al die jaren in haar geheugen gegrift gestaan.

Ze kreeg de brief een paar dagen later ongeopend terug met het opschrift: VERHUISD. Isabel reisde de week daarop naar Lancaster. Toen ze in de stad was aangekomen liep ze naar het oude adres van het echtpaar Wellbeloved. Navraag bevestigde dat het gezin lang geleden was vertrokken, tijdens de Grote Oorlog. Nee, zei een buurvrouw tegen Isabel, ze wist niet waar naartoe. Ja, ze herinnerde zich hun dochter nog wel, een mooi meisje met donker haar.

Vragen aan andere buren en winkeliers in de buurt vertelden haar niets nieuws. Isabel nam de trein terug naar het zuiden; toen ze in de coupé zat, erkende ze dat haar zoektocht hopeloos was. Ze had geen idee waar ze naartoe waren gegaan. Misschien waren ze wel geëmigreerd, of overleden. En hoe zou ze ooit haar kind kunnen vinden, als ze niet eens haar naam wist? Het echtpaar Wellbeloved zou hun dochter een andere voornaam hebben geven; haar dochter, die nu begin dertig was, was waarschijnlijk getrouwd en had nu een andere achternaam. Toen ze die avond in bed lag bemerkte ze dat ze naar Richard reikte, dat ze hem miste met een rauw verdriet dat ze overdag overstemde door boos op hem te zijn dat hij er niet was nu ze de troost van zijn kracht en zekerheid het meest nodig had.

Maar het hielp haar wel iets te beslissen. Er moesten papieren worden ondertekend die haar status als de vervreemde echtgenote van Richard Finborough officieel zouden maken. Isabel maakte een afspraak bij het kantoor van de advocaat in Throckmorton Street en stapte op de trein naar Londen. Toen ze de dag voor haar afspraak op station Paddington arriveerde, nam ze de metro naar Sloane Square en liep van daar naar Cheyne Walk.

Na de weken van eenzaamheid in Cornwall voelde Londen opdringerig, lawaaiig, overvol. Toen ze langs het Royal Hospital in Chelsea liep bleef ze even staan en zette haar weekendtas neer. Ze merkte dat ze niet bang was. Haar enige spijt was dat ze dit niet veel eerder had gedaan. 'Jennifer...' Isabel fluisterde de naam hardop. 'Jennifer Finborough.' Wat een mooie naam, dacht ze. Uit Cornwall, natuurlijk, een variant op het Engelse Guinevere. De baby was in september geboren, maar ze was te stijf en trots geweest om op bezoek te gaan, en daarom was ze die eerste kostbare maanden met haar kleindochter misgelopen.

Ze was in haar leven te vaak van mensen gescheiden om deze scheiding langer te laten duren. Misschien dat de toevoeging van een kleindochter aan haar leven – en, bedacht ze gedeprimeerd, van een schoondochter – haar hart wat lichter zou maken. En als ze niet op zijn minst haar best deed van Elaine te houden zou ze Philip verliezen, dat zag ze nu wel in.

Isabel stopte in Cheyne Walk voor het huis van Philip en Elaine. Toen klopte ze aan.

In maart 1939 vielen de Duitsers het resterende, onverdedigbare deel van Tsjecho-Slowakije binnen. In de dagen die onmiddellijk volgden op de invasie werden er vijfduizend Tsjechen gearresteerd. Twee weken later garandeerde de Britse regering officieel de onafhankelijkheid van Polen. In april werd in Londen de Military Training Bill door het parlement aangenomen, die mannen van twintig dienstplichtig maakte. Heel wat van Ruby's vrienden en jongere broertjes van vrienden vertrokken naar opleidingskampen. Het leger bevrijdde George Drake op Nineveh van Maude Quinn.

Ruby kocht elke avond op weg naar huis van haar werk een krant, die ze nalas op verdragen, pacten, garanties en bedreigingen. Ze zag Lewis nu en dan een halfuurtje, even snel in een bar of in de privacy van zijn eigen woning, en hun ontmoetingen waren vanwege zijn werk onvoorspelbaar en onregelmatig. Versperringsballonnen glinsterden in de lucht en folders met algemene wenken vielen door de brievenbus: VOORZORGSMAATREGELEN BIJ BRAND IN OORLOGSTIJD; UW GASMASKER; HET BLINDEREN VAN UW RAMEN. Zandzakken werden gestapeld bij posten van de luchtbeschermingsdienst, schuilkelders verschenen in straten en parken en Anderson-schuilkelders werden in achtertuinen onder de grasvelden en bloembedden geplaatst. In Chelsea vond een oefening van de burgerbescherming plaats; sirenes gilden en voorbijgangers werden verzameld in met touw afgezette afscheidingen.

Een hete, droge augustus. Op de 23e tekenden Duitsland en de USSR tot de schok en ontsteltenis van Ruby's communistische vrienden een vriendschapsverdrag. Telegrammen werden verstuurd, reservisten werden opgeroepen en vakantiegangers verlieten hun vakantiehuis of hotel en vluchtten naar huis. Het parlement werd teruggeroepen, de vloot werd gemobiliseerd en evacuatieplannen werden in werking gesteld. Anderhalf miljoen kinderen en hun leerkrachten, samen met moeders en pasgeborenen, werden per bus of schip naar kuststeden in het zuiden en dorpen op het platteland gestuurd, weg van de dreiging van een bombardement. Toen ze die vrijdag naar haar werk liep zag Ruby ze, die kleine gezichtjes die tegen de ruiten van de bussen waren gedrukt, die lange rijen kinderen op weg naar de treinstations in Londen. Hun namen stonden op labels aan hun bagage, aan hun schooluniform of trui en ze liepen met hun gasmasker en hun bezittingen in kleine koffertjes, rugzakken of kussenslopen. In het station klonk een stem door de luidsprekers, die de kinderen aanspoorde snel een zitplaats te zoeken en niet met de treindeuren te spelen. Hoewel er een paar huilden, leken de meesten het wel spannend te vinden. Maar de moeders zwaaiden bleek en angstig hun kinderen uit en toen ze het station uit liepen, glinsterden hun ogen van de tranen.

Het Duitse leger passeerde diezelfde dag de grens van Polen en de Luftwaffe bombardeerde Warschau. Twee dagen later, op de ochtend van 3 september, werd het Britse volk verzocht naar een radioverklaring van de premier te luisteren. Het was stil in de flat terwijl Ruby haar strijkwerk deed en opruimde. Het enige geluid kwam uit de radio's in de andere kamers in het pand, het zachte stijgen en dalen van de radiostemmen op de achtergrond als het gezoem van wespen. Buiten dreigde onweer in de stoffige hitte. Binnen stond een bosje chrysanten in een vaas, er lag een bergje kousen in het water, en de typemachine stond onaangeroerd omdat ze vandaag niet kon schrijven. Het strijkijzer gleed vastberaden over katoen en linnen terwijl Neville Chamberlains gespannen, beleefde stem hun mededeelde dat ze in staat van oorlog waren met Duitsland.

Richard dacht terwijl hij in de salon naar het volkslied op de radio luisterde aan wat de vorige oorlog zijn generatie had aangedaan. Hij dacht aan zijn schoolvrienden die nooit uit Vlaanderen waren teruggekeerd, aan majoor Woods, aan Nicholas Chance en zijn wilde spurt naar de Britse loopgraven, aan luitenant Buxton, die hij maar een week had gekend, en die in zijn herinnering was gereduceerd tot een bergje blond haar vol modder en bloed. Hij dacht aan Freddie McCrory, met zijn lege jasmouw tegen zijn rug gespeld. Hij dacht aan de mannen die hij nog steeds wel eens zag bedelen op straat, aan de gekken en kreupelen en iedereen die zijn leven niet meer op de rails had gekregen nadat de oorlog voorbij was. Toen keek hij naar zijn hand en zag het litteken dat de kogel die erdoorheen was gegaan had achtergelaten.

Eind september arriveerde er een brief van de politie voor Anton. Hij moest verschijnen voor een tribunaal, waar zou worden bepaald wat zijn status als ongewenste illegaal was. Het tribunaal werd in oktober gehouden in een plaatselijke basisschool, die nu leegstond omdat de kinderen waren geëvacueerd. Anton mocht geen advocaat meenemen, maar Peter Curthoys zou als karaktergetuige optreden.

Sara was op haar werk. Elke keer als de deur van het café openging werd haar hoofd ernaartoe getrokken. Alle ongewenste illegalen die landelijk voor een tribunaal moesten verschijnen, kregen een categorie A, B of C toegewezen. Vreemdelingen met categorie A werden gezien als staatsvijandig en werden onmiddellijk geïnterneerd. Categorie B betekende gemiddeld risico en categorie C laag risico. Peter Curthoys had Sara op haar hart gedrukt dat er geen enkele reden was om Anton een categorie A te geven. 'Het is enkel een formaliteit, Sara,' had hij opgewekt gezegd toen ze die ochtend waren vertrokken. 'Over een paar uurtjes is hij weer veilig bij je terug, maak je maar geen zorgen.' Maar de uren verstreken – twee, drie, vier – en binnen in haar begon iets te borrelen en irriteren, wat haar eraan herinnerde dat ze niet altijd geluk hadden gehad, Anton en zij.

Twee uur: de deur ging open en ze zag hen. Ze rende naar hem toe en hij ving haar in zijn armen.

'We moesten vreselijk lang wachten,' zei Anton, en hij gaf haar een kus. 'Maar... ik ben nog een vrij man.'

'Die idiote voorzitter heeft hem ingedeeld in categorie B,' zei Peter. Hij zette met een knal zijn aktetas neer. 'Die man was echt een idioot. Een domme, achterlijke idioot.'

Er waren geen andere klanten in het café. Sara zette koffie en ze gingen aan een tafeltje bij het raam zitten. De voorzitter was advocaat, zei Peter. In eerste instantie leek het allemaal goed te gaan. Peter had geweldig over Anton gesproken; positieve brieven en referenties waren voorgelezen, die allemaal getuigden van Antons haat voor het naziregime, zijn gevangenneming door dat regime en de dood van zijn vader door nazituig.

Toen was Anton naar zijn politieke overtuigingen gevraagd. De voorzitter zei dat hem ter ore was gekomen dat Anton betrokken was bij linkse groeperingen... bij socialisten.

'Een door de wol geverfde conservatief,' zei Peter met een zucht. 'Als het erop aankomt, vertrouwt de gevestigde orde de rooien waarschijnlijk net zo min als de nazi's.'

Anton had toegeven dat hij in Oostenrijk lid was geweest van socialistische bewegingen. Maar hij had benadrukt dat hij geloofde in vredelievende methodes voor politieke verandering en had nogmaals zijn bewondering uitgesproken voor het land dat hem onderdak bood.

Toen had de voorzitter zijn troef ingezet. 'Is het waar,' had hij Anton gevraagd, 'dat u tijdens uw verblijf in dit land een immorele relatie hebt onderhouden met een jonge, getrouwde Engelse vrouw van goede afkomst, en dat u van haar inkomen leeft?'

Anton was even te geschokt geweest om te kunnen antwoorden. De voorzitter had uitgelegd, met blikken van walging richting Anton, dat hij bewijs had van die illegale affaire, een affaire die alleen nog maar verachtelijker werd door het feit dat de dame in kwestie moeder van een zoontje was.

'Hij wist alles over je, Sara,' zei Peter razend. 'God mag weten hoe.'

'Wat heb je gezegd?'

Anton haalde zijn schouders op. 'De waarheid; wat moest ik anders? Dat het waar is dat je getrouwd bent en een kind hebt, maar dat je huwelijk alleen op papier bestaat en niet meer is te lijmen. En dat ik altijd mijn best heb gedaan om kostwinner te zijn. Hoewel ik dat niet goed heb gedaan... ik weet dat ik daarin heb gefaald.'

'Anton,' zei Peter, en hij legde zijn hand op de schouder van zijn vriend.

'Lieverd,' zei Sara, en ze gaf hem een kus, 'niemand zou het beter kunnen doen. Niemand zou me gelukkiger kunnen maken.'

De voorzitter was niet onder de indruk geweest en had Anton een categorie B gegeven. 'Er is geen duidelijk protocol waarbij iemand in een bepaalde categorie komt,' legde Peter aan Sara uit. 'Sommige voorzitters baseren hun oordeel op karakter of reputatie. Anderen op politieke ideeën.'

Anton kuste Sara's hand. 'B of C, wat maakt het uit? Ik ben vrij en we zijn samen. Hoewel die dagjes naar het strand verleden tijd zijn, vrees ik: ik mag niet meer dan zeven kilometer van mijn huis vandaan. En ik mag geen auto of fotocamera aanschaffen, maar die kan ik me toch niet veroorloven. O, en geen plattegronden, natuurlijk... gevaarlijke sujetten als ik moeten natuurlijk niet in het bezit zijn van een landkaart.'

'We kunnen in beroep gaan,' zei Peter, maar Anton schudde zijn hoofd.

'Nee. Laten we het maar gewoon accepteren. En ik vestig liever niet nog meer de aandacht op mezelf.'

Sara keek in de bus op weg naar huis uit het raam. Er was niet veel te zien: het was al donker aan het worden en aangezien er een verduistering was ingesteld bleven de lantaarnpalen en koplampen uit, waardoor de huizen, het verkeer en de mensen allemaal samensmolten in de duisternis.

De voorzitter weet alles van je, had Peter gezegd. God mag weten hoe.

Maar zij wist het. Wie anders dan die ene persoon die hen al eerder zo meedogenloos uit elkaar had gescheurd zou die informatie vrijwillig aan het tribunaal hebben geleverd? Haar vader had dit gedaan. Vermengd met haar woede voelde ze een diepe pijn. Ze had Anton vandaag weer kunnen verliezen, bedacht Sara. Ze strengelde haar vingers door de zijne, verbond zich onlosmakelijk met hem.

De oude hond was die nacht doodgegaan. Hannah vond haar opgekruld in de bosjes naast een schuur, alsof ze het comfortabelste plekje had gezocht en daar was gaan liggen om te sterven.

Haar moeder huilde toen Hannah haar over Bonny vertelde. Hannah had haar moeder haar hele leven alleen zien huilen als het de honden betrof, ze plengde geen traan om iets of iemand anders. Hannah was niet sterk genoeg om Bonny naar de plek waar ze moest worden begraven te dragen en haar moeder was de laatste tijd te afhankelijk van haar wandelstok, dus rolden ze het dier in een deken en sleepten haar achter het huis, door de boomgaard en over het pad.

De dierenbegraafplaats lag een stukje van het huis vandaan aan de rand van een veld. Maude Quinn had door de jaren heen struiken en bloemen tussen de stompe zwarte grafstenen geplant. Maude liep nu tussen de stenen door om een plekje voor Bonny te zoeken. 'Hier,' zei ze, en ze wees naar een dompig stukje grond onder een laurier.

Hannah begon te graven. Haar moeder keek leunend op haar stok toe. Hannah kreeg een bittere smaak achter in haar keel terwijl ze stond te werken. Zweetdruppels verzamelden zich op haar voorhoofd. Een knal van de stok van haar moeder, die ze onverwacht voelde toen ze in het gat stond te staren, maakte dat ze met hernieuwde vastberadenheid verderging. Elke keer dat ze de schep in de grond stak, was ze bang dat ze iets zou opgraven. Misschien een bot. Of een doodskop zonder ogen.

Maar er was niets. Toen het gat diep genoeg was sleepte Hannah Bonny ernaartoe. Het kadaver viel met een doffe bonk in het gat. Hannah wilde net het zand terug scheppen in het graf toen haar moeder vinnig zei: 'De deken, je hebt de deken vergeten. Je gaat toch geen goede deken verspillen, dom kind.'

Hannah knielde naast het graf en trok de deken van de hond los. Toen schepte ze het graf vol zand en streek het glad.

Deel IV

De rivier en de zee

1940-1942

13

April in Parijs, vroeg in de avond. Zonlicht glinstert op de nieuwe bladeren van de platanen en Sasha die haar blouse dichtknoopt en hem vertelt dat ze van plan is naar Noord-Afrika te vertrekken.

'Misschien ga ik naar Casablanca. Daar ben ik nog nooit geweest.'

Ze stond op, verzamelde de kleren die ze een uur geleden had uitgetrokken. Theo genoot altijd van de manier waarop ze zich niet in de juiste volgorde aankleedde en heel tevreden rond kon lopen in alleen een blouse en een parelkettinkje.

Hij zei, omdat iemand dat moest doen: 'Maar hoe gaat het dan met ons?'

'Ons, schat?' Ze duwde twee gouden armbanden om haar pols.

'Ja, ons.' Hij bedacht ineens iets. 'Of nam je aan...'

'Ik neem nooit iets aan, dat weet je, *chéri*. Maar jij trekt je eigen plan wel, dat doe je altijd.'

Hij voelde zich onbehaaglijk. Ze stond haar slipje en een rok aan te trekken en begon te lachen. 'Kijk nou maar niet zo bezorgd. Je weet dat ik ontzettend veel van je hou.'

'Kom eens hier.' Ze ging bij hem op schoot zitten; hij kuste haar. 'En ik adoreer je.'

Ze keek hem bedachtzaam aan. 'Maar je houdt niet van me. Je zegt nooit dat je van me houdt.'

'Maar dat doe ik wel,' protesteerde hij.

'Ja, maar je zegt het nooit.' Ze flapperde met haar handen om hem tot stilte te manen.

'We lijken op elkaar, jij en ik, we zijn graag in beweging, als drukke bijtjes, en we houden niet van het gevoel in de val te zitten.'

'Ik zou jou nooit als een val beschouwen.'

'Dat weet ik, schat. Maar als je me met je mee terug naar Engeland zou nemen, zou je misschien gaan denken dat je met me zou moeten trouwen.'

Hij kuste haar op haar oor. 'Wie zegt dat ik terugga naar Engeland?'

'Ga je dat dan niet?' Haar donkere ogen bestudeerden hem serieus.

'Dat weet ik niet. Daar had ik nog niet over nagedacht.' Wat natuurlijk gelogen was.

Ze stond op en boog zich voorover om een kous omhoog te rollen. 'Als de Duitsers komen, word je geïnterneerd. Je bent een Engelsman, Theo... dat is wat er met je gaat gebeuren. Je moet naar huis.'

'De Duitsers bereiken Parijs heus niet.'

'Geloof je dat echt?'

Hij stond op en liep naar het raam. Zijn kamer was best groot, hoewel hij vrij donker was en naast de badkamer lag, waardoor je er het sissen van de geiser en het lopen van de kranen hoorde. De twee jaar dat hij nu in deze kamer woonde was de langste periode dat hij ergens had verbleven sinds zijn vertrek uit Londen. Er hing al warmte in de lucht, de belofte dat de zomer er weer aankwam. Hij vond het heerlijk de ramen open te gooien, naar buiten te kijken en dan de steile straatjes met kinderkopjes te zien, de waslijnen die tussen de huizen waren gespannen, de mannen die aan de overkant de bar uit kwamen. Hij genoot van het geluid van de hoge hakken van de vrouwen die over de kinderkopjes liepen, van het getoeter van de Citroëns en Renaults, van het gegil van de spelende kinderen.

Hoewel de laatste tijd de radio altijd aanstond en door de geluiden op straat heen sneed. Hij stond nu ook aan. Toen hij met Alexandra had liggen vrijen, had hij een hand uitgestoken en de radio uitgedraaid. Maar nadien, toen ze in elkaars armen verstrengeld hadden gelegen, had zij hem weer aangezet.

Dat was wat ze tegenwoordig deden, bedacht hij. In bars, kantoren en slaapkamers in heel Frankrijk werd naar de radio geluisterd.

Duitsland was een week geleden Denemarken binnengevallen. Kort daarna waren Duitse troepen Noorwegen binnengemarcheerd. De slag om Noorwegen duurde nog voort. Britse troepen waren bij Narvik geland en eenheden van het Franse Vreemdelingenlegioen waren gestuurd om het verzet te steunen.

Hij vroeg: 'Wanneer vertrek je?'

'Morgen.'

'Sasha...'

'Vassily rijdt morgen naar Marseille. Hij heeft me een lift in de auto aangeboden. Ik moet uit Parijs weg, *chéri*, dat begrijp je toch wel?'

'Blijf hier.'

Ze raakte haar arendsneus aan. 'Ik ben een beetje joods, weet je nog? Een beetje maar, maar genoeg om bang te zijn.'

Hij was verrast hoe erg hij het vond. Hij keek toe hoe ze haar dikke, zwarte haar borstelde. 'Het probleem is,' zei ze terwijl ze hem met haar handen op haar heupen aankeek, 'dat we allemaal iets zullen moeten doen. Zelfs jij zult moeten kiezen, lief. We zullen moeten vechten of gehoorzaam moeten zijn. Weerstand bieden of doen wat ons gezegd wordt.' Ze klikte haar poederdoos open en bracht haar lippenstift op. 'Je zult niet aan de zijlijn kunnen blijven staan, Theo. Ze zullen je niet toestaan enkel toe te kijken.'

Hij bedacht hoezeer hij haar zou missen, zijn lange, donkere, beeldschone Sasha. Hij zou missen hoe ze zich 's ochtends als een kat in zijn bed uitrekte, de dekens van zich af gooide. Hij zou missen hoe ze haar vingers in zijn haar begroef als hij haar kuste, hem tegen zich aantrok alsof ze hem wilde opvreten.

'Ik kan met je meegaan,' zei hij.

'Nee.' Ze kuste hem op de mond. 'Als we dat hadden gewild, hadden we samen wel plannen gemaakt, toch? Maar dat hebben we niet gedaan.'

Theo had een filmtijdschrift geredigeerd – en er zo'n beetje alles voor geschreven wat erin stond – maar het was opgeheven toen de eigenaar, een rijke Belg, had besloten naar het zuiden te vertrekken. 'Dit heb ik in 1914 allemaal al een keer meegemaakt,' zei hij terwijl hij Theo een klopje op zijn schouder gaf. 'En ik voel niet echt de behoefte het nog eens te zien.'

Theo had er nooit mee gezeten als hij even geen werk had; hij had de gelegenheid altijd aangegrepen om te gaan reizen, of een ander, interessanter, pad te kiezen. Hoewel hij steeds bleef terugkomen naar Parijs zag hij het niet echt als zijn thuis. Er gebeurden dingen die hem er vandaan trokken: een vriend van een vriend die besloot een serie geografische woordenboeken te maken waarvoor iemand nodig was die per trein heel Europa door reisde; een barones met een botanische voorkeur die hem inhuurde om de planten in haar tuin aan de Côte d'Azur te schetsen. Een verlangen landen te zien waar het heel koud was, of juist heel heet, of om alleen te zijn, weg van straten, huizen en steden. Hij had altijd overleefd. Soms zelfs heel ruim. Een druk bijtje, dacht hij.

Maar deze keer, zonder werk en zonder Alexandra, was hij niet meer druk. Hij wist niet goed wat hij met zichzelf aan moest en dat zat hem dwars. Alle anderen leken plannen te maken – als er dit gebeurt, gaan we dat doen, als er dat gebeurt, doen we dat – al was hun enige plan in Parijs te blijven, te blijven doen wat ze altijd hadden gedaan, wat er ook gebeurde. Hij wist dat hij hetzelfde zou moeten doen. Als Hitler het niet bij Polen, Denemarken en Noorwegen liet... als zijn legers naar het zuiden marcheerden, door Nederland en België... en dat was eigenlijk niet echt een áls meer, maar meer een wannéér, want waarom zou hij nu stoppen, terwijl al die landen zo gemakkelijk capituleerden?

Zelfs jij zult moeten kiezen, lief. Alexandra's stem weerklonk in zijn hoofd. Hij wist dat hij er een hekel aan had zich ergens aan te verbinden, zijn naam ergens bij te zetten, iets te onderschrijven, wat dan ook.

Restaurant Fouquet aan de Champs-Élysées: een drankje met een vriend van de Britse ambassade. Ze hadden het over de slag om Noorwegen.

'Er is helemaal niets van over,' zei de vriend, en hij sloeg zijn *marc* achterover. 'Maar dat zeg ik alleen tegen jou.'

Ze zaten aan een hoektafeltje. Tegenover hen zat een rijke financier zijn toekomstige maîtresse in te palmen met een fles roze champagne.

De vriend zei: 'Niet genoeg luchtsteun, en de Fransen hebben niet eens goede kléding, nou vraag ik je. Als Noorwegen valt, kan Chamberlain het wel vergeten.' Een snuivend geluid terwijl hij de ober gebaarde nog een rondje te komen brengen. 'Een paar weken voordat de moffen onze schepen bombardeerden bij Scapa Flow strooiden wij nog godvergeten foldertjes boven Hamburg.'

De drankjes werden geserveerd; zijn vriend bood hem een sigaret aan. Het vlammetje van de aansteker. Naast hen barstte de toekomstige minnares in haar bont en zijde in een gillende lach uit.

Theo vroeg: 'Hoe lang nog, denk je?'

'Tot we de dossiers gaan verbranden?' Een verzuurd samentrekken van zijn mond. 'Weken... maanden... wie weet?' De man van de ambassade, gewoonlijk heel joviaal, leunde over het tafeltje. Zijn fletse, geelbruine ogen stonden hard. 'Hoe oud ben jij, Theo?'

'Achtentwintig.'

'Ze zijn in Blighty ondertussen bij de zesentwintig. Hierna ben jij aan de beurt. Als ik jou was, zou ik maar teruggaan. Je hebt meer keuze als je je aanmeldt voordat je wordt opgeroepen, als je begrijpt wat ik bedoel. Je hebt geen zin om in een loopgraaf te eindigen, toch? En als je te lang wacht, zijn er misschien niet eens meer kaartjes naar huis.'

Een afscheidsrondje door Parijs. Niet de toeristische trekpleisters, maar zijn plekjes: de bars, ateliers en cafés, de plaatsen waar hij zijn vrienden ontmoette.

Hij nam aan dat, wat er ook gebeurde, het leven gewoon zou

doorgaan: de zakenmannen zouden blijven vrijen met hun *cinq-à-septs* in slaapkamers vol fluweel en kwastjes, de rijke oude mannen bleven in het Fouquet gewoon hun minnaressen het hof maken met roze champagne. Ze zouden nog steeds praten, zijn vrienden, ze zouden nog steeds die lange, filosofische gesprekken hebben die hem zo hadden betoverd toen hij op zijn negentiende voor het eerst naar Parijs was gekomen, met zijn schoolfrans en zijn droom kunstenaar te worden, zijn enige levenservaring een kille Engelse kostschool en zes maanden in het bedrijf van zijn vader. Die oude droom was allang vervlogen, maar hij hield nog steeds van de manier waarop er in Parijs werd gepraat: beleefd, met diepgang en extravagantie; rammelende gesprekken die vervaagden door Gitanes en wijn, die je zijpaden in sleurden, doodlopende weggetjes, naar nieuwe horizonten. Die eerste avond, herinnerde hij zich nog, had hij zoveel gepraat dat hij de volgende ochtend met keelpijn wakker was geworden.

Hij had geluk. Zijn vriend van de ambassade vloog eind van de week terug naar Engeland en er was nog een plaatsje vrij in het vliegtuig. Toen ze over het Kanaal hobbelden en hij probeerde niet naar beneden te kijken, werd er één ding duidelijk: hij zou in ieder geval niet bij de RAF gaan. 'Is dit de eerste keer dat je vliegt?' vroeg zijn vriend opgewekt. 'Pas op mijn schoenen als je gaat kotsen.'

Hij was met zijn achtentwintig jaar hoe dan ook te oud voor de RAF, zei de piloot. Ze wilden jongens die net van school kwamen. 'Die reageren sneller,' schreeuwde de piloot over zijn schouder terwijl Theo's knokkels wit werden. 'Die jongelui kennen geen angst.'

Ze landden op een baantje in Kent. Een glinsterend zwarte Humber stond te wachten om de man van de ambassade en zijn dozen en aktetas naar een ongespecificeerde locatie te vervoeren. De man met de vale geelbruine ogen nam afscheid van Theo door hem de hand te schudden en hem even te bekijken. 'Je spreekt vloeiend Frans, toch? Je zou best kunnen doorgaan voor een

Fransman. Dat kan van pas komen.' Theo kreeg een visitekaartje in zijn hand geduwd. 'Neem nog eens contact met me op.'

De trein naar Londen zat vol soldaten in kakikleurige uniformen. Theo propte zichzelf met zijn rugzak in een hoekje op de gang en sloot zijn ogen.

Ruby deed net lippenstift op toen de bel ging. Ze rende naar beneden en deed de voordeur open. 'Theo!' gilde ze, en ze sloeg haar armen om hem heen.

Hij deed in haar flatje zijn rugzak af en ze bekeek hem eens goed. Lang en mager, zijn steile zwarte haar iets te lang, maar elegant, zoals iedereen van de familie Finborough dat altijd was, al droeg hij gekreukte reiskleding. Ze bedacht dat ze hem een paar jaar niet had gezien; het was moeilijk onder woorden te brengen hoe hij was veranderd, maar ze zag dat hij anders was.

'Sherry?' bood ze aan.

'Liever thee.'

'Je ziet een beetje pips. Was de oversteek zwaar?'

'Ik ben zojuist over het Kanaal gevlogen.'

'Heb je in een vliegtuig gezeten? Mazzelaar.'

Ze zette thee en bood hem koekjes aan. 'Parel of granaat? Ze hield twee paar oorbellen naast haar gezicht.

'Granaat. Wie is de gelukkige man?'

'Hij heet Lewis Gascoigne en hij is fatastisch. Hij werkt bij Buitenlandse Zaken. Hij is getrouwd, maar ze wonen niet meer samen. Ik voel me heel volwassen en mondain met een getrouwde minnaar.'

Ze deed haar bril even op om in de spiegel te bekijken hoe ze eruitzag, was tevreden en draaide zich naar hem om. 'Wat vind jij?'

Hij liep door de kamer en bekeek haar boeken en grammofoonplaten. Nu knipperde hij met zijn ogen en bekeek haar goed. 'Je ziet er beeldschoon uit.'

Ze voelde een scheut van genot door zich heen gaan: iemand

van de familie Finborough was onder de indruk van haar. 'Hoe is het met Sasha?'

'We zijn uit elkaar.'

Een vleugje poeder; ze zei koel: 'Ze was ook geen geschikte vrouw voor je.'

'Ik zou niet weten waarom niet.'

'Ze was veel te... veel te lang. Heeft ze je hart gebroken, Theo?'

'Een beetje wel. Maar eerlijk gezegd ben ik dolverliefd op jou, Ruby... die andere vrouwen zijn alleen een afleidingsmanoeuvre.'

Ze gooide een kussen naar hem toe. Hij vroeg: 'En jouw vent – die Lewis – is die wel geschikt?'

'Vast niet,' gaf ze toe. 'Maar we hebben vreselijk veel lol.'

'Heb je de anderen onlangs nog gezien?'

Ze stak haar poederdoos en haar lippenstift in haar tasje. 'Ik zie Sara heel regelmatig. En Anton natuurlijk ook. Hoewel het behoorlijk misselijkmakend is om bij ze in de buurt te zijn: ze kunnen niet van elkaar afblijven en hebben koosnaampjes voor elkaar.'

'Ze zullen wel verliefd zijn.'

'O, vreselijk. Ik moet nog steeds eens naar Philip en Elaine, maar daar ben ik nog niet aan toegekomen. Maar de baby is een schatje... zo lief. Ben je al thuis geweest, Theo?'

Hij schudde zijn hoofd. 'Dat is mijn volgende halte.'

'Als je wilt, mag je bij mij op de bank slapen.'

'Wat lief van je, Ruby, maar ik moet naar pa.'

'Hoe is het met hem?'

'Geen idee. Ik heb hem met Kerstmis voor het laatst gezien en hij schrijft niet. Kerst was een hel. We waren met zijn tweeën. Verder heeft hij natuurlijk met iedereen ruzie. Toen ik probeerde te vragen of hij van plan is het goed te maken met Philip en Sara ontplofte hij. Wat hem betreft is Sara een snol omdat ze man en kind heeft verlaten en in zonde leeft, en ik denk niet dat hij Philip ooit gaat vergeven. Los van alles – Elaine, bedoel ik – heeft Philip zijn aandelen in pa's zaak verkocht en dat ziet hij als verraad.' Theo raakte de stapel papieren op tafel aan en vroeg: 'Wat is dat?'

'Mijn eerste roman,' zei ze trots. 'Hij heet *Dood in mineur*. Hij speelt zich af rond een symfonieorkest. Ik hoef nog maar een paar hoofdstukken.'

'Geen romance?'

'Nee, ik wilde eens een detective proberen. Ik heb geen idee of hij ooit wordt uitgebracht... ik heb tegenwoordig niet veel tijd om te schrijven en de uitgevers zitten zonder papier.' Ze trok een grijs jasje aan dat was afgezet met rood. 'Zijn Richard en Isabel al eerder zo lang uit elkaar geweest?'

'Volgens mij niet. Ik heb wel met hem te doen, hoor. Ondanks alles voelt hij zich volgens mij alleen maar heel erg eenzaam.'

'Arme Richard. Maar ik moet nu helaas gaan, schat.'

Theo pakte zijn rugzak en ze liepen de flat uit. Toen ze op straat afscheid namen, vroeg ze: 'Zullen we een keer samen eten?'

'Dan moeten we snel afspreken. Ik weet niet of ik lang blijf.'

Ze keek hem vragend aan.

'Ik overweeg bij de marine te gaan,' zei hij.

Ruby was verrast. Toen zei ze: 'Je ziet er vast geweldig uit in donkerblauw, Theo.' Toen blies ze hem een kusje toe en liep zelfverzekerd de straat uit.

10 mei 1940: de dag dat alles veranderde. Duitse troepen vielen België en Nederland binnen en Londen ontving vroeg in de ochtend verzoeken om bijstand van de Nederlandse en Belgische regering. In het parlement voltrokken zich politieke omwentelingen. Pas een paar dagen daarvoor had een conservatief parlementslid, L.S. Amery, tijdens een debat over Noorwegen Cromwells woorden aan het zeventiende-eeuwse rompparlement geciteerd terwijl hij Neville Chamberlain aansprak: 'Vertrek, zeg ik, en laat ons niets meer met u van doen hebben! In naam van God, vertrek!' Eisen tot ontslag van Chamberlain zwollen aan tot een onstuitbare vloedgolf. Chamberlain werd opgevolgd door Winston Churchill, die aan het hoofd stond van een coalitieregering.

Europa werd uit elkaar gescheurd. Hoewel de verdediging van Nederland en België vastberaden was, was de Duitse macht overweldigend. Mensen sloegen voor de tweede keer in vijfentwintig jaar op de vlucht voor het binnenvallende leger en gingen met hun bezittingen in auto's, op karren, in wandelwagens of op hun rug richting het zuiden. Troepen zwermden door België, stroomden in een trechtervorm door de Ardennen, staken de Maas en de Dijle over, en tanks deden bomen als luciferhoutjes knappen terwijl de Luftwaffe de lange rijen vluchtelingen met machinegeweren beschoot. Koningin Wilhelmina werd door een Duits bombardement belet zich bij haar troepen in Zeeland te voegen en vertrok per schip naar Engeland om om meer luchtverdediging te smeken. Ze meerde aan in Harwich en nam de trein naar Londen, waar koning George IV haar op station Liverpool Street ontving.

12 mei: Duitse en Oostenrijkse staatsburgers die in de kustprovincies woonden werden geïnterneerd.

Sara en Anton lagen in bed. 'Ik zou het niet aankunnen je te verliezen,' zei ze, en ze legde een handpalm op zijn gezicht. 'Dat gaat toch niet gebeuren, hè, schat?'

'Misschien wel,' zei hij. De kranten schreeuwden over leden van de vijfde colonne, de vijand van binnenuit.

'Ik zou het niet aankunnen. Niet nog eens.' Ze duwde zichzelf tegen hem aan, haar rug tegen zijn borst, en hij vouwde zijn armen om haar heen. Zijn hand volgde de lijnen van haar lichaam, borst, buik, en dijbeen. Ze voelde hoe hij hard werd; ze sloot met een zucht haar ogen toen hij zich in haar duwde.

Later, toen het tevreden naspel van seks was vervaagd, dacht hij aan gevangenissen, bewakers en slaag, en iets in hem verkrampte in doodsangst. Nee, dacht hij. Niet nog een keer.

Ze maakten plannen. Ze vertelden het alleen aan hun intiemste vrienden: Ruby, Edward Carrington en Peter Curthoys, mensen die de boel wel een beetje in de gaten konden houden voor Anton, die misschien konden zien welke kant de wind op ging blazen.

Ze liepen rond in Londen op zoek naar leegstaande panden, ergens waar je niet opviel. Ergens waar hij zich kon verstoppen, ergens waar hij het kon volhouden tot het weer beter zou gaan.

Ergens, bedacht hij, waar hij de hemel zou kunnen zien. Als hij maar een stukje van de hemel zou kunnen zien, zou hij het aankunnen.

14 mei: de Luftwaffe bombardeerde Rotterdam. Meer dan achthonderd mensen kwamen om toen bommen die voor de bruggen waren bedoeld in het centrum tot ontploffing kwamen.

Britse soldaten landden in een poging het verzet te steunen in IJmuiden. Tweehonderd joden bereikten op hetzelfde moment de havenstad per bus, waar ze aan boord gingen om de Noordzee over te steken naar Groot-Brittannië terwijl achter hen de olieraffinaderijen in vlammen opgingen. Kort daarna, overweldigd, capituleerde Nederland.

Duitse troepen trokken verder zuidelijk door België en Noord-Frankrijk, waar de angst groter werd dat de troepen naar de havens langs het Kanaal zouden doorstoten en de geallieerde legers zouden omsingelen. Rommels leger was al snel meer dan vijfenzeventig kilometer doorgestoten in Frankrijk. De Franse premier, Paul Reynaud, belde Winston Churchill en vertelde hem dat de weg naar Parijs openlag.

Avondeten bij Ruby thuis. Tegen de tijd dat ze klaar waren, was het donker. Om zichzelf de moeite te besparen in de verduistering naar huis te moeten, sliepen Anton en Sara bij Ruby op de bank.

Toen ze de volgende ochtend thuiskwamen, zagen ze, vanaf de bovenste verdieping van de dubbeldekker, de politieauto voor het pension geparkeerd staan. Sara greep Antons hand. Ze bleven zitten tot de volgende halte en liepen naar Regent's Park. Ze spraken weinig, er was verder niet veel te zeggen. Toen Sara naar haar werk moest, kusten ze elkaar en gingen uit elkaar, Anton op weg naar de leegstaande kelder van een pakhuis dat ze de week daarvoor hadden ontdekt.

Het pakhuis stond in een steegje bij Charrington Street in Somers Town. Ze hadden het gekozen vanwege de afgelegen positie, de ruimte en de ommuurde binnenplaats. De ene, grote ruimte had ooit dienstgedaan als weefruimte, maar werd sinds de Depressie niet meer gebruikt. Hoge ramen waarvan het glas gebroken en vies of er helemaal uit was, keken uit over roestige machines. Sporen van piepkleine pootjes vertelden Anton toen hij de kelder binnenging dat het er krioelde van het ongedierte.

Zo erg was het er niet, bedacht hij. Grijzig zonlicht, overschaduwd door de hoge gebouwen er tegenover, scheen in ovaalvormen op de stoffige vloer. Hij hoorde het geraas van verkeer en het zingen van een vogel. Toen hij onder de ramen ging staan en omhoogkeek, zag hij door die hoge ramen een stukje blauwe hemel.

Toen Sara die avond op bezoek kwam, had ze een tas met kleren, boeken, papier, scheerspullen en eten bij zich. Ze zaten op omgekeerde kisten en zetten hun eten op een oude snijtafel.

Hij vroeg: 'Is de politie nog terug geweest?'

'Ja, toen ik net uit mijn werk was. Ik heb gezegd dat ik geen idee heb waar je bent, dat we ruzie hebben gehad en dat je daarna bent vertrokken.'

'Goed zo.'

'Volgens mij geloofden ze me. Ik heb heel veel gehuild en toen raakten ze zo gegeneerd dat ze niets meer durfden te vragen. Ze zeiden wel dat ze iedereen uit categorie B aan het aanhouden zijn.'

'Heb je Peter gesproken?'

'Ik heb hem aan de telefoon gehad. Hij zei...' ze fronste haar wenkbrauwen om terug te halen wat hij precies had gezegd, 'dat er mensen worden gearresteerd onder Afweerverordening 18B van de Defence of the Realm Act.'

Anton haalde zijn schouders op. 'Dat betekent dat de *habeas corpus* vanwege de oorlog is opgeschort.'

'Max en Rudi zijn meegenomen, Anton! Als je bedenkt wat Max heeft meegemaakt in dat concentratiekamp! En Ruby's vriend, Aaron, is ook weg.'

'Groot-Brittannië is bang voor een invasie. Ze zijn bang voor mensen zoals ik. Ze zijn bang dat de vijand zich onder hen bevindt. Ze zijn bang dat ze geen tijd hebben om de goeden van de slechten te scheiden. Hé...' hij klopte op zijn dij, 'kom eens hier.'

400

Ze ging op zijn knie zitten. Hij bedacht dat ze naar kersen en vanille rook.

Ze haalde iets uit haar zak. 'Kijk eens wat ik heb meegenomen. Chocolade! Ruby heeft hem voor je gekocht.' Ze brak een stukje van de reep en stak het in zijn mond.

De nacht was de ruimte binnengesijpeld. Sara's gezicht was een mengeling van licht en schaduw.

'Ik wou dat ik met je had kunnen trouwen,' zei hij. 'Wat zou ik dat heerlijk hebben gevonden.'

'De Fransen vragen of we meer squadrons gevechtsvliegtuigen willen sturen,' zei Lewis Gascoigne tegen Ruby. Hij glimlachte zijn sardonische lach. 'Het probleem is alleen dat zelfs als we alle vliegtuigen die we hebben hier hielden om onszelf te verdedigen, we er nog niet genoeg zouden hebben.'

Ze waren in zijn flat in Mayfair. Lewis, die de afgelopen achtenveertig uur had doorgewerkt, was in bad geweest, had zich geschoren en omgekleed terwijl Ruby omelet en salade maakte en een zelfgebakken cake uit een blik pakte.

Zijn woorden maakten de schok die ze had gevoeld toen ze hem net had gezien nog erger. Hij, die er altijd zo perfect verzorgd uitzag, had er een beetje verfomfaaid uitgezien met zijn gekreukelde overhemd en donkere kringen onder zijn ogen.

'Wat moeten we dan doen?' vroeg ze.

Hij schonk hun wijnglazen bij. 'We hebben niet echt een keuze... we moeten meer vliegtuigen sturen. Deels natuurlijk omdat het essentieel is dat Frankrijk weerstand blijft bieden. En deels omdat het geen beste indruk zou wekken als we ze zouden afwijzen en Frankrijk vervolgens ten onder zou gaan. Fijne keuze, hè?'

Hij zag er onder zijn glimlach uitgeput uit. Ze begon over iets anders. 'Je hebt altijd zulk heerlijk eten in huis, Lewis.'

'Theresa stuurt het op. Volgens mij denkt ze nog steeds dat ze verantwoordelijk is voor mijn materiële welzijn. Mijn spirituele welzijn heeft ze natuurlijk lang geleden al opgegeven.' Hij legde zijn servet op tafel en stond op. 'Ik moet terug naar kantoor. Maar

jij blijft toch, hoop ik?' Hij gaf haar een kus. 'Zet maar koffie...
drink de wijn op.'

Toen hij weg was, liep Ruby naar de keuken. Er stond een blik
koffiebonen; ze maakte het open, sloot haar ogen en snoof het
aroma op. Toen deed ze het deksel weer terug op de pot. Lewis,
had ze het gevoel, had die koffie nu harder nodig dan zij.

In plaats daarvan ruimde ze op, veegde de tafel schoon en deed
de afwas. Lewis' bediende, soldaat bij het territoriale leger, was
in Frankrijk bij het Britse Expeditieleger. Ruby maakte de kranen
en de gootsteen schoon, legde het bestek in de lade, duwde de
kurk terug in de wijnfles en zette hem in de koelkast. We hebben
niet genoeg vliegtuigen om onszelf te verdedigen, bedacht ze, en
er schoot een beeld in haar hoofd, zowel angstaanjagend als vreselijk grappig, van haar, Ruby Chance, die met een broodmes in
haar handen de straten van Londen tegen Duitse parachutisten
verdedigde.

17 mei: de val van Brussel. De volgende dag capituleerde Ant-
werpen. Duitse troepen vielen Amiens en Abbeville binnen,
grenssteden waar eeuwenlang om was gestreden en die bekend
waren met bezetting, invasie en verlies. Op 21 mei bereikten de
eerste Duitse troepen de kust aan het Kanaal. Het grootste deel
van het Britse Expeditieleger werd al snel, samen met een grote
hoeveelheid Franse soldaten, in het nauw gedreven, omsingeld
door Duitse troepen in een gebied een stukje meer landinwaarts
bij Duinkerken.

Toen eindelijk, een wonder. Nadat een felle Britse tegenaanval
bij Atrecht Rommels Pantserdivisie ernstige verliezen had toege-
bracht, hield het Duitse leger, met instemming van Hitler, drie
dagen halt. Op 24 mei begon de Britse evacuatie uit Frankrijk, vanuit de haven van Boulogne. Twee dagen later begonnen schepen
troepen uit Duinkerken te evacueren terwijl overal om hen heen
Belgische en Britse soldaten vochten om het gat dat zich had geopend te dichten en te voorkomen dat Duitse troepen de haven
zouden bereiken. België gaf zich op 28 mei over.

Gedurende de daaropvolgende negen dagen pikten schepen gestrande Britse en Franse soldaten op van stranden die vrijwel onafgebroken door de vijand werden gebombardeerd. De marineschepen werden aangevuld met een bonte vloot van honderden scheepjes: raderboten, garnalenvissers, sleepboten, treilers, plezierjachten en rivierkruisertjes baanden zich allemaal een weg door de regen van kogels die de Stuka's afvuurden om het Kanaal over te steken om mannen terug te brengen naar Groot-Brittannië. Op 3 juni waren er bijna 340.000 mannen, uitgeput, bebloed en getraumatiseerd, terug naar Engeland getransporteerd.

Als Sara het pension verliet keek ze altijd om zich heen op straat of ze politieagenten zag. Ze zag een keer een geparkeerde auto met twee mannen erin, bedacht zich en liep naar de winkels in plaats van naar Somers Town.

Veel van Antons vrienden, die vrienden die over politiek hadden gediscussieerd in eetcafés en bars, of die bij hen waren komen eten in kleding die vaak te versleten en dun voor het koude weer was, hun glimlach en begroetingen nog steeds in contrast met hun afgekloven nagels en constant tikkende voeten, waren naar interneringskampen afgevoerd. Enkelen waren toen het tot hen was doorgedrongen dat de kans groot was dat ze zouden worden gearresteerd net als Anton spoorloos verdwenen. Een van hen, een stille, verdrietige jongen van wie Sara moeite had zich zijn gezicht te herinneren, sneed zijn polsen door.

Mussolini verklaarde op 10 juni, terwijl de strijd om Frankrijk nog woedde, de oorlog aan Groot-Brittannië en Frankrijk. 'Arresteer ze allemaal,' zei Churchill, en dus werden de volgende dag Italianen, van wie sommigen al meer dan tien jaar in Groot-Brittannië woonden – obers uit chique Londense hotels, uitbaters van ijssalons, vrolijke eigenaren van delicatessenwinkeltjes in Soho – geïnterneerd. Die jongens met donkere ogen en het gezicht van renaissanceprinsen die met Sara hadden geflirt terwijl ze hun koffie serveerde, die donkere, breedgebouwde mannen die aan een hoektafeltje in het eetcafé hadden gezeten terwijl de sigarettenrook een wolk boven hun hoofden vormde en hun korte, brede vingers in de lucht staken om een punt kracht bij te zetten: ze waren allemaal verdwenen.

Anton en Sara picknickten, naar buiten gelokt door de talmende zonneschijn, op de binnenplaats bij de kelder, omringd door muren van rode baksteen, roestige aanhangwagentjes, rottende theekisten en het wielloze skelet van een fiets. Sara spreidde een deken over de stenen en zag hoe het onkruid ertussen omhoogschoot, en hoe de motten met bruine vleugels de hemel in vlogen nu het donker begon te worden.

'Vertel eens over je dag,' zei ze altijd. Alsof, bedacht ze met een glimlach, hij iets over kantoor zou gaan vertellen, of de reis ernaartoe.

'O,' zei hij, 'Ik heb een boek gelezen en wat oefeningen gedaan: honderd keer opdrukken en rennen op de plaats. Als ik een uitgezakte, oude man word, hou je niet meer van me.'

Ze kuste hem. 'Ik zal altijd van je houden.'

'En,' zei hij, 'ik ben bijna klaar met ons huis.'

Hij was in de stoffige stilte bezig met de tekeningen van het huis dat hij op een dag voor haar wilde bouwen. 'Laat eens zien,' zei ze.

'Nog niet.'

'Anton.'

'Geduld.' Hij raakte het puntje van haar neus aan. 'Als het klaar is. Als het perfect is.'

'Kijk eens,' zei ze terwijl ze met een papieren zak zwaaide, 'ik heb cakejes meegenomen. Van Elaine. En boeken van Edward.'

Anton lag op zijn rug op de deken naar de hemel te kijken, zijn in elkaar gestrengelde vingers als kussentje onder zijn hoofd. 'Kom eens hier.'

'Heb je geen zin?'

'Jawel, maar niet in brood en cake.' Hij trok haar naar zich toe; ze gaf hem een heleboel kusjes op zijn gezicht. Toen knoopte hij haar jurk los, rolde haar kousen af en bedreef de liefde met haar. Nadien lagen ze samen op de deken. Ze bedacht hoe perfect haar hoofd in de holte bij zijn sleutelbeen paste. Ze voelde zijn hart onder zijn ribben kloppen.

'Waar denk je aan?' vroeg hij.

'Aan David. Ik ben blij dat hij in Ierland is. Ik ben blij dat hij veilig is.'

Hij streelde over haar haar. 'Als dit allemaal achter de rug is, wil ik hem graag een keer ontmoeten.'

'Dat lijkt me heerlijk. Hoewel ik geen idee heb hoe Caroline over je zou denken, lieverd. Misschien dat ze erg in de war van je raakt.' Ze streelde over de fijne gouden haartjes op zijn borst. 'En jij, lieverd... waaraan denk jij?'

'Dat ik van je hou.'

'Dat weet ik. En verder?'

Hij zuchtte. 'Dat ik me zo nutteloos voel nu ik me hier verstop en niets te doen heb, alleen maar kan wachten. Waarom laten ze me niet vechten? Ik zou nog liever vechten.'

'Ik ben blij dat je niet aan het vechten bent. Als je dat zou doen, zou ik zo bang zijn.' Ze ging zitten en knoopte haar jurk dicht. 'Anton, we hoeven niet af te blijven wachten. We kunnen plannen maken. Als het veilig is kunnen we naar het platteland. Naar Cornwall, bijvoorbeeld. Ergens ver weg. De oorlog kan wel jaren gaan duren. Je kunt hier niet eeuwig blijven.'

'Ik ben hier veilig. Als we voorzichtig zijn...'

'Maar ik maak me zorgen om je. Ik ben bang dat je je eenzaam voelt, en in de winter wordt het hier steenkoud.'

Anton stond op, rekte zich uit, haalde een hand door zijn warrige blonde haar en trok zijn kleren recht. 'Sara, hoe wil je dat ik ga reizen? Als ik in een bus of trein zou zitten, wat zou ik dan moeten doen als iemand om mijn papieren vraagt?'

'Dat heb ik bedacht. We kunnen gaan fietsen. Dan doen we er dagen over, dat weet ik, maar het kan. Als we naar Cornwall gaan, kan mijn moeder helpen, ik weet zeker dat ze dat zou doen. En dan kan ik daar werk zoeken.'

'We hebben geen fietsen.'

'Philips oude fiets staat thuis in de garage. Die kun jij nemen.

En ik weet zeker dat ik wel ergens een fiets op de kop kan tikken. Ik had er een in Porthglas... die zal er nog wel staan. Mama kan hem voor me op de trein zetten.'

Hij ijsbeerde over de binnenplaats heen en weer. 'Dat is te gevaarlijk.'

'Ik heb in de bibliotheek de landkaart bestudeerd. We kunnen via de binnenweggetjes gaan. Als iemand iets vraagt, zeggen we dat we op vakantie zijn.'

'Maar, Sara, waar moeten we ons eten vandaan halen? Wat als er nog meer eten wordt gerantsoeneerd? Dat gaat heus wel gebeuren, hoor... Duitse onderzeeërs onderscheppen konvooien op de Atlantische Oceaan. En ik kan mijn kaart niet gebruiken.'

'We hebben de mijne. En,' – onderbrak ze hem – 'als we eenmaal op het platteland wonen, kunnen we groenten verbouwen, toch? En vis vangen.'

'Vis?' Ze zag de flits van zijn witte tanden toen hij glimlachte in het halfduister.

'Toen ik klein was, gingen we altijd vissen in Cornwall. Ik was er heel goed in.'

Hij legde zijn handen op haar schouders. 'Lieve Sara, zou je dat allemaal voor me doen? Zou je honderden kilometers fietsen... met een vissersbootje het water op gaan...'

'Natuurlijk zou ik dat doen,' zei ze kalm. 'Ik zou alles voor je doen. Zeg dat we het gaan doen, lieverd... zegt dat we naar Cornwall gaan.'

Hij blies langzaam zijn adem uit. 'Ja. Maar nu nog niet. Als deze chaos tot rust is gekomen... als de autoriteiten zich druk maken om iets anders.' Hij keek op zijn horloge. 'Ga maar gauw. Ik vind het niet prettig als je in het pikkedonker naar huis moet.'

Ze kuste hem. 'Tot morgen,' zei ze, en ze liep weg.

Hij probeerde hen zich samen voor te stellen, vluchtend uit Londen, over heuvels en door valleien naar de smalle uitloper in het zuidwesten, naar een land van rotsen, hemel en zee.

Soms kon hij zichzelf bijna overtuigen. Hij verlangde er vaak

naar. Maar het grootste deel van de tijd was hij bang. Hij probeerde zijn angst voor Sara te verbergen, maar vreesde dat ze hem zou
ruiken: zuur en doordringend. Als deze chaos tot rust is gekomen,
had hij tegen haar gezegd, alsof hij verwachtte dat dat binnenkort
zou gebeuren. Hij wist dat het misschien nooit achter de rug zou
zijn. Wat als gevangenschap niet genoeg was? Wat als er mensen
werden vermoord, zoals dat in Duitsland, Oostenrijk, Italië en
Spanje het geval was? Wat als Groot-Brittannië ook zou leren
mensen te doden om hun nationaliteit, hun politieke overtuiging,
hun religie? En wat als de angst dat er een invasie zou komen terecht was en de nazi's onstuitbaar het Kanaal zouden oversteken
en Londen binnen zouden marcheren? Wat zou er dan gebeuren
met mensen als hij?

Hij traceerde de gedachten die hem hier hadden gebracht: wonen in een kelder met de ratten en spinnen. Een gelukkige jeugd
in Wenen, ondanks de oorlog en ontbering, gevolgd door het be-
dwelmende optimisme van begin jaren twintig en Rood Wenen.
Zorgeloze dagen aan de universiteit, achter de meisjes aan en studeren tot diep in de nacht. Het was allemaal in elkaar gestort toen
de Amerikaanse krach van 1929 zich had uitgestrekt over de hele
wereld en de Europese financiële markt instabiel had gemaakt.
Die instabiliteit had de opkomst van het fascisme gevoed. Het fascisme had hem en zijn vader tot verschoppelingen gereduceerd.
Meer dan twee jaar geleden had hij tijdens de Anschluß tussen de
juichende menigte gestaan, luisterend naar het luiden van de klok-
ken terwijl Hitler, die in een open auto had gestaan, achter de
tanks aan Wenen in was gereden. Toen Hitler op het balkon van
Hotel Imperial was verschenen hadden de mensen hem met een
Hitlergroet ontvangen. Anton was bang dat zijn weigering zou opvallen en hij had zich een weg uit de menigte gebaand, maar het
geluid van de massa had achter hem weerklonken. Vanaf die dag
waren de pilaren van zijn leven – familie, thuis, vaderland – hem
afgenomen, tot Sara het enige was wat hij overhad.

Hij begon het naarmate de dagen voorbijgingen steeds ondraag-
lijker te vinden gevangen te zitten in het pakhuis, afgesloten van

de gebeurtenissen in de wereld, er niet langer deel van. De eerste keer dat hij zich op straat waagde liep hij één rondje en dook toen, met een snelle blik om zich heen, het steegje weer in. Alsof hij een konijn was dat zijn hol in vluchtte, bedacht hij. Maar toen hij later in de duisternis vol spinnenwebben zat dacht hij terug aan de aanraking van de zon, die het binnenste van deze vervallen plaats nauwelijks bereikte, en het geruststellende geroezemoes van activiteit.

De keer daarop ging hij iets verder. De besloten ruimte van het pakhuis was zo benauwd geworden nu de zomerhitte intenser was. Hij vertelde het niet aan Sara, hij wilde niet dat ze zich zorgen zou maken. Soms ging hij 's nachts de straat op. Maar hij had het gevoel dat hij in het daglicht veiliger was, als er meer mensen op straat waren en hij in de menigte kon opgaan. Nu hij weer regelmatig omringd werd door mensen, auto's en winkels begon hij zich weer een beetje mens te voelen. Hij hoorde nergens thuis, hij was in twee landen een vluchteling. Maar hij had nu tenminste het gevoel dat hij ergens was, al stond hij maar aan de zijlijn.

Maar hij bleef bang, en als hij Charrington Street in liep voelde elke voorbijganger als een bedreiging. Hield die soldaat die daar tegen een lantaarnpaal stond geleund en een sigaret opstak hem in de gaten? Werd hij gevolgd door die motorfiets, die zo langzaam door de straat reed? Hij ving nu en dan een glimp van zichzelf op in een winkelruit en zag dat hij een opgejaagde blik in zijn ogen had. Zijn kleding zag er verfomfaaid uit, ondanks het feit dat Sara voor hem waste en streek. Maar het was moeilijk om de schijn op te houden als je je moest scheren in een handspiegeltje en je scheermes spoelde in een blik regenwater.

Op een ochtend liep hij naar Regent's Park. De wolkeloze hemel was helder mediterraans blauw. Hij ging op een bankje zitten, haalde een pocket uit zijn zak en dacht aan alpenweiden, aan vakanties met zijn vader. Aan de bloemen die fonkelden in het lange gras en de vlinders die dansten in de warme zomerlucht. De hitte veel minder een samengeperste deken dan in Londen.

'Nou, dat wordt weer een hete dag!'

Hij draaide zich geschrokken om. Een jonge vrouw was naast hem gaan zitten. Ze droeg een rood-witte zomerjurk en haar bruine haar was in rollen over haar hoofd gespeld. Ze wapperde zichzelf lucht toe met een krant.

'Ja,' stemde hij in, 'het is erg warm.'

Ze bood hem een sigaret aan. Anton schudde zijn hoofd. Ze stak er zelf een op. 'Iemand op de radio zei dat het tegen de dertig graden wordt. Ik hou wel van die hitte. U?'

'Nou.'

Hij vond zichzelf gekunsteld klinken. Het drong tot hem door dat hij door de weken in de kelder was vergeten hoe hij over koetjes en kalfjes moest kletsen.

Ze tuurde over zijn schouder. 'Wat zit u te lezen?'

'Lawrence,' zei hij, en hij liet haar het boek zien. En toen, hij deed zijn uiterste best: 'Het is heel interessant.'

Ze begon te lachen. 'Dat was toch die viezerik?' Toen fronste ze haar wenkbrauwen, bestudeerde hem geconcentreerd en zei: 'U bent niet Engels, hè?'

Zijn hart bonkte; hij kon niets uitbrengen. Ze keek hem nieuwsgierig aan... achterdochtig, vond hij. 'Waar komt u vandaan?'

'Uit Frankrijk,' zei hij. 'Ik ben een Franse *poilu*. Ik ben hier na Duinkerken naartoe gekomen.'

'U ziet er helemaal niet Frans uit. Mijn zus woont in Dover en die zegt dat ze allemaal donker haar hebben.'

Hij stond ongemakkelijk op en zei: 'Ik moet gaan. Tot ziens, *mademoiselle*.' Hij voelde haar ogen in zijn rug branden terwijl hij over het grasveld liep.

Toen hij het park verliet prikte er zweet onder zijn kraag, en zijn mond voelde droog. Hij wilde iets drinken, maar hij durfde de cafés en bars die hij passeerde niet binnen te gaan. Hij wilde rennen, maar hij wist dat hij dat niet moest doen. Het enige waarnaar hij verlangde was terug te zijn in de duisternis van de kelder. Hij liep verder, wachtend op de hand op zijn schouder, de man in uniform die op zijn pad zou stappen.

Er gebeurde niets. Hij begon een beetje te ontspannen. Ze was

409

gewoon een mooi meisje op zoek naar gezelschap, zei hij tegen zichzelf. Niets om bang voor te zijn.

Een golf van opluchting ging door hem heen toen hij Charrington Street in liep. Hij keek snel om zich heen om zich ervan te vergewissen dat hij alleen was en liep het steegje naar het pakhuis in. Toen hij de trap af rende en de deur opende voelde hij zich verrukt, trots dat hij zijn veilige haven had bereikt. Eenmaal binnen blies hij zijn adem uit en liet de spanning uit zijn spieren sijpelen.

Voetstappen in de duisternis. Anton keek op. Twee mannen kwamen op hem af lopen. 'Anton Wolff?' vroeg een van hen.

Er lag een briefje van Sara op Edwards bureau op kantoor, waarschijnlijk daar neergelegd door Ruby. Hij vouwde het open en las het.

Na zijn werk ging hij naar het huis waar Sara en Anton woonden. Sara liet hem binnen. Ze zag er bleek en gespannen uit.

'Het spijt me dat ik je hierbij betrek, Edward,' zei ze zodra ze hem zag, 'maar ik heb je hulp nodig.'

'Wat is er gebeurd?'

'Ze hebben Anton gevonden... hij is geïnterneerd.'

'Mijn god,' zei hij. En toen, snel: 'Wat vreselijk. Wanneer?'

Ze liep door de kamer te ijsberen en wrong haar handen samen. 'Toen ik gisteravond naar de kelder ging, was hij er niet. Zijn rugzak was weg. Ik heb een eeuwigheid zitten wachten, maar hij kwam niet. Dus ben ik vanochtend naar de politie gegaan. Ze hebben me verteld dat ze hem gisteravond hebben gearresteerd.'

'Waar is hij nu?'

'Ze hebben hem overgeleverd aan het leger.' Ze wreef met haar hand over het raam en keek naar buiten. 'Niemand wil me vertellen waar hij is. Hij is ergens naartoe gebracht, maar ik weet niet waar. Ik blijf maar aan hem denken, ergens helemaal alleen in een afschuwelijke gevangenis. Ik heb iedereen gebeld die ik kan bedenken. Lewis Gascoigne probeert het voor me uit te zoeken, en ik ken een meisje dat is getrouwd met iemand die bij de Binnenlandse Veiligheidsdienst werkt, dus die heb ik gesproken. Ik blijf iedereen bellen en telegrammen sturen tot ik het weet.'

'Als ik iets voor je kan doen, dan hoef je dat alleen maar te zeggen, Sara. Dat weet je,' zei hij.

Ze draaide zich naar hem om en glimlachte stralend naar hem. Haar ogen glansden van de tranen. 'Lieve Edward. Iedereen is zo lief voor me. Zou jij ook eens kunnen informeren? Het is geloof ik nogal een rommeltje. Al die arme buitenlanders schijnen naar allerlei verschillende plaatsen te worden gebracht... gevangenissen en fabrieken, en iemand had het zelfs over een circus, maar niemand lijkt te weten waar iemand is. Dus als jij iemand kunt bedenken om het aan te vragen... wie dan ook, daarom wilde ik je graag even spreken.'

'Natuurlijk.'

Ze keek weer uit het raam. 'Als ik nou maar zou weten waar hij was, dan zou het minder moeilijk zijn. Ik blijf maar denken dat ik uit het raam kijk en hem zie staan. Dat het tot ze doordringt dat ze een gruwelijke fout hebben gemaakt en hem laten gaan, en dat hij dan naar huis komt.'

'Nou meid, kop op.' Hij omhelsde haar onhandig. 'Zullen we een borrel inschenken? Anton zou niet willen dat je in je eentje thuis ging zitten kniezen, toch?'

Ze dronken wat en toen herinnerde Sara zich een vriendin uit haar tijd als debutante, die een broer had die een of andere geheime functie had en die misschien kon helpen, en ze vertrok in een taxi naar Mayfair.

Edward ging naar huis. Toen hij zichzelf binnenliet, kwam zijn moeder langzaam de gang door op hem af hobbelen.

'Waar was je?'

'Ik moest overwerken, moeder.'

'Mooi is dat! Zit ik hier in mijn eentje terwijl de invasie elk moment kan beginnen!' Mevrouw Carrington haalde achterdochtig haar neus op. 'Wat ruik ik? Heb je cologne op, Edward?'

'Nee.'

'Ik ruik een geurtje. Ben je bij een meisje geweest?'

'Nee, moeder. Waar is Gladys?'

Maar zijn moeder liet zich niet afleiden. 'Ik weet zeker dat ik een geurtje ruik.'

Edward deed zijn aktetas open. 'Ik heb koekjes voor u kunnen regelen.'

Mevrouw Carrington keek terloops naar het blikje. 'Zandkoekjes. Je weet toch dat ik die niet lekker vind?'

'Fortnum's had niets anders.'

Edward hielp zijn moeder terug de gang door en in haar stoel. Toen waste hij zijn handen en haalde neuriënd een borstel door zijn haar.

'Ik hoop maar dat je niet de hele avond die afgrijselijke herrie gaat maken,' zei zijn moeder toen hij de zitkamer weer binnen kwam lopen. 'Je hebt nooit toon kunnen houden, hè, Edward?'

'Waar is Gladys?' vroeg hij nogmaals. 'Waar is de goddelijke Gladys, koningin van de keuken, heerseres over het fornuis?'

'Weg.' Mevrouw Carrington maakte een snuivend geluid. 'Een of ander kletsverhaal dat haar nicht ziek is. Ze heeft een koude schotel in de kast gezet. Rotmeid. Ik had wel doodgeschoten kunnen worden.'

'Doodgeschoten? Dat lijkt me niet hoor, moeder. Ik denk niet dat de Duitsers als eerste Belgravia zullen aandoen als de invasie komt. En als u het eng vindt om in Londen te blijven, waarom gaat u dan niet terug naar Andover?'

Toen de oorlog was uitgebroken was mevrouw Carrington met haar vriendin mevrouw Collins in een hotelletje in Andover getrokken. Het was geen succes geworden; mevrouw Carrington was zes weken later weer terug in Londen. Edward vermoedde ruzie aan de bridgetafel.

Zijn moeder had een ontwijkende blik in haar ogen. 'Ik maak me zorgen als ik niet bij dokter Steadman in de buurt ben.'

Het lukte Edward terwijl hij zijn moeder comfortabel in haar stoel hielp niet op te merken dat dokter Steadman wel wat anders aan zijn hoofd zou hebben dan voor mevrouw Carrington te zorgen als de Duitsers inderdaad Engeland zouden binnenvallen.

'Laat ik de verduisteringsgordijnen maar even ophangen.'

'Moet dat? Dan wordt het zo donker.'

'We willen niet voor het gerecht gedaagd worden, toch?' zei hij opgewekt.

Edward maakte de gordijnen vast. Toen dekte hij de tafel en pakte het bord tongenworst met aardappelsalade uit de kast. Na het eten luisterden ze naar de radio. Toen ging zijn moeder naar bed.

Er was niets op de radio wat hij wilde horen, dus pakte hij zijn Graham Greene. Maar hij kon zich niet concentreren op het boek. Zijn gevoel van opgetogenheid had ondertussen plaatsgemaakt voor een mengeling van schuld en depressie.

Het was altijd hetzelfde. Er was het genot als hij bij Sara was, alsof hij naar een prachtig muziekstuk luisterde, en dan werd, nadat hij afscheid van haar had genomen, het genot geleidelijk aan vervangen door gekweldheid, een bewustzijn van zijn eigen onvolkomenheden en tekortkomingen als hij de ontmoeting in zijn hoofd nogmaals afspeelde en zag wat hij fout had gedaan: zijn onhandigheid, of dingen die hij beter onder woorden had kunnen brengen. Hij herinnerde zich dat ze naar hem had ge-glimlacht, dat ze hem 'schat' had genoemd, twee dingen die hem in het begin hoop zouden hebben gegeven. Maar hij wist ondertussen beter, hij wist dat ze naar iedereen glimlachte en zelfs honden 'schat' noemde. Hij was niet gewend aan koos-naampjes, in zijn familie werden ze nooit gebezigd, en daardoor hechtte hij er veel te veel waarde aan. En hoewel Sara hem van-avond nodig had lijken te hebben, wist hij, diep vanbinnen, dat dat niet zo was. Hij vroeg zich af of ze wel eens aan hem dacht als ze niet bij hem was. Hij vroeg zich af of ze hem zelfs maar een heel klein beetje aardig zou vinden als ze in zijn hart kon kijken.

Anton werd in eerste instantie naar de renbaan van Ascot ge-bracht, waar hij in het totalisatorgebouw moest slapen. Het lange, smalle gebouw werd verlicht door kleine raampjes met stalen hekjes ervoor. De geïnterneerden sliepen dicht op elkaar, met nauwelijks genoeg ruimte om rond te lopen.

Dat was de ergste nacht. De ene deur was aan het verre uiteinde van het pand, heel ver weg. Enkele mannen raakten 's nachts in paniek: het gebrek aan frisse lucht, het gebrek aan licht, de angst voor morgen. Toen hij uiteindelijk toch in slaap viel, schrok hij na wat als luttele minuten voelde weer wakker, badend in het zweet, er even van overtuigd dat hij in de gevangenis in Wenen was. Hij probeerde diep adem te halen, maar het voelde alsof er een zwaar gewicht op zijn borstkas lag. Hij was bang dat ze hem hier voor altijd zouden houden, tot hij gek zou worden of zou sterven, en hij was bang voor wat er komen zou. Beelden van deportatie, of een vuurpeloton, schoten door zijn hoofd. En de afschuwelijke, irrationele angst dat de muren en het plafond op hem af kwamen, hem verpletterden. Hij deed een poging zijn angsten op afstand te houden door aan het huis te denken dat hij voor Sara zou bouwen, met de grote, brede ramen die over een meer uitkeken, en probeerde in zijn verbeelding de open hemel te zien, het koele water.

De volgende ochtend werd hij met enkele tientallen andere mannen door bewapende bewakers naar een andere renbaan gebracht, deze keer in Lingfield, Surrey. Hij sliep op een strozak in de stallen. De stallen waren schoongemaakt, maar roken nog steeds naar paarden. Hij voelde zich in Lingfield iets beter, en hij vond de koude douches, de latrine-emmers en het slechte eten niet vervelend omdat hij bomen en de hemel kon zien. Zijn medegevangenen waren koopvaardijmatrozen die door de marine waren gearresteerd, en andere zeelieden, socialisten en communisten die onder een neutrale vlag hadden gevaren nadat ze het naziregime in Duitsland en Oostenrijk waren ontvlucht. Een geïnterneerde uit Edinburgh had een hele zak vol Penguinpockets bij zich; Anton leende er een en las die, zittend op een schuin stoeltje op de tribune. Hij verlangde hevig naar nieuws van Sara, maar dat kwam niet.

Een week later werden ze verzameld en werd een lijst namen

opgelezen. Anton stond er ook op. Hij gaf *De lotgevallen van de brave soldaat Svejk* terug aan de eigenaar en klom op de truck. Hij zag zijn eigen angst terug op de gezichten van de andere mannen. Waar gingen ze naartoe? Wat ging er met hen gebeuren? De enigen die er zorgeloos uitzagen, verveeld zelfs, waren de soldaten die hen bewaakten, met hun geweren met bajonet.

Ze werden naar het station gebracht en op een trein gezet. Een van de bewakers in de trein vertelde Anton dat ze naar Huyton, in Liverpool, gingen. Het regende toen ze er arriveerden, een kamp dat haastig was opgetrokken uit nauwelijks afgemaakte rijen nieuw gebouwde woningwetwoningen. Het had een vreemde sfeer, vond Anton, alsof het gewone was verdwenen: de rijen identieke huisjes, met de tuinen en hekken die nog niet af waren, de mensen die in groepjes samen op straat stonden, alleen mannen, geen vrouw of kind te bekennen. De rollen prikkeldraad die hen scheidden van de andere huizen, op steenworp afstand.

Hij kreeg nogmaals een strozak. Omdat de huizen al overvol waren moest hij in een tent op een grasveld slapen. Sommige mannen klaagden over de modder, maar Anton had er geen last van. Maar hij had wel spijt dat hij niet meteen toen Sara het voorstelde met haar naar Cornwall was vertrokken. Hij had niet moeten wachten.

Velen van de duizenden gevangenen in Huyton waren joods. Sommigen waren ouder dan zestig, hun slechte gezondheid nog zwakker door jaren van ontbering, angst en gevangenschap in concentratiekampen. Ze waren amusant en erudiet, die artsen, hoogleraren en rabbi's, maar Anton voelde het ongemak dat onder hun gesprekken lag.

Nog steeds geen brieven. Naarmate de dagen verstreken staken nieuwe angsten de kop op. Had Sara hem opgegeven? Was ze hem vergeten? Was er iets met haar gebeurd? Hij zag zijn eigen angsten weer gereflecteerd in de ogen van de andere mannen in het kamp, angst om hun familie en vrienden, achtergelaten in een wereld die uit elkaar viel. Er was geen radio in het kamp en kranten waren niet toegestaan. Geen boeken, geen enkele afleiding van hun eigen gedachten. Velen van de mannen hadden in het verleden te veel meegemaakt om deze laatste ontwrichting te kunnen verwerken. Angst vulde het vacuüm, angst die werd aangewakkerd door geruchten: Londen was platgegooid, de Duitse marine bombardeerde de zuidkust van Engeland, parachutisten vielen als dodelijke distelpluizen op de akkers op het platteland, zoals dat ook in Nederland was gebeurd...

Op een ochtend werd er een lijst met namen voorgelezen. De mannen die werden omgeroepen pakten hun spullen en klommen op legertrucks. Sommigen van hen die achterbleven stonden bij de ingang van het kamp te kijken hoe de anderen werden weggereden.

'Ze gaan naar Australië,' zei iemand. 'De Britten sturen hun gevangenen altijd naar Australië.'

'Ik hoorde iets over Madagaskar,' zei een ander.

Een uitgemergelde man zei: 'Ze sturen ons terug naar Duitsland, daar gaan we naartoe.' Hij had zijn sigaret zo ver mogelijk opgerookt; hij kneep het piepkleine peukje tussen duim en wijsvinger uit en stak het in zijn jaszak. 'Ze ruilen ons met de nazi's voor Engelse geïnterneerden. Dat heb ik iemand horen zeggen.' Ze draaiden zich allemaal om en keken de weg op, naar de plaats waar het hek aan de kant was gezet om de trucks langs het prikkeldraad te laten rijden, weg van het kamp.

Na het appèl de volgende dag werd er nog een lijst met namen voorgelezen. Antons naam stond er ook op. Hij stopte zijn spullen in zijn rugzak en het lukte hem een zitplaats te bemachtigen in de buurt van de open achterkant van de truck, zodat hij de winkels en woonwijken kon zien waar ze langsreden. Maar heel weinig mensen die ze passeerden namen de moeite op te kijken naar de truck; waarom zouden ze ook? Het was gewoon weer een legertruck die mannen ergens naartoe transporteerde.

Maar waar naartoe? De huizen langs de weg werden steeds kleiner en armoediger, de parken maakten plaats voor lichttechniekwerkplaatsen en pakhuizen. Toen de truck afremde bij een kruising overwoog hij eruit te springen en schatte de afstand tussen het eind van de truck en de weg in. Maar de soldaten die als bewakers fungeerden waren nerveuze, geagiteerde types. Een van hen staarde hem aan en Anton leunde achterover en dacht aan de geruchten die hij had gehoord over geïnterneerden die waren doodgeschoten na onenigheid met hun bewakers.

Meeuwen schreeuwden in de helderblauwe hemel. Op een schip klonk een misthoorn. Anton zag aan de horizon hijskranen en de bovenbouwen van schepen. De haven van Liverpool, bedacht hij. Zijn maag draaide zich om.

Ze gaan naar Australië. Ze sturen ons terug naar Duitsland.

Vroeg in de ochtend. Versperringsballonnen dobberend in de blauwe hemel, een eskader Hurricanes en Spitfires hoog in de lucht; mannen die met opgerolde mouwen zandzakken vullen en ze tegen openbare gebouwen stapelen. Toen ze haar huis verliet ging Sara's blik, zoals die van iedereen, naar de koppen die op de borden van de kiosken stonden gekalkt.

Schip gezonken: paniek van geïnterneerden kost vele levens... Ongewenste illegalen gaan met elkaar op de vuist in ontstane paniek.

Ze zocht in haar portemonnee naar muntgeld om een krant te kopen. Ze dook in de winkel van een portiek en las snel het verhaal over de Arandora Star door.

De Arandora Star was in vredestijd een luxe lijnschip geweest dat exclusief eersteklaspassagiers op zoek naar de winterzon op een cruise in de Middellandse Zee vervoerde. Alle Britse handelsschepen waren bij het uitbreken van de oorlog in beslag genomen door de Britse admiraliteit, en de Arandora Star was er een van. Het schip had op 1 juli Liverpool verlaten, de hutten gevuld met vijandige vreemdelingen op weg naar een interneringskamp in Canada. De Arandora Star was de volgende dag, kort na zeven uur 's ochtends, bij de noordkust van Ierland door een Duitse onderzeeër getorpedeerd en tot zinken gebracht.

Zinnen sprongen van de pagina: 'Honderden mannen vermoedelijk verdronken... De kapitein van het schip vermist... Italianen, Duitsers en Oostenrijkers aan boord...'

Italianen, Duitsers en Oostenrijkers aan boord...

Laat die avond werd er op de deur geklopt. Ruby en Lewis kwamen binnen. Het feit dat Lewis er ook was, bedacht Sara, betekende niet veel goeds.

'Zal ik even thee zetten?' vroeg Sara, waarop Lewis zijn hoofd schudde en zei: 'Voor mij niet, dank je. Ruby?', waarop Ruby ook haar hoofd schudde.

Sara vroeg: 'Jullie hebben nieuws, hè?'

'Een beetje. Niets definitiefs, maar wel wat.'

Ze ging op het bed zitten. 'Weten jullie waar hij is?'

'Hij was in Huyton.'

'Huyton?'

'Een interneringskamp in Liverpool. Heel groot.'

'Was,' zei Sara. 'Je zei dat hij in Huyton wás, Lewis.'

'Ja. Hij is een paar dagen geleden op de boot gezet.'

Ze was helemaal niet blij met het woord 'boot'. Het klonk dreigend, angstaanjagend. 'Vertel het nou maar,' fluisterde ze.

'Ik weet het niet zeker. Niemand weet iets zeker.'

'Was hij aan boord van de Arandora Star?'

'Dat is mogelijk, ja.'

Ruby, die naast haar was gaan zitten, kneep in haar hand. Sara zei scherp: 'Hoe mogelijk?'

'Dat weet ik niet. Dat is de waarheid, Sara. Er is geen goed dossier van wie er precies op het schip was en er is nog geen lijst van...' Lewis leek zich te bedenken wat betreft zijn woordkeus, 'overlevenden. Het is een puinhoop,' zei hij kwaad. 'Niemand lijkt enig idee te hebben van waar hij mee bezig is. Ik kan werkelijk helemaal niemand vinden die ook maar enige betrouwbare informatie heeft. Het enige wat ik heb kunnen doen is praten met vrienden van vrienden en met collega's die misschien iets weten. Anton was in Huyton, dat lijkt zeker. En het ziet ernaar uit dat hij daar nu niet meer is. Een deel van de geïnterneerden uit Huyton lijkt op de Arandora Star te zijn gezet, maar als dat inderdaad zo is, is het me niet gelukt erachter te komen of hij zich onder hen bevond. Het spijt me, Sara. Ik wist niet zeker of ik het je moest vertellen. Het is heel goed mogelijk dat ik je onnodig bang maak.'

'Nee, nee, ik ben blij dat je het me vertelt.' Ze verwonderde zich om hoe vast haar stem klonk. 'En ik was toch al bang. Nu weet ik tenminste iets.'

'Ik moet helaas weer gaan,' zei Lewis. 'Ruby blijft bij je.'

'Hij is niet dood,' zei ze, en ze keek naar hem op. 'Dat weet ik zeker. Dat zou ik voelen, als hem iets was overkomen zou ik het weten.'

Ze zag in zijn ogen dat hij haar niet geloofde, maar hij zei: 'Zo mag ik het horen.' Hij bleef bij de deur even staan. 'Geïmproviseerde protocollen zijn altijd de slechtste. Mijn god, het ziet ernaar uit dat we een schip vol Italiaanse obers en chef-koks de dood in hebben gejaagd. Niet bepaald onze beste beslissing.'

'Je laat het me toch wel weten als je nog iets hoort, hè, Lewis?'

Een glimlach. 'Meteen, dat beloof ik.'

Nadat hij weg was, zei Ruby: 'Ik weet zeker dat het goed komt met Anton, Sara,' en toen: 'Zal ik dan maar even thee gaan zetten?'

Ruby liep de kamer uit. Sara dacht nu ze even alleen was terug aan de ochtenden dat ze had geprobeerd Anton te wekken door aan hem te denken. Als hij was verdronken zou ze het geweten hebben, dan zou ze gevoeld hebben dat iets wat haar zo dierbaar was, was uitgedoofd. Net zoals Anton, op die luie ochtenden, haar gedachten had gevoeld.

Ruby kwam de kamer in lopen met de thee. 'Het dringt nu pas tot me door hoe het al die tijd voor jou moet hebben gevoeld, met je vader. Altijd maar wachten.'

Ruby zei: 'Ik wacht nog steeds.'

Dagen waarop de uren, minuten en seconden oneindig lang duurden, pijn deden. Dagen waarop elk telefoontje haar maag deed samenkrimpen tot een strak balletje en elke brief die ze op het tafeltje in de hal zag liggen als ze thuiskwam van haar werk haar hart deed overslaan. Ze lag 's nachts wakker, haar spieren pijnlijk van de spanning van de dag, luisterend naar het getik van een vlieg tegen het raam, gevangen tussen het glas en het verduisteringsscherm.

Het verhaal van de Arandora Star werd steeds helderder. Nadat de torpedo was ingeslagen was het schip binnen twintig minuten gezonken. Het werd duidelijk dat de eerste krantenverslagen niet klopten: er was geen paniek uitgebroken en er was niet gevochten om plaatsen op de reddingssloepen. Bemanning en geïnterneerden op het schip hadden elkaar geholpen. Velen van de verdronkenen waren oudere geïnterneerden die niet snel genoeg naar het bovendek hadden kunnen komen.

Ze durfde nauwelijks de deur uit te gaan uit angst dat er nieuws kwam als ze niet thuis was; maar het was ondraaglijk om binnen te blijven. Snelle bezoekjes aan familie en vrienden in een zinloze poging zichzelf wat afleiding te geven. Elaine stond bij Philip thuis in te pakken. Philip was overgeplaatst naar Portsmouth, vertelde Elaine. Hij had een cottage in Hampshire voor Elaine en Jenny gehuurd.

'Dan zijn we bij hem in de buurt. En hij wil ons uit Londen weg hebben, voor het geval dat.' Elaine begon te blozen. 'En met een tweede baby op komst...'

Sara omhelsde, feliciteerde, stelde gerust. 'Wanneer?'

'De dokter denkt december.' Elaine was roze vestjes aan het opvouwen. 'Ga je met ons mee, Sara? Naar de cottage? Hij is een beetje primitief, maar echt heel schattig. Er is een logeerkamer en Jenny zou het heerlijk vinden als je komt. En ik ook. Ik kan wel wat gezelschap gebruiken. Ik ben een stadsmeisje, ik heb geen idee hoe ik het moet gaan redden op het platteland.'

'Dat kan niet,' zei Sara. 'Ik moet in Londen blijven voor Anton. Hij moet weten waar hij me kan vinden.'

'Natuurlijk.' Elaine vouwde badstoffen spuuglapjes op. 'Dat snap ik. Maar je komt toch wel op bezoek?' Dat beloofde Sara.

Thuis geen brieven of telegrammen. Ze zag zo tegen het koken op dat ze een boterham met Marmite maakte en wat thee dronk. Te veel thee, bedacht ze. Ze had de afgelopen dagen liters en liters thee gedronken.

Ze streek een paar blouses, poetste haar schoenen, maakte het bed op. Al die alledaagse taken leken ineens heel belangrijk, moesten worden uitgebuit, omdat ze de tijd deden verstrijken. Toen hing ze de verduisteringsschermen op, las Carolines laatste brief over David nog een keer en schreef een antwoord. En toen was er niets meer om te doen. Elke knoop was aangenaaid, elke losse zoom vastgezet. Ze kon niet lezen; ze vergat elke zin zodra ze hem had gelezen. Er was niemand meer die ze kon schrijven om hem te smeken te helpen Anton te vinden. Er was alleen de kamer, die ze samen hadden gedeeld, en die nu was gevuld met herinneringen.

Ze dacht voor het eerst: hoe zou het zijn als hij nooit meer zou terugkomen? Wat als het enige wat ze had haar herinneringen waren? Zou het het waard zijn geweest... het in de steek laten van haar echtgenoot en haar kind, de breuk met haar vader, die ze zo miste, ondanks wat hij haar had aangedaan? Zou het de eenzaamheid en de pijn waard zijn? Zou het beter zijn geweest als ze Anton nooit had leren kennen? Zou ze dan de oude, zorgeloze Sara Finborough zijn gebleven? Zou ze dan meer geluk hebben gekend, en minder pijn? Ze dacht aan het huis dat Anton had beloofd voor haar te bouwen. Zouden ze er ooit gaan wonen? Of zou het een luchtkasteel blijven, dat alleen op papier en in haar verbeelding bestond?

Maar er waren andere vragen die moesten worden beantwoord. Al was het maar een gevoel van affiniteit met alle andere vrouwen die zochten en wachtten. Met Ruby, natuurlijk, en met Elaine, die wachtte met Jenny en haar koffers tot Philip haar uit Londen meenam. Met alle andere vrouwen wier echtgenoten, zoons of broers in het leger waren.

Edward had haar een flesje cognac gegeven. Sara dronk er een groot glas van en krulde zich op aan Antons kant van het bed. Ze sliep onverwacht goed en werd de volgende ochtend, een zaterdag, wakker van de brievenbus die kletterde toen de post erdoor werd geschoven.

Ze rende de trap af naar de hal. Tussen de vaalgele enveloppen en regeringspamfletten zat een ansichtkaart, die aan haar was ge-adresseerd. Toen ze hem omdraaide, zag ze dat hij van Anton was. Hij was veilig en ongedeerd, informeerde hij haar, en zat in een interneringskamp op het Isle of Man.

14

In dezelfde periode dat Frankrijk capituleerde arriveerde er een treinlading kinderen uit het East End in St.-Ives. Ze werden van het station weggeleid naar de Stennackschool, waar plaatselijke bewoners die hadden aangeboden evacués op te nemen kozen wie ze mee naar huis wensten te nemen.

Isabel koos drie broers, die allemaal vies waren, en een breed gezicht, een stompe neus en vlaskleurig haar hadden. Hun bloesjes waren tot op de draad versleten, hun korte broeken te groot en dichtgeknoopt met touwtjes, hun sokken rond hun enkels afgezakt boven hun gympies. Ze kwamen uit Canning Town, vertelden ze toen ze samen de school verlieten. Op weg terug in de bus zaten de oudste twee, Robert en Ted, te stuiteren op hun plaats en renden nu en dan naar achter in de bus om uit het raam te kijken en grove opmerkingen over het landschap en de andere passagiers te maken. Toen ze in het dorp waren uitgestapt, renden Robert en Ted vooruit het pad over naar de cottage terwijl ze elkaar ondertussen sloegen met hun gasmasker en de bruine papieren zakken met hun bezittingen. Isabel liep achter ze aan met de zesjarige Stanley aan de hand. Stanley stonk behoorlijk: Isabel vermoedde dat hij ergens tijdens de lange reis in zijn broek had geplast.

Robert en Ted vuurden een lange reeks vragen op Isabel af terwijl ze een bad aan het maken was.

'Waarom woont u hier?'

'Omdat ik dat fijn vind.'

'Waarom liggen die stenen daar?' Een zwaaibeweging naar de cirkel kiezelstenen die op de vensterbank lag.

'Omdat ik ze mooi vind.'

'Wat moet u met die ouwe troep?'

'Die vind ik mooi.'

'Waarom zitten er gaten in?'

'Om heksen weg te houden.'

Een korte, geschokte stilte, maar Robert herstelde snel.

'Waar is uw man?'

'In Londen.'

'Wat doet hij daar?'

'Hij werkt daar.'

'Hebt u geen kinderen?'

'Ik heb drie kinderen, maar die zijn al volwassen. Zo,' zei Isabel, en ze draaide de kraan uit. 'Jullie kunnen erin.'

De drie broers staarden naar het bad. Stanleys gesnuif ging over in gejammer. 'Daar ga ik niet in,' zei Robert heel beslist. 'Dan word ik ziek. Dat schiet meteen in mijn borst. Ik heb slechte longen.' Hij hoestte demonstratief.

Isabel begon Stanley uit te kleden. Hij bleek in plaats van ondergoed te dragen onder zijn bovenkleding in bruin pakpapier te zijn ingenaaid.

Isabel pakte een schaar en knipte het papier los. 'Als je in bad bent geweest, mag je gaan eten. Er zijn gekookte eieren en cake.'

'Eieren! Getver!' Ted maakte kotsgeluiden.

Robert zei sluw: 'Die komen uit de kont van kippen. Dat heeft juffrouw Wright me verteld.' Ted keek geschokt.

Het lukte haar op de een of andere manier iedereen uit de kleren te krijgen en in bad, waar Stanley krijste en de oudere jongens zich amuseerden met water over de vloer gooien. Toen ze allemaal weer droog en aangekleed waren, maakte Isabel eten. Ze hielp Stanley zijn gekookte ei opeten, wat hij deed met een uitdrukking van verbijsterde gelatenheid, terwijl zijn twee broers, die categorisch weigerden hun ei te eten, bleven herhalen dat ze altijd brood met jam aten, waarna ze de kamer uit renden. Na het eten stuurde Isabel Robert en Ted naar buiten om te spelen terwijl ze Stanley op schoot nam en een verhaaltje voorlas. Ze las voor met een lage en geruststellende stem en hij was al voor het eind van de eerste pagina in slaap gevallen. Ze droeg hem naar boven en stopte hem in bed, en toen ging ze naar buiten om zijn broers te zoeken.

Geen teken van Robert en Ted. Isabel liep om het huis en naar de rand van het klif, keek over de gevallen rotsen uit naar de baai. Een leeg strand en geen voetafdrukken in het zand. Ze liep een stukje langs het klif en probeerde niet te denken aan al de gevaren in Porthglas voor kinderen die de zee nog nooit hadden gezien.

Ze liep terug naar binnen om op te ruimen. Ze had net het bad schoongemaakt en stond de verduisteringsgordijnen op te hangen toen ze buiten stemmen hoorde. Ze keek uit het raam en zag Robert en Ted terug komen lopen over het pad. Beide jongens zaten onder de modder en Robert had een gevlekt konijn bij zijn nekvel vast.

Isabel ging de volgende ochtend nadat ze de drie broers had overgedragen aan hun leerkracht, juffrouw Wright, winkelen in St.-Ives.

Ze kwam net bij de kruidenier vandaan toen ze een stem hoorde zeggen: 'Goedemorgen. Wat een prachtige dag, hè?'

'Prachtig,' zei ze automatisch. Toen keek ze op en zag een lange, slungelige man in een smoezelige donkerblauwe broek en een gestreept overhemd. Er zat een papegaai op zijn schouder.

'Meneer Penrose... Ik heb toch een schilderij van u gekocht? En Charlie herinner ik me natuurlijk ook nog wel.'

De papegaai streek zijn veren glad. 'Charlie houdt wel van een uitje, hè, Charlie?' Meneer Penrose keek naar de boodschappentas van Isabel. 'Die ziet er zwaar uit. Zal ik hem even voor u dragen?'

'Nee, bedankt.'

'Ik bied het niet aan omdat het moet, hoor. Ik bied het aan omdat u wel tegen me moet praten als ik uw tas draag. Waar gaat u naartoe?'

'Het busstation. Meneer Penrose...'

'Blaze, noem me toch Blaze.'

'Ik moet naar de bus.' Ze vond dat ze ondankbaar klonk. Ze deed haar best en zei: 'Ik zou het eerlijk gezegd geweldig vinden als u mijn tas zou willen dragen. Ik ben uitgeput.'

Hij trok een wenkbrauw naar haar op. Ze legde uit: 'Het eerste wat ik vanochtend moest doen was mijn buurman zijn tamme konijn terugbrengen. Vraag maar niets: eraan denken is al te vermoeiend. O, en ik heb ontbijt gemaakt voor drie jongetjes, van wie er twee alleen brood met jam willen eten en niet lijken te weten wat ze met een stoel moeten doen, en de derde zegt geen woord, het arme schaap. Ik heb net carbolzeep en een kam gekocht omdat ze alle drie luizen hebben, en nieuwe kleren, aangezien ze geen draad aan hun lijf hebben.'

'Ik heb ook een evacué in huis.'

'Echt?'

'Kijk maar niet zo verrast, hoor. Vindt u me geen vaderlijk type? Angus is de zoon van een oude schoolvriendin van me. Ze zegt dat ze bezorgd is om bommen en gas, maar volgens mij heeft ze gewoon veel te veel plezier met de vrije Franse soldaten om zich druk te maken om hem.'

'Hoe oud is hij?'

'Tien. Hij zou te kwetsbaar zijn om naar school te gaan. Volgens mij is hij zo taai als een ouwe schoenzool.'

Ze waren bij het busstation aangekomen. 'Zijn onderwijs...' zei Isabel.

'Hij kan lezen, schrijven en optellen. Ik probeer de kleine naarling te leren schilderen en zeilen. Wat moet hij verder nog weten? Daar is uw bus.' Hij schoot in de lach om haar gezichtsuitdrukking terwijl hij haar haar tas gaf. 'Porthglas Cottage, was het toch? Ik heb u gezien. Misschien kom ik wel een keertje langs met Angus... hij kan wel een speelkameraadje gebruiken.'

De evacué van Blaze Penrose – Isabel wist niet zeker of Angus Mackintyre tevens de zoon van Blaze Penrose was – had het gezicht van een cherubijntje van Botticelli, vlaskleurige krullen, een stralende huid en lichtbruine ogen. Toen ze hem voor het eerst zag, een paar dagen na de ontmoeting met Blaze Penrose in St.-Ives, was Isabel als de dood voor wat er met hem zou gebeuren als hij in de handen van Robert en Ted terecht zou komen.

Ze ontdekte al snel dat haar angsten ongegrond waren. Angus was een overlever. Zijn grenzeloze zelfvertrouwen betekende dat onaardige opmerkingen van hem af gleden als water van een eendenrug. Met fysieke agressie maakte hij korte metten door aan haren te trekken of te gaan bijten, tactieken die zelfs Robert en Ted verachtelijk vonden.

'Zijn moeder, Laura, is precies zo,' zei Blaze, die met Angus naar Porthglas was komen fietsen. 'Ze ziet eruit als een engeltje, maar ze windt je zo om haar vinger.'

Ze waren in de keuken. Alle vier de jongens waren boven: Stanleys gekrijs vertelde Isabel dat ze hem waarschijnlijk zo moest gaan redden.

Isabel vroeg: 'Komt ze vaak op bezoek?'

'Ze is nog niet één keer geweest, het ellendige kreng.'

'Mist Angus haar niet?'

'Niet dat ik het merk. Die jongen is geboren met een hart van staal.' Blaze leunde voorover en zette zijn ellebogen op tafel. Zijn ogen, die bleekblauw waren, rustten op haar. 'Een beetje zoals jij, Isabel.'

Ze vroeg: 'Wil je wat kruisbessen? De jongens weigeren ze te eten.'

Blaze kreunde. 'Ik heb het over de liefde en ze begint over kruisbessen.'

'Ik ben gewoon praktisch.'

'Ik ook. Je bent vast eenzaam, zo in je eentje.'

'Ik ben niet in mijn eentje.' Isabel pakte een blad koekjes uit de oven. 'Ik heb de jongens.'

'Ik bedoel,' hij keek geoefend wellustig, ''s nachts.'

'Blaze. Ik ben getrouwd.'

'Nou en? Misschien ben ik ook wel getrouwd.'

'Misschien?'

'Marita zou van me gescheiden kunnen zijn, maar dat weet ik niet.' Hij leunde tegen het aanrecht, lang, slank en sjofel, met lange, magere, spinachtige handen.

'Marita?'

'Een Italiaanse... ik heb haar in Marseille leren kennen...' zei hij vaag. 'Maar hoe dan ook: jij zegt dat je getrouwd bent, maar waar is je man dan?' Hij keek om zich heen alsof hij verwachtte dat Richard achter een bank zat verstopt.

'Die is in Londen,' zei ze kort. En toen: 'Maar goed, kruisbessen?'

'Nee, bedankt,' zei hij. 'Ik lust ze ook niet.' Toen liep hij fluitend naar de trap en bulderde naar boven dat Angus moest komen.

De rivier en de zee.

De zee, die de invasietroepen moesten oversteken om Groot-Brittannië te bereiken. De rivier, die, op maanverlichte nachten, de bommenwerpers het hart van Londen in leidde.

Richard had zich in de gespannen, nerveuze maanden voordat de oorlog was uitgebroken regelmatig verbijsterd gevoeld. Hoe kon het dat hij ineens alleen woonde, dat hij door zijn hele gezin was verlaten of verraden, terwijl hij hen altijd alleen maar had willen beschermen?

Hij probeerde natuurlijk afleiding te zoeken van zijn eenzaamheid. Een wezen met groene ogen en kuiltjes in de wangen dat hij op een avond in een bar in Mayfair had leren kennen. Een oude vriendin, die nu gescheiden van haar echtgenoot leefde, met wie hij toen hij op zijn best was, in de twintig, een korte affaire had gehad.

Maar het wezen met de kuiltjes in de wangen maakte hem duidelijk dat ze cadeautjes en zijden negligeetjes verwachtte, en toen haar eisen diamanten oorbellen en stola's van sabelbont gingen behelzen maakte hij een einde aan de affaire. Haar ogen waren bovendien lang niet zo mooi groen als die van Isabel, maar een zuurdere, scherpere tint. En die oude vriendin bleek slechts bij hem te passen als niet meer dan dat: een oude vriendin, dus zaten ze op een avond ineens op de bank met een glas cognac aan elkaar te vertellen wat ze zo misten aan hun verloren liefde, tot zij zat te snikken en hij geruststellende woorden mompelde terwijl hij stiekem op de klok keek, aangezien hij tegenwoordig voor dag en dauw op moest voor zijn werk.

Hij vroeg zich af waarom Londen toen Isabel nog bij hem had gewoond had lijken te wemelen van de mooie vrouwen, en waarom er, nu zij er niet meer was, niet een bij hem leek te passen. Toen begon de oorlog na de val van Frankrijk echt serieus. Richards ervaring in het bedrijfsleven had ertoe geleid dat hij nauw betrokken raakte bij het ministerie van Vliegtuigproductie. Toen hij uit Londen naar het zuiden reisde, was hij getuige van de luchtgevechten die in de hemel boven zijn hoofd werden uitgevochten. Hij zag de condenssporen in bogen en cirkels, hoorde het geratel van de machinegeweren en het gillen van de motoren. Soms eindigde zo'n luchtgevecht met een vliegtuig dat in zee stortte. De krantenjongens kalkten de uitslagen van de strijd op hun bord als de score van een cricketwedstrijd.

Philip en Theo waren bij de marine gegaan en Sara en Ruby waren in Londen. En Isabel zat trots te wezen in haar citadel in Cornwall. Geen van hen was nog veilig. Richard dacht aan de getorpedeerde schepen in de Atlantische Oceaan en de bommen die in de steden vielen. Hij dacht aan de onvoorstelbare gruwel van bezetting en alle vormen van verraad, vernedering en de compromissen die daar dagelijks mee gepaard zouden gaan. Zijn angsten overvielen hem in de vroege uren van de ochtend, als hij zijn best deed te ontwaken uit een nachtmerrie waarin hij terug was in die granaattrechter in niemandsland en wachtte tot Nicholas Chance hem zou komen redden... of waarin hij het lijk van die soldaat wilde optillen en hij alleen het hoofd in zijn handen had, dat tegen hem praatte, de rottende mond woorden vormend en de ingezonken ogen knipperend.

Hij schreef naar Isabel. Ze moest niet in Cornwall blijven... het hele zuiden van Engeland werd nu met invasie bedreigd. Ze moest naar Raheen, schreef hij, en ze moest Sara meenemen. Isabel schreef hem een briefje terug, waarin ze hem informeerde dat ze geenszins van plan was Cornwall te verlaten en dat hij Sara kon vragen naar Raheen te gaan als hij dat wilde, maar dat zij dat niet zou doen.

Richard vloekte en verscheurde knarsetandend haar briefje. De week daarna ging hij naar de vliegtuigfabriek in Filton, bij Bristol, om een bestelling van machineonderdelen te bespreken die zijn firma zou uitvoeren. Hij zorgde ervoor dat de vergadering snel klaar was, checkte uit in zijn hotel en stapte op de trein naar Exeter. Daar stapte hij over op de lijn naar St.-Ives, wat een ergerlijk langzame stoptrein met vreselijk veel haltes was, waardoor hij pas vroeg in de avond in St.-Ives arriveerde. Hij liep naar de garage die hij voor de oorlog had gebruikt, waar het hem lukte met een mengeling van dwang en smeergeld een auto te huren waar genoeg benzine in zat om ermee naar Porthglas te rijden. De auto, een stokoude Austin 7, weigerde harder te rijden dan dertig kilometer per uur, had allang het beetje vering verloren dat hij ooit had gehad, en ratelde stuiterend over het onverharde pad van het dorp naar het huis. Aan zijn ene kant waren velden, en aan zijn andere, maar een paar meter van hem vandaan, het steile klif dat in de zee uitkwam. Hij had het gevoel, dat hij kende van eerdere reizen hiernaartoe, dat hij een andere wereld betrad, een land van wolken, zee en hemel aan het eind van de wereld.

Richard parkeerde de auto bij het lage, witte hek en stapte uit. Hij liep het stukje helling af dat naar het strand leidde en probeerde zijn gewrichten soepel te krijgen, die stijf waren geworden van de lange reis. Hij zag de rollen prikkeldraad en de blokken beton die langs de toegang tot het strand waren geplaatst om de invasietroepen te belemmeren.

Hij keek achterom naar het huis. Het leek onveranderd sinds de laatste keer dat hij er was: wit gestuukte muren tegen de blauwe hemel, een lijn met wasgoed wapperend in de wind. Hij snoof de geur op die hij altijd met Porthglas associeerde: zout, gras en het honingachtige aroma van de klaver die op de kliffen groeide. Hij hoorde in de verte het ruisen van golven op het zand en, een stukje verderop, van spelende kinderen: een gil, iemand die begon te lachen. Hij had plotseling het rare gevoel dat hij was teruggegaan in de tijd, alsof de jaren van hem af waren gevallen en hij weer een jongeman was, en Isabel in het huis wachtte tot hij thuiskwam terwijl de kinderen in de tuin speelden.

De deur ging open en Isabel kwam naar buiten. Richards hart leek over te slaan, naar adem te snakken, alsof het veel te lang geen zuurstof had gehad. Hij stond bewegingloos, keek hoe ze naar de waslijn liep en het droge wasgoed afhaalde, die ze in een rieten mand deed.

Hij liep op haar af. 'Hallo, Isabel.'

'Richard.' Haar hand ging naar haar mond. Toen: 'Is er iets gebeurd? De kinderen...'

'Nee, nee, rustig maar. Voorzover ik weet gaat het goed met ze. Ik ben hier voor jou.'

'O.' Ze stond met het wasknijperzakje in een hand; ze keek naar het pad. 'De auto...?'

'Geen benzine. Die ellendige rantsoenen ook. Ik ben met de trein en heb een oud barrel van Fred Gribbin geleend.'

'Heb je mijn brief gekregen?'

'Ja. Daarom ben ik hier.'

Hij zag dat ze haar lippen op elkaar perste. Ze fronste haar wenkbrauwen. 'Je komt toch hoop ik niet aandringen dat ik naar Raheen ga, Richard?'

'Natuurlijk moet je daar naartoe! Het is de enige verstandige keuze.'

Ze keek hem koel aan. 'Waarom zou jij je druk maken om mijn veiligheid, aangezien we niet meer als man en vrouw leven?'

'Je bent nog steeds de moeder van mijn kinderen. Wat er ook is gebeurd... wat je ook hebt gedaan... dat verandert niet.'

'Wat ik ook heb gedaan...' herhaalde ze langzaam. 'Ga alsjeblieft terug naar Londen, Richard. Je verdoet hier je tijd.' Ze draaide zich om en boog zich voorover om de wasmand op te pakken.

Hij probeerde zijn opkomende woede te beteugelen. 'Isabel, in vredesnaam. Denk eens aan wat er op het continent is gebeurd. Ik heb oorlog gezien, ik heb gezien wat de gevolgen kunnen zijn. Maak niet de fout te denken dat het leven gewoon zal doorgaan, want dat gaat niet gebeuren.'

'Je hebt vast gelijk,' zei ze rustig. 'Maar ik blijf in Porthglas.'

'Isabel...' begon hij weer, maar toen vloog de deur van het huis open. Een man stak zijn hoofd naar buiten en zei: 'Het is helemaal klaar, mijn liefste Isabel. Krijg ik nu een beloning?'

'Blaze,' zei Isabel fel.

Richard vroeg: 'Wie ben jij in vredesnaam?'

'Richard,' zei Isabel snel, 'dit is een vriend van me, Blaze Penrose. Blaze, dit is mijn echtgenoot, Richard.'

Blaze Penrose – sjofel, met veel te lang haar en zijn manchetten en het bovenste knoopje van zijn overhemd open – slenterde het huis uit en zei: 'Goedemiddag, meneer Finborough.'

Hij stak zijn hand uit. Richard negeerde hem.

'Richard,' zei Isabel.

'Ik wist niet dat ik je stoorde.' zei Richard.

Isabel reageerde razend: 'Richard, doe niet zo belachelijk!'

'Belachelijk?' Zijn blik ging heen en weer tussen het tweetal en kwam tot de allerslechtste conclusie. 'Ja, je hebt gelijk. Je zult me wel belachelijk vinden.'

'Richard!' schreeuwde ze. 'Luister voor één keer in je leven eens naar me! Het is niet wat je denkt. Blake heeft het verduisteringspaneel boven het raam op de overloop gerepareerd, dat is alles!'

De man – Blaze – zei: 'Inderdaad, ik kwam alleen het paneel repareren.' Richard, razend gemaakt door zijn toon en zijn glimlach, sloeg hem. Blaze Penrose gromde verrast, zakte in elkaar op het gras, stond weer op, en sloeg Richard terug met een slecht gerichte mep tegen zijn borst die hem naar adem deed snakken. Toen nog een paar slordige, razende klappen tot ze allebei op het gras lagen, met bebloede knokkels en naar adem snakkend.

'Jezus,' zei Blaze, die ging zitten en zijn vuist inspecteerde. 'Volgens mij is er een vinger uit de kom.'

Richard depte zijn mond met zijn zakdoek, die knalrood werd. Isabel en de wasmand waren verdwenen. Blaze zei: 'Ze is zomaar weggelopen. Terug het huis in.' Toen liet hij zich achterovervallen op het gras, sloot zijn ogen en ademde zwaar.

Richards zoekende blik kwam tot stilstand bij de vier jongetjes die bij het hek met grote ogen stonden toe te kijken. Hij veegde het bloed van zijn mond, verzamelde wat hij nog over had van zijn waardigheid en liep naar zijn auto.

Etta Chance kon niet aanzien hoe haar rustige kuststadje transformeerde in een slagveld, en ze vluchtte naar Londen, waar ze bij haar dochter ging logeren. De stad, met het lawaai, het verkeer en de drukke, onbekende mensen, joeg haar angst aan. Tijdens Zwarte Zaterdag, de eerste nacht van de Blitz in Londen, was ze doodsbang. De eerste waarschuwingssirene klonk laat in de middag. Iedereen ging naar de verwarmingsruimte in de kelder onder de woningen en zat in de hete, kletterende duisternis te luisteren naar het geluid van de bommen, die vervallen victoriaanse rijtjeshuizen en dickensiaanse pakhuizen in het East End met de grond gelijkmaakten. Om zes uur klonk het signaal 'einde luchtalarm', en kwamen ze naar buiten, met knipperende ogen en helemaal verward in het licht. Boven het oostelijke deel van de stad hing een enorme paddenstoelwolk van stof.

Twee uur later kwamen de vijandelijke vliegtuigen weer terug, nu geleid door de donkerrode gloed van de brandende huizen en fabrieken, een baken voor de bommenwerpers. Brisantbommen vielen nu niet alleen op het East End, maar ook op duurdere, meer exclusieve delen van de stad. Brandweerlieden werkten keihard om hun slangen te richten op panden waaruit de vlammen tien meter hoog oplaaiden. Brandweerboten dobberden op de Theems en ratten vluchtten als een modderige bruine golf uit een brandend graanpakhuis.

Ruby sleepte een matras, dekens en kussens naar de verwarmingsruimte, zette thee en probeerde gerust te stellen en af te leiden. Het bombardement hield de hele avond aan. Etta schrok hevig van de lichtste trilling in het pand, van elke inslag, elke gil en elk gebrom. Haar handen beefden te erg om haar mok te kunnen vasthouden.

De volgende ochtend kwamen ze naar buiten in een andere stad. In het oosten woedde nog vuur, roetvlokjes hingen in de lucht en bevuilden het vergeten wasgoed aan de lijnen. De lucht proefde naar roet en rook scherp; een onaangenaam mengsel van verbrande verf, teer, suiker en rubber dat uit het oostelijke deel van de stad aan kwam drijven. Vlakbij, in Earls Court, was een huis opgeslokt door een bomkrater, een chaos van bakstenen, planken en tegels, met hier en daar iemands meubeltjes, iemands snuisterijen.

De vliegtuigen kwamen de volgende avond weer terug, en de avond daarna ook, en die daarna ook. Meedogenloos, draaiend, cirkelend over de puinhopen en de huizen die open waren gespleten als sinaasappels waaruit de zachte, kwetsbare delen puilden – dat goedkope behang dat jaren geleden al vervangen had moeten worden, die versleten leunstoel waar het paardenhaar als schimmel uitstak – voordat ze hun springlading lieten vallen.

Ruby sprak met Lewis in het Berkeley af voor een snelle borrel.

'Ik moet een plek voor mijn moeder zien te vinden,' zei ze tegen hem. 'Ze wordt hier ziek. En alle pensions zijn vol.'

Hij fronste zijn wenkbrauwen. 'Theresa heeft een groepje katholieke dames in nood onderdak geboden. Ik kan wel vragen of ze nog een plekje vrij heeft.'

Een beeld van haar moeder, sereen tussen de meren en narcissen: Ruby schudde haar hoofd. 'Het Lake District is te ver weg. Dan kan ik niet op bezoek. En hoewel mijn moeder niet over veel zaken een uitgesproken mening heeft, vrees ik dat ze rooms-katholicisme wel echt afkeurt. En los daarvan: de moeder van je minnares die bij je echtgenote logeert? Dat lijkt me niet, Lewis.'

Hij glimlachte zijn scheve lach. 'Als je het zo stelt...'

'Maar lief dat je eraan dacht.' Ze raakte zijn hand aan.

'Ik hoop later vandaag nog een uurtje vrij te kunnen regelen. Kun je naar de flat komen?'

Zijn bruine ogen spraken woordeloos over seks; verlangen krulde zich op in haar maag.

'Lieve Lewis, het spijt me, maar dat kan niet. Ik moet terug naar mijn moeder.' Ze dronk haar glas leeg, gaf hem een lange zoen en liep de bar uit.

Edward wist een hotelletje in Andover. Het was duurder dan Ruby had gehoopt, maar alle pensions zaten vol slachtoffers van de Blitz, dus het kon niet anders. Iets aan Etta's blik maakte Ruby bang, gaf haar het gevoel dat ze weer twaalf was, toen ze zo had moeten knokken, in de maanden toen haar vader net weg was, en haar moeder steeds verder uit elkaar had lijken te vallen en de fragiele strengen die haar samenhielden als breiwol uit elkaar rafelden.

Ze vertrokken de volgende dag naar Andover. Ze namen een taxi naar Waterloo, maar het station was gesloten wegens bomschade, dus gingen ze op weg naar Clapham Junction. Een deel van het gebied was afgezet wegens een tijdbom en toen ze bijna bij het station waren klonk de waarschuwingssirene. Ze haastten zich een trein in, die hen een luchtaanval in reed. Het afweergeschut ratelde en de passagiers doken op de vloer tussen de sigarettenpeuken, kauwgom en snoeppapiertjes. Haar moeders ribben en schouderbladen voelden als vogelbotjes in Ruby's armen. Het ra-ta-ta van de geweren, het dreunen van de bommenwerpers, en haar moeders lippen die in een gebed bewogen: 'O god, die weet dat we aan zo vele en zo grote gevaren worden blootgesteld...' Uiteindelijk reed de trein weer verder.

Nadat ze op station Surbiton waren overgestapt bood een Poolse piloot Etta zijn plaats op een bankje aan. Etta ging zitten. Haar gezicht was grijs, haar lippen zagen blauwig en ze beefde. 'We zijn er bijna, mam,' zei Ruby. Wat een troost. Haar moeder trok zich terug in zichzelf, verloor zichzelf.

Kom op, Ruby, jij bent toch zo goed met woorden? Verzin iets anders, iets wat haar afleidt.

'Ik ben benieuwd hoe het met tante Maude en Hannah is.'

Een kleine flikkering van interesse.

Ruby glimlachte. 'Ik kan me niet voorstellen dat tante Maude zich in de weg laat zitten door een paar Duitsers.'

Een gefluisterd: 'Nee.'

'Ze staat vast ergens op een veld met haar jachtgeweer te zwaaien.'

'Ja.'

'Wat denk je dat Hannah gaat doen?'

Etta knipperde met haar ogen. 'Doen?'

'Ze kan de boerderij verlaten. Ze kan bij een vrouwenafdeling van het leger gaan.'

Etta schudde kort haar hoofd. 'Hannah zal daar nooit weggaan. Niet zolang Maude nog leeft.' Onverwachte kracht in de stem van haar moeder.

In de verte kwam een rookwolk als een bol watten boven de locomotief in zicht. 'Iedereen vertrekt,' zei Ruby. 'Iedereen gaat ergens anders naartoe. Misschien Hannah ook wel.'

Er veranderde iets in Etta's blik. 'Maude is altijd een verzamelaar geweest. Als ze eenmaal iets beethad, liet ze het niet meer los. Ik kreeg nooit een van haar snoepjes, ze liet me nooit met haar springtouw spelen. Maude heeft altijd al een stevige grip op de dingen gehad.'

Nog een rookwolk en een gil van stoom terwijl de trein langs het perron tot stilstand kwam. Ruby vocht om een zitplaatsje voor haar moeder. Eenmaal in Andover aangekomen liepen ze naar het hotel.

Hotel Lees was chiquer dan Etta's oude pension in Eastbourne. De eigenaresse, ene mevrouw Weston, was opgewekt en efficiënt in haar tweedrok met twinset en parelketting, en Ruby voelde instinctief dat ze niet de vriendelijkheid van mevrouw Sykes had.

Ze dronken thee en toen nam Ruby afscheid van haar moeder en ging op weg terug naar Londen. Het was druk in de trein, alle plaatsen waren bezet. Ze stond in de gang, keek uit het raam en voelde zich zowel enorm opgelucht dat ze weer alleen was als schuldig dat ze zo opgelucht was. Ze zei tegen zichzelf dat haar moeder nu veilig was en dat het daarom ging. En ze hoefde zich niet te schamen dat ze blij was dat ze haar flatje weer voor zichzelf had, dat ze haar eigen leven terug wilde, dat ze terug wilde naar de Ruby tot wie ze zichzelf had gemaakt, de Ruby op wie ze vertrouwden op haar werk, de Ruby met haar getrouwde minnaar, de Ruby die 's avonds als ze alleen was thrillers schreef, spinnenwebben van hebzucht, liefde en verlangen waarin ze haar personages ving.

Maar bij de herinnering aan haar moeder, verloren in die onbekende kamer, stak er iets achter haar oogleden. Wat was Etta nu aan het doen? Ruby was bang dat ze nog wel in haar kamer zou zitten, bang om naar de woonkamer te gaan, bang dat de andere vrouwen naar haar zouden staren. Of verscheurd tussen de gruwel alleen de eetzaal in te moeten lopen en de moeite om eten op haar kamer te bestellen. Het deed pijn om aan haar moeder te denken; Ruby wenste dat de bommenwerpers snel zouden terugkomen, dan had ze tenminste iets anders om zich druk over te maken.

Ruby sliep 's nachts in de verwarmingsruimte met de andere bewoners van het pand: Kit en Daisy Mae, Linda, die een of ander pluizig oranje ding aan het breien was, Stephen, die een been had dat korter was dan het andere, die pacifist en vegetariër was en snurkte, en Jorge, een banneling uit Spanje, die zwarte sigaartjes rookte, en Jorges vriendin, Panda, die altijd naar de verwarmingsruimte kwam in een koningsblauwe zijden kamerjas, welk moment van de dag of nacht het ook was. De nachten waren een symfonie van tikkende breinaalden, Jorge die in het Spaans zat te vloeken en Stephens gesnurk. En dan waren er natuurlijk nog de bommen en het luchtafweergeschut, het gillen, jammeren, ratelen, bonken en knarsen waar ze zo bekend mee werden dat het leek of het al jaren zo ging en ze al snel het zoeven van een brisantbom konden onderscheiden van een parachutemijn.

Op een avond gebeurde er iets vreemds. De sirene klonk en Ruby was een boek, een thermosfles, een aantekeningenblok en een deken aan het pakken toen het huis zich plotseling vulde met een raar licht en er iets – een kracht – door de lucht vloog. Het was alsof de lucht zelf werd gegrepen en door elkaar geschud. Toen ebde de spanning weg en rende ze naar beneden, misselijk, bang, alsof ze iets had ervaren uit een andere wereld.

En dan haar werk.

Het was nu elke dag anders en niemand mopperde nog over de volle metrowagons, want die waren het minste. Soms was er een trein; als dat niet zo was, nam ze een bus of liftte met iemand mee. De bussen waren een uitdaging: ze waren niet gemarkeerd, want als ze zouden aangeven waar ze naartoe gingen zou dat de vijand naar bijvoorbeeld Whitehall, het politieke centrum van Londen, kunnen wijzen, en ze reden stapvoets langs de rand van bomkraters, persten zich tussen bergen puin door en langs afgeschermde gebieden waar blindgangers lagen. Een vrachtwagenchauffeur die haar een lift van Brompton Road naar Westminster Bridge gaf vertelde haar dat Buckingham Palace de dag ervoor was gebombardeerd, en ze zag een enkel Duits vliegtuig voor zich dat op de Mall schoot, mikkend op al dat verguldsel, mahoniehout en de damasten gordijnen.

Als er geen treinen waren en ze nergens een lift kreeg, ging ze lopen. Enorme groepen van hen liepen, door heel Londen, migraties van typistes, klerken, bankmedewerkers, postbodes en winkelmeisjes. De meisjes in hun mooie jassen en hoeden, de mannen bewapend met paraplu's en aktetassen, voorzichtig langs de bomkraters, struikelend over het puin, wadend door de bergen bladeren die in de goten lagen, deze herfst vermengd met gebroken glas, hun wandelroute bepaald door brandende huizen, niet-geëxplodeerde bommen en gevallen steunbalken en hekken.

Wat ze zag als ze door de stad liep: een uitgebrand huis waar de deuren en ramen uit waren, de verkoolde kozijnen als lege ogen die omlijnd waren met zwarte kohl. Een schuilplaats die was geraakt: op straat ernaast een roze kinderschoen. Een brandweerman die met een zwart gezicht in slaap dommelde terwijl hij naast zijn brandweerauto stond: ze gaf hem de sandwich die ze voor zichzelf als lunch had meegenomen. Warenhuis John Lewis, in Oxford Street, een paar dagen nadat het was geraakt door een bom en de paspoppen met hun stijve ledematen op wat er over was van de stoep lagen. De bogen en zuilen van de winkel, met het lege interieur, deden haar aan foto's denken die ze had gezien van de ruïne van het Colosseum in Rome.

Maar uiteindelijk waren het de nachten die iedereen de das omdeden. De nachten maakten dat het er overdag niet helemaal solide meer uitzag, door de nachten kon je je overdag niet echt ergens op concentreren. Londen werd eindeloos veel nachten achter elkaar gebombardeerd. Soms, als Ruby Stephens gesnurk of Panda's blauwe kamerjas niet aankon, sliep ze in haar eigen bed in haar eigen kamer. Dan trok ze de dekens over haar hoofd en sliep door het gekraak, geknal en gebonk heen. Dan werd ze 's ochtends wakker, helemaal suf van het slapen en zocht een washand, tandenborstel en kleren. De ruiten van het pand waren gebarsten en kleine bergjes pleisterkalkstof lagen onder de scheuren die in het plafond waren ontstaan. Een paar deuren verderop lag een bomkrater in de achtertuin.

Ruby veegde het stof op en plakte de ramen. Ze werd op een avond terwijl ze op weg naar huis was verrast door een luchtaanval en bracht de nacht door in een openbare schuilkelder. Er lagen plasjes water op de vloer omdat het die dag had geregend. Vrouwen zaten op bankjes met hun baby's op schoot. De baby's huilden die nacht, en de moeders troostten. De volgende keer, dacht Ruby, zou ze het erop wagen met de bommen. Ze nam de volgende dag, een vrijdag, na haar werk de trein naar Andover om bij haar moeder op bezoek te gaan, waar ze twaalf uur achter elkaar sliep.

Je wende eraan. Dat was het gekke. Het gehuil van de sirene, de dagelijkse uitdaging op je werk te komen; het werd allemaal routine, bijna afgezaagd. Je maakte je meer zorgen om de ladders in je kousen dan dat je zomaar kon doodgaan.

En toen kwam Ruby op een dag op haar werk aan en ontdekte dat er een enorm gat in het dak zat, waar regen doorheen viel, die een soort beige pap van het stof en puin maakte. De kantoortjes lagen vol gebroken glas en omgevallen stoelen en bureaus. Jaloezieën en gordijnen flapperden als vieze theedoeken in de wind. Archiefkasten, leeggeblazen door de kracht achter de inslag, hadden hun inhoud over de vloer uitgespuwd. Een schoonmaker liep verdwaasd door de puinhoop. Een vrouw zette een bloempot rechtop, blies pleisterkalkstof van dossiers.

Ruby begon losse papieren te verzamelen. De grootboekkaarten, honderden stuks, moesten alfabetisch worden geordend. De aanvraagformulieren, dunne carbonkopieën van brieven en aantekeningen van telefoongesprekken moesten op datum en onderwerp worden gesorteerd. Splinters gebroken glas glinsterden in elk dossier. Ze sloeg ze open, haalde de inhoud eruit, schudde de map boven de prullenbak leeg.

Kou en regen stroomden door de lege raamkozijnen naar binnen. Ze werkten met hun jassen aan en hun sjaals om, Ruby in haar enkellaarsjes van schapenvacht. Er waren geen elektriciteit en geen water, dus ook geen theekar of kantine, en de toiletten spoelden niet door. Om twee uur ontsnapte ze met een paar collega's naar een café om te lunchen. Behalve verzoeken om het zout of vragen of iemand een aspirientje had, waren ze te moe om te praten. Om vier uur stonden de meubels weer op zijn plaats, afgestoft en schoongeveegd, en lagen de dossiers weer in de archiefkasten. Ruby zag dat haar handen vol zaten met kleine sneetjes van de glassplinters.

Toen ze die avond thuiskwam ging ze meteen op bed liggen, te moe om te eten en te moe om te bewegen. Te moe om Lewis te bellen, te moe om een ketel water op te zetten om een kruik te maken om een beetje op te warmen. Ruby Chance, dacht ze, die ooit van zichzelf had gevonden dat ze chique was, lag op bed in een natte, vieze jas en laarzen, met ladders in haar kousen en pleisterkalkstof in haar haar.

Er werd op de deur geklopt. Jorge zou wel weer lucifers willen lenen dacht ze, en Ruby gaf geen antwoord.

Er werd nog een keer geklopt: een harde ra-ta-ta. Een aandringende, officiële stem.

Ruby stond op en deed open. Er stonden twee agenten voor de deur.

'Juffrouw Chance? Juffrouw Ruby Chance?' vroeg de oudere van de twee. 'Ik vrees dat ik slecht nieuws voor u heb.'

Haar moeder was plotseling overleden aan een hartaanval. Ruby leerde hoe vreselijk het is als iemand onverwacht sterft: hoe je het een of twee seconden vergeet, het je dan weer herinnert en er weer helemaal opnieuw aan moet wennen.

Toch had haar moeders dood niet onverwacht moeten zijn. Etta Chance had al jaren een zwak hart, en de choquerende gebeurtenissen en ontwrichtingen van de afgelopen maanden moesten een breekpunt voor haar zijn geweest. Een breekpunt, dacht Ruby terwijl ze in het hotel in Andover haar moeders spullen uitzocht. Het hart van haar moeder was jaren geleden al gebroken, toen Nicholas Chance haar had verlaten.

Al die gruwelijke dingen die je moest regelen na de dood van een familielid: het enige voordeel was dat het je tenminste bezighield. Ze pakte de kleding van haar moeder in om aan de Vrouwelijke Vrijwilligers te geven: de zelfgebreide truien en vesten, de gestopte kousen en handschoenen, de schoenen die zo vaak nieuwe zolen hadden gekregen. Alle bezittingen van haar moeder – alles wat Etta Chance had – paste in één garderobekast en een ladekast. Een ansichtkaart, die Ruby jaren geleden uit Cornwall had gestuurd. Een handjevol foto's, een paar babyschoentjes. Brieven van haar vader, met een roze lint eromheen. Onder in de onderste lade een stapel tijdschriften, zorgvuldig bewaard, met in elk een verhaal dat Ruby had geschreven.

Ze waren elkaar gaan waarderen, zij en haar moeder. Hun relatie was nooit gemakkelijk geweest – ze waren zo verschillend – maar ze hadden wel geleerd elkaars gezelschap te waarderen en respecteerden elkaars goede eigenschappen. Maar wat stelden de snuisterijen van haar moeder weinig voor, wat was haar leven meedogenloos hard geweest!

Ruby betaalde de rekening van mevrouw Weston, ging naar de dokter om de overlijdensakte te halen en regelde de begrafenis. Ze slikte haar razernij in over dat haar moeder, die zo weinig van het leven had gevraagd, haar laatste maanden had doorgebracht in een vreemde kamer in een onbekend stadje. En ze slikte haar razernij in dat de dienst niet kon plaatsvinden in de kerk die haar moeder jarenlang trouw had bezocht. *Weet je niet dat het oorlog is?* herinnerde ze zich zuur.

Mevrouw Weston bood met een zuinige glimlach aan naar de begrafenis te komen. 'Dank u vriendelijk, maar dat is niet nodig,' zei Ruby met een even zuinig glimlachje. Toen het zover was en ze veel te vroeg in de kerk aanwezig was, vroeg ze zich af of ze het aanbod van mevrouw Weston niet toch had moeten aannemen. Misschien kwam er wel niemand. Misschien was zij wel de enige rouwdraagster.

Maar toen begonnen ze binnen te druppelen, van af het station, in hun mooiste zwart en begrafenishoeden. Mevrouw Sykes van het pension, de dominee uit Eastbourne en wat oude bekenden van de kerk daar.

Maar geen tante Maude en geen Hannah. En ook niet de persoon naar wie ze tegen beter weten in maar bleef uitkijken, die ze zo hoopte het kerkhof op te zien lopen in zijn legerjas, met de koperen knopen glinsterend in het herfstzonlicht. Geen familie.

Toen zag ze hen: Sara en Isabel, ze kwamen over de weg van het station aan lopen. Een vlaag van omhelzingen, kussen, elegante hoedjes en voiles, en stemmen die precies de goede dingen zeiden, de dingen die ze zo graag wilde horen. En toen, tot haar verbijstering, toen iedereen in de kerk was en de dienst bijna begon, arriveerde Richard Finborough.

Haar pleeggezin. De troost van vrienden, dacht ze, en toen de organist de openingsakkoorden van de hymne speelde, begon ze te huilen.

Richard probeerde aan de arme Etta Chance te denken, maar zijn blik bleef afdwalen naar Isabel, die in de voorste rij naast Ruby stond. En toen naar Sara, en toen weer terug naar Isabel.

Hij moest direct na de dienst terug naar Londen. Hij kuste Ruby en bood haar zijn condoleances aan en toen, omdat ze er zo klein en verloren uitzag, gaf hij haar een enorme knuffel en zei dat als er ook maar iets was wat ze nodig had...

Toen stond hij oog in oog met zijn vervreemde vrouw en dochter. Hij zei tegen Sara dat ze er goed uitzag. 'U ook, papa,' antwoordde Sara, en toen liep ze weg naar Ruby, met wie ze de boeketten ging bekijken.

Het stak hem dat ze wegliep.

Hij stond ineens alleen met Isabel, een stukje van de anderen vandaan, in de donkere schaduw van een boog van taxushout.

Hij zei: 'Die dag dat ik naar je ben toegekomen...'

'Je had het mis, Richard. Je had het mis, over Blaze en mij. Er is nooit iets tussen ons geweest en dat zal er ook nooit zijn.'

'Ja. Het spijt me. Ik heb mezelf flink voor schut gezet.'

Zijn hoofd hing een beetje, en ze raakte zijn arm aan en zei, vriendelijker: 'Fijn dat je vandaag bent gekomen, Richard. Je bent vast vreselijk druk. Het betekent veel voor Ruby.'

'Ik moet weer veel aan die arme Nick denken nu.' Er viel een stilte en Richard voelde hoe bewust hij zich van haar was: de krul haar onder haar zwarte hoedje, het glinsteren van een opalen oog onder het materiaal van haar voile.

'Ik moet gaan,' zei hij, en hij kuste haar op haar wang, zette zijn hoed op en liep naar de auto.

Mevrouw Carrington was kort na het begin van de Blitz naar een vriendin in Harrowgate vertrokken. Gladys, de meid, was ook weggegaan, naar haar zus in Wales, dus Edward had de flat voor zichzelf.

Hij ging af en toe wat drinken met Sara. Hij ontmoette haar op een avond bij het British Restaurant in St.-Pancras, waar ze werkte sinds Big Frank het eetcafé had gesloten om bij de koopvaardij te gaan. Ze had vanavond een zachtblauwgroene jurk aan, dezelfde kleur als haar ogen, en een grijs jasje met vierkante schouders. Ze had geen hoed op en haar haar viel in roodgouden krullen los over haar schouders.

Ze kuste hem op zijn wang. Toen ze over straat liepen, zei hij: 'Je ziet er mooi uit vanavond, Sara.'

Ze keek naar zichzelf en schoot in de lach. 'Dat is lief van je, schat, maar het is niet waar. Ik zie er niet uit, dat weet ik heus wel. Ik heb vandaag niet eens tijd gehad om mijn haar te borstelen. Er ligt een blindganger aan Euston Road – een heel grote, zeggen ze – er zijn honderden mensen geëvacueerd en die kwamen allemaal bij ons lunchen. En het spijt me, maar ik heb geen tijd voor een borrel vanavond. Een van de meisjes is jarig en ik heb beloofd met haar uit eten te gaan. Vind je het heel erg?'

'Nee, nee, geen probleem,' zei hij snel. En toen, om zijn teleur-stelling te verbergen: 'Ik heb een cadeautje voor je.' Hij haalde een klein pakje uit zijn zak en gaf het aan haar.

'Haarklemmetjes!' gilde ze. 'O Edward, wat geweldig! Waar heb je die gevonden?'

'Bij die drogist aan Pimlico Road. Ik liep erlangs en er hing een briefje in de etalage waarop stond dat ze haarklemmen hadden, en ik wist nog dat je had gezegd dat je die tekortkwam.'

'Ik had er nog maar drie. Ontzettend bedankt.' Ze tuurde in een etalage en begon behendig haar haar op te steken.

Ze liepen verder. 'Ik heb een brief van Anton gekregen,' zei ze.

'Hoe is het met hem?'

'Zo te horen wel goed. Hij zegt dat het ijskoud is in dat pension, maar dat de Ierse Zee nog veel kouder is.'

'Heeft hij in zee gezwommen?' vroeg Edward verrast.

'Bij hun stukje strand.' Ze straalde. 'Hij lijkt op mij, hij is ook zo gek op zwemmen. Hij zegt dat hij de horizon door het prikkel-draadhek heen kan zien. En hij is naar een concert geweest: vier van de geïnterneerden hebben een strijkkwartet gevormd. En hij geeft lezingen over architectuur.'

'Dat klinkt meer als een vakantiekamp dan een gevangenis,' zei Edward. Ze werd helemaal stil, versnelde haar pas en staarde voor zich uit.

Hij voelde dat hij een kleur kreeg. 'Ik bedoelde niet... Sorry Sara, dat kwam er helemaal verkeerd uit.'

Ze zei zacht: 'Hij haat het daar. Hij zegt het niet in die woorden, maar ik lees het tussen de regels. Kun jij je voorstellen hoe dat moet zijn: altijd nadenken voordat je iets zegt, begrenzingen op-gelegd krijgen over waar je naartoe mag en wat je mag doen? Anton heeft al jaren en jaren zo geleefd. Hij heeft me ooit verteld dat hij zich er minder dan een mens door voelt.'

'He spijt me,' zei hij nogmaals. 'Dat was een stomme opmer-king. Ik bedoelde alleen maar... nou ja, hij is tenminste wel veilig. En hij wordt niet mishandeld.'

'Nee.' Ze beet op haar onderlip en zuchtte. 'Ik moet niet zo lichtgeraakt reageren... ik weet dat je het niet zo bedoelt. Ik ben gewoon moe, daarom ben ik zo kortaf. Ik vind het zo fijn om over hem te praten met iemand die hem kent, die om hem geeft.' Ze glimlachte verdrietig. 'En dan maakt hij zich zorgen om míj.'

De sirene begon ineens te huilen, en het gejammer overstemde de herrie op straat. Ze hoorden kort daarna al het lage gerommel van de bommenwerpers. De lucht vulde zich met de bellen van brandweerwagens en het staccato van het luchtafweergeschut.

Een harder, geconcentreerder gerommel. De hemel werd verlicht door vuur. Edward keek omhoog en zag de zwarte, zware vormen van de vliegtuigen. Hij pakte haar hand vast en ze begonnen te rennen. Toen een vreemde sensatie – een afwezigheid van geluid die hij leek te vóélen – en een instinctieve reactie: hij sleurde Sara zonder nadenken in een portiek en beschermde haar met zijn lichaam. Er klonk een oorverdovende knal en toen vielen overal om hen heen glasscherven als bevroren druppels regen. Hij rook baksteenstof en iets smerigs... hij nam aan dat er een rioleringsbuis was gebarsten.

Sara beefde. 'Rustig maar, je bent veilig,' mompelde hij, en hij streelde over haar haar. Zijn stem klonk gedempt en zijn oren suisden.

Hij hoorde haar fluisteren: 'Gaat het, Edward?'

'Ja, ik denk het wel. En met jou?'

'Ja.'

Ze maakten zich van elkaar los. Ze was lijkbleek. Een mist van stof maakte de lucht grijs. Ze liepen door een zee van puin naar het metrostation, waar ze afscheid namen en hij toekeek hoe ze in de veiligheid verdween. Pas toen legde hij zijn hand op zijn achterhoofd en bemerkte dat die helemaal rood van bloed werd. Hij moest geraakt zijn door rondvliegend glas; hij voelde nu pas de pijn.

29 December, een ijskoude winternacht. Na een stilte met kerst kwam de Luftwaffe terug, deze keer om de City, het zakencentrum van de stad, te bombarderen. Het lage gegrom van de bommen-

werpers in de lucht, gevolgd door een eng wit licht en ballen groenwitte vlammen van de brandbommen die op huizen, kantoren, fabrieken en kerken vielen. Opgezweept door de wind sloeg het vuur razendsnel over. Metershoge vlammen gierden uit pakhuizen waar verf en lak werden opgeslagen, en toen raasden ze door steegjes en krappe binnenplaatsjes op. De hitte werd zo intens dat gebouwen spontaan ontvlamden.

Brandbommen nestelden zich in de daken en balustrades van St.-Paul's Cathedral. Groepen brandweerlieden – leden van het Royal Institute of British Architects, die wisten hoe de constructie van de kathedraal in elkaar zat – doofden de vlammen met emmers zand en handpompen. Toen glinsterde er licht van boven in de koepel. Een brandbom had zich in de buitenste schaal van de koepel genesteld. Brandend lood druppelde van het dak: de hele buitenstructuur van de koepel, symbool van Londens overleving tijdens de Blitz, werd bedreigd. Toen een wonder: terwijl een brandweerman zich voorbereidde op een levensgevaarlijke klim via het hout van de koepel met een handpomp, brandde de bom door het hout heen en viel zonder verdere schade aan te richten naar buiten, in de stenen galerij.

De volgende dag was de lucht nog steeds van ijs, maar je voelde de hitte naarmate je de City naderde intenser worden. Philip, die die nacht in Londen had overnacht, moest ernaartoe, hij voelde zich erdoor aangetrokken. Er woedden nog steeds branden, maar ze waren nu kleiner. Touwen schermden gebieden af en de overblijfselen van muren, staken als zwarte tanden uit het puin omhoog.

De theefabriek stond in Moorgate. Of had in Moorgate gestaan. Moorgate was veranderd in een niemandsland van zwart hout en verschroeide stenen, en mensen van de burgerbeschermingsdienst en brandweerlieden waren op zoek naar stoffelijke resten. Philip liep langs de overblijfselen van een gebombardeerde schuilkelder, waar de mensen die erin hadden geschuild als in een tombe waren ingesloten en omgekomen. De lucht die je inademde voelde zanderig. Philip vroeg zich af wat hij inademde. As... as van wat?

Hij zag tussen de hulpverleners en toeschouwers die verdwaasd door de puinhopen liepen een bekende figuur. Zijn vader, zwaar en breedgeschouderd in zijn dikke overjas. Philip overwoog even weg te lopen.

Hij stak de weg over. 'Dat is een behoorlijke tegenvaller, pa.'

Richard keek hem razend aan.

'Hoe erg is het?'

Richard spreidde zijn handen. 'De fabriek is weg. Ik mocht er niet naartoe, maar ze zeiden dat er niets van over is.' Zijn blik dwaalde af en bleef even rusten bij een berg puin, daarna bij een brandweerwagen. Hij zag er geschokt uit, moe, oud. 'Het is maar een gebouw. Er was gelukkig niemand binnen.'

'Je krijgt hier wel een droge strot, hè pa? Zullen we ergens wat gaan drinken?'

'Geen tijd.'

Philip voelde een bekende steek van woede door zich heen gaan. Rancuneuze klootzak.

Toen zei Richard. 'Ik heb te veel te doen. Papierwerk en zo.'

Wat, drong het tot Philip door, was hoe dicht Richard bij het aanbieden van een olijftak zou komen. Hij vroeg: 'Waar gaat u naartoe?'

'De club.'

'Ik heb om twaalf uur een afspraak in de American Bar. Dan kunnen we net zo goed samen op lopen.'

Philip stuurde terwijl ze naar het Savoy liepen het gesprek aan, hield het veilig, feitelijk, niets uitlokkend. Zaken en de marine vulden op een beleefde manier de afstand tussen hen tot ze op de Strand arriveerden.

Philip wilde op straat bij het hotel net afscheid nemen toen zijn vader plotseling zei: 'Die fabriek was het begin.'

'U kunt opnieuw beginnen, als dit allemaal achter de rug is.'

Richard schudde zijn hoofd. 'Dat heeft geen zin. Je had gelijk: ik had hem jaren geleden moeten verkopen. Hij was een anachronisme. Maar ik was dol op dat ding. Dat zal wel sentimenteel van me zijn... en je moet sentiment geen rol laten spelen als je zakendoet. Maar John Temple en ik hebben hem opgebouwd. Nog voordat ik de knopenwerkplaats heb gekocht. En dat hij dan zomaar verdwijnt... van de ene op de andere dag...' Hij leek zichzelf tot de orde te roepen. 'Ga maar gauw. Straks kom je nog te laat op je afspraak.'

Philip zei snel, voordat hij zich zou bedenken: 'Kom eens bij ons op bezoek. We wonen in Hampshire, maar Elaine en ik zijn heel vaak in Londen.'

'Ik denk niet...' begon Richard hooghartig.

Philip liep naar de ingang van het Savoy. Hij keek over zijn schouder naar zijn vader en zei: 'Ik heb een zoon, pa. Rufus is drie weken geleden geboren. Wilt u uw kleinzoon niet zien?' Hij zag ergens een glimp van – trots? verlangen? – in zijn vaders ogen. Hij voegde toe: 'Rufus is een echte Finborough, dat is wel duidelijk. Rood haar en een kort lontje, net als wij.'

Robert, Ted en Stanley logeerden in het nieuwe jaar een week bij Blaze en Angus, zodat Isabel naar Philip en Elaine kon in Hampshire, om met Jennifer en de baby te helpen.

Ze had nu drie kleinkinderen. David, de oudste, zag ze het minst; het maakte haar verdrietig dat het contact vanwege de oorlog nog moeilijker was geworden. Ze deed haar best een relatie te onderhouden via correspondentie met Caroline Vernon en hoopte maar dat Caroline in de zomer met David naar Engeland zou komen, en dat ze in Porthglas zouden komen logeren.

Isabels kleindochter, Jenny, was een vrolijk, ongecompliceerd kind. Ze was blond, net als Elaine, en lief. Rufus, de nieuwste aanwinst in de familie, was een energieke en gezonde baby. Zijn gekrijs als hij 's nachts wilde worden gevoed deed de dakspanen van de vochtige oude cottage die Philip had gehuurd om aan de Blitz te ontsnappen bijna loskomen.

Isabels relatie met Elaine was in het begin niet gemakkelijk geweest. Te veel conflicten in het verleden, te veel jaloezie die vlak onder de oppervlakte borrelde. Toen Elaine over het verleden was begonnen, had Isabel haar onderbroken. 'Ik wil er niet over praten,' had ze geëmotioneerd gezegd, en Elaine was er nooit meer over begonnen. Het was gemakkelijker om over de kinderen te praten. Ze konden uren over de kinderen praten en waren allebei eindeloos door hen gefascineerd, geamuseerd en opgeslorpt. Isabel zag dat Elaine een goede moeder was, oplettend maar niet bemoeiziek, gevoelig maar niet overbezorgd. Wat ze moeilijker toe te geven vond was dat Elaine voor Philip ook een goede echtgenote was, die met humor zijn slechte buien bestreed en hem toch de affectie gaf die hij nodig had.

Het had Isabel in eerste instantie al enorm veel moeite gekost om ook maar met Elaine in dezelfde ruimte te zijn. Ze had doorgezet omdat ze wist dat het moest, omdat ze wist dat ze zowel haar zoon als haar kleinkinderen kwijt zou zijn als ze niet leerde met haar schoondochter om te gaan. Afkeer had naarmate de tijd verstreek plaatsgemaakt voor respect voor Elaines sterke eigenschappen. En soms zelfs voor het begin van affectie.

Toen hij terugkwam van een bezoek aan Londen vertelde Philip hun over de fabriek. Isabel dacht terug aan die middag, toen ze net getrouwd waren, toen Richard haar Finborough's Quality Teas had laten zien. De schone, verse geur van de thee, de rijen vrouwen en meisjes in hun lange jurken met hoge kraag en schort, die etiketten op de pakjes plakten.

Nadat ze afscheid had genomen van Philip, Elaine en de kleinkinderen, begon Isabel aan een langzame, oncomfortabele treinreis naar Londen. Londen schokte haar. Je kon lezen over de Blitz, je kon de foto's in de kranten zien en het nieuws op de radio horen, maar de realiteit, zoals de trein ratelde en stopte en weer verder reed door buitenwijken en het hart van de stad in, was afgrijselijk. Ze was altijd ordelijk geweest, en vond het vreselijk om alles zo ontzettend op de verkeerde plaats te zien.

Het was zes uur en ze ging meteen op weg naar Hampstead. Richard was nog niet thuis, maar Isabel onderging de starende blikken van de meid met koele gelatenheid en wachtte in de zitkamer met een dienblad met thee. Wat gek om weer in het huis te zijn dat meer dan een kwart eeuw haar thuis was geweest. Ze zag van alles wat niet was zoals het hoorde: stof in de hoeken, onzorgvuldig geplaatste meubels en ornamenten; het was er niet meer gracieus of op zijn best.

Toen ze Richard hoorde thuiskomen stond Isabel op, en ze liep naar het raam. Toen hij de kamer binnenkwam, zei ze snel: 'Rustig maar, ik blijf niet. Ik wilde alleen tegen je zeggen hoe erg ik het vind van de fabriek. Ik heb het van Philip gehoord en heb overwogen je te schrijven, maar dat voelde laf.'

Een heel korte stilte en toen: 'Wat attent van je.'

'Kan er nog iets worden gered?'

Hij haalde zijn schouders op. 'Financieel stelde het niets voor. Het is alleen...'

'Ja,' zei ze vriendelijk. 'Ik weet het.'

Hij liep naar het drankenkastje. 'Borrel?'

'Graag.'

Hij schonk een glas sherry voor haar in. Ze vroeg: 'Hoe is het, Richard?'

'Prima.'

'Je ziet er moe uit.'

Hij wreef over zijn gezicht. 'We hebben tijdens de slag om Groot-Brittannië dag en nacht gewerkt aan de oliefilterbuizen voor de Hurricanes. Sinds de bombardementen is het natuurlijk moeilijk om door te werken. Blijven produceren tijdens een luchtaanval is niet eenvoudig, vooral niet omdat we helemaal in het begin heel veel van onze beste mannen zijn kwijtgeraakt aan het territoriale leger.' Hij schonk een flinke bel whisky in en fronste zijn wenkbrauwen. 'Het gekke is dat ik het niet erg vind. Niet echt. Eerlijk gezegd geniet ik meer van mijn werk dan in jaren. Het heeft allemaal weer zin gekregen, iets om je best voor te doen.'

Ze mompelde: 'Je bent altijd op je best geweest als het erom spande.'

'Ja. Ik hou wel van een uitdaging. Ik functioneer beter als ik met mijn rug tegen de muur sta. Ik doe het beter als ik ergens tegen op moet boksen, als ik iets heb om voor te vechten.'

Ze voelde zijn blik op haar; ze keek weg. 'En ik heb altijd een voorkeur voor rust gehad. We hebben nooit echt goed bij elkaar gepast, hè, Richard?'

'Onzin,' zei hij rustig. 'Jij bent ook een vechter, net als ik. Het enige verschil tussen ons is dat jij het zonder al die bombarie doet.'

Een stilte, en toen zei Richard: 'Cornwall doet je goed. Je ziet er goed uit, Isabel.'

'Ik voel me ook goed, dank je. Ik heb net een heerlijke week met Philip, Elaine en de kinderen gehad.'

'Ik heb Philip gezien. Hij vertelde dat hij een zoon heeft.'

'Ja, Rufus, wat een schatje. Hij is net Philip toen hij klein was. Het was behoorlijk confronterend... en aandoenlijk.' Ze zette haar lege glas neer. 'Mijn trein...'

'Blijf alsjeblieft eten, Isabel.' Zijn stem klonk snel en ruw. 'Je zult niet geloven hoe heerlijk het is om weer eens met iemand te praten die ik kén. Iemand aan wie ik niets hoef uit te leggen.'

'Ja, natuurlijk,' zei ze. 'Als je dat wilt.'

'Mooi.' Hij lachte kort. 'Maar misschien krijg je nog wel spijt dat je ja hebt gezegd. Mevrouw Rogers haalt het in de verste verte niet vergeleken bij mevrouw Finch.'

'Wat is er met mevrouw Finch gebeurd?'

'Pensioen. Ze woont bij haar zus in Suffolk. Volgens mij miste ze jou. Dat rottige uitzendbureau kan tegenwoordig niemand meer regelen... geen van de meisjes die ze sturen blijft hier langer dan een maand of twee. De WAAF is leuker en in de fabriek verdienen ze beter.'

Isabel gaf haar jas en hoed aan de meid, waste haar handen, controleerde haar gezicht in de spiegel in het toilet en liep naar de keuken. Die voelde als een slordige grot... Ook hier weer zoveel dingen die niet op hun plaats stonden. Ze moest op haar onderlip bijten om ze niet allemaal op te sommen. Er rammelden pannendeksels, de keuken stond vol stoom en er lag een geopend kookboek op tafel.

Mevrouw Rogers was een broodmagere vrouw van halverwege de twintig met een rode teint. Haar echtgenoot zat in het leger, vertelde ze Isabel, maar van een soldatenloon kon je niet rondkomen, dus kookte ze 's avonds voor meneer Finborough terwijl haar moeder op de tweeling paste.

'Er zijn niet genoeg aardappels,' zei mevrouw Rogers gegeneerd. 'Ik heb maar voor één persoon geschild. Thuis eten we altijd stoofpot of gehaktbrood, maar mevrouw Wilson van het bureau zei dat dat niet goed genoeg is voor meneer Finborough. Ik heb nog nooit een recept gelezen, ik maakte altijd gewoon wat mijn moeder vroeger maakte.'

'Meneer Finborough vindt alles wat je hem voorschotelt heerlijk,' zei Isabel stellig. 'Hij doet niet moeilijk over eten. En ik hoef geen aardappels, dank je wel. Ik moet op de lijn letten.'

Toen ze terugkwam in de zitkamer was Richard in zijn leunstoel in slaap gevallen. Isabel pakte het glas uit zijn hand en zette het op het bijzettafeltje.

Hij werd wakker van het geluid van de bel voor het avondeten. 'Vind je het goed als ik me niet omkleed?' vroeg hij. 'Ik heb alles een beetje laten verwateren, sinds...'

'Denk je dat ik een avondjurk aantrek en mijn sieraden omdoe als ik met mijn evacués aan tafel ga?'

'Nee.' Hij begon te grijnzen. 'Hoewel ik het wel leuk vind om te denken dat je dat doet.'

Tijdens de soep zei hij: 'Ik blijf maar aan die eerste brand denken. Weet je nog? Toen we elkaar net kenden? Ik kreeg in Lynton een telegram van John Temple. Ik wist dat ik meteen naar Londen moest, maar ik ben eerst naar jou gegaan.'

'We hebben toen toch ruziegemaakt?'

'Ik vrees van wel. Ik ben bijna weggereden en overwoog nooit meer terug te komen.'

'Wens je nu dat je dat had gedaan?'

Een stilte; hij legde zijn lepel neer. 'Soms, sinds je weg bent, wel. Ik heb wel eens gewenst dat ik je nooit had leren kennen. Toen je me over die man vertelde, die Broughton, dacht ik dat je daarom met me was getrouwd. Omdat je geen keuze had.'

'Nee, Richard.'

'Toch schuilt er wel een bron van waarheid in, of niet?'

Ze dacht diep na. Ze had het gevoel dat het nooit echt belangrijk was geweest om precies te begrijpen wat de waarheid was. 'Op de dag dat ik instemde met je te trouwen hield ik niet van je.' Ze zag zijn gezichtsuitdrukking bevriezen, maar ze hield aan. 'Of ik dacht dat ik niet van je hield. Ik voelde me wel tot je aangetrokken. Maar ik ben heel snel daarna van je gaan houden. Ik weet niet precies wanneer... dat is niet altijd duidelijk, hè, alsof je een lamp aandoet.'

'Voor mij was het liefde op het eerste gezicht.'

Ze zuchtte. 'Ik was beschadigd, Richard. Ik wílde niet van iemand anders houden, ik was niet van plan voor een ander te vallen. Ik was in eerste instantie kwaad op je dat je je een weg in mijn leven forceerde. Ik was eraan gewend geraakt alleen te zijn. Ik ben met jou getrouwd omdat ik begon in te zien dat ik misschien toch wél een toekomst had. En dat had ik heel lang niet gedacht.'

'Waarom heb je me niet eerder over Broughton en het kind verteld, Isabel? Waarom heb je het me toen niet verteld, in Lynton?'

'Als ik dat had gedaan, hoe zou je dan hebben gereageerd?'

'Dat weet ik niet. Ik heb echt geen idee.'

'Zou je dan anders over me zijn gaan denken?'

'Misschien,' gaf hij toe.

De meid ruimde de eerste gang af en serveerde de tweede. Richard zei: 'Je mag naar huis, Doreen. En zeg maar tegen mevrouw Rogers dat ze ook mag gaan.'

Toen ze weer alleen waren zei hij zacht: 'Ik móést je hebben, Isabel. Wat er toen is gebeurd, was geen rationele beslissing. Dus misschien had het wel niets uitgemaakt.'

'Ik wist niet meteen of ik je kon vertrouwen. Ik had niemand over Alfie of de baby verteld, helemaal niemand. Ik was eraan gewend geraakt dingen geheim te houden, dingen voor mezelf te houden. En toen we eenmaal waren getrouwd kon ik het je niet vertellen omdat ik wist dat ik het eerder had moeten doen. Het werd naarmate de tijd verstreek steeds onmogelijker.'

Buiten klonk het gehuil van de sirene. Richard keek terloops naar de verduisterde ramen. 'Dit geeft alles wel een ander perspectief, hè?'

Oorlog en baby's, dacht ze. Eindigheid en nieuw begin. 'Daarom ben ik hier. Ik wilde niet dat je alleen was nu je net de fabriek bent kwijtgeraakt. Er zullen wel niet veel mensen meer over zijn die weten wat hij voor je betekende.'

'Nee,' zei hij. 'Jij bent de enige.'

Het gerommel van het bombardement klonk in de verte. Ze keek op naar Richard. 'Wat doe jij als...?'

'Normaal gesproken niets. Als ze echt recht boven het huis vliegen ga ik onder de trap zitten. Als jij liever...'

'Nee.'

Hij glimlachte. 'Ik weet nog dat je toen ik je voor het eerst mee naar Londen nam dacht dat ik je wilde overhalen mijn minnares te worden.'

Zij glimlachte ook bij de herinnering. 'Ik zag mezelf voor me in rood satijn en kant in een liefdesnestje.'

'Een liefdesnestje... Mijn god.' Hij brulde van het lachen.

Ze zei: 'Daar hebben we ook ruzie over gemaakt, hè?'

'We zaten in een restaurant...'

'En toen kwam Freddie McCrory bij ons tafeltje staan.'

'Ja. Ik heb crêpes au citron besteld. Maar die hebben we niet opgegeten.'

'Nee,' zei ze. 'Inderdaad.' Ze was even stil. 'Ik heb je die avond geprobeerd over mijn dochter te vertellen, Richard. Maar ik kon het uiteindelijk niet. Ik wilde je niet kwijtraken.'

Luider gehuil en toen een knal. Isabel zei: 'Toen ik net bij je weg was, heb ik geprobeerd haar te vinden.'

'Het kind?'

'Ja.'

'En is dat gelukt?'

Ze schudde haar hoofd. 'Het gezin was verhuisd... meer dan twintig jaar geleden al.'

Er klonk een harde explosie. De ramen kletterden en het bestek schudde op tafel. Richard legde zijn servet neer. 'Misschien,' zei hij, 'moeten we maar gaan schuilen.'

De kast onder de trap lag vol herinneringen aan de kindertijd:

Sara's schaatsen, Theo's hengel, een berg regenlaarzen. Isabel had nu ze hier zo in het donker zat het gevoel dat de vliegtuigen recht boven het huis vlogen, hun bommen opzettelijk gericht op het huis van de familie Finborough in Hampstead.

'Gaat het altijd zo?' vroeg ze.

'Vaak wel, ja.'

'Hoe hou je dat vol?'

'Ik heb veel erger meegemaakt. Soms, als ik moe ben en het begint, betrap ik mezelf erop dat ik denk dat ik terug ben in de loopgraven. Dan kijk ik om me heen en ben verbaasd dat ik geen gras en ratten zie.'

Hij legde zijn hand op haar schouder om haar gerust te stellen. Ze perste haar lippen op elkaar om te proberen te voorkomen dat ze zou gaan beven... de bommen, zijn nabijheid.

'Het komt wel goed,' zei hij. 'Ze klinken dichterbij dan ze zijn. Ze zijn vast minstens vijftien kilometer verderop. En de trap is ontzettend sterk.'

Een hoog, jankend geluid maakte dat ze zich geschrokken omdraaide en haar gezicht tegen zijn borst duwde. Hij sloeg zijn arm om haar heen en mompelde geruststellende woorden. Zijn duim streelde haar nek. Toen ze haar hoofd omhoog deed, voelde ze dat hij haar op haar voorhoofd kuste. O god, wat haat ik dit, dacht ze. En: o god, wat heb ik dit gemist.

Toen de intensiteit van het bombardement uiteindelijk minder werd en het signaal 'einde luchtalarm' werd gegeven maakten ze zich van elkaar los. Richard deed de deur open en ze stapten de hal in.

'Ik moet echt gaan,' zei Isabel met onvaste stem. 'Ik kan bij Daphne Mountjoy logeren.' Ze liep naar de kapstok en zocht haar spullen bij elkaar.

'Blijf,' zei hij.

Haar hoofd schoot omhoog. Ze beefde weer. 'Richard?'

'Blijf alsjeblieft, Isabel. Blijf.'

'Ja,' fluisterde ze. 'Als je dat wilt.'

Als de bommenwerpers die nacht waren teruggekomen, had ze het niet gehoord. Ze sliep dieper dan ze in heel lang had gedaan, opgekruld tegen Richard aan in bed, uitgeput door de passie die ze had gevoeld. De seks was snel, wanhopig, onhandig, bijna pijnlijk van intensiteit geweest.

Toen ze de volgende ochtend wakker werd, voelde ze een diep welbehagen en diepe opluchting bij hem te zijn, de aanraking van huid op huid nadat ze zo lang alleen was geweest. Ze bleef doodstil liggen, wilde de betovering niet verbreken. Ze was vergeten hoe sterk het genot van fysieke liefde is, het genot die diepe intimiteit te delen met de man van wie ze hield. Ze had gedacht dat passie voor haar verleden tijd was... wat was dat dom geweest. Ze was zo aan de eenzaamheid gewend geraakt dat ze zichzelf er bijna van had overtuigd dat ze liever alleen leefde.

Uiteindelijk keek ze op de klok en stond op, liep naar de badkamer, nam een bad en kleedde zich aan. Het was nog donker en het was ijskoud in huis. Toen ze terugkwam in de slaapkamer was Richard in zijn kleedkamer. Ze hoorde dat hij stond te zingen tijdens het scheren.

Hij kwam de slaapkamer in en kuste haar. 'Jij bent vroeg op. Ik dacht dat je wel zou uitslapen.'

'Ik moet naar het station. Je weet hoe de treinen de laatste tijd zijn.'

Hij was zijn stropdas aan het strikken en fronste zijn voorhoofd. 'Het station?'

'Ik ga liever vroeg in de rij staan. Ik wil voorkomen dat ik midden in de nacht ergens strand.'

'Ik ging ervan uit dat je zou blijven. Na vannacht.'

'Lieverd, dat lijkt me heerlijk.' Ze gaf hem een kus. 'Maar ik moet naar huis. Ik ben sowieso al een dag te laat.'

'Huis...' herhaalde hij.

Ze zei snel: 'Ik bedoel naar Porthglas.'

'Je hoeft helemaal niet terug naar Porthglas. Als je je zorgen maakt om die verrekte luchtaanvallen, laat ik wel een schuilkelder bouwen.'

'Daar gaat het niet om,' zei ze terwijl ze haar kleren opvouwde en in haar koffertje deed. 'Het gaat om de jongens.'

'Philip en Theo?'

'Nee, nee, mijn evacués. Het was al moeilijk genoeg om iemand te vinden die een week voor ze wilde zorgen. Ik kan ze niet nog langer alleen laten.'

Ze klikte haar koffer dicht; toen ze hem aankeek, was zijn gezichtsuitdrukking killer geworden.

'Er kan toch wel iemand anders voor ze zorgen?'

'Nee, dat denk ik niet. Ze keek om zich heen naar de sieraden die ze de avond ervoor had afgedaan. 'Ik heb ze genomen omdat niemand anders ze wilde. Er zijn niet veel mensen die drie broers opnemen.'

'Ik wil dat je blijft, Isabel. Ik wil dat je bij me terugkomt.'

Ze zag dat hij boos aan het worden was. Ze was vergeten wat een kracht zijn woede was. Ze zei met een vlakke stem: 'Het zijn kinderen, Richard... misschien niet de aantrekkelijkste of minzaamste, maar het zijn kinderen en geen machines. Ik kan ze niet zomaar naar een ander doorschuiven, al zou die iemand er zijn, wat ik zeer betwijfel. En ik kan ze hier niet mee naartoe nemen, want het is hier niet veilig. Het heeft weken geduurd voordat Stanley zijn eerste woord tegen me zei en ik maak me serieus zorgen dat hij de rest van zijn leven stom blijft als hij nog een keer wordt ontworteld.' Richard begon te praten, maar ze onderbrak hem: 'Er worden in het hele land kinderen van hot naar her gestuurd. Iedereen denkt dat dat geen probleem is omdat het maar kinderen zijn en kinderen zich gemakkelijk aanpassen, maar daar ben ik het helemaal niet mee eens.'

Hij zei razend: 'Ik kan niet geloven dat je weigert thuis te komen vanwege een stel evacués.'

'Nee,' zei ze. 'Dat zal wel niet.' Ze voelde haar dromerige geluk afkoelen, opdrogen, plaatsmaken voor teleurstelling en vermoeidheid.

Het leek bijna niet de moeite te proberen het uit te leggen, gezien het feit dat hij zich over het algemeen echt niets kon voorstellen bij dit soort dingen. Maar ze probeerde het toch: 'Het zijn... kinderen zijn... waar ik goed in ben. Toen we onze eigen kinderen opvoedden, heb ik compromissen gesloten. Dat we Philip en Theo naar kostschool hebben gestuurd, dat was niet mijn keuze. Sara's introductie, terwijl ik wist dat ze daar geen behoefte aan had, terwijl ik wist dat ze net zo'n hekel had aan zulke sociale verplichtingen als ik... daar zou ik zelf ook nooit voor hebben gekozen. Als ik Sara nu zie, weet ik dat ik gelijk had. Ik had mijn gevoel moeten volgen. Ik moet het nu volgen.'

Hij zei kil: 'Het spijt me dat je het gevoel had dat je je ware gevoelens verborgen moest houden voor me. Maar dat schijn je behoorlijk vaak gedaan te hebben in de tijd dat we samen waren.'

'Richard, alsjeblieft...' zei ze vermoeid. 'Ik heb een leven voor mezelf gecreëerd. Wat dacht je dan dat ik zou doen nadat we uit elkaar zijn gegaan? Dat ik mezelf zou opsluiten en zou gaan zitten pruilen? Dat ik niemand zou zien en niets zou doen? En dan zeker naar jou terugkomen zodra jij dat wilde? Ik kan mijn verplichtingen niet zomaar laten vallen, al zou ik willen. Zoals ik al zei heb ik de jongens, en de tuin, en de Vrouwelijke Vrijwilligers... ik kan ze niet zomaar in de steek laten.'

'Ik neem toch niet aan,' zei hij sarcastisch, 'dat de oorlogsinspanningen tot stilstand zullen komen zonder jou. En de Vrouwelijke Vrijwilligers hebben in Londen vast ook wel wat voor je te doen.'

'Maar daar gaat het nu juist om!' riep ze geïrriteerd. 'Ik wil helemaal niet dat iemand anders een bezigheid voor me regelt! Dit is wat ík heb gekozen te doen... dit is het leven dat ik voor mezelf heb gecreëerd. Mijn bijdrage stelt in jouw ogen misschien niets voor, maar ik ben er trots op. Dát is wat ik je probeer te vertellen!'

'Dus je leeft liever zoals je nu doet?'

'Soms wel,' zei ze uitdrukkingsloos. 'En soms niet.'

'En je staat erop in Cornwall te blijven?'

'Ja, dat moet. Maar daar hoef je niet uit af te leiden...'

'Ik bel wel even een taxi voor je.'

'Richard,' zei ze, maar hij was al op weg naar beneden.

Toen ze op station Paddington aankwam vroeg ze zich af of ze de juiste beslissing had genomen. Ze waren te vaak uit elkaar geweest, bedacht ze. Ze waren niet als die gouden echtparen over wie je wel eens in de krant las, die opschepten dat ze geen nacht zonder elkaar hadden doorgebracht. Zij waren zo vaak uit elkaar gedreven, dacht ze, zij en Richard: door zijn werk, door oorlog, door hun ruzies.

Toen de trein optrok van het perron wilde ze eruit rennen, hem zoeken en smeken, hem vertellen dat ze zich had vergist. Maar ze bleef zitten en staarde uit het raam terwijl de locomotief vaart maakte en de fragmenten van de vernietigde stad voorbijschoten. Ze dacht terug aan de afgelopen nacht en vroeg zich af wat die had betekend, óf die iets had betekend.

Toen iets onverwachts: toen ze uiteindelijk in de cottage arriveerde, na een afgrijselijke reis waarbij ze in Exeter had moeten overnachten, lag er een brief van Richard op haar te wachten.

Ik heb vanochtend misschien wat overdreven gereageerd. Ik begrijp dat je liever in Cornwall blijft... je bent daar veiliger, Isabel. Ik ben vanwege mijn werk en de vrijwilligers van de Home Guard sowieso bijna nooit thuis, dus het zou weinig zin hebben als je nu naar Londen zou komen.

Hij had het briefje ondertekend met: *Liefs, Richard.*

15

Ruby's afdeling werd overgeplaatst naar een huis op het platteland. Greenhayes Hall stond in het koude Cambridgeshire, in de
buurt van de East Anglian luchtbases. Als ze het gebrom van de
motoren hoorden, keken zij en haar collega's vaak naar boven en
zagen dan de formaties vliegtuigen in de lucht.

Als Ruby zou zijn gevraagd in één woord te vertellen hoe zij de
oorlog ervoer, zou dat zijn geweest: 'Koud.' Ze had het altijd koud.
Alleen midden in het jaar waren er een paar maanden dat ze het
niet koud had. Greenhayes Hall stond op een glooiende helling
waar altijd een felle oostenwind overheen leek te blazen. Ruby
deelde een slaapkamer op zolder met twee andere meisjes van
kantoor. Op de koudste ochtenden zagen ze hun adem wolkjes
vormen en hingen hun kousen, die ze de avond ervoor hadden gewassen, stijf bevroren op de rail bij het bad. Om brandstof te besparen brandde er slechts één vuur, aan het einde van de ruimte
waar Ruby met twaalf andere vrouwen werkte. Ze bouwden torens
van dossiers rond hun bureaus om de tocht te weren. Als Ruby met
handschoenen aan had kunnen typen, had ze dat gedaan. Ze droeg
ze bijna constant en trok ze alleen uit voor een kort, ijzig gevecht
met het toetsenbord. Het eten was afgrijselijk: brood met marga-
rine, worstvlees en worteltjes. Ze at zoveel worteltjes dat ze ze begon te haten, gekookt door een chagrijnige vrouw die ooit voor de
eigenaars van het huis had gekookt.

En dan het gebrek aan privacy. De altijd aanwezige andere
meisjes, die kletsten, ruzieden en van alles van elkaar leenden – of
pikten – je laatste lippenstift, je haarspelden, je Tampax, je hoofd-
pijnpillen, je kam. De kwetterende gesprekken aan de ontbijttafel

en de geur van goedkope parfum die ze van een louche verkoper in de pub hadden gekocht. De hete, dierlijke lucht van drogende wol op het vuurscherm en de kousen en slipjes die aan in de badkamer gespannen touwen hingen... en dat terwijl de badkamer de enige plek in het hele pand was waar je even alleen kon zijn, en dat alleen totdat er iemand op de deur begon te bonken, die dan tegen je schreeuwde dat het buiten koud was en dat je moest opschieten. En dan dat liedje waar een van de meisjes helemaal weg van was en dat keer op keer op de grammofoon klonk.

In de koudste maanden maakten ze een schema waarop stond wie er 's nachts moest opstaan om de kranen open en dicht te draaien en de toiletten door te trekken omdat de pijpen anders zouden kapotvriezen. Ruby liep in een pyjama, trui, badjas en jas, met een kaars in haar hand door het donkere pand van badkamer naar badkamer. Sommige meisjes vonden dat rooster vreselijk omdat ze bang waren voor spoken in dat grote, oude huis. Ruby zou in die donkere maanden na de dood van haar moeder, waarin ze geen letter op papier kreeg, de afleiding een spook tegen te komen hebben verwelkomd. Ze zag een keer, toen ze haar bril was vergeten op te zetten en ze zacht door de oude, met hout betimmerde kamers liep, een grijze schim in de verte... maar het was meneer Spencer van de boekhouding maar, en toen ze allebei van de schrik waren bekomen aten ze samen de biscuitjes op die zijn vrouw hem had gestuurd.

Toen ze eindelijk weer kon schrijven ging ze aan de slag met een ander soort boek. De grote uitgeverijen hadden hun fondsen drastisch moeten inkrimpen vanwege de papierschaarste, en talloze kleine uitgeverijtjes schoten als paddenstoelen uit de grond om het gat in de markt te vullen dat ineens was ontstaan: de duizenden jonge mannen die waren weggehaald uit de fabrieken, van de boerderijen en bouwplaatsen, om weg te teren in legerkampen, op konvooischepen of in onderzeeboten. Mannen die, bij gebrek aan vrouwen – en soms ook aan alcohol – afleiding nodig hadden. De verhalen die die uitgevers wilden waren kort, snel en obsceen, met een vleugje oorlog, een vleugje tijdsbeeld. De romannetjes

461

werden gedrukt op flinterdun geel papier en stonden vol sensatio-
nele afbeeldingen van snelle auto's en nog snellere vrouwen, en
hadden titels als: *Dood in konvooi* of *De dodelijke Roodharige.*
Niet bepaald, schreef Ruby aan Theo, het soort fictie dat ze aan
haar had kunnen laten zien.

Maar hoe dan ook: de spoken, de meisjes, het eten, de kou... ze
moest ontsnappen.

Ze ontsnapte naar Nineveh voor het eten, dat moest ze wel, ondanks het feit dat ze razend was op tante Maude en Hannah dat ze
niet naar de begrafenis waren gekomen. Maar haar moeder had
gevraagd Hannah een broche te geven en Maude een gebedenboek, en bovendien droomde ze van de grote hammen vol kruid-
nagels die op de keukentafel in Nineveh lagen, en van de geur van
versgebakken brood en appeltaart, en de dozen vol Turks fruit.

Er klonk op Nineveh een explosie van geluid achter het erf. De
honden blaften, de ganzen snaterden en de kippen kakelden; Ruby
herkende in het groepje mensen dat in de verte stond te ruziën
Hannah en twee mannen, die stonden te zweten in hun pakken.

En tante Maude... maar, merkte Ruby geschokt op, een andere,
verschrompelde tante Maude, die was afgevallen en zwaar op haar
stok leunde terwijl ze met haar vrije vuist naar de twee mannen
zwaaide.

'Ze zijn van de Landbouwcommissie van Oorlog,' fluisterde
Hannah tegen Ruby. 'Ze willen dat moeder het kerkhofje omspit.
Dat staat moeder niet toe.'

'Het kerkhofje?' vroeg Ruby.

Hannah wees naar het veldje achter de boomgaard. 'Waar moeder de honden begraaft...' Een gil van een van de mannen van de
commissie, die werd belaagd door een gans met uitgestrekte nek.

Toen de mannen van de commissie vertrokken en Hannah tante
Maude terug hielp naar het huis, liep Ruby over het pad dat Hannah had aangegeven achter de boerderij, door de boomgaard en
over de lichte helling van het eiland waarop Nineveh was gebouwd. Halverwege de grens van het veld trof ze een tuintje aan
van ongeveer zes bij zes meter, een bizarre oase in een zee van

groene tarwevelden. Al die jaren dat ze op bezoek kwam op Nineveh, bedacht Ruby, en ze had nooit geweten dat het bestond. Smalle sintelpaadjes liepen tussen struikjes en geraniums door. Tussen de planten stonden stompe grafsteentjes, sommige met een naam erop. Bonny... Malachi... Dido... Het zompige stukje grond stonk naar uitdrogende rivierbedden, en zelfs in de lentezon zorgden de coniferen en laurierbomen dat het in de schaduw lag. Ruby rilde.

De alchemie van de oorlog had zelfs het onveranderlijke Nineveh veranderd. De boerderij was netter, in vorm geduwd, heggen gesnoeid, sloten uitgebaggerd en vrijwel elke vierkante centimeter grond gecultiveerd. Een meisje kiepte varkensdraf in de trog. Maar tante Maude was van alles en iedereen het meest veranderd. Ze kon alleen nog kleine stukjes lopen, ze zag slecht en had zweren op haar voet die maar niet genazen. Haar moeder had ruzie gehad met de dokter, vertrouwde Hannah Ruby toe, dus die kwam niet meer. Ze was al maanden niet naar de kerk geweest, maar de dominee kwam wel eens op bezoek en dan baden ze samen.

Het vuur in Maude Quinn was gedoofd. Ze zat uitgeput van de confrontatie met de mannen van de commissie in de salon, met haar verbonden voet op een krukje, en nam met een knikje en een grom het gebedenboek aan dat haar zusje haar had nagelaten. Weggeteerd, lam geworden en eindelijk geveld zat Maude in de salon gevangen tussen de lagen van het verleden van Nineveh, tussen de theekopjes, de snoeppapiertjes en de potten knopen en stukjes touw.

Ruby vluchtte zo vaak ze kon naar Londen, wrong zich in een overvolle, onverwarmde treincoupé of stond op de gang tussen de soldaten met hun plunjezakken gepropt, tegen hun stijve kakikleurige uniformen aangedrukt. Slagzinnen berispten haar vanaf reclameborden: Is UW REIS ECHT NOODZAKELIJK? Nou, ja, eerlijk gezegd wel, want anders word ik gek. De trein stopte op een rangeerspoor, de soldaten vloekten binnensmonds, draaiden een shagje, boden haar kauwgom aan. Eenmaal aangekomen in de stad stapte ze op de metro – wat een heerlijkheid, die warme, stoffige duisternis! – of liep over straat terwijl zoeklichten de zwarte sterrenhemel afzochten en af en toe een glinsterende zilverkleurige versperringsballon verlichtten.

Theo belde in de zomer dat hij een paar dagen verlof had. Ze spraken in Londen af, de vrienden van Theo en die van Ruby, waar ze hun gesprekken oppakten alsof die maanden van haar koude verbanning of zijn duizenden kilometers over de Atlantische Oceaan nooit hadden plaatsgevonden. Er was altijd wel een meisje dat aan Theo kleefde, een kleine blondine met een arbeidersaccent van de WAAF die de versperringsballonnen bediende, of een ex-debutante die nu net als Ruby in een of ander tochtig landhuis werkte. Ze gingen met zijn allen naar een overvolle zaal waar een show was of waar werd gedanst, of persten zich in de Marquess of Granby in Fitzrovia tussen de zwarte-marktkooplieden, de homo's en de deserteurs.

Ze waren altijd de laatsten die vertrokken, Theo en zij. Dan zaten ze nog druk te kletsen als iedereen al weg was, zelfs de Luva en de ex-debutante, tussen de lege glazen en sigarettenpeuken terwijl de kroegbaas riep dat het sluitingstijd was of de bandleden hun instrumenten inpakten. Ze wilde weten hoe het was om op een korvet te dienen en de schepen te escorteren die de levensmiddelen kwamen brengen, die de ruwe grondstoffen en de olie brachten die voorkwamen dat Groot-Brittannië zou uithongeren en zorgden dat de natie door kon vechten. Ze wilde weten hoe de afdelingen op zijn schip heetten, wat zijn werk precies inhield en hoe het voelde om daar te zijn, als je je moest verstoppen voor de onderzeeboten in de oneindige, lege duisternis; of het voor Theo hetzelfde was als voor haar: overal mensen, altijd, en maar een paar vierkante centimeter ruimte die je van jezelf kon noemen, waar je nauwelijks kon nadenken.

'Ik probeer niet aan thuis te denken als ik daar ben,' zei hij. 'Ik denk niet aan mijn familie en vrienden. Ik denk niet eens aan jou, Ruby, want als ik dat zou doen, zou ik me godvergeten eenzaam voelen.'

Ze vond het fijn hem te horen zeggen: 'Niet eens aan jou, Ruby.' Dat 'eens'. Alsof ze belangrijk voor hem was.

Antons status als geïnterneerde werd in februari 1941 verminderd van B naar C. Een maand later werd hij, tot Sara's onbeschrijflijke vreugde, vrijgelaten uit het interneringskamp op het Isle of Man, onder voorwaarde dat hij zich bij het Pioneer Corps zou voegen. Ze hadden een week samen voordat hij zich moest aanmelden bij een legerkamp in Devon. Ze mochten gebruikmaken van de cottage van Philip en Elaine in Hampshire. Ze wandelden, praatten, vreeën en leerden elkaar opnieuw kennen. Sara zag hoe de zeven maanden kamp Anton hadden veranderd: hij was stiller en keek verdrietiger uit zijn ogen.

Toen de week voorbij was namen ze de trein naar Ilfracombe. Hij wilde niet dat ze meeging naar de basis; ze namen afscheid in het hotel. Toen vertrok Anton naar het kamp waar hij de komende zes weken zou doorbrengen, en Sara ging naar Cornwall om een weekje bij haar moeder te logeren.

Toen Sara weer terug was in Londen ging ze naar haar werk in het British Restaurant, waar ze aardappels schilde en pasteien maakte. Toen Anton zijn training had voltooid werd hij in Newbury gestationeerd. Aangezien hij een ongewenste illegaal was mocht hij niet bij een regiment dat vocht, dus bestond zijn werk uit het laden en lossen van vrachtwagens, bomen omhakken, puin van bominslagen ruimen en het repareren van beschadigde bruggen en treinsporen.

Ze brachten Antons zomerverlof, eind juni, een lang weekend door in Hungerford, vijftien kilometer van Newbury. Ze logeerden in een pension in een zijstraat van de doorgaande weg, waar ze sliepen in een kamer die was behangen met papier met roze en blauwe bloemetjes. Ze gingen een dag wandelen in de heuvels. Toen ze in Antons armen in een weide lag en naar de blauwe hemel tuurde, voelde Sara zich vredig. Ze bespraken de gebeurtenissen van de afgelopen maanden en hadden het over het verleden. Toen ze probeerde het over de toekomst te hebben begon Anton over iets anders. Hij geloofde niet meer in de toekomst. Sara was bang dat hij al zijn vertrouwen erin was kwijtgeraakt.

Ze gingen 's middags terug naar het pension. Sara lag op bed met een open boek voor zich en dommelde af en toe even in. Anton lag naast haar te slapen. Ze liep na een tijdje naar beneden op zoek naar een kop thee.

Ze liep langs de zitkamer toen ze iemand hoorde zeggen: 'En nu we de Russen aan onze kant hebben...'

Ze stak haar hoofd om de deur. Twee luchtmachtofficieren zaten in leunstoelen naast de open haard. Een van hen glimlachte naar haar. 'Kan ik iets voor je betekenen, schoonheid?'

'Ik ving jullie gesprek op,' zei ze. 'Wat zei u over de Russen?'

'Wist je dat niet? De nazi's zijn vanochtend de Sovjet-Unie binnengevallen.' Hij klikte een gouden sigarettendoosje open. 'Sigaretje, schat?'

'Nee, dank u. Dus de Sovjet-Unie staat nu aan onze kant?'

'Daar ziet het wel naar uit. We zijn ineens beste maatjes met Stalin.' Hij streek zijn snor glad. 'Heb je zin om mee te gaan naar de film?'

'Nee, bedankt.'

'Of ik weet een leuke pub...'

Ze glimlachte. 'Dat klinkt gezellig, maar ik denk niet dat mijn echtgenoot dat prettig zou vinden.'

Teleurgesteld gekreun volgde haar de kamer uit terwijl ze zich naar boven haastte om Anton wakker te maken en hem het nieuws te vertellen. Anton rende naar buiten om een krant te kopen. Voor het eerst sinds de val van Frankrijk een jaar daarvoor vochten Groot-Brittannië en haar Dominions niet meer alleen tegen de nazi's, en Sara zag voor het eerst in heel lang hoop in Antons ogen.

Ruby mocht tot haar enorme opluchting in de herfst weg uit Greenhayes Hall. Ze werd overgeplaatst naar het ministerie van Bevoorrading. De Duitse bommenwerpers waren sinds de laatste, vernietigende aanval van 10 mei niet meer terug geweest in Londen. Er heerste weer enige schijn van een normaal leven op de straten, waardoor je jezelf er bijna van kon overtuigen, als je even vergat dat er geen auto's op straat reden, dat je terug was in het Londen van voor de oorlog.

Maar als je beter keek zag je de gaten tussen de huizen waar de bommen waren ingeslagen, de kerken zonder torens en de bergen tegeltjes en bakstenen op plaatsen waar een bom was gevallen. De hekken rond de parken en van de tuinen aan de pleinen waren weggehaald om ze om te smelten. De geheime tuinen die er ooit achter hadden gelegen waren nu omgetoverd tot volkstuintjes. De mensen op straat zagen er armoediger uit omdat er nauwelijks nieuwe kleding te krijgen was, en ze liepen met tassen en manden omdat je spullen in de winkel niet meer werden ingepakt.

Ruby vond een kamer in Ladbroke Grove. Hij had een hoog plafond en grote schuiframen en was behoorlijk uitgewoond, maar dat waren ze tegenwoordig allemaal. Ze haalde haar dozen en meubeltjes op de verschillende plaatsen waar ze ze tijdens haar verbanning op het platteland had opgeslagen en zette alles in haar kamer.

Ze moest voor haar nieuwe baan op bezoek bij fabrieken die voor het ministerie van Bevoorrading werkten, waar ze controleerde of er efficiënt werd gewerkt en of er genoeg arbeiders waren. Toen ze zag dat er een fabriek in Salisbury op haar lijstje stond, dacht ze meteen aan Claire Chance.

Maar ze zou niet dezelfde fout maken als de vorige keer: ze zou niet onaangekondigd gaan. Ze schreef naar het adres aan Moberley Road en ze ontving een paar dagen later een uitnodiging te komen.

Claire liet haar binnen, nam haar jas aan om aan de kapstok in de gang te hangen en zei: 'Fijn dat je schreef. Ik heb heel vaak gedacht dat ik je graag zou spreken. Je bent altijd de enige geweest die een beetje wist hoe ik me voelde.' Ze keek Ruby onderzoekend aan. 'Je hebt Nicky toch niet gevonden, hè? Je zei er niets over in je brief, maar ik vroeg me af...'

'Nee. Sorry.'

'Dat geeft niet.' Claire leidde Ruby de zitkamer in. 'Ik heb geen idee wat ik zou doen als hij nu zou terugkomen.' Ze bood Ruby een sigaret aan.

'Nee, dank je.'

'Vind je het goed als ik er wel een opsteek?' Claire klikte haar aansteker aan. 'Ik heb namelijk iemand anders leren kennen. Ik heb plezier met hem... hij werkt op de luchtmachtbasis in Boscombe Down. Ik zou niet met hem willen trouwen, maar ik ben ook niet op zoek naar een echtgenoot. Ga zitten, dan zet ik thee.'

Ze kwam een paar minuten later terug met een dienblad met thee en biscuitjes. Ze zei: 'Mijn huwelijk met Nicky, als je het zo kunt noemen, heeft geloof ik mijn vertrouwen in het instituut levenslang beschadigd.' Ze nam een trekje van haar sigaret en bestudeerde Ruby. Ze keek haar vragend aan.

'Mijn moeder is een jaar geleden overleden,' vertelde Ruby.

'Wat naar voor je.'

'En ik heb wat brieven van mijn vader tussen haar spulletjes gevonden. Hij heeft haar geschreven toen hij weg was, tijdens de oorlog.'

'Heb je ze gelezen?'

'Stukjes ervan. Ik kon het niet aan ze helemaal te lezen.' Ze pakte een koekje. 'Ik dacht toen ik klein was dat mijn vader de geweldigste man op aarde was.'

'Je was papa's kleine meid.'

'Ja, dat zal wel. Toen ik jou ontdekte, haatte ik hem. En nu krijg ik de puzzelstukjes gewoon niet meer aan elkaar. Het lijken wel verschillende puzzels. Ik wil zo graag weten wie hij echt was. Dat zou een manier zijn van hem vinden. Daarom wilde ik graag met je praten.' Ze glimlachte steels naar Claire. 'Er zijn niet veel mensen meer over die hem hebben gekend, weet je.'

Claire fronste haar wenkbrauwen. 'Je mag eerlijk zijn, hoor,' zei Ruby. 'Ik wil graag dat je eerlijk bent. Als hij, nou ja, geen goed mens was, wil ik dat weten.'

'Een goed mens...' Claire blies een wolk rook uit en kneep haar ogen tot spleetjes. 'Als je het van de ene kant bekijkt, was hij een klootzak. Hij heeft me op de allervreselijkste manier bedrogen... en jou en je moeder ook. Maar ik zal je vertellen wat mij het meest is bijgebleven over Nicky. Hij was altijd zo levendig. Je verveelde je nooit met hem in de buurt.' Ze maakte haar sigaret uit in de asbak. 'Wacht even.' Ze stond op en liep de kamer uit. Ruby hoorde haar de trap op rennen.

Ruby keek terwijl Claire weg was om zich heen in de kamer. Schilderijen – heel goede – aan de muren; foto's in zilveren lijstjes op het dressoir. Een jonge man in een luchtmachtuniform, en een meisje, donker en knap als haar moeder. Archie en Anne, nam ze aan. Haar halfbroer en -zus.

Claire kwam terug met een grote envelop in haar handen. 'Ik heb deze ik weet niet hoe vaak willen verbranden,' zei ze. 'Maar de kinderen staan er ook op, dus ik heb ze toch maar gehouden.'

Ruby bekeek de foto's die Claire aan haar gaf. Een portret van haar vader met een jongere, verblindend mooie Claire. Haar vader in een overhemd met korte mouwen, in een tuin, glimlachend in het zonlicht, met een verraste baby in een rompertje in zijn armen. Anne, met strikjes in haar haar, bij haar vader op schoot, die haar schoen dichtmaakt. Een kiekje aan de kust: een zandkasteel, de twee kinderen, en Nicholas met een schep in de weer.

Claire zei: 'Nicky was een goede vader, dat kan ik wel zeggen. Als ik moe was, gaf hij hun een flesje, verschoonde een luier... heel wat mannen zouden dat nooit doen. Toen ik me niet zo goed voelde nadat Anne was geboren, heeft hij een paar dagen voor hen gezorgd terwijl ik naar een vriendin was. Hij had allerlei plannen voor als ze ouder waren. Hij zou Archie cricket leren spelen, en Anne zou op balletles gaan, en hij zou het Witte Paard in Uffingham met hen gaan bekijken. Hij was dol op de kinderen. Dat is wel te zien, hè, op de foto's? Hij leek helemaal niet het soort man dat zomaar zou opstappen.' Ze begon te lachen. 'Hoor mij nou. Sentimentele sufferd.'

'Heb je Archie en Anne over pa verteld?'

Claire schudde haar hoofd. 'Niet alles, nog niet. Ze weten dat hij me heeft verlaten. Ik zou het wel willen vertellen, maar alleen als jij daar ook mee akkoord gaat. Geheimen hebben mij nooit goedgedaan, en ik zou het vreselijk vinden als Archie en Anne er op de een of andere manier per ongeluk achter zouden komen.'

Ze dacht even na. Toen: 'Als je denkt dat dat het beste is.'

'Misschien wil je ze een keer leren kennen. Dat is aan jou.'

Ze had niet genoeg familie, bedacht Ruby, om twee nieuwe leden te weigeren. 'Ja, dat zou ik leuk vinden.'

'Dank je.' Claire maakte nog een sigaret uit. 'En jij? Heb jij het aan iemand verteld?'

'Alleen aan Theo.'

'Je vriend?'

'Nee, nee, Theo is mijn vriend niet. Die heb ik niet over mijn vader verteld.'

Ze hadden het even over hun werk – Claire gaf weer handenarbeid – en daarna vertrok Ruby, en ze liep naar haar pension in Castle Street.

Ze kon die nacht niet slapen. De treinreis, de reeks gesprekken die ze in de fabriek had gevoerd, haar gesprek met Claire, alles bleef maar door haar hoofd spoken.

Ik heb mijn vriend niet over mijn vader verteld. Ze had Lewis nauwelijks iets over haar vader en moeder gezegd, en hij had er nooit echt naar gevraagd. Ze had na de dood van haar moeder met Theo en Sara gepraat, niet met Lewis. En Lewis had haar ook maar heel weinig over zijn familie verteld... de relevante informatie over Theresa en verder niets. Hun familie was niet het soort onderwerp waarover ze het hadden. Ze praatten over de oorlog, over de nieuwste liedjes en toneelstukken. Waarom eigenlijk?

En toen: *Hij leek niet het soort man dat zomaar zou opstappen...*

Sara's laatste bezoek aan Vernon Court, in de zomer, was om Davids vierde verjaardag te vieren. Hij was een vrolijke, stevige jongen geworden, met Gils zwarte haar en ronde ogen als zwarte bessen.

Ze ontving in de herfst een brief van Gil, die oorlogswerk deed in een onderzoekslaboratorium bij Bristol. De brief informeerde haar dat Caroline Vernon plotseling was overleden na een galsteenoperatie. Sara schreef terug om haar condoleances aan te bieden; zij en Gil spraken in Londen af om Davids toekomst te bespreken.

Gil logeerde in het Savoy. Hij zat in de foyer toen ze aankwam in het hotel. Sara gaf hem een kus. 'Wat naar, van Caroline. Het is moeilijk voor te stellen dat ze er niet meer is. Je zult haar wel vreselijk missen. Hoe is het met je, Gil?'

'O, het gaat wel.' Hij zag er verloren uit. 'Als ik aan thuis denk, zie ik het huis altijd met moeder voor me, in de tuin.'

'Hoe is het met David?'

'Hij mist haar vreselijk. Godzijdank hebben we nanny Duggan nog.'

'Ja, natuurlijk,' zei ze. 'Ik wil graag helpen... David kan een tijdje bij mij komen logeren, dan heeft nanny even rust.'

'O nee, nee, dat is niet nodig.' Hij kuchte kort. 'Ik wil je iets vragen, Sara.'

'Natuurlijk, schat.'

'Ik vroeg me af of je zou instemmen met een scheiding.'

Ze staarde hem verrast aan. 'Maar ik dacht dat je dat nooit zou overwegen?'

'Dat was moeder,' zei hij. 'Maar de tijden zijn veranderd en nu ze er niet meer is...' Hij hield even op met praten, voelde de pijn. 'Het is namelijk zo dat ik al een tijdje...' Toen keek hij haar in de ogen en zei: 'Ik wil trouwen, Sara. Met iemand anders.'

'O.' Ze glimlachte. 'Wat heerlijk voor je, Gil.'

'Ik kan natuurlijk een scheiding eisen op grond dat je me hebt verlaten, maar het zou voor iedereen beter zijn als je ermee zou instemmen.'

'Ja, dat begrijp ik. Natuurlijk stem ik ermee in.' Ze kuste hem op zijn wang. 'Hoe heet je verloofde? Waar ken je haar van?'

'Ze heet Janet Radbourne en ze werkt in het lab. We werken samen aan een project over de bevruchting van fruitbomen.' Nog een kuchje. 'Ze is hier ook. Wil je haar ontmoeten?'

'Graag.'

Gil rende naar een ontvangstruimte en kwam even later terug met een breedgebouwde jonge vrouw met scherpe gelaatstrekken en dik, donker haar dat in een boblijn was geknipt. Ze droeg een eenvoudige donkerblauwe rok met jasje en een witte blouse eronder.

'Sara, dit is mijn verloofde, Janet Radbourne. Janet, dit is Sara.'

Ze schudden elkaar de hand. Er volgde een kort, ongemakkelijk gesprekje, en toen nam juffrouw Radbourne de controle over en besloot dat ze samen thee gingen drinken.

Juffrouw Radbourne schonk in. 'Als we zijn getrouwd,' zei ze terwijl ze met het melkkannetje in de weer was, 'sluiten we het huis af en komen met David en nanny naar Engeland.'

Sara was geschokt. 'Gaan jullie Vernon Court sluiten?'

'Ja, dat is de verstandigste keuze.'

'Maar hoe moet dat dan met de tuin?'

'Ik ben bang dat de tuin voor zichzelf zal moeten zorgen,' zei Gil. 'Dickie Lynch is in dienst gegaan... ik neem aan dat het leger altijd plaats heeft voor brute kracht.' Hij reikte naar de taarten-standaard.

'Doe dat maar niet, Gil,' adviseerde juffrouw Radbourne. 'Misschien zit er wel gedroogd ei in, en dat verteert zo slecht.'

Gil trok zijn hand terug. 'Misschien een scone, dan...'

'Bessen, lieverd.' Juffrouw Radbourne wendde zich tot Sara. 'We willen het huis verhuren aan een school, of een andere geschikte organisatie.'

Sara dacht aan kindervoeten die de borders van Vernon Court vertrapten, aan cricketballen die door de oude ruiten van de serre knalden, en klimop en woekerkruid dat de planten verstikte waarvan Caroline zo had gehouden. Maar ze zei: 'Je neemt vast een goede beslissing, Gil.'

Twee dagen later ontmoette ze Edward voor hun gebruikelijke na-het-werkborrel. Ze vertelde hem over haar gesprek met Gil.

'Ik kan het nauwelijks geloven,' zei ze. 'Dat betekent dat Anton en ik eindelijk kunnen trouwen.'

'Nee, hoor.'

Ze schrok van zijn toon, van de woorden; ze staarde hem aan. 'Nou ja, niet nu meteen, bedoel ik. Pas als de scheiding erdoor is.'

Edward sloot zijn ogen en duwde zijn handpalmen tegen zijn gezicht.

'Schat,' zei ze bezorgd. 'Gaat het wel? Wat is er?'

'Niets.' Hij stond op en liep naar de bar voor nog een rondje.

Toen hij terugkwam, glimlachte hij. 'Ik ben heel blij voor je, Sara.'

Ze kneep in zijn hand. 'Weet je zeker dat het wel gaat, Edward? Je ziet er vreselijk moe uit.'

'Ja.' Een korte lach. 'Wie niet? Werk, werk, werk. En moeder is niet gemakkelijk.'

'Ik weet het, schat, ik weet het.'

Ruby werkte lange dagen die winter; ze reisde het hele land af om fabrieken te inspecteren voor het ministerie van Bevoorrading. Met kerst kreeg ze een kaart van Claire Chance, met een briefje erin. 'Ik heb Archie en Anne over jou en je moeder verteld,' stond er. 'Het was even moeilijk, maar we hebben goed gepraat en ze willen je graag leren kennen.' Ze waren van plan begin januari een paar dagen naar Londen te komen, als Archie verlof had, voegde Claire toe. Misschien konden ze een keer samen eten?

Ruby ontmoette haar halfbroer en -zus voor het eerst in de eetzaal van een hotel in Marylebone. Het gesprek, in eerste instantie ongemakkelijk, terwijl de kinderen van Nicholas Chance elkaar zaten in te schatten, werd gemakkelijker naarmate het later werd. Anne was levendig en openhartig, net als haar moeder, en ze leek het feit dat ze een bastaardkind was één grote grap te vinden: 'Wat vreselijk romantisch, hè, dat ik een liefdeskind ben? Ik voel me net een personage in een historische roman.' Ruby had de indruk dat Archie het er moeilijker mee had. Hij zei in eerste instantie weinig; ze betrapte zichzelf erop dat haar blik af en toe naar hem afdwaalde, op zoek naar de gelaatstrekken van haar vader.

Ze kreeg de maand daarna een briefje van Theo, waarin stond dat hij een paar dagen in Londen was met verlof. Ze spraken af in een bar aan Shaftesbury Avenue. Theo stelde haar aan zijn vrienden voor. Er was een meisje, Nancy, een Amerikaanse journaliste, die nogal aan Theo kleefde. Nancy's gezicht was een smal, goudkleurig ovaal met wat bijna onzichtbare sproeten rond haar smalle patriciërsneus.

Ze aten in een Italiaans restaurant. Ruby zat aan één kant van de tafel en Theo aan de andere. Nancy, die naast Theo zat, veegde nu en dan met een hand haar gladde donkerblonde haar uit haar gezicht, of ze leunde naar voren, met haar kin op haar vingers, om iets tegen hem te zeggen. Arme Theo, dacht Ruby, dat mens hing bijna in zijn soep. De man die naast Ruby zat, een luitenant-terzee derde klasse van Theo's schip, betrok haar in een aangenaam gesprek, maar ze begon zich naarmate de maaltijd vorderde geïrriteerd en ontevreden te voelen, en was opgelucht toen de laatste gast zijn koffie ophad en ze met zijn allen op weg gingen naar een nachtclub in Piccadilly.

Goudkleurige voilegordijnen, een stoffige kroonluchter aan het plafond en een luchtmachtband die 'Jealousy' speelde. De dansvloer was een grote veeg van kaki en marineblauw, vermengd met de felle kleuren van de rokken van de meisjes. Ruby danste met de luitenant, een Tsjechische piloot, en met iemand van de Canadese brandweer. Nancy danste aan één stuk door met Theo. Wat onbeleefd, dacht Ruby, dat ze hem zo voor zichzelf opeiste, terwijl zij hem allemaal een eeuwigheid niet hadden gezien. De luitenant werd iets te gezellig en ze moest hem afpoeieren, en hij eindigde aan de bar met een borrel om zichzelf te troosten. Ruby verstopte zich in een donker hoekje om hem te ontwijken. Het irriteerde haar dat ze zó naar deze avond had uitgekeken en dat ze er nu niets aan vond. Ze keek of iemand een vol glas tussen de enorme hoeveelheid lege op tafel had achtergelaten, maar dat was niet het geval. Ze had sowieso veel te veel gedronken; misschien was dat wel wat er aan de hand was.

Het was laat, er dansten nog wat stelletjes en de muziek was zacht en verleidelijk. Nancy kwam naast haar zitten. 'Dus...' – een zachte, zusterlijke, samenzweerderige toon – 'Theo Finborough. Heel aantrekkelijk. Wat ik zou willen weten is waarom er geen meisje is dat zo slim is om hem in te pikken. Heeft hij een vrouw over wie ik niets weet?'

'Nee. Theo is niet getrouwd.'

'Hij is toch niet homoseksueel?'

'Natuurlijk niet,' zei Ruby kil.

'Je kunt nooit weten, schat. Die afstandelijke types...'

'Ik denk niet,' zei Ruby nu koeltjes, 'dat Theo zin heeft om ingepikt te worden.'

'O jawel hoor, dat willen ze allemaal, ze weten het alleen niet.' Nancy's elleboog balanceerde op het tafeltje en haar kin rustte op haar vuist terwijl haar ogen Theo volgden. Haar mond krulde op in een glimlach. 'Hij is een echte hartenbreker. Misschien een tikje afstandelijk, maar ik durf te wedden dat ik hem wel warm krijg.'

'Theo is afstandelijk. Hij is altijd afstandelijk geweest. Zo is hij.'

'Ik vind het heerlijk om een project te hebben, en Theo Finborough is mijn volgende project.' Een snelle blik naar Ruby. 'Daar loop ik jou toch niet mee in de weg, hoop ik?'

'Theo en ik? Nee, natuurlijk niet. We zijn gewoon goede vrienden.'

'Hoe goed?'

'Ik ken Theo sinds mijn twaalfde.'

'Wat fascinerend.' Nancy leunde naar haar toe. 'Hoe was hij als jongen? Vertel me eens wat over hem.'

Ruby zei: 'Sorry, maar ik moet naar het toilet.' Ze pakte haar tasje en verliet de tafel.

Op weg naar de toiletten dacht ze: gruwelijk, verwaand nest... *Ik durf te wedden dat ik hem wel warm krijg...! Theo Finborough is mijn volgende project...!* Waar haalt ze het lef vandaan! Ze tuurde naar haar spiegelbeeld, met haar neus tegen de spiegel omdat ze haar bril nooit droeg als ze uitging, keek of haar make-up nog goed zat en deed haar haar. In de hoek van de ruimte stonden drie meisjes te giechelen en ze hoorde in een van de hokjes iemand huilen. Ruby klopte op de deur en vroeg: 'Hallo? Gaat het wel?'

'Ja. Prima,' antwoordde een waterige stem, gevolgd door een hoop gesnotter in een zakdoek.

Ze overwoog gewoon naar huis te gaan, maar haar jasje hing over een stoel, dus ze liep terug de dansruimte in. De band speelde nu 'A Nightingale Sang in Berkeley Square'. De tekst, nostalgisch en vreselijk bekend, ging door haar hoofd. Ze bleef even staan bij de deur, tuurde om zich heen en vond Theo, die bij de bar stond. Hoe bijziend ze ook was, ze kon hem altijd vinden: het was iets aan zijn houding, aan de manier waarop hij bewoog, bekend maar altijd interessant, altijd fascinerend voor haar. *Ik durf te wedden dat ik hem wel warm krijg...* Hoe durfde dat gruwelijke mens Theo te willen veranderen terwijl hij perfect was zoals hij was?

En een moment van besef, van begrip. Ze trok zich terug in de schaduw van een gordijn, alsof ze bang was dat haar gedachten op haar voorhoofd stonden gedrukt, bang dat iemand – dat hij – ze zou lezen.

Ze was verliefd op Theo Finborough. Ze was al heel lang verliefd op hem, maar was te blind geweest om dat in te zien. Ze zocht in haar tasje naar haar bril, zette hem op en bekeek hem goed. Alleen al naar hem kijken was heerlijk. Ze wist precies hoe zijn dikke, zwarte haar viel, hoe zijn mond krulde als hij lachte, of hoe hij zijn rechte, zwarte wenkbrauwen optrok als hij het ergens niet mee eens was. Ze kende de ingehouden energie in zijn houding, de manier waarop hij altijd leek toe te kijken, leek te wachten. Ze wist alles over hem en zo weinig over zichzelf.

Toen draaide hij zich om, keek om zich heen, zag haar en stak een hand op. Ruby propte haar bril in haar tasje en haastte zich naar hun tafel.

Theo kwam er gelijk met haar aan. 'Zullen we dansen, Ruby?'

'Waar is Nancy?'

'Die is weg. Ze moet morgen vroeg op. Ze heeft een taxi naar haar hotel genomen. Kom, we hebben de hele avond nog niet gedanst.'

'Ik ben moe. Ik wilde net gaan.'

'Eén dans maar. Alsjeblieft.' Zijn ogen lokten en hij stak zijn hand naar haar uit.

Eentje dan, dacht ze, en ze liet zich naar de dansvloer leiden. Nog één dans en dan zou ze nooit meer met hem dansen. Ze zou zorgen dat ze te druk was, en anders liet ze zich gewoon overplaatsen naar het noorden van Schotland.

Maar wat voelde het heerlijk om zo dicht tegen hem aan gehouden te worden. Ze sloot haar ogen en liet haar hoofd tegen zijn schouder rusten. Toen de dans uit was, haalde hij zijn hand door haar haar. 'Hé, slaapkop,' zei hij, en ze rechtte haar rug.

'Het is laat. Ik moet naar huis.'

'Ik breng je wel even.'

Hij pakte hun jassen en ze verlieten de nachtclub. De stilte voelde terwijl ze naar het metrostation liepen als een bijna fysieke barrière tussen hen in, alsof er een sluier tussen hen in hing.

Ze verbrak hem en vroeg: 'Ben je al thuis geweest?'

'Eventjes, vanmiddag.'

'Hoe is het met iedereen? Hoe is het met Richard?'

'Goed, voorzover ik weet... Hij was er niet.'

Ze liepen via de roltrap naar de perrons. Toen ze onder aan de trap waren, hoorden ze dat er een trein binnenkwam, dus ze renden het perron op. Ze waren nog net op tijd en gingen naast elkaar zitten.

Hij vroeg: 'Hoe is je nieuwe baan?'

'Prima.'

Hij keek haar aan. 'Prima? Verder niets? Leuke mensen? Nieuw kantoor?'

Als ze haar vingers ook maar een centimeter had bewogen, zou ze zijn hand hebben aangeraakt. Ze propte haar handen in haar jaszakken. 'Het is leuk. Beter dan de hele dag op kantoor. Ik vind het leuk om al die steden te zien. En jij?'

'Prima,' zei hij. En toen: 'De laatste was behoorlijk zwaar.'

'Is het schip nog onbeschadigd?'

'Het begint wat slijtage te vertonen. Het ligt in het droogdok voor reparaties.'

Ze stapten op Oxford Circus over op de Central Line. Hij vroeg: 'Wat vond je van Nancy?'

'Ze is wel leuk... een beetje zelfingenomen.'

Die manier waarop hij zijn wenkbrauwen ophaalde. 'Ze is een indrukwekkende vrouw. Ze heeft samen met de andere verslaggevers vanaf de kliffen bij Dover de slag om Groot-Brittannië gezien en is net terug van drie maanden Caïro. Ze heeft een vreselijke reis op de Middellandse Zee gehad.'

Ruby zei ijzig: 'Zo te horen zie je haar wel zitten, Theo.'

'Ik vind haar leuk.'

477

'Het is geen blijvertje. Dat zijn ze nooit.'

Hij keek weg, zijn starende blik ging door het rijtuig en hij ontweek, zoals iedereen dat altijd doet in de metro, de blikken van de andere passagiers. Haar woorden weerklonken in haar hoofd; ze vond ze gemeen.

'Ik bedoelde dat ze wel terug zal gaan naar Amerika, toch?'

'Ze hoopt hier tot het eind van de oorlog te blijven.'

Een stilte. Vanbinnen een rauw en afgewezen gevoel dat ze koste wat kost verborgen moest houden. En wat belachelijk, wat vernederend, dat ze eerst op de ene onbereikbare Finborough-broer verliefd was geworden, en nu op de andere!

Hij zei: 'En trouwens, jij hebt mooi praten.'

'Hoe bedoel je?'

'Lewis Gascoigne. Getrouwd, gaat nooit scheiden, dus je loopt geen enkel risico.'

'Ja, wat een pech, hè?'

'Pech?' Hij maakte een snuivend geluid. 'Dat is wat je zo aantrekkelijk aan hem vindt, dat hij altijd onbeschikbaar blijft.'

'Wat een onzin. Ik ben gek op Lewis.'

'Ja, maar je houdt niet van hem, toch?'

'Natuurlijk wel,' zei ze stijfjes.

'Nee hoor. Hoe vaak denk je aan hem als hij er niet is?'

'Vaak.'

'Maar niet altijd. Hoe voel je je als je een brief van hem krijgt?'

'Ik vind het altijd leuk als Lewis me schrijft.'

Zijn ogen, een mengeling van groen en bruin, bestudeerden haar en hij zei spottend: 'Leuk. Dat is geen passie, Ruby.'

Maar dat wist ze al een tijdje. Lewis en zij hadden elkaar de afgelopen maanden maar een paar keer gezien. Hij was ontzettend vaak weg naar iets waarover hij niets mocht zeggen. En ze zag, nu ze erop terugkeek, dat haar verbanning in Cambridgeshire zowel een fysieke als emotionele barrière tussen hen had opgeworpen. Ze gingen af en toe naar een restaurant of show en belandden daarna wel eens in bed. Wel eens, maar niet altijd.

Ze vond het prettig alles overzichtelijk te houden, dacht ze. Een vriend om politiek mee te bespreken en een ander om mee uit te gaan. Weer een ander voor de seks, en nog een om lange gesprekken mee te voeren. Het was veiliger zo. Zo liep je tenminste niet het risico dat één iemand te veel voor je ging betekenen. Ze voelde zich ineens diep ellendig en moest doen alsof ze iets in haar tasje zocht om te verbergen dat ze tranen in haar ogen kreeg. Niets ergers dan dronken, huilende meisjes: dan zou Theo haar nooit meer willen zien.

Ze stapten uit op Notting Hill Gate en liepen naar Ladbroke Grove. De scherpe, kristallijne kou stak in haar gezicht. Ze struikelde in het aardedonker over een stoeprand en Theo greep haar hand.

'We lijken wel op elkaar, hè?' zei hij vriendelijker. 'Mijn probleem is dat ik wil dat alles perfect is. Wat de reden is waarom, zoals je al zei, niemand ooit een blijvertje is.'

'Nancy is niet bepaald perfect.'

'Ruby, volgens mij heb ik nog nooit een vriendin gehad die je wél leuk vond.'

'Dat komt doordat je zo'n slechte smaak hebt.' Dat was als grap bedoeld, maar het kwam er pinnig en stekelig uit. 'En trouwens,' zei ze snel om het te verbergen, 'je vergist je: we lijken helemaal niet op elkaar. We zijn totaal anders.'

Hij zei koeltjes: 'Je bedoelt Philip, zeker. Ben je nog steeds...? Ja, dat zal wel.'

Ze kon zijn gezichtsuitdrukking niet zien in de duisternis. Ze liepen verder, arm in arm maar met een enorme ruimte tussen hen in, en zeiden verder niets tot ze bij haar huis kwamen.

Ze vroeg op de trap: 'Heb je zin in koffie?'

'Nee, laat ik maar gaan.'

Iets in haar deed vreselijk veel pijn. 'Zie ik je nog?'

'Ik moet morgen terug naar mijn schip.'

Hij gaf haar een kus op haar wang en werd opgeslokt door de duisternis. Ruby liet zichzelf in huis en liep naar haar kamer. Ze trok haar jas uit en trapte haar pumps uit. De kamer, háár kamer – ze was altijd zo trots geweest een eigen plek te hebben – voelde vandaag klein en armoedig. Hij zag er tijdelijk uit: ze zou hier niet lang blijven. Ze zette een ketel water op. Pakte één mok. Ze vroeg zich af of ze er ooit automatisch twee zou pakken. Ze keek naar de bedbank, dacht aan al dat gedoe met uitklappen en opmaken en besloot dat ze er geen zin in had, dat ze er zó op zou slapen, met wat dekens om warm te blijven. Ze voelde zich ontworteld, vreselijk bewust van het feit dat ze één klein en eenzaam atoom was in een stad vol andere atomen die druk rondvlogen en soms botsten met andere, maar er bijna nooit mee samensmolten.

Theo belde Sara.

'Hoe is het met Anton?'

'Uitstekend. We gaan trouwen zodra mijn scheiding erdoor is.'

'Gefeliciteerd. Dat werd ook wel tijd.'

'Hoe is het met jou, Theo?'

'Ik doe mijn best. Ik maak me zorgen om pa.'

'Hij is toch niet ziek?'

'Nee. Maar hij zorgt niet voor zichzelf. Alle bedienden behalve Dunning zijn vertrokken, het huis is een puinhoop en hij kan nog geen theewater koken. Hij weet niet eens hoe hij toast moet maken. Dat zal wel komen omdat hij het nog nooit zelf heeft hoeven doen. Hij eet natuurlijk bijna elke avond op de club, maar hij moet de rest van de tijd voor zichzelf zorgen. Ik trof hem vanmorgen aan het ontbijt aan. Sardientjes uit blik.'

'Arme pa.'

'En hij heeft nachtmerries.'

'Nachtmerries?'

'Over zijn tijd in de loopgraven. Ik hoor hem bijna elke nacht. Dan ligt hij te gillen.'

'O, Theo, wat afschuwelijk!'

'Ik heb geprobeerd er met hem over te praten, maar hij zei dat ik me met mijn eigen zaken moest bemoeien.'

'Dat is een probleem, ja.'

'Dat doet hij altijd.'

Er viel een stilte. De telefoonlijn kraakte en ze zeiden allebei niets. Toen zei Theo: 'Ik vraag me af of deze oorlog net zo is... of wij er door achtervolgd gaan worden zoals de generatie van pa. Of misschien is deze anders. Misschien dat mensen toen niet verwachtten dat hij zo zou worden, dat ze dachten dat het roemvol zou zijn... heldhaftige charges van de cavalerie en officieren met rode uniforms en zwaarden.'

'Anton probeert bij het echte leger toegelaten te worden,' zei Sara. 'Niet het Pioneer Corps, maar een echt regiment, dat vecht. Dat heeft hij altijd al gewild, maar het mag niet. Maar ze beginnen er nu toch over te praten om ongewenste illegalen als Anton te bewapenen.' Ze wond de telefoonlijn om haar vingers. 'Ik weet wat er gaat gebeuren,' zei ze zacht. 'We gaan eindelijk trouwen en dan wordt hij naar Noord-Afrika of het Verre Oosten uitgezonden en dan verlies ik hem opnieuw. Ik kan er niet meer tegen. Ik kan er soms gewoon niet meer tegen.'

'O, Sara toch. Heb je er met hem over gepraat?'

'Ja, we hebben het overal over. Maar ik ga niet proberen hem over te halen niet te gaan. Dat zou niet eerlijk zijn, toch? En het is ook een van de redenen dat ik zoveel van hem hou: dat hij zo dapper is en vecht voor wat goed is. En dat hij nog steeds voor dit land wil vechten, na alles wat hem is overkomen.'

'Maar voor jou is het wel moeilijk.'

'Ach, mannen moeten werken en vrouwen moeten huilen... of zoiets.'

'De Amerikanen gaan zich nu tenminste ook eindelijk echt met de oorlog bemoeien.'

Twee dagen daarvoor, op 7 december, had Japan de Amerikaanse vloot bij Pearl Harbor gebombardeerd. De oorlog woedde nu wereldwijd en werd op vele fronten tegelijk uitgevochten.

Sara vroeg: 'Hoe is het met jou, Theo? Hoe is het echt met je?'

'De laatste keer was behoorlijk moeilijk. We zijn zes schepen van ons konvooi kwijtgeraakt.' Een stilte. 'Er zat een olietanker bij. Die hebben ze getorpedeerd... het was één grote vlammenzee. De mannen zwommen in brandende olie rond... of dat probeerden ze...' Zijn stem ebde weg.

'O, Theo... Zo te horen begin je het behoorlijk beu te worden.'

'Het gaat wel. Maar hoe komt het toch dat als je dan eindelijk verlof hebt, waar je maanden naar uit hebt gekeken, het nooit wordt zoals je je voorstelde? Dat je denkt aan alles wat je tegen mensen wilt zeggen en het dan om de een of andere reden niet doet?'

'Mensen...?'

'Ja,' zei hij op zijn en-dit-is-het-einde-van-dit-gesprektoon die Sara zo goed kende. 'Mensen.'

Sara ging die avond naar huis.

Ze was jaren geleden voor het laatst in haar geboortehuis geweest. Het eind van een huwelijk, het herontdekken van de liefde. Toen ze over de oprijlaan liep viel het haar op dat er groente in de bloembedden werd gekweekt, dat er gaten in het grindpad zaten en dat de verf op de raamkozijnen bladderde.

Ze belde aan. Waarom was ze hier? Omdat, dacht ze, ze er zo verdrietig van werd voor zich te zien dat haar vader sardientjes uit blik at.

Ze stond lang te wachten, en overwoog wat ze zou gaan zeggen, maar toen haar vader de deur opende zei ze alleen maar: 'O, papa' en begon te huilen.

Hij zag er zoveel ouder uit: zijn haar was verbleekt, niet meer vlammend rood, en zijn ogen waren opgezwollen. Hij liep ondanks de kou in een overhemd, nogal een gekreukeld exemplaar, zonder gesteven kraag.

Hij klopte haar op haar rug en zei: 'Dat is niet nodig. Zo wordt mijn overhemd nat en ze zijn niet gestreken.'

Sara haalde haar neus op, veegde haar ogen af en liep achter hem aan het huis in. Richard zei: 'Als je voor Theo komt, die is er niet.'

'Ik kom niet voor Theo. Ik ben hier voor jou, pa.'

Hij keek verrast, maar blij. 'Echt waar?'

'Ik kwam kijken of het wel gaat.'

'Zoals je ziet gaat het prima.'

'O, pap,' zei ze boos terwijl ze om zich heen keek. 'Kijk nou toch!'
Het was ijskoud in de hal. Ze had kunnen tekenen in het stof op
het dressoir en de tafel. Alles was lukraak achtergelaten: jassen en
hoeden in de vensterbank, kranten, paraplu's en geopende enveloppen waar de inhoud half uit lag. Ze herinnerde zich dat haar
moeder en de bedienden altijd zijn spullen opruimden.

Hij vroeg: 'Heb je het koud?'

Sara schudde haar hoofd. 'Ik heb mijn jas aan.'

'Wil je een beker warme chocolade? Dat kan ik heel goed klaarmaken.'

'Lekker, pap.'

Het was in de keuken warmer en schoner dan in de rest van het
huis. Ze vermoedde dat Theo daar een handje in had.

Ze zei: 'Als je je overhemden even geeft, zal ik ze voor je strijken.'

Hij liep weg en kwam een paar minuten later terug met een arm
vol overhemden. Sara zette de strijkplank op terwijl haar vader
melkpoeder in het water schepte en het mengsel op het gas zette.

Hij vroeg: 'Werk je nog in dat café?'

'Ik heb me aangemeld bij de Land Army.'

Hij keek haar kort aan. 'Dat is net wat voor jou.'

'Vooral de paarden.' Ze raakte voorzichtig het ijzer aan om te
voelen of het al heet genoeg was. Toen zei ze: 'Gil heeft de scheiding aangevraagd.'

Hij keek haar aan. 'Is het heus?'

'Ja. Hij wil hertrouwen.'

'Mijn god. Ik had niet gedacht dat hij het in zich had.'

'Als de scheiding erdoor is, ga ik met Anton trouwen.' Haar vader begon te praten, maar ze onderbrak hem. 'Het is goed hoor, je
hoeft het er niet mee eens te zijn. Ik weet dat je hem niet mag.'

Richard had zijn bril opgezet om de instructies op het blik cacao
te lezen. Hij fronste zijn wenkbrauwen. 'Het punt was niet dat ik
hem niet aardig vond... nou ja, misschien een beetje. Maar ik kan
niet zeggen dat ik er blij van werd te zien dat je je leven vergooide
aan een of andere verrekte Duitser...'

'Oostenrijker, pa.'

'Oostenrijker dan.' Richard legde de lepel neer en draaide zich om om haar aan te kijken. 'Ik vond hem niet goed genoeg voor je, Sara. Het enige wat ik ooit heb gewild was het beste voor jou.'

'Anton is de beste voor me,' zei ze resoluut. 'Ik hou van hem. Ik hou al jaren van hem... volgens mij was het liefde op het eerste gezicht. Ik denk niet dat ik ooit van iemand anders zal houden.' Het strijkijzer gleed over een overhemdsmouw. 'Ik ga zodra het kan met hem trouwen en ik wil niet dat je nogmaals probeert me tegen te houden.'

Hij stond met zijn rug naar haar toe bij het gasfornuis. Hij zei: 'Ik ben niet van plan je tegen te houden. Je bent een volwassen vrouw, Sara, en je moet doen wat jij denkt dat goed is. De vorige keer was je pas twintig. Een kind. Ik probeerde je te beschermen.'

Er welde een golf verbittering in haar op. 'En vorig jaar,' zei ze, 'toen je Anton hebt overgeleverd aan de autoriteiten, probeerde je me toen ook te beschermen?'

Hij draaide zich om en keek haar aan. 'Overgeleverd aan de autoriteiten? Waar heb je het over?'

'Je weet precies waarover ik het heb!'

'Nee, Sara, ik heb echt geen idee.'

'Ik geloof je niet, pa,' zei ze boos. 'Je hebt de politie verteld waar hij was ondergedoken. En toen zijn ze hem komen halen.'

Hij schudde zijn hoofd. 'Nee,' zei hij, 'dat heb ik niet gedaan.'

De melk kookte over. 'Jezus,' zei Richard. Hij schonk wat er over was in de mokken en begon onhandig de overgekookte melk op te vegen.

'Laat mij maar, pa,' zei ze, en ze nam de vaatdoek van hem over. Ze zei terwijl ze de kookplaat schoonveegde en de doek uitspoelde: 'Iemand heeft het Tribunaal verteld dat Anton en ik samenwoonden. Het moet iemand zijn geweest die ons goed kende.'

'Maar ik was het niet.'

'En toen Anton vorige zomer onderdook, heeft iemand de politie verteld waar hij was. Ik nam aan dat je hem had laten volgen.'

Richard zag er geïrriteerd uit. 'Hoe kun je denken dat ik zoiets zou doen? Zoiets achterbaks en geniepigs!'

'En die keer dat je hebt gedreigd Anton het land uit te laten gooien? Was dat niet achterbaks?'

'Helemaal niet. Dat was een totaal andere situatie. Zoals ik al zei was je toen nog een kind en probeerde ik je te beschermen. Maar iemand verraden aan de politie? Nee, dat zou ik nooit doen.'

Ze bestudeerde zijn gezicht. 'Echt niet?'

'Hoe vaak moet ik het nog zeggen?'

'Maar als jij het niet hebt gedaan, wie dan wel?' Maar het drong ineens tot haar door en ze zei heel zacht: 'O.'

Haar vader zei: 'Drink je chocolademelk nou maar op, anders komt er een vel op en dat haat je.'

Dinsdagavond: Sara wachtte op Edward in een pub in Westminster, ingepakt in haar bontjas in de slecht verlichte, rokerige bar en wimpelde de mannen af die haar drankjes, sigaretten en gezelschap aanboden. Toen Edward binnenkwam liet ze hem haar op haar wang kussen... uit gewoonte, nam ze aan.

'Het gebruikelijke?' vroeg hij, maar ze schudde haar hoofd.

'Ik blijf niet.'

'O.' Hij keek teleurgesteld. 'Dan loop ik met je mee naar waar je naartoe gaat, als je dat wilt.'

'Nee, bedankt.'

Hij keek haar bezorgd aan. 'Wat is er, Sara?'

'Ik ben een paar dagen geleden bij mijn vader geweest. Ik heb altijd aangenomen dat hij degene was die de politie heeft verteld waar Anton was, maar dat is niet zo, hè?'

Hij was naast haar komen zitten. Ze zag dat hij wit wegtrok. Ze zei: 'De enige andere mensen die wisten waar hij was, waren Ruby en Peter. En ik denk niet dat die hem zouden verraden.'

Hij begon te praten, maar hield zichzelf tegen. Toen zei hij zacht: 'Het spijt me. Het spijt me vreselijk. Ik wist dat het verkeerd was, maar ik kon mezelf er niet van weerhouden.'

'Dus jij hebt het gedaan?'

'Ja.'

Op dat moment haatte ze hem alleen maar. Ze dacht terug aan

de maanden dat ze zonder Anton had moeten leven en de angst die ze had doorstaan, bang dat hij was verdronken bij het zinken van de Arandora Star.

'Hoe kon je?' Toen hij geen antwoord gaf, zei ze: 'Je wist wat hij in Wenen had doorstaan. Je wist hoe bang hij was om nogmaals de gevangenis in te moeten.'

'Ja.' Een enkele, vlakke lettergreep terwijl hij naar de tafel staarde.

'Waarom, Edward?'

Hij keek haar recht aan. 'Weet je dat niet?'

'Nee.'

Hij begon hard te lachen; mensen in de pub staarden hem aan. Toen zei hij: 'Omdat ik van je hou, natuurlijk. Wist je dat niet? Nee, natuurlijk niet. Waarom zou je die mogelijkheid ook maar overwegen? Waarom zou je denken dat die oude, saaie Edward, de allemansvriend maar niemands boezemvriend, van jou zou houden?'

Ze had even nodig om te herstellen, maar toen zei ze: 'Als wat je zegt waar is, is dat geen excuus.'

'Nee, dat zal wel niet.'

'En het getuigt niet van liefde,' zei ze razend, 'om iemand zoveel pijn te doen. Liefde is onbaatzuchtig. Liefde stelt de ander voorop.'

'Is dat zo? Ik zou het niet weten. Ik heb er niet veel ervaring mee.' Hij wreef met zijn vingertoppen over zijn voorhoofd. 'Jij bent het mooiste wat me ooit is overkomen, Sara. De eerste keer dat ik je op station Euston zag, is mijn leven veranderd. O, ik weet dat jij nooit zo over mij hebt gedacht en het is me maar heel zelden gelukt mezelf ervan te overtuigen dat ik een kans bij je maakte. Maar ik heb sinds ik jou ken het gevoel dat ik leef. Je bent de reden dat ik 's ochtends opsta en doorga. Ik sta sinds ik jou ken niet meer aan de zijlijn. Ik sta nu in het centrum, in het centrum van mijn eigen verhaal. Ons verhaal.'

Ze stond op en pakte haar tasje en handschoenen. 'Wij hebben nooit een verhaal gehad, Edward, jij en ik,' zei ze kil. 'Ons verhaal heeft nooit bestaan.'

486

Hij ging naar huis.

Zijn moeder was zes weken na het einde van de Blitz naar Londen teruggekeerd. Toen hij zijn jas en hoed ophing, riep zijn moeder: 'Heb je sinaasappels?'

'Nee, moeder, die zijn er niet. Maar ik heb wel brood, groenten, en een stukje vlees.'

'De zoon van mevrouw Dixon heeft wel sinaasappels gevonden.'

'Dan heeft mevrouw Dixon geluk,' zei hij stekelig.

Edward liep de keuken in. Toen hij alleen woonde had hij de meeste avonden buiten de deur gegeten. Sinds zijn moeder terug was in Londen kookte hij zelf. Er kwam twee of drie keer per week een vrouw schoonmaken en aardappels schillen, maar ze kwam niet altijd opdagen en als ze er wel was, werkte ze slordig... niet dat hij er wat van zei, want dat durfde hij niet; als hij dat deed, zou hij zelf de vloeren en het bad moeten schrobben.

Edward deed na het eten de afwas en veegde de tafel schoon. Toen hielp hij zijn moeder zich klaarmaken om naar bed te gaan: hij sloeg haar dekens open, zette een kop thee voor haar en hielp haar de badkamer in. Ze werd de laatste tijd zwakker en hij zag wel dat er een tijd zou komen dat ze zichzelf niet meer zou kunnen uitkleden, dat ze zelf niet meer zou kunnen baden. Hoe moesten ze het dan redden, als de oorlog nog niet voorbij was en het zo moeilijk was om hulp te vinden? Ze zou het vreselijk vinden als hij haar in haar nachtpon of in bad zou moeten helpen. Hij vroeg zich wel eens af of dat was waarom ze zo'n hekel aan hem had: omdat ze het zo vreselijk vond afhankelijk van hem te zijn.

Toen hij eenmaal alleen was deed hij het licht uit, trok het verduisteringsgordijn open en keek naar buiten. Het was stil op straat, er klonk vanavond geen sirene. Hij was weer verkouden; hij had keelpijn en was te moe om te lezen. Hij was zo moe... niet de vermoeidheid die komt door slaaptekort, die hij tijdens de Blitz had gevoeld, maar een diepere vermoeidheid, die voortkwam uit de lange, moeilijke dagen en de uitputting van de geest. Hij was moe van alles, moe van 's ochtends opstaan en naar zijn werk gaan, moe van in zijn lunchpauze in de rij staan voor eten of voor de medicijnen van zijn moeder.

Maar het meest van alles was hij moe van zichzelf. Toen hij Anton Wolff had verraden had hij zichzelf voorgehouden dat hij het voor zijn land deed. Wolff was een ongewenste illegaal: hij had als trouwe staatsburger alleen maar zijn plicht gedaan door de politie te vertellen waar Wolff was ondergedoken. Maar hij had geweten, diep vanbinnen, dat hij Anton Wolff had verraden omdat hij hem haatte... en omdat Sara van hem hield, natuurlijk. Hij had zichzelf nooit echt gemogen, maar nu mocht hij zichzelf nog minder, nu was hij nog een beetje meer van zijn zelfrespect verloren.

Hij dacht terug aan de avond dat Sara en hij door de Blitz hadden gerend. De kleuren van de hemel, de geluiden die de lucht vulden, het hele felle, transformerende orkest ervan. Haar zachte warmte, in zijn armen, terwijl hij haar beschermde tegen het brekende glas. En hij wist dat hij zich nooit meer zo gelukkig of vrij zou voelen als die avond, toen hij hand in hand met een meisje door de brandende straten van Londen had gerend.

16

Haar moeder wilde niet dat de dokter kwam. Tijdens de laatste maanden van haar ziekte, toen ze niet meer in staat was naar beneden te komen, lag Maude Quinn in haar slaapkamer. Haar enorme gestalte was gereduceerd tot een schaduw van wat ze was geweest, ze kon bijna niets meer zien en de zweren op haar benen lekten. Het enige deel van haar dat volhield was haar ijzeren wil. Ze verbood Hannah de dokter te halen – een of andere ruzie toen ze net ziek was, een nooit vergeten belediging, en Maude Quinn had het hoe dan ook nooit met artsen op gehad – dus verpleegde Hannah haar helemaal alleen.

Als haar moeder iets nodig had hamerde ze met de onderkant van haar wandelstok op de vloer. Het geroffel van de wandelstok werd gevolgd door dat van de voeten van Hannah door het huis. Dan stond ze kleding te wassen in de gootsteen, of was ze aan het bakken in de keuken, en dan hoorde ze het sommeren van de stok: Tap, tap, tap.... het geluid weerklonk door het hele huis en dan rende Hannah naar boven om haar moeders kussens op te schudden of haar te helpen wat water te drinken. Het leek wel of haar moeder altijd dorst had. Hannah hield het glas tegen haar moeders droge, gebarsten lippen terwijl ze het water naar binnen slokte alsof ze in geen dagen had gedronken. Druppels gleden over de vouwen naast haar kin en op haar nachtpon. Dan liet ze zich terugvallen in haar kussens, sloot haar ogen, en dan was het huis even vredig. Dan klonk de wandelstok weer. Tap, tap, tap... Dag en nacht, aan één stuk door, in gelijke tred met Hannahs hart.

Als moeder met haar stok op de vloer hamerde trokken de landarbeidsters gewoon hun wenkbrauwen op naar het plafond en gin-

gen verder met hun werk: het sorteren van de eieren, de melkbus-
sen schrobben of het ontbijt opschrokken dat Hannah voor hen
had gemaakt. Hannah was bang voor de landarbeidsters, die Diana
en Marie heetten. Diana was breedgebouwd en sterk, en haar
blonde haar lag in dikke krullen om haar gezicht. Als het waaide
of regende bond ze een groen-witte sjaal om haar hoofd. Ze sprak
woorden anders uit dan Hannah; Hannah begreep haar niet altijd en dan moest ze Diana vragen te herhalen wat ze had gezegd,
en dat deed Diana dan tergend langzaam en nadrukkelijk, alsof
Hannah gek was.

Marie was klein en dun met korte, donkere krullen, maar haar
tengere postuur weerhield haar er niet van grote hoeveelheden
maïs op de kar te hijsen of het ploegpaard het veld over te leiden.
Marie stak nu en dan een sigaret op, die ze rookte met haar hoofd
in haar nek gegooid, haar gekwelde gezicht vertrokken terwijl ze
met een dromerige blik in haar ogen inhaleerde. Toen ze net op de
boerderij werkte had Marie Hannah eens een sigaret aangeboden.
Hannah had geschrokken en verrast haar hoofd geschud. Marie
had haar er sindsdien nooit meer een aangeboden. Als ze over het
erf liep was Hannah zich bewust van Marie, die dan op het randje
van een kar of schuilend in de deuropening van een schuur haar
sigaret stond te roken. Ze wist niet of Marie naar haar keek of niet.

Diana en Marie waren twee handen op één buik. Hun gesprekken verstomden als Hannah binnen kwam lopen. Als Hannah hen
hoorde lachen, vroeg ze zich af of het over haar ging. Diana en
Marie waren brutaler sinds moeder boven lag. Ze sliepen op de
benedenverdieping van het huis in de kamer waar Hannahs vader,
Josiah Quinn, vroeger de boekhouding had gedaan. Toen de landarbeidsters waren gekomen hadden er stapels boeken en dozen op
de planken gestaan, vol rekeningen en stukjes papier waarop Josiah Quinn de inkomsten van Nineveh had bijgehouden. Moeder
had tegen de meisjes gezegd dat ze van de dozen moesten afblijven. Maar in de winter, toen moeder bedlegerig was geworden, gebruikten Diana en Marie de papieren van Josiah Quinn om de
haard mee aan te maken. Ze pakten ook hout van de stapel en eten

uit de kast zonder het eerst te vragen. Moeder zou razend zijn als ze het zou weten, van de papieren, het hout, het brood en de appels, maar moeder wist het niet, omdat ze bedlegerig was, haar communicatie met de wereld beperkt tot het bonken met haar stok op de vloer, en Hannah was te bang om er iets van te zeggen.

Het was tijdens moeders laatste maanden dat Hannah zich onwel begon te voelen. Ze had af en toe buikpijn en was misselijk. Dan ging het weer weg en vergat ze het, maar dan kwam het een paar weken later weer terug. Als de pijn heel erg was, durfde ze zich nauwelijks te bewegen, uit angst het erger te maken. Als haar moeder haar niet nodig had lag ze opgekruld op bed, bewegingloos tot het over was.

Toen Maude Quinn wegzakte in haar sterfbed werd ze te zwak om met haar stok te hameren, dus zat Hannah dag en nacht naast haar bed. Het was buiten te koud om het raam open te kunnen doen en Hannah stookte het vuur op om moeder warm te houden, dus de lucht was zwaar en benauwd. Het stonk in de kamer naar vies linnengoed; haar moeder was te zwak om op haar zij te rollen zodat Hannah het bed kon verschonen en zelfs nu, in haar verzwakte toestand, was ze nog zo zwaar dat Hannah haar niet kon optillen. En dan was er ook nog de stank van de rottende zweren op haar moeders benen, die maar niet dichtgingen, hoe vaak Hannah ze ook schoonmaakte en het verband verving. Haar moeder sliep heel veel en werd kreunend wakker.

Een stormachtige nacht in februari: de toppen van de bomen zwiepten in de wind en regenwater vulde de greppels. De landarbeidsters waren naar een danspartij in Ely, dus Hannah was alleen op de boerderij met haar moeder. Haar moeders ogen waren gesloten en haar gezicht was bleek en ingevallen. Hannah luisterde naar de wind en naar de ademhaling van haar moeder.

Toen keek ze op en zag dat haar moeder haar ogen had geopend. 'Moeder?' vroeg ze.

De lippen van haar moeder bewogen, vormden woorden. Hannah leunde naar voren om te proberen te verstaan wat ze zei.

'De boerderij...'

'Ja, moeder?'

'Je moet hier blijven. Dat weet je. Je mag Nineveh nooit verlaten. Beloof het.'

Een klauwende hand reikte uit en greep die van Hannah. 'Ja, moeder,' fluisterde Hannah. 'Dat beloof ik.'

Maude Quinns ogen vielen dicht en haar hand ontspande. Haar ademhaling werd die nacht steeds luidruchtiger en moeizamer. Hannah vond dat het wel leek of haar gezicht van was was, de kleur geelwit, de huid bijna doorzichtig en bloedeloos. Het geluid van haar ademhaling leek de kamer te vullen, waardoor Hannah het huilen van de wind buiten niet meer hoorde. Het enige wat er klonk, was het tikken van de klok en de ademhaling van haar moeder, die steeds minder vaak kwam. En toen de laatste ademhaling.

Hannah zat op het puntje van haar stoel te wachten. Waarop? Dat haar moeder zou gaan ademen, bewegen, spreken, schelden, slaan. Ze kon niet geloven dat die dominante persoonlijkheid voor altijd uit haar leven was. Haar moeders ogen stonden een heel klein stukje open; het waren vervaagde, zwarte spleetjes. Toen Hannah ze huiverend sloot verwachtte ze dat de pupillen vuur zouden gaan schieten, dat haar moeder haar ogen zou openen, en dat ze uit zou reiken en haar zou slaan. Dat ze met die stem van zelfingenomen razernij zou zeggen: 'Onhandig kind. Maar we weten wel wat er met onhandige meisjes gebeurt, hè?'

Toen klapte er een raam open, opengerukt door de wind, en het sloeg tegen de zijkant van het huis. Een golf ijskoude lucht waaide door de kamer, waardoor de verbleekte gordijnen opwaaiden en flapperden, en de stapels papier op de ladekast en de franje aan de beddensprei bewogen. De vlam van de olielamp begon te wapperen en schaduwen flikkerden over het dode gezicht van Maude Quinn, waardoor het leek te bewegen. Hannah bleef beweginglloos staan, doodsbang, haar gebalde vuisten tegen haar mond gedrukt, even bang voor haar moeder nu ze dood was als toen ze leefde.

Haar buik deed weer pijn. Toen ze de slaapkamer van haar moeder uit liep, voelde Hannah de eerste steek.

Ze liep naar haar eigen slaapkamer en ging op bed liggen, haar knieën tegen haar borst getrokken. Ze wilde slapen; de weken dat ze haar moeder had verpleegd hadden haar uitgeput, maar de wind maakte zo'n lawaai, en haar buik deed zo'n pijn, en haar moeder lag een paar kamers van haar vandaan. Tap, tap, tap... ze dacht dat ze de stok van haar moeder op de vloer hoorde hameren en ging overeind zitten, bevend, zwetend. Ze keek verwilderd om zich heen en verwachtte half dat de deur zou opengaan en dat haar moeder binnen zou komen lopen. Tap, tap, tap... en toen drong het tot haar door dat het maar een boomtak was die tegen het raam tikte.

Je mag Nineveh nooit verlaten... Maar dat had Hannah altijd al geweten.

Na een paar uur trok de pijn weg. Hannah stond voorzichtig op en liep naar de lade waar ze de brieven bewaarde die George Drake haar had geschreven. Ze kroop weer in bed, ging op haar zij liggen, trok de dekens over zich heen en begon te lezen. Ze kende ze al uit haar hoofd, maar ze voelde zich er beter door als ze de letters op het papier zag. Haar oogleden werden zwaar en ze viel in slaap.

Toen ze de volgende ochtend door de gang liep hoorde ze Diana en Marie praten in de keuken. Hannah bleef bij de deur staan, sprak zichzelf moed in en dwong zichzelf de deur te openen. Toen ze naar binnen liep, draaiden de landarbeidsters zich om en staarden haar aan; Hannah keek naar de vloer. Ze zeiden hallo en Hannah mompelde een hallo terug. Het was koud in de keuken, want ze had zich verslapen. Het fornuis was aan – dat moest altijd branden – maar het vuur in de haard was nog niet aangemaakt. Diana en Marie zaten met hun jassen aan en sjaals om bij het fornuis. Ze zaten brood te smeren en hadden het stuk bacon van de haak gehaald, waar ze plakken af sneden.

Hannah voelde zich vervreemd van alles, alsof ze er niet echt was. Het lukte haar uit te brengen: 'Moeder is vannacht gestorven. Ik moet naar Manea om de dominee te halen.'

Een korte stilte en toen sputterde Diana door een mond vol brood met boter: 'Godallemachtig, je bedoelt toch niet dat ze boven dood in bed ligt, hè?'

Marie zei: 'Diana!' en sloeg een kruis. Toen zei ze tegen Hannah: 'Dat wil ik wel voor je doen. Ik kan fietsen, dat gaat sneller.'

'Dank je.'

Marie trok haar handschoenen aan, die lagen te warmen op het fornuis. Diana mompelde: 'Het is echt ongelooflijk hier... ijskoud, niet eens een goede badkuip en nu ligt er nog een lijk boven ook.' Toen begon ze bacon te bakken.

'Je ziet er niet uit, meid,' zei Marie vriendelijk. 'Hier, neem deze maar.' Ze zette haar mok chocolademelk voor Hannah op tafel. Toen zei ze: 'De koeien zijn gemolken, maar ik heb de varkens nog niet gevoerd, Diana. Ik ben zo terug, dus bewaar een boterham met bacon voor me.' Toen liep ze het huis uit.

Gil had een huis in Bristol gehuurd. Als Sara bij David op bezoek wilde vanaf de boerderij in Wiltshire waar ze werkte, betekende dat een ingewikkelde reis met drie verschillende buslijnen en een enorme wandeling. Toen ze was gearriveerd, lunchte Sara met Gil en Janet. Nanny Duggan bracht David na zijn middagslaapje naar beneden en Sara speelde met hem in de salon terwijl Gil en Janet in de broeikas werkten. David was een leuke jongen geworden, met een grote bos zwart haar en donkere, intelligente ogen. Hij ging sinds kort naar de kleuterschool en was populair taalgebruik gaan bezigen: 'super' en 'afgrijselijk' waren woorden waarvan ze vermoedde dat hij ze op school had opgepikt. Hij vertelde haar over zijn juf, juffrouw Harcourt, en zijn beste vriend, Butterworth, die een hond had die Pepper heette.

'Lieverd, wil jij ook een hond?' riep Sara. 'De labrador op de boerderij heeft net een schattig nestje... ik kan er wel een voor je regelen, als je dat leuk vindt.' David bedankte haar beleefd en zei dat dat ja, alstublieft, echt super zou zijn.

Toen was het tijd voor Davids eten. Sara hakte de bovenkant van zijn gekookte ei en liet hem zien hoe hij 'broodsoldaatjes' in het eigeel kon dopen. Nanny keek met een afkeurende blik toe en mompelde iets over vieze tafelmanieren. Toen at David appelmoes met custardpudding en na het eten liepen ze hand in hand naar beneden.

Toen kwamen Gil en Janet terug in de salon en liet Davids hand die van Sara los, en rende hij de kamer door en riep: 'Ik heb brood-soldaatjes gemaakt, mama!'

'Echt waar, lieverd? Wat leuk,' zei Janet, en ze nam hem op schoot.

Het was haar eigen keuze, bedacht Sara zich toen ze achter in de bus zat op weg terug naar de boerderij. Als David Gils aanstaande als zijn moeder was gaan zien was dat alleen maar een goed teken. En ze had geen spijt van de keuzes die ze had gemaakt, nooit. Dus was het dom van haar, toch, dat ze zat te huilen?

Ze moest in haar tasje graaien op zoek naar haar zakdoek, die ze tegen haar ogen drukte terwijl de kale bomen en geploegde vel-den door het met modder bespatte raam vervaagden en de bus over het kalkstenen heuvelige grasland denderde.

Koude wind en overstromingswater dat een laagje op de velden en paden vormde. Ruby wandelde na de dienst in de dorpskerk over het kerkhof en haar blik dwaalde af naar de inscripties op de graf-stenen. Tragedies, baby's van enkele maanden oud die gestorven waren aan koorts. Grote romances, huwelijken van veertig of vijf-tig jaar, die pas ten einde waren gekomen nadat man en vrouw een paar weken na elkaar waren gestorven. Sommige van de oude ste-nen waren onleesbaar, de ouderwetse letters vervaagd en bedekt met mos.

Ze keek over haar schouder naar het groepje mensen bij de kerk. Meneer Merriman, de notaris van de familie Quinn, stond nog met Hannah te praten. De twee landarbeidsters stonden op de stoep buiten het kerkhof samen een sigaret te roken. Het handjevol an-dere rouwdragers, voormalige arbeiders en bedienden van de fa-milie Quinn, stond samen bij de kerkmuur, alsof ze schuilden voor de wind.

Ruby ontdekte dat er geen zerk was die het graf van Josiah

Quinn markeerde, Maudes echtgenoot en Hannahs vader. Josiah Quinn was in de oorlog omgekomen. Voor de kerk stond een grijze marmeren gedenksteen ter ere van iedereen uit Manea die tijdens de Grote Oorlog het leven had gelaten. Voor 1918 las Ruby: 'Smart... Newell... Pope... Marshall...' en een paar anderen. Ze las de lijst twee keer, om het zeker te weten, en toen keek ze bij de andere oorlogsjaren. Geen Quinn. Wat gek.

Met een paar anderen liep ze terug naar Nineveh, hun regenlaarzen klotsend door de modder. Ruby sprak met Hannah, en met mevrouw Drake, die in een cottage van Nineveh woonde.

'Was je vader methodist, Hannah?'

Hannah keek Ruby met bange konijnenogen aan. 'Nee, nee, de familie Quinn is altijd anglicaans geweest.'

Ruby vertelde over het oorlogsmonument. 'Oom Josiah is toch omgekomen tijdens de oorlog? Ik dacht dat hij misschien op een ander monument staat, als hij hier niet naar de kerk ging.'

Hannah schudde haar hoofd. 'Moeder zou nooit met iemand zijn getrouwd die zich van de Anglicaanse Kerk heeft afgescheiden.'

Enorme poelen lagen verspreid over het laag liggende land aan de voet van het eiland waarop Nineveh was gebouwd. Iemand had planken neergelegd. Ze liepen er achter elkaar overheen voordat ze het pad door de velden bereikten. De wind blies hier hard en guur, en ze grepen hun hoeden vast. Toen ze het erf op liepen, maande Hannah de honden tot stilte en ze joeg de ganzen weg.

Ruby wilde net het huis in lopen toen er iemand aan haar mouw trok.

'Juffrouw Chance,' zei mevrouw Drake. 'Ik hoorde dat je Hannah naar de oude Josiah Quinn hoorde vragen.' Ze sprak zacht. 'Ik dacht dat je het misschien wel wilde weten.'

Ruby vroeg: 'Dat ik wat wilde weten?'

'Waarom hij niet op dat monument staat. Josiah Quinn is namelijk gedeserteerd.'

Een windvlaag blies Ruby's haar in haar gezicht; ze veegde het weg terwijl ze mevrouw Drake aanstaarde. 'Gedeserteerd? Weet u dat zeker, mevrouw Drake?'

'O, ja. Het hele dorp wist het. Maude Quinn heeft jou zeker verteld dat hij in de strijd is gesneuveld, hè?' Mevrouw Drake schudde haar hoofd. 'Dat was een leugen.'

'Wat is er dan gebeurd?'

'Josiah is met verlof naar huis gekomen, vlak voor het eind van de oorlog, en hij is nooit teruggegaan. De militaire politie is geweest om hem te zoeken, maar hij was verdwenen. Niemand hier heeft ooit nog iets van hem vernomen. En als Maude Quinn ooit nog iets heeft gehoord, heeft ze dat aan niemand verteld.' Mevrouw Drake glimlachte grimmig. 'Maar hij was geen groot verlies. Wat een ellendeling was dat, die Josiah Quinn, inhalig en gierig. Ik neem niet aan dat mevrouw Quinn heeft gerouwd om zijn vertrek.'

'Hielden ze dan niet van elkaar?'

'Of ze van elkaar híélden?' Mevrouw Drake keek sarcastisch. 'Ze haatte hem. En met een goede reden, als ik zo vrij mag zijn. De enige keren dat ik ooit met mevrouw Quinn te doen heb gehad was als hij er wél was. Maude was met hem getrouwd om zijn geld, en ik durf wel te stellen dat ze daar spijt van zal hebben gehad. Als ze tegen hem in ging, sloeg hij haar... en erger. Hij sloeg haar af en toe bont en blauw. Die man kende geen mededogen. Zij natuurlijk ook niet, maar hij was veel sterker dan zij.' Mevrouw Drake fronste haar wenkbrauwen en keek op naar Nineveh. 'Ze leken op elkaar, die twee, heb ik altijd gevonden. Ze haalden het slechtste in elkaar naar boven.'

Toen ze weer in Londen was belde Ruby Richard, die haar te eten uitnodigde in zijn club.

Richards club was exact zoals Ruby die zich had voorgesteld: gebarsten leren Chesterfieldbanken, donker houten wandpanelen en oude mannen met puntboorden die in leunstoelen zaten te slapen. Ze vertelde Richard tijdens de soep over tante Maude.

'Wat was ze voor iemand?' vroeg Richard.

'Afschuwelijk,' zei Ruby. 'Ze was de afschuwelijkste vrouw die ik ooit heb ontmoet.'

Richard begon bulderend te lachen. 'Ik heb ook nooit geloofd in om de hete brij heen draaien... eerlijkheid duurt het langst. En je nichtje?'

'Hannah is heel anders dan tante Maude. Ze is niet wreed.' Ze roerde in haar soep, die naar gist smaakte, alsof het Marmite met water was. 'Ik voel me altijd schuldig als ik aan haar denk.'

'Schuldig?' Hij keek haar aan. 'Waarom?'

Eerlijkheid duurt het langst, had Richard Finborough net gezegd. Ruby dronk de laatste lepel soep leeg terwijl ze een eerlijk antwoord probeerde te formuleren.

'Ik zou met haar te doen moeten hebben – en dat heb ik ook – maar ze irriteert me ook mateloos. Dan denk ik: waarom gaat ze niet weg, waarom dóét ze niets? En dan schaam ik me, omdat ik wel weet waarom ze dat niet doet. Omdat tante Maude elk beetje wilskracht uit haar heeft geslagen.'

'Maar nu de oude dragonder er niet meer is...'

'Ik heb Hannah gevraagd of ze van plan is te vertrekken,' zei Ruby geïrriteerd. 'Ik heb haar zelfs aangeboden dat ze bij mij mag komen wonen terwijl ze een eigen plekje zoekt, hoewel ik binnen een dag gek zou worden van dat gemok. Maar ze zei dat ze op de boerderij blijft.'

'Het is haar thuis,' zei Richard vriendelijk.

'Maar wij hebben ons thuis toch ook verlaten? U bent uit Ierland weggegaan... en ik ben uit zoveel huizen vertrokken.'

'Maar jij en ik lijken op elkaar, hè? We zijn rusteloos en hebberig. We willen altijd meer. Ik heb je altijd een echte Finborough gevonden, Ruby, al was het niet door geboorte, maar door adoptie.'

De ober kwam de borden halen en vroeg of ze schapenvlees wilden of boeuf bourguignon, die heel wat meer bourguignon dan boeuf was, zei Richard, dus ze bestelden allebei schapenvlees.

Ruby zei: 'Ik wilde u naar mijn vader vragen. Ik wil weten hoe hij echt was.' Ze keek hem recht in de ogen. 'Ik ben geen kind meer. Ik wil dat u me de waarheid vertelt.'

Richards staarde even in het niets; Ruby nam aan dat hij terugdacht aan het verleden. 'Nicholas was sterk, eerlijk en betrouwbaar,' zei hij. 'Als je hem vroeg iets te doen kon je ervan op aan dat het goed zou gebeuren. En hij was een van de dapperste mannen die ik ooit heb gekend. Wat hij voor mij heeft gedaan... zulke dapperheid is dun gezaaid.'

'Maar...?' spoorde ze hem aan.

Richard zag er getergd uit. 'De oorlog laat geen man onveranderd. Sommige mannen verliezen de moed, kunnen niets meer aan. In die tijd noemde je zo iemand een lafaard... of nog erger: dan werd je gefusilleerd als deserteur. Dat doen we tegenwoordig goddank niet meer. Maar Nick was anders... de oorlog heeft hem juist onverschrokken gemaakt. Oorlog neemt je iets af. Het is alleen maar menselijk om bang te zijn.' Hij was even stil. 'Nicholas is naarmate de oorlog vorderde wispelturiger geworden. Het werd steeds moeilijker voor hem om zijn woede te beheersen.'

'Dacht u dat hij het soort man was dat zijn familie in de steek zou laten?' vroeg ze.

'Maar mij heeft hij niet in de steek gelaten, toch?' zei Richard.

Alles voelde ineens onveilig. Datzelfde gevoel als op het hoogtepunt van de Blitz, toen je dacht dat je huis elk moment over je heen in elkaar kon storten. Als ze aan Theo dacht, op zijn schip, zag ze de eindeloze Atlantische Oceaan voor zich en voelde ze de peilloze diepte ervan.

Twee mannen, Nicholas Chance en Josiah Quinn. Beide mannen waren als in rook opgegaan, Josiah Quinn in 1918 en Nicholas Chance bijna tien jaar later. Josiah Quinn zou gedeserteerd zijn en Nicholas Chance zou zijn twee huwelijken zijn ontvlucht.

Het was té toevallig, dacht Ruby. Het klopte niet. Het was moeilijk voor te stellen dat de gewelddadige en krenterige Josiah Quinn zijn land en rijkdom aan de vrouw zou nalaten die hij mishandelde. En dan haar eigen vader. Maar míj heeft hij niet in de steek gelaten, had Richard Finborough tegen haar gezegd. Hij leek niet het soort man dat zomaar zou opstappen, had Claire Chance tegen haar gezegd.

Twee mannen, Nicholas Chance en Josiah Quinn. Wat verbond hen? Nineveh, dacht Ruby. Maude Quinn.

De pijn kwam midden in de nacht terug en maakte Hannah wakker. Ze bleef stil liggen, op haar zij gekruld, terwijl hij in misselijkmakende golven kwam en ging. Na een paar uur werd het minder en dutte ze weer in.

Ze werd wakker bij dageraad. Ze was nog net op tijd bij de wastafel voordat ze in de waskom braakte. Ze kroop rillend weer in bed. Toen het rillen minder werd, begon ze het onaangenaam heet te krijgen, en ze sloeg heel voorzichtig, om de pijn niet te verstoren, haar dekens van zich af. Kon ze het raam maar opendoen om wat frisse lucht binnen te laten, maar ze durfde zich niet te bewegen.

Uiteindelijk zag ze dat het echt dag was geworden. Ze hoorde de landarbeidsters praten op het veld en de pijn had zich vastgezet in een felle, brandende plek laag aan de rechterkant van haar onderbuik. Toen ze er voorzichtig met haar vingers op duwde, deinsde ze terug. Zweet droop over haar gezicht en ze bewoog een beetje, op zoek naar een koel plekje op de lakens.

Ze probeerde aan George te denken. Ze dacht terug aan die keer dat hij met haar terug was gelopen uit Manea, wat hij tegen haar had gezegd en hoe hij naar haar had geglimlacht. Hij had haar boodschappentas voor haar gedragen. Hannah was niet bang voor George Drake; ze kende hem al haar hele leven en hij was altijd aardig voor haar geweest. Maar ze kon hem zich nu niet voorstellen, ze zag in haar hoofd alleen stukjes van hem – zandkleurig haar, sproeten, blauwe ogen – en toen ze de stukjes probeerde samen te passen, was het om de een of andere reden George niet.

Weer die scheurende pijn; Hannah snakte naar adem. Ze wist dat er iets heel erg mis was. Ze was bang dat ze zou sterven, net als moeder. Ze vroeg zich af of ze tegen Diana en Marie moest zeggen dat ze ziek was. Misschien kon een van hen de dokter halen. Maar ze schrok terug bij de gedachte aan wat Diana zou zeggen met die hooghartige, harde stem van haar als zij, Hannah Quinn, haar zou vragen naar Manea te gaan. En de gedachte naar beneden te moeten lopen was vreselijk; ze dacht niet dat ze dat kon.

Ze doezelde wat en werd weer wakker. Ze droomde dat ze weer een klein meisje was en dat moeder haar in het schuurtje had opgesloten omdat ze stout was geweest. Ze voelde de kleverige spinnenwebben, rook de muffe geur.

Nog een droom, van zo lang geleden. Een hard geluid in de nacht, en toen de honden die blaften op het erf. En moeders stem, die zong: 'Wat is Jezus toch een vriend, dat hij al onze zonden en pijn draagt!'

Toen ze weer wakker werd probeerde ze te bidden, maar het enige wat in haar opkwam was een favoriet van haar moeder: 'De aarde zal beven als ze Hem ziet: als Hij de heuvels aanraakt, zullen ze branden.' En trouwens, waarom zou God van haar houden? Waarom zou Hij van de saaie, domme Hannah Quinn houden? Ze was niet goed, en God hield alleen van mensen die goed waren. Ze was slecht: dat wist ze omdat moeder het haar had verteld.

Toen er in Cambridge over de luidspreker werd aangekondigd dat de trein was vertraagd gaf Ruby het bijna op en overwoog serieus om terug te gaan naar Londen. Waarom zou ze dat hele eind naar Nineveh reizen als Hannah haar toch alleen maar zou aanstaren met die grote bange ogen van haar en nee zou schudden? Waarom zou ze naar Nineveh gaan, symbool van alles wat irrationeel was en alles waarvoor ze zich schaamde? Waarom zou ze een gril, een vermoeden, een hersenschim volgen?

Maar er waren gesprekken die Hannah en zij nooit hadden gevoerd. Er waren vragen die nog moesten worden gesteld. Vermoedens, te gruwelijk om uit te spreken, die ze te rusten moest leggen.

Ze pakte in de wachtkamer haar roman en bril en begon te lezen. Er brandde geen vuur en ze had koude handen. Aan de andere kant van de ruimte zat een jongeman in een luchtmachtuniform met zijn pet over zijn ogen te slapen.

De trein arriveerde. Ruby keek door het raam hoe het landschap ten noorden van Cambridge steeds vlakker werd en uitliep in zwarte velden met een laag zilverachtig water en soms een groene veeg wintergraan erop. De trein vertrok uit Ely, ging de Fens op, en leek het wateroppervlak in te rijden terwijl hij door het verdronken land tussen de Old Bedford River en de Hundred Foot Drain ging. Ze staarde uit de ramen naar het water aan twee kanten van haar, met de watervogels die op het glasachtige oppervlak zwommen.

De trein reed het station van Manea binnen. Ruby liep het dorp door en het pad over naar Nineveh. De zon was achter de wolken vandaan gekomen en de voren in de velden glansden zwart als drop. Toen ze het bosje uitkwam keek ze op en zag Nineveh, als een fort op het eiland.

Er was niemand op het erf, alleen de honden en ganzen die om haar heen dromden, blaffend en blazend. Ruby riep hallo: geen antwoord. Ze liep naar de achterkant van de boerderij. Het zonlicht glinsterde tussen de bomen in de gaard door en op de kinderkopjes op het erf. De stoel van tante Maude stond nog naast de achterdeur, het riet opgezwollen en gerafeld.

Ruby duwde de deur open. 'Hannah?' riep ze. Haar stem weerklonk door het huis.

In de keuken kon ze het ontbijt nog ruiken – bacon en worst – en er stonden borden in de gootsteen. Maar er brandde geen vuur in de haard en Hannah stond geen kleren te wassen in de bijkeuken of brooddeeg te kneden aan de keukentafel. Ruby keek in de benedenkamers. Ze liep het huis door, opende deuren en bemerkte dat er een bedompte, schimmelige geur hing, alsof het vocht uit de Fens in het weefsel van het pand was getrokken. De verduisteringsgordijnen waren nog niet open en het was aardedonker.

Ze liep naar boven en haar hakken tikten op doorgesleten restjes tapijt. Een lange gang met deuren aan twee kanten. 'Hannah?' riep ze, en ze hoorde iemand kreunen.

'Hannah?' Weer een kreun: Ruby hoorde nu achter welke deur het geluid vandaan kwam.

Ze had in de kamer even tijd nodig om haar ogen aan de duisternis te laten wennen. Ze zag dat er iets – iemand – in bed opgekruld lag.

Ze knielde naast het bed. Hannahs gezicht was lijkbleek en ze was dubbel geklapt van de pijn. 'O, lieve god, Hannah toch,' zei Ruby.

Er was iemand het erf op komen lopen, een stokoude, behoorlijk dove man. Ruby schreeuwde naar hem dat hij bij Hannah moest gaan zitten, greep toen de fiets die tegen de muur stond en reed zo snel ze kon terug naar Manea, plassen ontwijkend en slippend in de modder. Een voorbijganger wees haar in het dorp naar het huis van de dokter. Dokter Faulkner zat te lunchen toen ze aankwam. Nadat ze hem had verteld wat ze had aangetroffen, pakte hij zijn tas en stapten ze in zijn auto.

Een snelle rit naar Nineveh, waar dokter Faulkner Hannah onderzocht. Hij diagnosticeerde een blindedarmontsteking; Hannah moest onmiddellijk naar het ziekenhuis, zei hij, voor haar blindedarm zou perforeren. Dokter Faulkner wikkelde een deken om Hannah heen en droeg haar naar de auto. Ruby zat achterin met Hannahs hoofd op schoot en ze gingen op weg naar het ziekenhuis.

De chirurg opereerde Hannah die middag. Ruby bleef lang genoeg in het ziekenhuis om zich ervan te verzekeren dat ze goed uit de operatie was gekomen en ging toen terug naar Nineveh.

De landarbeidsters waren in de keuken thee aan het zetten. Ze keken op naar Ruby en zeiden hallo, en Ruby zei: 'Wisten jullie niet dat mijn nichtje ziek was?'

De blonde landarbeidster staarde naar Ruby. 'Ik heb haar vanochtend wel horen overgeven. Ik dacht dat ze een buikgriepje had.'

Ruby zei razend: 'Ze heeft een blindedarmontsteking!'

'O jee,' zei het blonde meisje.

Het donkere meisje vroeg: 'Hoe is het met haar?'

'Ze denken dat het wel goed komt. Maar dat is niet bepaald dankzij jullie.'

Ruby stak boven in Hannahs kamer een olielamp aan en zocht in de ladekast naar een nachtpon. Die lag er niet, en ze ging op het bed zitten. Ze gruwde van de kamer: er stonden nauwelijks meubels en er lagen alleen oude, sleetse kleren in de kast. Er waren slachtoffers van de Blitz, bedacht Ruby, die betere kleding hadden dan Hannah Quinn.

Er werd op de deur geklopt. Het donkere meisje stak haar hoofd om de deur naar binnen.

'Ik dacht dat je dit misschien wel lekker zou vinden.' Ze stak een mok thee naar Ruby uit.

'Dank je.'

'Wil je een sandwich of zo?'

Het was vier uur 's middags; ze had niets meer gegeten sinds het ontbijt. 'Ja, graag.'

Het meisje liep terug naar de deur. 'Luister,' zei ze. 'Ik snap dat je ons vreselijk vindt, maar ik heb echt mijn best gedaan toen ik hier kwam werken. Maar ze zei geen woord – ze keek me niet eens aan. Ze zal wel verlegen zijn – en ze gedroeg zich eerlijk gezegd behoorlijk vreemd. En toen, nou ja, ik weet dat ik geen kwaad mag spreken over de doden, maar dat oude mens was echt een kreng. Ze maakte ons leven tot een hel. Dus vertrouwden Diana en ik alleen op elkaar.' Ze liep terug naar beneden.

Ruby legde haar handen om de mok thee. Ze had hoofdpijn. Ze nam een slokje van de thee, maar die was nog te heet. Ze zette de mok op de ladekast en keek nog eens om zich heen in de kamer. De verpleegster in het ziekenhuis had om een nachtpon, een badjas, pantoffels en een waszak gevraagd. Er lagen een kam en een washandje op de wastafel, maar het washandje was grijs en de kam miste tanden. Ruby pakte haar eigen kam uit haar tas en legde die apart.

Nachtpon, badjas, pantoffels... Hannah leek maar één nachtpon te bezitten, die ze aanhad toen ze naar het ziekenhuis ging. Misschien lag er nog een in het washok, daar moest ze even gaan kijken. Ruby keek onder het bed op zoek naar pantoffels, en ging bijna over haar nek toen ze de po zag.

Ze liep Hannahs slaapkamer uit en begon het huis te doorzoeken. Ze moest toch tussen al die onzinnige troep waarmee Nineveh was gevuld wel een nachtpon en een paar pantoffels kunnen vinden. Er waren slaapkamers, opslagruimtes en kamers die niet echt een doel leken te hebben, waar vreemde verzamelingen voorwerpen – een grootvadersklok, een oude wandelwagen, tien paar schoenen met gaten in de zolen, allemaal op een hoop gegooid – haar blik trokken. Het begon al donker te worden en er lag een grijze mist over alle meubels en snuisterijen die Maude Quinn had verzameld. Wat had haar moeder tegen haar gezegd? Maude is altijd een verzamelaar geweest. Als ze eenmaal iets beethad, liet ze het niet meer los. Ruby zag een hondenhalsband, het leer gescheurd, bijna doorgesleten. Lege blikken, uitgespoeld en zonder bovenkant. Oude enveloppen, klosjes garen en roestige spelden. En stukjes touw, te kort om iets mee te kunnen doen. Wat had Maude Quinn nog meer vastgehouden? Haar dochter, natuurlijk.

In Maudes kamer stonden een groot ijzeren bed, een garderobekast, een ladekast en een nachtkastje. Op het bed lag een zware paarsroze quilt met franje. De brandende olielamp verlichtte de medicijnflesjes op het nachtkastje en de potjes met muntgeld en stukken zeep.

Ruby stak een stuk zeep in haar zak. Toen opende ze de garderobekast. Op de bovenste plank lagen een stuk of tien hoeden, allemaal zwart, versierd met een veer of zwarte broche. Eronder hingen rijen jurken, jassen en rokken, zoveel dat ze er bijna niet in pasten. Maude Quinn had wel van kleren gehouden.

Ruby's blik ging over de kledingrail. In de zee van zwart hing één kakikleurig kledingstuk.

De landarbeidster stak haar hoofd om de deur en zei: 'Daar ben je. Ik zocht je al. Wat een nachtmerrie is die kamer, zeg. Wat zoek je?'

'Een badjas voor Hannah.'

'Wat is dat?'

'Een legerjas.' Ruby had hem uit de kast gehaald. 'Mijn vader had er precies zo een.'

'Waar zal ik dit zetten?' Ze stak een bord met sandwiches naar Ruby uit.

'O, maakt niet uit, dank je.'

Ruby legde de jas op het bed. Er ontbrak een koperen knoop en er zat een scheurtje – nee, het was een rafelig gaatje – in een voorpand van de jas. Het materiaal rond het gaatje was donker gekleurd. Toen las ze de naam die in de kraag zat genaaid: N.J. CHANCE.

Theo kende na achttien maanden dienst op een korvet de routine van de konvooien op de Atlantische Oceaan even goed als de regels van schaak of cricket. De zevendaagse tocht, tijdens welke ze de bescherming van het konvooi van zestig of meer handelsschepen tegen Duitse onderzeeërs en vliegtuigen deelden met andere korvetten en torpedojagers en dan – een triomf van navigatie in de enorme, lege oceaan – een ontmoeting midden op zee, als het konvooi werd overgedragen aan de Canadese of Amerikaanse marine, die het naar de Nieuwe Wereld escorteerde, waar de schepen geladen werden met olie, kolen, machines en eten. Dan een zevendaagse escorte van de volgeladen schepen, het tempo bepaald door het langzaamste schip, terug naar Groot-Brittannië door de gevaarlijke westelijke vaarroutes. En dan, afhankelijk van wanneer ze waren gearriveerd, een nacht in de haven of alleen een paar uur om te tanken voordat ze de zee weer opgingen om het volgende konvooi te ontmoeten.

Maar het werd natuurlijk nooit routine. Een schip kon schade oplopen of motorpech krijgen en moest dan worden gesleept. Of een of ander ploeterend koopvaardijschip had moeite het konvooi bij te houden en moest worden opgehaald als een verdwaald schaap. En het weer was altijd veranderlijk. Het kon misten, sneeuwen of stormen op de Atlantische Oceaan en sommige stormen waren zo zwaar dat de korvet werd rondgeslingerd als een kurk in een tobbe. Slecht weer betekende nachten zonder slaap omdat je bij elke ruk en stoot uit je kooi werd geslingerd. En je eten vloog van je bord en het drinken in je mok klotste op de vloer... waar de vloer op dat moment ook was. En dan lag alles in de hutten overhoop, waren meubels en kleding van hun plaats, en was zelfs de radio uit zijn haken geslingerd. En dan was je doorweekt door de golven die tegen de brug sloegen: broek, overhemd, trui, laarzen, handschoenen, duffelse jas, sokken, alles doorweekt en geen enkele kans dat er iets zou drogen tot ze een paar dagen later in een haven meerden. Het brullen van een storm was oorverdovend: Theo hoorde het in een luwte nog in zijn hoofd.

En dan waren er de onderzeeboten. Het eerste teken dat het een moeilijke oversteek zou worden was vaak het overvliegen van lange-afstandsverkenningsvliegtuigen. Dan kwamen de volgende dag de bommenwerpers die probeerden iemand te raken, wat soms lukte, of ze brachten een achterblijver tot zinken. En dan de aanval. Schepen zonken en de korvet was de hele nacht in actie. Dieptebommen werden gelost op zoek naar de onderzeeër. Overlevenden werden opgepikt. Als er een olietanker werd opgeblazen brandde die als een baken en zochten ze in de vlammenzee, in de wetenschap dat hun silhouet afstak tegen het vuur, een gemakkelijk doelwit voor een onderzeeboot. Ze redden de overlevenden van reddingsvlotten en uit roeibootjes, of plukten hen uit de zee, bevroren, verbrand, gewond, verstikt door olie. Als de mannen olie hadden binnengekregen of waren verbrand, zagen ze hen maar al te vaak sterven voordat ze de haven haalden.

Misschien dat het welkome respijt van rotweer een aanval een paar dagen afhield. Maar uiteindelijk trokken de wolken op en staken de vliegtuigen hun zwarte neuzen erachter vandaan en dan begon het allemaal weer opnieuw: de nachtelijke explosies, de brandende schepen, de wrakstukken op het water, het zoeken in de zee, de pogingen geen overlevende achter te laten. De angst dat ze een bootje of vlot over het hoofd zagen, omdat ze zich allemaal herinnerden wat een nachtmerrie het was om een vlot of reddingsbootje vol dode mannen in hun reddingsvesten aan te treffen. Je had niet veel verbeeldingskracht nodig om je voor te stellen hoe afgrijselijk dat moest zijn, hoe het moest zijn geweest voor de laatste overlevende nadat al zijn maten om hem heen waren gestorven.

Dit konvooi was om te beginnen rustig. Het waaide behoorlijk, maar als het even rustiger was begon het te misten. Theo dacht op stille momenten aan Ruby. Hij wist nog hoe hij was teruggekomen uit Frankrijk, in de zomer van 1940. Ruby was de eerste naar wie hij die dag toe was gegaan; niet zijn familie of andere vrienden. Ze had een donkerrode jurk aan en had hem naar adem doen snakken. Hij had haar die avond mee uit eten willen vragen, maar ze had hem op zijn plaats gezet. Haar agenda was veel te vol om ruimte te maken voor een verdwaalde Finborough.

Hij had jaren op haar gewacht. En al dat wachten was vergeefs, nutteloos geweest, want ze hield nog steeds van Philip. Ze had hem, Theo, niet nodig, ze verlangde niet naar hem. Hij zou nooit meer voor haar zijn dan een vriend, een substituut voor de broer die ze nooit had gehad. Het was een beslissing die hij met heel veel pijn en moeite had genomen, maar hij wist dat het de goede was. En de oorlog was hem tenminste eens een keer goedgezind: de kans dat hij de komende maanden verlof zou krijgen was miniem.

Op een ochtend zagen ze een verkenningsvliegtuig, dat hem smeerde zodra ze hun kanonnen erop richtten. Die nacht werden er drie van de schepen uit hun konvooi tot zinken gebracht. Het weer verslechterde, de wolken werden donkerder, en regen spatte op, maakte putjes in de zee. De volgende ochtend voelden ze de wolven om hen heen cirkelen. Ze zagen de periscoop van een onderzeeboot en de jacht begon. De boot dook onder, de korvet loste dieptebommen, maar aangezien er geen wrakstukken en olie omhoogkwamen wisten ze dat ze hun doel hadden gemist. Iedereen stond de hele dag paraat op zijn gevechtspost. Ze stonden op de brug te zoeken, speurden de zee af.

Een steward bracht mokken chocolademelk met rum, die ze stevig vasthielden vanwege de onrustige zee. 'Het is verdomme elke keer een speld in een hooiberg,' merkte de commandant op.

En toen kwam de onderzeeër, schokkend dichtbij, omhoog. De korvet ging in de aanval... beide schepen begonnen ongeveer gelijktijdig te vuren. Granaten sneden door de boeg van de korvet en er klonk een gil, en brekend glas, en toen sloeg het water over de brug en wierp iedereen op de vloer.

Het schip kwam weer overeind en ze klauterden overeind uit het water en puin. Vlammen sloegen uit de geschutkoepel en toen sloeg er nog een golf over het schip, die ze uitdoofde. Ze zagen de onderzeeboot niet meer. Hij was ondergedoken, en toen het water zich sloot wisten ze dat ze hem kwijt waren.

Er waren drie slachtoffers: een artillerist, neergeschoten door de onderzeeër, de geschutkoepel, die zwaarbeschadigd uit het vuurgevecht was gekomen, en Theo, die zijn sleutelbeen had gebroken.

Bijna het ergste van alles was het wachten. Ze lieten haar in eerste instantie niet met Hannah praten. Toen Ruby met Hannahs spulletjes naar het ziekenhuis kwam, vertelde de verpleegster dat haar nichtje stabiel was, maar nog geen bezoek kon ontvangen. Ruby ging snel heen en weer naar Londen om vrij van haar werk te vragen en wat kleren en haar bonnenboekje te halen.

Toen ging ze terug naar Nineveh. Ze herinnerde zich de schatten die Hannah haar jaren geleden had laten zien. Ze doorzocht de schuur en vond het Oxo-blik verstopt achter een losse baksteen. De koperen knoop zat er nog in en toen Ruby hem mee het huis in nam, zag ze dat hij bij de knopen aan de jas hoorde: hij paste als een stukje in een puzzel.

Toen ze tijdens het bezoekuur in het ziekenhuis was zaten de familieleden aan de rijen bedden zacht te praten, alsof ze in de kerk waren. Hannah was bleek, maar, dacht Ruby, het leek wel of ze er wat normáler uitzag. Ze droeg de nieuwe nachtpon die Ruby voor haar had gekocht en haar haar was gewassen en geborsteld en uit haar gezicht geschoven met een haarband.

Ruby kuste haar nichtje, gaf haar het bosje sneeuwklokjes dat ze had geplukt en vroeg hoe Hannah zich voelde. Er was geen gemakkelijke manier om het te zeggen – *ik denk dat jouw moeder mijn vader heeft vermoord* – en het was natuurlijk mogelijk dat Hannah van niets wist, maar ze moest het proberen.

'Ik heb de jas van mijn vader in de garderobekast van je moeder gevonden,' zei ze. Hannah werd heel stil.

'Volgens mij is mijn vader teruggegaan naar Nineveh. Ik denk dat tante Maude tegen me heeft gelogen toen ze zei dat hij er maar twee keer was geweest. Ik denk dat hij jaren later is teruggegaan, vlak voor zijn verdwijning.'

Een gefluisterd 'Alsjeblieft'.

'Ik ben niet boos op jou, Hannah. Ik verwijt jou niets. Je moeder heeft je pijn gedaan, hè? En je kon haar niet tegenhouden omdat je nog maar een kind was. En als je haar niet kon tegenhouden jou pijn te doen, hoe kon je haar er dan van weerhouden een ander iets aan te doen?'

Hannah sloot haar ogen en haar vingers grepen de rand van het laken.

Ruby dwong zichzelf door te gaan. 'Volgens mij is het zo gegaan: mijn moeder was ziek en mijn vader had niet genoeg geld om de dokter te betalen. Misschien vond hij dat Maude haar zieke zus moest helpen. En toen ze hem het weigerde, zal hij zijn geduld wel zijn verloren. Mijn vader was heetgebakerd, dat weet ik nog wel. Misschien is hij tegen Maude gaan schreeuwen, misschien heeft hij haar zelfs wel bedreigd. Misschien deed hij haar aan haar eigen echtgenoot denken. Misschien was ze bang dat hij iets uit de boerderij zou stelen. Misschien was ze bang dat hij haar pijn zou doen. En heeft ze hem daarom neergeschoten. Denk je,' vroeg Ruby heel vriendelijk, 'dat het zo kan zijn gegaan?'

Een stilte. Maar er gleed een spoor van tranen over Hannahs gezicht.

'Tante Maude had een jachtgeweer,' zei Ruby. 'Er zit een gat in de jas van mijn vader, en het ziet eruit als een kogelgat. Het moet jaren geleden zijn gebeurd, toen jij nog een heel klein meisje was, maar ik vroeg me af of je je nog kunt herinneren dat je iets hebt gezien. Of gehoord.'

Hannah staarde zonder iets te zeggen voor zich uit, haar gezicht vol tranen. Een verpleeghulp liep door de zaal met een theewagen.

Hannah zei: 'De volgende dag was er een nieuw graf gegraven. Maar er was geen hond doodgegaan.'

Er werd een scherm rond de hondengraafplaats opgesteld en toen begonnen ze te graven. Ergens in de middag vertelde een politievrouw Ruby dat er menselijke resten waren aangetroffen. Kort daarna werd een tweede lichaam gevonden. Ruby stelde hen zich voor bij het sorteren van de botten: *Dit is van een hond, dit is van een mens.*

Er kwam een begrafenisauto om de stoffelijke resten mee te nemen. Ruby stond bij de voordeur te kijken hoe hij het pad af reed. Toen ondervroeg de rechercheur haar nogmaals. Zijn gedrag was anders dan de eerste keer dat ze hem had gesproken, na haar bezoekje aan Hannah in het ziekenhuis. Toen waren zijn toon, zijn gezichtsuitdrukking en de vragen die hij had gesteld – 'U vertelde dat u detectiveverhalen schrijft, juffrouw Chance. Zou het kunnen dat uw verbeelding een loopje met u neemt?' – sceptisch. Maar ze had aangedrongen en hij had er uiteindelijk mee ingestemd een paar mannen naar de boerderij te sturen.

Maar nu wilde hij alles weten. Alles wat schandelijk was, alles wat verborgen was gehouden. Het karakter van Josiah Quinn: 'Hij was een bruut, dat is wel duidelijk,' zei de rechercheur, en hij legde in antwoord op Ruby's vragen uit dat hij de dorpelingen had gesproken.

Hij wilde de achtergrond van haar vader weten, zijn militaire loopbaan en zijn financiële situatie. En hoe het met Claire Chance zat, met de bigamie en het feit dat hij beide vrouwen had verlaten. En hij wilde alles weten over tante Maude, haar zelfopgelegde isolatie en haar dood, hoogstwaarschijnlijk een gevolg van onbehandelde diabetes. 'Zo gek als een deur, hè?' zei de rechercheur, waarna hij een trekje van zijn sigaret nam en in zijn aantekeningen keek.

Ze zouden waarschijnlijk nooit met zekerheid kunnen vaststellen, zei hij tegen Ruby, dat de twee lichamen die ze hadden opgegraven op het hondenkerkhof die van Josiah Quinn en Nicholas Chance waren, maar er was genoeg indirect bewijs om aan te nemen dat de stoffelijke resten van voornoemde heren waren. Josiah Quinn moest in 1918 tijdens zijn verlof uit het leger zijn gestorven. Misschien dat Josiah en Maude ruzie hadden gekregen, suggereerde de rechercheur, waarop Josiah gewelddadig was geworden en Maude hem had neergeschoten en in het geheim zijn lichaam had begraven. En misschien dat Maude het na die eerste keer niet zo moeilijk had gevonden een tweede moord te plegen, toen Nicholas Chance bijna tien jaar later op de boerderij was verschenen.

Nadat de gehavende korvet de haven had gehaald en Theo was behandeld, kreeg hij een maand verlof.

Hij nam de trein naar Liverpool en reisde van daar zuidwaarts naar Londen. In eerste instantie sliep hij, uitgeput. Toen hij wakker werd bood de vrouw die tegenover hem zat in de coupé hem een kopje thee uit haar thermosfles aan; hij knapte er een beetje van op.

Hij opende met één hand de krant die hij in Liverpool had gekocht. Het nieuws over de oorlog was slecht, hoe mooi ze het ook probeerden te verpakken. Hongkong, Manilla en Singapore waren de afgelopen maanden gevallen. Enorme slagschepen – waaronder de *Prince of Wales* en de *Repulse* – waren door de Japanners tot zinken gebracht. Theo voelde een golf van razernij door zich heen gaan, vermengd met medelijden om de zeelieden die waren omgekomen. Ze konden wel een paar minder 'nobele nederlagen' gebruiken, dacht hij verbitterd. Eens iets anders dan: 'Ondanks een dappere verdediging...'

Hij keek weer in de krant. Zijn aandacht werd getrokken door een kop: LICHAMEN AANGETROFFEN OP BOERDERIJ IN DE AFGELEGEN FENS. Theo begon het artikel te lezen: 'Nineveh... Maude Quinn... de lichamen zijn naar alle waarschijnlijkheid die van plaatselijke boer Josiah Quinn en zijn zwager Nicholas Chance...'

'Jezus,' zei hij hardop, en de vrouw tegenover hem staarde hem aan.

Het was niet langer stil op Nineveh. Er arriveerden meer politieagenten, die via het veld naar de boerderij ploeterden en zich verzamelden in groepjes bij het kerkhofje. Nog meer vragen van de rechercheur terwijl zijn collega's het huis en de bijgebouwen doorzochten. Toen kwamen de journalisten en fotografen. Ze parkeerden hun auto's naast het bosje, waar ze sigaretten rookten en naar elkaar riepen. Nu en dan kwam er een de heuvel op sjokken om een foto te maken of om een interview te vragen.

De volgende dag was het kouder, en mist had zich laag boven de grond genesteld. De verslaggevers en fotografen trokken zich terug in hun auto's. Ruby maakte 's middags warme chocolademelk voor de politieagenten en de meisjes, die hem in de keuken opdronken terwijl ze hun handen warmden.

Ruby trok haar jas en handschoenen aan en liep naar buiten. Ze liep naar het begraafplaatsje. Er was nu niemand, maar het scherm stond er nog. Het begon te schemeren en de velden die Nineveh omringden waren koolzwart. De politieagenten hadden diepe gaten in de grond gegraven. De laaghangende, ondergaande zon wierp schaduwen die zo intens zwart waren dat de scheuren in de aarde bodemloos leken. Ze dacht aan haar vader, aan hoe hij haar op zijn schouders zette zodat ze over de hoofden van de menigte heen kon kijken. Ze dacht aan hoe hij zich naar haar omdraaide en glimlachte, die laatste keer dat hij van haar vandaan was gelopen. Haar ogen deden pijn van het huilen en het kostte moeite om niet in een hard en pijnlijk jammeren van verdriet en wroeging uit te barsten.

Ze liep terug over het pad langs het veld. Ze zag iemand lopen, over het erf, op haar af, vervaagd door de mist. 'Theo,' zei ze, en ze zette het op een rennen.

Ze wilde zich in zijn armen werpen, maar toen ze dichterbij kwam zag ze dat een mouw van zijn duffelse jas leeg langs zijn zij hing. Hij had een gelige beurse plek op zijn voorhoofd.

'O, mijn god, Theo, wat is er gebeurd?' zei ze bang.

'Niets, alleen een gebroken sleutelbeen.' Ze stonden een stukje van elkaar vandaan en haar hart hamerde tegen haar ribben.

'Doet het pijn?'

'Niet echt, sinds ik een mitella draag. Het was trouwens mijn eigen stomme schuld. Ik had me beter moeten vasthouden. Ik heb in de krant gelezen wat er is gebeurd. Daarom ben ik hier. Ik vind het zo erg, Ruby. Wat afschuwelijk voor je.'

Hij had haar niet gekust, bedacht ze, niet eens een kusje op haar

wang. Een doffe pijn nestelde zich in haar, die de pijn van de afgelopen dagen versterkte.

Toen ze in de keuken van de boerderij zaten vertelde hij haar
over de jacht op de onderzeeër en het daaropvolgende vuurgevecht. Ze bood hem iets te eten en drinken aan. Hij vroeg: 'Waar
is Hannah?'

'In het ziekenhuis, herstellende van een blindedarmoperatie.'

'Jezus. Dat arme kind. Weet ze het al?'

Ruby vertelde over haar ontdekking van de verdwijning van
Josiah Quinn, over de zieke Hannah en over hoe ze de legerjas van
haar vader in Maudes kledingkast had aangetroffen.

'Hannah heeft me verteld dat ze mijn vader en tante Maude
heeft horen schreeuwen. En ze heeft een geweerschot gehoord.'

'Maar ze heeft het aan niemand verteld?'

'Nee, natuurlijk niet.'

Toen hij haar aankeek, kon ze zichzelf er niet van weerhouden
te zeggen: 'Je hebt geen idee hoe het is om je zo te voelen, hè?
Maar ik snap het wel, hoor. Ik neem aan dat jij je nog nooit een
moment hebt geschaamd voor wat je bent, voor wie je bent!'

'Ruby,' zei hij, en haar woede ebde weg.

Ze wreef met haar handen over haar gezicht en zei vermoeid:
'Het spijt me. Het ligt niet aan jou. Ik moet niet zo tegen je
schreeuwen, en al helemaal niet nu je gewond bent.'

Hij stond op van de tafel. Nu sloeg hij eindelijk een arm om
haar heen. 'Sst,' mompelde hij. 'Je mag alles tegen me zeggen, dat
weet je.'

Ze duwde haar gezicht tegen de ruwe wol van zijn trui en ademde bevend in. 'Straks weet iedereen het, Theo! Niet alleen jouw
familie, maar mijn vrienden, mijn collega's... iedereen! Zelfs mensen die ik helemaal niet ken! Ik haat dit!'

'Ze vinden het even interessant en dan vergeten ze het weer.'

'Nee.' Ze maakte zich van hem los en veegde haar tranen af.
'Zelfs de mensen in de winkeltjes in Manea... ik zie hoe ze naar
me kijken.'

'Het is oorlog, Ruby. Er is zoveel drama en ellende op de wereld dat iedereen het binnen de kortste keren weer over iets anders heeft.'

Ze sloeg haar armen over elkaar. 'En ik mis hem,' fluisterde ze. 'Ik blijf maar aan hem denken, aan hoe hij was. Ik haat tante Maude om wat ze heeft gedaan. Ik haat het dat ze hem van me heeft afgenomen.'

'Maar hij heeft je niet verlaten,' zei hij medelevend. 'Dat weet je nu. Geeft dat geen troost?'

'Jawel, natuurlijk wel. Daar blijf ik mezelf steeds aan herinneren. Maar...'

Ze hield op met praten, geschokt dat ze bijna haar gevoelens aan hem had opgebiecht. Maar toen bedacht ze zich razend dat ze zich helemaal niet in hoefde te houden. Ze kon zich toch onmogelijk nog meer vernederd en overstuur voelen dan nu, toch?

'Maar wat?' spoorde hij haar aan.

'Als Richard me die dag niet mee naar huis had genomen, had ik misschien nooit liefde leren kennen. Niet echt.'

Zijn woede overrompelde haar. 'Jezus, Ruby, wordt het niet eens tijd dat je dat achter je laat? Philip is gelukkig getrouwd. Hij heeft een vrouw en twee kinderen die hij adoreert. Het spijt me als ik wreed klink, maar ik kan het niet langer aanzien dat je je leven zo vergooit!'

'Ik heb het helemaal niet over Philip!' Haar stem beefde. 'Ik heb het over jou.'

'Over mij? Ik snap het niet.'

'Echt niet, Theo?' Ze had haar zelfbeheersing hervonden en lachte kort. 'Is het zo onmogelijk dat ik van je zou houden? Is dat zo belachelijk?'

'Ruby...' Hij keek haar uitdrukkingsloos aan, verdwaasd, en toen kreeg hij een uitdrukking in zijn ogen die ze niet begreep, ze dacht dat het het gêne was. Hij zei: 'Maar je houdt van Philip.'

Ze schudde haar hoofd. 'Nee, hoor. Al jaren niet meer.'

'Maar de laatste keer dat ik je zag zei je...'

'Nee, hoor. Jij nam het aan. Maar het spijt me dat je je door mij zo ongemakkelijk voelt.' Haar stem klonk fel.

Ze hoorde dat iemand uit het huis haar naam riep, mompelde een excuus en liep snel de keuken uit. Er stond een politieagent in de gang; hij wilde weten waar hij een ladder kon vinden. Ruby stuurde hem naar een schuur.

Weer alleen bleef ze even staan, ogen gesloten en vingertoppen tegen haar voorhoofd gedrukt, luisterend naar de voetstappen van de mannen die het bovenhuis doorzochten. En ze dacht: van alle stomme dingen die je ooit hebt gedaan, Ruby Chance, is dit wel het allerstomste.

Voetstappen. Ze deed haar ogen open en zag Theo.

'Laat maar,' zei ze. 'Ik heb niets gezegd.'

'Jawel.' Hij schudde zijn hoofd. 'Dat heb je wel.'

'Alsjeblieft, Theo.' Ze moest haar vingernagels in haar handpalmen drukken om niet in tranen uit te barsten.

'Ik wil niet doen alsof ik je niet heb gehoord. Dat is het laatste wat ik wil.' Hij raakte zacht met zijn vingertoppen haar gezicht aan. 'Je moet je nooit schamen om wie je bent. Je moet trots op jezelf zijn. Ik ben trots op je. Ik bewonder je. En ik hou van je. Ik hou van je om wat je van jezelf hebt gemaakt en om wie je bent, want je bent uniek, slim en beeldschoon. Je bent mijn beste vriendin, Ruby, en je bent de vrouw van wie ik al jaren hou, en als jij inderdaad van mij houdt, heb je de gelukkigste man op aarde van me gemaakt.'

De rest van haar toespraak – *ik verwacht niets van je, het werd me even te veel, ik bedoelde het niet zo* – verstierf op haar lippen.

'Theo,' fluisterde ze. 'Nee, Theo, je kunt niet van me houden.'

'Jawel, hoor. En dat doe ik ook.'

Toen zijn lippen haar voorhoofd streelden huiverde ze. Maar ze wilde alles volkomen duidelijk hebben en zei: 'Nancy... de anderen... als je het gewoon had gezegd...'

'Dat heb ik gedaan, maar je luisterde niet. Een eeuwigheid geleden, toen ik terugkwam uit Frankrijk.'

'Maar, Theo...'

'Wat moet ik doen om je te overtuigen? Moet ik als een echte zeeman je naam op mijn arm laten tatoeëren? Als je dat wilt, doe ik dat, hoor. Of dit?'

Hij trok haar naar zich toe en kuste haar. De knoop van verdriet en spijt binnen in haar leek op te lossen, ontdooid door de liefde en het verlangen dat door haar heen spoelde, een innerlijke warmte en een innerlijk verlangen dat het winterijs smolt, en het ijs van Nineveh, en dat van het verleden. En ze hielden elkaar vast, ogen gesloten, eindelijk samen, en toen de politieagent terug het huis in kwam met de ladder in zijn handen, hoorden ze hem niet eens.

17

'Ik kon geen manchetknopen vinden,' zei Richard.

'Manchetknopen?' vroeg ze.

'Toen je thuis was had ik altijd manchetknopen, Isabel.'

Het was mei: de trouwdag van Anton en Sara. De plechtigheid had plaatsgevonden op het bureau van de burgerlijke stand in Salisbury omdat de boerderij waar Sara werkte in de buurt van Broadchalke was. Richard en Isabel hadden tijdens het huwelijksontbijt aan dezelfde tafel gezeten, hoewel niet naast elkaar. Er waren speeches en taart geweest (de taart was klein en armoedig, maar het glazuur had tenminste niet naar karton gesmaakt) en daarna was er gedanst. Toen had iedereen Sara en Anton uitgezwaaid voor hun huwelijksreis en had Elaine de kinderen, die humeurig begonnen te worden, naar bed gebracht. Het was nu avond en ondanks Isabels pogingen een tête-à-tête te voorkomen waren ze alleen, in de tuin, op een bankje dat over de rivier uitkeek.

En hij begon over manchetknopen.

Ze zei: 'Jammer dat Alice niet kon komen. Hoe is het met haar?'

'Ziekelijk, vrees ik. Ze wilde vreselijk graag komen vandaag. Sara is altijd haar favoriete kleinkind geweest, maar ze was echt niet sterk genoeg. Ik moet gauw een keer naar Raheen, maar het is zo moeilijk tijd vrij te maken. En ze wil geen telefoon laten aanleggen. Ik heb aangeboden het voor haar te regelen, maar dat weigert ze. Ze zegt dat ze dat gerinkel te gebiedend vindt. Te gebiedend, nou vraag ik je. Mijn moeder is de gebiedendste persoon die ik ken.'

'Ik ben altijd gek geweest op Alice. Ze was zo lief voor me toen we net waren getrouwd.'

'Natuurlijk was ze dat. Waarom zou ze iets anders dan lief zijn geweest?'

'O, Richard. Ze moet het vreselijk hebben gevonden dat je ineens op de stoep stond, getrouwd met een onnozel wicht dat kort daarvoor nog iemands huishoudster was.'

'Onzin, ze vond het helemaal niet vreselijk. Helemaal niet.'

'Wel waar,' zei Isabel resoluut. 'Ze heeft het alleen heel goed verborgen.'

'Ik heb eens nagedacht,' zei hij.

Een flikkering van angst – een scène, ruzie – en ze viel hem snel in de rede: 'Denk je dat ze gelukkig worden?'

'Sara en die vent?'

'Richard, je moet hem echt Anton noemen. Hij is je schoonzoon.'

'Mijn god, dat is waar. Dat is wel het minste, dat ze gelukkig worden, na alle ellende die ze hebben veroorzaakt.'

'Ze zien er wel gelukkig uit.'

'Ja.'

Het was een aangename tuin, met rozen die over latwerken groeiden en een grasveld dat naar beneden naar de rivier liep. Isabel bedacht dat ze in Porthglas ook rozen ging planten, die ze dan ook over een latwerk zou leiden.

Ze voelde dat hij naar haar keek; haar eigen blik was vastberaden op de rivier gericht, op de zwanen, het riet en de zon die onderging boven het waterlandschap. Hij zei: 'Ik heb eens nagedacht over ons, Isabel.'

Ze zuchtte. 'Richard...'

'Ik dacht aan dat je vertelde dat je je kind hebt geprobeerd te vinden.'

Ze keek hem geschrokken aan. 'Mijn dochter?'

'Ja, wie anders? En dat je zei dat je haar niet kon vinden. Dat je geen aanwijzingen meer had... dat het gezin was verhuisd en dat zij waarschijnlijk was getrouwd en een andere naam had aangenomen.'

'Ja. Het was onmogelijk.'

'Ik weet zeker dat we haar zouden kunnen vinden, als je dat wilt. Er zijn altijd manieren.'

Dat was nou typisch Richard, om zoiets te zeggen, dacht ze. Zijn onwankelbare overtuiging dat alles kon worden geregeld of afgedwongen had haar vaak razend gemaakt, soms geamuseerd, en nu raakte het haar. Ze vroeg: 'Waarom zeg je dat?'

'Omdat ik wil dat je thuiskomt. Ik ben het zat om alleen te wonen. Ik vind niet dat het me erg goed af gaat.'

'Nee, Richard,' zei ze, en ze keek hem aan. 'Daar heb je wel gelijk in. Hoe is het met mevrouw Rogers?'

'Die is vertrokken. Ik heb nu niemand.'

Ze keek hem bezorgd aan. 'Je ziet er erg moe uit.'

'O,' zei hij vaag, 'ik eet bijna dagelijks op de club, dus het gaat wel. Dus...' hij leunde naar haar toe, 'kom je thuis?'

'Nee, Richard,' zei ze zacht. 'Het spijt me.'

'Maar als ik het kind voor je vind...'

'Ik begrijp niet wat je bedoelt.'

'Ik weet dat ik niet altijd een goede echtgenoot voor je ben geweest. Ik heb wat we hadden te vanzelfsprekend gevonden, heb er risico's mee genomen. Ik weet dat ik je pijn heb gedaan.'

'We hebben elkaar pijn gedaan.'

'Ja, dat is waar.'

'En ik wil niet dat we elkaar nog meer pijn doen.'

Ze was doodmoe. Het was een lange dag geweest. Ze besloot vroeg naar bed te gaan en morgenochtend terug te gaan naar Cornwall.

Hij begon plotseling te glimlachen. 'Weet je nog dat ik je cadeautjes stuurde toen ik hoopte dat je met me zou trouwen? Die puppy?'

'In een mandje, met een blauw lint om zijn nek.' Isabel glimlachte ook. 'Een loopjongen kwam hem helemaal uit Londen brengen. En wat ook alweer nog meer? Bloemen, een dichtbundel, en een paraplu, een zwartzijden paraplu.'

'Dus ik dacht dat ik je dochter misschien wel kon vinden. Dat was het mooiste cadeau dat ik kon bedenken. Omdat dat was waar onze ruzie mee is begonnen.'

Ze vroeg zich af of dat zo was. 'Dat is lief van je, Richard, en ik ben echt geraakt, maar weet je: ik ben gaan beseffen dat ze mijn dochter niet meer is. Ze is mijn dochter maar zes weken geweest. Andere mensen hebben van haar gehouden en haar grootgebracht. Het zou verkeerd van me zijn – of van ons – ons ermee te bemoeien.'

'Maar, Isabel...'

'Ik heb er ontzettend veel over nagedacht en weet zeker dat ik gelijk heb. Het is heel goed mogelijk, zelfs heel waarschijnlijk, dat haar ouders haar nooit hebben verteld dat ze is geadopteerd. Denk eens aan de shock als ze er nu achter zou komen. Dan zou haar hele wereld op zijn kop staan.' Ze was even stil en zei toen: 'Dan zou ze te horen krijgen dat ze een bastaard is. Denk maar aan die arme Ruby en die vreselijke kwestie met haar vader, en haar halfbroer en -zus die erachter kwamen dat ze buitenechtelijk zijn. Ik weet dat de tijden zijn veranderd, maar toch. Ik zou niet willen dat zij – mijn kind – dat zou moeten meemaken.' Ze raakte zijn hand aan. 'Maar lief dat je eraan denkt.'

'Je zou het haar niet hoeven vertellen. Als je zou weten waar ze woont, zou je kunnen zien hoe het met haar is, dat het goed gaat, en het daarbij laten.'

Isabel voelde een bijna ondraaglijke golf van verlangen. Te weten dat Martha veilig en gelukkig was... wat zou dat haar opluchten, wat zou dat een zaligheid zijn!

Toch veranderde haar verlangen in verdriet toen tot haar doordrong wat hij voorstelde. Ze zou het er nooit bij kunnen laten. Als ze zou weten waar haar dochter woonde zou ze haar willen zien. En als ze haar zou zien zou ze zichzelf er niet van kunnen weerhouden met haar te praten. En als ze haar één keer had gesproken, hoe zou ze dan weg kunnen lopen en nooit meer met haar kunnen praten?

De littekens op haar hart leken open te scheuren. Ze zei zacht: 'Nee, Richard, ik wil niet dat je haar zoekt. Voor mijn eigen zielenrust en die van haar.'

Ze zaten in stilte over de rivier te kijken. Ze had Philip, Theo en

Sara nooit over haar dochter verteld. Ook al waren ze nu volwassen, ook al voeren ze in schepen over de oceaan en reden ze op een tractor en ploegden ze velden om, toch was haar instinctieve reactie nog steeds hen te beschermen tegen alles wat pijnlijk en moeilijk was. Ze pakte mentaal haar geheim weer in en verstopte het in haar hart.

Ze hoorde Richard hoopvol zeggen: 'Maar kom je wel thuis?'

'Ik denk niet dat ik dat kan.'

Ze was bang dat hij nu weg zou rennen, maar hij bleef zitten. Na een tijdje zei hij: 'Niets gaat zoals je denkt dat het zal gaan. Al mijn plannen voor het bedrijf... wat hebben ze voor zin gehad? Al het werk dat ik erin heb gestoken zodat ik iets voor Philip en Theo zou achterlaten, en zij willen het allebei niet.'

'Als de oorlog is afgelopen...'

'Dat duurt nog jaren. Misschien wel tien.'

'Is dat wat ze in Londen zeggen?'

'Europa moet worden bevrijd, en het Verre Oosten. We hebben de Amerikanen en de Russen nu aan onze kant en uiteindelijk zal dat al het verschil maken, maar het wordt niet gemakkelijk. En zelfs als we het redden – en ik denk dat het ons gaat lukken – willen Philip en Theo nog steeds niets met de zaak te maken hebben. Ze staan te ver van me af. Ze zijn er te veel aan gewend hun eigen weg te zoeken.'

'Rufus is er ook nog.'

'Rufus?' Hij begon te lachen. 'Tegen de tijd dat die oud genoeg is om voor het bedrijf te gaan werken ben ik er niet meer. Dan ben ik geveld door al dat overwerk.'

'Onzin,' zei ze. 'Je hebt nog heel wat jaartjes te gaan.'

'Ik vraag me wel eens af waar ik het allemaal voor doe.'

'Nergens voor, lieverd. Het gaat om de reis.'

Een stilte, en toen zei hij: 'Ik moest laatst aan onze vakanties in Cornwall denken. Aan die zomers dat onze vrienden naar Porthglas kwamen.'

'We hebben daar wel eens met dertig man gezeten. Alle kamers in het hele huis vol, evenals die in de pub in Zennor. Je hebt alle tafels die we daar hadden naar buiten gesleept en in een rij gezet. Jij zat aan het ene hoofd en ik aan het andere.'

'Je was net een koningin. Mijn rode koningin.' Hij schoot in de lach. 'Weet je nog, toen de jongens de boot hadden laten kapseizen?'

'En dat jij naar Black Rock moest zwemmen om ze te redden? Ik kon me niet voorstellen dat het je zou lukken ze allebei mee terug te krijgen.'

'Philip had genoeg aan wat peptalk. Hij was gewoon geschrokken en zijn zelfvertrouwen kwijt. Maar hij was een goede zwemmer. Theo heeft de hele weg terug als een aapje om mijn nek gehangen.' Richard stond op en liep naar de oever. Hij raapte een kiezelsteen op en gooide hem in het water. 'Wat lijkt het lang geleden, dat we zo hebben gepraat.'

'Soms,' zei ze, 'denk ik dat we toen we jong waren wat meer hadden moeten praten en wat minder hadden moeten vrijen.'

Hij gaf haar die speciale blik: overwogen en hongerig. Ze moest ineens aan die nacht in de Blitz denken. Hoe het voelde om zijn huid aan te raken, aan hoe hun lichamen als één bewogen. Vrijen zonder gedachte of berekening, de reductie van je hele bestaan tot aanraking en sensatie, in een intensiteit die hen beiden buiten adem had achtergelaten, uitgeput, niet in staat iets anders te doen dan slapen.

Ze keek weer naar de rivier. De zwanen waren naar de molenkolk gedobberd. 'Misschien is dat waarom we ruziemaakten,' zei ze. 'Omdat we wisten dat we dan in bed zouden eindigen.'

'Misschien.'

Het begon fris te worden; ze rilde. Engelse zomeravonden waren maar zo zelden warm. Er klonken stemmen achter haar. Ze draaide zich om en zag Philip, Theo, Ruby en Elaine het terras op lopen. Ze keken even naar het bankje bij de rivier en renden terug het hotel in. Isabel bedacht geïrriteerd: zelfs mijn eigen kinderen spannen tegen me samen.

Richard dronk in de hotelbar zijn whisky op en bestelde er nog een. Een vrouw, van een jaar of veertig en aantrekkelijk – zijn

type: lang, donker en slank, in een groen pakje met een vossen-
bontje om haar schouders – kwam de ruimte in lopen. Richard
keek toe hoe de ober naar haar tafeltje liep. Nadat ze had besteld
pakte ze een sigaret en keek om zich heen. Toen ze Richard zag,
zei ze met een lage, hese stem: 'Volgens mij heb ik mijn aansteker vergeten.'

Hij gaf haar een vuurtje. 'Wat lief,' momepelde ze: 'Kom je bij
me zitten?'

Hij dacht even dat hij het zou doen, maar zei toen: 'Ik moet er
eens vandoor. Fijne avond nog.'

Hij liep de bar uit en naar boven naar zijn kamer. Hij was doodmoe en voelde een knagende pijn onder zijn ribben. Hij was een
paar dagen geleden naar de dokter geweest voor een algemene
controle, en die had naar zijn hart geluisterd en zijn wenkbrauwen
gefronst. Een beetje onregelmatig, had hij gezegd, een teken van
zwakte. Richard moest minder drinken, meer rusten, een beetje
afvallen...

Richard was overweldigd door een mengeling van razernij en
shock om zijn eigen kwetsbaarheid en had nauwelijks gehoord
wat die man tegen hem had gezegd, was meteen de naam van de
hartspecialist die hij had gekregen weer vergeten. In plaats daarvan had hij zich aangekleed, de praktijk verlaten en de dichtstbijzijnde pub gezocht. Rusten, dacht hij boos toen hij een whisky bestelde... hij, die zijn hele leven nog nooit had gerust! Afvallen,
terwijl een blik in de spiegel toch duidelijk liet zien dat hij nog
steeds een uitstekend figuur had!

En toch, zijn hart. Hij lag op zijn hotelbed en legde zijn handpalm op zijn borst. Hij dacht aan de arme John Temple, die in de
bloei van zijn leven was gestorven, toen hij nog alles had om voor
te leven. Hijzelf had ook nog zoveel te verliezen, zoveel te winnen.
Hij wilde zijn kleinkinderen zien opgroeien. Hij wilde zijn kinderen de oorlog zien overleven. Hij wilde 's ochtends wakker worden
en Isabel naast zich in bed aantreffen.

Hij was niet onkwetsbaar, zoals hij zo lang had gedacht. Er was
een waarschuwingsschot afgevuurd en dat beangstigde hem. En

wat een pijn – veel erger dan dat samengetrokken gevoel in zijn borstkas – als hij eraan dacht de mensen achter te laten van wie hij hield!

Hij dommelde weg. Hij droomde dat hij weer in Lynton was. Hij liep over het steile kronkelpad het stadje uit naar de haven. Hij voelde steken in zijn zij en had haast, want hij wist dat hij te laat was.

Bij de brug bleef hij even staan om op adem te komen. Het was vloed en het water raasde het kanaal in. Op het punt waar het in de rivier uitmondde kolkten het zoute en het zoete water tegen elkaar, vechtend, dansend, wervelend, druppels spatwater om zich heen werpend die glinsterden als diamanten. Hij keek op en zag haar onder de Rhenish Tower staan. Ze droeg haar rode jasje; het stak af tegen het stormachtige grijs van de hemel. Hij liep op haar af en wist dat hij haar moest bereiken voor het tij keerde. Maar zijn gevoel van drang werd versterkt door verlangen en vreugde toen hij haar naderde. Een gouden licht omhulde de haven. Toen ze elkaar omhelsden smolten ze samen, onscheidbaar, als de rivier en de zee.

Richard werd wakker. Hij lag stil, vredig, rustig door de herinnering aan de droom. De pijn onder zijn ribben was weg. Hij stond op, liep naar de badkamer en waste zijn gezicht met koud water, poetste zijn tanden en borstelde zijn haar. Isabel, dacht hij, zijn eerste en mooiste liefde. Zo vaak gesloten en onbereikbaar voor hem, maar dat maakte haar alleen maar fascinerender. Ze had vanavond geweigerd bij hem terug te komen. Maar hij gaf niet op. Een Finborough gaf nooit op. Een Finborough vocht, vocht tegen de verdrukking in. En hij was altijd goed geweest in tegen de verdrukking ingaan.

Isabel dacht terug aan het laatste wat Richard tegen haar had gezegd voordat ze terug het hotel in was gegaan. 'Heb je er spijt van?' had hij haar gevraagd. Ze wist dat hij naar hun huwelijk had verwezen.

'Nee, helemaal niet,' had ze gezegd. 'Het was een avontuur. Het grootste avontuur van mijn leven.'

Toen had hij haar weer gevraagd mee naar huis te gaan. 'Nee,' had ze nogmaals gezegd. Hij had haar gevraagd waarom. 'Omdat het te laat is,' had ze gezegd. 'Omdat ik te moe ben. Omdat we dan weer ruzie zouden krijgen en daar heb ik de energie niet voor. Omdat ik gesetteld ben, Richard, ik ben gelukkig zoals het is.'

Ze was nu in haar kamer en begon haar koffer in te pakken. Ze vouwde haar kledingstukken op, zocht kousen bij elkaar en gaf aan zichzelf toe dat ze had gelogen. Ze was niet gelukkig. Ze was al jaren niet gelukkig. O, ze had wel momenten van geluk gekend, die had iedereen. Maar gesetteld zijn was niet hetzelfde als gelukkig zijn.

Ze had zich in haar leven zo vaak afgescheiden van andere mensen gevoeld. In Lynton was ze altijd een buitenstaander gebleven. Getrouwd met Richard had ze zich buiten zijn kring van rijke en bevoorrechte vrienden voelen staan. Maar misschien had ze wel samengespannen met haar buitensluiting, misschien had ze er wel eens voor gekozen apart te blijven staan. Nu de Blitz voorbij was en haar evacués terug waren naar Londen was er geen reden om in Porthglas te blijven. Ze had naar huis kunnen gaan, maar dat had ze niet gedaan. In plaats daarvan was ze opgesloten blijven zitten in haar citadel.

Ze ging op het bed zitten. Waarom leg je jezelf een dergelijk isolement op? Ben je zo bang voor liefde? Ben je zo bang wat liefde met je doet? Ben je zo bang haar weer te verliezen en haar nooit meer te voelen?

Wat een vreselijke keuze. Zich nogmaals bloot te stellen aan alle risico's die liefde en verbinding met zich meebrachten, of half te blijven leven. Ze wrong haar handen samen en probeerde te beslissen. Wat moest ze doen? Ze wist het niet.

Voetstappen op de gang, die stilhielden bij haar deur. Ze herkende het geluid van zijn voetstappen, het kloppen van zijn hart: ze stonden in haar hart gegrift.

Er werd op de deur geklopt. 'Isabel?' klonk zijn stem.

Ik kan het niet, dacht ze. Ik weet niet hoe het moet.

Nog een klop. 'Isabel, alsjeblieft.'

Na een stilte liep hij weg. En toen wist ze ineens het antwoord. Een stem in haar hoofd zei: *Het enige wat je tegen hem hoeft te zeggen is dat je van hem houdt, dat is toch niet zo moeilijk?*

Ze opende de deur en riep zijn naam.